Go Katsuhiro

呉勝浩

小学館

Q

目次

第一部

一部

一

夜と夜明けのあいだ、県道は青白いというよりどす黒い。二十四時間しかない一日の数十分が出発と到着の隙間で消える。反吐が出るのを我慢する。それを吐けば日常が腐ってしまう。わたしの首根っこをつかんで放さないのは食い扶持だった。

すれちがうトラック、パトカー。荷室のないキャビンが路肩で寝ている。跳ねっぱなしの泥で塗装したハイエースの優越感は、職場へ向かう乗用車を見下ろせる車高だけだ。

ヒステリックなクラクションがそれすらも台無しにする。大堀中央交差点、相手はブルーのゴミ収集車。うんざりだった。横切ったゴミ収集車の強引な右折も、チワワより短気な辰岡のクラクションも。

「死ね、ぼけが」運転席から響く呪詛には一セントの値打ちもない。人間の安っぽさが不良債権として積み上がっても本人は知ったこっちゃないって面でいる。いまさら取り繕える人生じゃねえ。いっそ潔いほどのくずはくずゆえ、もう一度クラクションを鳴らすのだ。一回目より盛大に、長ったらしい雄叫びを。

「死ね、くそが」ププーッ。「頭蓋骨爆発しろ」プププププーーッ。「女に噛み切られちまえ」

「また、クレームきますよ」

「クレームだあ？」

辰岡はせせら笑う。煙草くれよ。左手の人差し指と中指を突き出してくる。あと一本しかないんですとわたしは答える。それでいいよ。わたしも吸いますから。あっそ、じゃあおれが吸ってから好きなだけ吸えよ。

煙が、これみよがしにこちらへ吹かれる。同時に、なあ、と呼びかけてくる。「金貸してくれよ」

「ないですよ、そんなもん」

「あるもないもねえんだよ。まあ聞けって。嫁がな、頭おかしくなってんだ。ションベンもらしながら味噌汁をつくるんだ。おまえ、飲めるか？　ションベンもらしてる奴がかき混ぜた味噌汁をよ。毎朝百円ずつ損してる気分だぜ」

ハイエースが県道を北上する。ふれあい通りと呼ばれるこの道の、どこがそうなのかはわからない。

「病院に入れなくちゃなんねんだ。要るんだよ、金が。わかんだろ？」

「前は、親父さんが末期癌って話じゃなかったですか」

「あん？　ああ、そうだよ。そーなんだ。不幸ってのは重なるんだ。やってらんねえよ。だから二千円でいいからよ、頼むぜ」

わたしは黙る。いちばん無難な返答として。

割り込み、クラクション。抜き去っていくバイク、クラクション。赤信号、クラクション。

「いいかげん、社長に叱られますよ」

「てめえだろ？」

意味がわからず目顔で尋ねる。

「クレームだよ、クレーム。てめえが憂さ晴らしにやったんだろ？」

くだらなすぎた。ぐうの音も出ないほど、ため息すら惜しいほど。

「黙ってんじゃねえよ。まあいいや。むしゃくしゃする気持ちはわかるしよ。だから、なあ、クレームの件は見逃してやっから、金貸せよ」

わたしは黙ってうつむく。気まずさと二千円を天秤にかけた結果だった。

まっすぐのびる県道の横から朝陽がまぶしさをのぞかせる。フロントガラスに差し込んだ光が視界を焼く。夜が明けようとしている。運転席から舌打ちが聞こえる。いいな、二千円だぞ。おい、聞いてんのか？　聞いてんのかよ。先輩が困ってんのになんだその態度は。これだから最近のガキは……。

「ったく――」苛立たしげに煙草を潰す。「可愛くねえ女だぜ」

ふさぎ込みたくなるほど、腐った一日にふさわしいミュージック。

洗剤をぶちまける。モップでこする。雑巾で水気をぬぐいワックスを塗る。その上にドライ用のバフマシーンをすべらせて乾かしてゆく。モップとマシーン以外はずっとしゃがみ仕事で、教室ぐらいの店舗でも初めのころは太腿が泣き、腰がうめいた。それがマシになったのは慣れというより麻痺だろう。

辰岡は床作業をしない。四十過ぎだぞ、おれは。なぜかそう胸を張り、脚立にまたがって蛍光灯を拭いたりする。ひどいときにはモップとマシーンだけ交代させられ、そのあいだに便器掃除を命じられる。身体が弱いんだよ、小児性なんちゃらって病気でな。めちゃくちゃ生存率が低かったんだぜ？　それをなんとか生きのびて、おまえ、こんな雑巾がけで半身不随とかになったら責任とってくれんのか？

先輩後輩のいい合いに理屈はない。ルールもジャッジも存在しない。辰岡にすれば常に有利な状態からゴングを鳴らせるお手軽なストレス発散装置だ。仮にわたしが反抗したら？　完膚なきまでに論破したら？　まずハイエースの中がぎくしゃくし、最悪、職場にいられなくなる。辰岡はくだらない男だが社長の信頼は厚い。正社員で、辞めずに休まず働いている。その実績だけが辰岡の財産で、会社にとって「生きている」の次に大切な従業員の能力だった。当然だろう。こんな給料で「生きていたい」人間はめったにいない。

その「めった」の中に自分がふくまれていることを、深く考えだすと嫌気がさす。嫌気がさすと日々が腐ってゆく。だからあまり考えない。腐ると取り返しがつかなくなる。まともな生活、まともな労働。それが維持できないとおかしくなる。

ふたり仕事はたいてい一日二現場、多くてもう一箇所。多いのと少ないのと、どちらが楽かは微妙なところだ。会社に運転を止められているから移動中はぼけっとできるが、現場ごとに用具を上げ下ろしするのは面倒くさい。おいしい話は落ちていない。つまりはそういうことだった。

ただ、移動が少ないほうが辰岡の「二千円」を聞く回数は減っただろう。

暇つぶしに数えていたが、最後の現場へ向かう途中、十七回目をむかえたところで意識から締め出した。その後も断続的に「二千円」は耳に入り込んできた。人見（ひとみ）クリーンの事務所に着きエンジンを切りながら、まるで義務のように「二千円」。その執念に思わず鼻が鳴った。にらまれたが知らぬふりでハイエースを降りた。せめて二千円ぶん働いてやろうと用具を下ろす。そばにいくたび舌打ちされたが、さすがにほかの社員の前で「二千円」とは口にせず、それがまた可笑しくてニヤけてしまう。ニヤけたまま用具を運び、洗い、整頓し、その最中に先輩から「なんかいいことあったんか?」と声をかけられた。なんでもないです、出来の悪いコントみたいなもんで――。先輩は適当にわかったふりをして帰っていった。

まだ六時過ぎだった。事務所を出ると空は暮れる寸前で、低いところに横たわる細長い雲が裂けて傷になっていた。血が垂れかけている。

しばらく巨大な裂け目を眺めた。二月の風に身体が冷えた。明日も寒くなるだろう。午前五時に起き、カゴ付きの錆びた自転車を漕いで六時にまたここへやってくる。挨拶をし、準備をし、出発する。床を拭き、窓を拭き、それを四ヵ月繰り返し、手に入れた人並みの日常。二千円を他人に借りなくてもやっていける生活。

「おい、くそ女」

辰岡の声がする。ふり返る価値はない。だがふり返らねば社会人でいられない。

事務所の入り口で、辰岡は煙草を吹かしていた。自分で吐いた煙に浅黒い顔をしかめた。

「調子にのんなよ、人殺し」

わたしはペコリと頭を下げ、自転車にまたがった。

辰岡はわかっている。捕まった容疑は傷害。最後は過剰防衛に落ち着いた。懲役二年、執行猶予三年。会社が運転を許さない理由は違反切符が監獄行きのチケットに等しいからで、手放すには惜しい従順な労働力をわたしは目指し、無事そうみなされている。
事情は社長から伝わっているはずだから、人殺し云々は腹いせまじりの挑発にすぎない。いちいち訂正したところでからかいはエスカレートするだけだ。

自転車のペダルを踏み抜くたび、金属のこすれる音がした。ノイズは足から全身に不快な感触としていきわたる。アパートや駐車場が点々とするふれあい通りに比べ、人見クリーンの事務所が建つ小糸川沿いは古めかしい戸建てが根を張ったようにひっそりならび、いたるところに背丈の高い雑草が生い茂っている。川のこちらは富津市、百メートルほどの橋を渡れば君津市だ。

殺していない。だが殺そうとは思った。少なくとも殺すつもりで殴りつけた。顔面が陥没し、前歯がきれいになくなって、片目が潰れた。わたしの拳も皮膚がめくれ、白い骨が見えていた。それでも殴りつづけた。

その最中、後ろから眺められていたのを憶えている。通報を終えたばかりの父親はガウンを羽織っていた。触ったわけでもないのに、なぜかその質感が手のひらに残っている。

自転車が暗がりに進入した。短いトンネルは千葉県の湾岸沿いを走るJR内房線の高架。それをくぐって住宅地を抜け、ふれあい通りに合流する。大堀中央交差点に着く。道路を渡り、コンビニへ寄って飯を買う。握り飯、ソーセージの挟まったパン、レモンスカッシュ、煙草をふたつ。

コンビニを出ると陽は完全に落ちていた。広い駐車場に大型車がいくつかあった。ふれあい通りを北へ行ききると出島のような土地がある。東京湾に突き出たそこには終末処理場や世界有数の火力発電所がそびえている。遠く対岸では、きっと横浜の街がにぎわっている。

ふれあい通りに背を向け、内房線と並走する二車線道路を西へ進んだ。ほどなく青堀駅を過ぎる。

市内一位の利用客数を誇る駅舎には改札と待合室以外何もない。せせこましい住宅地へ舵を切り、ギコギコと金属音を響かせていると、やがて古民家にたどり着く。

裁判が済み、拘置所から解放されて、行き場がないことに気づいた。金もなかった。当ては父親だけだった。弁護士費用に被害者の治療費、慰謝料。すべて引き受け、仕上げに父親はこの家をわたしに譲った。名義を変え、鍵を送りつけてきた。笑えるほど事務的な、あいつらしいやり方だった。祖父母が亡くなってほったらかしになっていた車庫付きの二階建て。わたしの年齢を余裕で超える、わざわざ処分する価値もない骨董品。

苔の生えた門柱に「町谷」の表札が掲げてある。シャッターが降りた車庫の横に自転車を停め、ポケットに手を突っ込む。かじかんだ指で家の鍵をまさぐる。磨りガラスの引き戸は立て付けが最悪で、自転車とグルになって神経をこすってくる。引き戸の先では電気の明かりが迎えてくれる。待ち人がいるわけじゃない。ただ習性で、玄関、居間、台所、便所や風呂場にいたるまでどこもかしこも点けっぱなしになっている。最初にもらった給料ですべてＬＥＤに替えた。電球がきれると落ち着かない。何か、騙されているような気分になる。

台所のテーブルに食料の袋を投げ、棚から買い置きの鯖缶詰を取り出す。プルトップの蓋を開ける。箸でかき混ぜたオイルまみれのほぐし身を噛みながら握り飯の包装を解く。かぶりつく。レモンスカッシュで胃に流したところでスマホを確認した。

メッセージが一件、有吉からだ。

『明日、九時でＯＫか？』

アプリを閉じ、握り飯を片づける。鯖缶を平らげてオイルを飲み干す。

スマホとソーセージパンを手に立つと、テーブルに自分の影が落ちた。

台所を出てすぐ、暗く沈んだガラス戸は車庫につながっている。この家で、唯一電気が点いていない場所だ。開けた戸の縁に腰かけると、目の前の暗闇に廊下の明かりが差し込んで、わたしの宝物がぬるりとてかった。

あの父親に、ひとつだけ感謝するなら、祖父のこの車を売らずにいてくれたことだろう。メタリックブルーのアウディA5。ツードア四人乗りのクーペ型。手取り十三万の清掃員に不釣り合いなドイツ車は、ここへ越し、弁護士の紹介で人見クリーンにアルバイトが決まるまでの二ヵ月弱、無為に過ぎる日々の慰めになってくれた。そして人生を立て直す張り合いだった。これがなければ、たぶんわたしは窒息していた。

通勤はもちろん、日常でも乗る気はない。交通違反が命取りだと理解もしている。けれど月二回と決めたドライブは自由をくれる。この時間をなくしたくないと心底思う。だからいろんなことに耐えられる。

有吉への返信をどうしようか。アウディの話をしてからドライブに連れていけとせっつかれていた。明日は水曜、翌日は休み。他人を乗せる気になれず、予定が合わないとはぐらかしてきたが、ガソリン代に飯まで奢(おご)るといわれたら断る理由がなくなった。

スマホが震え、メッセージが届いた。有吉が返事を急(せ)かしてきたのかと思いながら画面を見て、わたしは息をのんだ。

『ひさしぶり。生きてる?』

登録のない番号から。けれど、その短い挨拶で誰かはわかった。ロク。かつてわたしは、彼女をそう呼んでいた。

返信をしようとし、身体が強張る。なんと返すべきか決めあぐね、指が液晶を上滑りする。

一文字も打てないうちに、次のメッセージが届いた。

『キュウのことで話がある。会って』

しばらく文面を見つめた。ロク。そしてキュウ。

付き合いはずいぶん前に途絶えている。風の噂も聞かないぐらい。

『返事をして、ハチ』

甘酸っぱく、胸をかきむしられるその響き。忘れたはずの、わたしの呼び名。

返事の間もなく、次のメッセージが届く。それに目を通し、アプリを閉じる。明かりを背負ったままソーセージパンを噛む。肉の脂とマヨネーズが舌の上でからみ合う。

「悪くないな」アウディを眺め、有吉がぼそりといった。ルーフへのびかけた手を「やめろ」といってわたしは止めた。「お触りはなしだ」

有吉の、どろんとした顔がこちらを向いた。驚いたのかムカついたのかわかりづらい、四六時中眠たげな顔だ。

そうか、と有吉は素直に手を引っ込めた。車庫の暗がりに立つ男はやけに大きく見えた。焦げ茶色のパーカに明るいチェックのブルゾンを着込み、カーゴパンツの下はアーミーブーツ。身長はわたしより少し高く、胸板は倍厚い。昔はちがった。わたしが高校をドロップアウトしたとき、こいつはガリガリの根暗野郎だった。

煙草はいいか？　訊かれてわたしはうなずき、壁ぎわの棚へ寄って自分も一本くわえた。灰皿代わりの鯖缶を挟んで、有吉がブルゾンのポケットから電子タバコを取り出した。そして黙々と吸った。再会のときもそうだった。年が変わってすぐ、仕事帰りに寄ったコンビニで、こいつはガラスの壁にもたれかかっていた。喫煙コーナーでもないのに電子タバコを吹かしながら、よう、と手を挙げてきた。三ヵ月ぶりぐらいの気安さだったが、最後に会ってから七年以上が経っていた。元気そうだな。有吉はそういった。素っ気なく近況を訊かれ、二言三言返すと、飲みに行こうと誘われた。連絡を取り合い、一月の給料日に居酒屋で飲んだが、酒が入っても会話は弾まなかった。お互い声をあげて笑うなんてことはなく、二時間もせずにお開きとなった。「また飲もう」有吉がいい、「ああ」と返して別れた。

有吉が、煙を吐く。「いいな」

「何がだ」

「何がって、ここがだ」

いって車庫をゆっくりと見回す。

かつてこいつは、数えきれないほどこの家を訪れている。たいてい夜中。そのたび、わたしは心を殺して家を出た。ふたりともうつむいて、とくに声を掛け合うでもなく歩いた。自転車は使わなかった。乗っていくと生意気だと殴られる。おもしろ半分に壊される。ふれあい公園へつづく二キロの道のりは処刑場へとつながっていた。ひどいときには富津公園まで十分以内に走ってこいと命じられた。およそ五キロのタイムラン。遅れた秒数、よけいにズタボロにされた。そんなとき、わたしを後ろから羽交い締めにする係が有吉だった。

　当時、有吉は家の前に立ってわたしを待つ死神の使い魔で、だからこいつが家の中に入るのは、今日がたぶん二度目のはずだ。

「行くか」

　煙草を潰すと有吉も電子タバコをしまった。キーの解除ボタンを押すとアウディがライトの点滅で応じた。この瞬間、いつもわたしは『クリスティーン』という映画を思い出す。主人公を虜(とりこ)にする怪物じみた赤い車はクライスラーのプリムス・フューリーという車種らしいが、それを調べたのは最近だ。初めてあの映画を観(み)たのは深夜のテレビ。去年、足立区にある雑居ビルの四階で、空腹に身体を丸めながら奇怪な映像に食い入った。

　ガレージの自動シャッターが開き、わたしはアウディのエンジンを震わせる。ギアをパーキングから解放する。のそりと車体が前進する。じゃりっとタイヤが地面をこする。狭い車道にすっぽりおさまり、シャッターが降りはじめると同時にアクセルを踏む。エンジンがうなる。よろこびが伝わってくる。それでわたしの腹にも熱が灯(とも)る。

　真っ暗な路地を出て速度を上げる。午後九時。帰宅ラッシュはとっくに終わり、渋滞とはほど遠い交通量だ。徐々にエンジンが温まる。アクセルがもっと踏めと急き立ててくる。セミオートマの設定をマニュアルモードに。パドルシフトでギアを上げてゆく。環状道路を越して新富通りへ。荒れた野っぱらと住宅地に挟まれた道を北上すると、ほどなくふれあい公園が迫る。川沿いに四キロ近く横たわる緑地公園の、この辺りは中間地点で、南には野球場やテニスコートもあるが、わたしが呼び出される定番は北側の修景池か冒険の森だった。鬱蒼(うっそう)とした木々に囲まれ、夜に忍び込めば核兵器をつくってたってバレやしない場所。

　川を渡って出島へ入る。湾岸道路に合流する。湾岸といっても海の気配はどこにもない。右手には富津の町並み、左手には出島に建つ製鉄所と富津火力発電所。おまけにどちらも、視界のほとんどは緑の草木に阻まれている。

　君津市の標識を過ぎる。終末処理場の辺りでギアを六速へ。法定速度をやや超える。東京湾を拝めるのは君津大橋を渡るわずか数秒のあいだだけ。こちらの出島にも製鉄所と火力発電所がある。君津共同火力発電所だ。

「何もないのか」有吉が気怠げにいう。「音楽とかラジオとか」

「要るのか」

「ふつうはな」

　そうか、と返す。そうだな、とも思う。たしかに二十四年の人生で、誰かの車には必ずといっていいほど音楽が流れていた。初めて付き合った短大の女はバックナンバーとJUJU。ワゴンの荷室で血だるまにされたときうるさかったのはたぶんビヨンセだ。

　自分の車が手に入ったら何をかけようか――。そんな想像をしたこともあったが、現実になるとわずらわしさが勝った。例外は祖父がオーディオに残していた念仏のCDで、最初のドライブで辛気臭い南無阿弥陀仏をかけて以来、この空間はエンジンの駆動音だけで満ち足りている。

　父親はビリー・ジョエルを好んだらしいが、わたしにその記憶はない。

「仕事は順調なのか」

　イオンモール木更津を横目に有吉が話しかけてきた。湾岸道路を右へ折れたところで速度を落とす。近くに警察署があるからだ。

「二千円」

「なんだって？」

「必死で二千円を守ってる」

眉をひそめた有吉に辰岡のことを教えた。奴の滑稽さを思い出すと笑みが込み上げてきたが、有吉は嗤わなかった。ただ一言「無様だな」と吐き捨てて、わたしたちは口を閉じた。

ふたりともわかっていた。辰岡の無様は十年後の自分たちの無様かもしれず、それは受けいれた瞬間、たやすく叶う未来なのだ。

未来、か。ロクのメッセージが頭をよぎった。キュウのことで話がある——。

木更津をひたすら北上する。中央分離帯で分かれた県道をアウディは快調に駆けた。ミニバンやトラックを追い抜く刹那、すべてが上手くいく錯覚に襲われる。そう、錯覚だ。勘違いは破滅につながる。わたしたちの横っ腹は無防備で、ふいに飛んでくる鉄パイプに貫かれたら最後、まともな修復はかなわない。

返事をして、ハチ——。

木更津金田インターチェンジから高速へ乗り上げる。高架道路を進むとほどなく空間が一気に広がる。東京湾アクアライン木更津料金所は上り下り合わせて十を超えるゲートが夜を照らしながら横一列にならび、ＥＴＣをくぐると高い建物はひとつもなくなる。側道に立つヤシの木の影が後方に消え、あとはもう東京湾を突っ切る十五キロの一本道がまっすぐのびているだけだ。ギアをトップへ。アクセルを踏み込む。どんと弾けるような振動。急激な加速。速度メータが歓喜する。アクアブリッジは空いていた。右車線の中央寄りに車体を置いて、空気抵抗を切り裂いてゆく。速度がリミットを超える。前を行く車がただの障害物に成り下がる。テールランプを追い越してヘッドライトが遠ざかる。のんびりとしているのは東京湾の夜景だけ。

「異様だろ」有吉がうめいた。助手席のグリップをきつく握って、「改造か？」

たぶん、としか答えようがないのは何も知らされてないからだ。もともと馬力はあるのだろうが、そういう話とはちがう。このでたらめな加速感。逆立ちしたって標準仕様なわけがない。車など便利な移動手段にすぎないとわたしはずっと思ってきたし、父親も似たようなものだろう。いじったとすれば祖父しかいないが、小一のころからいっしょに暮らした十年間、彼にスピード狂の片鱗はなかった。アウディの先輩はありふれた国産乗用車だ。

富津で長く港湾作業員をしていた祖父の盛夫は寡黙で根暗で、古くさい思想が染みついた置物で、そんな男に付き従って満足していた祖母の麻子は家電製品と大差なかった。わたしのポジションは「親不孝な息子から押しつけられたお荷物」でしかなく、互いに無関心の要塞を築き合ってやり過ごした。血まみれで帰る夜、怪我よりも服と床の汚れを愚痴っていた彼らは、わたしが黙って家を捨てたあとも行方不明者届を出していないと、取り調べの刑事はいっていた。

麻子が三年前に肺炎をこじらせ、盛夫も去年病気で死んだ。それを知ったのも警察に捕まってからだ。父親いわく、麻子の生命保険で盛夫はアウディを買ったという。

地図を掲げた鉄骨のアーチをくぐると橋の中央に差しかかる。ここから下りの傾斜が二・三キロ。やがて土星の輪のような周回道路が頭上に迫って、わたしはアクセルをゆるめた。前方に、海ほたるパーキングエリアが煌々と光っている。出入りする車のおかげで交通量が増える。信号機もある。

耐え難いほど醜悪な三つ目の妖怪に、わたしは唾を吐きかけたくなる。

観光地にもなっている五階建てのパーキングエリアを素通りする。突っ立って眺める夜景に興味はないし、それ以外はショッピングモールと変わらない。

アウディはアクアトンネルへ突っ込んだ。四キロほどの橋は海ほたるで終わり、あとは東京湾の海中をひたすら潜る。夜の闇とはまたちがう暗がりに包まれる。左右にならぶ無数のライト。ここでなら音楽がかかっていてもかまわないとわたしは思う。

川崎で多摩川トンネルに乗り換え、次に地上へ出るのは羽田だ。空港を突っ切って品川へ。富津の自宅からおよそ一時間の道行きだった。

ふだんならそろそろ引き返すところだが、今夜はそうもいかない。スマホを見ながら有吉が住所をカーナビに打ち込んだ。「コンテナ埠頭の辺りの、でかいダンスクラブだ」

「飯を食うんじゃないのか」

「車だぞ」

「食いもんだってある。たぶんフィッシュ＆チップスとか」

「ごちゃごちゃいうな。奢るんだから」まるでそれが正当な主張であるかのように有吉は呆れ気味だった。「酒を飲まなくても楽しめる。男も女もたっぷりいるしな」

「ふざけやがって。このカッコでナンパしろってのか」

焼肉でも食うのだと思い、デニムに着古したダウンジャケットだ。仕事終わりのままシャワーすら浴びてない。もっとも行き先がキャバクラだろうが舞踏会だろうが、見合う服はもっていないが。

「気にするな。たまには羽をのばせばいい」

ちりちりと神経が焦げる。信号につかまり舌を打つ。

同時に、ナンパか、とも思った。ずいぶん遠ざかっている。恋人も行為自体も。強く求めているわけではない。面倒な気もする。反面、この先も独りのままかと虚しくなる夜もある。

会って——。記憶の底から滲み出るロクの声。ゆうべのメッセージが頭をよぎる。一方的に送られてきた意味不明なお願い。身勝手な命令。キュウのことで話がある——。

「ある男が、ラクダを連れて砂漠を渡っていたんだ」

アウディを発進したタイミングで、急に有吉が語りだした。「行商人ってやつだな。慣れた道だが砂嵐に襲われて迷っちまった。磁石も壊れて、オアシスも見当たらない。だだっ広い砂漠の海がどこまでもつづいてる。照りつける太陽がどこまでもついてくる。幸い水はたっぷりあったが、三日三晩さまよって、男は歩くのが嫌になった。生きることをあきらめた。その場にへたり込んで、死ぬ前にせめて一発女とやりたかったなと思いを馳せて、そこでふと気がついた。連れていたラクダがメスだってことにな。男は思った。もうこいつでいいか。ラクダに突っ込もうと決めてケツを押さえつけるとラクダは暴れた。力ずくでいうことを聞かせようと必死になったが、少しもおとなしくなってくれない。砂漠のど真ん中で揉み合いをつづけていたそのときだ。遠くからジープがこっちにやってきた。乗ってるのは金髪の、タンクトップからこぼれそうな胸をした女だった。女は男に話しかけた。自分は旅行者で道に迷ってしまった、なんでもするから、どうか水を分けてくれないか。千載一遇のチャンスとばかりに男は命じた。『いいだろう。その代わり、ラクダのケツを押さえるのを手伝ってくれ』」

点滅信号の交差点はすっかり静まり、犬の足音すらしない。

「――なんの話だ？」

「ジョークに決まってる。酔っ払いはゲラゲラ笑う。会話に困ったら使っていい」

なるほど。ありがたくて涙が出そうだ。

コンテナが建ちならぶ埠頭へ、投げるようにハンドルを切る。

黒服が守るゲートをくぐると待合室のような受付があって、有吉がふたりぶんの入場料を払った。映画館にありそうな両開きの扉。その向こうへ踏み入ると重低音の波に襲われて立ちくらみを覚えた。レーザービームが跳ね回り、たくさんの人影がリズムを刻んでいる。身体と身体が汗を飛ばし合っている。脳みそを刺す電子音。歌声が血流に火をくべる。アーティスト名はわからない。念仏でないのはたしかだ。

ホール正面のステージでプレイしているＤＪの顔は遠くて見えない。東京時代に足を運んだクラブはここより十倍は狭かった。何より音質が、素人の耳にもぜんぜんちがう。商店街の有線放送とドルビーサウンドぐらいの差。壁ぎわにならぶ小さな丸テーブル、細長いスツールチェア、バーカウンター。さまざまな恰好をした男と女が、年齢もまちまちの男と男が、関係性のわかりづらい者同士が、思い思いに言葉を交わし、ときに肌を触れ合わせている。

有吉が耳もとで声を張った。適当に飲んでてくれ、挨拶してくる。

誰に？　訊こうとして、知るか、と思い直した。ダウンジャケットに汗臭い体臭を隠した女がひとりでコーラじゃ笑い話にもならない。バーカウンターを目指してフロアを泳ぐ。平日というのに席はどこも埋まっていて、人と音と光の洪水にアウディの加速とはまたちがう微熱がじっとりと体内に熟成されてゆく。曲が変わる。そのつなぎがあまりに見事で、気持ちよく、客のあげる歓声につられて思わずゆるみそうになった頰をわたしはぐっと嚙み殺す。

バーカウンターの隅に空スペースを見つけコークハイを頼んだ。これくらいなら酔うまい。最悪、アウディで朝を待つ手もある。思考が自暴自棄に流れていくのがわかり、危ない、と自分に注意する。アウディだけでいい。あれだけが自分に許したリスクだ。どうしても譲りたくない一線だ。だから、それ以外は譲らなくちゃ駄目なんだ。3Kの職場も低賃金もくそみたいな先輩も腰痛も霜焼けも執行猶予の窮屈も。フロアに背を向け、音楽とビートに心を閉ざし、しかしコークハイをあおるとわずかなアルコールが細胞をたたき起こしてぶつぶつと汗が滲んだ。つづけざまにもう一杯頼む。曲がまた変わって、そのつなぎも見事というほかない転調で、タイミングで、音圧で、わたしは天を仰いだ。

会って——。

身を守るようにうつむく。コークハイのグラスを握り締める。獰猛（どうもう）な欲求が込み上げてくる。ろくにヒアリングすらできない英語の歌詞を脳みそが勝手に訳す。「来いよ」。こっちへ来いよ——。

返事をして、ハチ。

「おい、寝てるのか」

肩を小突かれ、我にかえった。眠そうな目つきの有吉が、のそりと顔を寄せてきた。

「上へ行こう。ＶＩＰシートにモモセさんがいる」

「誰だって？」

「百瀬さん。最近知り合った人だ。会っといて損はない」

今夜誘われた理由はこれかと察し、嫌気が増した。絶え間ない音楽の隙間にすべり込ませるように有吉はつづけた。高い酒を飲ませてもらえる、おまえの給料じゃ一生手が出ないやつをな。いってコークハイのグラスを奪い、その安いアルコールをわたしの中途半端な意固地と重ねるように飲み干した。

ドゥッダッダン、ドゥッダダン。音に押され、有吉の後ろに付いてフロアを縫った。はだけたワイシャツの男、髪を三色に染めたピアスの女。身体を揺らす。両腕を掲げ腰をくねらせる。カッコなんか気にするなと有吉はいった。そのとおりかもしれない。ここにいるおおぜいは、わたしなんか見ていない。

階段の前に立つ黒服に有吉が何事か告げ、上へ通された。少しだけ音が遠ざかった。フロアを囲うようにボックス席が連なっていた。仕切りの向こうにちらりと見える客の身なりは下と区別がつかない。たまの贅沢を漫喫するサラリーマン、ここを定位置にしている小金持ち、はしゃぐ水商売ふうの奴ら。そして堅気じゃない風体の輩。ぜんぶ適当な想像だ。酔っているのかもしれない。アルコールより、このカーペットの踏み心地に。

そこはＤＪブースのほぼ正面に位置していた。フロアを見下ろすソファシートに四人、男と女がふたりずつ腰かけていた。未成年で通じそうな茶髪の男を、巻き毛とボブカットの女がふたりで挟み、もうひとり、ボブカットの横で黒いスーツの男が長い脚を組んでいた。

どうも、と有吉が頭を下げ、「こいつが町谷です」とわたしを紹介した。

スーツの男が軽く手を挙げて応じ、茶髪にいった。「ごめんね、井口くん。邪魔かもしれないけど、この子たちも混ぜてやってよ」

「いいっすよ、ぜんぜん」井口と呼ばれた茶髪は愛想よくうなずいた。「百瀬さんのツレなら大歓迎です」その小奇麗な顔は赤く上気していた。テーブルのアイスペールには三本、シャンパンボトルが突き刺さっている。

「どうぞ座って」

百瀬がこちらへ微笑みかけた。失礼しますと有吉が頭を下げ、わたしたちはシートの端に尻をのせた。百瀬が寄せてきたシャンパングラスに、ボブカットの女がボトルを傾けた。ラメの入ったパンツスーツにきついアイシャドウ。三十は超えていそうだが、髪型も化粧もその仕草によく馴染んでいて艶めかしい。

「じゃ、あらためて乾杯しましょう！」

声を張る井口の右手は巻き毛の女の肩に回っていた。井口とおない歳ぐらいだろう。いかにも媚びたワンピースに媚びた笑み。それが嫌味にならない愛嬌がある。

乾杯のあと、わざわざ「いただきます」と断る有吉の横でグラスをなめた。手取り十三万じゃ飲めない酒は、ようするに酒だった。

「有吉くんはファイターだったんだ」百瀬が井口に向かっていった。「ほら、昔あったろ、Ｋ-１とかＰＲＩＤＥとか」

「モモちゃん、古すぎ。いまはＲＩＺＩＮとかいうんだよ」

ハスキーな声で「おっさんね」とからかうボブカットの女に、「マオさんはフランシスコ・フィリオのファンだったっけ？」と可笑しそうに百瀬が返す。

「いい身体してるだろ？　立ち技専門のストライカーで試合は負けなし。ぼくも一度観たけど、あまりに圧倒的で震えたよ」

井口は興味深げに有吉を睨(ね)め回した。「喧嘩(けんか)とかもしてたんっすか」

「ま、そこそこ。たしなむ程度に」有吉がぼそりと答える。

「どうやって倒すんです？　わって喧嘩になったとき、どうしたらいいんすか」

「相手にもよるけど、路上なら一発顎に入れたらだいたい終わる。拳は慣れてないと痛めるから掌底にしたほうがいい。あと、遠慮なしなら目を突く。指は二本じゃなく三本。よけられても当たりやすい」

「でも、威力落ちません？」

「かすっただけでも充分効く。それに潰しちまったら、捕まったとき刑が重くなる」

ひゃーっと井口が手を叩(たた)いた。「マジ、リアルじゃないっすか！」

「彼は本物だよ」百瀬が微笑む。「でも強すぎて相手を壊しちゃうんだ。対戦相手がいなくなってクビになって、いまは次のステージを模索中ってわけ。この子は信頼できる。よかったら井口くんも仲良くしてあげてよ」

もちろんっす、ねえ有吉さん、相撲取りってほんとに強いんすか？　喧嘩話に花が咲き、有吉の胡散臭(うさんくさ)い武勇伝に辟易(へきえき)しながらわたしはシャンパンをなめつづけた。

こうっすか？　これで効きますか？　井口がボクシングの真似事(まねごと)をはじめても、ボブカットのマオや百瀬は生温(なまぬる)い笑みを絶やさなかった。巻き毛の女が「わたしもやるう」と馬鹿みたいに黄色い声で場を盛り上げた。井口が拳を突くたび光る腕時計が目障りだった。

「でもな、井口くん」有吉が身を乗り出した。「ほんとに強いのは格闘技やってる奴じゃない。根性決まってる奴が、けっきょくは最強なんだ。たとえば――」

避ける間もなく、わたしは肩をつかまれた。

「こいつこそ本物だ。一度キレたら手がつけられない。大きな声じゃいえないけど、懲役も食らってる」

怒りで体温が上がった瞬間、有吉がこちらを見た。ふだん空気など読まない男が目で訴えてくる。いいから、と。

「嘘でしょ？　だって、えっと――」

「町谷」有吉が井口に応じた。「町谷亜八」

「だって町谷さん、おれとおなじぐらいセン細くないっすか？　いや、マジで最初、俳優さんかと思ったもん」

っていうか、と井口がのぞき込んでくる。「町谷さん、女の人ですよね？」

「見た目と喧嘩はべつだ」したり顔で有吉がいう。「性別だって関係ない。おれでも、こいつが本気になったら勝てないかもしれない」

「嘘でしょ？　でも町谷さん、懲役ってマジっすか？　何したんすか？　誰やったんすか？」

つづきは有吉が答えた。街の路上で揉め事があった。真面目そうなカップルが絡まれていた。相手は四人で、見るからにチンピラだった。彼氏はすでにぼこぼこで、地面に踏みつけられていて、彼女のほうも抵抗虚しくどこかへ連れ去られかけていた。そこへわたしが登場だ。チンピラのひとりを後ろから蹴り倒し、もうひとりの鳩尾を膝で粉砕。激昂し襲ってきた残りふたりと激しい殴り合いのすえ片方の金玉をスクラップに、もうひとりの顔面を幼稚園児の落書きに変えた。

「ようやく警察がきたとき、襲われてたカップルはどっかへ消えてて、それでお縄だ」

やべえ、と井口が興奮した眼差しでこちらを見たが、わたしは自分でも初耳なエピソードに苦笑すら浮かべられずにいた。

「町谷さん、どんな感じなんすか、そういうとき。相手をめちゃくちゃにしてるとき」

「悪いな、井口くん。こいつ、めったにしゃべらないんだ。だから弁解もせずに捕まっちまった。警官に囲まれてもチンピラを殴りつづけて、ようやく押さえられたとき、口にしたのはたった一言。『やめた』」

「カッケー」

マオが目を細める。「たしかに男だろうと女だろうと、ちょっとキレてるくらいがセクシーってのはあるよね」

「わかる。町谷さん、なんか空気尖ってて、よけいに触れたくなっちゃう感じ」巻き毛がそつなく合いの手を入れ、

「うわ、いいなあ町谷さん、モテモテじゃないっすか」

百瀬が口を挟んだ。「君は、そう、例えるなら太陽の子だね」

「井口くんだって充分セクシーだよ」

なんすかそれ、感激なんですけど。うん、モモちゃんのいうとおりかも。そーそー、井口くんのそばにいるとあったかくなるもん。

珍獣の出番は終わり、追加の酒を飲み干すと下へ踊りに行こうとなった。巻き毛が井口の腕を取

り、マオが有吉を誘って立たせる。

「モモちゃんは？」

「ヘルニア」百瀬が冗談めかして手のひらをふる。

四人がボックスを出たあと、わたしは遅れて腰を上げた。

「踊るつもり？」

カーペットを踏む足が止まった。ふり返ると、まっすぐに見つめられていた。

「まさかね。帰る気でしょ？」

図星をつかれ、百瀬を見下ろす。端整な顔つきの、唇の端と端が広がっていた。頬がにっとふくらんでいる。溶けそうなほど細まった目もとに、ウェーブのかかった豊かな髪が合っている。

「座りなよ」

ほんのわずか逡巡（しゅんじゅん）し、いうとおりにした。青白いレーザービームが、どこか浮世離れした引力を彼の不気味なほどやわらかい薄笑みに与えていた。

シャンパンボトルを差し出され、ソファの隅っこに座ったわたしはうんと腕をのばしてグラスを向けた。澄んだ黄金色の液体がグラスを満たしていった。ドゥッダッダダン、ドゥッダダン。

「楽しんでる？」

「……腹が減った」いくぶん自棄（やけ）気味にいう。「フィッシュ&チップスはないのか？」

ないよと百瀬が笑い、わたしは小皿で偉そうにしているチーズを口へ放り込んだ。シャンパンよりはありがたみのわかる味だった。

「チキンならある。ちょっと辛すぎるけど」

「もも肉か？　むねなら要らない」

タメ口にも百瀬は平気そうだった。物腰の穏やかな悪党もいる。正体がヤクザならあとで痛い目に遭うかもしれない。けれど恐怖は湧かなかった。シャンパンを飲みくだす。アルコールがまわる。ドゥッダッダダン、ドゥッダダン。激しさを増すビート。ボリュームを上げる音。神経に直接響き、ダウンジャケットを素通りして内臓を打つ。波が押し寄せてくる。叫びたいような衝動が。

と、音楽が変わった。絶頂が消え入って、とくに演出もなく次の曲になった。その英語の歌に、うつむいていた顔が自然とフロアへ向いた。

「ニュー・オーダー」百瀬はゆったりと、ソファに片腕をのせている。「マンチェスターのロックバンド。じつはこれ、ぼくのリクエストでね」

八〇年代の曲だという。タイトルは『Ｔｒｕｅ Ｆａｉｔｈ』――真実の信仰。

「ＤＪは渋ったらしい。ダサいって」

たしかに、これまでと比べるとおとなしい。平坦(へいたん)でパッとしない。ニュー・オーダーというバンド名にも憶えはなく、だが最近、わたしはこの曲を聴いていた。

「知ってるの？　洋楽ファンじゃないんなら――」

百瀬がもったいをつけていう。「もしかして『アメリカン・サイコ』？」

年明けにネットの動画配信で観た昔の映画。そのオープニングで流れていたのだ。

「うれしいな。ぼくもあれでニュー・オーダーを知ったんだ」

映画はよく観る？　百瀬が気安く訊いてくる。たまに、とぶっきらぼうに答える。どんなやつを？　とくに決めてない、適当に選んでる、恋愛や、家族の絆(きずな)みたいなやつは避けて。

「どうだった?」前のめりになった身体から、柑橘系のコロンが香った。「『アメリカン・サイコ』の感想が聞きたいな」

「――いまいちだったよ。ニューヨークにもエリートサラリーマンにも興味はないし」

でも、とわたしはつづけた。「必死に名刺をつくるのはウケた」

「不動産屋のところは? ぼくは最高だったと思うけど」

「ラストのほうは、ほとんどわけがわからなかった」

「死体はあった。現実だった。そして処理された。資本主義の理に則って」

そう聞いても納得は生まれず、なのになぜか、あれがいい映画のように思えてくるのが不思議だった。

「ヴィスコンティを観たことは?」

「難しいのはわからない」

「ネイビーシールズとマフィアがドンパチしてるほうがいい?」

「それだって、理解できてる自信はない」

彼の唇が横に広がる。作った薄笑みの奥から、生身の感情がこぼれたように。

「場所を変えない?」

「なんだって?」

「こっちはマオがなんとかする。もう少し君と話したいんだ」

いつの間にか百瀬はすぐそばにいた。わたしを見つめたまま手を上げ、やってきたボーイに「コートを」と命じる。

「車できてる。もうだいぶ飲んだ」

「大丈夫」百瀬は立ち上がっていた。「ちゃんとするから」

ボーイからコートを受け取り、さあと促す彼を、ふたたびレーザービームが照らした。「フィッシュ＆チップスもある」

麻布へ、タクシーは走った。

「リムジンに乗れるかと思ってた」

成り行きに運ばれていくのが気にくわず、安い皮肉が口をつく。

「まるで大富豪みたいに？」百瀬が楽しそうにいう。「車は車だよ」

アウディに乗せても、こいつはおなじ台詞をいうのだろうか。

「あのシートは幾らだ？」

「十万ちょっと。シャンパンを入れてもその三倍で足りるかな」

なるほど、手取り十三万など一瞬だ。

「ダサい曲をリクエストできる上客ってわけだ」

「払いはマオだけどね」

「あんたはヒモか？」

百瀬は小さく鼻を鳴らした。「彼女は顔が広い。あそこのオーナーとも遊び仲間でね。たぶん君のこと、本気で気に入ったんじゃないかな」

わたしが顔をしかめると、「勘違いしないで。個人的な興味じゃなくビジネスの話。ようするにスカウトだ」

「――ボディーガードならほかを当たってくれ」

「君のカンフーストーリーを真に受けるほど間抜けじゃないよ。そういう人材が必要なときはそういうところへ発注するさ」当たり前のようにいって口もとをゆるめる。「マオの肩書は芸能プロのアドバイザーだ。実質は社長だけど、そのへんはややこしくてね。巻き毛の彼女も事務所の子。読モの適齢期をすぎて浪人中なんだって」

「二十歳くらいじゃないのか」

「厳しい業界だよね」

窓の外へ向く顔に、作った笑みが張り付いていた。

「君にバラエティトークはできないだろうし、マオが期待するとしたら役者じゃないかな。井口くんも見間違えたっていってたろ？　しゃべりが下手でも役者はできる。上手い下手より、大事なのは雰囲気と存在感だ。もっといえば、違和感。ふつうの人が訳もわからず惹きつけられる魅力って、本人は自覚しにくいのかもしれないけどね」

「ジョークは苦手か？　間抜けなお遊戯をするぐらいなら、ラクダのケツを押さえてるほうがいい」

百瀬がわからないという顔をして、わたしは少しだけ愉快になった。

「それに捕まったのは嘘じゃない。実刑でもおかしくなかった」

「だから何？　人前には出られません？　ぜんぜんそんなことないよ。前科もちの俳優なんて腐るほどいる。ミュージシャンなんてほとんど犯罪者の集まりだ。ドラッグにレイプに器物破損に借金の踏み倒し。繰り返すけど、それだって魅力になる。違和感としてね」

「井口もそうなのか？」

「そう、とは？」

「タレントの卵」

百瀬は一瞬目を丸くし、「ははっ」と声をあげた。「ちがう、ちがう。そんなんじゃない。だって、彼とまた会いたいかい？　スクリーンで見つめたくなる？　それこそ出来の悪いジョークだ。あれはどこにでもいる若者で、顔も名前も人生も、たんなる記号でしかないよ」

まあ、でも――と、薄笑みが浮かぶ。

「たしかに卵だな。金の卵」

腑に落ちた。井口の身なりはカジュアルだが安くはなかった。きらきらの腕時計が本物なら、わたしの年収を差し出しても門前払いをくらうだろう。

「カモか」

するとわたしたちはパンダにピエロだ。やんちゃな暴力に憧れるお坊ちゃんのご機嫌をとる要員。井口は浮かれていた。血の臭いがする奴らと接した気になり、そしてたぶん、こんな腕力馬鹿はいつでも札束の力で好きにできるという優越感に浸って。

自分は安全な観客席にいるつもりで。

「気に障った？」

べつに、とわたしは返す。「でもいいのか。わたしがあいつにチクっても」

「彼が、ぼくより君を信じるならね」

笑う目に、絶対の自信が満ちている。

「いちおう断っておくけど、ぼくは詐欺師なんかじゃない。ちゃんと働いてるし、お金に困ってるわけでもない。井口くんにしても、騙すどころか、むしろ手助けしたいとすら思ってる」

「人生の破滅を？」

「自己実現」

その言葉の妙な鋭さに、わたしは皮肉を引っ込めた。

「古今東西、変わらない欲望だ。生まれが裕福だろうと貧乏だろうと関係ない。自分の力、才能で、何者かになりたいと誰もが望む。金だけあって中身は空っぽって人生は、よっぽど虚しいものだしね。周りから賞賛される成功、一目置かれる業績……そのためのチャンスを紹介するのは、疑う余地もなく親切だと思わない？」

「成功なんかするはずないと、確信していてもか」

「拾った宝くじが当たることもある。まあ、どのみち、しょせんは遊びさ」

「なるほどな。世間知らずのボンボンを嵌めておもしろがるのが、あんたの自己実現ってわけだ」

「ぼくの自己実現――」あからさまな挑発に不快も見せず、意味ありげに顔を寄せてくる。「それは、この先にあるよ」

タクシーが停まった。繁華街の外れにひっそりと建つビルの真ん前だった。短い階段を下り半地下の奥へ進み、蛍光灯に照らされた狭い通路を左へ曲がる。右へ曲がる。扉に出くわす。百瀬がインターホンを押し、何事かやり取りを交わすと開錠の音がした。扉が開き、顔をのぞかせたボーイに招かれるままわたしたちは暗がりへとすべり込んだ。レジスターなんてない。驚くほどの静けさだった。床は固いのに、まるで絨毯のように足音を吸う。床だけじゃなく、この場所をつくるすべての素材が音を殺している。

薄暗いフロアには、みっつの透明な筒状の柱が三角形に配置されていた。青白いライトが筒の中を満たしていた。それぞれの柱を囲って客たちは席につき、酒をふくんで談笑していた。あるいはのぼせたように筒の中に見入っていた。筒の中には人間がいた。ふたつは女、残りは男。半裸の彼らは青白い光の中でゆったりと肉体をくねらせていた。その運動がダンスだと、この場所のこの装置でなければ気づかなかったかもしれない。伴奏もない静けさのなかで彼らは淡々と筋肉を伸縮させ、関節を駆動している。恍惚を帯びた義務のように。

百瀬の手のひらに背を押され、棒立ちだった足が動いた。視界の隅を過ぎていく客たちはダンスクラブのＶＩＰシートでもお釣りがくるほどの金持ちに見えた。わたしが身につけているぜんぶを足しても、その指のマニキュアのひと塗りにだって負けそうだった。

ほかが埋まっているわけでもないのに、百瀬は男が踊る筒の席を選んで腰を下ろした。オーダーは？　ビールでいい、それ以外は知らない。百瀬はハイランド・クーラーを頼んだ。そしてフィッシュ＆チップス。

二十センチ離れた筒の中でビキニパンツの男が踊る。ちょうどいい背丈にバランスのとれた骨格。贅肉などひとつもなく、過剰な筋肉もない。そのまま美術館に展示できそうな肢体をじっくりと見せつけてくる。銀色に染まった短髪、その下で光る尖った銃弾のようなブルーの瞳。色素のない唇が描く笑みに、わたしは居心地が悪くなる。

水中花という玩具があってね――。音を殺すフロアにあって、それはわたしだけに届くささやきだった。「中国から伝わった玩具さ。カラフルな紙の花に防水加工をして、水を入れた容器の中へ落とすんだ。すると花びらが開く。ぱっといっせいにね。あとはかすかなゆらめきを楽しむだけなんだけど、眺めていると少し奇妙な心地になった。作りものの花なのに、まるで命があるみたいだなって。子どものころの話だよ。お土産でもらったんだ。ぼくは花が開くのをもう一度見たくて水からそれを取り出して、また落としてみた。でも上手くいかなかった。花は開くけど最初のいきおいはなくなっててね。無性に哀しかったよ。ここへくると、いつもそれを思い出す」

酒が運ばれてきた。百瀬はひと口なめてから、ほんとはフィッシュ&チップスはメニューにないんだと笑った。でも頼めばたいていのものが出てくる。きっと人魚のフィレステーキも。

ビールは美味かった。どこがと説明はできないが、ふだん口にしているものとはぜんぜんちがう。

あんたのそれは？　スコッチとレモンジュースのカクテルだと百瀬が答える。ジンジャーの苦みがぐっとくるんだ。

返事を期待したふうでもなくハイランドのグラスをもてあそび、百瀬は筒の中で踊るダンサーへ熱い眼差しを送っていた。

「そういう趣味なのか」わたしは訊いた。

「そういうって？」からかうように問い返された。

「男が好きかと訊いてる」

「もちろん好きだよ。何せ人口の半分だ。嫌ってたら生きにくくて仕方ない」

わたしは無言で応じた。

「ふざけるな？　でも質問の答えにはなってるはずだ」

ビールで唇を湿らせてから、あらためて百瀬に訊いた。

「同性愛者か」

百瀬の唇がにっとする。「潜在的にはそうかもね。試したことはないけど」

「試す気で誘ったのか」

「ぼくらは同性？　そんな感じはしないね」

「手はじめに、わたしみたいな女からって奴もいる」

なるほど、と楽しそうにつぶやいて、「でも」とつづける。

「それはちがう。ぼくはたんに、美しいものが好きなんだ。男でも女でも、ほんとうはかまわない。ただ、ぼくの美しさの基準に、たとえば乳房はふくまれない。美的にいって、いささか不要だとすら思ってる。それだけの話だよ」

作りものめいた顔に自然な笑みが広がって、一瞬この男の年齢をあやふやにする。

自分の肉体を意識してしまう。女性的とはいい難い、有吉の半分しかない胸板を。

「ほら、彼を見て。ジェンダーとかセックスだとか、ぜんぶどうでもよくなるよ。だってこれは、純粋な、たんなる美だから」

ダンサーの男が、首をぐるりと回しながら両腕を上下にのばした。のけ反るように腹を突き出し、ちぎれるほど胴体をしならせた。曲線の角度が増して、わたしはその両足に吸い寄せられた。踵は高く上がっている。地面と接するわずかな面積に彼の体重は支えられ、いまにも崩れそうな予感を抱かせる。しかしふたつの足は微塵も揺れず凜とその場に突き刺さり、自由に泳ぐ上半身を好きに遊ばせている。ふたたび男と目が合った。わずかに潤んだブルーの瞳。

「あの脚、あの腕。腹部と胸部の比率。首の長さ、太さ、肩幅。完璧だ。どれも整形で直すのは難しい。つまり、あるがままなんだ。神さまを信じる感性なんてもってないけど、でもこういう奇跡を目の当たりにすると祈りたい気持ちになる。この世界が、この世界でいてくれたことに感謝します——とね」

その台詞を証明するかのように、うっとりとダンサーを仰ぎ見る。

「十把ひとからげのタレントどもじゃ足もとにもおよばない。この子の輝きは、あと二年がピークだろうね。素晴らしいと思わない？　まさに刹那の美が、それを成している瞬間に立ち会えているんだから。たゆまぬ試行錯誤、訓練、節制。ぼくらが愛でているものは、天才がおびただしい辛苦の果てにたどり着いた結晶なんだ」

「たいした趣味だな」

百瀬が、無言で意味を訊いてきた。

「パトロンなんだろ？」

ここに自己実現があるとうそぶいた男は、不敵につづきを待っている。

「わたしを飼うつもりだったのか？　こいつみたいに踊らせられると？　だとすれば、あんたの目は節穴だ」

百瀬の涼しい顔が、苛立ちに拍車をかける。

「そうじゃないなら、誘った理由を話せよ」

「仲良くなりたくて声をかけた。行きつけの店に連れ出した。どこが不思議？」指がグラスのふちをなぞった。「それとも、理由が知りたい事情でもあるのかな」

わたしは黙り、半分になったビールを見つめる。

「君を口説く気はない。踊らせようとも思ってない。でもそれは、君に魅力がないからじゃない」

すっと体温が忍び寄る。「たしかに君は彼とはちがう。まったくちがう。でもいわせてもらうけど、美の種類はひとつじゃないよ。順位もないし、言語化も不可能だ。あるのは特別か、そうじゃないかだけなんだ」コロンの香りが鼻をくすぐる。「君は充分、美しい」

百瀬がハイランドをあおる横で、わたしは止まっていた息を吐く。

「美に理由はない。原因も意味もない。善悪もね」

ボーイが現れ、ふたりのあいだに皿を置いた。

「でも差し当たり、今夜の理由はこれで充分なんじゃない？」

いって百瀬はフィッシュ＆チップスのフライをつまみ、丸ごと口に放り込んだ。こちらを見ながらわざとらしく咀嚼して、指をなめた。そのいちいちが芝居がかっていて鼻につく。なのに引力がわたしを離さない。

視界からダンサーのくるぶしが消える。筒の底がゆっくりと下降してゆく。変わらずに踊りつづけるダンサーの肌が、脛が、太腿が、なでるように落ちてゆく。かっちりと割れた腹筋、乳首、喉仏。華奢な顎に薄い唇、筋のとおった鼻。ブルーの瞳が、ちょうどわたしの高さにくる。銀髪の男は笑っていた。見透かしたように、じっと。わたしはビールを流し込んだ。過ぎていった青い視線の余韻とともに。

ダンサーが休憩に入ったタイミングでボーイから耳打ちをされ、百瀬がこちらを向いた。あっちのテーブルに知り合いがきてる、呼ばれてしまったから挨拶してくる、君は好きに飲んでもいいし帰ってもいい、できればもう少し付き合ってほしいけど無理強いはしない。タクシー代といってスーツの内ポケットから真四角に折り畳んだ札をコースターの脇に置く。

立ち上がる百瀬をわたしは見上げた。あんたを待つ気はないという意思を込めると、正しく了解したように百瀬は軽くうなずいた。

「君とは、また会えそうな気がするな」

とろけそうな笑み。「楽しみにしているよ。君が果たす、君の自己実現を」

じゃあ、行ってくる――。ためらいなく、百瀬は歩いていった。その背中が遠ざかると、あとにはハイランドのグラスとわずかなコロンの香りだけが残った。わたしはボーイにビールを頼み、それから煙草を吸えないかと訊いた。

奥の便所の横にある喫煙所はまるでロビーのように広く、ソファまであった。先客がひとり。深く帽子をかぶった若い女は細長い煙草を指に挟み、もう片方の手でスマホをいじっていた。金づるの同伴か、お忍びの芸能人でもおかしくない。わたしは離れた位置に立ってマルボロをくわえ、数時間ぶりにニコチンを吸い込んだ。どくどくと鼓動が聞こえた。酔っている。ひさしく憶えがないほどに。

吸い終わった煙草を潰し、女がソファから立ち上がる。歩きだしたその小ぶりな胸と尻を盗み見る。彼女が去ってひとりになると股間へ手がのびかけて、防犯カメラがあるかもしれないと思い直した。同時に、このむず痒(がゆ)い性欲の出処(でどころ)を自問した。

帽子の女、百瀬、青い瞳のダンサー。どれでもあり得た。男とも女とも経験はある。どちらとするのも抵抗はなく、どちらが好みという確信もない。自分は女なのか、男なのか。心と身体の照準に疑いを覚えても、深刻に悩んできたわけでもない。悩むチャンスを逃したといってもいい。わたしが過ごした思春期に、そんな暇は少しもなかった。

わたしはわたし。ありふれた慣用句は気休めにすぎず、楽な逃避であることもわかっていて、だから「選ぶ」ことに疲れを覚える。「わたし」すら、わたしは選ぶことを躊躇する。

自己実現。思い出すと無性に腹が立った。怒りが性欲と混じり合い、刺激し合って、思考が散り散りに飛んだ。

父親の部屋で、わたしの拳が潰した顔面。骨と骨がぶつかり合う感触。砕ける手応え。町谷さん、どんな感じなんすか、相手をめちゃくちゃにしてるとき――井口の問いに答えるのはたやすい。サイコーだよ、サイコー。サイコーに気持ちいい。あの快感には不純物がなかった。アルコールもニコチンも不要。聴衆や陰部の摩擦も。それらが「反応」だとしたら、わたしが上げて下ろしてを繰り返した拳の運動は、ひたすら能動態だった。わたしは行為それ自体に昂ぶったのだ。

煙を吸い込む。吐き出す。暴れだしそうな感情を鎮めるために。

人は、簡単に壊れる。形を変える。おなじように、人生も崩れる。楽に崩れる。けっして元には戻らない。それが嫌なら、できるだけ、息をひそめているしかない。

灰が床に落ちた。わずか数分で煙草は粉塵となった。

百瀬が崇める「美」とやらも、この煙草と大差ない。火をつければ燃える。減る。朽ちる。するとこの身体の火照りも偽物なのか。ブルーの瞳を思い浮かべると、どうしようもなくぞくぞくと血流が速まり、衝動がくすぶる。

まったくちがう顔つきなのに、彼にはあの子の面影がある。わたしの人生にこびりつく少年、キユウ。

追想は、冷たい確信に邪魔された。経験上、あの瞳はやっている。ＬＳＤか、覚醒剤。

スマホの着信音が鳴りはじめた。フィルターを灰皿へ投げ入れる。もう一本箱から抜いて、これを吸ってからかけ直そうと決めた。


埠頭のダンスクラブのそばにある倉庫のような駐車場には何台もの車両がならび、静かに夜が更けるのを待っていた。すでに時刻は午前を回っている。

アウディの前に人影があった。

後ろで縛ったセミロングの黒髪、黒いスーツ。ごくありふれた立ち姿なのに、暗がりに立つ女が彼女だと遠目にもわかった。もし連絡を取り合っていなくても、きっとわかったんだろうとわたしは思う。

ロクは、わたしに気づいていない。一心にスマホをいじっている。喫煙所の女の子もそうだった。みな、どこからそんなに言葉があふれてくるのかと思いながら近づいた。足音が反響してもロクはこちらを見なかった。うっすらと、白いうなじが目に映る。

「どうだった？」

いきなり話しかけられても、わたしは驚かなかった。腹が立つこともなく、代わりに懐かしさが込み上げた。

「ここで話すのか」

「まずいに決まってるでしょ」

差し出された手のひらに、小さく肩をすくめて返す。「他人に運転させたくない」

「例外にして。飲んでるんだから」

ロクが、こちらをにらんだ。一七〇センチあるわたしより、頭ひとつ低い背丈。すっきりしたプロポーション。化粧っけのない肌は艶(つや)やかだ。質感のある唇。感情を湛(たた)えた目もと。七年ぶりの彼女は、想像どおりに成長していた。着慣れたスーツとハンドバッグ以外は。

「早く」口調にこもる苛立ちも、あのころと変わらない。

アウディのキーを放り投げる。呆れた吐息とともにパンプスが地面を蹴って、ロクはさっさと運転席に乗り込んだ。

「おまえ、免許はあるのか」

「当たり前でしょう」

「意外だな。運転さえできれば足りるといってた」

「いつの話よ」

七年前だと、心の中でわたしは返す。

ロクは迷いなくエンジンをかけた。

「あと、『おまえ』とかいうのはやめて。気色悪い」

「『君』のほうがいいか？　それとも『お姉ちゃん』？」

「黙って」

わたしはそのとおりにした。助手席は悪くない座り心地で、酔いがゆるく拡散し、一方で、くっきりと右肩にロクを感じた。薄紙のような緊張が神経を刺してくる。

ロクの運転はしっかりしていた。アウディも彼女に従順だった。ひと気のない交差点を過ぎ、橋を渡って埠頭から品川の街へ入るあいだ、彼女はずっと前だけを見てハンドルを操った。

「無口ね」

「――黙れといわれた」

「疲れてる？」

「いろんなのと会ったからな。それも知らない奴らに」

「会えたのね」

気遣いは微塵もない。

「どこへ？」と訊いた。「どうせなら千葉まで送ってくれ」

「こっちは明日も仕事よ」

「住まいは？」

すっと眉間に皺が寄る。「必要？」

「べつに。無駄話だ」

ロクがため息のように吐き捨てる。「牛込」

「男と？」

「ええ」

「それは――」

「あなたの知らない人よ」

そうか、と思った。ならたぶん、マシな場所なのだろう。

「会社は？」

「富津の家に名刺があるはず。死ぬ前、盛夫が客になったことがあるから」

その口ぶりに祖父を偲ぶ響きは皆無だ。

「知りたければ探しなさい」

「面倒だ。教えろよ」

「赤坂。輸入雑貨の卸し。立場は主任。品川までタクシーで四千円」

「それは、わたしのせいじゃない」

ドブ鼠を蔑む声が飛んでくる。「そのカッコ、どうにかならない？　しゃべり方も」

「楽なんだよ」

「刈り上げが？」

馬鹿みたい――。顔はもうフロントガラスの向こうへ。わたしは腕を組んだまま苦笑をもらす。変わっていない。七年前からまったく。いや、出会ったときから。

「携帯の番号はどうやって？」

「知ってたら駄目？」

「変えたのは最近だ」

裁判のあと、しがらみを断ち切るために。知っているのは警察関係者と弁護士、会社の連中、有吉。あとは――。

「親父と、まだ連絡をしてるのか」

今度は長いため息。車道をシティバイクが走っている。辰岡なら、まばたきより速くクラクションを鳴らしただろう。

「いちおう家族よ。返さなきゃならないお金もある」

「学費だろ」

「養育費も」

「踏み倒せばいい。あいつは金をもってることだけが取り柄の男だ」

「借りを残したくない。あんな奴には、ビタ一文」

ならよけいに踏み倒せと思うが、ロクは本気だ。本気で自分が養われた期間を一日単位で換算し、そのぜんぶを返す気なのだ。

しかし質問の答えとしては足りていない。ロクは番号だけでなく、わたしが有吉に誘われていることも知っていた。あの男と会うことも。

昨晩、一方的に送られてきたメッセージの最後――『有吉と遊びに行って。そのあとで電話する。会いましょう』

わたしは返事をしなかった。なのに有吉の誘いを断らず、ロクの着信に折り返した。そして埠頭のダンスクラブを教えた。

「あいつは、どうだった?」

電話口で、まっ先に訊かれたことだ。百瀬には会えた?

「まず説明してくれ。ふり回されるのは気にくわない」

「偉そうな口をきくようになったじゃない、泣き虫やっちゃん」

質感のある唇が、見下すように歪んだ。腹立たしさより、やはり懐かしさが勝ってしまう。血のつながらない、おない歳の姉。

「キュウが、まずいことになってる」

いいながら、ロクはアウディを停めた。高架下の路肩は街灯も遠く真っ暗だった。

「あの子がいま、どんなふうかは知ってる？」

「消えろと命じたのは誰だ？　二度と近寄るなと誓わせたのは」

「調べるなとはいってない。気にかけるなとも」

わたしは天井へ息を吐く。アルコールが抜けていく感覚があった。

「――おまえとは、つづいてたんだな」

「『おまえ』はやめてといったでしょ」

わたしは無言で訴えた。約束したはずだ。二度と近づかない。キュウの前からは消える。わたしとロク、ふたりとも。

「べつに」と、ロクが苛立ちを隠さずいった。「こっちからどうこうしたんじゃない。ただわたしは調べただけ。気にかけていただけ。そしたら少しは、顔を見たくもなるでしょ？　イベントに足を運ぶくらい、何も不思議はないじゃない」

わたしは待った。こういうとき、ロクはそのほうがよくしゃべる。

「何回か、暇なときによ。気づかれたのは失敗だった。それは認める。でもけっして、わたしから声をかけたんじゃない。それに連絡先を交換しただけ。たまにやり取りをするだけ」

ロクの長い指が髪をかき上げた。縛っていたゴムを乱暴に外し、髪の毛がシートに落ちる。目に見えずとも、肌でそう感じた。

「いつから?」

「——去年」

一昨年かもしれない。あるいは七年前、わたしが富津を去ってからずっと。

驚きはなかった。どのみち、ロクがキュウから離れられるはずがないのだ。なら自分は? じわりと胸が締めつけられた。二度とふたりには会わない。関わらない。そう決めて富津をあとにし、東京へ出た。腐った連中とつるんで過ぎた七年間。危ない仕事、くだらない遊び。すべてがその場しのぎで、人生は削られていく一方だった。残ったのはささくれと、ついでに前科だ。

もしもちがう道があったなら。ロクやキュウとともにいられたら。

意味のない想像だった。現実にわたしたちは離れ離れになり、わたしひとり知らないうちにロクもキュウも東京に住んでいる。

「あいつも、もうすぐ十九になるんだな」

「ええ。まだ子どもよ」

正反対の感想だったが、わざわざ口にしようとは思わなかった。

「それにあの子は、ああだから」

わたしはうなずく。言葉の意味が、簡単に想像できたから。

「レッスンは真面目にやってる。でも、それ以外は駄目。まるで駄目。笑えるくらいに」

ロクは頭でも抱えそうな調子で、けれど背筋をのばしたまま前を見ていた。

「ある程度は仕方ないと思ってる。公務員じゃないんだし、遊ぶのも肥しでしょ? だけどあの子はストッパーがゆるすぎる。なさすぎる。計画性も、危機管理能力も」

「それでもいいといってた」

問う視線がわたしを向いた。

「前科があろうが、クズだろうが関係ない——って、百瀬が」

ロクの目つきが鋭くなった。こぼれそうな感情をぎりぎりでせき止めた瞳は、ぞっとするほどまっすぐだった。

「大事なのは存在感だそうだ。それに違和感」

「生ゴミのような意見ね」

ついでに「美」についての講釈を披露しようか。彼女の口から放たれる暴言を、わたしは少し聞きたがっている。

先に確認したいことが、山ほどなければ。

「有吉は、どこに絡んでくる？」

「偶然よ。ほんとうに。あなたのことも、だからそう」

ロクは目を逸らした。嘘かもしれない。だがわたしは、こいつが動揺したり興奮したりを計算ずくで演じきれる人間だと知っていて、だから見抜くのをあきらめている。

「おまえが追いかけてる百瀬のそばに偶然有吉がいて、その有吉が偶然わたしを誘ったことを、偶然おまえは知っていたわけか」

「百瀬は、キュウを自分のものにしようとしてる」

わたしは黙り、耳を傾ける姿勢をつくった。

「あいつは広告代理店の男。国の事業にも食い込んでいるようなトップのね」

ロクがつづけた。百瀬は名門と呼ばれる家の三男坊で、親族は軒並み官庁や銀行、大企業に勤め、医者や弁護士になっている。ようするにエスタブリッシュメントだ。

「働いているのはただの趣味。わたしたちには想像もつかない金持ちよ。本家は興行の世界で、古くて有名な部類の投資家」

コンサートにスポーツ、格闘技。それらに金を出し配当を得る。もともと戦前戦後の映画事業で財を成したのが家の基盤なのだという。

「いまじゃ想像しにくいけど、日本人の半分が劇場へ足を運ぶ時代があったのよ」

「そういえば、マオという女がいっしょだった。芸能事務所のアドバイザーだとかいって」

「『ルック・ドアー』。人買いの予備軍みたいな連中」

ロクは文字どおり吐き捨てた。

「キュウの事務所は憶えてる？」

『鳳（ほう）プロ』だ。一線級のタレントを抱える大手で、新人の発掘にも定評があると聞いた記憶がある。

スカウトのさいに提示された条件は破格だった。大金と呼んでいい契約金、住まいとレッスンの無償提供。もろもろの手続きや学費についてもすべて受けもつ。くわしい経緯は知らないが、キュウは無事そこに在籍しているらしい。

「よくしてくれてる。それは確実。だけど、あそこは面倒を好まない。クリーンなアイドルとして売りたがってるし、スキャンダルは許さない」

ようやく、話がみえてきた。

「脅されてるのか？」

「年末に芸能記者がきたそうよ。お母さんについて聞かせてくれって」

わたしたちの父親の、三番目の妻。

「デビューしたばかりの新人によ？　適当にあしらったとあの子はいってたけど、そこは正直わからない。わかっているのは、それが間違いなく、百瀬の差し金ってこと」

わたしは天を仰いだ。フロントガラスの向こうに首都高の高架がのびている。

「ほかへ移れないのか？　もっとゆるい事務所に」

脳裏に、はしゃぐキュウの姿が浮かぶ。悪戯（いたずら）が見つかったときの笑みも。

「どのみち、あいつに品行方正を求めるのは無理だ。牛に逆立ちはできない」

「契約がある。デビューから一定期間が経つまで、解除には違約金が発生する」

手厚い歓待がそのまま跳ね返ってくる額で。

「こっちに非があるなら抗弁は難しい。ほかの事務所が手を挙げてくれるとも思えない。鳳プロは力がある。評判もいい。そんなところに見限られた無名の子を誰が拾ってくれる？」

「でも、どうしようもないこともある」

「そうね。だから、わたしたちはどうにかしてきた」

言葉が途切れた。道行く車両はなく、デジタル時計はとっくに終電のない時刻を示している。

「キュウから聞いて――」ロクが話を再開した。「初め、わたしはその芸能記者を調べた」

ギャンブル漬けで大昔に出版社をクビになった鼻つまみ者。芸能ジャーナリストを名乗り、ゴシップを事務所に売りつけて糊口（ここう）をしのぐゴロのような男。

彼の雇い主として、浮上したのが百瀬だった。

「今度はそっちを調べていったら、有吉とつながった。ふたりの付き合いは記者が現れた前後から。わかるでしょ？　百瀬は百瀬でキュウを調べて、そして有吉に近づいた。目的はあなたよ」

これが、奴の不自然な誘いの理由か。

「あなたを味方につけて、キュウの懐柔に利用する気なんでしょう」

「おまえのとこには？」

「まだ。こうして会ってるのも隠しておきたい」

だから昨晩のメッセージで、ロクは事情を伏せたままにした。知れば態度に出る。不器用なわたしの芝居を、百瀬は簡単に見抜いただろう。

「百瀬は、違約金もふくめて引き受けるつもりなんだと思う。わたしたちには大金でも、あいつにとってはちょっとした贅沢という程度だろうし」

「自分の手元で育てるためにか」

「愛玩具よ」

きつく唇を噛む。「これまでも何人か、引き抜かれた子がいるらしい。みんな若くてきれいな男の子。そしてみんな、業界からいなくなった」

金の力で自分好みに調教し、飽きるまで飼って捨てる――。

眉唾な噂にも聞こえる一方、水中花を語る声が耳によみがえった。筒の中で踊る男への惜しみない称賛と、ピークはあと二年と断じる冷徹な分析。ドラッグでキマったブルーの瞳は、どこか卑屈に嗤っていた。

「どうするつもりだ？」

「考える」前を見たまま、ロクは答えた。「まだわからないけど、どうにかする。あなたはいつもどおりでいてくれていい。ただ、百瀬から連絡があったら教えて。なるべく早めに」

「有吉からもか」

「ハチ」ロクがこちらを向いた。「怒ってる？」

「……なぜ？」

「謝ってほしいんならそういって。そして、あの子を助けて」

ほんの一瞬、わたしたちは見つめ合った。アウディの計器だけがふたりを照らした。あと一言何かいえば、ロクはドアを開けるだろう。

「キュウは――」言葉を探したすえに、わたしは尋ねた。「成功しそうなのか？」

「何いってるの？」呆れより、怒りを湛えた瞳がいった。「天才よ、あの子は」


ロクが去った車の中でシートをリクライニングする。アウディの天井は近かった。出来事と情報が怒濤（どとう）のように流れていって、むしろ心は落ち着いていた。裁判からこっち、なるべく穏やかにと決めていた日々を背中から刺された気分だ。あまりに予想外で、突然すぎて、慌てる間もなく崩れ落ちていくような。

ロクの話を、どこまで信じるべきか。

おそらくロクは探偵を雇っている。仕事もしている一般人が独力であれだけの情報を集められるはずがない。有吉の誘いまで突きとめていた。素人には無理だ。
プロの調査。しかしわたしは探偵の胡散臭さも知っている。東京時代の七年間で、そういう奴らとも知り合った。依頼人から金を引っ張るためにあることないことを吹き込む輩はめずらしくない。たぶん今回、調査のためにロクは偽の事情をでっち上げている。まともな会社が相手にするかは微妙なところだ。

この先、ロクは探偵に頼るのをやめるだろう。誰であれ、キュウの事情には近づけたくなくて、だからわたしに連絡してきたのだ。すでに承知している人間、断れない人間に。

キュウに会わせてくれと、わたしはなぜ頼まなかったのだろう。断られるとわかっていても、口にするぐらいはできた。当然の権利な気もする。会いたい。この気持ちはどこまで本物なのか。

本物と偽物。それをいうなら、わたしたちを家族と呼べるのかもわからない。

父親には、三人の妻がいた。ほとんどつづけざまに別れてくっついてを繰り返した彼女たち全員に連れ子がいた。別れるたび、父親は子どもを引き取った。最初がロクで、次がわたし。そしてキュウ。わたしとロクが出会ったのは七歳のころ、五つ下のキュウが町谷家に加わったとき、あいつもちょうど七歳だった。

わたしの記憶に、実の父は存在しない。顔も名前も、素性も知らない。母にしても、正直なところ曖昧だ。たぶん、ろくな女じゃなかったのだろう。ネグレクト。それは彼女と父親が夫婦だった二年間も同様だった。初めの一年をわたしは夫婦と練馬（ねりま）の父親宅で暮らしたが、たいした思い出はない。幼稚園には通わず、平日はベビーシッターと過ごした。親といるより、その時間のほうが長かった。

小学校に上がるタイミングで祖父母に預けられた。聞いたこともない千葉県富津市という地名。二階建て車庫付きの古民家。そこに、ロクがいた。わたしたちは初めて互いの存在を知った。戸籍上は、とっくに姉妹だったのに。

他人としか呼びようのない老夫婦に養われる日々。ろくに会いにくることもない親。似たような環境で育った少女は、わたしの何倍も大人びていた。

もう終わっているのよ——。かつてロクはそういった。畳に敷いた布団の上で、わけもわからずわたしは泣いた。泣き虫やっちゃん。

目をつむる。キュウの顔が瞼に浮かぶ。笑っている。すねている。遠くを見つめている。驚くほど人懐っこい少年はやすやすと他人の懐に入り込み、かき乱し、消えない残像を刻みつけてくる。だがふいに、まったく人を寄せつけない顔をしているときもあった。わたしやロクしか知らない顔かもしれない。それとも恋人がいて、その人には見せているのだろうか。

スカウトの目にとまったのは、キュウが小六のときだ。クラブ活動のヒップホップダンスで地区の大会を勝ち上がり県大会に進んだ。全国の切符は逃したが、それはキュウのせいじゃない。キュウとほかのメンバーの実力がちがいすぎてチグハグになったのだと、ロクはもちろん、周囲の人間も口をそろえていた。わたしもあいつの踊りを観た。上手いか下手かはわからなかったが、スキルが突出していたとは思えない。突出していたのは彼の美貌だ。そして弾けるエネルギーだ。ステージで跳ね回る少年は、近くで暮らしていたわたしでさえたじろぐほど輝いていた。太陽の子。百瀬の言葉は、ステージできらめくキュウにこそふさわしい。

その後、キュウは個人のダンスパフォーマンス大会に出場し、最年少の入賞を果たした。出場を勧めた鳳プロの人間が大会後に正式な打診をしてきたのだと、わたしはあとからロクに聞いた。
当時、わたしとロクたちの住まいは分かれていた。事務所から声がかかった直後、キュウの母親が富津の家からふたりを連れ出したせいだ。父親と練馬で暮らしていた彼女は息子に舞い込んだチャンスを目当てにやってきて、君津にマンションを借り、親子で暮らしはじめた。そこにロクを加えたのは家事やお守りを押しつけるためだった。血のつながらない次女に声はかからず、彼女はむしろわたしを遠ざけようとした。ロクがいるなら心配ない。そう自分にいい聞かせた。ダニのような連中に囲まれ、殴られながら。

歪んだ家族ごっこと暴力の日々は、やがて終わりをむかえる。七年前の夏、富津から三人の人間が消えた。わたしを玩具にしていたグループのリーダー、キュウの母親、そしてわたし。

目をつむり、瞼の上で手のひらを組む。ひさしく忘れていたキュウの母親、父親の三番目の妻。ほんの数回会っただけの彼女の顔が、自分の母親より鮮やかなのは皮肉だった。あまりキュウとは似ていなかった。それがＤＮＡの気まぐれか、積み重ねた時間のせいかはわからない。ただ彼女がくそ野郎だったのは間違いない。雨粒ほどの疑いもなく。

和可菜(わかな)。たしかまだ、四十そこそこぐらいだったはずだ。

あの女について尋ねてきたという芸能記者、裏でけしかけたと思(おぼ)しき百瀬。キュウを助けてと願うロク。いや、命令か。

ロクは、わたしのことを訊かなかった。東京時代のことも最近の生活も、裁判のことすらも。

ブルーの光に浮かぶ水槽、踊る水中花の男。井口の金ピカな腕時計、巻き毛の女の太腿、マオの流し目、百瀬の香り、とろける笑み……。

自己実現。わたしの、自己実現……。

けたたましくスマホが鳴った。白みはじめた空が目に入り、いつの間にかまどろんでいたのだとわたしは気づく。

〈ようやく解放された〉有吉の、不機嫌なのか眠いだけなのか判断しにくい声がいう。〈どこにいる？〉

「さあ」

〈さあ？〉

「首都高のそば。それぐらいしかわからない」

何かいおうとする気配が伝わってきて、「なあ」と先に話しかける。「おまえに『アメリカン・サイコ』の話をしたか」

〈は？　ああ、映画の話なら居酒屋で聞いた。わけがわかんなかったって〉

「格闘技はいつからはじめたんだ？」

〈いずれ習えば、嘘にはならない〉

たとえボクササイズでも。

〈腹ペコだ。牛丼でも食おう〉

倒したシートを戻し、奢れ、とわたしはいった。

※

　オールディーズが流れている。軽快なギターがノリのいいメロディを奏で、陽気な男性の声が歌っている。それを本庄健幹（ほんじょうたてき）は、ウッドテーブルに臥（ふ）せって聴いた。

「おい、寝るな本庄」

　乱暴に肩をゆすられ身体が跳ねた。意識が飛びかけていた。「悪い」と謝って口もとをぬぐうと手の甲が涎（よだれ）で濡（ぬ）れた。

「めずらしいな、おまえが飲まれるなんて」煙草を吹かしながら奥山（おくやま）が呆れ半分に笑った。

「ごめん。最近飲んでなかったからかな」

「じゃなくても、あの調子で飲んでたらつぶれるよ。やけ酒みたいだったぞ」五十嵐（いがらし）が丸顔を心配げに曇らせておしぼりを差し出してくる。受け取ったそれで、健幹はあらためて口を拭く。

「いや、ほんとごめん。ちょっと考えごとしてて」

「考えごとしながら痛飲かよ」奥山の唇が可笑しそうに歪んだ。「まるで詩人かSF作家気取りだな」

「水要るか？」返事を待たず、五十嵐は店員にお冷（ひや）を頼んだ。

　おしぼりで顔をこすると、だいぶ意識がはっきりした。仕事終わりに大学時代の友人と声をかけ合い集まったのだ。馴染みのパブは混んでいて、そこらで紫煙が立ち昇っている。都内で大っぴらに煙草を吸える店は年々少なくなっている。ヘビースモーカーの奥山のために見つけたここは値段も手ごろで料理も美味い。ビールも豊富だ。ただ繁盛しているせいかオーダーが届くのがちょっと遅い。坪面積に対してテーブルが多すぎる。そしてBGMのボリュームも、少しばかりでかすぎる。

ぼんやりそんなことを考えてしまうのは職業病だ。健幹はフードチェーンの営業企画部で働いている。


「まあ少し休めよ。帰るなんていわないだろ?」

「うん、大丈夫」腕時計を見ると、時刻はまだ九時を過ぎたばかりだった。この三人で集まるとたいてい帰りは終電になる。社会人になって会える機会も減ったから、たまの再会は貴重だった。何より今夜は健幹が発起人である。

水を届けにきた店員にふたりが追加注文をする。それぞれめずらしいビールを頼む。顔は赤いが奥山も五十嵐も、まだ序の口といった様子だ。健幹も飲めるほうだが、このなかでは断トツの最下位だった。割り勘で割を食う係。なんとつまらない役回りだろう。

「しかし五十嵐よ。おまえは簡単に雇用促進減税なんて口にするがな、それで問題の本質が解決すると本気で思うか?　これまで法人税を下げつづけた結果はどうだ?　おまえらの懐に内部留保金が積み上がっただけじゃないか。いつになったら市場に還流するんだ、え?」

「だから、それは国の方針がセットで必要なんだってば。企業が利益の最大化を目指すのは当たり前だろ?　雇用や賃金アップが、こっちの利益になるように制度設計してもらわなくちゃ」

またややこしい話を、と健幹は水をふくんだ。痩せぎすの奥山は官庁勤め、五十嵐は親の金融会社の若き役員だ。いまはまだかろうじて横並びの身分といえるが、独り立ちでもしないかぎり、やがて自分は置いてきぼりになるだろう。

「なんでも国のせいにするなっつーの。罰則規定をこしらえてほしいのか？」

「格差の最適化は行政の仕事だろ。グランドデザインを描くのは。ぼくらは自分から、損を取りにはいけないんだから」

ちっ、勝手な奴め——。悪態をつきながら奥山も楽しんでいる。こんな話を好きにしゃべれるのも気心が知れているゆえだ。「相続税を爆上げして、おまえの将来を台無しにしてやりたいぜ」「先に配偶者への財産分与制度廃止に尽力したほうがいいんじゃない？」「うるせえな。間に合わねえよ」

毒づいて瓶を傾ける奥山が別居中であることは前々から聞いていた。子どもの幼稚園受験が済んだら別れることになりそうだとも。

「奥山はひとりぼっちで出席だってさ、本庄」

「え？」

「え？　じゃねえよ」奥山が吸い終わった煙草を潰す。「結婚するんだろ？」

ああ……と生返事で、水のコップをなでる。

「ちっ、マリッジブルーとはいいご身分だな」

「いや、まだそんな、決まったわけでもないし」

「話したんじゃないのか？　おれはてっきり、今夜はその集まりだと思ってたぞ」

ぼくも、と五十嵐がうなずく。前回の飲み会で、そろそろプロポーズのタイミングかなと相談し、さっさとくっついちまえと激励された。結果は必ず報告するようにと。

あれからおよそ一ヵ月、ふたりへの相談事は薔薇(ばら)色から灰色に変わっている。

人はどんなとき、探偵を雇うと思う？

「――じつは、まだ踏ん切りがつかなくて」

はあ？　なんだそれ、へたれかよ。本庄らしいね、いいよ、飲もうよ、独身男三人で。おれはまだ妻帯者だ、でぶ。はいはい、次はホワイトビールにしようか？

本題を切り出せないまま、ビールの瓶が重なってゆく。


睦深とは、仕事が縁で知り合った。新しくプロデュースが決まったレストランの備品納入業者として彼女は健幹の前に現れた。初めはその若さに驚いた。先輩のサポート役にすぎなかった健幹に比べ、睦深は一人前の仕事を任されていて、正直、大丈夫かと危惧を覚えたが、不安はすぐに消えた。打ち合わせのたび、嫌でも気づかされる頭の良さ。小気味よく説得力のある提案、的確で無駄のない立ち振る舞い。こちらの望みを察する力に長けていて、応える能力ももっていて、こだわりの強いオーナーをまたたく間に籠絡するや、いつしか健幹は彼女の意見をみなに伝える伝書鳩になっていた。

聞けば大学を出たばかりという。学生時代からバイトで勤め、そのまま就職したらしい。打ちのめされる思いがあった。出来がちがう。苦笑いも虚しいほどに。

引け目を感じながらの二人三脚はお仕事の域を出ず、いよいよオープンが迫っても事務的なやり取りに終始した。いつかまた仕事を頼もうと、密かに思う程度であった。

進展があったのは開店初日の夜、内輪の慰労会の席上だ。酒が入りご機嫌になったオーナーがいささか横柄な物言いで健幹に絡んできた。君はもうすぐ三十だろ？　それにしては頼りない。ミレニアル世代ってやつか。おれが君くらいのころは部下を何十人も従えていた。ウン千万の金を動かしていた。最近の連中はガッツが足りない。薄っぺらいんだな。へらへらと聞き流し、ときに真剣にうなずくふりをしつつ、それを睦深に見られているのを意識して、ひどく情けなかった。彼女を見習ったらどうだ？　なあ町谷くん。

わたしは――と睦深が応じた。とても助かりました。本庄さんに信頼してもらえて。

社交辞令だ。信頼というより圧倒されて、いいなりだったのだ。その自覚はあったけれど、それでもうれしさが込み上げた。睦深もシャンパンを飲んでいて、ほんのり頬が赤らんでいて、ふだん物怖(ものお)じしない瞳が潤み、その微笑みが急に迫ってくるような錯覚に襲われて、ああ、自分はこの人に惹かれているのだと理解した。とっくにわかっていたくせに、認めるのが怖かったのだ。

解散し、三々五々参加者が別れ、たまたま家の方角がおなじでいっしょのタクシーに乗った。奥山ならばもう一軒と誘ったにちがいないが、健幹にその勇気はなかった。彼女が降りるまで約十五分、通り一遍の感謝と賞賛を口にして、じゃあと別れる段になり、これ、と名刺を差し出された。またいろいろ教えてください――。名刺の隅に、社用でないアドレスが手書きで記されていた。

都営大江戸線、牛込神楽坂(かぐらざか)の駅を降り、健幹は自宅マンションへ歩いた。牛乳がきれかけていたことを思い出し途中でコンビニに寄った。

いっしょに住まないかと提案したのは健幹だ。ふたつ返事でオーケーをもらい有頂天になる健幹に対し、「ただし」と彼女は条件を挙げた。お金と家事は折半にすること。そしてプライベートに干渉しないこと。なんの文句もなかった。じっさいこの一年間、なんの文句もなく過ごしてきた。

ふたりとも仕事が忙しく、旅行やレジャーに時間を割けないのは残念だったが、たまの休日、目を覚ましたベッドに睦深がいる生活にこれ以上何を望むのか。おそらく睦深は、自分が出会える最高の女性だ。結婚に迷いはない。むしろ早くと願っている。子どもをどうするか、仕事をつづけるのか、考えることは多いとはいえ、どうなろうとも、彼女と別れるつもりはない。別れたくない。

エレベーターに乗る。無人のエントランスを映すモニターをぼんやり眺めていると、やがて十四階に着く。フロアは空調が効いていて暖かかった。部屋のキーを取り出して玄関をくぐると自動で明かりが点く。人の気配はまったくない。

4LDK、分譲ファミリータイプ。こんな物件で独り暮らしをしていたとは我ながら呆れてしまうが、就職祝いと称し、親戚が持て余していたこの部屋を健幹にあてがったのは両親だ。ワンルームでいいと固辞したが、親孝行だと思いなさいと母親に押しきられた。男は見栄を張ってなんぼだぞと、商社マンの父親は笑っていた。

キッチンへ行って牛乳を冷蔵庫にしまう。カレンダーがマグネットで留めてある。隔週のハウスキーパーがくる明後日に丸がつけてある。明日中に、少しだけ見映えをよくしておかなくちゃ。

リビングのソファに腰かけ、熱い息を吐く。アルコールは抜けている。帰宅と同時に酔いは去った。睦深のいない現実に。

大学の友だちと遊んでくる——。ゆうべから聞いていたし、もう少ししたら帰るとさっきメッセージももらっている。プライベートには干渉しない。そのルールを破るつもりはさらさらないけれど。

パタリと乾いた音がする。置時計のパネルカレンダーが日付の変更を教えてくれる。

健幹はだだっ広いリビングをいたずらに眺めた。探偵。その単語が頭にこびりついている。

悪気はなかった。ほんの出来心だった。年明けから、睦深の様子が気になっていた。ふいに黙り込んだり、話しかけても心ここにあらずの反応が増えた。仕事の悩みかとも思ったが、どこかしら健幹を避けている節があり、我慢できず、彼女が不在のおりにノートパソコンを開いてしまった。パスワードはふだんの暮らしでなんとなく知っていた。知らなければよかったと、いまとなっては心底思う。

閲覧履歴にならぶ探偵事務所のホームページ。なぜ？　まさかおれを調べるために？　心当たりなどない。浮気？　冗談じゃない。

面倒事に巻き込まれている？　考えたくもない想像だが、もしそうなら力になりたい。けれど彼女が帰っても、自分は問い質さないだろう。お帰りと声をかけ、互いの飲み会の報告をし合う。何事もなかったように。すべてがつまらない勘違いであるかのように。嫌がられないなら抱き寄せる。そして朝を迎える。できるなら明日も、明後日も。

置時計の秒針が、やけにうるさい。

二

木更津にある学生向けアパートの壁紙(クロス)は煙草のヤニで黄ばんでいた。退去費用に三万は上乗せされただろうと辰岡が嗤う。「黄ばんでようが真っ白だろうが、どうせ総取っ替えするのにな」

この時期に引っ越すのは就職が決まった勝ち組か退学した馬鹿――。そんな軽口をたたきながら辰岡は手際よく準備を進めた。嬉々(きき)としてクロスを剝がす。壁の平面に継ぎ目を探しカッターで切り込みを入れ、剝がし目を起こして引く。丁寧にゆっくりなんて流儀はない。一気に引いて乱暴に破く。こびりついた下地が残る。裏紙を傷つけないように処理をする。それをひたすら繰り返す。壁の角になった部分、引っ込んだ入隅(いりすみ)に残りがちな下地をカッターでこすって除く。何かにつけて雑な辰岡が、このときだけは繊細さを発揮する。天井を任されたわたしは脚立にまたがり継ぎ目にカッターの刃を立てる。剝がす。すぐに首がきりきりしてくる。こぼれたカスが降りかかって目に入る。真夏はきっと地獄だろう。

早く業務用エアコンのクリーニングを憶えろと辰岡はうるさい。事務所や店舗の清掃は昨年末に多くこなした。引っ越しシーズンの春はこうしたハウスクリーニングが増える。それが落ち着けば今度は工場関係が忙しくなるという。「おまえはいいタイミングで入ったよ。夏にはじめる奴はだいたい消える」

あんたがこき使うからだろ? 無言でそう応じながら脚立を動かす。一方で、必要な技術ならいくらでも教えてくれとも思った。年末の繁忙期だったから雇われた身だ。いつ捨てられてもおかしくない自覚はある。

人見クリーンには辰岡をはじめとする四人の正社員と三人のアルバイトがいて、わたし以外はみな四十を超えるベテランだった。女もひとりきり。上品さとはかけ離れた職場だが、くだらないちょっかいは少ない。皮肉にも、前科がわたしを守ってくれた。ヤバい奴のステッカーとして。

「ちんたらやってんじゃねえぞ、オトコ女」

こんなのは辰岡だけだ。いっそ気持ちよいほどこいつの頭には打算と加虐趣味しかない。いつになく真面目に働いているのも、夜までかかる作業に全速力で目途(めど)をつけ、どこかへ消えるつもりだからだ。木更津駅には場外馬券場がある。雀荘(ジャンそう)も。

昼飯もおあずけだった。煙草休憩だけが許された。辰岡にマルボロを差し出すことを条件に。

陽が傾く前に辰岡は現場を去った。会社のバンに乗っていった。

わたしはわたしで、ひとりになるのは歓迎だった。水回りに取りかかる。会社は薬剤をケチりたがるが、かまわずにたっぷり使う。カビや水垢(みずあか)を落としていくとシンクがピカピカに光りだす。悪くない気分になる。時間をかけすぎるな、上手く適当にこなすのが腕なんだ――。そんな説教を聞かなくて済むぶん没頭できる。隙間を歯ブラシで何度もこする。

キッチンからバスルームへ移動しかけ、ふとリビングのほうを見た。カーテンも何もないベランダの窓から西日が差し込んでいた。いつの間にか震えるほど気温が下がっている。

ロクとキュウが、和可菜と住んでいた部屋もこんな感じだったのだろう。西日が差す、素っ気ないマンスリーマンションのワンルーム。

当時、和可菜は金に困っていた。籍こそ抜けていなかったが、すでに父親との関係は終わっていて、だから彼女はキュウに舞い込んだスカウト話に飛びついたのだ。五年もほったらかしにしていた息子が金づるになったとたん、手のひらを返して。

どちらがマシなのか。父親と別れたあとも迎えにこないまま消えたわたしやロクの母親たちと。キュウを囲った和可菜は、もっと条件を良くしろと鳳プロに迫り、おかげで契約はまとまらなかった。才能を買おうにも、原石に出せる額は限度がある。なのに和可菜は折れなかった。最後には損得を超え、ただただ意地だったのだろう。期待した札束を手にできず、彼女の財布と精神は追いつめられていった。絵に描いたような自業自得。その皺寄せが弱い者たちへと向かう。水がドブへ流れるように。

すべて、ロクから聞いた話だ。別々に住みはじめたわたしたちは簡単に会えなくなった。和可菜が禁止したからだ。キュウとはほぼ完全に、ロクとも月に一度ぐらい、隠れて顔を合わせる程度になって、わたしは彼女たちの生活を伝聞でしか知れなくなった。最初は気にせず遊びに行ったが、一度和可菜に見つかり、真っ昼間の往来で怒鳴られた。ものすごい顔で肩を何度も殴られた。あとでロクから、その後に自分やキュウも折檻(せっかん)されたのだと聞いて、わたしはふたりと距離を置かなければならない現実を仕方なく受けいれた。

和可菜は最悪の母親だった。借金がある、パチンコ屋に入り浸っている、男遊びをしている……。何より、ヒステリーを起こしてキュウに辛く当たる様子を聞かされるのが耐え難かった。会うたびロクは愚痴り、そのたびわたしはなんとかしなくてはと憤ったけれど、けっきょく何もできなかった。けっして派手な見た目ではなく、むしろおとなしい雰囲気だった和可菜の、あの鬼の形相が恐怖のかたちで記憶に刻まれていて、わたしは尻込みをしつづけた。

たしかに美人の部類だったが、なんであんな女を、父親は選んだのだろう。見る目がなかっただけか、金持ちの道楽か。当時はピンときていなかったが、成長したいまならもう少し想像がつく。ようするに、あれはプレイだったのだ。性根の腐ったシングルマザーを見つけ、くっついて、子どもを奪う。飽きたらひとりで放り出す。歪な支配欲なのか狂った変態趣味だったのか、理解などできないし、したくもない。ただじっさい、父親はわたしたちを養いつづけた。祖父母に預け、ほとんど会いにくることもなかったが、金だけは払った。子ども三人と祖父母がふつうに暮らしていける額を何年にもわたって。それすらも、ある種のプレイであるかのように。

なかったことにしない？

ロクに誘われたのは、高三の夏休み前だった。

ぜんぶ選び直すの、わたしたちで――。

七歳のころ、「終わっているのよ」とつぶやいてわたしを泣かせた少女は、未来を望むようになっていた。キュウが現れ、彼の成長を見守るうちに起こった、それがいちばんの変化だった。

わたしは訊いた。どうやって？　と。

計画は、曲がりなりにも果たされた。

だがこの未来は、ロクが求めたものとどのくらい近く、どのくらい遠いのだろう。

掃除用具と薬剤をバケツに突っ込みバスルームへ向かったとき、廊下の奥でガチャリとドアの音がした。出かけてから一時間も経っていない。負けが込んだ辰岡は不機嫌の塊になる。八つ当たりの小言と二千円攻撃を覚悟したほうがよさそうだった。

「やっぱり、おまえか」

玄関には、辰岡と似ても似つかない若い男が立っていた。背広にコートを羽織り、うかがうようにこちらを見ている。

「憶えてないか？」

恐る恐るの口ぶりに、わたしは眉をひそめた。スポーツマンじみた黒髪、手入れが行き届いた眉毛。勤め人の恰好だが、管理会社や不動産屋の人間がよその従業員を「おまえ」呼ばわりするはずがない。

「そうか。まあ、もう、七年になるもんな」

男は黒光りする革靴をためらいがちに脱ぎ、けれど近づいてくるわけでもなく、意を決したように名乗った。

「窪塚（くぼづか）だよ。ほら、翼（つばさ）たちと」

瞬間、記憶の配線がつながった。椎名（しいな）翼。真夜中の公園、家の前で待つ有吉。拳。腹に食い込むシューズの爪先。鼻血、青たん、嗤い声。無数の痛み。

筋肉にめぐる血管が沸騰する。バケツを握る手が力む。本能が使えそうな武器を探し、同時に自制の声がする。やめろ。ここではまずい。せっかく掃除したばかりだろ？

「ほんとは、帰りに声をかけようと思ってたんだ」

窪塚は腰を引き、わたしをなだめるように両手を前へ突き出した。「だけど相方の人が出かけたから——」

「尾（つ）けてたのか」

窪塚はいい淀（よど）んだが、少なくともこのマンションを見張っていたのは確実だった。

「……ここの管理会社に知り合いが勤めてる。それで今日、町谷って清掃員がくるって聞いて」

「そいつも、あのときのメンバーか？」

おびえたうなずきを受け止める。富津に帰ると決まった時点で、こうした展開は覚悟していた。だがあまりにも出し抜けで、感情の制御ができない。

わたしを玩具にしていた連中。そのメンバーが目の前にいる。

「なんの用だ」

「待て。怒らないでくれ。謝りたいんだ」

「謝る？」

ぐつぐつと思考が煮える。どれをだ？　いつの、どの痛みに謝るつもりだ。

「落ち着けって。ほんとうだ。ほんとうに申し訳ないと思ってるんだ。あのころは、翼に逆らえなかった。あいつが決めたら付き合わないと、こっちがヤバかった」

いや、と窪塚は首をふる。「――卑怯な言い方だよな。もちろん、それだけじゃない。おれも楽しんでた。深く考えもせず、遊び気分で」

うなだれた窪塚が、急にその場にひざまずいた。両手を床にそろえ、頭を下げた。

「すまなかった！　このとおりだ！」

唖然と、その後頭部を見下ろした。ロン毛で明るく染めていたかつての面影はなく、握った拳が行き場を探しあぐねた。六人ほどいたグループの、窪塚と椎名翼は年長組で、歳はわたしのふたつ上。高校を終えたあとも後輩とつるみ、窪塚にいたっては大学に通いながら椎名翼の参謀を気取っていた。漁港で泳がせてみましょうよ――。さも気の利いたアイディアだといわんばかりに思いつきを口にする。すると椎名が、じゃあそうすっかと笑みを浮かべる。取り巻きの連中が実行に移す。面倒な役回りはいつも有吉だった。呼び出しにくるのも、溺れかけたわたしを助けるのも、いざというときに罪をかぶるのも。

ごめんね。その台詞なら何度も聞いた。わたしを殴ったり、飛び蹴りを食らわせたり、顔を砂場に押しつけたりしながら、愉快げに、ごめーんね！　と。

その男が、すっかり社会人の身なりになって土下座をしている。赦してくれ、と請うている。

「黙れ」吐き捨てながら、わたしの拳はほどけていた。「わめくな。近所迷惑だ」

身体を起こした窪塚は洟をすすった。正座になって、今度はしみったれた声で「赦してくれ、頼む」とわたしににじり寄ってきた。

「頼むよ、町谷さん」

「もういい。二度と現れるな」

本心からいった。いまさら騒いだところで、あのときの苦痛が帳消しになるわけじゃない。過去に戻れるわけではない。

「消えろ。仕事の邪魔だ」

窪塚の食いしばった歯のあいだから、「ありがとう」と聞こえた。

「ありがとう。約束する。もう現れない」

返事をする気にもなれず、バスルームへ行こうとしたとき、窪塚がポケットから紙を出した。

「一筆もらえないか？」

足が止まった。

「この誓約書にサインしてほしいんだ。今後いっさい、当時のことは問題にしないって」

こちらを見上げる窪塚の顔は、苦虫を嚙み潰したように濁っていた。

「無礼は承知してる。だけど、どうしても必要なんだ」

それから――と、コートの内ポケットにおさまった茶封筒を床に置いた。

「百万ある。少ないが、受け取ってほしい」

「――どういうことだ」

「これでチャラになるとは思ってない。取り返しのつかないことをしたと反省してる。ただおれは、今度、市議会の選挙に出ることになってて」

怒りは戻ってこなかった。そうか、とだけ思った。窪塚がグループのナンバー2になれたのは親が地主の金持ちだからだ。

「お願いだ、お願いします、町谷さん」

「消えろ」

もう一度いった。「消えてくれ」

窪塚の泣きそうな表情に、かすかな歪みが走った。不満と、苛立ちの亀裂が。

「せめて金だけでも受け取って――」

「ほかの奴らはどうしてる？」

「え？」

「残りの連中だ。有吉以外の」

「――みんな、ふつうに働いてる。家族をつくった奴もいるよ。おれも去年子どもが――」

「富津には何人残ってる？」

「……知ってるかぎりだと、ふたり。あとは木更津と、ひとりは県外へ出ていった」

「そいつらにも伝えておけ。見かけたら殺すと」

「町谷さん――」

「おい」

血の沸騰は鎮まって、だからこそ確実に、こいつをぶちのめすことができそうだった。

「伝えるのか伝えないのか、どっちだ？」

「――伝えます。必ず」

軽く息をつく。これで、こいつらとも終わりだ。

「じゃあな」

「でも」

声が同時に重なった。

「あの、でも、椎名くんは無理です」

「椎名って――」

「お兄さんのほう。ダイチくん」

会ったことはない。だが噂なら聞いている。椎名翼のみっつ上の兄。両腕から頬にまで刺青（いれずみ）を彫りまくったイカれ野郎。窪塚が親の威勢でナンバー2を手にしたように、椎名翼が悪ガキの大将になれたのは間違いなくダイチの影響があった。

「あの人には、何もいえないです。というか、居場所もよくわからなくて」

「……こっちじゃないのか」

「ここ数年はちがうはずです。東京でヤクザになったって話もあるし、刑務所にいるって噂も」

ただ、とつづける。

「ダイチくんは、翼の失踪を疑っていて」

内臓が冷える。なのに汗が噴き出る。

疑っている。つまり、わたしを。

「調べろ」

「え？」

「ダイチがどこで何をしているか。調べて、おまえがケリをつけろ。でないと何も、約束なんかできない」

そんな、と嘆く窪塚に背を向け、わたしはバスルームへ向かう。

「町谷さん、お金は――」

もうふり返らない。


スカートを穿くのが嫌で仕方なかった。赤いランドセルも、間抜けなリボンも。結わねば邪魔になるほどのばした髪に、いったいなんの得があるのか。

中学まで下に短パンを欠かさなかった。髪のほうは自由に切れずに難儀した。わたしとロクに対する祖母――麻子の唯一の関心は「女の子らしくあれ」だった。それを達成すること、体裁を整えることに、けっして妥協をしなかった。まるで義務のように、あるいはそれが、自己実現であるかのように。

父親の仕送りから小遣いを配るのは祖母に任されていて、使い道が気にくわないと容赦なく減らされた。勝手に髪を短くしたとき、祖母はわたしをぶった。思いきり横っ面をはたかれた。痛みを感じるよりも驚いた。謝れと怒鳴られて、わたしは拒否した。だって、なぜ叩かれたのか少しもわからなかったから。

髪が肩につくまですべての買い物を禁じられ、飲み物を買う小銭から鉛筆の一本、新しいシャツや下着すら買ってもらえなくなった。ロクに「謝ってしまえ」といわれても、わたしは歯を食いしばり、涙をためて、必死に聞こえないふりをした。説得をあきらめたロクが見つからない程度に助けてくれた。日用品、生理用品、多少のお金。

キュウが家に住みはじめても、祖母の方針は変わらなかった。テストの成績もスポーツの順位もいっさい気にせず、ひたすら「女の子らしくあれ」。わたしは祖母が求める擬態を身にまとい、殻に閉じこもって中学時代をやり過ごすしかなかった。

受験のストレスで苛ついたある日、わたしは二階の子ども部屋で癇癪(かんしゃく)を起こした。ちょうどロクはいなくて、キュウだけがいた。忌々(いまいま)しいロングヘアーを力いっぱいにかきむしり、心の底からこの髪を切ってしまいたいのだと叫び散らした。

寝転んで漫画雑誌を読んでいたキュウはきょとんとし、それから不思議で仕方ないというふうにこういった。

切ったらいいじゃん。

ガキが、と思った。簡単にいうな。高校になっても小遣いは要る。バイトはさせてもらえない。祖母に逆らうすべなどない。

キュウは笑った。ケタケタと。

殴っちゃいなよ。

軽やかに、そしてどこかしら高みから。

麻子なんていちころだ。ハチなら、盛夫もいけるでしょ。

わたしは反応できなかった。じっさいは何かいい返したのかもしれないが、憶えているのはキュウの台詞と、それに打ちのめされる自分だけだ。

ねえハチ、おれたちって、なんにだってなれるんじゃない？

キュウが顔を突き出してくる。微笑む瞳ははっとするほど澄んでいて、意識を鷲づかみにされた。

おれが切るよ。うんと短くしてあげる。

キュウはハサミを動かしながらとめどなくしゃべった。明日の朝、麻子の顔が見たいからぜったい起こしてね。心臓止まったらどうしようね。おれたち捕まる？　テレビのニュースになったりしてね。びっくり仰天殺人事件とかってさ――。

ハサミの刃のリズム、キュウの言葉の響き。背中に感じる体温と息づかい。バサバサと畳に髪の毛が落ちるたび、眠っていた細胞が動きだす感覚に胸が高鳴った。

何してるのよ。

風呂上がりのロクが現れ、馬鹿っ、と叱った。眉間に皺を寄せ、深いため息をつき、呆れ果てた調子でいった。こういうことをするのなら、新聞紙を敷きなさい。

それからロクは自分にも貸せといってハサミを奪った。わたしの頭をなで、ひと房断った。ひどい出来――。意地悪に嘆いてみせた。センスゼロね、キュウ。冗談でしょ？　だってこれ、ロクのせいでもう丸坊主しかなくなったんじゃん。そう？　でも、きっと、似合う。

うん、かまわない。ぜんぶやっちゃってくれていい。思うぞんぶん。

翌朝、洗面所で祖母は言葉をなくし、よろめいて、その皺くちゃの口が動くより早く、わたしは告げた。背筋をのばして胸を張り、まっすぐに彼女を見つめて晴れやかに、おはよう、と。

あの日、わたしはたしかに生まれ変わった。自分にまとわりつく霧を払った。

けれどその先にあったのは、晴れやかさとはかけ離れた現実だった。

ロクとちがう高校に入ったわたしは、当然のようにすぐさま浮いた。学生ズボンを穿いた坊主頭の女子高生に優しくする者などいなかった。物珍しさから腫れ物へ。ロクがいない校舎をわたしは戦場とみなし、外からは自意識の棘を生やす偏屈者に映っただろう。部活にも入らず、教師がわたしの服装をあきらめるころ、歪な家庭環境の噂が広まった。わずか数ヵ月で、孤立は決定づけられた。

苦しさがなかったとはいわない。さみしかったのかもしれない。だがそれ以上に、ゆずれない自由があった。そう思い込んでいた。

無為な時間を、わたしは走った。市民プールに通って泳いだ。無心に身体を動かすのは性に合っていた。日が暮れればロクやキュウに会える。わたしの知らない友人や教師の話をする彼らに羨望と僻みを抱えつつ、けれど、わたしの居場所はここだ。三人で眠る子ども部屋。寝入る寸前の安寧、自由。

ほんとうに、あれは自由だったのだろうか。

和可菜によってふたりと引き離され、彼女のヒステリーにやきもきしていた高二の冬、わたしの人生は椎名たちと出くわした。有吉という同級生の存在を知り、そして戦場は校舎の外へと移っていった。戦いと呼ぶにはあまりにも一方的な蹂躙だったが、けっしてわたしは泣かなかった。髪を切ったあの日以来、泣くのはやめた。

「なんだよ、これ」

辰岡が、廊下に置かれた茶封筒を拾って目を白黒させた。

「さあ」とだけ、わたしは返す。「片づけとくんで、最後のチェックお願いします」

「おい、なんなんだ、この金は」

「知りませんって。辰岡さんのじゃないんですか？」

札束に触れた指が固まっていた。戸惑いの視線を無視して、わたしは清掃用具を片してゆく。

「待てよ」と肩をつかまれた。迷うそぶりを見せてから、「ほら」と札を十枚ほど押しつけてくる。わたしはにらみつけたが「いいから」と強引に握らされた。窪塚の金など一銭だって受け取りたくなかったが、辰岡の必死さに抗うほどの気力もなくて、この四ヵ月の煙草代ということにした。

富津の事務所までおよそ三十分間、助手席でわたしは黙りこくった。辰岡もおしゃべりをしなかった。クラクションも悪態もないまま、ハイエースはすっかり暗くなった県道を走った。十枚の紙幣は過去の痛みとともにケツのポケットにおさまっている。

アウディに乗りたい。アクアブリッジを全速力でかっ飛ばしたい。そんな欲求がむくむく芽生え、ふくらんで、わたしは時速四〇キロの車道に飛び出したくなる。

大堀中央交差点が目前に迫る。焼肉でもいくか？　辰岡が探るように誘ってくる。いえ、やめときます、とわたしは答える。

42型４Ｋの液晶テレビはくすんだ居間に不釣り合いだった。年式からして、わたしが家出したのちに購入したものらしかった。彼らが好んで観ていたものを、わたしはよく憶えていない。装備されたＨＤＤには落語や歌舞伎の番組が録りためてあり、ほかには車関係、釣り、バラエティ、いくつかのお色気番組。キーワードによる自動録画機能は主が死んだあとも律義にデータの上書きをつづけ、祖父が七十七年の人生の最後に何を観たのか、いまとなってはわからない。

百瀬には「たまに」などとカッコをつけたが、この半年弱、わたしは契約されっぱなしの動画配信サービスで毎晩一本は映画を眺めつづけている。アクション、サスペンス、ホラー。表示される関連作を数珠つなぎにこなしていくのは楽だった。感動も興奮も求めていない。時間を忘れられればいい。それは日々の空白を空白で埋めるような惰性だったが、いずれ祖父の口座が空になってもあらためて契約し直そうと思うくらい、わたしは惰性を必要としていた。

とくに好きな役者はいなくて、ろくに監督の名前も知らず、だから検索機能を使うのはずいぶんひさしぶりだった。

「町谷侑九」。本名で活動し、出演作があればヒットするかもしれない。その程度の思いつきは「侑」の字が出せずに萎えた。試しに「キュウ」で打ち込んでみたが、お笑いコンビが出てくるだけだった。スマホで検索しようにも、けっきょく字を探すのが億劫だった。

ちがう。ごまかしだ。調べない理由がほしいのだ。

キュウの現在を知ることに、尻込みしているだけなのだ。

もしあいつが、変わっていたら。きらめきと危うさが同居した少年の、魅力がくすんでしまっていたら。自分のことを棚に上げ、身勝手に、わたしは失望するだろう。

東京時代、必死に空白を埋めようとしたのも、ようするにロクとキュウを忘れるためだ。

初めは嫌でもそうなった。部屋を借りる。口座をつくる。すべてに身分証が要る。保険などなく、病気になればおしまいで、けれど健康的な生活を送るには金が要る。富津から持ち出したのはリュックに詰めた服と日用品、簞笥（だんす）から盗んだ二十万ほどの金、そしてスマホだけだった。これが止まれば何もできなくなる。いつも恐怖が傍らにあった。祖父母の気分ひとつで、この自由は終わる。連れ戻されるか、野垂れ死ぬか。

学歴も職能もない未成年が働ける職場などかぎられている。まともな仕事はあきらめた。風俗が向いているとも思えず、ネットで見つけた非合法すれすれのブラックバイトで食いつなぎ、ファミレスやサウナで夜を明かした。金はどんどん減っていった。しょせん訳ありの人間だ。出処不明の眠剤を届ける仕事で日当が五千円。足もとをみられていたが、稼ぎがあるという事実が重要だった。心の支えだった。

濁った水には濁った目の生き物が集まってくる。眠剤の配達を何度かこなすうち、ジョーイというあだ名の売人に気に入られた。三十過ぎ、アロハシャツが似合う太い腕の男。裏の世界にどっぷりつかったベテランは、眠剤より稼げるといって大麻の届け屋を勧めてきた。選択の余地はなかった。冬が迫り、根無し草の生活は限界をむかえていた。

安定した仕事量、まともな額の収入。そして彼の世話で、わたしは住所を手に入れた。保証人不要の１Ｋアパートには家具も家電もなかったが、風呂と布団とヒーターがあれば天国だった。ジョーイは冷蔵庫とソファをくれた。そのあとで肩を抱かれ、手でさわってくれと頼まれた。一週間もせず、要望は口でしてくれとなり、代わりに家具が増えていった。美味い飯を食わせてくれた。小遣いをもらい、仕事では優遇された。けれど彼は、けっしてわたしと寝なかった。わたしを抱こうとはしなかった。たぶん、ジョーイもセクシャルな葛藤を抱えていた。そしてそんな自分を恥じていた。

彼にとってのわたしとは、いったいなんだったのか、いまでもよくわからない。もし抱こうとしてきたら、あのときのわたしは受けいれただろう。たとえまったく、好みでなくとも。

ジョーイの本職は売人じゃなく、彼は正業をもっていた。下北の古着屋だ。あの店が流行(はや)っていたのは海外製のコピー商品が充実していただけでなく、ジョーイの人柄ゆえだった。常連の多くは彼の飲み友だちで、「飲む」のはアルコールにかぎらなかった。店を閉めたあとに集まって、即席のパーティー会場で夜通し楽しむ。大麻、ＬＳＤ、ときにはコカイン。日陰の社交場の、ジョーイは申し分ないホストといえた。

周りから彼の女とみられ、古着屋の手伝いをはじめると、ごく自然にパーティーにも参加するようになった。酒を覚え、大麻を吸った。咥(くわ)えたジョイントから甘い煙を吸い込むと、ほどなく身体の重みが消える。脳をマッサージされている気分になる。体質に合ったのか、ジョーイのネタとセッティングが優れていたのか、いつも幸福なトリップを味わえた。過剰な反応はなく、ただゆるりと、自分と外側を隔てる境界が溶けていく解放感は、たやすくわたしを虜にした。自由を感じた。

自由の虜。

どれほど上手く立ち回っても、揉め事が起こらないわけじゃない。バックれる届け屋は何人もいたし、支払いをしぶる客もいた。ジョーイはそのほとんどをなあなあで片づけた。よくいえば鷹揚、悪くいえば事なかれ主義だった。身の丈に合った商売をする。多少の損は必要経費と割りきるのが彼の処世術で、ある意味弱みでもあった。

タチの悪いチンピラに食いつかれたのも、与しやすいと侮られたからだろう。客を装ってジョーイに近づいたそいつはある日、仲間を三人引き連れて古着屋に押し入ってきた。店を閉めさせ、ジョーイを囲んで手下になれと迫った。テーブルに投げ出された白い粉はジョーイが避けていた覚醒剤だった。数時間にわたる説得、強要に、ジョーイはへらへらしつづけ、最後まで首を縦にしなかった。椅子を蹴り飛ばされ尻もちをつき、仲間の男たちがハンガーラックの古着を床へ投げつけて、まもなく彼自身に直接危害を加えはじめた。何があっても知らないふりをしておけとジョーイから命じられていたわたしはそれをレジのそばから眺めていたが、這いつくばった彼の身体をチンピラたちが押さえつけ、ボスの男が指を折り曲げようとした瞬間、気がつくと手近にあった消火器を噴射していた。そしてボスのチンピラを、全力で蹴っていた。かがんで手頃な位置にあった顔面を弾き飛ばし、仰向けに倒れたその腹に消火器を振り落とす。すぐに横から殴られた。身体を拘束されかけ、だがふりほどき、ボスの男に馬乗りになって鼻っ柱を殴りつけた。殴りつけた。周りに何をされようと、どこを蹴られようと殴りつづけた。やがて男たちが、もうよせ！　と悲痛に叫んだ。わかったから、もう勘弁してくれ！

ジョーイに止められ、ようやく殴るのをやめたとき、わたしの拳は皮が剝がれていた。殴られたほうとおなじくらいに腫れていた。けれど、どうってことはない。富津で腐るほど味わってきた痛みに比べれば蚊に刺された程度だ。

なんであんなことをした？　男たちが去ったあとでジョーイに問いつめられたが、上手く答えられなかった。命令を守る気だった。なのに身体が勝手に動いた。誤作動を起こした目覚まし時計のように飛び跳ねた。

ほっておけばよかったんだ。奴らに殺すほどの根性はない。おれがちょっと痛めつけられて、それで丸くおさまったんだ――。やはりわたしは答えず、けれどそれは間違っていると確信していた。あのボスの男の口調や態度は、椎名翼とおなじだった。いずれ奴は利益を度外視し、ジョーイの屈服自体を目的にしただろう。そしてその末路は、蹂躙以外にあり得ない。

折られかけたジョーイの指に、わたしは記憶の中の自分を見ていた。身体を押さえつけられ、タオルで猿ぐつわをされ、手の甲にくっつくまでじっくりとねじ曲げられたわたしの薬指を。

奴らがヤクザかマフィアなら殺される――。ジョーイはしばらく鬱の虫にとりつかれ、わたしのアパートに引きこもった。覚醒剤を扱う連中の九割以上は本職だからその懸念は当然だったが、かまわずわたしは古着屋の営業をつづけた。おかしな高揚があった。かつて椎名たちにやられていたとき、できなかったことをした。男たちの、醜く情けない泣きっ面。悲鳴。すべてがドラッグ以上の刺激をくれた。

奴らは二度と現れなかった。報復はなかった。事情は不明だ。運がよかったとしかいえない。

いつもの生活が戻ったが、ひとつだけ、わたしに対する評価が変わった。誇張された噂が広まり、みなに一目置かれ、ジョーイは眠剤の販売をわたしに任せた。暇なときはジムに通った。身体を鍛えるのはレジャーでなく、生き残るすべだった。

上京二年目の春、古着屋の客として出会った女子大生と連絡先を交換し、わたしは初めて女性と関係を結んだ。

付き合ってもいいかと訊くと、好きにしろとジョーイはいった。仕事に関わらせないなら、あとは勝手にすればいい。あの襲撃から、彼はアパートを訪れなくなっていた。わたしたちの仲はビジネスパートナーに落ち着いて、それで何も不便はなかった。

バックナンバーとＪＵＪＵを教えてくれた彼女とは、彼女が短大を卒業するまでつづいた。彼女の勧めで免許を取ったが車を買う余裕はなかった。ジョーイに商売を広げる気はなく、むしろドラッグビジネスは量も頻度も減っていた。彼女と別れ、時間が余ると、わたしは苛立ちを覚えはじめた。ふとした拍子に込み上げる富津の記憶。椎名翼や窪塚、和可菜、そしてロクとキュウ。

出会い系アプリを使う。バーやクラブに足を運ぶ。ナンパをしたりされたりして夜をともにしてみても、長つづきはしなかった。いつも最後はふられた。愛されている気がしない――。そんなふうな捨て台詞。なんか怖い――。これもよく聞く文句だった。

酒を飲む量が増えた。大麻よりＬＳＤ、そしてＭＤＭＡの回数が増えた。古着屋のパーティーでは足らずに外でもやるようになった。キメてから飲みに行く。街で喧嘩を吹っかける。女だと知ると、必ず相手はなめてくる。掌底で顎に一発。有吉の与太話のネタ元はわたしだ。キマっていたし、酔っていることがほとんどだから、相手を選ばないこともある。ここでもわたしは運がよかった。ぼろくそに負けても、ひどい目に遭った記憶はない。忘れてしまっただけかもしれないが。

そんな生活がよくつづいたものだと感心するが、金は少しも貯まらなかった。稼いだぶんだけ右から左へ、酒やドラッグに消えてゆく。古着屋と眠剤の稼ぎではおっつかない。ジョーイはわたしに大麻の売買を許さず、わたしは彼に隠れて知り合いからまわってくるアルバイトに精を出すようになっていた。運び屋、タタキの見張り役、美人局から別れさせ屋の真似事にいたるまで。下働きにすぎずとも緊張感はある。よけいな物思いに囚われなくて済む。酒を流し込み、ドラッグをキメ、女か男を抱くか抱かれるかしている束の間、空白はどこかへ消える。

最後の年は、ジョーイとの決別からはじまった。ずいぶん前から顔を合わせる機会は減っていて、正直なところわたしは彼を侮っていたし、向こうは向こうで歯止めのきかないわたしの暮らしぶりに呆れ果てているようだった。

だから、どうしてもと請われて夜中の古着屋に呼び出されたとき、クビになるのだと思っていた。

ふたりきりでテーブルを挟んだ。酒もドラッグもなしだった。

やめようと思うんだ――。ジョーイは穏やかにそういった。そろそろ潮時だ、四十も近いし、いまさら懲役はきついしな。予想外な言葉に、やめてどうするのかとわたしは訊いた。海の近くでカフェでもやるさ。酒も飲める、まあ、たまにはハッパくらいは楽しめるような店を。

大麻の販路は閉じるが、古着屋は譲ってもいいという。遠慮したが、頼むよとジョーイはさみしく笑った。おれがしてやれるのはこれくらいだ。なんだかんだ、おまえとはいいコンビだっただろ？　楽しかったよ。

書類関係を処理し終え、あっさりとジョーイは去った。わたしは古着屋の店主となったが、生活は変わらなかった。店は開店休業状態で、もっぱら裏のバイトで稼いだ。仕事が済めば弾けるように遊び、泥のように眠った。

三ヵ月後、帰宅したアパートのふだん点けっぱなしにしている電気が消えているのを目にした瞬間、脳内に非常ベルがこだました。同時に身体がいくつもの手に捉えられた。首に腕を巻かれて声を封じられ、そのまま大きなクーラーボックスにぶち込まれた。暗闇とともに運ばれてゆく。やがて振動が伝わってきて、車に乗せられたのだとわかった。クーラーボックスの蓋が開き、問答無用で殴られた。なんの説明もなく、弁解も許されず、ひたすら拳を浴びた。鼻がひしゃげ、頬骨が悲鳴をあげる。うっすらと開いた目に、男の姿が映った。ランニングシャツに手袋をしていた。人を殴ることに何も感じていない顔だった。痛みより、その表情にぞっとした。興奮も快感も存在しない。仕事だから。それ以外の理由はない。こんなにも機械的な暴力は初めてだった。

そばに、もうひとり男がいた。黒ずくめで、こめかみに目立つ傷痕があった。そいつは殴られるわたしを黙って眺めていた。どう見ても堅気じゃなかった。ジョーイの言葉を借りるなら「ヤクザかマフィア」。冗談でイキってるチンピラとは一線を画す佇(たたず)まいだった。

車内にかかっているうるさい洋楽。ビヨンセ。たとえアリアナ・グランデでも、わたしにちがいはわからなかったが。

車が停まり、暴力がやんだ。傷痕の男がわたしに顔を寄せた。どこにある？　猿ぐつわをされているわたしは目で、何が？　と訴えた。頬をはたかれた。ブツだよ、てめぇの男がパクって逃げたブツ。

不思議と混乱はしなかった。そうか、と思った。嵌められたのだ、ジョーイに。

おい、どこなんだ。はたかれた。どこだって訊いてんだよ。はたかれた。仕入れ値で五百万だぞ？　はたかれた。てめぇ、どうなるかわかってんのか？

やっと猿ぐつわを外してもらえた。知らない、とわたしは答え、はたかれた。ほんとうだ、といいきる前にはたかれた。ほんとうなんだ！　わたしは眠剤しか扱ってない、大麻のほうはまったく——。思いきりはたかれた。ふざけんなよネーちゃん、大麻だ？　あのアロハ野郎はここ数年、ずっとシャブを捌いてたんだぞ。はたかれながら、ふたたび、そうか、と思った。黙っていたのか。ひとりで危ない橋を渡り、金を貯めていた。とっくにわたしは、パートナーとはみなされていなかった。

仕入れ金は古着屋の借金というかたちになっている。代表はわたしの名前に替わっている。支払いの義務がある。これはジョーイの置き土産だといって傷痕の男が紙をひらりとさせた。おまえにかけた生命保険の契約書だとさ。

初めて知ることばかりだった。面倒はジョーイに任せっきりで、何を契約させられていたって不思議はなかった。

死ぬか、金を用意するか、どっちにする？

古着屋を売る。眠剤の在庫をすべて譲る。それでも負債の半分にも満たない。頼れる人間は浮かばない。ジョーイとちがい人望などなく、人望があったって善意で金を貸してくれるお人好しなんかいやしない。そういう生き方をしてきたのだ。

死んでもいいと思っていたつもりだった。けれどじっさい死が具体的に目の前に迫ったら、そんな強がりは角砂糖のように溶けた。わたしはスマホを使わせてくれと懇願した。きっと残っているはずだった。二度と会うまいと決めていた男の番号。つながってくれ、と心から祈った。数回のコールののち、応答があった。くぐもった声で一言、どうした？　と父親はいった。

そこからは早かった。事情を話すと父親は淡々とした口調で明後日に五百万を振り込むと約束した。それが果たされるまで、わたしは足立区の雑居ビルに監禁された。テレビしかない小部屋でろくに飯も食わせてもらえないまま二日間を過ごした。

解放されたとき、陽の光を浴びたとき、わたしはたぶん、感謝していた。生きのびたこと。自由に呼吸ができること。

だがその解放感はすぐにしぼんだ。空っぽの財布。それが突きつけられた現実だった。

古着屋は取り上げられ、財産と呼べるものは残っていない。文字どおりの一文無し。眠剤の商売を立て直す気力はなかった。アパートへ帰って片付けをする数時間後の未来がくだらなすぎて途方に暮れた。だから父親から電話がかかってきたとき、わたしは出たのだ。あの男には、少しも感謝などしていなかったにもかかわらず。

給料の先払いだと思えばいい。開口一番、父親はそういった。報酬と労働は分かちがたい兄弟だからな――。

わたしのところへきなさい、亜八。

『クリスティーン』。わたしは動画サイトの検索バーに打ち込んだ。雑居ビルのテレビで観た映画は配信されていないと知りながら、たまに確認してしまう。ああいう状況で観たのでなかったら、きっと途中で消しただろう。途中で消していたらアウディに対する愛着も、映画を眺める習慣も生まれなかったかもしれない。DVDを買ったりレンタルするほどではないが、ワンクリックで済むならもう一度観たい気がするし、そっとしておきたい気もする。

それはキュウに対する想(おも)いと似ていた。知りたい、会いたい。だが怖い。いっそ美化した思い出を、ずっと抱えていくほうがマシかもしれない。

そしてもし、その魅力が変わらずにいたならば、今度こそ、わたしは離れられなくなるだろう。

リモコンを投げ出してスマホを眺める。着信もメッセージも増えていない。ロクからも有吉からも、あるいは窪塚、百瀬からも。しんと静まった家の中で、テレビは検索画面を映しつづけていた。

やがてわたしは立ち上がり、シャワーを浴びて二階へ上がり、ベッドに入る。朝五時に起き、職場へ行く。日々をこなす。暴力や馬鹿騒ぎと無縁な暮らしを守るために。

重たい腰を上げようとしたとき、スマホが鳴った。甲高いコールに息が止まった。ためらいとともに通話にした。

〈あ、町谷か？〉

中年男の声がいう。〈悪いな、遅くに〉

いえ、と答えながら、わたしはソファに身体をうずめ直した。悪い、と繰り返してから社長がつづけた。〈じつは飛び込みの現場が入っちゃってな。明日、早くに出てこれないか〉

「何時です？」

〈五時〉

聞こえないように息を吐く。ええ、わかりましたと返す。そうか、すまんな、助かるよ。社長が語気を弾ませた。

〈じゃあ、よろしくな〉

「社長」

〈ん？〉

「今度、業務用エアコンのやり方を教えてください」

少しだけ間をあけて、うれしそうな声がする。いいよ、もちろん、そろそろっておれも思ってたんだ——。

通話が終わり、わたしは束の間放心した。リモコンをつかんでテレビを消して、ようやくソファから立ち上がる。シャワーを浴び、ベッドに入って、朝になれば職場へ行く。急遽加わった一時間の早起き。その予定変更に、わたしはどこか安堵している。

※

ある日、タクローは野球部の練習へ出かけました。20分後、妹のキロロがタクローの忘れていったグローブに気づいて彼を自転車で追いかけます。タクローは分速60メートル、キロロは分速１００メートルで進みます。キロロがタクローにグローブを届けるのは何分後でしょうか？

ふうむ、と健幹は腕を組む。方程式の問題だ。それはすぐにわかったが、ぱっと解法を説明できる自信はなかった。すっかり衰えた自分の学力に苦笑がもれそうになる。

となりから熱い眼差しを感じた。甥っ子のユウヤは小学校三年生だが、おなじ塾の仲間から中学で習う解き方を聞かされて興味津々なのだという。

「たっちゃん、知ってる？　こういうのをミハジ問題っていうんだよ」

道のり、速さ、時間を絡めた定番の問題は、健幹もユウヤくらいの歳のころに塾で解かされたはずだ。

「まず、求める値をXにするのがスタートだ。この場合、何がXになる?」

「クエッションマークの直前でしょ? だからキロロがタクローに追いつくまでの時間がX」

「そのとおり。じゃあキロロが出発するゼロ地点からタクローまでの距離は?」

「えっと、20分後だから1200メートル。キロロは分速100メートルだから12分で追いつく」

「うん、だけどキロロが自転車を漕ぎだしたあともタクローは歩いていくよね? 12分後に、タクローは720メートル先を歩いてることになる」

「遠すぎない? 野球部のグラウンド」

健幹は笑う。たしかに子どもを歩かせるにはなかなかハードだ。

冗談を挟みつつ健幹は解法を説明していった。この問題のポイントは時間と速さのちがうふたりをどうやって表現するかにある。キロロがスタートしてからタクローに出会うまでの距離を式にすると時間X分×速さ100メートル。対してタクローが家を出てから追いつかれるまでは時間X+20分×速さ60メートル。これを等式にしてXの値を求めればいい。

「ああ、そっか。つまり追いつく距離で、ふたりをイコールに結べるわけね」

納得し、せっせとペンを走らせるユウヤを見守りながら、健幹は甥っ子の言葉に妙な感心を覚えていた。時間も速さもちがうふたりをイコールに結ぶ。

「ねえ健幹、お茶っ葉、どこにあんのよ」

キッチンから呼びかけてきた姉に、健幹は小首をかしげた。「そのへんにない?」

「こんなスーパーの安物じゃなく、伯母さんがオランダで買ってきた黒茶。あんたどうせ、どっかにしまったままなんでしょ?」

まったくの図星だった。この部屋を貸してくれている伯母夫婦は海外旅行が趣味で、どこぞへ行っては現地のめずらしい食材や飲み物をお土産にくれる。あんたの仕事に役立つかもしれないし——世話好きの伯母はそういうが、フード系といっても健幹は経営やマーケティング部門にいるから、食に関しては素人に毛が生えた程度の知識と興味しかない。就職し独り暮らしをはじめてからも、ろくに自炊はしなかった。ゆえにありがたいお土産は、たいてい封を切ることもなく棚の奥にしまわれるのだ。

「キッチンになければないよ」

「ホームセンターの店員みたいな言い草ね。いいからあんた、ちょっとこっちきなさい」

宿題に取り組むユウヤをリビングに残し、健幹はよろよろと立ち上がった。黒茶など口実にすぎない。休日に姉がユウヤを連れて遊びにくるのはめずらしくなかったが、ここ最近は頻度が増した気がする。息抜きだという本人の弁を、健幹は信じていない。

ダイニングテーブルについた健幹の前に湯呑が差し出された。すっとした香りのする黒っぽい液体。Zwart——黒茶だ。

やれやれとあきらめて、健幹は黒茶をすすった。

「で？　どうなの？」正面に姉が座る。

「プーアル茶だね」

「馬鹿」姉は呆れたような仕草で自分のカップをテーブルに置いた。黒茶でなく紅茶の香りがする。

「そんなこと訊いてないでしょ」

「じゃあ何さ」

いなかった。

「睦深さんのことに決まってるじゃない」

やっぱりか。健幹は休みだが睦深は仕事へ出ている。姉はそれを心得たうえでやってきたにちがいなかった。

「ちゃんと話したの?」

もちろん結婚についてだ。これまで浮いた話のなかった健幹に彼女ができて、しかもいっしょに住んでいることが広まって、家族は色めき立った。そしてなぜか、煮えきらない健幹の尻を叩くのが姉と伯母さんのミッションになっている。

「まだ早いよ」適当に返す。「付き合って二年しか経ってないんだし」

「あんた幾つのつもり? あんな良い子、ほかにいないよ。ぼやぼやしてると愛想尽かされちゃうんだからね」

姉たちと睦深はすでに何度か顔を合わせている。休みの日に押しかけられて無理やり食事をさせられたのだが、姉は睦深を気に入ったらしい。よく見つけたね、あんたにはもったいない——繰り返しいわれ、ちょっと鼻が高くなった。

だが結婚を急かされるのは、息苦しさを覚えてしまう。

「タイミングの問題なんだよ。睦深さんも、どんどん仕事を任されて充実してるみたいだし」

「彼女、仕事つづけるつもりなの?」

「そりゃあ、そうでしょ」

ふーん、と姉。

「まさか、女は家庭を守れなんて古くさいことというつもりじゃないよね?」

「まさか。旧石器時代のお姑さんじゃあるまいし」

とはいえ、この姉には古風なところがなくもない。

「姉ちゃん、働きたいと思ったことは？」

「まったく。わたしは好きで永久就職を選んだからね」

涼しい顔で紅茶をふくむ姉は大学を出てすぐに結婚し、一度も勤めに出たことがない。そのわりに世間の感覚とずれていないのを、本人はワイドショーのおかげというが、ようするにセンスだろうと健幹は思う。

「でも、心配になったりしない？　万一旦那さんが浮気したり、別れたり、捨てられたりしたらどうしようってさ」頭には離婚が迫る友人の顔が浮かんでいた。

「そのときはそのときよ。まあウチの親は、可愛い娘と孫を路頭に迷わすなんて真似しないでしょうけど」

「けっきょく親頼みかよ、のんきだなあ」

「そういう環境にいるんだから利用するのは当たり前。その代わり、あんたよりパパママの相手をしているんだから」

ちゃっかりしてるが腹黒いところがなくて、清々しさすら感じてしまう。

「あのね、健幹。あんた、わたしたちが心から好き合って結婚したとか思ってる？」

「え？　いや、だって――」

「たしかに好きよ。気が合った。でもそれ以上に、生活が合ったのね。いっしょに生きていくルールみたいなものが似通ってたわけ。そこに、まあまあ許せる条件が幾つもあった。顔、身体、稼ぎ」

「身も蓋もない言い方だなあ」

「最高の人なんていないのよ。『もっと良い人がいるかも』なんていいだしたら無限に想像できるでしょ？　そんなの、世界中のぜんぶの人と付き合ってみなくちゃ結論なんて出ないじゃない。わたしだってほんとはアントニオ・バンデラスのルックスで森山周一郎の声でジョン・ロックフェラーぐらいの金持ちに求婚されるならそのほうがよかった。でも、そんな人がどこにいるか、いつ出会えるか、上手くいくかもわからない。だから妥協したの。あり得る現実と折り合いをつけたわけ」

お互いね、と姉は嫌味なく微笑んだ。

「それでも幸せにはなれる。いっしょに時間を過ごして、思い出があって、ユウヤがいてね。そういう、当人たちだけにわかる積み重ねが、意外と大事だったりするのよ」

「姉ちゃんちが安泰なのはわかったよ」

いいたいことは納得できたが、でも、と健幹は思う。でも、そういうことじゃない。ぼくがプロポーズしないのは、もっと良い人がとか、そういう話じゃないんだ。

「まあ結婚となったら、どういう人かもちゃんと知らなくちゃ駄目だけど」

「それは、姉ちゃんだって会ってるだろ」

「二、三回ね。人柄なんていくらでもごまかせる」

変な迫力があって、うっと言葉が詰まった。

「家柄とかもあるし」

「待った。それこそ旧石器時代じゃないか」

「わたしたちは平気よ。あんたが選んだ人なら文句はいわない。パパもママも、伯母さんたちも、みんなあっけらかんとした性格だしね。仮に睦深さんの親族にヤバい犯罪者がいたとしても本人とは関係ないってわかってる。けど、周りの人はそうじゃないでしょ？　友だち、ご近所さん、会社の上司に取り引き先の人。彼らは簡単に攻撃してくる。あっさりと、面白半分に」

「まるで、見てきたようにいうじゃない」

「ワイドショーでね」

冗談の口調だが、その裏に固い決意が透けている。

「べつにいいのよ、わたしたち自身のことは。いまさらくだらない風評に負けるほどやわじゃない。でも、もし、あなたの選んだ人のせいでユウヤの人生がダメージを受けるなら、わたしは必死に抵抗する。勝手だといわれても、間違いなく」

健幹は、腹の底が冷えていく感覚を味わった。睦深と夕食を囲んだとき、姉はしきりに家族のことを尋ねていた。千葉県の富津で育った、母親はいない、そりが合わない父親との仲は最悪で、親戚とも関わりがない。受け答えはしっかりしていたが、どこかしら濁しているふうでもあった。少なくとも健幹は、睦深らしからぬ歯切れの悪さを嗅ぎとった。ごきょうだいは？　睦深は困ったように笑った。妹と弟がいます。でもみな、離れ離れです。

「借金まみれのご両親だったりしたら、関係ないともいってられなくなるしね」

現実的にはそういうこともある。想像もしたくないが、あり得るのだ。

探偵。

ふいにその単語が頭をよぎる。

「たっちゃーん、これわかんない」

ユウヤの声に健幹はそそくさと腰を上げ、姉の視線を感じながらリビングへ逃げた。


「お元気だったの、お姉さん」

仕事から帰ってきた睦深は疲れも見せずにそう訊いてきた。

「まあ、いつもどおり。あの人が落ち込んだり病気になったりするの、ここ十年はお目にかかってないよ」

そう、よかった、と睦深は自分の部屋へ入った。スーツから部屋着に着替えてキッチンへ戻ってくるあいだに健幹は夕食をテーブルにならべた。睦深はいつも風呂よりご飯を先にする。

「豪華ね」

ならんだ食事に睦深が目をみはった。シーザーサラダ、筑前煮、仔牛の赤ワイン煮込みシチュー。

「ご想像どおり、ぜんぶ姉ちゃんの手柄。材料から何からね」

「助かる。出前も嫌いじゃないけど」

食事当番のとき、健幹はだいたいテイクアウトで済ませる。睦深は自分もそうすることがあるからと文句ひとついわないが、多少の後ろめたさはあった。

「ビール飲む?」

「ううん、やめとく」

じゃあ失礼してと断って、健幹は自分のコップに瓶ビールを注いだ。

「ユウヤ、いいとこを狙うことにしたんだって」

「お受験は嫌だったんでしょ？」

「自分からいいだしたそうだよ。仲のいい友だちが私立の中学を受けるらしくて、なんかやる気になったみたい」

「へえ、理想的じゃない」

テレビはつけずに食べる。ルールというわけでもないが、食卓でその日の出来事を報告し合うのが習慣になっていて、いつも健幹はこの時間に幸せを感じる。

「仕事は順調？」

「うん、まあ。少しややこしいオーダーが入ってね。お得意さまの紹介だから下手な仕事はできないって社長が神経質になってて」

マイセンの皿を十枚、年代と柄の希望つきで求められているという。

「うちはアンティークに強いってわけじゃないから、いざとなったら専門の業者をとおすことになりそうだけど」

「でも、個人でそんなに買うなんてずいぶんお金持ちだね」

睦深のスプーンが宙に浮き、こちらを向く目がふっと笑った。

「そうね」

煮込みの肉をほぐして口へ運ぶのを、健幹は密かに見つめた。自然と、睦深の変化を探している自分に気づく。塞ぎ込んでいたりごまかしているそぶりを、むしろ健幹は求めていた。探偵事務所の検索が、気まぐれならいい。だが必要があってそうしたなら、それが解決していないなら、何か力になれるかもしれない。ならなきゃいけない。

けれど睦深に、おかしな振る舞いは見つからない。

「そういえば」

健幹はパンをちぎりながらいう。

「ユウヤを手伝って、ひさしぶりに数学に頭を使ったよ。ミハジ問題って憶えてる?」

「ああ、あったかも。最初は表を書かされた気がする。ふたりの道のりと速さと時間の表を」

「へえ、そんなやり方もあるんだね」

タクローとキロロのエピソードを、そしてユウヤとのやり取りを教える。

「で、ユウヤがいうんだ。時間も速さもちがうふたりが、追いつく距離でイコールに結べるんだねって」

ふうん、と睦深は返した。横目でそっとうかがうと、彼女のスプーンがピタリと止まっていた。

わずかに視線を上げ、どこかを眺めている。

「睦深さん?」

「あ、ごめん。その宿題って、きっとわたしたちより歳上の、音楽好きの人がつくったんだろうなあって」

「なんで?」

「タクローって、GLAYじゃない?」

「ああ、それにキロロか。姉ちゃんがドンピシャの世代かも」

たしかもう少し前よ、と睦深は口もとをほころばせる。

それから他愛（たわい）ない会話がつづいた。結婚の「け」の字も出ないまま、食事が片づくまでに健幹はビール瓶を一本空にしたが、酔いはまったくおとずれなかった。

「片づけとくよ」

「いいの？　ありがとう」

立ち上がった睦深が、その足を止めた。

「気にしてあげてね」

え？　と健幹は彼女を見上げた。

「お姉さん。困ったり弱ったり、そういう姿をあなたに見せないようにしてるんだと思う」

あ、うん。戸惑いながら返す健幹に、睦深はまたうっすらと微笑んで、ありがとう——と、もう一度お礼をいった。

シャワーを浴びるからとリビングを出ていく彼女を見送り、健幹はしばし物思いにふけった。いつもどおりの彼女。健幹の心を奪った物怖じしない態度、やわらかな笑み。ユウヤの話をした一瞬、その隙間を垣間（かいま）見た気がした。どこかを眺めている顔、ここじゃないどこかへ想いを馳せている瞳。それはすぐ、いつもの仮面に隠れてしまった。

仮面などと思う時点で、自分もおかしい。そうは思うが、突き放された感覚はぬぐえなかった。あの一瞬の睦深は、きっと健幹の知らない睦深で、健幹を必要としていない睦深じゃないか。

遅れてアルコールがまわってきたのかもしれない。不穏な想像が走りだす。

睦深は、何か重大な、隠し事をしている——。

想像は確信へと色を濃くし、姉の台詞がよみがえった。まあ結婚となったら、どういう人かもちゃんと知らなくちゃ駄目だけど――。
富津、か。
健幹の意識は、彼女が育ったというその土地に囚われていった。

三

二月の午前四時は凍えるほど寒かった。ベッドに吹きつけるエアコンの風が苦手で、寝室ではヒーターを使っているが、布団を出るとその範囲の狭さが身に染みた。二階の便所で用を足し終え、そのまましばらく立ち上がれない。生理の兆し。重いほうではないものの、体温の変化とともに激しくなる感情の起伏が昔から気にくわない。

着替えて階段を下り、洗面所で顔を洗おうとして水の冷たさに嫌気がさす。もとより化粧をするタチではなく、軽く済ませて歯を磨く。買い置きのカレーパンを温めているあいだにダウンジャケットを着込んだ。家の外は真っ暗だった。自転車にまたがると下腹部に嫌な感触がある。カレーパンを強く噛む。少なくともわたしに、女の身体は邪魔くさいだけの代物だ。

氷のような空気を裂いてペダルを漕いだ。手袋をしてくればよかった。簞笥をひっくり返して探すところからはじめねばならないが、ニット帽ぐらいは見つかったかもしれない。祖父のだろうが祖母のだろうが、暖かければ見てくれなどどうでもいい。

事務所に着くと社長が「よう」と手を挙げ大きな口をにかっとさせた。悪いな、ありがとう、よろしくな。会釈で応じて準備に取りかかる。仕事着できたのは楽だから。そして人見クリーンに女性用の更衣室がないからだ。

「おう、早いな」

中年の先輩従業員が声をかけてきた。社員の唐木（からき）だ。

手をこすりながら彼がいう。「今日はおれとだ。組むのはひさしぶりだな」

「辰岡さんは？」

「あいつ、早出はしないんだ。カミさんが嫌がるからって」

ベテランなりの手際と、ほどよい適当さで唐木は用具をハイエースに積んでゆく。急遽の現場は新規の法人らしく、契約している業者と揉め事でもあったんじゃないかと唐木は推察した。「まあ、食い込むチャンスってことだな」

従業員の身分にはどっちでもいい話だが——。そんな気持ちを隠さない口ぶりだった。

「発電所のそばだ。昼までに片づけてほしいってさ」

それが終わったらもう一軒、ビルの定期清掃に社員総出で当たるという。

唐木が運転するハイエースは法定速度で新富通りを北上した。無駄なクラクションなど鳴らさないし煙草も吸わない。

「町谷も、よくつづくよな」

唐木の声には他意のない気さくさがあった。「若い奴は、入ってもすぐ辞めちゃうんだよ。就職難なんていわれてっけど、けっきょく余裕あるんだろうな。おれなんか工業高を中退して、選ぶも選ばんもなく土方の仕事をはじめたからさ」

そこがつぶれ、しばらく転々としてから人見クリーンに落ち着いたという。

「褒められた人生じゃねえけど。でもおかげでというか、いろんな奴に会ったよな。おまえみたいなのにもさ」

それが前科を指すのか、化粧もしない刈り上げの女を指すのかはわからなかった。薄っぺらい懐柔に感じる一方、この薄っぺらさこそありふれた日常にふさわしい気もして、わたしは無愛想にならない程度に「どうも」とだけ返しておいた。

橋を渡って東京湾に浮かぶ出島へ進入する。左手にそびえる鉄塔が目に映る。それを過ぎると左右に工場やプラントがならび、ハイエースがその一角へ着くころ、ようやく空が白みはじめた。

「まあ、くれぐれも問題は起こさないようにな。嫌われたら食っていけなくなるからさ」

冗談めかした口調に、わずかな緊張が滲んでいる。木更津、君津、富津にまたがる湾岸工業地帯は日本有数の鉄鋼会社の持ち物で、ここに勤める労働者が地域の人口や経済を支えているのは世間に疎いわたしでも知る常識だった。

現場の事務棟は三階建てだが敷地面積は知れていた。床と水回りだけだから昼前には終わる。よくある白壁、タイルの床、ありふれたレイアウト。望んで清掃の仕事を選んだわけではないが、こんな素っ気ないビルに毎日通うよりはあっちこっちへ行かされるほうが性に合っている。掃除機を走らせ、モップで磨く。淡々とした作業は思考を奪ってくれる。

持ち場の二階を終え、各階の便所と給湯室をきれいにしてゆく。出勤時刻になって社員たちが現れて、作業に影響はあったが予定より二時間は余りそうだった。「あんまり早いと手抜きと思われるから少しゆっくりにしよう」唐木の指示にうなずきながら、密かに胸がざわついた。ラッキーな誤算を警戒してしまうのは、東京時代に染みついた習性だ。

「ちょっと、君」

仕上げに取りかかったとき、担当者に呼ばれた。

「まさかこれ、終わりじゃないですよね？」

ピンと立った人差し指が地面を向いていた。わたしが掃除機をかけ、モップで磨いた床を。

「黒ずんでますよね？　どうするんです？」

「いや、すみません」唐木が戸惑いの笑みを浮かべる。「わたしら、床清掃と聞いてるんですが」

「そうですよ。だから床をちゃんとしてくれっていってるんでしょう？」

「あの、これはワックスの劣化による黒ずみなんです。それはそれで、またべつの作業でして」

「はあ？」担当者があからさまに語気を荒くした。「何いってんの？　床清掃って、それもふくめてぜんぶでしょうが」

たまにある行き違いだった。清掃とワックスの塗り替えはまったくべつの作業で、いつもの業者はサービスでやっていたのだろう。担当者はよく知らずに発注し、社長は確認せずに受けてしまった。

「昼までにって約束ですよ。いまからだとどのくらいかかります？」

「塗り替えとなると――だいたい三時間は」

「冗談じゃない。業務にも支障がでるでしょうが」

唐木が弱ったと青ざめた。こうなったら下請けは弱い。そもそもいい争える相手じゃない。ちょっと確認をと電話をかけに行く唐木の背中に「これだから田舎は」と担当者が小さく吐いた。

唐木が戻ってきて小声でわたしにささやいた。「まずいな。社長、なんとかしろってさ。次の現場にも間に合わせろって」

「そうですか。じゃあ、やりますよ、わたし」

「え？　ひとりで？」

「唐木さん、向こうが外せないんでしょ?」

うーんとうなり、それから担当者と交渉をした。料金はそのままで時間は延長、わたしがワックスの塗り替えともう一度清掃をすることで話がついた。悪いな、終わったら連絡してくれ。ムカつくよな、あの白ナマズみたいな担当者――最後にそう耳打ちして唐木は去った。

作業自体は慣れたものだ。業務の真っただ中だから、いちいち立ち入り禁止の区画をつくり、不満げな社員たちに頭を下げるのが億劫だったが、仕事と割りきれば耐えられる。

すべてを塗り替え、乾拭き(からぶき)を終えると三時を大きく過ぎていた。「君」用具を片づけていたわたしに担当者が近寄ってきた。「玄関マットも洗ってくれないか」

思わず眉をひそめてしまった。マットはけっこうなサイズで、簡単に洗える代物でないのはあきらかだったが、断れるはずもない。足もとを見られているとわかりつつ、従うしかないと文句をのみ込んだとき、「いや、ちがうんだ」と担当者が慌てたようにいい足した。「サービスしろってことじゃない。そのぶんの料金はちゃんと払うし、わたしも手伝う」

ふたりでマットを剝がして駐車場のフェンスにかけた。引っ張ってきたホースで水を浴びせるとしぶきが散った。それをワイシャツの袖をまくった担当者がいっしょに眺めた。傾いた陽が、そろそろ辺りをオレンジ色に染めはじめていた。

すまなかったね、と彼が話しかけてきた。いろいろ確認不足だったようだ、ありがとう。

自然にわたしもお礼をいった。こちらこそ行き届かずにすみません、ありがとうございました。

迎えの車を待つあいだ、身体に比べ、心が軽いことに気づいた。冷たい風も心地よかった。陰に染まる直前の鉄塔、プラント、東京湾の香り。事務棟の玄関を行き交う職員や業者を横目に、自分もこのなかにいるのだなとおかしな実感をもった。

事務所に戻り用具を片づけていると、べつの現場の面々が帰ってきて「お疲れ」とか「こっちもけっこうきつくてよお」などと口々に声をかけてきた。唐木からは「助かったよ」と缶コーヒーをもらった。従業員の輪に辰岡の姿がなくて、唐木に訊いた。

「奥さんの調子が悪いんだとさ」

見え透いてらあ、と誰かが応じた。奥さんなんておれたち、顔も見たことねえもんな。イマジナリーワイフだろ？　馬鹿らしい――そんな会話を横に、わたしは札束がおさまった茶封筒と、それをつかんで唖然とする辰岡の様子を思い出していた。

降ってわいた臨時収入を何に使おうが知ったことじゃない。汗水たらして得るには大金でも、遊べばすぐに消える額だ。どうせ明日か明後日にはいつもどおりの仏頂面で出勤し、何事もなかったように煙草と二千円を要求してくるのだろう。

その憂鬱が、いつも以上に他愛なく思え、不思議だった。帰路についても妙な余熱が胸を離れず、ギコギコとうるさいペダルをぼんやりとわたしは漕いだ。

眠剤の売買や強盗の真似事を成功させたとき、美人局に引っかかったオヤジの狼狽や喧嘩で負かした男たちの泣きっ面を拝んだとき、脳みそが焼けるような興奮があった。稼ぎもちがう。ひと晩の売り上げが、現場を行き来する日々の一ヵ月ぶんを超えることもざらだった。

ありがとう。助かったよ。薄い人間関係だからこそ、簡単に発せられる薄い台詞。見合わない報酬。だがそれが、この余熱の正体なのだという事実に、戸惑いと安堵が入り混じっている。

交差点のコンビニに電子タバコを吸う有吉がいて、感傷はきれいに消えた。横断歩道を渡り、自転車を停めたところへ「よお」と声をかけてくる。「すっかり労働者だな」

「なんの用だ」

「会いにきたら駄目なのか」

無視してわたしは店内へ入った。コンソメスープと握り飯をふたつ、朝食用の菓子パン、新商品と書かれた桃のソーダを一本買った。

外には、まだ有吉が待っていた。

「しけてるな」買い物袋を憐れむように、「もっとマシなもんを食え」

わたしは自転車の鍵を外した。「奢りならな」

「何がいい?」

有吉はいつもの眠たそうな顔でこちらを見ていた。

「金が入った。居酒屋ぐらいなら好きに飲み食いできる」

「どんな金だ」

「働いたんだ。当たり前だろ」

一月に飲んだとき、こいつは仕事の話をしなかった。面倒に関わりたくなくて、あえて訊こうとも思わなかった。

百瀬からギャラが入ったのか? あるいはここにこうしていることが「次の仕事」か。

「後ろに乗ってもいいか」

「残業はしたくない」

「なら引いてくれ。おれだって走るのは嫌だ」

自宅への道行き、会話はなかった。昔からそうだ。わたしを椎名たちのもとへ届けるときも、有吉はほとんど無駄口をたたかなかった。すごむこともなかったし、謝ることもなく、うつむきかげんに背を丸めて淡々と歩いた。たまにどうでもいいことを、どうでもいいふうにつぶやいた。ある夜、空を見て「夜だな」とこぼし、そのあまりの当たり前さにわたしは笑った。これから殴られに行くというのに。

当時、有吉の家庭はわたしとはちがう意味で壊れていた。生きるために必要なすべてを自分で手に入れなくてはならない状況だったという。椎名たちのグループはこいつにとってアルバイト先で、窪塚からもらう小遣いは給料だった。

「昨日、窪塚が会いにきた」

住宅地の小道に似合わない有吉の図体(ずうたい)が少しだけ起きた。「――それで？」

「政治家になるから昔のことは忘れてくれってさ」

ふうん、ともらしてから、目ざとく尋ねてくる。「ちゃんと金をもらったか？」

「ああ、ぜんぶ捨てたけどな」

「もったいない。金は金だ」

夕餉(ゆうげ)の気配が漂っている。子どもを呼ぶ母親の声がする。

「ダイチを憶えてるか？」わたしは訊いた。「椎名翼の兄貴だ」

「いちおうな。刺青の人だろ」

「いまどうしてる？」

知るか、と背をかがめる。「おれはほとんど、絡んだこともない」

自宅に着くと当然のように有吉は玄関へ向かった。ピザを食おうと電話をし、勝手に注文を決めた。「でかいテレビだ」無表情でそういってソファに腰を下ろした。

「おまえと映画を観る気はないぞ」

「いいから座れよ」

目をすがめると、小さくため息をつかれた。「安心しろ。おまえを襲う気はない」

「客のくせに、なんでそんなに偉そうなのかと驚いただけだ」

そうか、と有吉はいう。となりに腰かけて桃のソーダを喉へ流すと、地蔵のように黙りこくる男といっしょに真っ黒なテレビの液晶を眺めているこの状況はなんなのかと可笑しくなった。

「紙とペンをくれ」ようやく有吉がしゃべった。

「おれの稼ぎを教える」

メモ帳とマジックペンをやると、彼はそこにすらすらと線を描いた。線としか読めない何かを一ページにひとつ、立てつづけに五つも書いた。

「嵐のサインだ」

「嵐って、アイドルのか?」

「ほかにどんな嵐がいるんだ? 筆跡鑑定のプロだって本物だと断言する。ほかの奴でもいい。ダルビッシュでも本田圭佑(けいすけ)でもＡＫＢでもな。マイケル・ジャクソンだろうがジャスティン・ビーバーだろうが」

「それが、なんだ」

「売れる」

適当に書いてネットオークションに出す。たまにリクエストも届くという。誰それのやつがないか？　どこそこに所属するあの子のは？　強烈なファンをもつアイドルグループ、お笑い芸人、宝塚、果ては実業家や政治家のものまで。

「偽物と気づいてる奴もいるだろうが関係ない。ダチや仲間に自慢したくて金を払う。職場の人気者になれるなら、高くないと考える」

「違法だろ」

「注意は要るが、やりようはある」

「儲かるのか」

「たまにはな」

笑ってしまいそうになる。たまにしか儲からない商売のためにやりようを駆使しているのだ。勤勉なのか怠惰なのか、あくどいのか健全なのか。こいつらしいといえばこいつらしい。

「遊びだ。おれだって、こんなせこい真似を本気でやってるわけじゃない」

「まともに働こうとは考えないのか」

「まとも？」有吉が、幽霊に出くわした顔になった。「何がまともだ？　どうやったらなれる？　どこにいったら、そんなものにありつけるんだ」

最後はほとんど独白だった。

わたしは視線を黒い液晶へ戻した。教育、就職。そのレールに乗り損ねた。誰かに文句をいいたいんじゃない。重要なのは、乗っていないという事実だけ。もう乗れないという現実だけ。

わたしも、何もちがわない。清掃員の給料で暮らせているのは、この家があるからだ。

「まともが、まともにつづく保証もないしな」

聞きかじっている。勤めていた会社がつぶれ、有吉の親はそこから転落していったのだと。

「だから、百瀬の下で働いてるのか」

有吉は黙った。黒い液晶を見つめていた。わたしたちの相手は、そこに映る自分自身だった。

もう終わっているのよ――。ふいに、ロクの言葉が頭をかすめる。

キュウが笑う。おれたちって、なんにだってなれるんじゃない？

「日曜の昼間、あけといてくれ」

それが有吉の、三十秒遅れの返答だった。

「おまえの車で渋谷へ行く」

「ふざけたアイディアだ」

「ガス代は出す」

「仕事だといったら？」

「風邪をひけばいい」

断れない、百瀬の指示か。

「わたしを連れていったら、幾らになるんだ？」

有吉が、こちらを向いた。

「迷惑はかけない」

どろんと眠そうな目が、わずかに尖った。

「ほんとうだ。信じてくれていい」

迷惑はかけない？　信じてくれていい？　めちゃくちゃだと笑いそうになる。似たような台詞を吐いてわたしを売ったジョーイの話を聞かせたら、こいつはどんな反応をするだろう。たぶん「そうか」とこぼすだけだが。

なぜわたしは、こいつとここでこうしているのだろう。ならんでソファに座り、ピザが届くのを待っている。椎名たちの手先として働いていた男。足蹴(あしげ)にしたって罰は当たらないはずなのに。

残念ながら、次の日曜に仕事はない。わたしはこいつを、アウディの助手席に乗せるだろう。

「それにきっと、おまえはきたほうがいい」

くわしい説明はなく、わたしもそれを求めなかった。ただ、予感があった。台風がくる前の落ち着かない感じが。

「ピザを頼むコツを知ってるか」有吉の目は、映っていないテレビを見ていた。

「コツもくそもないだろ」

「ある。手を抜かないことだ。たとえばパーティーにぎりぎりだとして、店員に訊く。『長くかかるのか？』。手を抜く奴は『長いのか』にする。すると店員はこう返す。『いいえ、丸くなります』」

「――くだらねえ」

「ちゃんと尋ねるべきなんだ。『わたしのマルゲリータはあと何分で焼き上がりますか？』。店員はよろこんで教えてくれる。『三十分少々です』『のびませんか？』『ご心配なく。当店のチーズはカチコチです』」

はっ！　呆れ声がもれたとき、玄関のチャイムが鳴った。

有吉は届いたピザを黙々と平らげて、そして静かに帰っていった。

ろくなことは起こらない。予感は確信に変わっていたが、わたしは渋谷へ行く目的を有吉に質さなかった。

ロクに伝えるのもやめた。怒るだろうが、これは自分の問題な気がした。

朝から天候はぐずついて、昼前には雨が降った。それがおさまったころに有吉はやってきて、億劫げに閉じたビニール傘を玄関の傘立てに突き刺した。濡れた路面の不自由さはわたしを苛立たせたが、我が物顔でとなりに座る男は気遣うそぶりすら見せなかった。雨の名残りが東京湾に白いもやをかけていた。

渋谷に着くと商業ビルの駐車場を指定された。午後二時前。スマホで時刻を確認した有吉は、いつにない急ぎ足で出口へ向かった。東京の空も曇っていて、風は当たり前のように冷たい。通行人はみな身体を丸め、寄り道を嫌う速度で行き交っている。

ビルの二階とつながる歩道橋を使って交差点を渡りきる直前、弾けるような音が辺りに響いた。底抜けに陽気なサウンドは、どんよりとした街の空気に不釣り合いだった。

「どうもみなさん、こんにちは。ダンスユニット『ソレイユ』でーす」

マイクの声がするほうへ、有吉はまっすぐに進んでゆく。

「えーっと、初めましての人が多いと思います。ぼくら去年にデビューしたばかりの三人組で、それまでお互いの顔も名前も知らないくらいの仲だったんで、じつはこの三人も初対面に近いんですよねー」

有吉の背を追いながら、胸の奥がどくんと鳴る。

「そうそう。芸能界ってほんとこんな感じなのってびっくりしたわー」

「あ、じゃあ自己紹介します。ぼくがいちおう、リーダーに指名されちゃった気の毒な最年長二十歳のアユムです」

「おれはセイジっていうんでよろしく」

ささやかな拍手が起こる。わたしは速足の有吉に追いついて、追い越した。

「――って、なんで君だけ黙るのよ」

「マジそれ。名乗れ。空気読めー」

「すみません、こいつ不思議ちゃんキャラに見えて根は優しい奴なんです――って、ぶっちゃけぼくらもまだよくわかってないんですけど」

ぱらぱらと笑い声がする。わたしの足は歩道橋の階段を駆け下りる。無我夢中で地面を蹴る。

「いいからさ」

三人目の声がする。ぶっきらぼうに、ちょっと苛ついたように。

わたしはもう、有吉をふり返れない。

「寒いし、踊ろう」

そこは街中のささやかなコミュニティスペースといった場所だった。いかにも急造のミニステージ。その前に点々と十人ほどの客がいて、駅へ向かう人、ビルへ向かう人、おおぜいが通りすぎるなか、壇上に立つ三人の男の子を見守っていた。

わたしの目は左端、金髪の少年に吸い寄せられた。

音楽がかかる。アップテンポでにぎやかで、軽薄な音色。右から左へ流れる安っぽいリズムとメロディ。ひと昔前のティーンアイドルが着そうなヒラヒラした袖の衣装。そのダサさのぜんぶを輝かせる躍動が、どん、と目前に迫ってくる錯覚に襲われて、急いていた足が止まった。

金縛りになって呼吸を忘れる。華奢な肉づき。ありふれた身体。目立って長いわけでもない手足が、どうしてこうも奔放な軌跡を描くのか。ほかのふたりとおなじ振り付け、ステップが、なぜこんなにも鮮やかなのか。正面を向く一瞬の表情が脳裏に焼きつく。突き出される手のひらに誘われる。ぞっとする。

曲が終わる。ぴたりと動きを止めた三人を、いや「彼」を、歓声と拍手が称(たた)える。あきらかに観客が増えていた。通りすぎるはずだった人々が引き寄せられて、背骨を鷲づかみにされているのがはっきりわかる。わたしだってそうだから。

二曲目がはじまる。その途中で異変が起こる。金髪の少年の振り付けがちがう。ほかのふたりがちらちらと横目でうかがい、客にも戸惑いが広がって、けれど彼は迷いなく踊りつづける。まったくちがう振り付け、まったくちがうレベルの動き。速いだけでもキレがあるだけでもなく、激しさのなかに艶(なま)めかしさが、直線と曲線が同居する、それはまるで呪文。動きそのものが、一度出くわしたら逃げられない、中毒性を帯びた歌。

気がつくと少年は中央にいた。ほかのふたりを左右に従えていた。もはや戸惑いはこの空間のどこにもなく、これこそがあるべき演目にしか見えなくて、圧倒的なパフォーマンスの端々にひそむ危うさ、不完全さ、それさえも妖しいゆらぎとなって怖気(おぞけ)を覚える。痛みと悦(よろこ)びの予兆に震える。

暴力だ。彼の躍動がまき散らすのは、快楽ととなり合わせの暴力だ。

刹那、視線がぶつかる。交わりは強烈な尾を引いて、充足と飢えを同時に残して去ってゆく。

キュウ――。

半開きの唇を閉じることもできないまま、わたしは金髪の少年に奪われている。

メロディが絶頂へ向かいダンスが激しさを増して、そしてまた事件が起こった。滴が空から降ってくる。またたくまに雨が一帯を染める。それでもキュウは動きをやめない。抗うように両手を駆動し両足でビートを叩き、眼差しを四方へ放つ。エネルギーを爆発させる。

音楽の終わり。高く突き上げた右腕の天をさす一本の指。濡れそぼる少年を光が讃える。雨は通りすぎている。もう笑うしかない。その出来すぎた演出に、運命の采配に。

興奮と称賛が拍手になってこだまする。手をふりながらステージをあとにする面々のなかで、金髪の少年だけは、ひどくつまらなそうだった。

三時からもうワンステージをこなし、ソレイユの路上公演は長い休憩に入った。二回目のキュウは無難に振り付けを踊りきり、けれどやはりトークはほとんどしなかった。人数を増していく観客から離れた後方で、わたしたちはその一部始終を眺めた。

「行こう」興奮冷めやらぬ人々が散りはじめるころ、街路樹の縁石に腰かけていた有吉がのそりと立ち上がった。わたしはアウディを駐めたビルから遠ざかっていくその背中を黙って追った。

有吉はミニステージを越え、横断歩道を渡り、路地の奥を目指した。カフェのそばに大型のキャンピングカーが駐めてあり、背広の男が周囲をうかがうように立っていた。

「どうも」有吉が話しかけた。「百瀬さんの使いです」

「あ、はい、お世話になっています」背広の男が畏まり、せり出た腹を折った。「少々お待ちください。いまちょっと――」

「ふざけんじゃねえよ!」

キャンピングカーの中から怒鳴り声がした。「てめえ、勝手ばっかしやがってよお」声はソレイユの、セイジと名乗っていた男のものだ。「毎回毎回付き合わされる身になれや、ボケが」ペットボトルが床に投げつけられる音がする。背広の男が苦笑を浮かべ、「すみません」と慣れた仕草で恐縮した。

キャンピングカーのドアが開き、セイジが乱暴に地面へ降りた。こちらをにらみつけてから無言で歩きだし、背広の彼が「待ってセイジくん、風邪ひくから!」と車内のスタッフからわたされたベンチコートを手にあとを追った。

「コケコッコーみたいに元気な奴だよね」

わたしは、ゆっくりとキャンピングカーを見上げた。

金髪の少年は入り口の上部に両手をかけて、やわらかな笑みでこちらを見ていた。

「綺麗になったね、ハチ」


広々としたカフェの奥まったところ、「Reserve」の札が置かれたテーブルの周りに客はひとりもいなかった。一時間で戻るといって有吉が店を出ていき、わたしとキュウは向かい合わせに座った。大きなガラス窓は空模様とおなじくくすんでいるのに、なぜかキュウを包む空気は晴れやかで、わたしの胸はざわめいた。

キュウがレモンスカッシュを注文し、わたしもおなじものを頼んだ。女性店員が彼の横顔に見惚(みと)れていた。古びたダウンを着るわたしは、おそらく冴(さ)えない男友だちにでも見えていることだろう。

「レモンが付いてなかったらキレていい？」

紙の手拭きを折りながら、キュウがわたしへ悪戯な笑みを投げてきた。

「やめろ。警察沙汰はこっちが困る」

「冗談だよ」

いや。好きにしろといったが最後、こいつは実行したはずだ。昔のままのキュウならば。

「元気そうで安心したよ、ハチ」

「そう見えるなら、おまえのほうが幸せなんだ」

「何それ。すげえミステリアスじゃん」

飛行機の形に折られた手拭きを、わたしへ飛ばす。

「とにかく会えてよかった。うれしいよ」

わたしは曖昧にうなずいた。

幸い、届いたレモンスカッシュにはレモンが一切れ挟んであって、キュウはべつにありがたくもなさそうにストローを突き刺した。頬杖(ほおづえ)をつき、咥えて、すする。グラスを持たない行儀の悪さを忘れるくらい、それは自然な行為に見えた。すぼめた唇、喉の動き。金色の髪がはらりと目もとをかすめる。

「わたしがくると知っていたのか？」

「なんで？」

「驚いていないから」

キュウの顔が正面を向き、わたしを見つめる。

「驚いてほしかった？　じゃあ失敗したな」

「百瀬から聞いたのか」

「百瀬？　代理店の？」

きょとんと小首をかしげ、「よくわかんないな。今夜会おうって話はあるけど」

これが芝居なら、わたしには見抜けない。いったいロクは何をどこまで伝えているのか。それを口にすべきだろうか。

「おれが、ハチを見逃すわけないじゃん」

何気なく差し出された台詞に、わたしは固まる。

「すぐに気づいた。だからちょっと張りきったんだ。怒られたから、二回目はおとなしくしといたけどね」

数時間前の光景がまざまざとよみがえる。にわか雨が過ぎたステージの中央に立つ少年、天をさす人差し指。

「どうだった？」無邪気な瞳が、ぐいっとのぞき込んでくる。「カッコよかったろ、おれ」

「――もっとやる気を出したほうがいい。ファンサービスに」

キュウは唇を尖らせ、くすんだ窓へ顔をやった。テーブルに両手を投げ出し、聞き飽きたとでもいうように肩をすくめる。

「勝手に振り付けを変えるのも駄目だろ」

「いいんだよ。どうせ長つづきしない、適当に経験を積ませるためのインスタントなグループなんだ。いずれ黒歴史になるような」

「仲間も、そう思ってるのか」

「さあね。でも悪いのはあいつらだ。いつまで経ってもへっぽこすぎる。腕をスイング、右足を蹴り上げてターン——って、ほんとにそうするんだもん。そのまんまにさ。馬鹿じゃねえのって思わない？　そんなのピノキオにだってできるじゃん。海クラゲ以下だ」

「おまえ、それ、いったのか」

「うん。そしたらマジギレ。めちゃくちゃだ」

心の底から、キュウはめちゃくちゃだと思っている。できない奴がなぜできないのかがわからず、できない奴ができないままでいることに呆れ、できないなら消えればいいのにと。

こいつにとっては、ファンすらもクラゲ以下なのだろう。

「ほんとは、もっとマシなステージを観てほしかった。あんな低レベルなやつじゃなく」

ステージを去るときの、あのつまらなそうな顔。

「さっきのでかいおニイちゃんは誰？」

「知らずに付いてきたのか」

「おれが付いてきたのはハチだ」

危機管理能力を嘆くロクの気持ちがわかる。

「彼氏？」

「——知り合いだ。百瀬の使いっ走りをしてる」

ふうん、とやはり気のない返事。

「ま、ハチとはあんまり釣り合ってないもんね」

「いちおう、悪い奴じゃないけどな」

「おねーさん！」突然挙げた手に、女性店員がそそくさと寄ってきた。広げたメニューを眺めながらキュウが訊く。「ここの明太子スパゲッティはどうですか」

「あ、はい。そうですね。とても、人気商品です」

「おねーさんも好き？」

「え？　はい、大好きです」

「そっか。明太子はどこの？」

「——はい？」

「ぼく、原産地表記してない食材ってくそだと思ってるんですよ」

店員が狼狽を浮かべた瞬間、

「嘘、嘘。じょーだんです」メニューを閉じて彼女を見上げる。「とびきり美味しいやつをお願いします。あとフォークじゃなく箸をください」

とびきりというなら、この笑顔こそだ。店員は照れたはにかみとともに去ってゆく。ふいにぶつけられた悪意など、なかったように。

キュウはもう、彼女を見もしなかった。

「そうやって、人をからかうのはよせ」

「なんで？　よろこんでたじゃん」悪びれもしない。「それに、おれが好きなのはハチだけだ」

「ロクだろ」

「ロクはウザい。母親気取りで嫌んなる」

「よく会ってるのか」

「たまにね。ウザいけど、美味いもん食わせてくれるし」

「仕事の相談もしてるのか」

「訊かれたら答えるよ。じゃないとあいつ、ピリピリして面倒なんだ」

すねた口調は年齢よりも幼く響き、復縁は去年からというロクの自己申告が嘘であることを確信させた。そして彼が、言葉どおりにロクを嫌っているわけじゃないことも。

「親父と連絡は？」

「まだ生きてるんだ、あいつ」

キュウの実父はずっと昔に亡くなっている。わたしたちの「親父」は町谷の義父しかいない。

自分のレモンスカッシュを軽くふくんでから、わたしは訊いた。「和可菜さんからは？」

「質問ばっかだね、ハチ」

キュウのレモンスカッシュが空になった。

「そんなこと知ってどうするの？」

「気になっただけだ」

「ふうん」

見透かすような眼差し。半地下の店の、ブルーの瞳を思い出す。

「連絡なんてない」とキュウが吐き捨てる。「当然じゃない？　ガキみたいな男と駆け落ちしたゴミが、いまさらどの面下げてって感じでしょ。むしろ幸せにやっててほしいよ。助けてって泣きつかれて、蹴り飛ばすのも心が痛みそうだから」

そして心が痛んでしまったら、そのこと自体が赦せなくなりそうだから。

わたしは腕を組んで、キュウから目を逸らした。キュウはあの夏の「計画」を知らない。わたしがいじめに遭っていたことも。

「ハチは、ロクと会ってるの？」

わたしはなんとなく、自分のグラスに触れる。「最近な」

窓の外を、若い男女のグループが過ぎてゆく。楽しげにクレープにかぶりついている。

スパゲッティが運ばれてきて、キュウは嬉々として箸をつかんだ。フォークじゃないとロクは怒る、意味わかんなくない？　食いやすい食い方をして何が悪いのかさっぱり理解できないよ。

「ハチは楽でいい」

「……扱いぐらい覚えとけ。いつか役に立つかもしれない」

「たとえば？」

「映画とかドラマとか」

「ははっ！　発想がロクとおんなじだ」

弾けた笑みはすぐに消えた。「そのときは、ちゃんとやる」

ラーメンのようにスパゲッティを吸い込むキュウを見守りながら、きっとやるんだろうなとわたしは思う。キュウならちゃんと、まるで小さいころから身についたマナーのように演じきる。

「また会おうよ」

「――夜は百瀬と会うんだろ」

「今夜じゃなくさ。時間を見つけて会いに行く」

断る方法はいくらでもあった。住まいをごまかす、恋人と住んでいると嘘をつく。

「番号、教えて」

キュウの唇はひどく薄くて、けれど妙にくっきりと赤かった。そこにスパゲッティのソースがついて、身体の奥が空腹に襲われる。

番号を交換し終えたとき、窓の外を有吉が横切った。ハチ――と、キュウがささやいた。

「愛してるよ」


キュウをキャンピングカーへ送ってからも有吉はろくな説明をしなかった。すべて百瀬の指示であること、路上公演が終わったら会食の店まで連れて行き、それが終わるのを待って最後は事務所の寮まで送り届ける。ナビゲーターでありボディーガードなのだと面倒くさげに語ったが、その話のどこにもわたしの必要性はなかった。公演だけ観て帰るというと「車が要る」と返された。まるで子どもの我がままをたしなめる口ぶりで。

ぜんぶで何時までかかる？　さあ、朝までには済むんじゃないか。明日は仕事だ。そうか、たいへんだな。

「会食が終わるまで、ぼけっと時間をつぶすのか」

「カラオケがある。飯も食えるし歌えるし、どうしてもというなら寝てもいい」

わたしはもう、返事をやめた。

ミニステージの前には人だかりができていた。若い女の子を中心にかなりの数が寒さに震え、それに負けない期待と興奮をみなぎらせていた。つられて何事かとカップルや男性客が足を止める。女の子たちはスマホを手に談笑し、何かを打ち込んだり「ぜったいすごいから観にきなよ」と電話で捲し立てている。口コミが広がっていくのが肌でわかった。そんな経験は初めてだった。ごく一部のかぎられた範囲ではあるのだろうけど、確実に世の中が動きはじめている。その原因は間違いなくキュウなのだ。せり上がってくる高揚を持て余し、わたしはダウンジャケットに突っ込んだ指を意味もなく何度もこすった。

午後五時の開演が近づくと、もはや人だかりとは呼べない観客の群れが出来上がっていた。昼間とおなじ後方に陣取ったわたしたちの目前にまで聴衆の背中が迫り、このささやかな憩いの場におさまりきらないほどにふくらんだ熱気がわたしの現実感を奪っていった。

今夜、その気になれば、もう一度キュウに会える。

冷静な思考は警告を発する。これは百瀬の策略だ。キュウを引き抜くため、奴はわたしを利用しようとしている。具体的なやり方はわからない。だが注意すべきだ。少なくともロクには相談しておくべきだ。

一方で、腹の底が騒がしく脈を打ち、警告をかき消している。

アウディにキュウを乗せる。アクアブリッジをぶっ飛ばす。そんな未来を想像し、胸が高鳴る。

開演まで一分。観客の眼差しがステージめがけて集中し、つられてわたしは一歩足を踏み出しかけた。

そして、全身の血が凍りついた。

視界の隅、左側十メートルほど離れた場所だ。そこに立つ黒いボアコートを着込んだ男。華やいだ場の雰囲気にひっそりと息をひそめているが、隠せていない。かつてわたしの身近にあった不穏さ。社会の外に棲む者がまとう、警戒と傲慢が入り混じった佇まい。

ニット帽とマフラーの隙間からのぞくその頬に、かすかに見える青い線。刺青。

男が、こちらへ顔をやる気配があって、わたしはとっさに背を向けた。そのまま観客の渦にまぎれ込んだ。足は止まらなかった。冷たい汗が次々流れた。ふり向けない。音楽がかかる。ステージを見られない。歓声があがる。肩がぶつかる。ＯＬ風の女性が小さく悲鳴をもらす。無視する。背を丸める。歩く歩く。逃げる。

ダイチだ。椎名大地だ。奴がいた。なぜ？　悪寒が熱を帯びた。奴がティーンアイドルのファン？　口コミに乗せられて？　ちがうだろ。そんな楽観は命取りだ。捜しているのだ。芸能活動をはじめたキュウの存在を知り、そこになら、わたしが現れるかもしれないと思って。

有吉を置いてきた。いや、ほとんど会ったことがないといっていた。気づかれる可能性は低い。いや、それも楽観だ。

祖父母の家は？　場所は知られていると考えたほうがいい。逆にいえば、まだ奴は知らないのだ。わたしが富津に帰っていること。清掃会社で働いていること。東京へ家出をした七年前の状態でダイチの情報はストップしている。窪塚とのつながりも切れていたと考えていいだろう。この先はわからない。本気で捜す気になったら、おそらく数日のうちにわたしは捕まる。自宅か、職場の帰り道で襲われる。

考えすぎだ。いや、当然の懸念だ。どうする？

ロクは大丈夫か？　奴はきっと、ロクのことも知っている。

ビルの駐車場に踏み入って、ようやく後ろをふり返った。誰もいなかった。スマホで有吉にかけたが出ない。チープなダンスミュージックがかすかにここまで届いている。キーのロック解除ボタンを押すとアウディのヘッドライトが点滅した。『クリスティーン』の記憶はクーラーボックスの中でタコ殴りにされた痛みを呼び起こし、わたしは反射的に目をつむる。

運転席に乗り込んでドアをロックし、いったん大きく深呼吸をする。思考を落ち着け、状況を整理する。あれがダイチなのは間違いない。そこに疑いはない。会ったことはなくても、噂に聞く刺青。何よりあの佇まいには、椎名翼の面影がはっきりと漂っていた。

問題は奴の目的だ。ダイチが百瀬に雇われている可能性はないか？　百瀬はわたしとの接点に有吉を囲い込んだ。おなじようにダイチを手駒にしていてもおかしくない。金さえもらえば親の仇とだって肩を組む奴はいる。あくまでダイチはビジネスとしてあの場所にいたんじゃないか。

そうでない場合、奴の目的はひとつしかない。窪塚はいっていた。弟の失踪を疑っていると。真相究明。カフェで話し合いなんてのはあり得ない。奴はわたしから抵抗の手段を奪い、拷問にかけるだろう。弟をどうしたんだ？　和可菜って女は？

ビジネスと復讐(ふくしゅう)の、どちらがマシか。どっちもくそだが、ビジネスのほうが交渉の余地があるぶん救いがあった。わたしとロクの安全を、百瀬に約束させればいいのだから。

はっ！　交渉？　キュウの人生を貢ぎ物にして？　そんなの、ロクが許すものか。

しんとした車内で、自分の指を見つめる。この件をロクにどう伝えるか。正直に明かせば、あいつは決断するに決まってる。どうにかする——と。

それでも、報(しら)せないわけにはいかない。

長いコールがあって留守番電話につながって、わたしはすぐにかけ直す。二度目のコールが機械的に鼓膜を揺らす。

〈——どうしたの？〉

「キュウのステージの観客に、ダイチがいた」

反応がなかった。絶句。たぶんそれがいちばん近い。

〈そうなんだ〉一拍遅れの返事は不自然なほど明るかった。〈あなたが行くなんて、ぜんぜん聞いてなかった〉

「有吉に誘われた。百瀬の差し金だ」

〈渋谷？　いいなあ、わたし、我慢してたのに〉

移動する気配があった。同居人の耳があるのだ。日曜日だと思い出す。

〈間違いないの？〉

口調が変わった。事実にしか興味がない冷たい響き。同時に無理やり押し殺した感情のせめぎ合いが伝わってくる。

「間違いない。椎名大地だ」

わたしは窪塚のことも話した。ダイチが弟の失踪を疑っているという情報も。

〈気づかれていないのね？〉

「たぶん」

目が合う前に背を向けた。目立つ動きではなかったはずだ。

「百瀬とのつながりはわからない。奴がアイドルオタクと考えるよりはあり得そうだが」

〈今日のステージはすごいいきおいで広まってる。ＳＮＳのトレンドに上がるくらい〉

動画も出回り話題になっているという。百瀬とは無関係に、めぐりめぐってダイチの目にとまった可能性は否定できない。

「キュウには？」

〈それは――〉わずかにロクはいい淀んだ。〈わたしに任せて。必要になったら報せる〉

「大丈夫なのか」

〈すぐには何もないでしょう。鳳プロもついてるし〉

スター候補に躍り出た少年の身辺をほったらかしにはしないだろう。まして問題児が相手なら、これまで以上に監視を強化してくれるはずだ。

しかし。

「すぐには、か」

〈すぐには、よ〉

しょせん時間の問題。今日は無事でも三日後はわからない。明日かもしれない。いや、今夜だって――。

〈ハチ〉

呼びかけに、意識がアウディのシートに戻る。

〈聞いてるの?〉

「ああ、大丈夫だ」

〈あなた、SNSとかは?〉

「やってない。おまえこそどうなんだ」

〈仕事関係だけ。探すのは無理だと思う〉

ふと、こいつはちゃんと社会人をやれてるのかとかすめたが、よけいなお節介だと打ち消した。

〈とにかく油断はしないで。家には帰らないほうがいい。仕事も休みなさい〉

「責めないのか」

有吉の誘いを内緒にしていたこと。キュウに会いに行ったこと。

吐息が聞こえた。くだらない、といわんばかりに。

〈遅かれ早かれよ。あなたが生きているかぎり〉

感情を、完全に殺しきった声色がいう。

〈ただしもう、二度とキュウには近づかないで〉

ああ、とだけわたしは返した。カフェで過ごしたひと時を、伝えそびれていることに気づきながら。

〈先のことは考える。百瀬もダイチも、なんとかする〉

要塞だ、とわたしは思う。なんとかする。水の一滴すら漏れる隙間がないほど、彼女にとってそれは自明の義務なのだ。

で？　とロクが尋ねてきた。

〈どうだったの？　キュウのステージは〉

「――すごかったよ。ああいうのを、天才っていうんだろうな」

〈当たり前〉

お客さんは盛り上がってた？　ああ、どんどん人が増えてたよ。そう、そうでしょうね――。

語気が弾んでいた。その場に立てなかった口惜しさをにじませつつ、こんな状況でありながら、無邪気なよろこびがあふれていた。

「おまえも気をつけろよ」

〈自分の心配をしなさい〉

電話が切れて、束の間わたしは虚脱した。頭にロクと交わした会話やキュウのステージ、彼の表情や台詞が飛び交い、思考はまともな像を結ばなかった。

七年ぶりに向き合った少年は、こちらの勝手な不安を嘲笑うようにまったく色あせていなかった。言葉のひとつ、仕草のひとつひとつに心をかき乱す罠が仕掛けてあって、突き刺さった甘い棘が離れない。

そうした余韻を、青い刺青がぶち壊す。

椎名大地が地元で恐れられたのは粗暴さや獰猛さのせいだけじゃない。異様なまでの執念深さ。それこそが恐怖の正体だ。有名な噂があった。奴がまだ中学のころ、地元の不良連中と揉めて袋叩きにされた。一年後、忘れたころに報復がはじまった。標的にされたメンバーは全員がなんらかの後遺症をともなう怪我を負った。ひとりは足の指を欠損し、ひとりは両耳の鼓膜を破られ、ひとりは前歯をすべて失った。リーダー格の男は自分の睾丸を食べさせられたという。ワルの武勇伝に尾ひれはつきものだが、事実、ダイチはアンタッチャブルな存在になった。不良少年だけでなく、大人たちからも。

高校へは進まず愚連隊を気取っていたが、女性教師を強姦し捕まった。中学時代、担任だった彼女から「ちゃんと歯を磨いてるの？」とみなの前で注意されたのが原因らしい。三日三晩の凌辱によって、のちに自殺した彼女は、被害当時すでに五十歳を超えていた。

まともな理屈など通じない。世間とはちがう原理で駆動する凶器。人を撥ねるために存在する暴走車。

わたしが高校生だったころ、ダイチは刑務所にいた。弟の失踪を知ったのは出所してからだろう。そして疑いをもち、執念深く機をうかがっていた。

椎名翼から受けていた暴行を、わたしは警察に明かしていない。自分の加害をすすんで証言するもの好きもいなかった。ふたりのあとを追うように消えたにもかかわらず捜査の手がのびることはなく、半年前に捕まったときだって富津の事件については訊かれなかった。

だが、ダイチはちがう。窪塚をはじめとする弟の手下どもから詳細を聞き出している。弟に危害を加える、いちばんの動機をもった容疑者としてわたしが標的になるのは当然だった。

この想像が正解なら、対抗するすべはかぎられている。

なかったことにしない？　七年前の夏、ロクに訊かれたわたしは、どうやって？　と訊き返した。今回はどうだろう。おなじように尋ね、おなじようにするのだろうか。

迷いを払い、エンジンをかける。差し当たり、身を守る必要はわたしにこそある。自分の心配をしなさいというロクの命令は正しい。

わかってる。心配してくれてるのではない。わたしが捕まったら迷惑なだけだ。

ダイチに捕まり、拷問されたら、耐えられるだろうか。唇を噛んだままでいられるか。それともすべてを吐き出すだろうか。おまえの弟はもう生きていないのだ、和可菜といっしょに、死んでしまったんだ——と。


椎名たちに目をつけられた高二の冬、わたしの周りに味方と呼べる人間はいなかった。クラスや学年、教師もふくめた学校全体からやっかい者として避けられていた。わたしはわたしでどのグループにも属さず、教室でひたすら眠る「男の恰好をした女」を頑(かたく)なに貫いていた。

意地を張っていた。負けるのも、なめられるのも嫌だった。情けない奴と思われるのは耐えられない。誰よりもロクやキュウに。

だから椎名翼に何をされても、誰にも助けを求めなかった。

多いときは週に二、三度呼び出され、ほぼ無抵抗で暴行された。ふざけた罰ゲームのような仕打ちを受けた。ふたつ、決めていたことがある。けっして泣かないこと。性的な行為には殺す気でやり返すこと。わたしの決意を知ってか知らずか、椎名翼はいった。裸で土下座して、どうかセックスしてくださいといえ。そしたら仲間にしてやるよ。

それを拒否して以来、椎名たちはわたしの心を挫(くじ)きにきた。いつか自分から服を脱がせ、地面に伏せさせ、「どうかセックスしてください」と白旗を上げさせる。椎名翼は女に困っていなかった。

わたしにそこまで魅力があったとは思えないし、その気なら、いつでも手足を押さえつけて無理やりやることだってできただろう。だから、遊びだったのだ。生意気なオトコ女を屈服させるゲーム。他人の自尊心が折れる瞬間を楽しみたいがためのルール。およそ半年間、わたしはロクやキュウに明かすことなく、その仕打ちを受けいれつづけた。

三年に進級し、春を越え、夏休みが迫った。暇人が好きなだけ暇つぶしに精を出せる八月を前にして、食いしばった歯の隙間から意志がこぼれていく予感があった。いっそ逃げてしまおうか。認めたくなかったが、限界は近づいていた。

そこへ、ロクから連絡があった。ふたりで会おうとメールが届いた。和可菜はロクやキュウのスマホを毎日隅々までチェックしていて、わたしや祖父母、そして父親とのやり取りを禁じていたから、バレれば面倒なことになる。会いたくなったら通学路の途中で待ち伏せするのがわたしたちのやり方だった。軽く立ち話をして、少しだけいっしょに歩く。和可菜の生活圏のぎりぎりのところで別れる。三十分に満たない会話。その頻度も減っていた。迷惑をかけたくなかったし、椎名たちにやられた怪我を見せたくなかった。

ロクのほうから誘ってくるのは、もう憶えていないぐらいひさしぶりだった。何かあったのだ。良くないことが。不安に駆られ、その日は学校をさぼりランニングコースを走りまくった。

約束の時刻、いつも待ち伏せする道にロクはひとりでやってきた。自販機のそばに立つわたしを黙って素通りし、迷わずに進んでいった。少しだけ距離を置き、わたしは追った。走り去るダンプカーが彼女の制服のスカートをかすかに揺らした。

ロクは通学路を外れひと気のない荒地へ踏み入ってゆく。背筋をピンとのばしていた。わたしはデニムのポケットに手を突っ込んで身体をかがめ、彼女に付き従った。傍（はた）からは少女につきまとう不審者に見えただろうか。そんな冗談を口にする隙もないほど、ロクの後ろ姿は凜としていた。あるいは拒絶していた。

　廃れた自動車解体場で、ようやくロクの足が止まった。暑い日だった。そろそろ夕方という時刻にもかかわらず陽は強烈に照りつけて、ドブの匂いが辺りに漂っていた。黒ずんだコンクリート壁に囲われ、廃材と錆びたドラム缶しか残っていないその場所でわたしたちは向き合った。近くを川が流れ、そこらを羽虫が飛んでいた。

　なかったことにしない？

　説明は抜きだった。たぶん、ふつうに正しい返答は「何を？」だったと思う。けれどわたしは「どうやって？」と訊き返した。「何を？」どころか、「なぜ？」でもなく。

　あなたの状況は聞いてる――ロクは感情のないトーンでいった。そして、こっちの状況は知らなくていい、と。

　ずいぶん勝手な言い草だったが、しかしロクがいうのなら、きっとそうなのだろうとわたしは思った。知らなくていいし、知らないほうがいい。

　何を考えてるんだ？　わたしは重ねた。わたしにどうしてほしい？　どうしたらいい？

　ロクは一瞬だけ川のほうへ目をやった。決意を確認したのかもしれないし、計画の首尾をあらためて検討したのかもしれない。わたしはこの暑さにもかかわらず汗ひとつ滲んでいない彼女の首筋を見つめて待った。

　あれがなくなっても、と彼女は錆びたドラム缶を指差した。誰も気がつかないと思わない？

わかるように説明してくれ。何を、どうしたいんだ？

今度は目を逸らさず、涼やかな声でロクは答えた。人殺し――と。

※

伯父（おじ）が、リタイアしたら海の近くでレストランをやりたいといっているんです。

週明けの出勤時、駄目もとで上司に話すと「何をされてる方なの？」と訊かれた。司法書士です、独立して小さな事務所をやってるんですけど、そろそろ若い人に任せて自分は顧問におさまるつもりみたいで。ふうんと上司はわずかに思案し、いいんじゃない？　と軽く応じた。

折よく大きな仕事を終えたばかりで、会社は気の抜けた雰囲気だった。上司からするとサービス残業ならぬサービス有給ぐらいの気持ちなのかもしれない。

健幹は自分の真っ赤な嘘に恐縮しつつ、じゃあ少し動いてみますと頭を下げた。

「それが、海とはちがうんですけど、東京湾沿いがいいって」

「海っていうと、ベタに湘南（しょうなん）とかかなあ」

「へえ、じゃあ横浜とか？」

「いや、じつは千葉にしたいって」

千葉ねえ……と首をひねる。会社の主戦場は都内だが、関東近郊ならとくにこだわりなく手を出している。とはいえ千葉となると馴染みは薄い。

「本業に支障がない程度によろしく。それにしても君のおうちは立派な人が多くて羨ましいねえ」

大げさだと思いつつ、「はあ、すみません」と適当にかわしておく。

午前は事務仕事に専念し、昼過ぎに実地調査の許可をもらった。そのまま直帰していいというから至れり尽くせりである。

睦深と出会ったころに比べると、社内の信頼が増している実感があった。先のプロジェクトでは我ながらいい仕事をしたと自負している。ゆくゆくはプロジェクトリーダーを任されることもあるだろう。「正直、ここまで成長するとは思ってなかった」そんな上司の労(ねぎら)いに「正直、ぼくもです」と返したが、これは本音だった。

たぶん、睦深の存在が自分を変えた。しっかりしなくては。彼女に恥じない男にならなくては。がむしゃらとまではいえないが、彼女と付き合いだしてから前向きになれている。

睦深はただの恋人じゃない。恩人だ。

そんな彼女の故郷へ、健幹は電車に揺られている。総武線で千葉まで行き、内房線に乗り換える。ほんとうにレストランを開くなら木更津ぐらいにするところだが、目的はちがう。

しかしいったい、自分は何をしようとしているのか。

健幹自身、半信半疑の状態だった。いちおうの準備はしているものの、具体的なプランがあるわけではない。職場に嘘をつき、たんなる小旅行で終わる恐れは高い。

まあ、いいか。こうでもしなくちゃ、どうせこのもやもやは晴れないんだから。

昨日、健幹は睦深と自宅で過ごした。出かけるでもなくいっしょにテレビを観て、夕食の前に抱き合った。初め彼女は「あとにしよう」と困った顔を浮かべたが、健幹はどうしても彼女を近くに感じたかった。身体を貪るうちに睦深もあきらめ、微笑んで応じてくれた。リビングのカーペットの上で果て、寝転がっていると、ここ最近の心配事がひどく馬鹿らしいものに思えた。と、睦深のスマホが鳴った。着信画面だけ見てほったらかしにした彼女に訊いた。いいの？　うん、友だち。つづけざまにもう一度鳴って、今度は渋々通話にした。どうしたの？　そうなんだ。あなたが行くなんて、ぜんぜん聞いてなかった。渋谷？　いいなあ、わたし、我慢してたのに。睦深はこちらへごめんと手刀を立て、裸のままリビングを出ていった。

いいようのない不安があった。聞き耳を立てようかと迷ったが、それがバレたら言い訳のしようがなくなる。やきもきしていると彼女は戻ってきた。きちんと部屋着に着替えて、ご飯、出前でいいよね？　裸で寝転ぶ自分へ投げかけられた言葉に、妙なよそよそしさを感じてしまった。つい十数分前、身体を重ねていた親しみがすっかり色あせてしまったような。

表面上、睦深におかしな振る舞いはない。いつもどおりだ。それがほんとにいつもどおりなのか、いつもどおりを演じているだけなのか、確かめずに日々を過ごせばその小さな傷はいずれ致命的な溝になってしまう予感があった。だから確かめるのだ。ふたりの将来のために。

無理やり自分を納得させ、会社に対するせめてもの罪滅ぼしにノートパソコンで企画書をつくる。車窓へ目をやっても、東京湾はまったく視界に入らない。

二時間ほどかけて青堀駅に着いたのは三時過ぎ。駅前は良くいえばのんびりと、率直にいえば閑散としている。目立つ建物も食堂や飲み屋のたぐいも見当たらない。広々とした道の向こうに民家がならんでいるが、せせこましい印象はなかった。待合室に置かれた地域のパンフレットをひと通り鞄（かばん）に詰め込み、地図アプリを開いてアポイント先を目指した。地元の不動産屋である。

千葉県南部に位置する富津市の人口は四万三千人程度。おとなりの君津市と比べて半分強といったところ。電車も君津駅より先は単線になり、乗り換えで三十分近くも待たされた。観光地としてマザー牧場があるが、青堀駅からは二十キロも離れている。千葉市までは四十キロほど。都心へは木更津からのびるアクアラインを使うほうが近いらしいが、社用車を持ち出すわけにもいかないから電車と徒歩で済ますしかない。

進行方向のずっと先に、鉄骨をまとった塔が二本、空へにょきっと突き刺さっている。ネット情報によると富津火力発電所は世界でも有数の規模だという。

幸い不動産屋は歩いて行ける距離にあった。地元に根付いた個人経営のようだった。老齢のご主人に名刺をわたし、嘘の調査目的を告げる。忙しければ門前払いだが暇なら相手をしてくれる。不動産業の肝は情報とコネクション。自分の肩書は付き合うに値するものだという打算はあった。

案の定、ご主人は気さくにもてなしてくれた。しかしいざレストランの話をすると「最近はたまにそういう人もいるけどねえ」と渋い顔をする。

「東京湾が望めるみたいな希望はもたないほうがいいね。湾沿いは工場と港がずらっとならんでるからまず無理。富津岬のほうまでいくと今度は許可や整備が難しい。地元密着にしたいならこじゃれた感じは逆効果だろう。年々高齢化しとるから、うどん、そばのほうがマシじゃないかな」

なるほど、説得力がある。もとより健幹もこの土地にこじゃれたレストランで勝算があるとは思っていない。もし伯父が本気でそんなことをいいだしたら間違いなく止めるだろう。

しかしこれは、ちょうどいいきっかけだった。

「たしかにそのとおりかもしれませんが、じつは富津につくりたい事情があるんです。そのオーナーの方、ある時期こちらに単身赴任していたそうで、そのときずいぶんお世話になった人がいるらしいんです。せっかくレストランをやるんなら、ぜひその人に自分の料理を食べてほしいと思っていらして」

もちろん、すべてでまかせである。

「お世話になったって、どんな人なの？」

「くわしくは存じあげないんですが、町谷さんというお名前だそうで」

その瞬間、ご主人の表情が強張ったのを、健幹は気づかないふりをした。勘のきかない間抜けを演じながら、密かに心を冷やしていた。

落ち着け。出されたお茶に口をつけ、そうそう、とでまかせをつづける。

「娘さんがいらしたそうです。可愛らしい、利発な子だったとか」

ふーん、とご主人は腕を組みデスクチェアに背中をあずけた。

「ただ、あるときから連絡が取れなくなって、だからずっと、そのまま連絡が取れていないそうなんです」

興奮しすぎておかしないい回しになってしまい、またお茶を飲んでごまかした。ご主人は腕を組んだまま黙考している。

「ご存じですか、町谷さんのこと」

「それ、連絡が取れなくなったのって、いつくらいかわかる？」

試されていると直感した。聞いていないと逃げるべきか、それとも当てずっぽうでも答えるべきか。

睦深は大学で上京したといっていた。つまり五、六年前だ。

「——最後にやり取りがあったのは、七年ぐらい前だとおっしゃってました」

微妙なセンを狙ってみると、「ああ、なるほどなあ」とご主人が白髪頭をわざとらしく撫でつけた。ふくみのある反応だった。

「オーナーさんって、男性だよね」

「え？　あ、はい、そうです」

「うん、やめといたほうがいいな」

健幹はふたたび「え？」と声を上ずらせた。

「レストラン。やっぱりこういう土地でそういう店は難しいよ」

「でも——」

「それに、いい思い出ってさ、大事にしまっとくのがいちばんだって、おれは思うし」

ご主人はもうおしまいとばかりに腰を上げ、ちゃんと説得してあげなよと残して店の奥へ去っていった。その背中を、呆然と見送るほかなかった。

いったい、どういうことだろう。町谷の名前に対する嫌悪——だけではない。健幹がでっち上げたオーナーに対する憐れみと嘲りが、あの「いい思い出」のニュアンスには滲み出ていた。

女性なのだ。あのご主人が町谷と聞いて頭に浮かべたのは女性で、だからわざわざオーナーが男性であることを確認した。そして早合点した。オーナーの彼と彼女は、かつて好い関係にあったのだと。

たんなる邪推ではないだろう。町谷なる女性にはご主人が勘違いしてしまう、そういう噂があったのだ。

睦深の母親には。

ふたりをつなげるのは短絡すぎる。町谷という苗字が富津で一軒とはかぎらない。だが健幹には、この想像にぴたりとくる感覚があった。母親はいない、父親とも疎遠。睦深の台詞は夫婦の離別を暗示しているが、どちらといつまでいっしょに暮らしたかは定かでない。たとえば離婚ののち、母親が子どもたちを引き取って富津で暮らしていた可能性はある。年齢的には当時で四十過ぎくらいだろうか。妙齢のシングルマザーだ。ゆえに不動産屋のご主人は下世話な想像を働かせ、健幹の顧客に注進した。いい思い出は、いい思い出のままにと。

つまり睦深の母親は、けっして評判のいい女性ではなかったということになる。

睦深の態度からもそれは察せられた。彼女は肉親の話をしないが、とくに母親については話題にするだけでふだんの明朗さが消える。本人も気づいていないだろうけど、かすかに眉間に皺が寄る。だから健幹は、極力その話を避けてきた。

避けつづけたら、駄目なのか？

当てもなく住宅地をさまよいながら自問した。姉に焚きつけられるかたちで睦深の過去を探りはじめた。パソコンの検索履歴にあった探偵事務所のホームページの件もある。けれど、だからなんだ？　たんなる興味本位で検索しただけじゃないのか？　仕事の関係で必要だったのかもしれない。だいたいぼくは、睦深の家族に問題があるからといって、別れを切り出すつもりがあるのか？断じてない。ならば、ほっとけばいい。あのご主人のいうとおりだ。思い出はしまっておくほうがいい。いい思い出だろうが、悪い思い出だろうが。

それなのに、健幹の足はぐるぐると住宅地をめぐるのだった。うつむいて、コートの中に冷や汗をかきながらひたすらに歩いて「町谷」の表札を探すのだった。

考えずにいられない。もしあのご主人が指す「いい思い出」の、好い関係にあった相手が、睦深の母親でなく、睦深本人だったとしたら。たとえば少女売春のようなことを、していたのなら。

それでも自分は、睦深を愛せるだろうか？

頭では、過去は過去と割りきれるつもりでいる。やむにやまれぬ事情があったのだ。仮に遊び半分の小遣い稼ぎでも、今現在の睦深が自分を裏切らないのなら、もはやどうでもいいことだ。世間体？　ぼくはそんなつまらないものを気にする人間なのか。貞操？　旧石器時代の価値観じゃないか！

答えが出ない。これだけ理屈をこしらえてもなお、答えが出ない。その事実にこそ健幹の動揺はあった。

どこをどう歩いたのか、大きな交差点に出た。夕闇にコンビニが照っていた。ふらふらと横断歩道を渡り、自動ドアをくぐる。不動産屋でお茶を飲んで以来、何も口にしていない。身も心も冷えきっている。ホット飲料のコーナーでココアを買った。ふと、レジを打つ店員に「町谷さんのお宅を探してるんですが」と尋ねたい衝動に駆られた。最近は交番でも個人宅の案内は控えていると聞くけれど、コンビニ店員にそこまでのコンプライアンスがあるかは怪しい。心当たりがなくても、大きな地図を貸してくれれば自分で探せる。

集合住宅だったら徒労だ。しかしいくら不動産屋でも、マンション住まいのひとりひとりを頭に入れているとは思えない。よっぽどひどい噂が広まっていたのでもないかぎり。

けっきょく、怖いのはそれなのだ。

健幹はお金を払いレジを離れた。握りしめたココアの温かさは外へ出ると気休めにもならなかった。だだっ広い駐車場に風除けはなく、ほとんど吹きさらしの状態で健幹は途方に暮れた。来なければよかった。自分の浅はかさに嫌気がさした。優柔不断に呆れかえる。初めから面と向かって睦深に問い質せばよかったのだ。探偵事務所を調べてたのはなんで？　彼女は怒るだろうけど、こんな真似をするぐらいなら謝りたおして話し合えばよかった。でないなら、いますぐ引き返して地図を借りるべきだ。ちゃんとケリをつけるべきだ。

「どけよ」

はっとすると正面にニット帽にマフラーをした男が立っていた。自分がドアの前に突っ立っていたことを思い出し、慌てて「すみません」と道を譲った。ニット帽の男はこちらに目もくれずにコンビニの中へ入ってゆく。

——帰ろう。

そう決めたとき、閉まる直前の自動ドアの隙間から声がした。

「町谷って家はどこだ？」

驚いて足が止まった。自然とふり返った。先ほどの男が店員に詰め寄っていた。若い女性店員がおびえたように何か抗弁していたが、男は動じるそぶりもなく彼女と対峙していた。

どくん、と心臓が鳴った。これといった思考もないまま、健幹はドアのほうへ踏み出した。店内の暖かい空気に誘われるように、男と店員に近づいた。

男が、なんだ？　とでもいうように健幹をにらんできた。健幹は口を開け、けれど言葉は出てこずに、一度ごくりと唾を飲んだ。

あのう……と切り出した声はかすれていた。

「町谷さんの、お知り合いなんですか?」

男が、さっと健幹の全身へ視線をすべらせた。虫けらを見るような態度だった。

「おい、ねーちゃん」男は店員へ向き直り、「いいから地図だ。早くしろ」

店員がそそくさと店の奥へ引っ込んだ。健幹はバクバクと鼓動をうるさくしながら突っ立っていた。男はこちらを見もせず、地図を受け取りイートインコーナーに腰を下ろした。どうしていいかわからずに、健幹はただその背中を見つめた。

「おい」

やがて男がいった。

「買ってこい。おなじのだ」

手にしたココアのことだと気づき、健幹は身を固くした。男は、尋常でない雰囲気をまき散らしていた。粋がった不良とかヤンキーとか、そんなレベルには思えない。ヤクザともちがう。ただ、尋常でないとしかいいようがない。

店を出てしまうべきだ。男に、事を荒立てる様子はなかった。逃げだしても追ってくることはないだろう。店を出て急いで駅へ向かう。そして二度と、この町にはこない。それで終わりだ。

終わりだ。

「お名前を、うかがってもいいですか」

買ったばかりのココアの缶を、健幹は彼のそばに差し出した。

男は地図に指を這わせながら、「あんたは?」と訊き返してきた。

「──本庄です」

「どこの本庄さんだ」

「──神奈川です」

「神奈川のどこだ」

「それは、いいじゃないですか」

「ふざけんなよ」

怒鳴ったわけではなかった。すごんだともいえない。ただその低い声は健幹の腹に響いた。

「てめえが話しかけてきたんだ。こっちの質問に答えるのが筋じゃねえのか」

「──横浜です。そこまでで勘弁してください」

男の目がギラついた。とっさに身構えたが、相手はじっと射すくめてくるだけだった。そのとき気づいた。マフラーからのぞくタトゥー。いや、刺青か。

「町谷のなんだ」

「何とは」

「おい、二度いわすなよ。おまえは町谷のなんだ?」

答えてはいけない。少なくとも正直に答えるのは駄目だ。

「ぼくは──探偵です」

猜疑心(さいぎしん)に満ちた顔に、いきおいでかぶせる。「素行調査というやつです。依頼主については、何があってもいえません」

男は値踏みするように健幹を見つめてきた。生きている心地がしなかった。

「で？」

「え？」

「なめてんな、おまえ」

「いや、そんな！　とんでもない」

「うるせえよ」

店員の不安げな注目を感じ、健幹は胸をなでる。落ち着け。

男は健幹に興味をなくしたように地図へ目を戻していた。

「――お名前は？」

意を決し尋ねた。「きっと、協力し合えると思うんです」

男が、ふたたびこちらを向いた。ずるっと内側に侵入されるような圧力があった。

「じ、じつはこの仕事をはじめたばかりで、まったく勝手がわからなくて。少しも成果がないんです。このままだと事務所に戻ってなんといわれるか」

「協力といったな」嘲りの響き。「おまえは何をしてくれる？」

「――お金なら、少し」

男の値踏みがつづいた。汗がだらだらと流れた。なぜ、こんなことをしている？　こんなお願いをしている？　見るからに危なそうな男に、内心震えながら。

「あったぜ」

「え？」

「町谷の家だ」

男の指が地図の一点を指していた。

「おろしてこい」

「は？」

「十万でいい」

男は立ち上がり、

「おれは椎名だ。早くしろ」

地図をほったらかしにしてドアへ歩いた。


ＡＴＭでおろした金を封筒に入れてわたした。椎名はそれを数えることもせずジャンパーのポケットに突っ込んで歩きだした。つられて追いそうになって、ここが最後のチャンスだと足が止まった。ここで引き返せば帰れる。あとを追えば引き返せない。

どうかしている。間違いなく冷静さを欠いている。

十万円の元をとろうなんて気持ちはない。だがもう、逃げられない。こんな男と睦深が知り合いかもしれないという事実からはどうやったって逃げられない。

そしてこいつは、いままさに捜している。懐かしい再会を待ち望むすこやかさとはかけ離れた佇まいで。

見極めねばならない。睦深の過去と、こいつの目的。

もしそれが、睦深に害をおよぼすものだとしたら――。

「この辺りに、くわしいんですね」

前を行く椎名が、わずかに肩口から視線を投げてきた。

「地図を見ただけの家へまっすぐ向かうのは、たいへんですから」

椎名はスマホを頼ることもなく進んでいた。初めての土地とは思えない。

「町谷さんと、どういうご関係なんですか」

答えは返ってこなかった。厚い背中を追うよりなかった。

青堀駅が目に入った。学生やサラリーマンと思しき姿がちらほらといた。買い物袋をカゴに詰めた自転車とすれちがう。すっかり暗い。椎名の足取りは淡々としていた。大通りを外れ、住宅地の中へ踏み入ると、人の気配が一気に去った。街灯と、各家の窓からもれる明かりだけが寒々と道を照らす。健幹はコートの首もとを絞った。

椎名が表札に注意を払いはじめた。健幹もそうした。会話はまったくなかった。話しかけることすら許されない雰囲気だった。

彼の足が止まり、健幹は思わずおよび腰になった。殴られる可能性すら浮かんだが、そんなことはなく、椎名は目の前の門柱に手をかけた。門柱の奥にガレージが備わった、二階建ての日本家屋だ。

表札に、「町谷」とある。

「いいんですか?」

躊躇なく門柱の奥へ進む男に慌てて問いかけると、椎名は咎(とが)めるような目つきでふり返った。手招きでこいと命じられ、健幹は恐る恐る従った。ガレージの壁にカゴ付きの自転車が立てかけてある。すりガラスの戸の向こうは明かりが点いている。急に現実感が戻ってきて、動悸（どうき）が激しくなった。ここに町谷さんが住んでいる。睦深の家族が。

椎名の指がチャイムをさした。押せということか。健幹は鞄を胸に抱いて、困惑の表情で彼を見返した。顎をしゃくって急かされる。やむなくチャイムを押す。家の中で音が響く。しばらく待ったが反応はなかった。残念なような、ほっとしたような、健幹が小さくため息をついたとき、椎名がガラス戸を開けようとした。驚く健幹にかまわずガチャガチャと力任せにゆすったが、戸はびくともしない。

「よしてください！　まずいですよ」

「ケータイ」

「え？」

「寄越（よこ）せ」

ぞっとした。その目つきは暗がりでもわかるほど、異様な光を帯びている。

健幹は、まるで操り人形のように自分のスマホを彼にわたした。

次の瞬間、握ったそれを椎名がドアの鍵に叩きつけた。唖然とする健幹の横で三度ぶった。

背後からエンジンの音がして我にかえった。ふり返ると、家の前の道にスクーターにまたがる人影があった。暗くて人相はわからなかったが、何事かとこちらを注視している様子であった。

助けを求めようかと迷った一瞬、ぐっと顎をつかまれた。椎名の左手に両頬をがっちりと圧迫され、声が出ない。戸が開いた。中へ放り捨てられた。背中を蹴られた。玄関につんのめって、健幹は這いつくばった。

「騒ぐな」

うろたえてふり返ると、いつの間にか椎名の両手は革手袋で覆われていた。

「黙ってろ」

戸を閉める椎名の、さっきまでスマホを握っていた右手に安っぽいビニール傘が握られていて、その先端が健幹の顔面に突きつけられた。

まばたきもできず、健幹は傘の先端と見下ろしてくる椎名を交互に見やった。焦点がぶれた。呼吸が苦しい。

「黙ってりゃ何もしない」

椎名に動揺は少しもなかった。手慣れていた。逆らえばその先端が自分の眼球を貫くことが容易に想像できて、健幹は思考を奪われた。

椎名は玄関の様子を見回し、それから三和土(たたき)に目をやった。男性ものの革靴、薄汚れた白いスニーカー、サンダル。どれも年季が入っていて、デザインも古くさい。

「立て」

抑えた声の平坦さが、よけいに強い。傘が奥へ行くよう示し、健幹はよろよろと腰を上げた。

「おい、何してる」

「いや、靴を脱がないと」

首のうしろ、延髄(えんずい)にぴとっと冷たい感触があった。健幹は両手を上げた。必死に無抵抗の意思を示した。

「行け」

土足で健幹は玄関を踏んだ。傘の突端に押されるまま進んだ。右手に階段があったが、椎名はそれを素通りして左手の戸を開けるよう仕向けてきた。

健幹がそこを開けると大きなテレビが正面にあった。三人掛けのソファ、戸棚、あとはとくに何もない。奥へつづくドアがある。椎名に促されそちらを開けた。ありふれたキッチンだった。そこを抜けると、便所と風呂が横につづいていた。

「開けろ」

椎名にいわれ、健幹は便所の正面にあるガラス戸を引いた。電気が点けっぱなしの家の中で、真っ暗に沈む空間は車庫だった。

背後から舌打ちが聞こえた。地面が剝き出しの車庫は空っぽで、壁ぎわの棚に煙草の吸殻でいっぱいの鯖缶があった。

「二階だ」

引き返し階段を上る。寝室と客間がふたつ。便所。それ以外は何もなかった。誰もいなかった。ベッドがある寝室で、椎名は簞笥のものを床にぶちまけた。健幹は傘の突端から解放されたが、すでに反撃する気力を失っていた。ただ茫然と、非現実的な暴挙を眺めた。

簞笥から女性の下着がいくつか出てきた。スポーツブラや素っ気ないショーツは中学生か高校生のものと思われたが、なぜか睦深とはつながらなかった。趣味がちがう。ぼんやりとそんなふうに思った。

押し入れを漁り終え、椎名はまた舌打ちをした。一階へ戻り、今度は居間を荒らす。棚にあるものをひっくり返し、やがてソファの前にあるちゃぶ台を蹴り上げた。ガシャンと音が響いて、恐怖よりも、これで誰かが通報してくれるんじゃないかと希望をもった。

「座れ」

「え?」

「『座る』の意味がわからないのか?」

いえ、と健幹は床に正座した。椎名がソファに腰を下ろした。近所の人でも、さっき路上にいたスクーターの人物でもなんでもいい。サイレンの音を健幹は待った。

「テレビを割れ」

「……え?」

傘の突端が、健幹の右肩の付け根に突き刺さった。鋭い痛みが驚きとともに襲ってきて「がっ!」と悲鳴がもれた。

今度は傘が、頭を横からぶってきた。

「次に声を出したら殺す」

口調はやはり平坦だった。呼吸が荒れた。よだれが垂れた。しかしかまってはいられない。

なんでぼくは、こんな目に遭ってるんだ?

「テレビを壊せ」

なぜ? 訊きたいが無理だ。健幹は突かれた肩を押さえながら立ち上がり、大きなテレビに近づいた。そして上部を両手でつかんで全力で手前に引いた。がたんと音を立て、液晶が畳に落ちた。配線がぴんと張った。全身で息をする。何も考えられない。

「これでおまえも共犯だ」

嵌められたのだとわかり、肉体的な暴力とはちがう痛みが全身を駆けめぐった。

目をやると、椎名は健幹のスマホをいじろうとしていた。頭に睦深の顔が浮かんだ。こいつに知られるのはまずい。まずい。

「動くなよ」

飛びつこうとした筋肉が、その眼光に急停止した。

「面倒はおれもごめんだ。仲良くやるほうがいい」

どの口が――。

「答えろ。おまえ、何者だ?」

探偵は通じない。だが睦深の名は出せない。それだけは嫌だ。

「ぼくは、町谷さんの客です」

賭けだった。

「前に一度、相手をしてもらったことがあって、それが忘れられなくて」

「いつだ」

「――最後は、七年ぐらい前です」

椎名の表情が妖しく光った。くくっと喉を鳴らし、やがてそれは大きな哄笑(こうしょう)となった。健幹は身構えた。敵(かな)うとは思えなかったが、襲われてもいいように腰を落としてから訊いた。「あなたも、そうなんですか?」

どん、と畳に傘が突き刺さった。

「弟がたぶらかされた。あの女といっしょにどっかへ消えた」

だが、と椎名は目を見開いていう。

「おれは信じてない。弟は殺された。亜八って奴にな」

亜八？　つい、訊き返しそうになるのをこらえた。睦深じゃないのか？

いや、それよりも。

殺された？

椎名がマフラーを外した。首から頬にかけて、びっしりと彫られた刺青が露（あらわ）になった。

「なあ、本庄さん。あんた、協力し合えるっていったよな。じっさい、ついさっきおれたちは協力し合った」

引き倒したテレビが足もとでお辞儀をしている。

「おれはどっちでもいい。このままあんたが消えたって追いかけてる暇はない。こっちに迷惑をかけないんならお別れだ」

これみよがしにスマホをもてあそぶ。人質をいたぶるように。

「どうしたい？」

どうしたいのか。ぼくは、どうしたいのか。ふたつの選択肢。無難な道と、あきらかに狂った道。

考えるまでもない。日常へ戻るんだ。睦深のいる日常へ。

けれどその日常は、たった一本脇道にそれるだけで、この禍々（まがまが）しい刺青とつながっている。

「ぼくは――」

どうしたいのだ？

「――知りたい。ぜんぶ」

にやりと、椎名が笑う。その笑みに射すくめられ、急にせり上がってくるものがあった。健幹はその場に嘔吐（おうと）した。昼にチキン南蛮だったものが床に落ちた。

不快と痛みで涙ぐみながら、健幹は心の中でもう一度言葉にした。知りたい。同時に、無言で椎名に告げる。守りたい。おまえから、睦深を。

ついにサイレンは、この町に響かなかった。

四

百瀬さんと出会ったのは五年前、十八の秋だったかな。

中学からモデルをしてて、それなりにモテたよ。バレンタインに人だかりができるくらいにはね。高校へ上がって本格的に芸能活動をはじめて、先輩グループのバックで踊ったりしてた。手応えはあったけど、いつまでたっても事務所はデビューさせてくれなかった。こいつらセンスねえなってムカついてたよ。こんな奴らのせいで万年モブ要員にされたら人生終わるって真剣に悩んでた。だから百瀬さんに誘われて、マジでうれしかったんだ。ようやくおれの魅力をわかってくれる人に出会えたって。事務所を辞めて「ルック・ドアー」に移籍して、レッスンの合間にお店で踊るようになった。百瀬さんはよく観にきてくれたよ。あの人に褒められると電気が走ったようになる。心のエネルギーが満タンになる感じ。そんな人は初めてだった。家族や恋人でも味わったことがない感覚だったな。

そのうち家に呼ばれるようになって——まあ、この話はいいや。言葉で伝えても仕方ないから。いや、変なことはされてない。それだけは誓っていえる。ただ……。

……説明が難しいけど、ひとついえるのは、あの人と語らって、いっしょの時間を過ごして、目が覚めたってこと。ものの見方とか人生観とか。有名になりたかったけど、じゃあ有名になって何になりたかったんだろうって。お金ってなんだろうとか、時間や空間のこととか。この一瞬が次の一瞬に接続していく意味とかを考えるきっかけを与えてもらった。だから後悔はしてない。芸能界なんて虚構の世界から救ってくれたことに感謝してるよ。

二十二歳の誕生日に「卒業」したんだ。次のステージへ進めといってくれてね。あれから百瀬さんとは会ってない。

いま？　いまは、世界の真理を追求してます。「卒業」のときにもらったお金でコミュニティを広げる活動に身を捧げてます。肉体と魂って弁証法的進化をするんですけど、いまの人ってそういうの忘れちゃってるでしょ？　一部の支配者が忘れるように仕向けてるからです。だからみんなに目覚めを促しながら、おれ自身ももっと高みを目指さなくちゃ駄目なんです。まずは魂を刺激する最適な肉体をつくること。男性なら体脂肪率一三・七パーセント。女性は一五・七パーセント。体温は三七・三度。これを三億七千五百万秒維持すれば新しい瞬間に接続することが可能になります。簡単にいうと美しくなるんです。人間には、自分の命を美しく育てる義務がありますからね。

申し訳ないけど探偵さん、食生活を変えなくちゃ駄目ですよ。ジャンクフードとかよく食べるでしょ？　見ればわかります。添加物や甘味料、防腐剤の粒子には細胞鈍麻効果があって、上昇パルスをどんどん弱めちゃうんです。

夢？　夢は、このまま進化の階段を上ることです。おれの魂がもっと上のステージに到達できたら、きっとまた百瀬さんは会ってくれると思うから。

最悪の気分を引きずって出勤すると、事務所の外に辰岡がいた。顔を合わせるのは窪塚の金をくれてやって以来だった。いつもどおりの作業着にいつもどおりの仏頂面がわたしを見やり、何が気にくわないのか表情を歪めた。彼の指に煙草が挟まっていた。しばらくはたかられる心配はなさそうだったが、それをよろこぶ余裕はなかった。

ハイエースで現場へ向かう。中華料理屋の換気ダクトを洗う。初めての作業だから辰岡の後ろで説明を受ける。ぶっきらぼうにやり方と注意点を教わる。次の現場も飲食店で、こちらでも換気ダクトの清掃があり、辰岡はそれをわたしに任せた。見様見真似の作業に容赦なくダメ出しをくらった。店には大型のエアコンもあり、ふたたび辰岡のレクチャーを受けた。

昼になるとふだんはどこかへ消える辰岡が、総菜屋のそばにハイエースを停めた。おい、と促され仕方なくわたしも弁当を買った。運転席と助手席にならんで弁当をかき込んだ。今日にかぎってと恨み言をいいたくなったが黙々と箸を動かすほかない。

辰岡は異様なほど無口だった。いつになく仕事も真面目にこなしている。大方、社長に叱られたのだろう。もとの公休と合わせて三日間も休みをとって、おまけに昨日は急欠をかましたらしい。九十万の臨時収入がパチンコ屋に消えたのか雀荘に消えたのか、キャバクラ嬢の懐に消えたのか定かでないが、羽をのばしてリフレッシュとはほど遠い雰囲気だった。

知ったことか。弁当の空箱をビニール袋にしまうと、ん、と辰岡が自分のそれを突き出してきた。黙って受け取り店のゴミ箱へ捨てにゆく。ともかく静かなのはありがたい。いま、くだらない話をされたら箍(たが)が外れてしまいそうだ。

午後の仕事を無事に終え事務所の洗い場で用具の片づけをしていると、後ろに辰岡が立った。煙草を吹かしながら、しゃがんでいるところを見下ろされ、思わず眉間に皺が寄った。

「どうだった、エアコン」

「――なんとか大丈夫だと思います」

「優秀な先生でよかったろ？　だが工場のはあんなもんじゃねえ。夏になったら死にたくなるぜ」

ニヤけた唇が無性に腹立たしかった。用具洗いに専念しようとしたが、辰岡に去る様子はない。

「そういやおまえ、自転車じゃなかったな。いっちょ前に朝帰りか？」

舌打ちがもれそうになる。今朝、生理がきた。まさかそれに気づいてケツを眺めてるとでも？

ぶん殴ってやろうか――。

「まあ、あれだ。おれのいうとおりやってりゃ間違いねえ。ちゃんと仕込んでやるさ」

立ち上がり、辰岡を正面に見た。目と鼻の距離で、彼の身体がわずかに怯(ひる)んだ。

「――なんだよ」

「お疲れさまです」

用具を手に事務所へ戻る。おい、なんだその態度は！　罵声をドアでシャットアウトする。


周囲をうかがいながら敷地を出た。すでに辺りは真っ暗だった。小糸川沿いを避けたのは、あちこちにある雑木林や荒地の茂みが待ち伏せに絶好だからだ。

十分ほど歩いた先の青空パーキングにアウディを駐めてある。今夜も寝床は木更津のネットカフェにするつもりだ。しばらくはこの生活がつづく。

日曜日に椎名大地を見かけたとロクに報せたあと、大急ぎで家へ帰った。バッグに詰められるだけ荷物を詰めてアウディを走らせ、スマホで二十四時間のネカフェを探した。ロクには休めと命じられたが、迷ったすえ、いつもどおりに出勤した。自宅よりは見つける手間がかかるだろうし、さすがのダイチもおおぜいの前で無茶はできない。何より、踏みとどまる一線な気がした。ここを踏み外したら、わたしはまた東京時代の荒んだ日々に戻ってしまう。

有吉にはネカフェからメッセージを送っておいた。『ダイチがいた。しばらく近づくな』。直後にかかってきた電話は無視し、着信拒否にした。ダイチと百瀬のつながりが不透明である以上、有吉を信じきることもできない。わたしを追いつめ、助け舟を出し、代わりにキュウの説得をさせようという計画もあり得る。百瀬のもとへいってくれと泣いて頼めば、キュウはきっと応じるだろう。たとえ人生を台無しにする選択とわかっていても、軽やかに、いいよ、と。

あいつが路上公演のあとで百瀬と会ってどんな話をしたのか、わたしはまだ知らないが、昨晩ロクから届いた音声データは耳に残っていた。雇った探偵が送ってきたインタビューの相手は、かつて百瀬に飼われていた男だという。意味不明な理論を熱っぽく語るその口ぶりに、百瀬が与えた影響を想像せずにいられなかった。

ネカフェのそばにある銭湯の駐車場にアウディを駐め、握り締めたスマホが震えるのを待ちながら窓の外へ注意を払う。富津に比べると通行人も交通量も多い。それでも東京のにぎわいとは雲泥の差だ。どちらにせよ、急にダイチが現れるより職務質問をされる確率のほうが高そうだった。

キュウの番号も着拒にしてある。そのうえで削除した。ダイチに捕まり、スマホを奪われる恐れがある以上、わずかな接点も消しておかねばならない。

だが、あいつとつながる十一桁の数字を、わたしは記憶に焼きつけていて、それを忘れることは簡単ではない気がしている。

ブブっとスマホが鈍い音をたてた。画面に表示されたのは、わたしが暗記したもうひとつの番号だった。

〈いいかげん、頭が痛い〉

「キュウか?」

開口一番、ロクは苛立ちを隠さずにため息をついた。

ダイチに襲われたとかじゃない。あいつ自身が何かやらかしたのだと、彼女の気配から察した。

〈百瀬と会ったそうよ。日曜日の夜、マネージャー抜きで〉

「ひとりで?　未成年だぞ」

〈大手広告代理店の誘いを無下にできると思う?　それも部長クラスの直々のお誘いを〉

次の企画に若手の起用を考えている、ひいては面談を兼ねて一席もうけさせてほしい——。

「黒い噂のある男でもか」

〈毎回毎回、全員を食ってるわけじゃない。千あるまともな仕事の、一か二を私物化するくらいはめずらしくない話でしょう〉

会食と称する個人的なオーディションは百瀬のいつものやり方で、それ自体は通常業務の範囲だというが、じっさいそこで何を審査しているかは百瀬の胸をこじ開けてみなくてはわからない。

不思議な魅力が奴にはある。気色悪いほど整った顔つきのせいだけではなく、物腰や語り口に、つい引き込まれてしまう。

「まさか、キュウが百瀬にのったのか」

〈まさか〉

懸念を一蹴し、ロクはつづけた。

〈逆よ。あの子は奴の頭上で、文字どおりにワインボトルを逆さまにした〉

ロクが聞き出した話によると、会食が開かれたのはフレンチレストランの個室。初めは他愛ない談笑をしていたが、メインディッシュが届いたタイミングで「お酒を注がせてください」といってキュウがボトルを手にした。差し出されたグラスを無視して立ち上がり、そばまで行って百瀬に赤い雨を降らせた。

「冗談だろ?」口にしながら、わたしはそれがまったく冗談でないことを確信していた。

「なんでそんな真似を?」

〈顔が気にくわなかったそうよ〉

笑い話にもならない。キュウはそのまま店をあとにし、外で待機していたマネージャーとともに寮へ帰った。後日、事情を知ったマネージャーは顔面蒼白(そうはく)でキュウを怒鳴りつけたという。

〈白豚が丸焼きみたいに燃えてた——だって〉

天を仰いで息を吐く。日曜日にキャンピングカーの前で会った背広のマネージャーはきっと、百瀬にもあのせり出た腹を折って頭を下げたにちがいない。

「ガキのやんちゃで済まないのか」

〈事務所が愛想を尽かしかけてる。というか、おそらく百瀬が圧力をかけてる〉

当面は謹慎処分。決まっていたイベントもキュウ抜きでこなすことになったらしい。

「理由があるんだろ？　面以外にムカついた理由が」

〈だとしても、個室にいたのは当事者ふたりと『ルック・ドアー』の女だけ。そして店の人間は鼻歌をうたいながら去っていくあの子と、ワインまみれで苦笑する百瀬を目撃してる〉

弁解の余地なしだ。

〈百瀬のストーリーは単純明快。このまま鳳プロに圧力をかけてあの子を干して、頃合いを見計って身受けする。もちろん鳳プロとは仲直り。そしてこの茶番は、もっともありそうな現実よ〉

「百瀬こそ、愛想を尽かしてるかもしれない」

〈たかがワインで、キュウをあきらめるとでも？〉

おまえには無理だろうけど――とは口にできなかった。百瀬も、だからこそよけいにキュウを欲するだろうと自然に思った。美とやらを、崇拝する男なら。

「どうするんだ？」

〈考える〉

「そんな暇があるのか？」自分でも意外なほど強い口調になった。脳裏で、例のインタビューが再生される。「指をくわえてるうちに、手遅れになるかもしれない」

〈なら、どうしろというの？〉

奥歯を嚙んでから、わたしはいった。「足を洗わせろ。違約金なんてどうでもいい。芸能界から身を引けば、百瀬に従う理由はなくなる」

〈それで？　この先、あの子に何をさせる気？〉

「まともな生活だ。まともな仕事をして、まともな暮らしをすればいい」

〈冗談でしょう?〉

感情の昂ぶりをごまかすような笑いが聞こえた。〈あの子にサラリーマンになれと? コンビニのバイト? それとも清掃員?〉

「悪い生き方じゃない」

〈あなたやわたしにはそうでしょう。でもあの子はちがう。あの子には無理。そんなのは許されない〉

「許されないって――」

〈あの子のステージを観たんじゃないの? 天才だっていってたじゃない。そのとおり。正しいの。あの子は本物。あれは天から授かった輝き、運命が与えたもの。奪えないし、奪っちゃいけない。奪わせない。誰であろうと、なんであろうと。たとえ相手が、それを与えた神様であったとしても〉

「ロク――」

〈あの子の輝きがあるからわたしたちは生きていける。あの子の輝きなしには生きることなんてできない。ちがう?〉

わたしは口をつぐんだ。

〈あの子の輝きに、生かされてる〉

電波の波が熱い吐息となって肌を焦がしてくる。

〈あの子は、輝かなくちゃ駄目なのよ〉

じっと、わたしは受け止めた。あきらかに歪んだ考え。正常を侵す食虫植物の香り。だがその花びらに、ロクはすがって生きてきた。ときにみずからを食わせながら。

部活帰りと思しき少年たちが窓の外を過ぎていった。

「また、やるのか」わたしは訊いた。

〈必要なら〉ロクが答えた。必要でないケースなど少しも信じていない口ぶりで。

そうか、とわたしは返した。そうか。やるのか。また、なかったことにする。

「七年前とはちがう」遠ざかる少年たちの背中を眺めながらわたしはいった。「和可菜たちとは比べものにならないほど、百瀬には地位がある。家族も会社も。簡単には済まない」

〈わかってる。だからいったでしょう？　考えるって〉

「男と住んでるんだろ？」

眉をひそめる気配があった。

「幸せじゃないのか？」

ロクは答えなかった。

「その幸せじゃ、駄目なのか」

人々が行き交っていた。それぞれの足音と息づかいが、わたしをおさめたアウディの外で営まれている。

〈ダイチには気をつけて〉事務的な声がいう。〈先にあなたがつぶれるのは困る〉

「――その点は、あのときといっしょだな」

〈いいえ。すべていっしょよ。最後には、わたしたちが上手くやる〉

うん、とわたしは返した。ひどく曖昧な響きは、けれどロクには届かない。気づいても、彼女は聞こえなかったふりをする。わたしが自宅を離れ窮屈な生活をしていることも、ダイチに狙われている緊張も、捕まったらどうなるのかも、何もかも承知で命じているのだ。上手くやりなさい、と。

通話を終えてもわたしの身体は動かなかった。ざらついた感情が喉の奥に居座っていた。雑な扱いには慣れている。ロクはそういう奴だし、それでこそロクだ。当然の顔で無茶を語り、必然のように命じてくる。けれど裏切られたことはない。キュウのため。その意思は馬鹿馬鹿しいほど純粋で、そのエネルギーは不安や疑念を打ち消す力をもっていた。

ロクはロクのままだ。

なのにいま、あの夏の高揚が見つからず、わたしは行き場を失っている。

たしかに状況はちがう。七年前は自分も当事者だった。地獄の日々からの脱出はかぎりなく生き死にの問題で、だからロクが用意した手段と決意にわたしは飛びつき、実行したのだ。

七年のうちに錆びついたのか。ロクやキュウへの想い。それとも臆病になってしまったのか。ふたたび暴力に染まること。手に入れた生活を賭けること。

アウディのハンドルを軽く撫で、ようやくわたしは腰を上げる。

外へ出ると先ほどまでの人通りが消えていた。急にひとりでいることが意識され、忘れかけていた緊張がよみがえる。物陰に青い刺青を探してしまう。明かりを求めて銭湯の入り口へ飛び込むが、不吉な動悸はくすぶって離れなかった。


ふいに強烈な飢餓感に襲われる。脳が癇癪を起こし、筋肉が疼(うず)きだす。大麻、MDMA、コカイン。何度かあぶったことがある覚醒剤。あの酩酊(めいてい)や神経がキンと尖る全能感がほしくなる。警察の検査でも引っかからなかった程度だから依存症まではいっていない。それでも疲労やストレスを抱え込んだとき、仕事が決まらずにいた時期や初めて辰岡と現場をともにした日の夜、ただぼんやりとしている空白の時間にも、ふっと洞穴(ほらあな)のように欲望が口を開く。

狭っ苦しいネカフェのブースで丸まったって今夜も疲れはとれないだろう。銭湯では生理が気になってシャワーしか浴びなかった。気が滅入(めい)る。贅沢はいわない。眠剤でいい。この無為な時間を忘れさせてくれるなら。

映画を観る。眠気が忍び寄ってきてヘッドフォンを外すたび、薄い壁の向こうでかすかな靴音がして目を覚ます。身体が強張って跳ね起きる。わたしを監視している誰かが嫌がらせをしているのかと妄想に囚われかけて、正気を保つためにまたヘッドフォンをする。爆音、銃声、金切り声。仕事がある。眠らなくてはいけない。クスリがほしい。それは駄目だ。いいのか？　またあの生活に戻るのか？

自分で決めたルール。働く。まともな生活を送る。ドライブは二週間に一度。台無しだ。ロクとキュウには会わない、関わらない。おじゃんになった。なし崩しに落ちてゆく。寝ぼけている。寝てしまえばいい。いや、次の瞬間に肩を叩かれるかもしれない。首を絞め上げられるかもしれない。殴られる。機械的に何度も。ここは狭い。だがクーラーボックスよりは広い。煙草が吸いたい。吸えば眠れなくなる。もういいじゃないか。仕事なんか休んでしまえ。どうせろくでもない環境、消しゴムのカスぐらいの給料。逃げちまうか。アウディに乗って遠くへ。西へ、九州まで。それからどうする？　やはり働くのだろう。朝起きるために夜寝る暮らし。ロクはどうする？　キュウは？　あいつらを見捨てろと？

囚われている。水の中にいる。まだ三人で祖父母の家に住んでいたころ、たまにいっしょに風呂に入った。古いなりに充分な広さがあって、三人でも湯船に浸かれた。わたしとロクは中学生でキュウは小学校高学年。性に関する知識はあったが、なぜかわたしたちは互いで興奮しなかった。まだ思春期の入り口だったからか。血がつながっていなくても姉弟という意識があったせいか。

わたしたちの遊びは決まっていた。キュウの思いつきだ。三人で輪になって手をつなぎ、六本の足を中央で突き合わせる。背中をバスタブの壁に押しつけ身体が浮かないようにして、頭まで潜って息を止める。けっして目は閉じないで、わたしたちは意識が遠のくまで息を止めつづけた。笑っていた。何が可笑しかったのか、いまとなってはわからない。苦しくて笑えた。いつか、誰かが死ぬ。そいつの勝ち。決まりを交わしたわけではないが、そんな暗黙の了解があり、みな死にかけながら笑っていたのだ。

祖母に見つかり禁止されるまで、わたしたちは何度もこの遊びに淫した。ふだんつんけんしていたロクも、湯船に沈んでいるときだけは少女らしい顔をした。死へ近づきながら。

まどろみが吹っ飛んだ。身体を起こし、わたしは愕然とした。パソコンのディスプレイで、ギャングを撃ち殺す主人公の姿が意識の上をすべっていった。

自分の間抜けさに血の気が引く。家を避けているのはダイチがあそこを知っている恐れがあるからだ。知らなくても突き止められると思ったからだ。奴が乗り込んでくる可能性をわたしは甘くみていない。

なのに、うかつにも置いてきた。祖父にやったという名刺。あれが見つかれば、ロクの職場がわかってしまう。

慌てて時刻を確認する。午前二時過ぎ。自宅まで往復で一時間ほど。出勤を考えると中途半端だが、ダイチがロクにたどり着くルートを摘めると思えば安い。どのみち摘まずには眠れない。

荷物をまとめて清算し、アウディを駐めたパーキングへ走った。冷気が暖房でゆるんだ肌を突っ張らせ、肺をきりりと締め上げた。エンジンをかけてアクセルを踏む。ハンドルを切って通りへ出る。点滅信号を越す。落ち着けといい聞かせる。ここで警察に捕まるのは馬鹿すぎる。

ふれあい通りの路肩にアウディを駐め、念のためダウンジャケットのポケットに万能ナイフを忍ばせた。職質をくらってても見逃してもらえるぎりぎりの武器だ。

周囲に神経をめぐらせる。冷静に考えると、日曜日に現れたダイチがその二日後にわたしの自宅にいる確率は低い。わたしを捜しているかも確定したわけじゃない。勝手に気を病み、右往左往しているだけかもしれない。それならいい。笑い話だ。けれど最悪はいつも唐突にやってくる。そしてその代償は不可逆だ。

路地の向こうに自宅が見えて、足が止まった。ざわっと産毛が逆立っている。

説明できる根拠はない。けれど東京時代に磨かれた直感は、いくつもの場面でわたしを救ってくれた。

引き返す？　駄目だ。いるならよけいに、ほってはおけない。

ナイフを握る。いちばん殺傷力の高そうな刃を選び固定する。ポケットに隠して歩みを再開する。

明かりが点いている。それはいつもどおりだ。しかし門柱から玄関の様子をうかがうと、直感は確信に変わった。引き戸の、鍵のところが壊れている。

静かに息を吐く。意を決し、門柱の奥へすべり込む。引き戸の横へ身を寄せても中の様子は伝わってこなかった。戸をゆっくり開けようとして、ギギっと音が鳴り心臓が跳ねた。耳を澄ますが家の中に反応はない。代わりに聞こえてくる。誰かが話す声。物音。

戸の隙間から三和土をのぞくと、靴箱の中身がぶちまけられていた。有吉が置いていったビニール傘が折れ曲がって落ちている。

銃声がした。つづけざまに五発。

わたしは腹に力を込めた。本物の音ではない。会話も物音も現実じゃない。映画だ。誰かが居間で映画を観ている。

靴のまま廊下に上がる。カントリーソングが聴こえる。ナイフを胸の位置に据える。

歌が演説に変わった。ワンネイション――そんな単語が耳に入る。男同士の長いやり取りのあいだ、すり足で廊下を近づいてゆく。やがて陽気な歌が流れだした。聴き憶えのあるオールディーズ。

それに乗じて居間の中を見た。

「『ジェファソンは聖人だ』」

ソファに座った男が、エンドクレジットを見ながらいった。

「『すべての人間は平等だと。だが、息子たちに奴隷を所有させていた』」

金髪の持ち主は、気取った口調で映画の台詞をなぞる。

「『アメリカは国家じゃない。ビジネスだ』」

「なんで――」肩の力が一気に抜ける。「おまえがここに?」

「いったじゃん」

ソファの上で身体をひねって、キュウの笑顔がこちらを見上げる。「会いに行くって」

居間はひどい有様だった。棚の引き出しが引っこ抜かれ、物が辺りに散乱し、ちゃぶ台に冷蔵庫の食料が食い散らかされたうえ、床には反吐が乾いていた。エンドクレジットを流すテレビ画面に大きなひびが入っている。ＢＧＭはオールディーズから雑踏の環境音に変わっていた。

「おまえがやったのか？」

「なんでだよ！」キュウはごついリーボックの靴を宙でばたつかせ、手を叩いて笑った。「せっかく遊びにきたのに、誰もいなくてムカついたから？」

「あり得るだろ、おまえなら」

「そのイメージは、いくらなんでもひどくない？」

からかう瞳に見つめられ、わたしは顔をそむけた。

「遊びにきていいともいってない」

「おれの家でもあるんだよ？　実家とか、故郷ってやつ」

映画が終わる。『ジャッキー・コーガン』。主役の殺し屋を演じていたのはブラッド・ピットだ。

「いつきた？」

「いつでもいいじゃん。こうしてふたりは会えたんだから」

「恋愛映画は観ないんだ」

「つまんない奴」

キュウがソファを叩く。座りなよ、と。

どこか現実感を欠いたまま、わたしは彼の横へ向かった。キュウは青いジャージの上下を着ていた。ダサい服も、中身がこいつだと計算ずくの衣装に見える。

腰を下ろすと、その顔が近づいてきた。わずか数センチの距離に金色の髪がある。鋭さとやわらかさが同居した瞳。上気したなめらかな肌。わずかな湿度を帯びた唇、吐息。

「よせ」

わたしはいったが、目を逸らすことはできなかったし、両手は太腿の上から動かなかった。

「なんで?」キュウが訊いた。秒速に換算するのももどかしい速度でわたしに近づきながら。

「おまえと、そういうことはしない」

「ロクとは?」

「しない」

動きを止めたキュウがのぞき込んでくる。わたしは見返す。液晶では次のお薦め映画が自動再生しはじめる。『ワールド・オブ・ライズ』――嘘の世界。

「これはなんだ?」

わたしは、キュウの手首をつかんで引き上げた。手のひらに、不恰好な包帯が巻かれている。

「刺された。菜箸で」

「誰に?」

「ルカって子。本名かは知らないけど」

「風俗か」

「そんな金ないよ」

「じゃあ、ファンか？」

キュウは白けたように身体を離し、ぐったりと座り直した。「事務所の連中がうるさいから避難してたんだ。そしたらこのザマ」

「何をした」

「何も。何もしなかったら急に怒りだした。わたしはあなたのなんなの、って。友だちじゃない？って答えたら泣きだすんだ。熱々の鍋をひっくり返して、つかみかかってきて。女は怖いね」

「やったことはあるんだろ」

「そりゃあ気が向いたらね。飲み会とか合コンだってそうじゃない？　嫌なら断る。それだけだ」

「もう一度、刺されたほうがいい」

鼻で笑われた。バレている。こいつにのぼせ上がる女に同情したことなどない。

「わざわざ千葉までこなくても、ほかの避難先もあるんだろ？」

「あるけど、嫌んなってさ」

包帯の巻かれた手のひらをふる。「これの説明をしなきゃだろ？　それでまたひと悶着とか、想像を絶するよ。まあ、こっちはこっちでひと悶着どころじゃなかったわけだけど」

愉快げな笑みが荒れ果てた居間を見渡す。たしかに面倒というなら、菜箸で刺されるほうがいくぶんマシかもしれなかった。

「電話は着拒されてるし、てっきりハチの頭がおかしくなったのかと心配してた」

「そんな心優しい人間は、平気で映画なんか観ないんだ」

いいながら、わたしはリモコンでテレビを消した。

「二階もヤバいよ。まさかこの歳になって麻子の下着を見せられるとは思ってなかった」

現実に引き戻される。キュウののんきさに薄まっていたが、状況はあきらかに最悪だった。

確認するまでもない。ダイチだ。日曜日に見かけてキュウがくるまでのあいだに、奴はここへたどり着いた。

ロクの名刺を探さねばならない。その前に報せるべきか。ダイチが現れたこと、そしていまここにキュウがいることを。

伝えれば、ロクはやってくる。明け方だろうと仕事中だろうと関係なく飛んでくる。三人が顔を合わせることになる。七年——いや、もっと時間は経っている。

それを望んでいるのか、自分でもわからない。

「手伝え」

ふたりでロクの名刺を探したが、この散乱する家の中から紙片の一枚を見つけるのは無理だった。祖父が名刺を残している保証もない。

「警察さん、呼ばないの？」

捜索に飽きはじめたキュウがいまさらのように訊いてくる。ふつうに考えれば正論だ。しかしややこしい事情を説明するわけにはいかないし、たんなる空き巣被害として訴えても、執行猶予中のわたしにどんな目を向けてくるかの不安もあった。何よりダイチは、それを承知であからさまな真似をしている。待ち伏せには逆効果なのに、あえてだ。

罠か。たとえばカメラを仕掛けておく。スマホで確認できるホームカメラなら侵入者に反応して通知がいくものもある。荒らしておいたのは帰宅したわたしがすぐに出かけてしまわないようにするため？　いまごろ大急ぎでこちらへ向かっているかもしれない。完全武装で。

考えすぎだ。だが考えることをやめれば足をすくわれる。よりによってキュウがいる。間違いは犯せない。

四時になった。わたしの到着から一時間弱。切り上げ時だ。

「行くぞ」

「『ワールド・オブ・ライズ』は？　ディカプリオ、ひさしぶりなんだ」

有無をいわさず腕を取る。あのステージでわたしを魅了した腕は細く、なのにしっかりと手ごたえがあった。

雑念をふり払い玄関まで引っ張ってゆく。カメラを探す暇はなかった。見つけたところでどうにもできない。見つからなくても警戒は解けない。結果がおなじなら時間が惜しい。

外へ出て周囲をうかがう。口を開きかけたキュウをにらみつけ黙らせる。アウディを駐めた路肩まで駆け、車の中に飛び込んだ。

エンジンをかけるわたしの横で、キュウが物珍しげに車内を見回した。

「ハチって、意外に成金趣味だね」

「盛夫の車だ」

「へえ。それはなんか、意外じゃないかも」

アクセルを吹かす。シートベルトをしろと命じる。はいはい、とキュウが応じる。行き先を決めないままわたしは湾岸道路を目指す。少し強くアクセルを踏む。どん、と内臓にくる加速。助手席のキュウが無邪気に感嘆の声を出す。こんな状況で、少しうれしくなっている自分に呆れる。

「東京まで連れていく時間はない」

「いいよ。今日はハチといっしょにいる」

「わたしは仕事だ」

「おれも手伝う」

調子が狂う。東京時代のひりひりとした感覚が、キュウのそばだとくすんでしまう。

「駅まで送る。帰る金はあるんだろ？」

「ぶらぶらしとく。終わったら迎えにきてよ」

「――事務所と話せ。謝るんだ」

「なんのこと？」

ため息がもれる。君津大橋を渡る。東京湾はまだ闇に沈んでいる。

「ロクから聞いた。百瀬にワインをぶっかけたって」

「あいつ、おしゃべりだ」

車窓に身を乗り出していたキュウが頬杖をつく。

「なんでそんな馬鹿をした？」

キュウはこちらを向かなかったが、その唇がつまらなそうに尖っているのが想像できた。

「挑発されたのか？」わずかなためらいとともに訊く。「和可菜さんのことで」

「ねえ、ハチ」

窓の外を見たまま、「マイコがいってたんだけどさ」

「誰だ、それは」

「べつの避難所ちゃん」

思い入れのない口調でつづける。「おれは幽霊なんだって」

「幽霊？」

「うん。映画の理論にそういうのがあるらしいんだ。映画って、映像と音の連なりでしょ？　ストーリーがあって物語がある。でも突き詰めると、ただの物理現象でしかない。勇気を感じたとか愛を感じたとかって人はいうけど、そんなのどこにも映ってない。爆撃のなかを走ろうが、きつく抱き締め合おうが、しょせん厚さ数ミリのスクリーン上で起こる変化の羅列で、裏側には何もない。劇場の壁と映写機があるだけだ。登場人物は、存在してるけど存在してない。誰もほんとうには生きてない」

　ゆえに不死、とキュウはいう。

「映画には生も死もない。動くか動かないか、しゃべるかしゃべらないかだけ。なのにおれたちはその奥に、何か本物のようなものを感じとる。ときに心を揺さぶられる。ずかずか現実に踏み込んでくる厚かましい幽霊に、逆らえない」

「その子とは、付き合わないほうがいいかもな」

「退屈はしないんだけどね」

　はぐらかされた。つまりわたしの予想は、大きく外れていないのだろう。

　木更津に入る。バックミラーへ目をやるが尾けられている様子はない。駅のロータリーに停めると、キュウがもう一度訊いてきた。

「迎えにきてくれる？」

「――高校のそばにネカフェがある。狭いが寝れないことはない」

「オッケー」

すっと頬が寄り、細い腕で頭を抱かれた。「好きだよ、ハチ」

キュウが降り、遠ざかるその背を見送る。幽霊。こちらの手は届かないのに、向こうはたやすく触れてくる。かき乱してくる。

メッセージアプリを開き、我が家の惨状を文面にする。気をつけろとロクへ送る。キュウのことは伏せた。いま、ロクがきても事態はややこしくなるだけだ。

ほんとうに？　わたしは、わたしに会いにきたキュウを手放したくないだけじゃないのか？

疑念に蓋をし、富津へ引き返す。昨日よりも離れたパーキングにアウディを駐め事務所へ歩いた。五時を過ぎたがまだ暗い。物陰に注意を払う。ポケットの中でナイフを握る。どうせなら現れろ。わたしひとりのときに。

事務所には社長と、経理を担当する奥さんしかいなかった。早いなと社長が目を丸くし、それから機嫌よく事務室へ招いてくれた。黒革のソファに腰を下ろすと奥さんがお茶を淹れてくれた。湯呑の熱でかじかんだ手が痺れ、湯気が突っ張った頬をゆるめてくれた。寒いねえと話しかけられ、ええ、と返した。お菓子食べる？　すみません、いただきます。

社員たちが出勤してきてそれぞれに一服しだし、入れ替わりでわたしは準備にかかる。辰岡がいつにも増して鋭い敵意を投げてくる。昨夜の態度が腹に据えかねているらしい。今日一日の勤務を思って神経がささくれ立った。

店舗を二軒、ビルに入った飲み屋を一軒。案の定、辰岡の当たりはきつい。ふだんなら見過ごすようなミスともいえないミスから、好みでしかない段取りの順番にまで文句をいい、ねちねちと責めてくる。わたしはだんまりを決め込んだ。いい返したら歯止めがきかなくなるし、ミスが多い自覚もあった。

想定と、現実はまるでちがう。ダイチの襲撃は覚悟していたが、じっさいあの荒れ果てた居間や寝室を見せつけられて正気を保つのは難しかった。キュウのおかげであやふやになっていた恐怖が時間とともにくっきりと焦点を結び、集中力を奪ってゆく。

「ふざけんなよ」

帰りの車中、辰岡が声を荒らげた。ハンドルを殴りつけた拍子に短くクラクションが鳴る。

なめてんのか？　気の抜けた仕事しやがって。バケツひっくり返して二十分、よそ見のさぼりで十分。ガキのお守じゃねえんだぞ。なんでてめぇの不始末におれが休憩を削らなきゃなんねんだボケが。

「おい、一言あんだろ、迷惑かけた先輩によお」

「すみませんでした」

素直に謝ると辰岡は意外そうな顔をして、しかしすぐに舌打ちをした。心がこもってねえんだよ、国語の音読じゃねえんだぞ――。

事務所に着くと辰岡は用具を片づけるそぶりも見せず喫煙所へ歩いていった。絡まれるよりマシだと思い、わたしはハイエースのバックドアを開け荷下ろしをはじめる。そのあいだも周囲を見回すことがやめられない。夕暮れの空がじっとりと明度を落としてゆく。

片づけを終えて事務室に顔を出し、わたしは立ちすくんだ。

「おかえり」

黒革のソファに座ったキュウが、無邪気な笑みを向けてきた。

「何をしてる」

キュウの正面で彼の相手をしていた奥さんが「あなたを待ってたのよ」とにこやかにいった。

「何をしてる」

わたしはキュウだけを見て繰り返した。強張った詰問に戸惑う奥さんや社長を無視し、乱暴に肩をつかんだ。

「ちょっと！」奥さんが慌てて止めた。「やめなさい。弟さんでしょう？」

「――すみません」

キュウを引っ立てる。へらへらと愛想笑いをふりまきながら「お饅頭ありがとう。美味しかったです」と奥さんに手をふるキュウを事務室から連れ出す。従業員たちの好奇の目をやり過ごしてハイエースのサイドドアに細い背中を押しつけた。

「なんのつもりだ」

「何って、社会見学？」

喉もとに腕を食い込ませると、キュウは苦しげに、けれど楽しそうな笑みをつくった。

「ネカフェで、一日は無理。退屈すぎて、死にかけた」

「どうしてここを知ってる？」

「そんなの、ここら辺の清掃会社、調べたら一発だよ」

小さく咳き込んでから、「何を、そんなに怒ってるの？」

訊かれて一瞬、わたしは答えられなかった。

「――家を荒らした奴がくるかもしれない」

「そのまま、返す。じゃあ、休めって」

なぜ、わたしがそうしないのか。危険を承知で出勤するのか。たぶん説明しても無駄だ。まともな生活を守るため。その感性から、キュウはもっとも遠いところにいる。

「心配、だったんだ。何か、あったらって不安になって……居ても立っても居られなかった」

いまにも泣きだしそうな顔――が次の瞬間、まるで場面が切り替わったようにぱっと明るく好奇で満ちた。「ハチが働いてるとこも、見てみたかったしね」

力が抜けた。どれが本音で、どれが演技か。目と鼻の先にあるキュウの顔。ずるりと沼に引きずり込まれる感覚、抗う気力を溶かす笑み。

「おい！」

野太い声が響いた。肩をいからせ、やってきたのは辰岡だった。

「なーに乳繰り合ってんだあ」

身体を離したわたしたちへわざとらしく煙草を吹きつけ、辰岡はじろりとにらみをきかせてきた。

眉間に皺を寄せ、けれど唇に、下卑た嘲りが浮かんでいる。

「ニイちゃん、悪りいが我慢してくれるか？　ここはホテルでも公園でもねえからよ」

「どうも。姉がいつもお世話になってます」

完璧な余所ゆきのお愛想で、キュウがぺこりと頭を下げた。その澄ました態度に当てが外れたのか、辰岡はわずかにたじろぎ、だがすぐ、わたしとキュウを見比べて余裕を取り戻した。

「笑えるぜ。おまえみたいなオトコ女が、こんなイケメンとくっつくなんてな」

なめるようにわたしの全身を品定めする。

「……姉弟ですよ」

姉弟ねえ、と辰岡はニヤけた。

「なあ、ニイちゃん。どうなんだ、姉ちゃんの、あっちの具合は」

「具合ですか」キュウの愛想は一ミリも崩れない。「おかげさまで、病気知らずでやれてます」

辰岡の目つきが尖る。とぼけた返事は、はっきりと辰岡をコケにしていた。

「学がねえのは家系らしいな。それとも得意科目は夜のお勉強だけか」

「ぼく、夜学に通ったことなんてないですよ」

「いいじゃねえか、教えろよ。この女の好きな体位は？　どんな声で鳴く？」

「東京とか行きます？」

「は？」

「五反田（ごたんだ）の『アナコンダ』。セイラって子を指名してください。ぼくの名前をいえばスペシャルなサービスをしてくれます。たまってるならぜひどうぞ」

ただ、とキュウは人差し指を立てた。

「サイズにうるさい子ですから――」ちらりと辰岡の股間を見やり、「――無理にがんばらないほうがいいかもですね」

満面の笑みになる。

辰岡の肌がみるみる赤らんでゆく。

「あ、ご安心を。彼女、面食いではないので」

辰岡の手が動いた。その突き出された拳をキュウはひらりとよけ、そしてベロを出した。

辰岡の二発目を、わたしは手首をつかんで止めた。

辰岡ぁ！　入り口から社長が呼んだ。揉め事はたくさんだとばかりにぞんざいな手招きをする。

辰岡は噛みつくいきおいでわたしをにらみ、キュウをにらんで、もう一度社長に「おい！」と呼ばれても、その唇はマグマのように蠢(うごめ)いていた。わたしにつかまれた手首を力任せにふりほどき、キュウの足もとに唾を吐きかけ、ようやく事務所へ戻っていった。

わたしはキュウの腹を小突いた。「うげっ」と大げさに身体をかがめ、それから少年は軽やかなウインクをした。


社長と奥さんに詫(わ)びてから退勤し、キュウとともにパーキングへ歩いた。

「職場には二度とくるな」

「叱られた？　みんな機嫌よくしてたけど」

「そういう問題じゃない。やりにくくなるんだ」

「おれ、タダで饅頭をもらったわけじゃないよ？　事務所の掃除をしたんだ。洗剤の種類とか、いろいろ教えてもらいながらさ。お茶もお菓子もその報酬。奥さん、筋がいいって褒めてくれた。働かないかっていうから、考えときますって答えたらうれしそうだった。けっこう本気で、それもアリな気がしたな」

「馬鹿いうな。タレント活動はどうするんだ」

「なんでもできるようにしとけって、いったのハチじゃん。いつか清掃員の役でオスカー獲ったらカッコ良くない？」

「だったら東京でやれ。忘れるなよ。昔、この町の有名人だったことを」

金髪ではなかったし、いまよりずっと背も低かった。だが同世代で気づく者は必ずいる。この美少年に憧れた女も、羨んだ男も少なくはないはずだ。

そもそも町谷という名を、忌まわしく記憶する人間もいる。

日暮れの薄闇は一歩ごとに深まって、まもなく黒一色の夜がおとずれようとしていた。道の先でパーキングの看板が蛍光色の光を放っている。

「おれべつに、スターになりたいわけじゃないよ」

前を向いたキュウの口もとから、白い息がふわりと浮かんで流れていった。

「ほかにできることないし、したいこともない。でもそれは、やってみたり探したりしてないからだと思うんだ。好きで踊ってただけなのに、気づいたら事務所に入ってて、レッスン受けて、グループを組まされて。ま、ステージは嫌いじゃないけど」

相槌を求めるでもなく、独白はつづいた。

「だからって、『これしかない』とは思わない。売れたら儲かるって聞くけど、あんまりたくさんお金があってもややこしそうだ。税金対策なんて、一分だって考えたくない。どうせおれは、ろくな使い方をしないだろうしね。だから、どっちでもいい。楽しく生きていけるなら、仕事なんてなんでも。掃除でもレジ打ちでも、運転手でも」

「――そういう仕事で、楽しく生きていくのは難しいんだ」

　まるでわたしの声など幻だったかのように、キュウは前だけを見て歩いた。

「事務所に入りたてのころ、可愛がってくれた五つ上の先輩がいてさ。すげえ優しくてがんばり屋で、しかもちゃんと出来る人。操り人形じゃなく、自分の閃きをもってる感じ。でもそれを、上手く実現できないって悩んでた。一六〇キロのボールを投げるイメージはあるのに、能力が追いつかない。筋肉が、体格が、骨格が、一四〇キロしか許さないんだって。それでも、ビジョンをもってるだけ立派だよ。ウチのぼんくらメンバーとはぜんぜんちがう」

　宙へ長く、息を吐く。「ある日、その人から部屋に呼ばれた。小さいけど舞台のデビューが決まってて、初日の公演の前の夜。ふだんとはちがう顔だった。瞳孔が開くって、ああいうのをいうんだろうね。一滴の酒も飲んでないのに発熱したみたいになってて、それがこっちにも伝わってきてさ。スタンドランプだけ点いた部屋にふたりきりで座って、呼んだくせにずっと無言で、大丈夫かよって心配してたら、いきなり『才能ってなんだと思う?』って訊かれた。さあ、よくわかりませんってておれは答えた。マジでそれがなんなのか、よくわかんなかったからね。そしたら先輩はいうんだ。それは偶然なんだって。たまたま偶然、才能をもって生まれたんじゃなく、たまたま偶然、自分にふさわしいものに出会えることを才能と呼ぶんだって。好きとか嫌いは関係ない。ただ、ふさわしいかどうかだけが問題だ。スポーツ、芸術、学者にビジネスマン、政治家……星の数ほどある生き方のうち、ほんとうに自分にふさわしいものに出会う確率は高くない。バスケットで二流どまりの選手でも、チェスをしてたら世界チャンピオンだったかもしれない。何が自分にふさわしいかは、結果が出るまでわからない。でも、気づいたときにはもう遅い。ほかのことに乗り換えたって過ぎた時間は取り戻せない。あとからふさわしいものに出会っても、しょせんは欠陥品にすぎない。だからおれたちは自分の可能性を信じて、その信頼が尽きるまで、自分が選んだものにベットしつづけるしかない。人生という掛け金を上乗せしていく。ふさわしいのか、ふさわしくないのか、誰も答えを教えてくれない。先輩は、真剣な顔でこういってた。『おれたちは、家を探してさまよう迷い子なんだ』って」

冷たい風が吹き抜けてゆく。

「思いつめてた——って感じ？　この公演が成功するか失敗するか、評価されるかされないか。そんなのに人生のすべてがかかってるって、正直おれには意味わかんない。かかってるのは、その公演の成功と失敗だけでしょ。すべてなんてたいそうなもの、かかってるはずがない」

それは、強者の論理だ。持つ者の考えだ。選べる人間に許された特権は、常に選ばれる前提に立てること、選ばれない恐怖から自由であること。

先輩の彼がキュウを可愛がり、自分の決意をこいつに語った理由が、わたしには想像できた。いともたやすくビジョンを体現する少年に対する憧れ、嫉妬。両目を焼き尽くす覚悟で、それを直視しようとしたのだ。持たざる者の衝動として。

「けっきょくどうだったんだ、彼のデビューは」

「台詞をぜんぶとばして降板。事務所も辞めて消えちゃった」

出来損ないのメロディを、口笛で吹くようにキュウはいった。

「馬鹿みたいだ」

その涼やかな横顔に、わたしは拒絶された気分になる。キュウは遠くを見ていた。暗がりの風景を見ているのではなかったし、消えた先輩に思いを馳せているのでもない。ただ、遠くを見ている。彼の目に映るものを、わたしが共有することは、たぶん、一生ないのだろう。

「おまえは大丈夫だ。渋谷のステージはカッコよかった」

キュウの意識が、すぐそばに戻ってくるのがわかった。

「ＳＮＳで話題になったんだろ？　スターになる道が開いてた。おまえが望むか望まないかに関係なく」

「やっと、ハチに褒めてもらえた」

「そのあとは、最悪だったけどな」

キュウがうんざりとした仕草で舌を出す。

百瀬の罠に嵌まったことに、どこまで自覚があるのだろうか。いわば「優秀な商品」に、広告代理店の男が挑発を仕掛ける不自然さに気づかない奴じゃない。それともこの天才にとっては、それすら凡人どもが汲々（きゅうきゅう）とする些事（さじ）なのか。

どちらにしても、百瀬の本性は伝えておくべきだ。あのインタビューの内容も。

ふと、わたしはキュウに、どうなってほしいのだろうと自問した。リスクを負うぐらいなら芸能界などやめてしまえとロクにはいった。スターになりたいわけじゃないというキュウの言葉が強がりとも思えない。事情を話し、やめろと命じれば、案外あっさりうなずく気もする。

けれどわたしは、それをほんとうに望んでいるのか。キュウが清掃員やレジ打ちやタクシードライバーになる未来を見たいのか。

「ねえ、それよりあのオッサンのこと教えてよ」

わたしは答えを出せず、パーキングに着くまでのあいだ辰岡のくだらなさを話して聞かせた。キュウは手を叩き、腹を抱え哄笑し、はしゃいだままアウディの助手席に乗り込んだ。

「やばいね。ほんとのクズじゃん」

「おまえもだ。女をダシに使うのはやめろ。辰岡が本気にしたらセイラって子が気の毒だ」

「うん、大丈夫。ぜんぶ適当な嘘だから」

パーキングを出て木更津のファミレスへアウディを走らせる。車中でもキュウは辰岡のエピソードをせがんできた。深刻な話題を避けるためか、たんなる好奇心かはわからなかったが、求められるまま奴の存在さえ疑わしい奥さんや、彼女が小便を垂らしながらつくる味噌汁について教えた。

「すげえや。おまけに父親が末期癌？　大胆すぎて逆に信じそうになるね」

よろこぶキュウの横で、わたしは共犯者めいた愉しみと、居心地の悪さを同時に覚えた。それは陰口の後ろめたさなどではなく、この程度の話をキュウにさせていること、この程度の話しかできない自分に対する負い目のように思えた。

ファミレスの駐車場は半分も埋まっていなかった。先にキュウを行かせ、わたしはマナーモードでほったらかしにしていたスマホの履歴をチェックした。ロクから着信が三件。メッセージも三件。キュウと連絡がつかないという報告。連絡や心当たりはないかという質問。連絡してこいという命令。わたしはメッセージだけ返した。『連絡も心当たりもない』

ダイチが近くにいる不安は消えていない。隠しカメラは考えすぎでも、家を荒らして気が済む男でないのは確かだ。必ずどこかのタイミングで、奴は接触してくるだろう。それが今夜か三日後か三ヵ月後か、決めにくいのがダイチのやっかいさだった。奴は時間を置くことで獲物の心がダメージを受けると知っている。油断したところを襲うことで絶望が倍増すると知っている。そしてそれを与えることに快感を覚える種類の人間だ。

ロクまで巻き込む必要はない。

わたしは、自分にそういい聞かせてスマホをしまった。

アウディを降り、ファミレスへ向かいながら、ならばいつまでおびえ、警戒しつづければいいのかと胃が締めつけられた。終わりはこない。奴が生きているかぎり。

「今夜はどこに泊まるの？」

ハンバーグセットとオムグラタンを注文してからキュウが訊いてきた。わたしは渋谷のカフェで彼が食べていた明太子スパゲッティを頼んだ。

「おれはラブホでもいいけど」

「ネカフェだ」

カップルシート？　しつこいぞ。

キュウは唇を尖らせたが、冗談なのはさすがにわかった。午後八時過ぎの店内には若者のグループや高齢者のおひとりさまが点々とし、目に入る家族連れは一組だけだった。わたしたちの斜向(はすむ)かいのボックス席で、小学校低学年くらいの兄妹(きょうだい)がせわしなくスプーンを動かしている。

「カレーとハヤシ、どっちが好き？」

テーブルに置いた腕に顎をのせ、キュウはカレーライスをほおばる兄妹のほうを盗み見ていた。

「カレーだろ、ふつうは」

「おれはハヤシだな。小っちゃいころはカレー一択だったけど」

「ハヤシライスなんてもん、麻子のレパートリーにはなかったからな」

「何かっていうと秋刀魚(さんま)かアジ。たまに鯖のみりん漬け。ま、あれはそこそこ食べられたけど」

キュウはそういうが、肉も揚げ物も天ぷらも、食卓にならぶことは少なくなかった。祖母の料理はしっかりしていた。手間をかけ、ちょっとした工夫を凝らす。「女らしさ」の修業からわたしは早々に離脱したが、魚をさばくのだけは上手かった。

「ロクがつくるハヤシは絶品だった」

「――和可菜さんと住んでたころか」

「うん。あのゴミ女は料理なんてしなかったからね。学校の用事でロクが遅くなるときはよくて出前、だいたいカップ麺かコンビニ弁当、ハンバーガー。ポテチだけって日もあった。おかげでスナック菓子が苦手になったよ」

「いいじゃないか。細胞鈍麻効果の心配をしなくて済む」

何それとキュウが可笑しそうにして、わたしは曖昧に笑い返す。

「ロクに、報せないのか」

カレーを食べる兄妹へ逸らした横顔が、反抗期の少年のものになっていた。わたしはため息をつきながら彼を見つめ、少しだけ、ロクに嫉妬している自分に気づく。

「事務所には報せとけ。捜索願を出されるぞ」

大丈夫、とキュウは気のない返事を寄越す。

「迷惑？　おれがいると」

「――時と場合による。TPOを考えろって話だ」

「トラスト、パッション」適当に挙げながら、だらしなく指を立ててゆく。「……オブリガード」

信頼、情熱。

「オブリガードってなんだ」

「ありがとう、だよ」

料理が運ばれてきて、わたしたちは黙々とそれをかき込んだ。倍ほど量がちがうのに食い終わるのはほとんどいっしょで、そのころにはあの家族連れはいなくなっていた。

デザートを頼もうといってキュウがメニューを広げたとき、わたしのスマホに電話がかかってきた。

「ロクだ」

「取らなくていい」

「もう四回目だぞ」

「はっ！　やばいな、あいつ。そのうちお節介性心筋梗塞とかになるんじゃない？」

「キュウ」

にらみつけると、拗ねたようにそっぽを向く。着信音がトゥルルと鳴って、やがて留守電に切り替わったがメッセージの吹き込みはなく、すぐにまたトゥルルと鳴りだす。

「着メロにしなよ。『わたし待つわ』って」

「いいかげんにしろ」

電話が切れる。十秒もせず、ふたたびかかってくるだろう。

「次の電話が切れたらかけ直す。ぜんぶ話して、おまえとはこれっきりだ。それが嫌なら自分でどうにかしろ」

都合六回目のコールがはじまる。不貞腐(ふてくさ)れた様子で三コール待ち、ようやくキュウはスマホを取り出した。電源を入れ、メッセージを打ち込む。それを終えるとふたたび電源を落とし、つまらなそうにテーブルへ置く。

「送ったよ」

「なんて？」

「『拉致られてデスゲームに参加中』」

「冗談はいい」

キュウはずり落ちるようにシートに背をあずけた。「『信じて』」

「……それだけ？」

「それだけだよ」

呆れて力が抜けた。信頼。それがないから、苦労が絶えないというのに。

しかしキュウは、もうスマホに見向きもしない。

「せめて、『オブリガード』と送れ」

「パッションはどうする？」

「知るか。愛の言葉でもささやけよ」

「いいね。『ロクの瞳は夜空の星屑(ほしくず)、まっすぐにしか光らない。ロクの肌は月の花、いつも冷え性でたいへんそう。ロクの耳は信号機、怒ると真っ赤だ、さあ逃げろ』」

この状況でふざけた文面を読まされるロクの顔を想像したら、しゃっくりのような笑みが我慢できなかった。キュウも喉を鳴らし、ロクのお尻は、ロクの脛毛はと重ね、わたしたちは客の減ったファミレスでくっくと肩を揺らしつづけた。

店を出てもキュウの戯言(ざれごと)は止まらなかった。次々にあふれるロクを茶化す言葉は辛辣で、豊かで、そのとめどなさは彼らがいっしょに過ごしてきた時間の長さと濃度の証明でもあって、わたしは心地よさと、同時にやはり、ごまかしのきかない嫉妬を覚えずにいられなかった。

アウディに乗り込んでおしゃべりに区切りがつくと、今度は現実の問題に対処しなくてはならない。「明日はどうする気だ?」

さあ、とキュウは肩をすくめた。「面接を受けるよ。ハチの会社で」

「おまえじゃ三日もつづかない」

「下積みのタレントなんて肉体労働みたいなもんだ。ハチにできる程度で音をあげたりはしない」

「真面目に話してる。いつまでぶらぶらするつもりなんだ」

「おれも、真面目だよ。だって金は要るだろ? ネカフェもタダじゃないんだし。それにおれ、あそこなら上手くやれると思う。そりゃあ辰岡はクズだけど、クズと付き合うのは慣れてるし」

「やめろ」

わたしはハンドルをぶった。キュウはこちらを見ず、フロントガラスの向こうへ目をやっている。

「……もういい。今夜までだ。明日は寮へ戻れ」

「追い出されたら?」

「そのときは――、連絡しろ」

返事を待たず、わたしはエンジンをかけた。パーキングを解除したタイミングで、わかったよ、とキュウがいった。冗談を飛ばしていたときとは別人みたいな、感情のうかがえない横顔が目の端に映った。わたしはそれを見なかったことにして駐車場をあとにする。

いざとなればロクがいる。頼まずとも、向こうから世話を焼きたがるだろう。だが同居人に、なんと説明するのか。生活がおかしくなってしまわないか。それよりは、わたしがあの家に引き取るほうがいいんじゃないか。

馬鹿な。いま、いちばん危ないのがその我が家だ。帰ることすらためらわれる場所に、どうやってキュウを住まわせるというのか。

こいつといると、調子が狂う。危機感が薄れ、未来に期待してしまう。

もし、いっしょに暮らせたら、それはどんな日々だろう。きっと胃に穴があく。そしてきっと、騒がしくなる。

「ねえ、いちおう訊いておきたいんだけど」

あり得ない妄想を断ち切るように、キュウが口を開いた。

「ハチの家、あんなふうにしたのって誰？」

わたしはまだ、それをこいつに伝えていない。

「コソ泥？　それとも知ってる奴？」

教える未来とごまかす未来が天秤の上で釣り合い、揺れる。

「べつに、話したくないならいいけどさ」

わずかに、アクセルを深く踏む。「――椎名翼を憶えているか？」

「そりゃあ、忘れるわけない」ひねくれた視線がこちらを向いた。「あのゴミ女を、どっかへ連れてってくれた恩人だからね」

「兄貴のほうは？」

「刺青の人でしょ？　噂ぐらいは――」

えっ？　とキュウが目を丸くし、わたしは打ち明けたことを後悔しだす。

「あの人が？　なんで？」

キュウにとって、ダイチは椎名翼の危険な兄でしかない。加えてキュウは、ほとんど関わりのなかった男が町谷の家を荒らしたと納得するのに、邪魔な知識をもっている。

「恨まれる理由なんてなくない？　だって翼くん――」

キュウが戸惑った口調でいう。

「ロクの元カレだよ？」

アウディのエンジンがうなる。まっすぐな道の、信号機はすべて青だ。


生理中でも詰め物をすれば湯船に浸かれないことはない。昨日はシャワーで我慢したが、禁止の貼り紙を無視できるほど今夜の疲労は重かった。

大浴場に肩を沈め、高い天井を眺める。白い靄（もや）がたゆたっている。筋肉が弛緩（しかん）し、思考が拡散していって、このまま眠れたら幸せなのにと目をつむる。

それを許さない痛みが意識の奥の亀裂から、中途半端な覚醒を強いてくる。

瞼の裏に、真夏の直射日光が差す。汗と血のぬめり。廃れた自動車工場のドブ川、羽虫、花が腐る匂い。ふたりの人間を消すために、あの夏休みの二週間をわたしたちは駆け抜けた。人殺しとロクはいったが、じっさいは隠蔽だった。抹殺。なかったことにする。

必要な手順はすべてロクが組み立てた。ふり返るとそれは相当危うく、成功率はせいぜい一〇パーセントあるかどうかの計画だったが、ロクに迷いは少しもなかった。事務的にひとつずつ、精巧な時限爆弾の部品を仕上げるように準備を進めた。

椎名翼と関係を結んだのもそうだ。

正確には、奴と関係を結ぶことができたから、ロクは決心し、わたしに声をかけたのだ。

目的はシンプルだった。キュウというスポーツカーの障害物を排除する。鳳プロが用意してくれた未来へのびる高速道路。その出発を邪魔する女。ただ母親というだけで、和可菜はこの先もずっと、キュウの人生にまとわりつく。壊れた信号機として。車輪のないサイドカーとして。

だから、「なかったこと」にする。

キュウには何も知らせない。わたしたちだけでやる。

殺人事件として捜査されること自体を避けたい。母親が殺されたという経歴も、血のつながらない姉妹が犯人である事実も、駆け上がるキュウの重荷となってしまうから。だから計画は、完全犯罪でなくてはならない。事件そのものを「なかったこと」にする必要がある。

年間の殺人事件は一日一件あるかないかだとロクはいった。検挙率は九五パーセント以上。一方で行方不明者は八万人もいて、そのうち見つからないままの者が千人を超す。

殺人と認知されなければ、完全犯罪は充分あり得る。

だが、たんなる高校生がどうやって?

状況を用意すればいい――。それがロクの返答だった。和可菜が失踪したと信じられる状況。あるいは殺されたとはかぎらない状況。

疑われないか? 疑われるでしょうね、とロクは答えた。身内はぜったいに疑われる。とくにウチのような家庭だと色眼鏡で見られるでしょう。

一見それは弱みだが、上手くやれば強みにもなる。なぜならわたしたちは望まないから。いったん失踪に落ち着けば、金輪際、捜査の進捗を尋ねることも催促することもしない。失踪にふさわしい状況があり、他殺の明確な根拠がなく、本人の評判は最悪で、おまけに家族が冷淡であったとき、警察は熱心な捜査をするだろうか? 身を粉にして真実を求めるか、給料以上の仕事はごめんだと欠伸をするか。確信などなかったが、賭けとしては成立していそうに思えた。

決行日は八月十四日、水曜日。その日、富津では夏祭りが開かれる。祖父母の家から十五キロほど南に下った上町の、湊川で行われる灯籠流し。そして花火大会。家族サービスと無縁な祖父母が、この日だけはまるで義務のようにみなを連れて出かけることが慣例だった。和可菜に引き取られた去年も、祖父の強い要望でロクとキュウはやってきた。和可菜自身は現れなかった。すでに父親と破局していた彼女にとって、盛夫と麻子は文字どおりの他人にすぎず、わたしもふくめた町谷の者を、彼女はキュウに寄生するダニとみなしていたのである。

おあつらえ向きでしょう?

ロクの微笑は雄弁だった。生活に疲れたシングルマザーが消えるにはちょうどいい状況。彼女を始末するのにちょうどいい状況。

祭りのあいだじゅう、ずっと祖父母といるわけじゃない。花火の席を取ったあとは三人で適当にぶらつくのが常だ。途中でキュウの目を盗み、ひとりが消えるのは難しくない。上町から君津のマンションまでゆうに二十キロ。免許すらもたない高校生が義母を殺すためにその距離を往復したと、何人が真面目に検討するだろう。

だが現実的に、その往復をどうするか。多くの人が行き交う夜だ。走っても自転車でも、目撃される恐れは高い。

下手な小細工は必要ない、とロクは断言した。だって和可菜は、消えるだけなんだから。

だとしても、じゃあ、いつ、どこであいつを？

出かける直前に殺る——。買い物の予定を告げるようにロクは答えた。

マンションの下まで行って、忘れ物のふりをして引き返す。キュウを残して部屋へ戻り、和可菜を殺す。

去年とおなじなら、六時ごろに祖父の車で迎えに行く。その前に祖母が電話で和可菜に報せる。彼女の生存が第三者に確認される最後の機会だ。富津から君津のマンションへは事故でもないかぎり二十分もかからない。外へ出て引き返し、犯行を終えて何食わぬ顔で合流する。

その短時間で女子高生が義母を殺したと疑う者は、地球の自転だって疑うでしょうね——。目を細め、ロクは口もとをほころばす。

危険すぎる。仕留め損なったら？　和可菜が叫んだら？　キュウが部屋まで付いてきたら——。

ロクは聞きわけの悪い生徒に呆れるような顔をした。それがなんだっていうの？　リスクはあるに決まってる。一〇〇パーセントはない。やるかやらないか、あとは選ぶだけなのよ。

そして答えはとっくに出ている。やるのだと、ロクはもう決めている。

いいじゃない――。煮えきらないわたしに、ロクは笑った。最悪、失敗しても、わたしたちが捕まるだけなんだから。

不思議と、すんなり納得できた。主語が「わたしたち」であることに、肚が据わった。昂ぶりと、安堵があった。

最悪というなら、いまここがそうなのだ。これ以下はない。あるとすればこの現在が、このままつづく未来だけ。

軽く息を吐き、尋ねた。わたしはどうすればいい?

あなたには大切な仕事がある。遺体を処分するという大仕事が。

祭りはおよそ七時にはじまり、九時に終わる。九時半にはふたりを君津へ送ることになる。祖父母が和可菜に会おうとするはずないから、遺体を隠さねばならない相手はキュウだ。

和可菜の夜遊びはめずらしくない。一夜はふつうに過ごせばいい。翌日、翌々日、音沙汰がないことにしびれを切らし警察に相談する。母が帰ってこないんです――。

しかし、そんなことができるのか? 祭りに出向き、途中で抜け、また戻ってくる。祖父母やキュウに怪しまれずに使える時間は多く見積っても一時間。そもそも二十キロの往復をどうするつもりだ?

心配は要らない。椎名翼を使うから。

意味がわからなかった。椎名翼の名が、どうしてここで出てくるのか。

ドラム缶へ目をやって、なんでもないふうにロクはつづけた。翼の兄、椎名大地が車を持っていること。刑務所にいる彼の、そのワインレッドのオデッセイを翼が乗り回していること。

そして、わたしは知った。彼女が数週間前から、椎名翼と付き合いはじめたことを。

すべて、計画のためよ。

祭りの日、上町に翼を呼びつける。奴の車で君津のマンションへ行き、遺体が入ったキャリーバッグを積み込む。この廃工場のドラム缶の中に隠す。それから上町へ戻る。

わたしは問うた。翼に、協力させる気なのか？

冗談でしょう？　ロクは一蹴したが、当時、わたしもロクも免許などもっていなかった。

そんなもの必要ない。運転する技術さえあれば足りる。

ロクは先手を打っていた。翼に対し、あなたがお酒を飲んだときに送り迎えができるでしょう？と、もっともらしくもちかけて、すでに手ほどきを受けていた。

大丈夫、縦列駐車をマスターしたいわけじゃないんだし。

わたしは深く息をついた。ドラム缶を見つめながら語るロクの横顔に、感情は何も見当たらなかった。後悔や苦痛の一片すら存在していなかった。ずるい――。噛み締める奥歯が痛んだ。ロクに恋人がいたなんて話は一度も聞いたことがなく、椎名翼は、天地がひっくり返ったって清い交際をする男じゃない。

つまりこいつは、先に代償を支払ってから、わたしに声をかけたのだ。自分の身を削ったうえで、手伝えといっているのだ。

ロクの計画には、あきらかな無理がある。祭りのさなかに車で君津のマンションへ行く。運転するのはロク。ならばそのあいだ、翼はどうするのか。恋人が車でどこかへ消えるのを、黙って見過ごすお人好しとは思えない。

　これを解決する、答えはひとつだ。

奴も、殺すんだな?

必要でしょう?　涼しげに、ロクは応じた。和可菜といっしょに消える男が。

駆け落ち。たしかに失踪という結論を導くためには便利な状況かもしれない。しかしいったい、その説得力はどれほどか。ふたりの関係をでっち上げることはほんとうにできるのか。

大丈夫——。ロクの唇が、わざとらしいほど皮肉に歪む。とっくにそうなっているから。

その瞬間、漠然と感じていた疑問がいっせいに解けた。なぜ、ロクが椎名翼と付き合うことになったのか。どこに接点があったのか。駆け落ちの偽装という発想にいたり、人殺しのリスクを厭(いと)わないのか。そもそも、和可菜を殺そうと決めた理由。そして、わたしが椎名翼に目をつけられた理由。

　すべてが結びつき、吐き気をもよおす想像が完成する。わたしという変わり者の存在を椎名翼に教えたのは、和可菜だったのだ。考えてみれば不思議でもなんでもない。初めて椎名翼に呼び出されたのは和可菜が富津に移ってきてから数ヵ月が経ったころ。その期間で、ふたりはつながった。ヤニ臭いパチンコ屋か飲み屋で出会い、和可菜は椎名翼の女になった。あとはいいなりだったのだろう。

　この先も、いいなりでいつづけるにちがいない。そしてふたりで、キュウの人生を奪いつづけるにちがいない。

　そう判断し、ロクはあいだに割って入った。クズをまとめて始末する、その状況をつくるため、椎名翼の恋人という地位を奪った。

意識せず固まっていた拳を、確かめるようにもう一度握り直した。

わたしが、翼を殺るんだな？

ひと気のない場所で待ち合わせ、ロクが油断を誘う。不意をつく。近くに金属バットでも隠しておけばいい。息の根が止まるまで殴りつづける。

しかしロクは、首を縦にしなかった。それだとキュウをひとりにする時間が長くなる、あの子には一ミリだって感づかれたくない。

わたしが殺るほうが確実よ。

馬鹿な、と叫んで返した。話がちがう、捕まるときはいっしょじゃないのか？

もちろん、そのときはあなたも捕まる。死体損壊、遺棄の罪でね。

わたしの反応を見るでもなく、ロクは軽やかに手順を話しはじめる。翼に会うといってキュウから離れる。待ち合わせの場所で奴を殺す。飲み物に睡眠薬でも入れておけば簡単だ。遺体とともに君津のマンションへ戻る。和可菜の遺体をキャリーバッグにおさめてオデッセイに積む。この廃工場にふたりの遺体を隠し、上町へ取って返す。

あなたは祭りのあとでここへきて、そして遺体を処分して。

キュウの目を気にしなくてはならないロクとちがい、わたしは深夜でも出歩ける。椎名たちの呼び出しになんの関心も示さない祖父母なら、朝まで帰らずとも騒ぐどころか気づきもしないにちがいない。

遺体を処分する方法は？　オデッセイはどうするつもりだ？

大丈夫、ちゃんと考えてあるから。

なら信じよう。これまでもそうしてきたように。

だが。

駄目だ。

ロクを正面に見てそういった。

おまえだけ、手をくだすのは駄目だ。

効率よ。いちばん成功率が高い。

だとしても駄目だ。

言葉にすると、身体の奥に炎が灯った。

翼は、わたしが殺る。じゃなきゃ協力はしない。

ロクの目もとに苛立ちが滲んだ。わたしはかまわずその横顔をにらみつけた。陽がますます強烈に廃工場へ差し込んで、ふたりの影を濃くしていた。

やがてため息が、ロクの唇からもれた。濁った川のほうへ顔をやった彼女のすらりとした首筋は驚くほど透きとおっていた。

もう一度、ため息をつく。それから、わかった、と吐く。少しだけ微笑んで。

わがままね。泣き虫やっちゃんのくせに。

ロクが、微笑んだまま右足を一歩こちらへ突き出し、爪先を上げた。わたしは自分の左足をおなじように近づけ、地面に踵を置いた。爪先同士がくっついた。契約成立。それは風呂の浴槽で、いっしょに息を止めて沈んでいるときの密やかなやり取りのようだった。

一週間後に途中経過を、そして決行の三日前に最終確認をする。顔を合わせるのは二回だけ。連絡は、彼女が匿名で開設したブログの下書き編集を使うことにした。時間を決めログインし、記事の下書きに目をとおす。編集画面だから誰に読まれることもなく、簡単に削除もできる。ＳＮＳやメールに比べると遠回りだが、警察の追及をかわすために必要な手間だった。

準備期間中のわたしの仕事は、まず、遺体を処分する手順を頭にたたき込むこと。方法も薬品もロクが調べてくれたが、実行はひとりだ。証拠や痕跡を残さずにやり遂げなくてはならない。

中間報告は上町まで行って、ロクが翼との待ち合わせ場所に選んだ森の中をふたりで確認した。ぎりぎり車が入れるぐらいの獣道。その先は見渡しても見上げても木々が生い茂っているばかりで、寒気を覚えるほどひと気がなかった。

ふつう、こんなところで待ち合わせはおかしいが、ロクは平気そうだった。

あいつ、外でやるのが好きなのよ。

その乾いた笑みをわたしは直視できず、代わりに殺意が固まった。

身をひそめておく木陰はいくらでもあった。睡眠薬で眠らせた男の息の根を止めるには充分な環境だ。懸念があるとすれば、祭りの夜の人々の動向と、近くに富津警察署があること。そして仕留め損なって、叫ばれたりしたときの対応だ。

花火がはじまってからにしましょう。そうすれば、ちょっとぐらいの悲鳴はかき消されるでしょうから。

もうひとつ、大切なわたしの仕事はいつもどおりに過ごすことだった。椎名たちの呼び出しがあれば応じ、暴力に耐える。そのうえで決行日に備え、大きな怪我をしないよう注意する。

八月に入ってから晴天の日がつづいた。連日三〇度を超え、最終確認の日、ついに最高気温が三七度に達した。週間予報には軒並み晴れマークがならび、着々と決行日は近づいた。

前日の夜、わたしは髪を切った。自分の部屋で、新聞紙を敷いて、服を脱ぎ、鏡の前でハサミを握った。ただでさえ短かったのを、ほとんど坊主になるまで断った。よけいなことをとロクは叱るだろうけど、犯行現場にできるだけ証拠を残さないための措置であり、同時にひとつの儀式でもあった。

運命というものが存在するなら、たしかに、それはわたしたちに微笑んだ。あるいは意地悪く、嘲笑ったのかもしれないが。

夏休み以降、椎名たちの呼び出しは数を減らしていた。この一週間は音沙汰がなかった。ほかの遊びを見つけたか、ロクに熱を上げているせいか。腹の底に憎しみを熟成させながらじっと決行日を待った。油断していた。

窓に石が当たる。髪の毛が散らばった新聞紙を丸めていたわたしは一瞬固まり、それから窓の外を見下ろした。玄関のそばに、有吉が立っている。

強烈な怒りを覚えた。昨日だったら相手にした。なのになぜ、よりによって今夜なんだ。畳の上でハサミが蛍光灯に光っていた。わたしは下着を穿き、トレーナーとハーフパンツを身に着けて階段を下りた。引き戸の外で有吉と向き合った。月が出ていた。

たぶん、ここが分岐点だった。引き返せる最後のチャンス。呼び出しに応じ、人殺しなんて無理だというぐらい痛めつけられていたら。遺体を処分する余裕などないとあきらめがつけば。

もちろん、わたしが計画を断念してもロクは立ち止まらなかっただろう。たとえひとりきりでも和可菜を殺し、椎名翼を殺し、遺体を処分したはずだ。捕まるリスクが上がっただけだと割りきって。

わたしは呼び出しに応じなかった。奴らに目をつけられて以来、初めてのことだった。いつもどおりに過ごすという仕事は、むしろ正反対の方向へ大きく崩れた。

有吉が去ったあと、湯船に浸かりながら、自分は女なのだな、と思った。髪を切ろうがスカートを破ろうが、女の身体で生まれたという事実は変えようがなく、そしてその事実に抗うすべを、子どものわたしはもち合わせていなかった。手探りであがきながら、自由を渇望していた。

黙っていても手に入らない。ほしいなら、差し出さねばならない。痛み、あるいは覚悟。

それを、ひとつ、差し出した。

殺す。

湯に映る自分を見つめ、おもむろに沈み、目を開けた。そこにはロクもキュウもいなかった。でも、そばにいる。あいつらを自由にする、自由がほしい。止めていた息が口からあふれてあぶくをつくり、その湯の中で赤い血が線になってたゆたっていた。

――あのころと、わたしは何が変わって、何が変わっていないのだろう。

銭湯の湯船に浸かる現在、目の前の湯は透明で、生理の血は影もない。立ち上がる拍子にのぼせた頭が視界を揺らし、頼りない足取りでわたしは浴場をあとにした。

脱衣所のロッカーを開けると、スマホに不在着信が入っていた。二十分ほど前、登録のない番号からだ。かけ直すわたしの身体を扇風機の風が冷ましてゆく。

しばらく、コールがつづいた。

〈あ、町谷さん？　おれだけど〉

応答した窪塚の、ひそめた声に興奮の気配があった。

〈ダイチくん、入院した〉

「は？」

〈一昨日の夜中、富津の病院に運ばれたって〉

「——なんで？」

〈上町の、森の中で襲われたらしい。事務所に届いた情報だから間違いないと思う〉

政治家を目指す男のツテならば信頼度は高いが——。

「誰に？」

〈わからない。犯人は逃げてるみたいだ。まあ、誰に襲われても不思議はないけど〉

それは、そうだが。

〈だいぶひどいらしい。意識不明で、快復するかもわからない。脊髄をやられてて、半身不随の可能性もあるってさ〉

無事でもリハビリに長い時間がかかるだろう、良かったな——と窪塚は陽気にいう。

〈とにかく、そういうことだから。例の件、お願いできるよな？〉

「いや、駄目だ」とっさに返した。「奴の面倒はおまえがみろ。二度とわたしに近寄らせるな。じゃないといつでも暴露してやる」

反論を待たずに電話を切って、束の間、わたしは呼吸を忘れた。

ダイチが襲われた。その都合が良すぎる幸運を、上手くよろこべなかった。

一昨日といえば、渋谷のイベントの翌日、家が荒らされたタイミングだ。

ひと息つき、上町でか、と反芻した。

翼たちの件は失踪で落ち着いている。少なくともわたしが富津を去る直前、町の連中はふたりの駆け落ちを信じていた。

なのにダイチは上町にいた。湊川が流れ、灯籠流しと花火大会が行われる土地に。

――祭りの日に弟が消えたのだ。関連を疑うのは当然か。

素っ裸のまま、ロッカーの前に立ち尽くす。ダイチが上町を訪れていた事実と、重体という降ってわいた幸運に対する安堵がないまぜになって思考を鈍らせた。

着信に震えたスマホが、呆然としていた指から落ちそうになる。

『神田川のつもり？』

キュウのセンスは祖母の趣味に由来する。よく昭和歌謡をいっしょに聴いたり、古い洋画を観たりして小遣いをせしめていたのだ。

待合室のソファで、キュウはアイスを食べていた。見ず知らずの高齢女性ととなり合い、備え付けのテレビを見ながらおしゃべりしていた。

「奢ってもらったんだ」靴入れからリーボックを取り出しながら、キュウは得意げにアイスの棒をくるりと回す。「忘れずに歯を磨けって。おかしいよね。そう思うなら食わせなきゃいいのに。だいたい歯なんて風呂で磨くもんじゃない？」

「美味かったか」

「サイコーに」

アウディに乗り込んでエンジンをかけ、「いったん家に戻る」とわたしは告げた。

「いまから掃除は嫌だよ」

「好きにしろ。あの散らかった居間のソファで寝たいなら」

「子ども部屋にしようよ。ひさしぶりに、いっしょにさ」

キュウがのんきでいられるのは、祖父母の家をダイチが襲ったという推測をまったく信じていないからだ。わたしも、わざわざ説得しようとはしなかった。窪塚から聞いた最新情報を教える気もない。

富津の町が見えたとき、窪塚に騙されている可能性が頭をよぎった。ダイチに脅され、わたしを安心させるための嘘をつかされた可能性はないだろうか。

念のためアウディをパーキングに停め、徒歩で自宅へ向かった。線路沿いをならんで歩いていると、キュウがわたしの前へ出て、デートだね、とふり返った。帰宅だ、とわたしはいって彼を抜き返した。キュウはぶらぶらと車道にはみ出たり、意味もなくジャンプしてみたりした。かつてチビだった少年は、すでにわたしの身長を超えている。公園へ行こうよ。なんでだ。空気が澄んでいるからさ。白い息が笑みを彩っていた。

わたしは相手にせず、狭い道の住宅地へ入っていった。黙って付いてきていたキュウがふたたびわたしを追い抜き、街灯の下でステップを踏みはじめた。軽快に足を捌きながらこちらを見てニヤリとする。小刻みに両足を震わせたまま後ずさり、ターンする。爪先ですべるように前へ。スピードが上がる。目にも止まらない速度になる。両腕が自在にリズムを奏で、回転し、空気を裂く。

わたしは、それを眺めた。止めることも過ぎることもできなかった。キュウはもう、わたしのほうを見ていない。一瞬一瞬、地面を蹴って、空気をかき回し、安っぽい街灯の光の粒をステージのそれに変えている。汗が散る。無数のステップがアスファルトの上で跳ね、やがて音楽が聴こえてくる。

たしかに音楽が、野蛮でクールな音楽が、このせせこましい住宅地に響くのを感じ、わたしは動けなくなる。

「センキューベリーマッチ」

ピタリと両足をそろえ、キュウは気取ったお辞儀をした。全身から立ち昇る湯気は、夜の冷気が贈る拍手に見えた。

「ジェームス・ブラウンごっこ」

「――スヌーピーに、そんな動きの奴はいない」

「それはチャーリー。麻子が好きで、よく観せられたんだ」

盛夫は講談とか落語が趣味だったでしょ？　仕方なく付き合ってたらしいけど、ほんとは麻子、そんなの少しも興味なかった――。

いいながら、名残惜しそうにキュウは右手を虚空に掲げる。手のひらが、わたしには見えない何かを摑もうとしていた。

「明日、事務所へ行け」

キュウが、不思議そうな顔をする。

「行って謝って、もう一度やり直せ。わたしが送ってやってもいい」

「何いってんの？」口もとが、戸惑いのかたちで笑う。「さっき話さなかった？　あそこでおれがどんなふうか、知ったらきっとがっかりするよ。肉体労働なんてもんじゃない。ルールに小言に罵倒のフルセット。ああしろ、こうしろ、足りてない。もっと、もっと、もっと」腹立たしげに地面を蹴る。「ソレイユみたいなゴミグループに、おれがやりたいことなんてない。あんな窮屈な場所に比べたら、ここでハチと暮らすほうが百倍イケてる」

「駄目だ」わたしはキュウを、正面に見た。「駄目なんだ、キュウ」

なぜなら、たったいま、おまえのダンスを観てしまったから。しみったれた住宅地をまぶしい舞台に変え、真冬の寒さを吹き飛ばす問答無用の躍動を、まるで散歩でもするみたいに実現するおまえの姿を目の当たりにしてしまったから。

生い立ちや、育ちや、遺伝子や、過去の経験や運。何もかもをひっくるめて、人は才能と呼ぶのだろう。

そしてそれには、抗えない。

わたしは思ってしまっている。この少年が、どこまで行けるのか見てみたい。もっと、もっと、もっと――。

「キュウ」

わたしは彼を抱き寄せた。シャンプーとほのかな汗の香りがした。キュウは棒立ちで、鼓動から幼い緊張が伝わってきて、それがたまらなく愛(いと)おしかった。

「おまえは輝け。太陽が嫉妬するぐらい」

「……ハチの目が焼けるぐらい？」

「ああ、そうだ。もし駄目だったら、床の磨き方を教えてやる」伝えたいことが多すぎて、抱き締める腕に力がこもった。「何があっても、わたしはおまえの味方だ」

キュウが背中に腕を回してきた。頬と頬が触れ合った。それ以上に、彼を近くに感じた。

こいつの輝きに生かされている。

「――ロクの勝ちだ」

キュウが首をかしげる横で、わたしはそっとつぶやいた。

「やっぱりあいつは、いつも正しい」


体調不良の電話を入れると社長は黙り、生理痛がひどいのだと嘘を重ねたわたしに、そうか、と煮えきらない反応をした。しょせん前科のある若造――そんな失望を嗅ぎとって胸が痛んだ。

助手席のキュウは眠たげだった。昨晩は居間でひとり、もちろん掃除などせずに映画を観つづけていたらしい。

木更津金田インターチェンジをくぐってアクアブリッジを渡る。キュウにはしゃいだ様子は少しもなかった。お気に入りのコースなんだと教えたが、「いいね」と鈍い返事があるだけだった。

「夜中にかっ飛ばすと、嫌なこととなんかぜんぶ消える」

「じゃあ、もっとスピード出してよ」

できればその憂鬱を、アウディの加速で吹き飛ばしてやりたいが。

「捕まるのはごめんだ。車も多い」

「すっからかんなら、気持ちよさそうなのにね」

「そんなに、鳳プロが嫌なのか？」

昨晩のうちにアポはとらせた。とりあえず会って話そうとなったのだから、まだ見捨てられたとは決まっていない。

「面倒なんだ。島津(しまづ)ってセンセーがいてさ、意味不明ないきおいでおれを目の敵にしてる。一挙手一投足、粗探しに全身全霊って感じ。ぜったい、ここぞとばかりにお説教だよ。それか冷たく無視するか。調子にのって、優越感に浸ってさ」

「決めたんだろ。もう一度やると」

「報酬はあのハグだけ？　ハチってケチだ」

地図を掲げたアーチを越えて海ほたる、そして海底トンネルへ。川崎から横浜を経由して神田橋で高速を降りる。鳳プロのビルに着いたのは午前十時半。行ってこいと命じると、「ハチもきて」とくる。「じゃないと困る。保護者と行くって伝えてあるから」

立派なロビーに金髪でジャージの少年と古びたダウンジャケットのふたり組が現れても、芸能事務所というところは気にしないらしい。涼しげな目つきをした受付嬢に話しかける直前、そばの待ち合いソファから大きな身体が跳ねるように立ち上がった。

渋谷で会ったマネージャーの男性は、よかった、と胸をなでおろした。キュウがほんとにやってくるのか半信半疑だったのだろう。上へ通され、わたしは応接室で待たされた。やることもなく、この部屋を掃除するならどの用具で何分かかるか、つまらない計算で時間をつぶした。それにも飽きてスマホをのぞくが、ゲームもＳＮＳもしないから、惰性でメッセージを再読する。最後にロクへ送ったものは『キュウのことは心配するな』。返信はそっけなく『お願いね』。ぜんぶ察しているのがわかる。そのうえで、いまは自分が出ていかないほうがいいと判断している。

ふと、有吉はどうしているのだろうかと考えたところでドアが開いた。恰幅(かっぷく)のいい背広の中年が「お待たせしました」と現れた。

「侑九くんの親族でいらっしゃるとか」

正面に腰を下ろした彼に、敬意はなかった。挨拶は事務的なもので、名刺を寄越してくるそぶりもない。

「姉です。義理ですが」

「昔、富津のお母さんからいただいた書類にはお名前がありませんが」

「べつに、どっちでもいいです。あいつに頼まれて付き添っただけなんで」

じろりと値踏みされた。太いフレームの眼鏡が角張った顔に似合っている。五十代ぐらいだろう。キュウにまとわりつく輩をどうしてやろうかという顔だ。

「お義兄(にい)さんでなく、お義姉(ねえ)さんなんですね」

「ああ」と、苦笑してしまう。「それも、どっちでもいいです」

眼鏡の男は顎に手をやり、わずかに目もとを鋭くした。

「あいつは反省してますか」

「いちおう、そのように見えました。お義姉さんの見立てはどうです?」

「反省してる演技が充分なら、可能性はあるんじゃないですか」

「まったく、役者ってのはやっかいだ」

いくぶん砕けた調子で男はつづけた。「騙されているとわかっていても信じたくなる。むしろ上手く騙すのが奴らの仕事で、わたしらの望みでもある」

「キュウ——侑九はなれますか、一流の詐欺師に」

射るような眼差し。太っちょのマネージャーとは役者がちがう。

「今後、義弟さんの活動に関わるつもりは？」

「少しも」

「失礼だが、この業界には二言があふれていてね。はったりとその場しのぎで才能を食いつぶそうとするご家族やご友人のたぐいはめずらしくない」

「業界の人もでしょう？」

「ごまんとね」

「百瀬さんには、そういう噂があると聞いてます」

男が、ぐっと眼鏡のフレームを押し上げる。不用意だったと後悔したが、感情は止まらなかった。

「わたしは何も望まない。ただあいつが、あいつの力でどこまでやれるかを見てみたい。できれば最高のステージに立ってほしい。それを邪魔する奴は、誰であろうと許せない」

前のめりに吐き出すと、少しだけ冷静になった。

「もちろん、わたし自身をふくめて」

「自分自身も？」

「ええ。だから、よけいな首は突っ込みません」

男は腕を組み、じっと見定めてきた。わたしも見返した。

「下へ行ってみないか」

唐突な誘いだった。

「どんな世界でもおなじだが、成功する奴ってのは必ず運を味方につける。どんなに恵まれた才能も、幸運を逃したら開花しない。芸能界はとくにそうでね。そして幸運ってのは、さみしがり屋で気難しい恋人みたいなもんなんだ。一度心をつかんじまえば際限なく貢ぎはじめるし、取り逃がす奴にはひどく冷たい」

「あいつは、取り逃がした側ですか？」

「一度はな。渋谷のイベント動画はわずか数日で三十万視聴に達してる。その後に馬鹿をしなければ、最短距離を突っ走ることができただろう」

「もうノーチャンスだと？」

「ふつうは、少なくとも長い足踏みになる」

だが、と男はつづけた。「今日、この日を選んで戻ってきたという点においては、まだ幸運の神様の後ろ髪に、小指が引っかかってるといえなくもない」

わけのわかっていないわたしに、男は力強くうなずいた。

「たぶん、あんたは見ておいたほうがいい」

異様な光景だった。壁の一面が鏡張りになったレッスン室のあちこちで、台本らしきペーパーを手にした二十人ほどの若い男の子たちが口もとを隠しながら台詞を唱え、せわしなく動き回っている。壁際にぎっしりならぶ見学者は鳳プロの研修生だと眼鏡の男が教えてくれた。

入り口のそばに、わたしと眼鏡の男はならんで立った。部屋の奥に置かれた長テーブルに、いかにも業界人といった面々がそろっていて、なかでも赤いマスクをしたパーマの男がいちばん偉そうで、いちばん気を遣われているのがわかった。

「舞台演出家、ミスター・ミハエル・マキタ。日系アメリカ人、四十九歳」

「有名なんですか」

「二十六のとき国際演劇祭の審査員特別賞を獲り、以来、天才の名をほしいままにしてる。フランスのオペラ・バスティーユでやった『オイディプス王』の新解釈は多くの批評家がその年のベストに挙げた。公演チケットは毎回即完売。セレブからも支持の厚い、文句なしの超一流だ」

男の子たちを仁王立ちで見守るタイトシャツのレッスン講師が「あと五分！」と手を叩く。

「ミスターは少年時代を日本で暮らした経験もあって日本語は堪能なんだが、これまで国内公演はほとんどなかった。とくに有名になってからの主戦場は海外だ。今回、さる大手企業の肝煎り（きもい）で特別公演が企画され、ミスターは条件付きで承諾した。ひとつは演目に口を出さないこと。そして主役に無名の新人を当てること」

その抜擢（ばってき）がエンターテインメントの世界でどれほどの勲章か、素人でも想像できる。

「これはオーディションですか」

「正式なものではないがな。たまたま彼が顔を見せる日に、たまたま彼の望む戯曲をウチの練習に取り入れたという体だ」

もちろん鳳プロにかぎらず、国内の多くの芸能事務所を訪ねるのだろう。選ばれようとする側は、彼の瞳のわずかな穴にすべり込まねばならない。

講師が叫ぶ。「あと一分！」

「あそこにいる緑のシャツ」眼鏡の男が指をさす。「岬春日。次のスター候補としてウチが力を入れてる子だ」

わたしの鈍い反応を気にするふうでもなく、またちがうほうへ指を向ける。

「あっちのちょんまげは白銀コーキ。若手ナンバーワン。顔ぐらい見たことないか」

彫りが深く、いかにも精悍な顔つきだ。コンビニに置かれた雑誌の表紙か何かで見かけた気がしなくもない。

「そんな奴が無名に入るんですか」

「この業界の基準ってのは、いつだって曖昧なんだ」

キュウの姿を探した。オーディションに出ないなら、眼鏡の男はここへわたしを誘わない。あいつはまず一歩、幸運の関門をくぐったのだ。

キュウは壁の隅に座っていた。太っちょのマネージャーがペーパーを読み聞かせていた。キュウは体育座りでじっと天井を眺めている。いまこの場で台詞を頭に入れているのだろう。小声で復唱しているようにも見えたが、口もとが隠れていてよくわからない。

「ほかの連中も、ぶっつけ本番は変わらない。岬と白銀以外はな」

さらりと、眼鏡の男は裏の事情を明かしたが、とくに卑怯とは思わなかった。積み上げてきた奴の権利だ。積み上げてこなかった奴が悪い。少なくとも、キュウならそういう。

「そこまで！　集合！」

講師の号令にみなが従う。キュウもマネージャーに促され、集団の末席に加わった。

「これからひとりずつ、渡したペーパーの演技をしてもらう。持ち時間は三分。質問ややり直しはなし。それぞれが自由に表現しアピールしてくれ」

集団が後方へ下がり床に腰を落ち着け、代わりに壁際の見学生たちが立ち上がった。

ひとり目が中央へ進み出る。後ろ姿しか見えないが、視線が長テーブルのミスターに向くのがわかる。ミスターは頬に手を当て、じっとそれを見返していた。

「よろしくお願いします！」

自己紹介のあと、一番目の彼は集中を高めるように沈黙し、そして声を張った。

「『その手の中で愛し合うのか』」

原本はクリストファー・ハンプトン、『太陽と月に背いて』。十九世紀フランスを舞台に、まだ十代の天才詩人アルチュール・ランボーと、十ほど歳の離れた先輩詩人ポール・ヴェルレーヌの出会いと愛憎、破局までを描く青春譚。もらったペーパーの概要によるとかつて日本の有名な演出家が舞台化しているし、ハリウッドで映画にもなっている。主演はレオナルド・ディカプリオ。奇しくも一昨日の夜、キュウが観たがっていた映画の主演も彼だった。

「『許す？』」

場面はランボーとヴェルレーヌの別れのシーン。

「『ぼくは許さない。なぜだって？　ぼくを置き去りにしたのを忘れたのか！』」

講師がヴェルレーヌの台詞をいう。――君の人生に神の導きを与えたいんだ、目的達成のために。

「『神の導き？　目的だと？　……書くことはもうやめた。書くことがない。前には確かにあったのに』」

ランボー役の彼が頭を抱える。「『ぼくには自信があった。世界を変えられるのは自分だけだと……。だがちがった、世界は何も変わらない。言葉は無力だ……』」

——そうとはかぎらない。きみには才能がある。あまりにも異常なものを目指しすぎただけだ。

「『ぼくの才能をどう使おうと勝手だ』」

——だが、やめるべきではない。

「『よけいなお世話さ。誰にも口出しはさせない。あれだけ平凡を嫌ったのはどこのどいつだ?』」

——おれは変わった。君も望んだことだ。

「『変わっただと?』」

ヴェルレーヌ役の講師をにらみつける。「『ならば君に、この大自然の中で根源的な問題をだそう。ぼくの肉体と魂の、どちらを君は選ぶ?』」

ヴェルレーヌは答えない。

「『選びたまえ』」

ランボー役が苛立ちをぶつける。

「『選ぶんだ!』」

大声で怒鳴ったまま動きを止める。やがて講師が、「はい終了」と手を合わせ、一番目の彼はミスターに深々と礼をして集団のほうへ下がった。

「次!」

講師の仕切りで次々とタレントの卵たちが前へ出ては思い思いの演技をし、そして引き下がっていった。その間、ミスターはお付きの人間と意見を交わすそぶりもなく、淡々と時間を過ごしているように見えた。

「十七番、岬春日です。よろしくお願いします」

多少のアレンジはあってもおなじ台詞と段取りだ。なのにあきらかに、これまでの演者と様子がちがった。声や仕草に色気がある。ただ台詞を口にし、怒鳴っているわけではないと、芝居など興味のないわたしにも伝わってくる。演じ終え、軽やかなお辞儀をするまでを、岬春日は申し分ないパフォーマンスとしていた。

「二十番、白銀コーキです」

真打は堂々と名乗り出て、岬春日とはちがう野太さのある声で「その手の中で愛し合うのか」とレッスン室を震わせた。

怒りが、激情になって迸る。繊細でひ弱という詩人のイメージを裏切って、力強く、けれど同時に、その力強さの端々に、いかにももろく不安定な心情が表れている。

「『選ぶんだ!』」

糾弾であり、懇願だった。

講師が終了を告げるより先に、拍手の音がした。目もとをゆるめて手を叩くミスターの姿に、みなが息をのんでいた。

「もう一度名前を」

初めて聞くミスターの声は、このやり取り自体が芝居のつづきと錯覚しそうになるほど耳を奪う魅力があった。

「白銀コーキです」

「うん、お疲れさま」

はいっ！　と白銀の声が弾ける。

立ち上がりかけたミスターを、講師が止めた。

「すみません、もうひとり」

ミスターが「ん？」という顔になった。二十人という約束だったのだろう。講師が直立不動の姿勢から頭を下げた。「あと三分だけ、どうか」

キュウが立ち上がった。黙って中央へ進んだ。まるでコンビニへ出かけるような足取りで。

そしてそのまま、台詞を放った。

「『その手の中で愛し合うのか』」

場が、固まる。

「『許さない。ぼくを置き去りにしたおまえを』」

軽い調子だった。笑みすら感じさせる、まるで冗談のような。

「『許す？　ぼくは許さない。なぜだって？　ぼくを置き去りにしたのを忘れたのか』」

——君の人生に神の導きを与えたいんだ、目的達成のために。

「『神の導き？　目的？　書くことはもうやめた。書くことがない。前には確かにあったのに』」

キュウの軽さは消えない。「『ぼくには自信があった。世界を変えられるのは自分だけだと。だがちがった、世界は何も変わらない。言葉は無力だ』」

両腕を開いておどけてみせる。自分すら突き放したような呆れと自虐。

——そうとはかぎらない。きみには才能がある。あまりにも異常なものを目指しすぎただけだ。

「『ぼくの才能をどう使おうと勝手だ』」

——だが、やめるべきではない。

「『よけいなお世話さ。誰にも口出しはさせない。あれだけ平凡を嫌ったのはどこのどいつだ?』」

——おれは変わった。君も望んだことだ。

「『変わっただと?』」

はっきりと、キュウは笑った。これまで誰も、そんな演技はしなかった場面で。

「『ならば君に、この大自然の中で根源的な問題を出そう。ぼくの肉体と魂の、どちらを君は選ぶ?』」

ヴェルレーヌの返事はない。ランボーはかつて愛し合った先輩詩人の答えを待つ。台詞のない芝居がつづく。誰よりも長く、キュウは相手の反応を待っている。後ろ姿しか見えないわたしにも、笑みが消えていないのがわかる。同時に、その瞳が燃えているのもわかる。

「『選べ』」

静かな声だ。

「『選ぶんだ』」

驚くほど、その台詞は切実だった。薄ら笑いの仮面からこぼれた、こぼれざるを得なかった感情。怒りすら超える、激情。あるいは祈り。ヴェルレーヌに? いや、もっと、大きなものへ。

演技を終えたキュウは、ふっと憑き物が落ちたように肩をだらんとさせた。それから思い出したようにミスターへ向かってぺこりと頭を下げた。踵を返す彼に太っちょのマネージャーが慌てた身ぶりで何かを伝えた。キュウは、「ああ」と生返事をし、ふたたびミスターのほうを見た。

「二十一番、町谷侑九でした」

ミスターに笑みはなかった。赤いマスクの口もとに手を当て、小さく首を横にふった。

進行役をつとめていた講師がミスターに頭を下げ、それからみなにあらためて彼の紹介をした。

全員が立ち上がり拍手が起こり、ミスターはいかにも自然な仕草で軽く手を挙げ応える。すべての振る舞いが完璧だった。住む世界がちがう。いままでも、これからも。

彼がレッスン室を出るまで拍手は鳴りやまなかった。キュウも拍手をしていた。となりのマネージャーに、たぶんろくでもないことをささやいて怒らせながらではあったけど。

入り口へやってきたミスターが、わたしたちに気づいて小さく会釈を寄越してきた。眼鏡の男が「ありがとうございました」といっていっしょに歩きだす。「このあとは?」「目黒に。そのあと渋谷めぐりです」「強行軍ですな」「東京が狭いせいですよ」

ミスターたちが遠ざかり、ようやく拍手がやんだ。弛緩と余熱がまじった空気の中で、それぞれがおしゃべりをはじめる。

「よし、今日は解散!」

講師の号令に「ありがとうございました」とみなが唱和し、ぞろぞろと人波がやってきた。

「侑九!　おまえはこっちだ」

キュウはあからさまに嫌そうな顔をしたものの、マネージャーに無理やり背中を押され、講師のもとへとぼとぼと歩いていった。

わたしは手持無沙汰で突っ立って、タレントの卵たちの奇異な勘繰りを浴びながら、そういえばソレイユのほかのメンバーがここに参加していないことに思いいたった。

選ばれる者、選ばれない者、選別の場に立つことすら許されない者。

「すみません」

太っちょのマネージャーが話しかけてきた。

「亀石から、もう少しお待ちいただきたいとのことで」

眼鏡の男が亀石という名であることを初めて知ったわたしは、マネージャーに先導されてレッスン室を出た。ちらりとふり返ると、キュウは講師の説教を不貞腐れた態度で聞き流している。

「あの人が、島津先生ですか」

「そうです。侑九くんから何かお聞きですか」

「ええ、良くしてもらってると」

マネージャーが、察したような苦笑を浮かべる。

もといた応接室へ連れて行かれ、出されたお茶を空にしたところで亀石が現れた。

「どうだった?」

こちらを見下ろす亀石に、わたしは肩をすくめた。

「訊きたいのはこっちです」

「あんたの感想は? 侑九とほかの連中を比べてどうだった」

「比べる必要がありますか?」

それは、正直な感想だった。しょせんは素人。それもキュウの身近にいる人間の偏った感想にすぎない。だが嘘も誇張もいっさいない実感だった。

「ミスターの感想を聞きたいか」

「いいんですか」

「あんたが何をどこへ漏らしたところで、痛くも痒くもないからな」

じゃあ、とわたしは待った。

「稚拙」亀石はいい切った。「自分のプランを消化できてない。動作も発声も中途半端。海外の演劇コースなら初等科で学ぶレベルの技術すら不足している。大劇場であれじゃあかすんでしまうだろう」

「そうですか」

不思議なほど、落胆はなかった。

「でも、わたしには一等でした。それだけで充分です」

「だろうな」

亀石が宙へ向かって息を吐いた。

「おれにとっても一等だったよ。ぶっちぎりの一等だった。ミスターにとってもな」

こちらを見る亀石と目が合った。

「殺されるかと思った、そしてそれを望んでしまう自分がいた――。ミスターの感想だ」

わたしは、身動きができなかった。太腿の上で握った拳に力が入った。何かが決まったわけではない。才能の原石はまだまだ控えているはずだ。それでも他人が、キュウを認めてくれた。それをこうして目の前で言葉にされる高揚は、わたしから言葉を奪った。

「ありがとうございます」

なんの中身もない台詞を、けれどどうしても伝えずにいられなかった。

「おれに礼をいっても仕方ない。じっさい問題、こっちにも立場がある。長いものに巻かれるしかない場合も多い。泣く泣く手放した才能は両手じゃ足りないってのも事実だ」

だが、と亀石はつづけた。「さっきもいったが、ミスターの主戦場は海外だ。アメリカ、ヨーロッパ。もしあいつが、そうなれるなら、おれたちには手が出せなくなる」

おれたち——。そこに百瀬がふくまれているのはあきらかだった。

海外。考えてもみなかった選択肢。

「あいつは、英語もペラペラだしな」

「え?」

「知らないのか? もうひとりのお義姉さんに仕込まれたって話だが」

そうか。さすがだ。ロクは、とっくに先を見据えていたのだ。

「あいつはまだかかる。待つか?」

「いえ、帰ります」

立ち上がったわたしに、亀石が立ちふさがった。

「しばらくは面倒をみる。だが、次はない」

「わかってます」

「なあ、あんた。あんたもその気になったら連絡をくれ」

亀石が、名刺を差し出してきた。マネジメント統括部長の肩書が記されている。

「おれはあんたの可能性にも惹かれてる。侑九とおなじくらいに」

「——あいつを、よろしくお願いします」

わたしは頭を下げ、受け取った名刺をしまって応接室をあとにした。

アウディに乗り込んで、スマホでメッセージを送る。

『次に会うのはおまえが主役を獲ったあとだ。そしたらまた、ハグしてやる』

しばらくして返信があった。

『じゃあ、すぐだね』


頭の片隅に、自宅を売り払おうかという考えが浮かんだ。ダイチの不安も完全になくなったわけではないし、キュウの逃げ場所にされたくない気持ちもあった。今日の急欠で、社長の信頼もゆらいだだろう。近いうちに新しい職場を探す必要があるかもしれない。ならばちょうどいいともいえる。

荒れた台所の片づけをしていた夕方、タイミングよく社長から電話があった。体調を訊かれ、大丈夫ですと答えると、ちょっと出てこれないかという。

それなりの覚悟をもって、わたしは自転車を漕いだ。すでに日が暮れ、風は冷たかった。

「おう、悪いな、急に」

事務所には社長と奥さんしかいなかった。奥さんはデスクで事務仕事をしていた。わたしは応接ソファを勧められ、社長と向き合った。

「今日は迷惑をかけました」

「いや、それはいいんだ」

ためらうような唇に、言葉を探す気配があった。

「なあ、町谷。おまえがウチで働きはじめて、もうすぐ半年になるよな」

「ええ。お世話になってます」

うん、と社長はひと息ついた。

「おまえ、社員にならないか？」

「——え？」

想像と正反対な言葉に、間抜けな声をあげてしまう。

「いや、ほんとのところ、こんなにつづくとは思ってなくてな。ほら、おまえ、東京でけっこう稼いでたんだろ？　前にも似たような奴を雇ったことがあったんだが、やっぱりすぐ、どっかへ消えちまってな。だからおまえに関しても、急場しのぎのアルバイトぐらいのつもりでいたんだ。まさか、ここまで真面目にがんばってくれるとは期待もせずにさ」

社長が、照れたように頬をかく。「こないだ、おまえがひとりでやってくれた事務棟のワックスがけがあったろ？　あそこの担当の人から、お礼をいわれた。おまえがちゃんとやってくれて助かったって。また頼みたいって」

何もいえなかった。ただ脳裏に、ホースの水を浴びてしぶきを上げる玄関マットがよぎった。

「地味な仕事だし、若い奴に勧めるのはアレなんだけど、おまえさえよければ真剣に考えてみてほしいんだ」

「女の子も、もっと増やしたいのよ」

奥さんが口を挟んできた。「できれば若返りもしたいしね」

「最近は、注文も増えてるしな」探るように社長がのぞき込んでくる。「な、どうだろう？　一生つづけろとまではいわんが、もう少し腰を据えてやってみないか？」

「あの」

胸の戸惑いを隠せないまま、わたしは正直な思いを伝えた。

「考えます。真剣に」

社長が、そうか、とうなずいた。「いや、それでいい。考えてくれりゃあ充分だ」

どこかはしゃいだように、充分充分と繰り返した。じゃあ悪いけど、いままで以上にどんどん教えるし、じゃんじゃん任せるようにするからな。がんばってくれよ。

はい、はい、と、まだ信じられない気持ちのままわたしは返した。

「でも、ほんとによかったよ。さすがにはっきり断られたら、ちょっとへコんじまうからさ」

社長のうれしそうな様子に、わたしはためらいながら引っ越しの考えを伝えた。近くに安いアパートがないか、できれば保証人になってもらえると助かる。そんなムシのいい希望にも、ああ、いいよ、お安い御用だと社長は満面の笑みをつくった。

自宅は売るのか？　ええ、ひとりだと広すぎるんで。それならそっちも良い業者を紹介できるかもと奥さんが乗り気になる。田舎だから値段は知れてるだろうけど――。

錆びた車輪が、急になめらかな回転をしはじめる感覚だった。社長と奥さんが向けてくる親しみはくすぐったくて、こんなときどうすればいいのかわからずに、わたしはひたすらぎこちなく相槌を返しつづけた。

ああ、そういえば――と社長が雑談のようにいう。

「明日から、これをつけてもらうことになったから」

社長が、応接テーブルの上に置かれた箱をつかんだ。白いマスクである。

「クライアントから、気をつけたほうがいいって要望があってさ」

「気をつけるって?」

「おまえ、知らないのか? いま横浜港で、豪華客船が立ち往生してるの」

首をかしげるほかなかった。ドライブで通る横浜は地下トンネルの中だ。たとえでかい船を目にしても、これといった興味はもたなかっただろうけど。

そういえば、鳳プロでもみながマスクを着けていた。ミスターはもちろん、見学者に島津、マネージャーや亀石も。実演のとき以外、演者も全員。侑九ですら、たぶんマネージャーにわたされたもので口もとを覆っていた。最初はその光景が、ちょっと異様でぎょっとした。

ニュースぐらい見ろよと社長が笑う。船の中に隔離されている乗客に新しい感染者が出るたび朝刊の一面に載る騒ぎだぞ。すみませんと恐縮するわたしに「お茶、飲むだろ?」と腰を上げる。

「新型コロナっつってな。鳥インフルとかSARSみたいなもんらしい。面倒だが、まあ、夏までの辛抱だろう」


自転車にまたがろうとして、ふり返る。事務所の窓が明かりを湛えている。鳳プロのビルとは比べものにならないほど貧相な建物だ。けれどわたしの中で、ここは特別な場所になりつつあった。

黄色い月が出ている。

※

あの忌まわしい日から四日目、健幹はふたたび富津の地に立った。

駅舎を出ると新鮮な空気が恋しくなって、マスクをずらし空気を吸い込む。電車に乗り合わせた人たちもけっこうな割合でマスクをしていた。東京の着用率はもっと高い。例年以上に増えているのは、連日ワイドショーで報じられている新型コロナウイルスのせいだろう。

電車の中で読んだ朝刊のWEB版によると、クルーズ船ダイヤモンド・プリンセス号の船内で新たに感染者が三十九人増えたという。合計で百七十四人、うち重症者が四人。三千七百人もいる乗客に対し、この割合が高いのか低いのか、どの程度恐ろしいことなのか、健幹は実感をもてなかった。市中感染が広まっているという話もまだあまり耳にしていない。一方で中国からの渡航制限や、外務省が在留邦人に至急の帰国を呼びかけているなどという記事を立てつづけに読んでしまうと、何やらそわそわする気持ちがなくもなかった。

とはいえ、健幹が顔の半分を隠すのは新型コロナを警戒しているからではなく、インフルエンザや花粉対策でもなくて、青く腫れた左頬を隠すためである。

あの夜、町谷の家を出たあとに殴られた傷が、まだ癒えていないのだ。

健幹が降りた上総湊(かずさみなと)駅は、前回使った青堀駅から南へ二駅下ったところにある。東京湾沿いを走る内房線のなかでもこの辺りはとくに湾と近くて、車窓から浜辺を見ることもできた。

スマホの地図アプリを確認しながら目的地へ向かう。背広にコートの出で立(いた)ちだが、もちろん仕事ではない。治療のために申請した有給休暇の最終日、健幹は完全に個人的な事情のため富津警察署を目指している。

駅から一キロほどあった。途中、湊橋という片側にしか歩道がない橋を渡る。眼下を流れるのは湊川というそうだ。川の先には東京湾が広がっていて、帰りはそちらへ寄り道しようかという気になった。

そんな余裕があればいい。時間ではなく、心の。

橋の向こうに建つ警察署は味もそっけもない四角いコンクリートの箱で、白壁に経年劣化の亀裂が痛々しく映った。平日の午後一時、建物の周りはひどくのんびりとしている。

受付で用件を告げると応接室へ通された。まもなく刑事が現れて、ご苦労さまです、と挨拶をされる。あの夜、事情聴取をされたときとはちがう畏まった態度に警戒心がうかがえた。

呼ばれもしないのにわざわざ乗り込んできた被害者に対する疑念だけではないだろう。健幹はこの訪問を実りあるものにするために裏技を使った。中央官庁に勤める奥山の力を借りて警察庁経由で申し入れを行ったのだ。

自分が巻き込まれた事件についてくわしく知りたい。そうしないと寝覚めが悪い。

はたしてこんな口実を、刑事はどこまで信じてくれているのだろうか。

「まずお断りしておきますが、お伝えできる内容にはかぎりがあります。個人情報の関係もありますから」

五十がらみと思しき刑事が牽制(けんせい)してくる。

「けっこうです。ぼくはただ、何があったのか納得したいだけなんです。とくに被害者——椎名大地さんのことが気になって仕方なくて」

「本庄さんは、奴とは初対面だったとおっしゃっていましたね」

警察相手にでたらめをならべるわけにもいかず、健幹は当日の事情聴取で恋人の生家――町谷家を興味本位で探していたのだと伝えている。その途中で椎名に出会い、地元にくわしそうだから手伝いを頼んだ。町谷家の前まで行って、ひょんなことから上総湊のほうへタクシーを走らせることになった。椎名が町谷家になんの用事があったかははぐらかされたので知らない、町谷の人にも会っていない……。嘘と事実を無理やりブレンドした証言は、吹けば飛ぶほど頼りなかったが――。

「ぼくと椎名さんがいっしょにいた証言はあるんでしょ?」

刑事は「まあ」と煮えきらない返事をしたが、コンビニの店員やタクシーの運転手に聞き込みをしていないはずはなかった。

「彼の容態はどうなんです?」

「まだ意識が戻っていないようです。なんせ、後頭部を何度も殴られていますから」

太い木の棒だ。それを健幹は知っている。

「意識が戻っても後遺症が残る可能性が高いそうです。まともに歩けるかも怪しいと」

そうですか……と、本心からため息がもれる。

「犯人の目星は?」

「残念ながら、まだです。候補者が多すぎるので」

「恨みを買うような人だったんですか」

「ええ。腐るほど」

実感のこもった口調に聞こえた。そりゃそうかと健幹は思う。町谷家の襲撃のさい、椎名にはいっさいの躊躇がなかった。暴力をふるうことに慣れきっていた。そしてあの下品な刺青。

「なんであんなことになったのか、ぼくにはぜんぜんわからないんです」

これは事実だ。

「森の中で突然椎名が襲われて、止めようとした本庄さんも殴られたんでしたね？」

「はい。それで必死に一一〇番したんです」

「犯人の顔は見ていないと」

「すみません。暗かったですし、こっちもパニックだったんで」

焦げ茶色のパーカにフード、マスクもしていた。体格は男に見えた、たぶん若い。それだけを健幹は伝えていた。

「恋人の実家から、なぜか森の中へ向かったんでしたね」

あの夜の聴取とおなじ疑問を刑事が口にし、健幹もおなじ返答をする。「誘われたんです。椎名さんに」

じつは――と、ここから少しだけ証言を修正する。

「いっしょにいるうちに、彼からこんな話を聞かされたんです。自分の弟は、七年前に殺されたって」

刑事の眼光が鋭くなった。

「その現場が近くにあるから、行ってみないかという話になって」

「三日前の聴取でおっしゃっていただけなかったのはなぜです？」

「興奮して忘れてたんです。そもそも冗談だと思ってましたし」

申し訳なさそうに頭を下げてから、健幹はつづけた。椎名が危なそうな男なのはわかったが、ひさしぶりの遠出だったせいで好奇心のほうが勝った。殺人事件なんて、身のまわりで起こったこともなかったし——。

「それで、いわれるままタクシーを走らせて」

「森の中で襲われた、と」

「はい」

刑事の顔が曇った。疑われている自覚はあった。コンビニでの様子は仲良しとはほど遠かったし、ATMで金もおろしている。それを健幹はたまたま手持ちがなかったからだと説明したが、いかにも苦しい。町谷家に着いてからタクシーに乗るまでの小一時間、何をしていたかも曖昧だ。まさか不法侵入し、テレビを壊していたなんて明かせるはずもなく、その辺をぶらぶらしていたことにしてある。

だが刑事も、健幹を厳しく追及する積極的な根拠を得ていないのだろう。椎名の意識が戻ったらあらためて、と思っているのかもしれない。

「刑事さん」

いったん気持ちを落ち着けてから、健幹は本題に切り込んでゆく。疑いを増すリスクを冒してまで、ここを訪ねた目的を達するために。

「七年前、ほんとうに彼の弟さんは殺されたんですか?」

警察署を出ると、自然に足が現場の森へ向いた。国道127号——内房なぎさラインを学習塾のところで曲がる。坂を登る。一度訪れただけなのに、身体が道を憶えていた。

——ぼくは知りたい。ぜんぶ。

三日前のあの夜、町谷家の居間でそう告げた健幹を、椎名はにやりとしてから外へ連れ出した。タクシーを捕まえ、上総湊へと運転手に命じた。駅から警察署を経由し、学習塾の前で降りた。坂を登り、カーブミラーのそばの側道へ踏み入った。車一台がやっとという幅の、私道にも見える小道だったが、椎名はまったく気にせず進んだ。民家を過ぎると、ほどなく完全な森になった。

——この先に三猿像ってのがあってな。

そこにどんな因縁があって連れて行こうとしているのか、椎名は教えてくれなかった。タクシーでも何も語ってくれず、健幹は緊張とストレスと、夜の森の不穏さも相まって胃に穴が空きそうだった。

木の根っこに無造作に置かれた石板に、見ざる、聞かざる、言わざるの三猿が彫られていた。そのそばに、やはり石板に刻まれた金剛像が立っていた。

——この辺りで、あいつは殺された。

——町谷亜八さんに、ですか?

ああ、といいながら椎名は煙草に火をつけた。

——確信が?

ぎらりとにらまれ、身がすくんだ。こっちへこいと指で招かれ、健幹は恐る恐る近づいた。煙草の火が指す三猿の石板に、顔を近づけ目を凝らした。

――血痕だ。

いわれてみると、ほんのわずか、赤い染みのような濁りがあるような気もした。だがそれが、ただの汚れじゃないと断言する自信はなかった。

――七年前は、もっとはっきり付いてた。

でも、と健幹は反論した。

――でも、弟さんのものとはかぎらないでしょう？　それに、こんなものに気づいていたなら、なんで警察に訴えなかったんです？

警察？　と椎名が煙を吐く。

――警察が、亜八を殺してくれるのか？

――殺すって……。

――やったことは、ちゃんと返ってこなくちゃおかしいだろ？

口もとが、刺青とともに妖しく歪む。

――明日にでも、亜八の奴にはきっちり罰をくれてやる。生まれてきたことを、後悔するような罰をな。

すごむでもない言い方が、よけいに背筋を寒くした。だが、耳を塞ぐわけにはいかない。この不穏な話のどこかに、睦深が関わっている可能性が消えない以上は。

肚を決め、健幹はいった。

――くわしい話を、聞かせてください。

けっきょくその願いは叶わなかった。

陽の下で見る三猿は、夜中のそれよりも作り物めいて見えた。落ち葉でやわらかな地面に揉め事の痕跡を探すのは難しく、いっそこのまま「なかったこと」にしたくなるほどののどかさである。

この場所で、弟が町谷亜八に殺されたという椎名の考えに健幹は半信半疑でいるが、刑事から聞いた話は無視できなかった。七年前の夏、花火大会の夜を境に、彼の弟、椎名翼はたしかに消息を絶っていたのだ。

同時に、ひとりの女性が消えた。町谷和可菜。当時、君津市のマンションで息子と義理の娘と三人で暮らしていた主婦。

事件性は認められず、ふたりは駆け落ちをしたという見方が大勢を占めたという。十代の少年と人妻という組み合わせにも、ちゃんと裏づけはあった。第一に、和可菜と東京に住む夫との仲が冷えきっていたこと。第二に、和可菜と椎名翼に交際の事実があったこと。主導権を握っていたのは椎名翼のほうで、和可菜は彼から「仕事」をさせられていた疑いもある。刑事は言葉を濁していたが、それが売春に類するものだろうということは察せられた。健幹が訪ねた不動産屋の態度とも合致する。

町の噂だけを根拠にした推測ではなく、決定的だったのは義理の娘の証言だった。

——義母と椎名翼が付き合っていたのは事実です。何度もウチを訪ねていました。

椎名翼の両親は行方不明者届すら出さなかった。手のつけられないチンピラに育った我が子が消えて、むしろせいせいしたんじゃないかと刑事はいった。じっさい翼が消えたあと、両親は富津を出ていったという。

弟が失踪したとき、椎名大地は刑務所にいた。

——出所した大地も、出したのは盗難届だけでした。

赤いオデッセイ。椎名翼と和可菜はこれに乗って駆け落ちしたとみられているが、いまだ車は見つかっていない。

——和可菜さんのほうは、東京のご主人が君津署に行方不明者届を出していますが、まあなんというか、いかにも形だけといった感じだったそうです。

ここで健幹は、失踪の担当が富津署でなかったことを初めて知ったが、幸いにも刑事は捜査状況に通じていた。もっとも、とくに問題なしという結論ありきの話で、真剣な捜査がされた様子がないのは素人目にもあきらかだった。それを望んだ人間がいたかも怪しい。

捜査の方向性を決定づけた義理の娘。名前は教えてもらえなかったが、それが「睦深」であることを、健幹は半ば確信している。

ゆえに驚いた。失踪当時、椎名翼と付き合っていたのは和可菜でなく、義理の娘のほうだったと聞いて息が止まった。義母から奪ったはいいものの、けっきょく翼はわたしじゃなく和可菜を選んだ。最近は冷たくされて、お祭りの夜に会ったとき別れ話を切り出された。きっとそのあと和可菜と落ち合ったのだろう。残念だがあきらめるしかないんだろう——そのような内容を、無念そうに睦深は語っていたという。

たとえ若気のいたりであっても、付き合っていた義母に売春をさせるような男を好きになる睦深だろうか。もちろん、男女の仲はわからない。母娘（おやこ）の仲もだ。女性特有の心理が働いたのだといわれたら健幹は黙るしかない。だが、それでも、作り物めいた印象を感じずにいられなかった。

森の中で自問する。この先、自分はどうするべきか。

そもそもぼくは、睦深の過去に、どこまで踏み入っていいのだろう?

木の根っこに置かれた三猿像を見下ろした。見ざる、聞かざる、言わざる。皮肉なほど、いまの自分にぴったりとくる。

椎名に近づいた目的は睦深の過去を知り、それを受けいれるためだ。そして奴が睦深に害をなすつもりなら、どうにか対処するためだ。予期せぬ事態に襲われて、健幹の決意はおかしな磁場にふらつく磁石の針になっていた。会社を休んでいるあいだに奥山と連絡を取ったのは、そのもやもやに耐えきれなかったからである。

妄想じみた椎名の主張に比べ、瞼に焼きついた暴力の光景は鮮やかだった。突如森の中から現れたパーカの男。背後から木の棒で後頭部を殴られ、椎名は抵抗する暇もなくどさりと倒れた。パーカの男がふたたび木の棒を高くふり上げ、とっさに止めようとしたが顎を肘で打ち返されて尻もちをついた。パーカの男が椎名をめった打ちにしている。自分を容赦なく痛めつけ、恐怖のどん底に陥れた刺青の男が、なすすべもなくぐったりと殴られるままになっている。腰を抜かした健幹は呆然と、目の前の光景を眺めるよりなかった。

肉を打つ乾いた音、顎を殴られた感触。それを思い出すと鳥肌が立つ。たんなる恐怖ともいいきれない、焦燥に似たむず痒い感情をもて余す。

東京湾沿いの海浜公園までなんとはなしにさまようと、曇り空が真昼間とは思えないほど冷たい風を吹かせていた。硬い砂に立つ遊泳注意の看板をやり過ごし、健幹は長い波打ち際を当てもなく歩いた。睦深には出社と偽っている。殴られた怪我についても、会社の飲み会で酔っ払いに絡まれたことにしている。

ささいといえばささいだが、こうした嘘をつくこと自体、これまではほとんどなかった。睦深はサプライズを嫌う。誕生日もクリスマスも、きちんと計画を立てたがる。付き合いだしたころ、内緒のプレゼントを用意したとき、彼女ははっきりと眉間に皺を寄せた。うれしいけれど――と前置きをして、だけど、いつでもよろこべるプレゼントとはかぎらない、ほしくないものかもしれない、そうなればもらうわたしも、あげるあなたも不愉快な思いをすることになる、そんなの馬鹿らしいでしょう？　やわらかくではあったけど、たしかな拒絶を感じ、健幹はうなだれてしまった。性格なんだと納得したが、いまとなってみると、あれは彼女なりの自衛だった気がしてくる。ふいの出来事によって、ふだん隠している何かが漏れてしまうのを恐れて。

考えるほど、思考はどつぼにはまっていった。疑いは濃くなるばかりで、はたして今夜、いつもどおりに睦深と顔を合わせることができるのか、どんどん自信がなくなってゆく。

みっつ、選択肢はある。

ひとつ目は、何もかも忘れること。

ふたつ目、睦深に疑問をぶつけること。真正面から問い質す。納得できるかは問題じゃない。睦深と話すことが重要なのだ。どんな過去があったとしても、ぼくの気持ちは変わらないと伝えることが。

だが、間違いなく、睦深は許さない。勝手にパソコンをのぞき、勝手に故郷を訪れ、友人のコネまで使って根掘り葉掘り調べようとした健幹を。

破局するぐらいなら、忘れるほうがはるかにいい。健幹に、この選択肢は選べない。選びたくない。

　みっつ目の選択肢。内緒にしたまま、気が済むまで調べ尽くす。

　警察を頼ってもたいした成果は得られないとわかった。打つ手なしにみえるが、ひとつだけ、方法が残っている。

　町谷亜八を、訪ねてみるのだ。

　彼女の家は知っている。連絡を取るのは難しくない。家族とは音信不通という言葉を信じるなら、睦深の耳に入ることもないだろう。町谷亜八がどこまで真実を知っていて、それを健幹に明かしてくれるかは不明だが、やってみる価値はある。

　来週にでもまた休みをとって、ちゃんと準備をしたうえで……。

　これが最後だ。これで駄目なら、あきらめよう。

　心のつぶやきは、いつしか声になっていた。まもなく浜辺の終わりに達する。

　決心は、ひと晩ももたずに吹き飛んだ。帰宅した健幹をダイニングテーブルに座らせて、一片の迷いもなく睦深がいった。結婚したいの、できればすぐに――。

五

『ハチ、起きてる？　こんな朝早いのひさしぶりすぎてだるい』

『昼から一次オーディション。二百人くらい参加だって。結果は三日後』

『オーディション、受かった。ウチからは白銀くんとおれ』

『岬くんは落ちたみたい』

『気になる？　ああいうのが趣味？』

『ま、いっけどさ』

『二次合格。七人で最終オーディション。来週から三日間の合宿。金かかってんなーって感じ』

『バス移動四時間。だるい』

『一日目エンド。声出し、声出し、声出し×永遠。あーあーうーうーえーえー。黒魔術かよ。だるい』

『二日目。ようやく日本語しゃべった。だるい』

『二日目、午後から動く。やっぱ動くほうが楽。周りの奴らがピリピリしててうざい』

『三日目、寸劇とか。すぐ怒鳴る馬鹿講師がまじくそ』

『解散。だるい。結果は来月一日、エイプリルフール。これってアメリカンジョーク？』

『でもいい。やっと会えるから』

『好きだよ、ハチ』

メッセージアプリを閉じる。返信しすぎると調子にのるからこのへんが切り上げ時だ。それでもわたしの口もとはゆるんでいる。もう受かった気でいるとはお気楽もいいとこで、たまには痛い目に遭ったほうがいいかもしれないと思いつつ、階段をのぼりはじめたキュウに結果がついてきている事実がうれしい。落ちるものか。わたし自身が確信している。あいつはオーディションを突破し、ステージの中央に立つ。それは避けようのない未来が向こうから迫ってくる感覚で、勘違いだとわかっていても否定できない力強さに満ちていた。

「終わったんで、こちらにサインを」

タブレットに名前を書くと、ガス会社の作業員は一礼して玄関を出ていった。

こざっぱりとした二階建てアパートの、がらんとしたワンルーム。昼間のせいか寒々しさは感じない。リノベーションとかいうやつでキッチンも風呂も意外にすっきりしている。間取りなど関係ないシンプルな空間は、わたしの好みに合っていた。

ベランダの向こうには県道が通り、暖かくなったらバイクの騒音を覚悟しなくてはならないが、家賃を考えればこの新居に文句はなかった。

外に駐めたアウディと部屋の往復をはじめる。衣類と食器を詰めた十個に満たない段ボールを黙々と運び込んでゆく。引っ越しシーズンの三連休に業者を頼る余裕はなく、汗水さえ厭わなければ冷蔵庫と洗濯機を買い替える金が浮く。

テレビだけはそうもいかない。おなじものを買おうとすればそれなりの額になる。液晶のひびが気にならないなら、あれを使わない理由はなかった。

段ボールを下ろしたわたしはテレビと布団を運ぶため、昨日まで寝起きしていた祖父母の家へアウディを走らせた。

新居から祖父母宅までは車で五分少々。人見クリーンのほうが離れていて、徒歩二十五分、自転車で十分ほどの距離になる。もっと近くがいいんじゃないかと社長は気遣ってくれたが、あえて遠目の物件を選んだのはダイチの襲撃に対するささやかな備えだった。

祖父母宅に着く直前、スマホのアプリを起動した。新居にも設置してある防犯カメラは、不審な影に反応して通知がくる仕様になっている。

およそひと月、ダイチのその後は伝わってきていない。窪塚から最後に聞かされたのはいまだ意識が戻っていないという途中経過で、以来、続報は届いていない。

防犯カメラのアプリに通知がきていた。訪問者が映る動画を見て、スマホを握る指が汗ばんだ。

アウディをガレージに入れる。車を降りて居間をのぞくと、ソファに男の背中があった。

ゆっくりと、男がこちらを向いた。力の抜けきったなで肩、億劫げな頭の角度。

「元気そうだな、亜八」

ざわつく感情を押し殺し、わたしは父親を見下ろした。


父――町谷重和（しげかず）は、暗いテレビの前で薄い文庫本を読んでいた。

「約束は六時だったはずだ」

「問題があるのか？」重和の口調に乱れはなかった。「予定が三時間早まった。ただそれだけのことだろう」

唇を動かさないしゃべり方が、大きな白いマスクのせいでよけいにくぐもって聞き取りにくい。

「こっちにも都合がある」

「ならば優先させたらいい。わたしは気長に待っているから」

「邪魔なんだ」はっきりと敵意を込めた。「気が散る」

重和が、静かに文庫本を閉じた。「ここはわたしの生家でもあるんだよ」

「いまはわたしの所有物だ」

「上物はね。土地まで譲渡した憶えはない」いってソファの手すりをさする。「これも、元をただせばわたしの仕送りで買ったものだろう」

呆れるほどつまらない台詞。けれどこいつは、本気でそれが正当な主張だと疑っていない。

「五百万でおまえの命を救ったのが誰だったかも、忘れないでほしい」

「対価は払ったはずだ。前科と引き換えに」

重和は小さく首をふった。マスクの下に浮かぶ薄笑いを想像し、半年前の衝動が込み上げてくる。

ジョーイに背負わされた不始末を精算したあと、重和は練馬のタワーマンションにわたしを呼んだ。受付のコンシェルジュに指示され、高層階行きのエレベーターに乗った。

「今日は、服を着てるんだな」

ワイシャツにセーターを着込んだ男は、わたしの皮肉にただ無言で応じた。羽虫のさえずりを受け流すように。

あの日、三十三階の自宅にわたしを迎え入れた重和はバスローブを羽織り、下は全裸だった。なんでもない顔で、ひさしぶりだな、と声をかけてきた。べつに驚きはしなかった。まだ小学校に上がる前、いっしょに住んでいたときも重和はそうだったからだ。わたしもそうだったし、実の母も服を許されていなかった。通いのベビーシッターさえもだ。重和はペニスの勃起に従ってところかまわず母と性交し、処理をさせた。たとえわたしの目の前でも彼の主義が曲げられることはなかったし、わたしはわたしでそれを非常識と思う常識をもち合わせていなかった。祖父母の家に預けられた初日、わたしは当たり前のように服を脱ぎ、「はしたない！」と祖母に大声で怒鳴られた。

幼少時代とちがい、タワマンにやってきたわたしに、重和は脱げとは命じなかった。まだ傷の癒えていない顔面や全身をなめるように見て、小さくうなずいただけだった。

招かれてリビングに入った瞬間、わたしは後ろから羽交い締めにされた。わけもわからぬまま胸を鷲づかみにされ、殴られ、唇を不自由にされた。床に倒され、馬乗りにされ、また殴られた。揺れる視界が、見ず知らずの中年男の顔を捉えた。鼻息荒く、肌を真っ赤にし、興奮に血走った眼。部屋の隅で、重和はグラスにワインを注いでいた。なんでもないというふうに。

売られたのだと直感した。何かの事情で、重和は強姦趣味の変態に義娘を差し出したのだ。

笑えるほどふざけた話。数日前、おなじようにジョーイに売られ、男たちに羽交い締めにされ、殴られて、監禁から解放された数時間後にこうして説明もなく貪られている状況が馬鹿馬鹿しすぎて、わたしの中で何かが爆(は)ぜた。相手が重ねてきた唇を嚙み切った。悲鳴とともに男はわたしを殴ろうとした。そのまぎわ、彼の目にあきらかな動揺があった。話がちがうじゃないか——と。

「あの変態は元気なのか」

「一度見舞いに行ったきりだよ。ろくに話もできなかったがね」

重和の通報で警官が到着したとき、男の顔はぐちゃぐちゃだった。馬乗りの立場を逆転したわたしの拳は本能のまま全力の上下運動を繰り返し、奴の肉と自分のめくれた皮がこびりついて真っ赤に染まりきっていた。潰れた目玉は頭蓋骨の中に沈んでいた。

かまわないよ、と重和はいった。バスローブを脱ぎ、スーツに着替えだした。

――いや、期待以上だ。よくやってくれた。

手際よくネクタイを結びながら満足げに語った。仕事の関係で少しばかり恩がある男でね、野蛮な趣味の手伝いに、少々辟易していたんだ――。

――そこにちょうど、おまえから連絡があってね。

わたしの全身は凶器になって、重和に照準を合わせていた。

――やめておいたほうがいい。わたしが口裏を合わせずに、おまえの罪を軽くする方法はない。

けっきょく事件は、重和と男の歓談中にわたしが訪れ、酔って襲ってきた男に対し過剰な反撃をしたというストーリーで落ち着いた。義娘が突然襲われて、呆気にとられてぶるぶる震えることしかできませんでした、助けることも止めることもできなかった自分の臆病が悔やまれてなりません――唇を動かさないしゃべり方でそう証言する重和を横目に、わたしの両手首は手錠でつながれた。

「向こうも脛に傷がある。この件はこれで終わりだろう」

「終わりだと？　人に三年も窮屈な時間を押しつけておいてか」

「彼が勝手にやったこと、おまえが勝手にやったこと。わたしは傍観者にすぎないよ。傍観者であったことを恥じてはいるがね」

わたしは深呼吸をする。重和もわかっているのだ。ここで暴れたら、次は懲役が待っている。

「マスクをとれよ。もごもごしてて何をいってるか聞こえない」

重和はこちらを向き、わずかに目をすがめた。

「余裕ぶってるわりに、未知のウイルスは怖いのか」

「未知でも既知でも、こんな不衛生な家の空気を吸うのは愚かだ」

「なら、さっさと売ることに同意しろ」

「その話は三時間後だったんじゃないのか？」

相手にするのをやめ、わたしはテレビの配線を抜いていった。重和はふたたび文庫本を読みはじめた。かつてより白髪の増えた頭が目に入る。六十に近いはずだが、正確な年齢は知らない。互いの誕生日を祝った記憶がないのは祖父母もおなじで、唯一の例外がキュウだった。あいつの誕生日、祖母がさりげなく夕飯を豪勢にしていたのをわたしとロクは気づいていた。

42型の液晶テレビを抱え、アウディのトランクに運び込むその瞬間、唐突に、自分は支配されているのだと悟った。初めは実の母に、次は重和に。そして祖父母、学校や世間の常識、椎名たち。金、常識、法律、暴力。わたしはときに拳を使い、それらに抗ってきたが、勝とうが負けようが、すぐに新しい支配者が現れて、またわたしを拘束するのだ。

居間へ戻ると、重和は身じろぎもせず文庫本を読んでいた。

「終わらせよう」できるだけ冷静に告げる。「あんたと話すのに三時間も待つのは無駄だ」

「初めから、わたしはそのつもりだよ」

戸口に立ってソファを見下ろし、暴れそうな感情を押さえつけるために腕を組んだ。

「一千万」

「駆け引きにもなっていない」

「なら売らせろ」

「さっきもいった。土地はわたしの名義、所有物なんだよ」

家を売りたいと伝えた電話で、重和は一言「駄目だ」と返した。理由を説明するでもなく「会って話そう」と一方的に今日の会談を決めた。

「どうして邪魔する？　こんなボロ家を売ろうが焼こうが、痛くも痒くもないはずだ」

「わたしだって人の子だ。換金できない思い出や感傷があるのがむしろふつうだろう」

「ずっとほったらかしにしてきたくせにか」

ふっと気障りな笑いが聞こえる。「理由を説明する気はないし、義務もない。わたしがしたいのは権利の話だ」

「面倒になるぞ」

「自分の能力をわきまえない言葉は虚しいだけだよ、亜八」

組んだ腕で胸を締めつける。

「――睦深にも力を借りる」

重和が、ようやくこちらをふり向いた。

「あいつなら、わたしよりずっと面倒の起こし方を知ってるだろうな」

「好きにするといい」

あくまで平坦な調子でつづける。「他人を脅すなら、その人物のことをよく知っていなくてはならない。憎む相手こそ、愛おしく扱うべきだ。何かを得ようと思うなら、自分を殺さなくちゃいけないんだよ。対価を支払わなくてはね」

ため息とともに、視線が文庫本へ戻った。「おまえにはそれができない。だから、いいようにあしらわれる」

「あんたのことなんか、一ミリだって知りたくない」

腕に爪が食い込んだ。「女から子どもを引き離し、ごみのように捨てて支配欲を満たしてたくそ野郎のことなんかな」

「わたしはわたしに許された権利を行使しただけだ。その結果、相手がどうするか、強要したことなど一度だってない」

「わたしたちを盛夫と麻子に押しつけた」

「条件を提示し交渉したのだ。ひとりにつき養育費を幾らとね。ふたりはよろこんで引き受けてくれたよ。割のいい、ビジネスとして」

「愛情はどうなる？」

自分でも、思いもよらない台詞だったが、止めるには遅かった。

「愛情なしに育てられた人間に支払う対価はなんだ」

「愛されない奴が悪い」

少しの感情もない声だった。「おまえは愛される努力をしたのか？　盛夫や麻子に歩み寄ろうとしたか？　ありのままの自分を無条件に愛してくれる、愛されるべきだとでも思っていたのか？一方的な愛情を求め、それが手に入らなければ自棄になる。――傲慢だ。傲慢で、愚かしい、甘えだ」

「あんたに、それをいう資格はない」

練馬のマンションでの生活がまともだったはずはない。間違いなく、わたしの生き方はこいつの趣味に影響された。あの人生のスタートに、抗うすべなどひとつもなかった。

「わたしは、選んでいない」

「おもしろいことをいう」

ほんとうに、重和は笑った。マスク越しにも、それがはっきりと伝わってきた。「選べるという根拠はなんだ？　誰がそれを許可している？　国か？　制度か？　道徳とやらを引っ張ってくるかね？　好きにしなさい。それで満足するなら、そういう生き方もあるだろう。だが、忘れてはいけない。誰もがおまえとおなじように選ぼうとしているんだ。自分に都合のいい選択肢を探し、それを実行する能力を得ようとしている。その誰かの選択は、おまえの幸せを食いつぶすことで成り立つものかもしれない。おまえは闘う必要がある。選ぶとは、闘争なんだよ」

「詭弁だ」唾が飛ぶ。「四歳か五歳のガキを捕まえて、どの口が闘えだと？」

「わたしはそうしてきた」

いつの間にか重和は、深くソファに腰かけていた。「自分語りをする気はないが、だが事実として、わたしはそうしてきたんだ。幼いころに与えられた初期設定――家庭環境、身体、遺伝子。否定しようのない性癖。それらとどうやって折り合いをつけるべきかを思考し、最善と判断した道を歩んできた。無数の障害物に対して、避けるか、取り込むか、壊すかを決めてきた。どの道にだってリスクとコストがあった。だが、おまえの言葉でいうならば、わたしは選び、結果を受けいれてきた。初期設定を嘆くのは自慰でしかない。闘わない理由探しでしかないんだよ」

「黙れ」

荒い呼吸を、必死になだめる。

「――五百万。それであんたとは、金輪際おしまいだ」

「だから、それをおまえがわたしに選ばせる権利はないと、さっきからずっとそう伝えている」

耐えきれず、わたしは重和から視線を外した。テレビが消えた向こうに、壁がのっぺりと広がっている。

「三百なら、条件次第で払ってもいい」

「ふざけるな」

「わたしとしては、おまえに脅されていると裁判所に相談することもできる」

問題にならずとも、人見クリーンに問い合わせがいくのは確実だ。社長や奥さんがいい顔をするはずがない。

「条件とやらをさっさと話せ」

「わたしを、睦深の結婚式に出席させろ」

「――なんだって？」

「あの子の性格は知ってるだろう？　わたしから何をいっても無駄だ。おまえから取りなしてほしい」

「待て。なんの話をしてる？」

面食らうわたしを見やり、やがて重和はくくっと身体を揺らした。

「聞いてなかったとはな。それは悪いことをした」

「ロクが、結婚するのか」

「てっきりおまえの用件と、関係あるのかと思っていたが」

わたしの動揺を鑑賞するように、重和がわたしに正対した。そしてふっと、目を見開いた。まるで今日、初めてその存在に気づいたように、じっくりと眺めてきた。

「綺麗になったな、亜八」

わたしは壁を殴りつける。平坦なままの口調でいう。「ちゃんと説明しろ」

「冷静になりなさい」平坦なままの口調でいう。「ちょうどおまえから家の相談をされたあとに連絡があってね。結婚祝いに借金をチャラにしろといわれたよ。こっちは一度だって求めたことはないのにな。あの頑固さは神経症的ですらある」愉快げに目を細め、「どうしても式が嫌なら、相手のご家族と挨拶をする機会をつくってくれるのでもいい」

「——なんのためにだ?」

「なんのため? 義理とはいえ娘なんだ。パートナーを見ておきたいと思うのは自然じゃないか?」文庫本を閉じて、「子が産まれれば初孫ということになる。楽しみだ」

鳥肌が立った。怒りや苛立ちと一線を画す、嫌悪。あるいは怖気。ゆるんだ目もとにこの男の欲望が、ちらりと垣間見えた気になって言葉を失う。

駅まで送ってくれるだろ? 考えがまとまる前に重和が立ち上がる。さっさと歩きだすその肩は押しとどめる暇すら与えてくれない。

重和はアウディを見て、嘲るそぶりで小さく首を横にふった。

「これは、あんたの金じゃない」

「知っている。だが麻子が積み立てていた保険料はわたしの金だよ」

遠慮なく助手席に乗り込んで、さあ早くと無言で促してくる。

「ひとつだけ聞かせてくれ」キーを差し込みながら、わたしは訊いた。「あのとき、わたしがあの変態にやられて終わりだったらどうした？」

「被害届を書かせただろうな」

「――あいつを、殺していたら？」

「そのケースで、わたしにどんなデメリットがある？」

キーを回す。エンジンがうなり声をあげる。となりにはマスクをつけた重和の無表情。支配されている。そう思いながらシフトをパーキングから解除した。


家を売る目的は清算だ。過去を捨て、やり直す。

いや、金も要る。真面目に働けば来年度から正社員にすると社長は約束してくれている。給料も上がる。裏を返せば、あと一年はいまの収入でやりくりしなくてはならない。安いとはいえ、家賃という新しい出費がそのままマイナスの計算だ。贅沢な暮らしなどする気もないが、当座の金は喉から手が出るほどほしかった。

三百万。

代わりにロクのもとへ、重和を送り込まねばならない。

青堀駅で重和と別れ、コンビニへ寄る。昼食を漁る。千五百三十六円になります。商品を袋に詰めるあいだ、マスクをした若い店員はずっと不愉快そうだった。わたしがマスクをしていないせいだと釣りをもらってから気づいた。

つけてほしかったら売れ——。空っぽのマスクコーナーを横目に店を出る。

マスクの品薄状態はつづき、先月末にはなぜかトイレットペーパーが店頭から消える騒動になった。高額の転売が問題視されはじめ、いち早くマスクを確保していた社長は「こんなことなら売れるぐらい買っときゃよかった」と半ば本気の冗談を飛ばしていた。

冗談で済んでしまうのは、まだそれが遠い世界の出来事だからだ。先輩社員の唐木がいうには千葉県の感染者はトータルで四十人ほど。そこには外国人観光客や他県在住者もふくまれていて、純粋な千葉県民となると微々たる数。富津やその周辺地域はいまだにゼロだ。癌患者のほうが多いんじゃねえかな——唐木の軽口はわたしの実感に近かった。

空っぽのフローリングに腰を下ろし、買ってきた菓子パンにかぶりつく。食欲はなかったが、苛つきをぶつけるように食いちぎる。テレビを運んで終わりじゃない。テレビ台に布団にソファ。まだ往復する必要がある。好みと思っていたシンプルな内装が、貧相な手抜き工事に見えてしまう。

こんな不衛生な家の空気を吸うのは愚かだ——か。重和の真っ白なマスクと見透かすような目つきが浮かび、神経がささくれた。

式に呼べだと？　ふざけやがって。

結婚——。

床に置いたスマホは静かにしている。三度の電話にロクは応答しなかった。祝日の金曜日、仕事中なのかもしれないが、それでも四度目のコールに誘われる。

ざらつく砂を噛んでいる気分だった。七年間も離れて暮らしていた。再会の時点で結婚していても不思議はない。なのに、これが不細工な詐欺に思えてならないのはなぜなのか。
キュウが駆け込んできた二日間をわたしはロクに告げていないが、あいつは察しているだろう。
キュウは事務所に復帰し、舞台の主役を得るために進みはじめた。それを、どう思っているのか。
あいつらがどんなやり取りをしているか、やり取りがあったのかすら、わたしは確かめていない。
ただ、このタイミングの結婚であることに、よけいな意味づけをしたくなる。
吐き気を覚え、半分近く残った菓子パンを放り投げる。立ち上がる。動いて思考を遮断する。
アウディで祖父母の自宅へ。布団を積んで新居へ取って返し、また祖父母の自宅へ。テレビ台は
キャスターがなく、抱えて車庫へ行くうちに汗が流れた。滑り込ませた後部座席のシートからキュ
ッと嫌な音がした。こすれて革が傷んだ。無性に腹が立ち、そのまま奥へ押し込んだ。
これを抱えて新居の階段をのぼる十数分後の未来を想像し、気が滅入る。アウディにソファを積
むスペースはあるのか？　考えだすとおもしろくないことばかりだ。そのうえ赤信号につかまって、
クラクションを殴りつけたい衝動に駆られた。
——キュウに会いたい。
込み上げた欲求が、あまりに自然で、明確で、青に変わって進みだすハンドルが乱れてしまう。
誘えば、キュウは時間をつくるだろう。たとえバスで四時間かかる合宿の最中であっても。
ロクの結婚を、免罪符のように感じたがっている自覚があった。あれほど接触を禁じていたのに、
わたしとキュウの交流に探りのひとつも入れてこず、結婚を決めたあいつの意図を、都合よく解釈
したくなっている。そんな自分に、わたしは苛ついている。
ロクの拘束がなくなったとき、わたしはどうしたいのか。わたしはキュウを、どう思っているの

か。

いまはタレント活動に専念させるべきだ。移り気なキュウだから、隙を見せたら際限がなくなって、また芸能界なんてどうでもいいといいだしかねない。

——そんなの、言い訳だろう？

胸の奥から声がする。

おまえは選びたいのか？　キュウを。

わからない。

おまえは選ばれたいのか？　キュウに。

わからない。

選ぶ資格があるとでも？　選ばれる資格は？

人殺しのおまえに。

アクセルを踏みきるとエンジンが悲鳴のようなうなり声をあげ、わたしは急ブレーキとともにアウディを新居の前に停めた。

ハンドルに額を当て、息を吐く。心の声が問うてくる。おまえは恐れているだけだろう？

キュウに対する想い。キュウに送ってほしい人生。同時には満たせない。必ず破綻する。いつかあいつの未来を、わたしの存在が邪魔をする。

わたしの意思。わたしの選択。わたしの決断。その連なりが、わたしを窒息させようとしている。

どつぼにはまった思考は乱れ、神経を引っかく重低音のように重和の声がよみがえる。選べるという根拠はなんだ？　誰がそれを許可している？　国か？　制度か？　道徳とやらを引っ張ってくるかね?

黙れ。

おまえは闘う必要がある。選ぶとは、闘争なんだよ。

黙れっ。

コン、とサイドウインドウが叩かれた。

顔を上げると見知らぬ中年男性がこちらをのぞき込んでいた。運転席で縮こまる新参者に不審を抱いた住人かと、わたしはウインドウを下ろした。

適当な説明を口にする前に、男がいった。

「町谷亜八さんですね?」

無精髭に覆われた口もとが大きく広がる。「ぼく、こういう者です」

ウインドウの隙間からするりと名刺を差し込んでくる顔はどこか得意げで、はっきりとこちらを見下していた。「ご家族のことで、ちょっと大事なお話を。できればお部屋で」

名刺の肩書に、警報が鳴る。『芸能ジャーナリスト　諸角京助』

諸角という名は初耳だったが、怪しげな肩書には憶えがあった。去年の年末、突然キュウを訪ねてきた男の経歴をロクはこう評していた。「ギャンブル漬けで大昔に出版社をクビになった鼻つまみ者」、「芸能ジャーナリストを名乗り、ゴシップを事務所に売りつけて糊口をしのぐゴロのような男」。

「なかなか無駄のないお部屋だ。ロハスってやつですか」

挑発か揶揄か。水中ゴーグルを思わせる尖った眼鏡の奥で、黄色く濁った目が値踏みするようにテレビしかない部屋を見回している。ヨレた黒いツイードジャケットの、ショルダーバッグが食い込んだその肩口に白いフケが点々と積もっている。このご時世にノーマスク。まともなジャーナリストでないのはあきらかだった。

「座る、って感じでもないですかね」

玄関のそばで腕を組むわたしに、いやらしい笑みが向く。「まあ、かまいません。茶飲み話が目当てってわけでもないですし」

「親父にも会ったのか？」

小首をかしげる黄ばんだ目を、黙ってにらみ返した。およそ半年ぶりに重和と顔を合わせた直後だ。わたしは社長と奥さんに新居を誰にも教えないよう頼んでもいる。役所の届けは祖父母宅のまま。「町谷亜八」を狙って訪れるには足を使うほかない。

つまり重和を追ってこの町へやってきて、その後にわたしを尾けたと考えるのが自然なのだ。

諸角が、かなわないなあ、と小さく首を横にふった。

「用意してきた段取りが台無しだ。ま、話が早いのは助かりますがね」

「なんの話だ」

「何って――」身体を正面に、ぐいっと首を突き出してくる。「侑九くんのことに決まってるじゃないですか」

気を鎮め、わたしはことさら呆れたふりで息をつく。

「話すことなんてない」

「こっちには訊きたいことがあるんです、いろいろと」

「親父と話したんだろ？　それがぜんぶだ」

諸角の口もとが歪んだ。「お父さまも変わった方だ。コロナのせいだか知りませんが、この一週間、練馬のお城にこもってビタ一外へ出やしなくてね。ようやっとご対面できたと思ったらけんもほろろに無視されて。おまけに移動はタクシーとくる。正直まいりました。こっちは片道切符に万札を出せる身分じゃないもんですから」

それでもここまでたどり着いたのだ。あらかじめ祖父母宅を突きとめていたのは間違いない。

「そんな事情で、ぜひともあなたから労力に見合う成果をちょうだいしたいわけでして」

「無駄足だったな」

諸角に、落胆の色は生まれなかった。むしろ舌なめずりするような興奮が、無精髭をさする手つきに表れていた。

「和可菜さんは生きてらっしゃるんですかね」

黙って見返す。

「七年前、彼女がいなくなったのは花火大会の日だったんですってね。毎年の恒例行事なんだとか」メモを見るでもなく、諸角はなめらかにつづけた。「おなじ日、富津市内に住む少年、椎名翼くんが行方不明になっている」

それから諸角は事件のあらましを語っていった。和可菜と椎名翼の関係、わたしたちが離れて暮らしていたこと、ふたりといっしょに椎名の兄の車が消えたこと。

「十代の少年と四十過ぎのご婦人の駆け落ち。まあ、ない話とはいえません。椎名兄弟はもちろん、失礼ながらあなたの義理のお母さまも、品行方正ってキャラクターじゃなかったみたいですからね」

よく調べたものだ。素直に感心する一方で、体温はどんどん下がってゆく。

「何か、補足がありますか」

「いいや。警察から聞いたとおりで、それ以上でもそれ以下でもない」

「ほんとうに?」

いかにも芝居がかった口ぶり。

「ほんとうに、ふたりは駆け落ちしたんでしょうかね」

「ちがうなら――」わたしは鼻で笑う。「大問題だな」

「ええ、大問題です」

「警察へ行け」

きょとんとする諸角に、なるべく冷めた言葉を与える。「警察に行って、あんたの考えを伝えろ。信憑性(しんぴょうせい)があったら捜査をやり直してくれるだろう。助かるよ」

「いいんですか?」

諸角が、きょとんとしたままでいう。「あなたたちが殺したのに」

諸角の身長は、わたしより一段低い。見下ろすかたちでツイードジャケットに包まれた肉体を見定める。トレーニングとは無縁な、なまっちろい肌が簡単に想像できた。

「妄想も、そこまでいくとさすがに腹が立つな」

「堪忍してください。だって真実なんだから」

わたしは深いため息をつく。

「根拠をいえよ」

殺気を込めてにらみつける。

「それができないなら、消えろ」

とぼけていた面が、罠にかかった獲物を見るそれに変わり、込めた殺気が弾けるのをこらえなければならなかった。

「親殺しってのは、いろんな理由があるんでしょうが、本質はいたってシンプルだとぼくは理解しているんです。経済的、精神的、肉体的。どれでもいいし、ぜんぶでもかまいませんが、ともかくそうした上下関係からの脱却です。平たくいえば下剋上。カッコつけりゃあ革命だ」

ひひっと肩を揺らし、

「まったくの偶然でした。いや、運命なのかもしれません」

急に口調を変えて顔を突き出してくる。「町谷さんはご存じないでしょうけど、有名なエロ動画販売サイトがありましてね。海外を拠点にしてるんでモザイクなんてもんはない。メーカーや業者だけじゃなく個人が出品することもできて、むしろそっちが主力かと思うぐらいの量なんです。いえね、恥ずかしながらぼくもヘビーユーザーで。毎日のように巡回してはお気に入りを見つけてヌイてた時期があったんです」

虫唾が走った。それに気づいているくせに、諸角はいよいよ嬉々とする。「個人出品のやつはハメ撮りだったり盗撮だったり、あとライブチャットってあるでしょう？　ああいうのを勝手に録画して売ってる輩も多くてね。意外に思われるかもしれませんが、けっして女性のものだけじゃない。

ゲイムービーもかなりある。ハメ撮りからオナニー動画、男湯や男子便所の盗撮まで腐るほど。かくいうぼくも、そっちがメインのユーザーだったわけですが」

　こちらの反応を楽しむように間をおいてから、わたしの目前に右手の人差し指を立てた。

「彼に会って、最初はわかりませんでした。なんとなく見憶えがあるなってぐらいでね。気づいたのは最近です。慌てて昔のファイルを探しましたよ。まさかこんなふうに、かつてお世話になった男の子に出会えるなんてびっくりでした。当時は金髪じゃなかったですがね」

　ひひっと、ふたたび肩を揺らす。

「イツキくん。この名前で売られてた動画を、ぼくはほとんど持ってます。十本ほどかな。こっちの界隈（かいわい）じゃちょっとした有名人で、けっこうファンがついててね。何せあの美貌です。おまけに内容が、いい具合に危なくて。風呂も便所もオナニーも、たぶんぜんぶ盗撮でしょう。あとはクスリで眠らせて、無理やり掘る感じのやつです。とくに人気なのが最後に売られた動画でね。ごたぶんにもれず、なかなかハードな内容です。サイコーにそそられる内容なんです。ぐったりと意識を失っている彼のケツ穴にごつい男がズポズポズポズポ突っ込んで、寝てる彼のチンポも勃起しちゃって、画面の外にいるもうひとり——たぶん女性が、それをしごいて射精させたりするんです。ははっ。ああ、そうそう、ちなみにそれの発売日がいつだったと思います？　ええ、七年前の八月です」

　いつの間にか、わたしは目をつむっていた。組んだ腕に爪が食い込んで、奥歯が軋（きし）んだ。

「わかります。殺したくもなりますよね」

　見え透いた同情が、おぞましいほど気色悪い。

「撮影場所は、どう見ても自宅でした。掘ってた男は椎名翼だったんでしょう。カメラを回してた女性は誰だったんでしょうね。まったくとんでもない連中だ。いたいけな少年を食い物にして小銭を稼ぐだなんてね」

「だから、なんだ」

饒舌が止まった。

「動画の少年が侑九だと証明できるのか？　仮に本人だとして、それで和可菜が殺されたことになるとでも？」

「最後の動画をアップしてから一ヵ月もせず販売元のアカウントは消えています。イツキくん動画をフォローしてたぼくがいうんだから間違いない。これをただの偶然だと？」

諸角を、わたしは見据えた。

「もう一度いう。その妄想に自信があるなら、ひとりで勝手に警察へ行け」

諸角が、呆けたように目を丸めた。それから「はあ」と大きなため息をもらした。

「あまり、大人をなめないほうがいいですよ、お嬢ちゃん」

からかいの気配が一瞬消えた。

「切羽詰まってる大人が相手なら、なおさらね」

ひょうきんに肩をすくめ、ふやけた笑みを向けてくる。

わたしの中で、この小汚い中年男を侮る気持ちがなくなってゆく。

「ぼくが知るかぎり、イツキくんと侑九くんをつなげてる奴はまだいませんが、彼、今度大きな舞台の主役に抜擢されそうなんですってね？　そんな大事なタイミングで、どこかの誰かが昔の動画をそれらしく広めたりしたらたまらないと思いませんか？」

なるほど、と納得する。殺し云々はあくまではったり、せいぜい牽制、ようするに切り札はこれなのだ。

「目的はなんだ」

「金ですよ。シンプルに、それだけです」

ベランダから西日が差し込み、諸角の顔を陰にした。

「おまえの動画を買え──か」

わたしは意識して笑みを浮かべる。「だが、おまえ以外にも動画を持ってる奴はいるんだろ？　焼け石に札束を放るのは馬鹿らしいと思わないか」

「そんなせこい話をしたいんじゃありません。ぼくがイツキくん動画を拡散して侑九くんの将来を台無しにする？　とんでもない。まったくそんなひどいことをしようなんて少しも思っちゃいませんよ」

むしろ──と、諸角は強調する。「むしろぼくは、彼の力になりたいとすら思ってます」

「どういう意味だ？」

「拡散を止めるお手伝いをしたいってことです。個人の所有物までは無理ですが、ネットに広まらないための処置ならできないこともない。蛇の道は蛇ってやつでね。これでもいろんなツテがあるんです」

幾らで？　そう訊く前に先手を打ってくる。「一回こっきりで請け負ってもいいですが、侑九くんが活躍するかぎり、この先もずっと不安におびえることになる。販売元が消えてもコピーを転売する輩はいるし、無料の投稿サイトまでフォローして、いちいち違反報告やら削除依頼を送りつけるのはけっこうな手間ですからね。そこでどうです？　いっそ、わたしを雇うってのは」

「なんだと？」

「アドバイザー、コンサルみたいな立場でね。そうなれば恒久的に、業務として全力を尽くす義務が生じるわけです。ついでにプロモーションも請け負いますよ。ステマにサクラ、なんでもね」

そうか、と察する。ただ金がほしいだけじゃない。こいつは返り咲きたいのだ。自分を爪弾き(つまはじ)きにした芸能界に。

「事務所をとおすわけにはいかないでしょうから、まずは個人的なお付き合いで、年間契約一千万。破格だと思いますがね」

「この部屋の、どこにそんな金が隠してあると思うんだ？」

「お嬢さんはそうでしょう。でもお父上はちがいます。町谷重和といえば、株屋の世界じゃ知る人ぞ知る傑物らしいじゃないですか」

一流企業を脱サラし、個人としては破格といえる資産を築いた。わたしの知識はその程度で興味もないが、重和が使いきれない金を貯め込んでいるのは事実だ。

「方法はなんでもけっこう。うるさいことはいいません。どうです？　悪くない落としどころじゃないですか？」

「百瀬はとおしてるのか？」

初めて、諸角の表情が険しくなった。なんで知ってる？　という顔が、やがて舌打ちをした。

「――そういうことかよ」

忌々しげなつぶやきに、およその事情がわかった。ロクの雇った探偵が嗅ぎまわっていることを知り、百瀬はこいつを切ったのだ。おそらく二束三文の報酬と、口止めの圧力をセットで。

「腹の探り合いはやめましょう。イエスかノーか、ぼくの興味はそれだけだ」

わたしは、まだ見慣れない部屋の壁へ視線を外した。引っ越しの最中だ。多少騒がしくても近所には説明がつく。首を絞め、声が出ないうちに息の根を止める。さほど難しくないだろう。遺体の処理。必要な薬剤も、掃除のためと言い訳がきく。カーテンを買っていないのは気がかりだったが、わたしが選び、決断すれば、意外にたやすく、事はおさまるかもしれない。

だが、ここでこいつを「なかったこと」にしても、侑九の動画問題は解決しない。

「考えさせろ」

相手の不満を待たずにいう。「あの親父の面倒くささは、身をもって経験したところだろ？」

じろりと黄ばんだ威嚇を浴びて、冷ややかに見返した。

「オーディションの結果は月末ぐらいでしたっけ？　派手にマスコミに取り上げられて、手遅れにならなきゃいいですが」

「それを食い止めるのは、あんたの都合でもあるんじゃないのか？」

食いっぱぐれたくなかったら、先に仕事をしてみせろ――。

くっ、と諸角が可笑しそうに喉を鳴らした。その唇が下卑た角度に歪む。「よかったら割り引き価格にしましょうか？　侑九くんの身体でさ」

「やめておけ」わたしは組んでいた腕を解く。「もし次、あいつの視界に入ったら、きっとおまえが行方不明になる」

諸角はひるまなかった。たんなる脅しと高をくくっているふうでもなく、ただじっと、わたしを見ていた。切羽詰まった大人の面で。

イツキ――。頭にこびりついたその名が重くのしかかり、諸角が去った新居の部屋で、わたしはうずくまるようにフローリングの床を眺めた。手にはスマホがあった。販売元は消えたといったが、諸角のいうとおり無料の投稿サイトにアップされている可能性は高い。「イツキ」と打ち込んで探せば、いずれたどり着けるだろう。真偽を確かめる必要はある。仮に本人だとしても、面影が似てる程度なら傷は浅く済むかもしれない。無視できる範囲であっても不思議じゃない。

一方で、最後の更新が七年前の八月という符合は暗示的だった。調べてすぐわかる嘘を諸角がつくとは考えにくく、たぶん、それは合っている。いい換えるなら、和可菜と椎名翼が消えたのち、新しい動画はあげられていないのだ。あげる人間がいなくなってしまったから。

ロクは、知っていたはずだ。いや、知ったのだ。七年前の八月か七月に、和可菜たちのおぞましい行為を知って、決意した。計画を練り、実行に移した。あいつに誘われたとき、わたしにも予感はあって、だからこそ何も聞かず計画にのった。

だがしょせん、予感は予感にすぎなかった。それがスワイプとタップで確認できる現実になることと、けっしておなじではないのだと思い知らされている。

繰り返し浮かぶのは、ロクに相談をすることだ。あいつなら動画の真偽を知っている。販売元のアカウントを消したのもあいつだろう。あるいはいまでもずっと、対処しつづけているのかもしれない。

何よりキュウの危機を報せなければ、一生恨まれてしまう。

なのに指は動かなかった。結婚。もしロクが、まっとうな幸せのため、選択と決断をしたのなら。真面目にオーディションに取り組むキュウに安心し、子離れを決心し、一歩を踏み出したとすれば。

――相談すべきだ。重和のこともある。少なくとも連絡を取って、あいつの気持ちを探るぐらいは……。

手の中でスマホが光った。うるさく鳴りはじめた。昼にかけた電話の折り返しなのは明白なのに、通話にするわたしの指はうろたえていた。

〈何?〉

いつもどおりの冷めた調子でロクが訊いてくる。ああ、とわたしは意味のない返事をする。

〈忙しいの。そんなに時間はとれない〉

「結婚の準備でか」

一拍、返事まで間があった。〈ええ、それもある〉

「ほんとうだったんだな」

〈あいつに聞いたの?〉

重和のことだ。「さっき会った」

〈めずらしい。どうして?〉

「家を売ろうと思ってる。そのことで話す必要があった」

そう、と反応は素っ気ない。

「ほんとに、結婚するんだな」

〈ええ、七月に〉

「なぜ？」考えもなく尋ねていた。

〈必要だからよ〉ロクは答えた。さも当たり前かのように。

仕事は？　辞める。主婦に？　そうね。

しばらく言葉を探し、似合わないな、といった。かもね、と返ってきた。

何に対する必要なんだ？　――その質問に、どんな答えが返ってきたら納得できるだろう。心から祝福できるのだろう。

わたしに関係があるのか？　――喉元まで出かかった。あるいはキュウに？　すんでのところでのみ込んだ。

「――親父が、式に出たいといってる。せめて相手の家族に挨拶させろと」

そう、とだけロクはいう。説得する気が失せるほど心のこもらない声で。

〈それだけ？　そろそろ戻らないと〉

「キュウには伝えたのか」

また一拍。〈少し前にね〉

「あいつはなんて？」

〈べつに。ちょっと驚いたふりをして、おめでとうって、それだけよ〉

そうか、と、今度は自分の中でつぶやく。

「どうする気なんだ」

〈どうする？〉

「キュウのことだ。おまえがそんな状況で、あいつの問題を解決できるのか」

呆れをふくんだ吐息が聞こえる。〈大丈夫でしょ。いま、わたしがすべきことはない〉

「百瀬があきらめると？」

〈このままだと、そうなるでしょうね。いくらあいつでも世界的な演出家を敵にまわせるとは思えない〉

「和可菜のことが明るみになってもか」

〈なってもよ。キュウが手をくだした証拠でもないかぎり、向こうのショービジネスは受けいれる。むしろ悲劇の王子様扱いしてくれるかも〉

その見込みが甘いのか辛いのか、わたしに判断できるはずもなく、信じられるのは、ロクはいつも正しいということだけだった。

だが――。

〈あの子はやる気になってる。あなたのおかげで〉

どこか、突き放した響き。

〈わたしが何年かけてもできなかったことを、たった数日であなたはやってのけた〉

まるで自動音声が、気にくわないプログラムを読みあげるように。

〈感謝してる〉

制御できない感情が込み上げて、返すべき言葉を次々と蒸発させていった。怒りなのか悲しみなのか、名づけることすらできず、わたしは歯を食いしばり、目を閉じた。

ロクは急かしてこなかった。電話を切りたがっていたくせに、ただじっと待っていた。

訊きたいことはいくらでもあるようで、ほんとうに訊きたいことはなんなのか。ロクが離れてゆく。わかるのはそれだけだった。

わたしたちをつないでいたのは距離でも言葉でも思い出でもなく、もちろん家族の絆なんかじゃなく、キュウだった。和可菜たちを始末した過去さえもその一部分にすぎず、キュウに対する鬱陶しいまでの執着だけが、七年という時間を越えてわたしたちを接着させていたのだ。

渦を巻いていた感情が、ロクへ向かってどす黒く色を変える。

キュウを、わたしに取られたと、そう思っているんじゃないのか？

その刃は、わたし自身を斬りつける鋭さをもっていた。口にしてしまったら、修復不能な切断を生むだろう。

失望。いや、悔しい――。たぶん、それがいちばん近い。

精いっぱい、笑えるほど凡庸な問いかけをした。

「幸せなのか？」

ロクの口調に迷いはなかった。決断が、すでに下されたあとだった。

〈幸せになるためよ〉

息を吸い、長く吐く。キュウにならって「おめでとう」と伝えたが、それはひどくよそよそしい響きをともなっていた。

ロクは「ありがとう」とはいわなかった。素っ気なく、よろしくね、と残して電話を切った。

フローリングにのせた尻が冷たくなっていた。そういえば電気を点け忘れている。気にならなかったのはカーテンがないせいか。こんなに大きなベランダがある部屋に住むのは初めてだと、ぼんやり思った。

人生は変わりはじめている。当たり前だ。こうしているあいだにも細胞は入れ替わり、歳をとる。ずっとおなじところにはいられない。

ロクも、そうなのだろう。あいつは選んだ。どんな理由であれ、結婚という決断をした。キュウと距離を置く決断だ。

せめてそれが、誰かに強要された、あらかじめ選択肢を奪われた決断でないことを、わたしは望む。

けれど、選択肢を奪われていない決断などというものが、はたして存在するのか。

わたしとロクは人を殺した。明確な意思のもとに計画し、実行し、隠蔽した。キュウの人生を守るため——。そこに嘘がなくても、だからといって許されるとは思わない。美化も言い訳も出番がないほど、ようするに、あれは身勝手な都合だった。

後悔はしていない。罪悪感もない。驚くほど、ない。

あの犯行は、わたしたちのものだった。誰にも邪魔されない、わたしとロクの選択であり決断だった。

ほんとうに?

わたしの選択と決断は、ほんとうにわたしの選択と決断だったのだろうか。

地面が急に溶けだし、風景が沈んでいく感覚に襲われる。そもそもがロクの誘いだった。当時、彼女に精神的な依存をしていた自覚はあるし、いまでも脱けきった自信はない。だが、それでも、あれは自分の選択で、自分の決断だったと疑わずにやってきた。身ひとつで富津を飛び出し、生きのびるためにくだらない仕事に手を染め、ドラッグやセックスや暴力の快楽に溺れる生活をしていたときでさえ、それは支えになっていた。支えにしていたのだと、いまになって気づいた。

わたしは自分の意思で人を殺した。身勝手な動機で、大げさにいうなら、世界をねじ曲げた。自由。誰の肯定も必要としない自己実現。

いや、ちがう。完全な自由などどこにもない。あるのは不自由の選択だ。どちらの不自由を選ぶかの決断だ。ほんとうに譲りたくない自由を手放さないために、うんざりするほどの不自由を――。

そこでようやく、わたしは諸角の件をロクに伝え損ねていることに気づく。動画の真偽と対策をしているかの確認。何よりそれを伝えたら、ロクの態度は変わるかもしれない。

そうなってほしいのか？

諸角はわたしのもとへやってきた。選択権は、わたしの手に握られている。

ふたたびスマホが鳴った。飛びつくように通話にすると、あ、町谷さん？　と年配の女性の声がした。あのね、いまほかの住人から連絡があったのだけど、アパートの前の青い車、あなたのだわね？　困るのよ、共有の駐車スペースは二時間以内とお伝えしてあったでしょう？　いえね、あまりうるさくいいたくないのだけど、ほら、一階に住んでる方がちょっと神経質なのね。だからわたしも仕方なく注意してるのよ。まあ、そういうわけだから、とにかくよろしくお願いね。

大家の女性がまくし立てるあいだ、わたしは「はい」と「すみません」を繰り返した。

気がつくと西日は去って、ベランダの外は濁った紫色に染まっていた。部屋を出て、階段を下りると、急に何もかもが億劫になり、ぜんぶを蹴飛ばしたい衝動をこらえながら積みっぱなしのテレビ台を抱えた。部屋とアウディを往復し、運転席に乗り込んでアクセルを踏みつける。どん、と車体が前へ飛び出す。ハンドルを切ってスカスカの道路へ進入し、さらにアクセルを強く踏む。とくに意識もしないまま県道を北上してゆく。祖父母宅へ曲がる角を直進したのは信号が青だったから。火力発電所がある出島の手前で湾岸道路へ。アクアブリッジをかっ飛ばす未来が浮かぶ。首都高まで行こうか。ひと晩走りつづければ気も晴れるだろう。気が晴れて、それでどうする？　ひと晩中かっ飛ばす？　朝から仕事だというのに？

知ったことか。胸の内にどろりとした感情が広がって、ロクともう一度話そうという気持ちが蒸発してゆく。ロクに対して、初めて感じる種類の怒りが込み上げてくる。

キュウが蹂躙されていたこと、ビデオに撮られていたこと。なぜ、わたしに隠していた？　人殺しまで手伝わせておきながら、なぜ、教えてくれなかったんだ？　問い詰めなかったわたしが悪い。軽々しく明かせる話でもない。わかってる。それでも、赦せない。

わたしは、おまえのたんなる駒なのか？

もう、頼らない。

自分で解決する。諸角も重和も百瀬も、キュウにまとわりつく何もかもを。

どうやって？

東京時代なら、もっと話は早かった。ぶち壊す。その選択肢が奪われている。執行猶予。まともな職場、まともな暮らし。未来。道は驚くほど空いている。信号は青ばかりだ。まるで誘うように。もっと速度を。もっと単純に。もっと――。

暗闇に光るイオンモール木更津の看板が視界に入って、ふっと意識が弛緩する。午後七時前。まだ充分、カーテンを買える。

もし、今日あの部屋の窓が遮られていたとして、わたしはほんとうに諸角をどうにかしようとしただろうか。明日の出勤を心配する、わたしは。

——それでも、やるしかないんだ。

黄色の信号を、突っ切る。

テーブルに届いた鉄板ステーキは店のいちばん高いメニューだった。黒いマスクを外した有吉がそれをほおばり、無感動に咀嚼した。

君津駅前の居酒屋は七割ほどが客で埋まっていて、土曜日夕方のこの混み具合がコロナによる外出自粛の影響を受けているのかどうか、ふだん出歩かないわたしにはわからなかった。

有吉がハイボールのジョッキをちびりとなめた。つられてわたしもおなじようにした。渋谷でダイチを見かけて以来、およそ一ヵ月ぶりに会う男は無愛想だったが、着拒を責めるでもなく淡々と酒を飲み、眠たげな顔でつまみを口へ運んでいた。

「ダイチのこと、聞いてるか」

いや、と有吉は油とソースでぎとぎとなステーキに向かっていった。襲われて入院していると教えても、そうか、とこちらを見もしなかった。

「重体らしい。意識が戻ってなくて、戻っても前みたいに動くことは難しいだろうって」

「うれしいか?」

「ああ。殺してくれたらもっとよかったけどな」

そうだな、と有吉は手持無沙汰にジョッキを回す。鳥皮ポン酢をつまんで反応を待ったが、どうやらそれで終わりのようだった。

「最近、百瀬とは?」

「べつに。もともと単発のアルバイトだ」

「守秘義務もなしってわけか。だったら、どういう経緯で雇われたのか聞かせてくれてもいいんじゃないか」

奢るんだしと付け足すと、なら仕方ないかという態度になるのが有吉という男だった。

たいした話じゃないと断ってから、面倒くさげに語りだす。最初にコンタクトがあったのは去年の十二月。町谷侑九を取り上げる番組企画のために少年時代の話を聞きたいとオファーがあった。侑九と面識はなかったが、数万の謝礼を提示され会うことにした。やってきたのは無精髭に眼鏡の小汚い男。ゴーグルみたいな眼鏡かと訊くと、有吉はうなずいた。諸角だ。

一度目は当たり障りない話に終始した。町谷という風変わりな家庭のこと、侑九が美少年として有名だったこと、ダンスコンクールのこと。そして母親が失踪したこと。一週間もせず、ふたたびオファーがあった。場所は都内、謝礼は倍になっていた。

「あいつはおれより、おまえらのことを知っているふうだった」

二度目のとき、わたしとの関係を諸角から質された。風変わりな家庭の風変わりな次女を、町の不良といっしょになっていじめてましたね?と。

認めたのか?ああ、嘘をついても仕方ないからな。この感覚が、いかにも有吉だ。そのまま次の店へ連れ出された。レストランの個室で、百瀬が待っていた。

「侑九を応援したいんだといわれた。才能はあるが、本人のやる気に問題があるとな。それを解決するのを手伝ってくれと誘われた」

「幾らでだ?」

「前金で百万。三ヵ月後にもう百万」

上手く働いてくれたらその後も仕事を頼むかもしれない――。そんな景気のいい話を断る理由はなかった。おまけに有吉は百瀬の異様な趣味を知らない。大手広告代理店という立派な肩書の効果もあって、むしろ人助けだと解釈するのは自然だろう。

「まだ契約はつづいているのか」

「いちおう、今月まではな」

「なのに連絡はないんだな。残りの報酬は?」

「もらった。月頭に」

お役御免か。くわしく聞けば、キュウがオーディションの最終候補に残ったタイミングでの入金だった。

渋谷以降は何も頼まれてないという。そこから数日で、キュウはミスター・マキタと出会っている。おなじ時期に諸角も捨てられたと考えてよさそうだった。百瀬なりにオーディションの結果を予測し、見切りをつけたということか。

「この一ヵ月はどうしてたんだ」

「どうもこうもない。いつもどおりだ」

偽サインを書いてはオークションで売る。二百万の臨時収入があれば、真面目に稼ぐ必要もなかっただろうが。

「そういえば、おまえがどこに住んでるのかもよく知らないな」

富津に近い君津の辺りとしか聞いていない。

「必要あるか？」

「いや、べつに」

だろうなと、有吉は会話を終わらせてしまう。

新しいハイボールを注文し、待つあいだに整理する。諸角が独断でわたしや重和のもとを訪れたのは、百瀬に動画を売り込むリスクを危惧したからだろう。あいつがキュウを狙うのは憎しみと正反対の愛情だ。諸角はそれを察し、動画を持っていることが自分の首を絞めかねないと判断したのだ。

百瀬はほっておいてよさそうだった。対処すべきは諸角と動画だけ。

ハイボールが届き、鉄板ステーキをもうひと皿追加した有吉へ身を乗り出す。

「おまえ、わたしの味方か？」

「おれが敵だったことがあるか？」

「冗談だろ？　毎晩わたしを椎名のところへ連れて行ってたのはどこのどいつだ」

有吉は堂々としていた。堂々と、少しだけむっとしたように眉間に皺をつくった。その図太さに怒るより笑えてしまう。

「ネットにはくわしいんだよな」

「おまえよりは、そうだろうな」

「力を貸してほしい」

まっすぐ見つめ、ネットに広まる動画を削除できるかと訊く。

「報酬は——、月に五万」

眠たげな目が、少しだけ細くなる。

有吉は電子タバコを取り出し、うつむきかげんに吸いはじめた。

「いまはそれで精いっぱいだが、この先もっと払える見込みはある」

キュウが成功すれば、いずれちゃんと雇うことも不可能じゃない。諸角が思い描いていたとおりのプランで。

「代わりに、百瀬とは縁を切ってもらう」

「……ずいぶん、勝手な条件だな」

「なあ、有吉」わたしは薄汚いテーブルに両腕をのせた。「自分の手で、誰かをスターにしてみたくはないか？」

有吉が、いぶかしげに頭を上げた。

「日本中——いや、世界中が憧れるようなスターにだ。わたしもおまえも、そうじゃない。いまさらステージの上で喝采を浴びる人間には逆立ちしたってなれやしない。そうだろ？　でも、そいつのいちばん近くにいることはできる」

有吉は黙った。むすっと唇を結び、わたしの誘いを吟味していた。自分たちの手で、スターをつくる。まるでネットワークビジネスの口説き文句。それ以下の誇大妄想。こんな話をするつもりはまったくなかった。なのに、いったん言葉にしてみると、わたし自身がこの提案に高揚している。

自己実現。あるいは、そうなのかもしれない。

周りの客がはしゃぐ声が、ふたりのあいだで遠のいてゆく。ＢＧＭのガールズポップが無邪気に好きだ好きだと歌っている。

黙りこくる有吉に、ただし――と、わたしはいい足す。

「ぜったいに、裏切らないと誓ってくれ」

「……誓うだけでいいのか」

「ああ、いい。言葉だけでも、もしものとき、迷わずにおまえを憎める」

意識せず、自分の表情がやわらぐのがわかった。甘い見込みだと自覚しながら、けれどなぜか、こいつは裏切らない気がした。

「やってくれるか？」

ゆっくり電子タバコの煙を吐いて、「消せるかは、ものによる」有吉はぼそりと答えた。「広まりきってるやつは無理だ。イタチごっこになるからな」

「やれるだけやってみてくれたらいい。それも、都度相談でいこう」

有吉は考えをめぐらすように天を仰いだ。わたしは彼を見つめながら、太い首だ、と場違いなことを思う。

「こっちにも条件がある」

どろんとした目がわたしへ向いた。

「報酬は手渡し。毎回そのとき、おまえの車に乗せろ」

交渉は終わったとばかりに有吉はハイボールを飲み干し、同時に二皿目の鉄板ステーキがテーブルに届いた。

『short-fat。おれの声帯のタイプ。ハチ、知ってた?』

イツキの名と、祖父母宅にあったキュウの写真、そして動画の内容を伝え、その日から有吉は作業に入った。最高の結果は「そんな動画はどこにもなかった」という報告だったが、翌日、それらしいものを見つけたというメッセージがURLとともに届いた。わたしはそれをタップせず、ただ「消せ」と返した。「削除要請」とか「違反報告」だとか諸角はいっていた。それが具体的にどのような手順を踏み、どのような手間によって為(な)されるのか、わたしの知識はおよばなかったが、「わかった」とだけ有吉は寄越してきた。

ネットに無力なわたしの仕事は金策だった。月五万の報酬はともかく、必要経費を支払わないわけにはいかない。引っ越しのせいで貯金は底をついている。ロクを承諾させたと嘘をつき、重和から引っ張れたら話は早いが、あの父親が空手形に納得するとは思えない。

『トレーニング、トレーニング、トレーニング……。ハンバーグ、コロッケ、ペペロンチーノのほうがだんぜんいいって、ハチもそう思わない?』

有吉によると、動画は思った以上に見つけづらいようだった。どうやら過去に削除要請が多発した時期があるらしい。十中八九、ロクだろう。とはいえゼロというわけじゃない。警告メールを送ったとたん素直に削除する投稿者や販売業者もいるが、完全に無視してくる者もいる。管理人が消えたゴーストアカウントの場合や、相手が外国人のケースもある。有吉は四日目にして十種類の動画を突きとめ、なかでもキュウを特定できそうな三本に絞って対応すると決めたが、それでも素人には限界がある。弁護士の力が要るかもしれない――。そんな連絡を受けた夕方、現場から帰るハイエースの横を選挙事務所のＰＲカーが通った。市議会選挙の公示日は来月十二日、投開票日は十九日だと知ったわたしは窪塚に電話を入れた。二百万ですべて忘れる。念書も書く。窪塚は渋り、いったんスタッフと相談したいとほざいたが、わたしは相手にしなかった。期限は明日、値切りもなし。でないとこの足で新聞社と警察と相手陣営の事務所にたれ込む。おまえらのいじめを証言してくれる第三者もいるぞ――。翌日、スタッフを名乗る背広の男とわたしは会い、念書と交換で分厚い茶封筒を受け取った。立ち寄ったコンビニの夕刊の見出しで、東京オリンピックの延期が正式に決まったことを知る。

『台本の講座だよ。国語の授業みたいなもん。ぱっと読んでさっと演じるだけじゃ駄目だって、法律でもあるわけ？』

　三月二十五日、有吉に窪塚の金を半分わたした。祖父母宅の玄関で有吉は、いいのか？　と眉をひそめたが、好きに使えとわたしはいった。どうせ頼りはおまえだけだ――。有吉はしばらく札束を見つめてから、ちょっと見せたいものがあるといって家に上がった。テレビが消えた居間でソファに座り、持参したノートパソコンをちゃぶ台に置いた。動画再生アプリが起動し、まさかイツキ動画を見せられるんじゃないかと身構えたわたしの目に、キュウが飛び込んできた。それは椎名翼にもてあそばれる姿でも盗撮映像でもなくて、踊る金髪のキュウだった。ヒラヒラの衣装とステージの様子から、渋谷でやったイベントの映像だとすぐにわかった。さまざまなサイズと角度で撮られたキュウが音楽にのって腕をふり、身体をくねらせ、その美貌でこちらを射抜く。いきなり背景が夜になる。また昼に戻る。三回あった公演の映像をシャッフルし、編集してあるらしかった。バラバラの断片同士はめまぐるしく、それでいて絶妙につなぎ合わされていて、まるでひとつづきのダンス、ひとつの作品になっていた。有吉がつぶやく。音楽は変えてある、あれはダサすぎたからな――。わたしはキュウの輝きに目を奪われ、五分ほどのクリップ動画を繰り返し観てから、なんなんだこれは？　と訊いた。素材を集めて編集しただけだ、と答えが返ってくる。おまえが？　目を丸くするわたしに、ほかに誰がいる？　と有吉は不満げだった。

もう一度クリップ動画を観る。打ち込みのビートにキャッチーなメロディがキュウの動きとおもしろいようにリンクして、カットとカットが連動し、ときにハレーションを起こして内臓をキックしてくる。カットごとの画質のちがい、陽の傾きのちがいすら演出になっていた。クリップは一回目公演の、通り雨が過ぎ去った空を差すキュウの指で締めくくられていた。

広めてみようと思ってる――と有吉がいう。音楽はアマチュアの良さそうなやつを勝手に借りた。動画の素材はＳＮＳやYouTubeでファンがアップしていたやつだ。厳密には著作権に引っかかるし、事務所のクレームもあり得る。通報されたら取り下げなくちゃいけないが、悪くない出来だろ？

悪くないどころじゃない。だが、なぜ、こんなものを？

有吉はノートパソコンの画面を見ながら、大きな鼻を指でかく。「おれはエロ動画のもみ消しがしたくて付き合ってるんじゃない。スターをつくろうっていう、おまえの誘いにのったんだ」

すでに有吉はファンを装った大量の捨てアカを用意していた。キュウに好意をもつアカウントを手当たり次第にフォローし、フォローされ、YouTubeに放ったそのクリップを一気に広めた。

『島津、てめえ少しは褒めろよバーカ。でもハチも、その点はいっしょだけどね?』

有吉のクリップは波にのった。波を生んだともいえた。翌々日には再生回数が跳ね上がり、賞賛のコメントがならび、それがさらなる拡散を呼んだ。もともと三十万再生を果たした少年だ。その後の活動が途絶えていたこともあり、餌にありついたファンは獰猛だった。「渋谷クリップ」という呼称が定着し、再生回数は天井知らずのカウントアップをつづけた。

話題になれば反発もある。けれど権利の問題は起こらなかった。音楽を無断使用されたアマチュアミュージシャンはSNS上で動画を紹介する役まで買ってくれ、それを鳳プロ所属の人気タレントが「ヤバい」とリツイートした瞬間、渋谷クリップは半ば公認のものとなった。

そのとき、ちょうど世の中には「外出自粛」という波もきていた。東京のロックダウンが現実味を帯びるなか、自宅にこもった人々にとって刺激的な無料動画はちょうどいい娯楽だったのだ。

『ルカもマイコも、ぜんぶ切ったよ。ほんとにほんと。もしかしてハチ、疑ってる?』

バズりの副産物は、イツキ動画の反応を測れたことだ。ステマとサクラをこなしながら観察をつづけた有吉が、いちおうの結論を出した。現状、キュウとイツキをつなげている奴はいない。動画自体、そこまでの脅威ではないかもしれない。

たかが数日の話。この先目指す知名度を考えれば参考にもならない楽観だったが、わたしには意味がある。当面、問題を諸角に絞ることができるのだから。

諸角も、渋谷クリップの盛り上がりを知っているはずだ。懐に忍ばせた商品の価値が勝手に上がっていくのをほくそ笑んでいるにちがいない。近いうち、催促の連絡がくるだろう。

『そうそう。ちょっとだけ島津を見直した。動きも声も、おれどんどん自由になってる。もっと自由になれると思う。ハチにもわかる？　この感覚』

毎日途絶えることなくキュウのメッセージは届いた。わたしは二回までと決めて返信をした。姑息に「？」でやり取りをつづけようとしてきても三回目は返さない。ロクの話題も、重和の話題も出なかった。キュウには何も知らせない。この点に関して、わたしはロクの方針をなぞった。

主役を射止めるまで会わないと決めてから、キュウもそれを守っていた。冗談めかして誘ってくることはあっても本気ではなかった。

三月二十七日。わたしからメッセージを送る。

『誕生日おめでとう』

返信は翌日にあった。千葉県のコロナ陽性者が累計百人を超えた土曜日。

『明日、新宿で待ってる』


アウディを出ると、パラパラと小雨が落ちていた。コインパーキングの地面はしっとりと濡れ、やがてわたしはそれが小雨でなく小さな雪の欠片（かけら）であることに思いいたった。

場所を間違えたのかと思うほどアルタ前は閑散としていた。道行く人はまばらで、速足で歩道を過ぎるそのほとんどが口もとをマスクで覆っていた。季節外れの雪に車はスピードを落とし、喧騒（けんそう）とかけ離れた日曜日の新宿をわたしは進んだ。一〇度を下回る風をダウンジャケットで防ぎながら、交通量のない横断歩道の信号を無視して小走りに渡った。

道路沿いの小さな公園に、キュウはいた。縁石に腰かけていた。ジャージにスタジャン、リーボック。キャップをかぶって、カラフルな花柄のマスクをしていた。

「おはよう」

およそ一ヵ月ぶりの再会を、キュウは軽やかにはじめた。顎までずらしたマスクの下から涼しげな唇がのぞき、目もとを無邪気にゆるませた。ハチ、マスクは？　買えてないんだ、おまえのそれは？　もらいもん、ボイトレのアシスタントの子がくれた——。

「手を出すなよ」

「うん、白豚に千本以上釘を刺されてる」

このあと歌のレッスンがある近くのスタジオから、太っちょのマネージャーに内緒で抜け出してきたという。

「どうしても会っておきたくてさ」

「プレゼントの用意はないぞ」

それは残念だ、とキュウは笑う。

「何があった？」

訊きながら、胸の奥がじわりと熱を帯びる予感があった。縁石に座ってこちらを見上げるキュウの瞳が、全身が、確信をまとっていて、もうだいたい、わたしは答えを察している。

「受かったよ。まだ内緒だけど、ナイテイ？　とりあえず」

「——やったな」

「うん、やった」

キュウは背を丸め、じっと遠くを見つめていた。わたしには見えない風景を眺めているのだとわかった。

「おれ、なっちゃうよ。ハチがびっくりするくらいの、スターにさ」

わたしは周囲を見渡した。みぞれのような雪はいきおいを増しながら降りつづき、こちらに注意を払う人影はひとつもなかった。

「立て」

いって、わたしは強引に彼の両脇を持ち上げた。ちょっと、と笑いながら慌てるキュウを抱き締めた。強く抱き締めた。通りを挟んだ真横のオーロラビジョンで青いジャケットを着た年配の女性が神妙に会見をしていた。感染者数がどうとか、自粛がどうとかくっちゃべっていた。ぜんぶ無視して、キュウを強く抱き締めた。キュウが抱き返してきて、わたしは唇を、彼のそれに重ねた。クラスター、濃厚接触、パンデミック。この瞬間も時間は流れ、みぞれを降らせる冷気の中で目に見えないウイルスが蠢いているのだとしても、わたしとキュウを引き寄せるエネルギーはじっと静止してとどまった。ずっと望んでいたのかもしれないし、恐れていたのかもしれない。でも百万回、おなじ瞬間を繰り返しても、百万回、わたしはおなじ「現在（いま）」を選ぶだろう。

街に救急車のサイレンが響く。近づいて、遠ざかってゆく。

わたしは唇を離して終わりを告げる。「そろそろ時間じゃないのか」

「つづきは？」

「――ちゃんとステージに立ったら会いに行く。アクアブリッジをかっ飛ばして」

キュウのキャップを取って、金髪をくしゃくしゃにかき混ぜる。よせよと身をよじってよけながら、キュウは澄んだ笑みをこぼした。尖っていた唇が、きっとだよ、と、そういった。ああ、と返すと、もう一度、ぜったいだからねと念を押し、後ろ向きに歩く少年は、やがて小走りに駆けていった。

その姿がビルとビルの隙間に消えるまで、わたしは彼を見送った。みぞれはまだ降っていて、まるで映画のラストシーンのようだった。ダウンジャケットのポケットに両手を突っ込み踵を返す。コインパーキングが近づくにつれ、体温が奪われていく感覚に襲われた。けれど足取りに迷いはなかった。自分でも意外なほど、はっきりとしていた。

駐車料金を払い、アウディに乗り、スマホを手にする。カーナビに住所を打ち込んで発進する。新宿からさほど離れていない。約束の時刻まで時間はあった。途中、事前に調べてあったショッピングモールに寄る。リュックを担いで多目的トイレへ入り、着替える。鏡の前に立ち、人生でほとんど初めて、口紅を引く。茶髪にカールのかかったウィッグ、ベレー帽、サングラス、スカーフ。すべて昨日のうちに購入したものだ。マスクだけない。皮肉だなと乾いた笑いがもれる。

一着七千円のワンピースは生地がペラペラで、寒さを防ぐ効果はなかった。ダウンジャケットを羽織るわけにもいかず、量販店でニットのカーディガンを買う。エスカレータで下へ運ばれるあいだ、鏡になった壁で自分をたしかめた。三流ドラマの女スパイ。あるいはネジのゆるんだ親戚のおばさん。駐車場の入り口へ。アウディにリュックを投げ込み、代わりに祖母のポーチをつかむ。ショッピングモールを出ると、雪はもうほとんどやんでいた。

早稲田（わせだ）通り沿いのスターバックスでカフェラテを注文し、二階へ上がる。日曜の昼間だというのに驚くほど客がいない。窓際の奥まった席から階段を見張り、十分後、ちょうど待ち合わせの時刻に男がやってきた。視線を感じる。フロアにいる客は女性同士の一組とわたしだけ。素知らぬふりをしていると、男はこちらに興味を失い、壁際の席に座った。生クリームがのったドリンクをすすり、さっきまでのわたしとおなじく階段のほうへ注意を払った。わたしは適当にスマホをいじりながら、雑誌でも買っておくべきだったと後悔する。

しばらくして、男がスマホを耳に当てた。同時に手の中でわたしのそれが音もなく光った。マナーモードで留守電も設定していない。延々とつづくコールが途切れたタイミングで様子をうかがうと、男はスマホをテーブルに投げ置いて、腹立ちまぎれに生クリームを口へ運んでいる。十分おきに不毛なコンタクトは繰り返された。待ち合わせの時刻から一時間が経ったころ、男が乱暴に席を立つ。一拍あけてからそのあとを追う。

呼び出しをすっぽかされた不満を荒い足取りに込めて、男は早稲田通りを渡った。そのまま北上し神田川を横切って、左へ折れた。山手線の高架を越すと、ほどなく地上を走る西武新宿線の線路がならぶ。電車が二本過ぎても男は止まらず、わたしはその歩調に合わせた。店舗の看板に「下落合」の地名が入りはじめる。男は歩きながら二回ほど電話をかけた。ポーチの中でスマホが光っているのだろうが当然無視する。行く手にひと気がなくなりはじめ、わたしはいっそう距離をあけた。

男の目的地がコーポだったことに安堵する。飲みにでも行かれたら面倒だった。古めかしいコンクリート造りの三階建て。建物の中にドアがあるタイプでオートロックはない。これにも胸をなでおろす。

部屋番号だけでも確かめておこうと思ってエントランスをくぐると、一階のいちばん奥、両サイドに向かい合う左側のドアに男が鍵を差し込もうとしていた。人目はまったくない。

反射のように足が動いた。スニーカーの音が窮屈な廊下に響いて、ドアを半開きにした男がこちらを向いた。彼が声をあげるより、わたしのほうが早かった。突き出した右手が無精髭に覆われた顎を摑んで、そのいきおいのまま部屋の中へ押し込む。左の拳で男の鳩尾を打つ。膝で金的をかち上げる。男がうめいてくずおれるのと、わたしがドアを閉じるのは同時だった。

男の顔面を蹴り飛ばす。腹ばいになった背中を全力で踏みつけ、跨ると、わたしは首に巻いたスカーフを男の口に嚙ませて首の後ろできつく縛った。その隙間から荒い吐息と涎がこぼれた。

後ろ髪をつかんで、床に叩きつける。三度、それを繰り返す。額がゴンゴンと鈍い音を立て、そのたびに男が悲鳴にならない悲鳴をあげる。わたしは後ろ髪をつかんだまま男の耳もとへ唇をよせた。騒ぐな、とささやいた。感情は混ぜずにいった。もう一度男の頭を持ち上げて、床に叩きつける。鈍い音がする。わかったのか？　頭を持ち上げ床に落とす。わかったのかと訊いてるんだ。

返事は待たない。ひたすら要求を突きつけて、絶え間なく痛みを与える。その効果は身をもって知っている。

「騒いだら、潰す」左手で男の股間をつかんだ。生温かく濡れていた。舌打ちをして、二度ほど頭を床に叩きつけてやる。男はもう泣きはじめている。

ひと息ついて部屋の中へ目をやった。ゴミ溜め。せせこましいワンルームはその表現がしっくりくるほど物であふれ、薄いカーテンから差し込む光がわずかにそれらを照らしていた。万年床に炬燵。その周辺に散らばる弁当の空き箱やビールの缶、服や下着類。家族がいる不安は消え、手に付いた小便の臭いが意識にのぼる。

「諸角」

わたしは彼の髪で手を拭いてから、頭を床に叩きつける。

「何時間でも付き合うよ」

頭を床に叩きつける。

「あんたがわたしの名前や顔を思い出すたび、この痛みがよみがえるようになるまで」

頭を床に叩きつける。

絞り出すように、諸角がうめいた。「……まるぞ」

「かまわない。捕まってもいい」

頭を床に叩きつけ、そのまま顔面に体重をのせる。鼻血が、床を赤くする。

「何年刑務所に入っても、出てきて、必ず、おまえを殺す」

諸角が凍りつく。

「こういう人間もいる」

ポーチから万能ナイフを取り出して、わたしは首筋に当てた。諸角が全力で暴れだすのを、騒ぐな、と耳もとでささやいて黙らせる。

「――て。赦して、ください」

スカーフを噛みながら絞り出された言葉に嘘はなさそうだった。けれど、まだ、あくまでこの瞬間の真実にすぎない気もした。わたしはナイフを首筋にめり込ませる。刃の逆側を当て、ゆっくりと擦(こす)る。びくんと諸角の身体が跳ねる。必死に声をのみ込みながら、がくがくと身体が痙攣(けいれん)しはじめる。完全に、挫かなくてはならない。気概や復讐心が、微塵も残らないほどに。

それが無理なら、始末する。

落ち着いている。迷いもないし興奮もない。わたしは一体のロボットになっている。クーラーボックスの外からわたしを事務的に殴りつづけたあのランニングシャツの男のように。

「赦ひてくだひゃい」

泣き声で我にかえって、薄暗い部屋のカーテンを眺めていたわたしは諸角の後頭部へ目を戻した。大丈夫だ。後悔も罪悪感も、制御不能な感情もない。

炬燵にのったノートパソコンを起動するよう命じた。パスワードをメモする。スマホを取り上げる。諸角はいいなりだった。小便をもらしたズボンのまま炬燵の前に正座して、がたがた震えながら「赦してください」とうわ言のように唱えた。その姿を見ても、わたしは何も感じなかった。ただ少し、疲れたとだけ思った。

ほかに動画を記録しているものがないか確認してから告げる。もしも動画が広まったら、またくる。誰が広めたかなんて関係ない。広まった瞬間に、わたしは自分のすべてを懸けて、おまえの人生を台無しにする。

最後に後頭部を全力で蹴りつけて、わたしは諸角の住居をあとにした。

通りへ出てタクシーを拾い、ショッピングモールへ。アウディに置いてあるリュックをつかんで多目的トイレで着替える。カーディガンを買ったレシートでは足らず駐車料金を払う。

エンジンをかけ、フロントガラスへ目をやると、落とし損ねた口紅が真っ赤に映えていた。その不気味な色をしばらく見つめた。

達成感などない。いい気味だとも思わなかった。ただ、作業をした。モップで床をこするように。

椎名翼を殺ったときはちがった。七年前の夏祭り、花火の見える場所に茣蓙を敷いて陣取ったわたしたちは、一発目が打ち上がってすぐに行動を開始した。まずはロクが友だちに会ってくるといって離れた。つづいてわたしが、トイレへ行くといって席を立った。ドン、ドンと空気を震わせる音を背にわたしは進んだ。夜空の爆発に見入る人波を縫って、三猿像がある森を目指した。花火の音が自分の心臓の音と重なった。一歩踏み出すごとに、筋肉がぎゅっと神経を圧迫した。すでにロクは和可菜を殺しているはずだった。なのに、それをおくびにも出さず、いつもどおりにわたしやキュウや祖父母と接していた。

時間はない。キュウに怪しまれる前に、片をつけて戻らなくてはならない。わたしはリュックを背負い、野球帽をかぶってロクを追った。前の日の夜に切った髪について祖父母は何もいわず、ただグロテスクな化け物を見るように顔をしかめただけで、わたしと話すことも、目を合わせることすらせず、おかげで気兼ねなく彼らのもとを去ることができた。

森の中は暗かった。花火が木々の隙間を照らし、それがわたしの道標（みちしるべ）だった。

赤い車。椎名大地のオデッセイ。獣道の奥に駐まるそれを見つけて、わたしは木の幹に身を潜めた。地面を這いつくばって、事前に隠してあった金属バットを手にし、車へ目を戻した。ロクが睡眠薬入りの飲み物を飲ませ、わたしがとどめを刺す手はずだった。けれど車の中からロクは一向に現れなかった。わたしは奥歯を噛んだ。車の中で何が行われているか、遠くからでもわかったからだ。――あいつ、外でやるのが好きなのよ。

よかった。じっさいに外で、この目でそれを見てしまったら、わたしは段取りを無視して金属バットを椎名翼にふり下ろしたにちがいないから。

じりじりと待った。虫が首や手の甲にとまってもかまわず、ただ待った。指が折れるほどバットを握り締め、まばたきも惜しんでオデッセイをにらみつづけた。

やがて後部座席のドアが開き、ロクが出てきた。わたしを見つけ、車の中から椎名翼を引っ張り出した。ぐったりとした椎名翼が、うつぶせに地面に転げた。わたしはバットを手に駆けた。ドン、と花火が鳴った。椎名翼の後頭部めがけてバットをふりかざし、ふり下ろす。ドン、ドン。歓声がここまで届く。それがぐちゃりという肉と骨の音を隠蔽する。ふりかざし、ふり下ろす。ドン、ドン。光が差し込む。血が飛ぶ。わたしのTシャツ、デニムに飛沫の柄が描かれる。何も考えられなかった。ただひたすら運動を繰り返した。これまで与えられてきた痛みや屈辱、車の中から出てきたロクの皺がついたブラウスと冷めきった瞳が、光速の断片となってわたしの中で爆ぜていた。ドン、ドン。何度目かわからなくなったころ、もういい、とロクがいった。もう死んでる、と。

どけとロクに命じられ、肩で息をしていたわたしはようやく正気になった。正気になっても、恐怖はなかった。元の形を失った椎名翼の頭蓋、どす黒く腫れた皮膚や漏れ出た脳みそを眺めても、一片の後悔も、罪悪感も生まれなかった。

ロクは素早くビニール袋で椎名翼の頭部を覆い、首のところを紐で縛った。それからふたりで車に積んだ。金属バットと返り血を浴びた服もいっしょに放り込んだ。リュックの中には、まったくおなじTシャツとデニムの着替えを用意してあった。

キュウをよろしく――。ロクがそう残し、オデッセイを操って走り去ると、とたんに身体の力が抜けて、わたしは三猿像にもたれかかった。ひときわ大きな花火が上がり、森が白く染められて、自分の手がべっとりと血で濡れていることに気づいた。いいようのない感情が込み上げてきて、しばらくその場で声を殺して笑いつづけた。

手の甲で無理やり口紅をこすり、わたしはショッピングモールを出た。こすってもこすっても口紅は消えなかった。こすればこするだけ、キュウと触れ合った事実が遠のいていくように感じられた。鼻に小便の臭いがこびりついていた。わたしは眠っていたカーステのラジオをかけた。音楽が流れるチャンネルを探して、ボリュームを最大にした。歌詞のわからない外国語のロックンロールはひたすらうるさく、聴いているうちに少しだけ気分が鎮まる。諸角のノートパソコンとスマホが助手席にのっている。けれど奪われたのは、わたしのほうかもしれないとぼんやり思う。

渋谷クリップを観せられた日から、有吉は祖父母宅に住みついていた。ダイチがきたらどうするんだと訊いても、怪我人ぐらいどうにかなると気怠(けだる)げな返事があるだけだった。

ノートパソコンとスマホをわたす。なんだ？　という顔をされたが、消せ、とだけわたしは伝えた。大量の動画を削除し、クラウドもチェックする。スマホのＳＩＭを折る。初期化すれば大丈夫だと思っていたが、それでは足りないといって有吉はノートパソコンとスマホを浴槽に沈めた。電気を流してクラッシュさせる。これで復元も難しくなる。作業が済んでもわたしは居座って、有吉が持ち込んだパソコンにオーディオアンプ、ＣＤの山とシンセサイザーを眺めた。こんな趣味があったのか。どんな趣味なら納得したんだ？　さあな、だが似合ってる気もする。遊びだ、と有吉はいい捨てた。弾けるんだろ？　物真似ぐらいだ。それだってすごいじゃないかとおだてると、おれに音楽の才能はないと、めずらしく尖った声になった。渋谷クリップに使ったミュージシャンと比べたら孔雀(くじゃく)とガチョウぐらいの差がある、あいつはすごい、音の組み合わせと配置のセンスがぜんぜんちがう——。

たしかに渋谷クリップは最高だった。五分間の映像に高揚と快感がほとばしっていた。だがそれはキュウのダンスや音楽のせいばかりでなく、確実に、有吉のセンスでもあったのだろう。

もっとつくってみないか？　キュウのクリップを、おまえの好きなように。

有吉は眉間に皺を寄せこちらを見たが、やがて「そんな暇はない」と顔をそむけた。

翌日わたしは昼休みに鳳プロの亀石と連絡を取り、次の日の仕事終わりに祖父母宅に寄った。パソコンの前で作業をしている有吉にメールを確認させると、亀石からURLが届いていた。つながったクラウドサービスから圧縮ファイルをダウンロードする。そこに、キュウが詰まっていた。小さなイベントのステージからレッスン室の様子、ボイストレーニング、ダンスの練習。ミハエル・マキタのオーディション、それに合宿の風景。

約束どおり、亀石はあるだけの映像を寄越してくれた。渋谷クリップの制作者が知り合いだと電話で教えたとき、彼は驚き、それからぽつりと「あの子には、まだツキがあるのかもな」ともらしていた。

非公式だし勝手に公開はできないが、完成品を観てもらえる。出来が良ければ買ってくれるかもしれない。つまり仕事だ。偽物のサインを書くよりはマシだろ？

有吉は変わらず眠そうな目で「まあな」と返してパソコンへ向かった。ディスプレイの中で弾けるキュウの映像とおなじぐらい、それに食い入る丸まった背中が、わたしにはまぶしく映る。必要なものはないか？　ない。ふり向きもせず答えたが、帰り支度をはじめたとき、アクアブリッジ――と有吉はつぶやいた。

今度また連れていけ。渋谷クリップは、あのドライブのイメージでつくったんだ。

腑に落ちる感覚と、永遠に理解できそうにない感覚の両方があった。才能。キュウの先輩だった男の考えが正しいのなら、有吉は「出会った」のかもしれない。

アパートへ歩きながら、思考は七年前に飛んだ。

森を出て祖父母のもとへ戻り、キュウといっしょに屋台のならぶ縁日のほうへ出向いた。トイレ、長くなかった？　キュウがからかってきたが、髪を切ったせいかもな、と答えになっていない答えを返した。ドン、ドンと花火が鳴るたび、まだわたしの肩口ぐらいの高さだったその横顔が照らされた。鼻歌でも歌うように人波を縫う少年に、陰りは少しもなかった。ロクは？　さあ、男といっしょにいるんだろ。だね、あいつ色気づいてて生意気だ——悪戯に笑いながらキュウが手を握ってくる。わたしはそれを握り返さなかったが、ふり払うこともしなかった。ドン、ドン。ゆっくりと歩を進め、何度も行ったり来たりして時間をつぶし、終わりが近づいたころ、祖父母のもとへ戻った。ロクは平気な顔でそこにいた。わたしたちを見て、遅かったじゃない、と曇りのない顔でいった。おおっと歓声があがる。最後の花火が夜空にのぼる。束の間暗闇と静寂がおとずれて、光の輪が弾ける。大きな爆発音がする。腹に響く衝撃がある。ひゃあ、とキュウがはしゃぐ。いつの間にかわたしたちの手は離れている。

夜中に家を抜け出して廃工場へ行った。真っ暗闇を手探りで進んだ。ドラム缶をのぞくとふたつの死体が、いかにも無造作に折り重なっていた。いったん外へ引っ張り出し、服を脱がす。ドラム缶に詰め直し、わたしは隠してあった薬剤をそこに注いだ。種類はみっつあった。みっつともポリタンクいっぱいで、皮膚につかないように気をつけながら、空になるまで逆さまにした。耳に、ドン、という花火の音が残っていた。ひゃあ、というキュウの声があった。ロクの冷めきった顔、何もなかったかのような微笑。嫌な臭いがしはじめた。ぶつぶつと泡立つような音がする。それを虫の音がかき消した。誰かに見られたらと、なぜ心配しなかったのだろう。不良どもがやってくる可能性。わたしは何も考えず、ただただ作業に没頭した。薬剤を流し、溶けていく死体を見つめる。怖気も吐き気もなかった。なぜならわたしは、ロボットになっていたからだ。命令を遂行する自動機械に。

明け方の前にその日は帰り、翌日の夜に溶けきった肉の液体を川に流した。残った骨をすり潰し、やはり川に流した。朝陽が顔を出すまでかかった。このときもわたしは、いっさいの感情をなくしていた。ただ、キュウとつないだ手の感触が消え去っていることに気づいて、もうここにいてはいけないのだと悟った。町を出ようと決めた。ロクに命令される前に。

警察の聴取が一段落し、三学期が迫ったころ、わたしは東京を目指した。ロクからはもっと時間が経ってからにしろといわれたが、どうしても聞けなかった。あの夜以来、急き立てられるような焦燥がずっと腹の底で暴れていて、このままここにとどまることは、椎名たちに凌辱される以上の苦痛だった。

もう二度と、キュウに関わらないと約束して。準備を整え、電話で決意を伝えると、予想していたかのようにロクはいった。警察は上手くごまかしておく。じゃあね、ハチ——。

県道を走る車はほとんどなかった。コロナのせいというより、富津の町ではこれが通常だった。わたしは信号を無視して道を渡った。遠くからヘッドライトが差し込んできたが、スピードを速めずに黙々と渡った。

キュウや有吉が光のほうへ進みだすごとに、わたしは濃い影に塗られてゆく。

小便の臭いが消えない。口紅が残っている気がしてならない。まもなく日付が変わる。四月一日になる。オーディションの結果が出たら、この影はなりをひそめるだろうか。自分が選んだ道なのだと、納得できるだろうか。

そういえば、キュウからメッセージが届いていない。一昨日会って満足したのか、慌ただしくしているせいか。まとわりつく夜の空気をふり払い、今日から明日へ、わたしは県道を渡りきる。

しかし翌日、結果は発表されなかった。


『ミハエル・マキタの日本公演に関して、予定していたキャストの発表を延期させていただきます』

ぱらつく雨のなか、スマホを検索する指が固まった。エイプリルフールのジョークを真剣に疑った。公式サイトの素っ気ない文面では納得できず、関連ニュースやSNSを漁ったが、ほとんど話題になっていない。世界的な演出家も一般人には馴染みが薄く、大々的に報じるほどのニュースヴァリューはないのだ。

当事者以外には。

『どうなってるんだ?』

キュウへメッセージを送った。しばらく待ったが、我慢できずに電話をかけた。ひたすら聞こえるコールの音に苛立ちが増した。たった数日で内定していた配役がくつがえるなんてことがあるだろうか。いや、あり得る。キュウが、何かやらかしたのなら。

「買わなくていいのか?」

コンビニから唐木が出てきた。「弁当、もうろくなの残ってないぞ」

ええ、と曖昧に返した。耳はまだ、コールの音へ向いていた。

「布マスクだってよ」

「え?」

「首相が、布マスクを二枚ずつ国民に配るんだとさ」

何かしてくれるとは思ってたけど……、まあ、でも、ないよりゃマシか――。そそくさとハイエースに乗り込む唐木のぼやきは右から左へ流れていった。コールはつながる気配もなく鳴りつづけている。

食欲はまったくなかった。いったん電話を切って深呼吸をする。ジュースと握り飯だけ買ってハイエースへ戻る。助手席のドアを閉めると、唐揚げ弁当を食いながら唐木がいった。「コンビニ弁当、脂っこいんだよ。おれの歳になるとさ、こういうのは胃がもたれるんだ。下手すると動けなくなる。動くために食うのにさ、おかしな話だよな」

ふだん唐木は食堂を選ぶ。うどんや蕎麦を食いたがる。なのにコンビニ弁当で我慢しているのは、行きつけがどれも休みだったからだ。原因はコロナである。

オリンピックの延期が決まったその日から、都内の感染者が激増したんだと唐木は愚痴った。それまで十人前後だった新規感染者が、まるでタイミングを計ったように突如として四十人近くに増えた。いずれ、日に百人規模で増えはじめるのは確実だろう。

比べると、累計で百人そこそこの千葉はまだマシ。それでも影響はまぬがれない。

「まったく、やってらんねえよ。知ってるか? 延期になったのはオリンピックだけじゃねえ。

007の新作があったろ？　あれも公開延期になった。おれは楽しみにしてたんだ。この先、ライブとか舞台とかも、軒並み駄目になるんだろうな」

「――え？」

わたしの反応に、唐木が、は？　という顔をした。

「なんで、駄目になるんですか」

「なんでって、そりゃあそうだろ。人が集まったら感染が広まるんだから。ライブとかは客も叫ぶし、舞台だって、ほら、『密』ってやつだよ。蕎麦屋が駄目じゃ、ぜんぶ駄目だろ」

ほんと、ニュースくらい見ろよ――。笑う唐木の横で、わたしは悪寒に耐えていた。新型コロナウイルスの感染拡大による公演延期。わかってみればありそうなことだった。キュウが何かしでかしたよりもはるかにいい。なのに、胸がざわつく。

原因があいつじゃないなら、どうして連絡がつかないんだ？

「まさかとは思うけど――」唐揚げを嚙みながら唐木がいった。志村けんが死んだことは知ってるよな？

包装を解きかけていた握り飯を太腿に置き、もう一度電話をかけた。つながらない。暑くもないのに汗が滲んだ。トゥルルルル……。おい、どうしたんだよ。そんな唐木の呼びかけを無視してコールをつづける。亀石のつぶやきが頭によみがえる。「あの子には、まだツキがあるのかもな」。気にも留めていなかった。だが、マネジメント統括部長の立場にいる亀石にはこの事態が予測できていたのだろう。部外者には明かせないが、思わず本音がもれた。つかみ損ねたチャンスを、まだ取り返す望みがあるかもしれないと。

嫌な予感がどんどんふくらむ。コロナによる延期は事故だ。誰の責任でもない。時期を待てばいいだけだ。

なのに、胸騒ぎは一向におさまらない。

唐木に断りも入れず、わたしはハイエースを降りた。キュウへの電話を切り、亀石の連絡先にかけ直す。つながらず、かけ直す。三度目で、ようやく応答があった。

「侑九はどうしてるんです？」

挨拶もなく切り出したわたしに、いい淀む気配があった。やがて、すまないが、と亀石の声がした。〈いま、病院なんだ〉

「侑九もですか？」

〈ああ、そうだ〉

「あいつは――、罹（かか）ったんですね？」

新型コロナに。

深いため息が聞こえた。〈そうだ。陽性の結果が昨日出た。おれたちは濃厚接触者扱いで検査を受けてる〉

「侑九は無事なんですか」

〈その点は心配ない。いちおう入院措置になっているが、若い奴はたいてい症状が出ないらしい。無症状病原体保持者というやつだ〉

もう一度、ため息が聞こえた。〈今回それが発覚したのは、ミスターが罹ったからなんだ〉

「……え？」

〈まだ報道はされていないが、三日前の昼間に急に高熱が出て、そのまま入院した。ずっとヤバい状態がつづいている〉

「助かるんでしょう?」

〈わからん。日本人の死亡率は低いといわれているが、ミスターには欧米の血が流れてる。若者といえる年齢でもない〉

「じゃあ、舞台は――」

〈年内は絶望的だろう。その先のことはわからん。誰にも、何もわからないんだ〉

それに――と、亀石の声に逡巡が混じった。〈まだ確定はしていないが、侑九は感染経路の第一容疑者になっている〉

血の気が引いた。

なぜ? と訊くわたしに亀石が訥々と語った。二月末、国からスポーツや文化事業に対する自粛要請があった。以来、関係者には生活マニュアルが配られていた。マスクの着用、手洗いうがいにアルコール消毒、検温の義務付け。飲み会はもちろん、不要な外出や観劇、帰省すらも禁止され、違反者には契約解除もあり得るという厳しいものだ。

〈それを侑九は破った。本人が認めてる。マニュアルが配られて以降、複数の女に会ったとな〉

新宿での再会を思い出した。あれが問題なら自分も濃厚接触者になるが、自覚症状はまったくない。べつのルートもある。あいつはメッセージでこういっていた。ルカもマイコも、ぜんぶ切ったよ。ほんとにほんと。

〈現状、ほかに有力な容疑者はいない。こういうことは、あまり口にすべきでないが――〉いったん言葉を切ってから、亀石はつづけた。〈もし、ミスターに大事があったら、この先あいつが欧米圏で活動するのは難しいかもしれない〉

徐々に強さを増しはじめた雨が作業着を重たくしていた。

「あいつと話せませんか？　連絡がつかないんです」

〈面会は無理だが、電話はできるはずだ。タイミングが合わないだけじゃないのか？〉

そうだろうか。メッセージを返すぐらいはいつだってできるはずだ。

〈少なくともあと一週間は隔離だ。感染者がもっと増えれば追い出されるのかもしれないが〉

「わたしにできることは？」

亀石はためらうように黙り、それからいった。〈ない〉

「動画をつくって応援するぐらいは——」

〈それもやめたほうがいい。いや、わからんが……〉

曖昧に濁し、すまんが、とつづける。

〈もう切る。しばらくは、おとなしく見守っててくれ〉

通話が終わり、着信を確認したがキュウから連絡はきていなかった。ハイエースへ戻ると、弁当を食い終わった唐木がぎょっとした表情でわたしを見た。

「大丈夫か？　おまえ、ちょっと変だぞ」

大丈夫ですと返したが、何が大丈夫で何が大丈夫でないのか、わたしこそ教えてほしかった。

ロクに報せなくては。

そう思い、ふたたびスマホを取り出して、しかし指は動かなかった。

「出るぞ」

唐木がエンジンをかけた。スマホをしまい、わたしは食い損ねた握り飯をドリンクホルダーに突っ込んだ。

午後の現場は市内の理髪店だった。準備をしながら、馴染みの店主と唐木はいつものように世間話をはじめた。「どうなの、景気は」

「いまはまだなんとかかな。不安なのはこの先よ」「ウイルスがウヨウヨしたって髪はちゃんとのびるでしょ」「見せる相手がいないんじゃ不要不急だ。みんなで家に閉じこもってちゃ、パーマもシャギーもありゃしねえ」

トリマーのほうが安泰だろうな。たしかにビール腹の亭主よりワンちゃんのほうが大事だわな――。からからとふたりは笑うが、そこにひと筋、引きつったひびが入っている。わたしは背を向けしゃがみ、洗剤の容器の蓋を開ける。

「清掃だって似たようなもんさ。どこもたいへんってことだね」

「いまだに遊び回ってる奴がいるんだからどうしようもねえよな」店主が舌打ちをした。「仕事が休みになったからパチンコだって、馬鹿すぎんだろ。ウチの姪っ子の話じゃよ、学校が一斉休校になったとき、さっそくカラオケに誘われたんだと。合コンだっつって。間抜けかよ。遊園地行こうって、頭おかしいだろ。アイドルのイベントだ？　脳みそ腐ってんのか」

店主の声から、もう笑いは消えている。「ふざけんなって話だろ。世界中で被害が出てて、気をつけようって声かけ合ってるときに、やっぱり馬鹿は遊ぶわけだろ？　だから広まるんだよ。理由なんてどうでもいい。ごちゃごちゃ言い訳すんなっつーの。こんな状況で、罹る奴は馬鹿なんだ。

救えねえ馬鹿なんだ。もう死んじまえよ」

おい！　と唐木が声をあげた。わたしの手の中で、洗剤の容器が真っ逆さまになっていた。液が、床に水たまりをつくっている。

「何してんだ」

「――すみません」逆さになっていた容器を戻し、わたしは唐木と店主に頭を下げた。

唐木が、わたしの耳もとに顔を寄せた。「おい、町谷。おまえ車で待ってろ」

「いや、大丈夫です」

「いいから待ってろ。邪魔なんだよ」

強い口調に、わたしはもう一度ふたりに頭を下げてからドアへ向かった。後ろから店主の戸惑った軽口が聞こえた。おいおい、勘弁してくれよ、あの子、罹ってんじゃねえだろうな？

ハイエースの助手席に身体をあずけ、低い天井を見上げる。雨は変わらず降っていた。フロントガラスに次々と水滴が流れていった。遊ぶ奴は馬鹿。罹る奴は馬鹿。救えねえ。死んじまえ。

ああ、そうだ。おっしゃるとおりだ。女遊びをしていたキュウが悪い。この時期に別れ話をしに行ったのも軽率だろう。自業自得。他人を巻き込んだぶんそれ以下か。

くそっ。額を殴り、髪をかきむしる。誰にわからなくても、わたしにはわかる。キュウは、まっとうになろうとしていただけだ。自分の進む道を見つけ、決心をして、真っ直ぐに走りだそうとしていただけだ。たまたま、わけのわからないウイルスが蔓延していただけだ。

ここで何を呪ってもはじまらない。諸角のケースとはちがう。亀石がいうとおり、わたしにできることはない。せいぜい連絡を待つぐらいしか。

だから、よけいに痛い。

ハイエースを降りた。理髪店へ戻った。店主はおらず、手伝わせてくれと願ったが、唐木はうなずかなかった。頼むから車にいてくれ、気に入らないとすぐクレームをいってくる奴なんだ――。もう帰っていい。社長には熱があって病院に行かせたといっておく。頼むからと繰り返されて、わたしは小さく謝ってから背を向けた。

バス停が近くにあるのは知っていた。だが雨避(よ)けもないそこに突っ立って待つ気にはなれなかった。だから歩いた。建物などろくにない国道をひたすら歩いた。雨は強くも弱くもなく、ぽつぽつとわたしを濡らした。ほんとうに風邪をひくかもしれない。だからなんだ。コロナと区別はつくのか。どうでもいい。マスクを外す。ストックの数が減り、最近は使い回しになっている。

何度もスマホを確認したが着信はなかった。キュウにかけてもコールだけ。有吉にも報せなくては。せっかくの動画も無駄になるかもしれないと、どんな口調で伝えればいいのだろう。

そのときスマホが震えた。キュウの番号からだった。立ち止まり、通話にして耳に当てた。

「大丈夫なのか?」

〈ええ、もちろん〉

女の声だった。ロクよりも歳上で、ハスキーな、聞き憶えのある声。

「――マオ?」

埠頭のダンスクラブで、百瀬といっしょにいたボブカットの女。

〈呼び捨て? 礼儀ってものを知らないのね〉

ロクが人買いの予備軍と切り捨てた芸能事務所のアドバイザーは、可笑しそうにいう。〈まあ、

それをあなたに期待しちゃいないけど〉

「なんで、あんたが？」

〈マオさんと呼びなさい。ちゃんと話がしたいなら〉

「なんで、侑九の電話にあんたが出るんだ」

ふっと鼻で笑う吐息が聞こえ、スマホを地面に叩きつけたい衝動に駆られた。

〈なんでだと思う？〉

「いいから答えろ」

〈おー怖っ。震えて声が出なくなりそう〉くくくと喉を鳴らし、マオはつづけた。〈なんでって、それはあたしが侑九くんのお世話をしているからに決まってる〉

「世話だと？　なんで――」

〈なんでなんでなんでって、少しは自分で考えてみたら？　でもまあ、いいわ。あなた、いまどこ？　千葉なの？〉

わたしが黙っていると、お暇なんでしょ？　と決めつけてくる。

〈赤坂見附（あかさかみつけ）へいらっしゃい。タクシー代は払ってあげる〉


タクシーは一時間以上かけて駅前に着いた。作業着の若者がちゃんと料金を払えるのか、運転手は不審がりながらも指示どおりにアクアブリッジを渡った。待ち合わせ場所にはボブカットの女の代わりにスーツの若い男が待っていた。男は運賃を支払うと丁寧な口調でわたしを黒塗りの車へ誘導し、行き先を告げないまま運んでいった。車窓から巨大なビルが消えたころ、路地と呼べそうな場所に車は停まった。

「三階へどうぞ」

古めかしい雑居ビルは、貧相とはちがう雰囲気を漂わせていた。レンガ調のタイルの先で、エレベーターが口を開けて待っている。

三階に着くと、目の前に飲食店の入り口があった。ドアに「貸切」の札が垂れている。

ぎゅうぎゅうにテーブルが置かれるなか、奥の席でボブカットの女が箸を動かしていた。

「ひとりなのか」尋ねたわたしに、「座って」と、マオは正面の席へ顎をやった。そして白いシャツの袖をまくりもせず、手づかみで蟹の甲羅を威勢よくすすった。

「上海蟹の姿蒸し。ふだんは出ない裏メニューよ」

わたしは黙って木の椅子に腰かけた。テーブルのこちら側に蟹の甲羅がみっつ、それにスープと点心のせいろが置かれている。マオの側には、加えて紹興酒の瓶が立っている。

「裏メニューの、さらに特別な蟹尽くしコース。まともなお店で頼んだら、馬鹿げた値段になるでしょうね」

「まともじゃない店に呼ばれたってことか」

「たしかにそうかも。その気になればウミガメのスープだって食べられるし」

ワシントン条約ってご存じ？　からかうように目を細め、組んだ両手に顎をのせる。

「あたしは現実主義なの。見栄が必要なときは見栄を、味が必要なときは味を求める」

マオに見つめられ、思わず唇を結ぶ。百瀬と似た引力があった。蟹をつかんで箸を刺す。儀式だ。

マオはそれを求めている。わたしはせめてぶっきらぼうにかき混ぜて、口の中へ流し込む。甘みと苦みが同時に舌を刺激した。ふくらんだ風味が、するりと喉に吸い込まれてゆく。

「びっくりするほど美味しいでしょう?」マオはうれしそうだった。「あたしも若いころ、初めて食べたときは言葉をなくした。上海蟹はよく食べてたし、たいして好きでもなかったのによ? 心から、人間ってすごいと思った。だってそうでしょ? あたしがこの姿蒸しに感動したのは素材が良かっただけじゃない。たとえ最高級のものでも、下手くそが調理したらこの味には達しない。優れた料理人が経験と研究を積み重ねて、工夫を凝らしたから感動は実現したわけ。それは人間の勝利よ。人間の意志と、飽くなき欲深さのね」

わたしは空になった甲羅を皿に置いた。次のひとつへのびそうになる手を拳に固めた。

「いちばんの旬は秋なの。菊黄蟹肥(ジュファンシエフェイ)――。とくに十月の雌蟹はぜひ食べてほしい。もっとも今年はこんな状況で、無事に輸入できるか怪しいけどね」

広がる肉厚な唇に、引きつけられる。

「お酒は何に?」

「要らない」

「飲みなさい。大事な話はお酒といっしょに。じゃないと信用されない文化というものもある。そしてあなたは、自分の流儀を他人に押しつけられる立場じゃない」

マオは勝手にビールを頼み酌をした。

「感情が深いならひと口で飲み、薄ければひと舐(な)めだけ――。あなたはどっち?」

ペースを握られている。もう一度、これはキュウの話を聞くための儀式なのだといい聞かせ、ビールのグラスを空にした。

「侑九に会わせてくれ」

「それはできない」

マオは即答した。「当たり前でしょう? 隔離期間が終わるまで、たとえ家族であっても面会は無理。もちろん、あたしも会ってない」

「なら、どうしてあいつのスマホを持ってる?」

「だから、世話をしてるのよ。必要な事務処理は山のようにある。そしてあの子ほど、それに不向きな人間はいない。適した人間がサポートするのは自然でしょう?」

「アカの他人のくせにか」

マオは言葉を止め、「冷めないうちに」とせいろへ手のひらを向けてきた。蒸気が立ち昇り、香りが鼻をくすぐる。指でつまんだ焼売(シューマイ)を嚙むと、肉汁と蟹の風味に襲われて、わたしは意識して彼女をにらみつけなくてはならなかった。

マオが、満足したように小さくうなずいた。「いっしょなのよ」

「なんだと?」

「食も人も。さっき話したでしょ? ピカ一の素材も、調理を間違えばゴミになる。ほんの少しの温度、調味料の匙(さじ)加減ひとつでね」

「あいつを、買ったのか」

鳳プロから、彼女の『ルック・ドアー』が。

「ずいぶん、下品な言い草ね」

暗に肯定するマオの余裕に、神経が強張った。

「この業界、移籍はべつにめずらしくない。筋さえ通せば立派なビジネスよ。手に余る問題児を引き取ろうっていうんだから、むしろ良心的とさえいえるでしょうね」

「ふざけるな。おまえらに壊された男がいることを知らないとでも思ってるのか」

「あなたは勘違いしてる。百瀬はそんな小さな男じゃない。可愛いお人形さんをそばに置いて満足する慎ましさとは無縁なの。彼は試行錯誤してるだけ。いえ、実験かしらね」

「ペットとモルモットにちがいなんてない」

「ペットは愛でるだけ。モルモットには施術が与えられる。次の種へ進化するための、方法とチャンスがね」

「麻布のダンサーはクスリをやってた」

笑みが消え、マオは真顔になった。

「それが、おまえらのやり方か？」

「まあ——」と、わざとらしい苦笑が返ってくる。「百瀬が狂ってるのは、否定しない」

つまり承知しているのだ。美とやらのためにドラッグを使うことを、少なくとも黙認している。

「だけど、それが何？　あたしたちの仕事は大衆の想像を超えることでしょ。リスクも逸脱もない人間に誰がお金を払う？　アスリートだってそう。自分にはできないこと、けっして届かない領域、あるいはそこから転げ落ちる悲劇に、人々は夢を見る」

「ジャンキーでもか」

「たとえ人殺しでもね」

見下ろされている。固めた拳に、じっとりと汗が滲んだ。

「議論したくてあなたを呼んだんじゃない。本題は相談——というか、ヘッドハンティングね」

マオが、ずいっとテーブルに身を乗り出した。

「いっしょにやらない？　壮大な自己実現を」

「百瀬の遊びに、付き合えというのか」

「そうだけど、そうじゃない。たしかに百瀬は夢をもってる。純粋で無邪気な夢をね。あたしと知り合う前から、ずっとそれを叶えるために準備をしてきた。地位を築き、コネクションを広げて、でも、どうしても足りないピースがあった。ぜったいに必要で、めったに出会えないピース。お金やコネを注ぎ込んでも手に入らない、それが生まれるのを待ちつづけ、探しつづけるしかないような存在。圧倒的な才能」

口もとで手を組んだマオの顔に影が落ち、その瞳だけが黒く光っている。

「それを手に入れたくて、彼は実験に没頭した。圧倒的な才能を、人為的に生み出そうとしたわけね。肉体、精神、思想。あらゆる面からアプローチしたけど、でも駄目だった。達しない。カッコいいとかモテるとか、賢いとかファンがつくとか賞をもらうとか、そんな程度のありふれた才能に用はなかった。東京ドームを満杯にするくらいじゃ求めるレベルの足もとにもおよばない。どだい無理な話だったのよ。わずかな指の動きや、ふとした視線、他愛ない言葉、それだけで他人の目を引き、問答無用で魅了するなんてのはね」

でも——と、マオは妖しく微笑む。

「ついに捜し当てた。あの子ならできるかもしれない。町谷侑九なら、神殿の頂に立って指を差せる。百瀬はそう信じているし、あたしも可能だと思ってる。町谷侑九と組むことは、百瀬にとって最初で最後の勝負になる。この国を変えようっていう、彼の夢を叶えるためのね」

「――何をいってる？」

「だから、自己実現よ。この国の自己実現。一億人の自己実現」

呆気にとられた。国？　一億人？　意味がわからない。だが瞬間、脳裏をヴィジョンが駆けめぐる。頭上高く手を叩き湧きあがる人々の群れ。地鳴りのような歓声が彩る熱狂の海。すべての視線はたった一箇所に集まっている。少年が立っている。笑みでもなく、怒りでもない顔をして、しなやかな指が、はるか彼方を差している。

その傍らに、百瀬がいる。とろけるような笑みで誘っている。こっちへ来いよ――。

「妄想はいい」

テーブルを殴った。そうしないと、マオの瞳にのまれてしまう。

「現実の話をしろ」

「ずっとしてる。それともあなたがいう現実って物理法則のこと？　元素記号？　ちがうなら、肝に銘じておきなさい。この世界のほとんどは、誰かの妄想が生んだ産物なのよ。誰かの妄想に、あなたは救われ、奪われ、養われているのだと忘れないほうがいい」

「やめろ。おまえの御託を聞いてると頭が腐りそうになる」

わたしはもう一度拳をテーブルに打ちつけた。

「まともな話をする気があるのかないのか、どっちだ」

「だから、ずっとしてるんだってば。むしろこっちは返事を待ってる状態。イエスかノーか、あなたが選んでくれるのを」

マオが右手を上げ、蟹チャーハンを、と厨房の無愛想なコックへ頼んだ。

「もう要らない」

「駄目よ。これだけは食べてもらわないと帰せない。招かれた者の義務を果たしてちょうだい」

皿が届くまでに答えを出せ――と決められたのだ。百瀬につくか、拒否するか。

「侑九で何をする気だ。あいつをどうする気なんだ」

「仲間になるかわからない人間に手の内は明かせない。でも、そうね。近い将来、彼の仕事は一般的な意味でいう芸能活動とは一線を画すことになるでしょうね」

「なら断る」

マオの眼光を押し返すように、身体が前のめりになった。「わたしは、あいつをステージの上で観たいんだ。文化人でも活動家でもなく、アーティストとして」

「アーティストの定義にもよる――いえ、わかってる。面倒な話は嫌いなのよね。でも、そう。残念。あの子には、あなたがそばにいたほうが良いと思うんだけど」

「侑九も、おまえらのとこへはやらない」

「あら、それってあなたが勝手に決められること？」

「わたしが決めるんじゃない。おまえらの言いなりにさせないだけだ」

「彼自身は望んでいるのに？」

「嘘をつくな」

マオが、小さく肩をすくめた。「ふつうに考えてみて。あなたがいうアカの他人に、彼がおとなしくスマホをわたす？」

答えられないわたしに、「ほんとうに知らなかったのね」と気の毒げにつづける。

「とっくに、そういう方向で話は進んでいたのよ。あの渋谷のイベントの夜、百瀬は彼に自分の望みを明かした。どういう計画を用意しているか、どうして町谷侑九が必要なのか。どんな夢を見せてあげられるのか」

「ワインをぶっかけられたんだろ」

「百瀬の指示よ。鳳プロから引き抜く口実に、ひと芝居うったわけ」

嘘だ――。しかし声にはならなかった。百瀬になぜあんな真似をしたのかと訊いたとき、キュウはろくに説明をしなかった。

その場面が浮かぶ。簡単に、浮かんでしまう。

「最初は余所ゆきの愛想笑いを浮かべてたけど、途中からは彼も楽しそうにしてた。聞き終わった感想は『悪戯ですね』。満面の笑みで、『めちゃくちゃヤバい、悪戯ですね』」

「彼がいまの活動に満足してなかったのは知ってるでしょう？　ソレイユなんてユニットを組まされて、くだらない連中と踊ることに飽き飽きしてた。鳳プロから離れたがっていたのはむしろ彼。でも、いっしょにやるかは保留だったの。あたしたちと組むか、芸能界から足を洗うか、どっちかにしていいなら芝居に付き合う――。百瀬はその条件をのんだ。どっちを選んでも鳳プロに払う違約金を肩代わりすると約束までして」

そしてキュウは、わたしのもとを訪れた。おれべつに、スターになりたいわけじゃないよ――。

「ミハエル・マキタに見初められたときは焦ったのよ？　さすがに引き抜き計画もご破算かと思っ

たけど、まさかこんな展開になるとはね。彼もやる気になってるし、こっちとしては結果オーライってとこ」

無愛想なコックが蟹チャーハンの皿をわたしとマオの前に置く。炒めた油の香ばしさが否応なく空腹を誘う。

「侑九に会わせろ」それに抗って、わたしはマオをにらみつけた。「あいつと話すまで、決められることなんて何もない」

マオは余裕の笑みで受け止めていた。わたしはレンゲをつかんだ。チャーハンをすくい、口へ運んだ。マオは変わらず、黙ってこちらを見ている。彼女の閉じた唇をノックするためにわたしはレンゲで米をすくい、焼豚をすくい、蟹の身をすくった。そのたびに強烈な旨みが舌から全身へいきわたった。味覚が歓喜すればするだけ、毒を食わされている気分になった。

「いいでしょう」

残りが三分の一ほどになったころ、マオが口を開いた。「隔離期間が終わったら、会う機会をつくってあげる。でも、いい？　人生には、取り返しのつかない決断をしなきゃいけない場面がある。自分がそこに立っていることを、けっして忘れては駄目よ」

止まったレンゲに、マオが手のひらを向けてくる。残さずに食べなさい――。

翌日は出勤し、黙々と仕事をこなした。社長も唐木も、謝るわたしをわずかな小言で許してくれた。亀石とは連絡がつかなくなった。鳳プロに電話してもつないでもらえず、状況が何もわからないまま、わたしは有吉に舞台の延期を伝え、けれど心配はない、予定どおりキュウのプロモーションビデオをつくってくれと頼んだ。

コロナの感染者は増えつづけた。夜の飲み会がバッシングを浴び、パチンコ店や雀荘の営業停止を求める声が高まるなか、さまざまなイベントの中止が相次いだ。オリンピック延期という前代未聞の事態のあとでは、それがサッカーW杯の公式戦であろうと驚くには値しない。ソーシャルディスタンス、ステイホーム、医療崩壊。国内の感染者は三千人に迫り、世界では百万人に達した。死者も、天井知らずにのびていくだろうという観測がまことしやかにささやかれていた。

いまだ感染が出ていない富津でも、湾岸沿いを占める大手鉄鋼会社が職員を一時的に休職させる方針を発表し、他人事(ひとごと)の空気は消えた。敷地内に出入りする業者は徹底した感染対策を強いられ、それを怠れば契約を切られてもおかしくない。感染者を出そうものなら、この土地で商売ができなくなる恐れすらある。人見クリーンでも手洗いうがい、アルコール消毒と検温が義務づけられた。あの手この手で仕入れたマスクを配り、日々感染対策をするようきつくいわれた。当然、飲み歩きは禁止。破れば一週間の出勤停止。

にもかかわらず、熱を出して早退したことになっているわたしに対し、社長は検査をしてこいとは一言も命じなかった。万が一にも陽性となったら取り返しがつかないからだ。社員全員が濃厚接触者となり、業務が立ち行かなくなる。噂が広まる。綺麗事では片づかない損害の代わりにシフトが減らされた。急遽できた空き時間を、わたしは新居のアパートで無為に過ごした。何もする気にはなれなかった。有吉と顔を合わせるのも億劫で、ひたすらひとり、スマホのニュースやＳＮＳでコロナ情報を漁りつづけた。

マオと会った四日後、四月五日日曜日の昼間、一本のニュースが配信された。ミハエル・マキタの訃報だった。

街から人が消えていた。新宿アルタ前、午後八時過ぎ。昨日の緊急事態宣言に合わせて伊勢丹、京王、小田急の各百貨店が臨時休業を決めた。居酒屋やバーをふくむ飲食店には午後八時終業の時短営業が要請されている。この時刻、明かりを灯しているのはコンビニぐらいで、仕事終わりの勤め人を除けば見廻りの制服警官、カメラを担いだマスコミと思しき一団、手持無沙汰にふらつく黒いスーツの客引きがわずかに目に入る程度だった。

キュウと顔を合わせたのはたった十日前。雪が降ったあのときは昼間だった。静まりかえる夜の新宿はさみしさよりも不気味さが漂って、動かないタクシーの列を横目にわたしは新宿御苑を目指して歩いた。

甲州街道が通る公園の入り口にキュウはいた。交差点の向こう側から軽く手を挙げてきた。わたしは空っぽの道路を小走りに渡る。

「ひさしぶり」

マスクをした口もとがもごもごと動いた。わたしも、会社から支給されたマスク越しに「ああ」と応じた。

「身体は、大丈夫なのか」

「うん、平気。熱もなかったしね。毎日ベッドに寝転んで、暇すぎて死にそうだった」

「マキタのことは？」

「聞いた。もったいないよね。おもしろそうな人だったのに」

そういって、キュウは交差点の信号機を眺めた。

歩こうよ——。誘われるまま公園に沿って甲州街道を行った。広くない二車線道路の向こうには高いビルやマンションがならび、こちら側は木々がかぶさるように庇になって、夜をいっそう暗くしているようだった。

キュウはTシャツにジャージを穿き、金髪をキャップで隠していた。ポケットに手を突っ込んで、地面の小枝を蹴った。それから「ごめん」といった。

「百瀬のこと、黙ってたのを怒ってるんでしょ？　口止めされてたんだ。それが違約金を肩代わりしてもらう条件だったから」

公園の門は閉まっていた。やがて行き止まりになった。迷うそぶりもなくキュウは車道へ出て、わたしもそれにならった。

「ほんとに、どっちでもいいと思ってたんだ。芸能界をやめるでも、百瀬と遊ぶでもさ。どうせあんな口約束、いつでも破れるって思ってたしね」

じっさいミハエル・マキタに目をかけられ、鳳プロに残る道が生まれた。

「でもけっきょくこうなって、まあ、保険がきいたって感じ？」

「ロクは知ってるのか？」

わたしの質問に、「まあね」とキュウはうなずいた。

「オーディションを受けるって決まってすぐ、あいつら一回会ってるんだ。ロクの我がままで、マオにお願いしてさ。おれは行かなかったからくわしくは知らないけど、あいつ、マキタの舞台に受かったら鳳プロに残ることをマオに認めさせたらしい。でも、そう上手くはいかないかもともいってた。だから、わたしも覚悟を決めなくちゃって」

そうか、と思った。ロクはぜんぶ知っていた。最悪の事態を予測し、対策を打っていた。そして結婚に踏みきった。その意味するところが、わたしにはわかった。

キュウを見限ったんじゃない。わたしに対する嫉妬なんて妄想だった。あいつは、あいつのままだった。

バイクが横を過ぎ、すぐに遠くへ消えてゆく。

「百瀬は、おまえに何をさせようとしているんだ？」

「さあ。よくわかんないな。いろいろ夢みたいなことをくっちゃべってたけど、難しい言葉が多かったし、とりとめなかったし、ほとんどチンプンカンプンだった。なんだかおれを、過大評価してる感じもしたしね。ただ、退屈はしなさそうだった」

キュウは遠くを見つめていた。新宿一丁目南と書かれた交差点、そのはるか先を。

「あいつは、まともじゃない。イカれてる」

かもね、とキュウは笑う。その気楽さが、苛立ちに拍車をかけた。

「芸能界なんて、どうでもいいと思ってたんじゃないのか？」

「うん、だから最初は保留した」

「マキタのところで、楽しくなったのか」

「うーん、まあ、それもちょっとあるかな」

「鳳プロでいい。またチャンスはくる」

「いや、あそこは駄目だ。つまんない」

「じゃあやめろ」

わたしは足を止めた。「ちょっと楽しいくらいなら、やめればいい。なんで、あんな怪しい奴と組む必要がある？」

「なんでって――」

キュウがこちらを見た。おどけた表情が、マスク越しにもはっきりわかった。

「ハチがよろこんでくれるからじゃん」

言葉が出てこなかった。

「ハチがいったんだよ。おれに輝けって。太陽みたいに輝けって」

立ち尽くすわたしの前で、キュウは石ころを拾い公園の中へ放り投げた。

「百瀬は、鳳プロよりでかいことを考えてる。おれが、いちばん輝けるステージを用意するつもりでいる」

手をはたきながら、「たしかにあいつは怪しい」とつづける。

「でも、たぶん大丈夫なんじゃない？　ロクがオッケーだっていうんだし」

ぐしゃりと、痛みが走った。つかまれていた胸の芯を、無邪気に蹴飛ばされた感覚だった。わたしへ向けられたキュウの笑みは、けれどわたしではなく、ロクへの信頼で満ちていた。

砕けた破片が腹の底に落ち、ぐつぐつと温度を上げた。

「上手くいくわけがない」

考えるより先にいっていた。

「知ってるのか？　おまえのポルノ動画が出回っていることを」

「ああ、あれか」

驚いた様子もなく、キュウは地面へ笑みを飛ばして、

「ハチ、観たの？」

わたしは思わず目を逸らした。

「おれ、セクシーだった？」

「……は？」

顔を向けると、キュウがこちらをのぞき込んでいた。曇りのない、心から答えを楽しみにしている顔で。

「何をいってる？」

「何って、そのまんまだよ。せっかく撮ったんだもん。ぜんぜん魅力なかったなんていわれたら、哀しくなる」

「おまえ、何をいってるんだ」

「待って。ハチ、なんで怒ってるの？」

なんで？　なんで、わたしは――。

「無理やり撮られたんだろ？　和可菜と翼に」

「え？」キュウは目を丸くし、「ちがう、ちがう」見当外れなレシピを否定するように首を横にふった。「あれは、おれがお願いして撮ったんだ」

意味が、頭を素通りしてゆく。

「まあ、ロクには内緒だったけどさ。だって和可菜の奴、マジで金なかったからね。翼くんも持ってくだけで一銭もくれないし。靴下ぐらい、新しいのが欲しいじゃん？」

陰りひとつない口調でつづける。

「だから翼くんに、小遣い稼ぎしようっておれから提案したんだよ」

「――盗撮だった。寝てるとこを襲われたんじゃないのか」

「そうだけど、じゃなくてさ。あれは苦肉の策。翼くん、完全にノンケだったし、おれもそっちの趣味があるわけでもなかったし。だからまあ、お互い負担が少ない感じでやろうって話になって」

どこまでも口調は明るい。

「けっこう売れたんだよ？　このリーボックも、それで買ったやつだしね」

眩暈がした。額に手を当てると、驚くほど熱かった。

「どうするつもりなんだ」

溶けそうな理性が、かろうじて当たり前の質問をした。「あんなもの、消そうとしてもぜんぶは無理だ。消したと思っても、どこかから必ず出てくる。おまえが有名になればなるほど」

「べつにいいじゃん」

キュウは、軽やかに返してくる。

「それで騒がれたってなんでもない。殺されるわけじゃないし、違約金を取られたりもしないでしょ？」

肩をすくめる姿には、強がりすら見いだせない。

「いまのおれは、あのときのおれじゃない。今日のおれが明日のおれとちがうようにね。それで充分だよ」

「充分なわけないだろっ」

誰がそんな理屈で納得する？　スキャンダルの苦しい言い訳として嗤われるのがオチじゃないか。

「なら、そのときはそのときで、それを利用したらいいだけじゃん」

思考が真っ白になる。こいつは、本気で思っているのだ。ポルノ動画を恥じることなく、他人の視線を露ほども気にせず。

ねえ、ハチ――。

「おれたちって、なんにだってなれるんじゃない？」

キュウがそばにいた。息がかかるくらいの距離に近づいていた。とっさに、わたしはその薄い胸を両手で突いた。キュウはよろけ、車道の真ん中まで後ずさった。ぽかんとした顔が、なんで？と訊いていた。

「近寄るな」

顔を伏せ、投げつけた。

「もう二度と、わたしに近寄るな」

「ハチ――」

公園の柵をわたしは蹴った。全力で蹴って、それから歩きだした。

「待ってよ、ハチ！」

デニムのポケットに手を突っ込んで、背を丸め、歩いた。キュウが追ってきても、けっしてそちらを見なかった。

「何がなんだか、さっぱりわかんない。ちゃんと説明してよ。おれ、悪いことしたの？」

キュウの戸惑いは本物で、わたしはいっそう背を丸める。

「ビデオがどうしたっていうの？　黒歴史？　若気のいたり？　どこにでもある話じゃん」

じゃあ、なんだったというのだ？　有吉を巻き込んで削除依頼したこと。窪塚からその資金を巻き上げたこと。諸角を追い込んだこと。すべて、間抜けな独り相撲だったというのか？

おれたちって、なんにだってなれるんじゃない？

その言葉が発せられた瞬間、どす黒い感情があふれた。無意識の底の底にしまい込んであった感情だった。七年——おそらくはもっと昔から時間をかけて腐り、濁り、変色した感情。見ないふりをしてきた感情。

わたしは、なれない。ロクのようにはなれない。あいつはすべてを捧げる。破滅すら恐れずに、尽くす。

わたしはちがう。求めてしまう。キュウに対して、捧げたものの、見返りを。

これまでもこの先も、キュウがほんとうに必要としているのはロクなのだ。そしてわたしはいつの日か、そのことを許せなくなる。耐えられなくなる。ふたりを、なかったことにしたくなる。椎名翼を金属バットで滅多打ちにしたように。和可菜の遺体をヘドロにして川へ流したように。

浴槽に沈むとき、いつもいちばんに顔を上げるのはわたしだった。ロクとキュウは潜りつづけた。たった数秒のちがい。けれど、永遠に埋めることができないちがい。

そうだ。キュウが現れてから、ずっとわたしは、ロクを憎んでいたのだ。

そして、わたしは悟る。キュウ。おまえの存在が、わたしの人生を台無しにする。めちゃくちゃにする。これまでも、この先も。ようやく手に入れたまともな生活に、おまえは土足で踏み入ってきて、軽やかにぶっ壊す。奪ってゆく。

それを、わたしは望んでしまう。

自己実現。その言葉がバラバラの文字に砕け、作られた花びらのように散ってゆく。水の底へ沈んでゆく。

「おまえになんか、会わなきゃよかった」

キュウが立ち止まった。わたしは歩いた。暗いアスファルトを見つめ、もっと暗いほうへ。

「嘘をついたんだな」

後ろから声がした。

「何があっても味方だといったじゃないか！」

夜の静けさが震えた。

「ハチなんて、大嫌いだ」

ふり返った。キュウの背中が離れていった。とっさに口が動いた。けれど声にはならなかった。手をのばしかけ、それもできなかった。ロクの、すべてを承知したような澄まし顔が脳裏をよぎった。諸角の小便の臭いがする。和可菜と椎名翼の肉が溶ける臭い。金属バットが骨を砕く手応え。花火が終わった真っ黒な空、ドラッグが抜けたあとの虚しい空白。路地に咲く少年のきらめき。万華鏡のように鮮やかなステップ。

ポケットから出した手の、指を畳んで拳にし、柵を殴った。それから、キュウとは逆のほうへ歩いた。嚙み締めた奥歯が、もげるほど痛んだ。

※

結婚式場は休業要請の対象にふくまれなかった。それなりの広さがあるから、天井が高いから。けれど、それなら映画館だっておなじじゃないかと健幹は思った。

問題は、緊急事態宣言にかかわらずキャンセル料が発生することだ。

延期したほうがいいと初めにいいだしたのは姉だった。二月中旬に結婚を決めたときはまだぎりぎり、七月にはこの事態もマシになるんじゃないかという甘い見込みもあったが、ほどなく全国一斉休校の要請が出て、コロナの脅威は一気に身近なものとなった。ママ友と頻繁に交流する姉は、敏感に空気を感じとったのだろう。白い目で見られるよ――。真顔の忠告に肝が冷えた。

フードチェーンを展開する健幹の会社でも、お気楽な雰囲気は消えていた。飲食店への風当たりは思いのほか強く、とくに酒を出すレストランやダイニングバーは肩身の狭い思いをしている。政治家の会食や役所の宴会が世間から叩かれ、まるで飲食店全体がウイルスの巣窟であるかのような報道もめずらしくなくなった。当然、売り上げは減る。新規立ち上げは停滞し、前向きなプレゼンは白々しさとの戦いとなった。

とどめが東京オリンピックの延期だ。五輪特需を狙った事業は見直しを迫られ、白紙撤回を選ぶ者も多かった。虚しい残務処理に明け暮れているうち四月になって、緊急事態宣言が発令されて、今度こそ飲食店は途方に暮れた。会社員の終業がたいてい午後六時ごろ。会社から店へ移動して三十分。その三十分後には売り上げの主力であるアルコール類が提供できなくなるのだ。こんな状況で新しいレストランをつくりましょうだなんて悪い冗談でしかない。

やむなく会社は既存店のコンサルティングで糊口をしのぐ方針に舵を切った。感染対策とテイクアウト業務のノウハウを学び、各店舗にアドバイスをする。宅配業者と上手くつながって踏みとどまるところもあれば、早々に店じまいを決めてしまうケースもあった。どうにもならんね、運命だと思って受けいれるよ——世話になった馴染みのオーナーがさみしくこぼし、健幹は嗚咽(おえつ)をのみ込まねばならなかった。

当初、式の招待客はざっと二百人ほどだった。これだって時節を踏まえ、祖父母の友人知人や父親の仕事関係などを極力削った。派手にやる必要はない。付き合いのあるレストランで、親しい者だけ集めればいい。健幹の本音は、けれど父方の祖父に一蹴された。愛知に住み、伯父が勤める司法書士事務所の経営者でもある祖父は祝い事に一家言もっている。東京が駄目ならこっちでやりなさい、いちばん上等なホールを借りてあげるから——。幼いころから猫可愛がりされてきた健幹はやんわりとその提案を受け流すのがせいぜいで、カジュアルウエディングも、ましてや式をあげない選択肢などおくびにも出せないありさまだった。

「延期したらいいじゃない。キャンセル料はお祖父ちゃんに払わせて」

あっけらかんと姉はいう。健幹はパソコンのディスプレイに向かって「簡単にいわないでよ」とため息をつく。

流行りのビデオ通話アプリは姉の希望だ。一斉休校以来、彼女はこのマンションへくるのをやめた。直接顔を合わせたのは睦深と両親を引き合わせた食事会の一回きり。式の打ち合わせの家族会議も、すべてオンラインになっている。

「結婚自体、慌ててするタイミングでもないと思うしね」

さすがに聞き捨てならないと、以前の健幹ならムキになっただろう。いちおう不愉快に見せる努力はしたが、ウインドウに映るのは我ながら煮えきらない困り顔だった。一方の姉は弟の迷いを知ってか知らずか、余裕でマグカップを傾けている。

「この先、生活スタイルだって変わるかもしれないんだし」

姉の夫は外資に勤めていて、すでに出勤の半分以上がリモートワークになっているらしい。

「四六時中顔を合わせるってのも考えものね。短い時間だから嫌なところを見ないで済むし、ありがたみもある。最初はユウヤと遊べるってよろこんでたけど、最近は駄目。ちょっとしたことでピリピリするようになって、ユウヤはユウヤでそんな旦那にがっかりしちゃって」

誇張だな、と長年の付き合いで察した。けれど頭からお尻まで嘘ということもないのだろう。うんざりしたような目尻の皺に、姉の疲れが透けていた。

「睦深ちゃんの考えも、もっとよく確かめるべきだと思うしね」

「それは、やめろよ」

強い口調に、健幹自身が驚いた。姉もびっくりしたようだったが、すぐに平静を取り戻し、まあ、よく考えてみなさいといって通話を終えてしまう。

真っ黒になったディスプレイを前に、睦深と両親を会わせた食事会を思い出す。

広尾のフレンチレストランでランチを小一時間ともにしただけだが、両親の睦深に対する印象は申し分ないものだった。好奇心を丸出しにした母親の質問攻めを睦深はそつなく、それでいて誠実に返し、父親も「とんびが鷹を連れてきた」とご満悦だった。コロナ禍での結婚も、ふたりはある種の美談と受けとっているようで、ステイホームを子づくりの良い機会と期待している節さえあった。

なごやかに終わりかけた会食に、棘を打ち込んだのは姉だった。

式には誰を呼ぶの?

にこやかさの仮面に意地悪な魂胆を隠し、

ご家族を誰も呼ばないわけにはいかないでしょう?

睦深は背筋をのばしたまま、すっと姉のほうへ顔を向けた。となりに座る健幹には、その笑みの温度が一段下がったように感じられた。

呼びません。誰も呼びません。

はっきりとそう告げて、睦深は自分の母親が行方不明であること、実の父は亡くなっており、義父とは金輪際関わる気がないことを淡々と話した。

町谷家の事情は、健幹から両親に伝えてあった。いろいろ苦労したそうだから、あまり突っ込まないでほしい、自分はいまの睦深さんのことが好きなんだ——。姉にもいいふくめておけばよかった。けれど健幹には、いずれ姉がこうして踏み込んでくる覚悟があって、そしてそれを、頭の片隅で期待していた。

見目麗しいデザートが届き、母親が黄色い声をあげて場はおさまった。レストランを出るまぎわ、姉がそばに寄ってきてささやいた。たいした子ね——。

何がだよ。いろいろよ。

もう一言だけ残し、姉は切り上げてくれたが、警告の響きは健幹の心に刻まれた。

ドアがノックされた。ご飯ができたと睦深に呼びかけられて、パソコンを閉じた。

夕食の準備はすっかり整っていた。サラダに小鉢にコンソメスープ。手前に置かれたライスからはバターの香り。魔法のランプを思わせるカレーポットは専門店で出されるものと遜色ない美しい銀製だ。

茶碗（ちゃわん）を出す必要も奪われて、健幹は人形の気分でダイニングチェアに腰かけた。ビール飲む？　睦深に訊かれ、ううん、やめとくと首をふる。「いただきます」と声をかけ合いカレーポットを傾けると、注ぎ口から垂れてきたルーは赤茶けていた。

「ハヤシライスにしてみたの」

へえ、と生返事をして健幹はスプーンでライスとルーをかき混ぜた。カレーは何度もあったが、ハヤシライスは初めてだ。酸味に抵抗があって進んで食べたいメニューじゃない。期待せず口に入れ、え？　とスプーンを持つ手が固まった。ブラウンソースと牛肉、飴（あめ）色の玉ねぎ、それらがバターライスと絶妙に絡み合う。フレッシュトマトの酸味がちょうどいいアクセントになっている。ふた口、み口、動きを再開したスプーンはもう止まらなかった。

おかわりを頼みかけ、いけないと健幹は自分で立った。結婚が決まったとたん亭主関白じゃ、あまりに恰好悪すぎる。

落ち着いて、じっくり味を確かめる。マッシュルーム、赤ワインの風味。ほかにもスパイスがいくつか入っていそうだが名前までは突きとめられない。仕事柄、とくに洋食は一流のものも食べてきた。厳密にはそちらのほうが優れているのだろうが、けれどこのハヤシライスは、健幹にものすごく合っていた。まるで健幹の舌だけを狙い撃ちしたかのように。

「お義姉さん、なんて？」

何気ない問いかけを、健幹はいったんコンソメスープを飲むことでごまかした。怖いほど、見事な塩加減である。

「べつに。学校と家庭の愚痴だよ。お受験がどうなるんだろうとか」

「そう。お元気そうならよかった」

他意のない口ぶりだった。そう聞こえるように計算し尽くされている気もして、健幹は小皿に盛られたカボチャのソテーをフォークで刺す。

会話は弾まず、美味しさと息苦しさがブレンドしたおかしな食卓となった。そばにテレビのリモコンがあったなら、うっかり点けてしまっただろう。

食べ終わった食器を流しへ持っていこうとしたとき、「ねえ」と睦深が話しかけてきた。

「少し飲まない？」

「え？」

「そういう気分なの。洗い物は明日にして、いっしょに飲みましょうよ」

ふり返った健幹を、まっすぐな微笑が見つめていた。

「たまにはいいじゃない。付き合って」

伯母さんにいただいたブランデー、かまわないでしょ？　うなずくしかなかった。用意をはじめる睦深に促されリビングへ向かう。ソファに身体を沈め、緊張している自分を意識した。

二月のあの日、富津警察署と三猿像の森を訪れた夜とおなじだった。帰宅するやリビングへ引っ張られた。ローテーブルに、すでに酒の準備ができていた。戸惑う健幹と平気な顔で乾杯し、雑談もそこそこに彼女はいった。結婚したいの、できればすぐに――。

自分が望んでいたこと。いずれ必ず切り出そうと決めていたこと。それを先着されて、けれどうれしさより、なんで？　と思った。重ねて請われ、承諾したが、胸に生じたわだかまりは否定できなかった。あまりに唐突、不自然なほどの熱心さ。

富津に通って睦深の過去を調べたこと、睦深の義母と椎名翼の失踪や椎名大地と出会ってからのいろいろ。ぜんぶ放置したまま着々と準備は進み、わだかまりはふくらんでいる。

健幹の態度に気づかない睦深じゃない。いずれ問いつめられる予感はあったが、だからといって準備ができているわけでもなかった。

顔合わせのレストランで、姉が最後に残した疑問が耳にこびりついている。

睦深ちゃん、何か企んでいるんじゃないの？

冗談半分の口調だった。本気で心配しているなら表立って反対する人だ。後日、健幹がビデオ通話で真意を確認したときも、「嫁いびりをしてみたかっただけ」と軽く受け流された。

同時に、こうもいった。世の中には、あなたの常識じゃ測れない人間だっているのよ。

わたしたちは恵まれている。親の愛情も、経済的な状況も。そうじゃない人たちの感情や価値観を、わかった気になるのは危険だと思わない？

おれだっていろんな人を見てきたよ。事業に失敗して破産した人だって。

でもそれは、持ってた人でしょ？　初めから持ってない知り合いが、あなたにはいる？

反論できなかった。家族も友人も、客観的にみて中流以上。貯えのある者以外と関わりにくい職場にいる。昼ドラの観すぎね――。姉は冗談めかして話を終わらせてしまったが、彼女の懸念は痛いほど伝わってきた。

町谷睦深は、自分たちとちがう種類の人間かもしれなくない？　環境も価値観も、生き方も。

「お待たせ」

トレイにボトルとアイスペール、グラスをのせて睦深がリビングへやってきた。L字ソファの短いほうに腰を下ろし、健幹と向かい合うかたちになった。

丸みを帯びたボトルから、琥珀色のブランデーがグラスに落ちる。スペイン産で、銘はカサファナ。細身で小ぶりなグラスは睦深の会社から社員割で購入したリーデルのソムリエ・コニャック。このローテーブルにならぶ一式、五、六万はくだらないと計算できて、飲んでもいないのに胸やけを覚えてしまう。そして睦深の手際の良さに、こういう仕事をしたことがあるのかな、とよけいな邪推をしてしまう。

「乾杯」

一杯目はストレートで。グラスを掲げ合い、口へ運ぶ。果実由来の濃厚な香り。まろやかな舌ざわり。少し甘すぎるぐらいだが、上品で口当たりがいい。腹の底で優しい熱が灯る。

しばらくふたりでブランデーをなめつづけた。ゆったりとした時間が流れた。過去も未来も、なかったことにできそうなほど穏やかに。

「辞めることにしたの」

「――え？」

「仕事」

言葉を失ったのは、それが初耳だったからだ。結婚後も仕事はつづける——当たり前に思っていたから、とくに確認もしていなかった。

「結婚のせいなの？」

「ある意味ではね」

仕事は辞めないと、両親には伝えている。姉も、その点は納得している。変な圧力はかかっていない、はずだ。

「勘違いしないで。コロナが広まってから、いずれはと考えていたの」

海外のバイヤーと頻繁にやり取りをしていると、さまざまな情報が入ってくる。睦深は早い段階で、この疫病騒ぎが一過性で終わらないと予測していた。輸入業が苦境に立たされるのは自明、さほど大きな会社でもないし、若手の自分がお荷物になるのは時間の問題——。

「じっさい売り上げも下がってるし、回復する兆しはぜんぜんない」

健幹にもわかる実感だった。現状、経済の先行きは真っ暗だ。

「じゃあ、家に入るってこと？」

古風ない い回しになった。専業主婦。予想外の提案に、どこかほっとしている自分がいて、健幹はグラスを傾け動揺を隠した。

睦深は答えなかった。じっとこちらを見ている。その強い眼差しに、ピンとくるものがあった。

「ちがうの？」

「ええ。転職ともいえないんだけど、やりたいことがある」

気がつくと、睦深の身体が前のめりになっている。

「何を？」

誘導されていると感じながら、健幹は尋ねた。

「ある少年の、未来が見たいの」

わかりづらいでしょうけど、と断って、「彼が創る未来を見たい。その未来にいる彼を見たい。彼の邪魔をするものから、守りたい。力になりたい。彼の未来に、わたしもいたい」

ひと息にいった睦深が、今度こそ、健幹に迫った。

「離れたところから、見守っていられればと思ってた。それぐらいがちょうどいいって。でも、状況が変わってしまった。世の中の混乱に合わせてね。彼はいま、大きな流れにのろうとしている。傍目（はため）には巻き込まれているだけに見えるかもしれないけれど、間違いなく、それは彼が生む流れなの。彼が踏み出した結果なの」

異様な熱が、べっとりまとわりついてくる。

「わたしも決めなくちゃならない。選ぶ必要がある。なかったことにはできない選択と、決断を」

自分の言葉を確かめるように、睦深は両手を握り合わせた。

「彼と、彼が創る未来に捧げたい。時間も、労力も、何もかも」

「それは――」戸惑いを抑えつけ、健幹は訊いた。「ぼくの稼ぎを、当てにしてるってこと？」

生活のお金、生きていくための経費。たしかに可能だ。給料だけじゃなく、健幹にはある。いずれ受け継ぐ親の資産が。

「否定はしない」睦深はきっぱりと答えた。「嫌われても仕方ないと思ってる。あなたが別れたいというなら、それでも」

ずるい。唇を噛んで、グラスのステムを握り締めた。この期におよんで別れるだって？　あとは書類を持っていくだけで、ふたりは夫婦になれるというのに。

いや、書類なんてどうでもいい。睦深、わかってるんだろ？　いまさらぼくが、君を嫌いになんて、なれるわけがないってことは。

そんな健幹の内面を受け止めるように、睦深はブランデーを飲み干した。

「代わりに、わたしの我がままを認めてくれるなら、きっとお返しをする」

「お返し？」

「そう。夢を」

夢――。

ありふれたその言葉が胸をえぐった。驚くほど甘い響きだった。酔っているのかもしれない。アルコールと、睦深の赤らんだ肌に。

冷静な彼女を、ここまで突き動かす「彼」とはいったい何者だろう。どんな人物で、どんな夢を描く気なのか。

そして、自分のそれは――夢とは、いったいなんなのだろう？

睦深はもう、しゃべらなかった。黙ったまま、ロックグラスに氷を入れた。ブランデーを注ぎ、指で氷をくるりと回した。

打ち明ける必要はなかったはずだ。互いの財布はべつにしている。内緒で働いているふりをされたら、気づくチャンスはあまりない。

なのに睦深は話してくれた。それを誠実さだと、信じることは愚かだろうか。

「ひとつ、教えてほしい」

すがるように、睦深を見つめた。

「睦深さんのその夢に、ぼくはほんとうに必要なの？」

睦深がこちらを向いた。ええ、と微笑んだ。薔薇の蕾（つぼみ）が弾けるように。

「当たり前じゃない。あなたがいい。あなたでなくちゃ」

ああ、駄目だ。たとえ出まかせだろうと、騙されているのでも、やっぱりぼくは、この人から離れたくない。

「お願いがある」

頭に、職場の風景がよぎった。これといった特徴のない、けれど慣れ親しんだオフィス。新しい店舗を計画するときの使命感、空っぽの予定地にまだ見ぬ完成形を夢想する期待感、空想が現実になっていく高揚感。人の好い上司、同僚、癖のあるオーナーたち。

それらの風景が、アルコールとともに遠のいてゆく。

「離れて見てるなんて、嫌だ。ぼくを、君の夢の、いちばん近くにいさせてほしい」

初めて健幹は睦深に対し、けっして譲らないという決意で彼女を見つめた。


眠りに落ちる直前、健幹はスマホをチェックした。椎名大地の件から、富津のローカルニュースを見る癖がついている。市議会選挙があったらしい。窪塚という名の新人が最年少で当選していた。所属は「創国党」。聞いたことのない政党だった。

第二部

佐野勇志　二〇二〇年　五月

財布には三千円と小銭が数枚。口座は空っぽ。クレジットカードも止められている。

バイトのシフトは壊滅状態。緊急事態宣言以降はほぼゼロだ。

住む場所もない。愛用していたネットカフェが都の要請に従って休業し、四月中はやっているところを転々としてしのいだが、ほどなく徒歩圏内の店が全滅した。どうせシフトに入れないのだから徒歩圏内もくそもないが、住み慣れた場所を離れるのは抵抗があった。行きつけのゲームセンターに預けてある千枚ほどのメダルは、佐野勇志（さのゆうし）にとって財産と呼べそうな唯一のものだ。

そのゲームセンターも、ついに休業となる。平日だけ、昼の三時までという時短営業だったが、それでもここは数少ない自分の居場所だったのに。

店内を見回しても、客はほとんどいない。ゲーム機の半分が電源を落としている。勇志が座る競馬ゲームもひと席ごとに遊べないようになっている。ソーシャルディスタンス。そして電気代削減のためだろう。ゲームセンター特有の薄暗さを好んでいる勇志だが、この風景はもはや廃墟（はいきょ）だ。薄暗いというより薄ら寒い。かといってほかに行く当てもない。

正面に設置された大型の液晶ヴィジョンでゲートが開く。競走馬が飛び出す。迫真のアニメーションに実況のアナウンスが重なる。

ぼんやりとレースを眺めた。無茶な賭け方はしないから、勝ち負けはおまけのようなものだった。できるだけ長く、時間をつぶせればいい。何も考えずにいられる心地良さこそを、勇志はゲームセンターに求めているのだ。

なのに最近は、油断をするとあれこれ頭に浮かんでしまう。高校受験の失敗、だらけにだらけた大学生活、パチスロでつくった借金、別れた彼女の失望に満ちた顔。ノベルティのボールペンより従業員の人権を軽んじる訪問販売の会社、売り上げ未達者の名前が張り出されるホワイトボード。みなの前に立たされ、成績が出なかった反省を十分以上も大声で叫ばされた。手取り十三万円。三年もがんばったのが失敗だった。経歴も資格もない二十五歳を戦力と考えてくれる会社に、勇志が馴染(なじ)める環境のところはなかった。

三回の転職、からの無職。家族の小言に耐えかねて連絡を絶ったのが二年前。アパートを引き払い、ネットカフェで寝泊まりする生活は性に合っていた。宅配、警備、コンビニ、居酒屋。たまに日雇い。決められたことを決められたようにこなす。スマホさえ維持すれば、人生はそこそこやれる。ゲームセンターへ行けば少しだけ、社会の空気が吸える。

まもなくそれが吸えなくなる。大気中に舞うウイルスのせいで。世間のヒステリックな「空気」のせいで。

優勝馬がゴールする。当たった。オッズは低いが、これでまだ遊べる。いや、遊べなくなるのか。あと数時間後には。

「上手(うま)いもんだね」

急に話しかけられ、勇志はびくりと肩を揺らしてしまった。

使用禁止になっているとなりの席に、中年男性が座っていた。襟の曲がったポロシャツを着て、日焼けした肌に深い皺(しわ)が目立っている。

「さっきも当ててたでしょ。一個前のレースもさ」

「あ、はあ」

マスク越しにも人懐っこい笑顔が伝わり、つい返事をしてしまう。

「こういうの、ぜんぜんわかんないんだ。わたしはもっぱら麻雀（マージャン）でね。オンラインで知らない人と打つの、慣れるまで時間かかっちゃったけど」

ただの話好きのおっさんだろうか。それにしてはほんの少し、見憶（みおぼ）えがある。

「ここも終わっちゃうんだね。今夜はどうするつもりなの？」

「え？」

「泊まるとこ。当ては？」

あっ、と記憶がつながった。追い出されたビジネスホテルで見かけたのだ。いっしょに外へ出た連中の中に、この曲がった襟のポロシャツがあった気がする。

ネットカフェの休業により、行き場のなくなった人間を一時的に住まわせる都の救済事業を利用して、このひと月ほど、勇志は近くのビジネスホテルで寝起きしていた。今朝、利用期間が終わって一斉退去させられたのだ。

「失礼だけど、君も家なしなんじゃない？　じつはわたしもそうなんだ。もう二年ぐらいネカフェで暮らしてて」

男は照れたようにはにかみ、「ネカフェ難民がネットカフェを追いやられて、いよいよほんとの難民だよね。いや、ぜんぜん笑えないけど」とぼさぼさの頭をかいた。

「仕事は？　休める職場だったりするの？」

「――いえ、居酒屋の、おれは深夜勤で」

「ああ、緊急事態宣言直撃か」

そう。ダイレクトに仕事が消えた。

宣言自体は先日の二十五日に全面解除となったが、休業要請はつづいている。居酒屋の営業も八時閉店が十時にのびたぐらいで、勇志のシフトには関係ない。そもそも予防に熱心な人間は外へ出ないし、飲み会を禁止にしている会社も多い。客足がのびないうえに自粛警察のクレームじゃ割に合わないと、このゲームセンター同様、解除後に休業する店はめずらしくなかった。

「わたしも似たようなもんだよ。お互いたいへんだね」

「あなたは、どうするんです？　今夜」

仲良くする気などなかったが、宿泊先は切実な問題だった。

「お金がかからない方法しか選べないからね。またべつの救済ホテルを探したいけど、最近は審査が厳しいところが多いらしいんだ。生活保護の申請とセットじゃなきゃ駄目とか。わたしは事情があって、家族に連絡がいくのはまずいんだよ。だから生保は、ちょっとね」

「それは――」

勇志も、ぜったいに嫌だ。

男はわかってるとでもいいたげに、うんうんとうなずいた。

「とりあえず一泊二泊でいいならお勧めがある。君、免許証は？」

「いえ……持ってたんですけど、更新をさぼってるうちに失効しちゃって」

ほんとは仕事の営業中に事故を起こして免取(めんとり)になったのだ。

「じゃあ、そっちはわたしがなんとかするから、協力して今夜を乗りきらないかい?」

「どうするんです?」

「カーシェアだよ。カーシェアの車で車中泊するんだ。ナイトパックで朝の九時まで三千円もかからない。動かすわけじゃないからガソリン代は要らないし、エアコンも点けられる。どう? 折半で借りるってのは」

悪くないアイディアだった。当てもなく外をぶらつくのは想像以上に疲れる。ベンチに寝ころんで過ごす時間は驚くほど長く、そしてみじめな気持ちになる。

「代わりに、君のコインでわたしも遊ばせてくれるとうれしいんだけど」

目尻を下げる男に、勇志も笑みで応じた。どうせ今日からは無用のものだ。少しぐらいお裾分けしたって痛くも痒くもない。

さっそく予約してくるという男に千五百円をわたす。男が戻ってくるまでにメダルを増やしておこうか。閉店までまだ三時間。ちまちま賭けるぶんにはふたりでも充分もつが、どうせ最後だ。思いっきり散財するのもアリだろう。

そして、男は帰ってこなかった。


閉店とともに勇志は街へ放り出された。カーシェアの店舗をネットで探したが、近くには一軒もヒットしない。男はたった千五百円のためにホテルから勇志のあとを尾け、声をかけたのか。しかしその金額は、けっしてささやかなものではないと、勇志は身をもって実感していた。

足もとにリュックを落とし、ビルを囲う縁石に座り込む。うなだれる。なんなら叫び散らかしたい。どうせ見物客などいないのだ。恥も外聞も関係ない。一方でそれを実行する気力すらわかないほど、全身が腐っていた。何も考えたくない。考えられない。

どれぐらいそうしていただろう。辺りが茜(あかね)色に染まるころ、スマホがメッセージを着信した。バイト先の店長からだ。平日の金曜日。人手が足りないから働いてくれというお願いでも不思議はなかった。一縷(いちる)の望みを抱きながら文面を確認し、愕然(がくぜん)とした。閉店の報(しら)せだった。今月をもって当店はおしまい。スタッフのみなさまのご健勝とご活躍をお祈りします。

笑えた。頭を抱えて喉を鳴らして、罵倒の言葉を送りつけようとして、その前に力が抜けた。

惰性でスマホをいじり、SNSのタイムラインを見ていると、ニュースを引用した投稿がバズっていた。十万円の特別定額給付金をお肉券にしようとしていた政府の裏事情についてのニュース。コメントはほとんどが怒りの内容だった。庶民の苦しみより利権かよ、そもそも自粛と補償はセットのはず。「低額給付金」と不満をぶちまける投稿に賛同のコメントが集まっていた。勇志にとっては住所やマイナンバーカードが必要な時点で「そちら側」の話であったが、ふてぶてしく「自己責任」と嘯(うそぶ)く年寄りの政治家に唾を吐きかけたい気持ちは共有できた。

もうひとつ、べつのニュースに目が止まる。ブラック・ライブズ・マター(BLM)――人種差別に抗議する運動についての記事だ。ちょうど緊急事態宣言が解除された日、アメリカ・ミネアポリスでジョージ・フロイドという黒人男性が亡くなった。原因は白人警察官による暴力的な制圧で、その様子がSNSで拡散するや全米でデモが多発、一部の人々は暴徒と化しているという。コメントは白人警官への批難と過激な抗議運動に眉をひそめるものとが半々ぐらい。動画の投稿もあった。おおぜいの抗議者が声を張り上げ、プラカードを掲げ、夜の警察署へ押し寄せていた。黒人も白人もヒスパニックもいるようだった。

勇志は顔を上げ、目の前の静まりかえる通りを眺めた。誰もいない。車も走っていなかった。プレミアムフライデーは死んだ。ステイホームってやつだ。

ふと、思う。なんでおれたちは、暴動をしないんだろう?

新しい投稿が流れてきた。これも動画付きだった。ふたつのニュースに負けないぐらいバズっている。何気なく再生すると、若い男の顔が映った。暗闇に、白い肌がくっきりと浮かんだ。少年といってもよさそうな彼が、ゆったりと両腕を顔の前でクロスさせながら、じっとこちらを見ていた。無表情のようで、どこか強い意志を感じさせる顔つきだった。次の瞬間、全身が弾けたように動きだす。ダンスだ。ミュージックビデオだろうか。音を出していないので判断できない。美術もセットもなく、カメラアングルもシンプルだった。あくまで彼を撮り、彼を見せようとしているのが伝わってくる。韓流アイドルかもしれない。ＢＴＳぐらいは名前を知ってる。バイト先の先輩はＢＩＧＢＡＮＧが好きだといってた。

彼は黒いスーツ姿だった。裸の上半身に上着だけというのが、いかにもサービス過剰に思えて鼻につく。

イケメンが歌って踊って金になる。ふざけた話だ。野球、サッカー、お笑い芸人。最近では将棋なんかも人気らしい。不要不急じゃねえか。おれたちが食えなくて、なんでおまえらが食えるんだよ。馬鹿にしやがって。馬鹿にしやがって……。

そう思いながら三分間の動画を観終わる。もう一度再生した。いけ好かない美形男子。しかし、ほんとうに、美形だ。いや、でも、なんというか、整っているとか小奇麗とかいうだけじゃなく、ちがう。自分とはもちろんちがうし、ほかの芸能人やアイドルともちがう。なんだろう。首をかしげながら二度目を観終わり、三度目を再生する。ダンスの良し悪しなどわからない。けれど、何度でも観れてしまう。暗闇のステージで彼は踊る。金髪を揺らす。口もとは動いていないから歌ってはいないらしい。全身の動きだけで表現している。何を？　わからない。怒りのようでもあったし、青春賛歌でもあり得そうだった。動きは激しい。速い。なのに静けさもある。その美しい顔は何かいいたげに、ずっとこちらを見つめている。

四度目を再生したとき、最初のシーンで彼の唇が動いていることに気がついた。クロスする両腕の奥で、薄く色鮮やかな唇が、何事かをつぶやいている。語りかけている。問いかけている。おれに向かって何事かを。

音を出してみた。シャープでいきおいのある楽曲が耳に飛び込んできた。スタイリッシュなエレクトロミュージック。やはり歌はなかったが、退屈には感じない。心を焚きつけるメロディとサウンドが、彼のダンスと絡み合ってぐいぐい神経を刺激してくる。

五回目で、我慢できずに耳をくっつけてみたが、彼の最初のささやきは聞き取れなかった。知りたい。聞きたい。彼の言葉、彼の声。

勇志は『Chapter 1』とタイトルがつけられたその動画にコメントをした。最初のシーンで彼がしゃべっている内容、誰かわかりますか？

返信を待つあいだ、おなじような疑問の投稿を調べた。ささやきの考察は思った以上に多くあった。「君たちを愛してる」といったベタなものから、カバラの呪文を唱えているんだという冗談半分な説。なかには読唇術が使えると自称し、『彼は「コヤニスカッツィ」と繰り返している。ホピ族の言葉で意味は「常軌を逸し平衡を失った世界」。つまり気候変動に対する警告なのである』とあきらかな嘘を堂々と披露している奴もいた。

しばらくして、動画の投稿者とはべつのアカウントから返信が届いた。『わたしも知りたいんですが、公式の発表はないみたいです』。つづけて、あなたはどう思います？　と訊き返された。

勇志は少し考えて、スマホのキーボードをタップした。

『なんでおまえらは暴動をしないんだ？』

投稿してから後悔した。イタい奴だと思われるにちがいない。まあいいか。どうせ知らない他人だ。返信自体、なくたってかまわない。そう強がってみたものの、そわそわと落ち着かない気持ちになった。

返信がきた。『なるほど。興味深いですねー』。文面はこうつづいた。『彼なら、そのつづきは決まってる気がします。「やりたきゃやりな、おれは認める」』

おれは認める。

マスクをずらして呼吸をし、口ずさんでみた。おれは認める。おれは認める……。

『彼って、何者なんです？』

今度の返信は早かった。『Q――キュウ。わたしたちファンはそう呼んでます』

本庄健幹　二〇二〇年　六月

Qをコンテンツとして解放しようと提案したのは睦深だった。写真や音声、プロモーションビデオをふくめた動画を好きに加工し、三分以内の作品として発表することを認めたのである。営利目的、コンプライアンス違反、著しくイメージを損なうなど禁止事項は細々あるが、基本的にはオールフリー。たとえば勝手に台詞を吹き込む、歌詞をのせるのも有り。ＢＧＭの差し替えも著作権に引っかからないかぎり不問とした。

この施策は当たった。ウェブ上に次々と素材を放ち、アップされた作品の優れたものを公式アカウントで紹介する。当初はプロに動画制作を依頼したりもしたが、ほどなく純粋なファンの投稿がそれらを追い抜き、黙っていても再生回数がのびる好循環が生まれた。YouTube、Twitter、InstagramにTikTok。とくに無料配布した「ｗｉｔｈ　Ｑアプリ」は強かった。踊るＱの映像と自分たちをおなじ画面内で簡単に撮影して投稿できる仕様が中高生に受けた。Ｑは「遊べるアイドル」として急激に認知度を上げ、その速度は健幹に眩暈を覚えさせるほどだった。

五月から動きだしたプロジェクトに、少し遅れた立ち上げメンバーとして参加したのはちょうど緊急事態宣言が解除されたころ。身分は芸能事務所『タッジオ』のマネジメント主任。もっとも主任の肩書はただの箔付けで、ようするに平マネージャーである。

社員は七人。社長の金原真央、経理と事務の男女、スタイリストの女性、営業企画部長とその補佐、そして健幹だ。主力は外部のアドバイザーから成る戦略チームで、芸能界に疎かった健幹だが、調べてみるとそのメンバーには錚々たる経歴の持ち主がそろっていた。社長とオーナーの人脈だろう。そして当然、安くない報酬が支払われているのだろう。

健幹の給料は辞めた会社の三分の二ほどに減ったが、もらえるだけラッキーだった。マネージャー業は素人同然、決められたスケジュールに沿って社用車を走らせる運転手にすぎない。

そもそも『タッジオ』は町谷侑九ひとりのためにつくられた事務所で、ほかに所属タレントはいなかった。そしてまだ、彼は金を生んでいない。湯水のように経費を垂れ流しているだけ。先行投資というには大胆すぎる額がどこから調達され、どうやって回収するつもりなのか、健幹はよく知らないでいた。

べつにいい。どのみち、稼ぐための転職じゃない。彼女のそばにいたかっただけだ。

「本庄さん」

赤坂に建つ雑居ビル、ワンフロアを借りきったオフィスで身支度をしていた健幹に、上司が話しかけてきた。

「今日の予定なんだけど、三限目をキャンセルで、二限目終わりに土岐さんと合流してくれる？」

「今日の三限目は文学論の講義ですよ？　あの先生、すぐにへそを曲げるって有名ですけど」

「うん、いいの。土岐さんを優先してあげて」

わかりましたと返した健幹へ、「ああ、それから」とデスクへ戻りかけていた営業企画部長、本庄睦深がふり返った。背中までのびた髪がふわりと揺れる。

「くれぐれも、あの子の我がままを聞かないように。最近、体脂肪率が上がっているとデレクから注意があった」

「あ、はい、すみません。気をつけます」

よろしく、とマスクで覆われた顎を軽くうなずかせ、睦深はそばを離れていった。健幹はその後ろ姿にしばし見惚れた。パンツスーツが以前より似合って見えるのはオフィスというロケーションのせいか、それとも彼女自身が発するエネルギーのせいなのか。

いけない。もたもたしてたら叱られる。家とちがって会社での睦深は容赦ない。ほかの社員の手前、いっそうきつく当たっている節もある。

健幹はショルダーバッグを肩にかけオフィスを出た。ひとつ上、ビルの最上階にレッスン室があり、毎朝そこで、町谷侑九には一時間のボディワークが義務づけられている。

広さは町のカルチャー教室ぐらい。器具も最低限のものが壁際にならんでいるだけだ。マットが敷かれた一角で専属コーチのデレク・ミアノがカウントダウンを叫びながら手を叩いている。その足もとで侑九がキック・バックメニューに精を出していた。健幹はそばへ寄りながら腕時計を確認した。午前九時十分前。クールダウンのストレッチをし、シャワーを浴びて、出発は九時半過ぎか。一限目のダンスレッスンには少々遅れてしまいそうだとため息をつき、侑九を眺める。キック・バックは四つん這いの状態から左右へ交互に片足を突き出していくトレーニングで、突き出す足の太腿はもちろん、身体を支えるもう片方の足や腕、左右を入れ替える捻りによって腹筋や背筋にも負荷がかかる全身運動である。こうした知識も転職以降に学んだものだ。

デレクの手拍子に合わせ、侑九はリズミカルに動作を繰り返していた。突き出す足はやや上目をキープし、速度も一定に保てている。これがいかにきついか想像がつく。かつて試しにやらされたとき、健幹は二十秒で音をあげ、二日ほど筋肉痛に悩まされた。

気がつくと押し気味の時間も忘れ、彼のワークアウトに見入っていた。たんに素早いだけではない。描く軌跡が美しい。筋肉の発達でも慣れでもなく、町谷侑九の運動は見ている者の目を奪う。健幹が彼に付いておよそ一ヵ月弱、その魅力は日に日に増している気がしてならない。

「オーケー、タイムアップだ、Q」

デレクが盛大に拍手をする。侑九はその場に仰向けで倒れ込み、ぜーはーと息をする。薄い胸が上下に動く。

「ジョー」デレクがこちらへ寄ってきて、フェイスシールド越しに黒い頬をにこりとさせる。「怒るなよ、遅れてきたのはこいつなんだぜ」

「大丈夫ですよ、コーチ。先方も侑九くんの遅刻は想定済みでしょうから」

「失礼だな、ジョーさんは」

寝転んだまま侑九が割り込んでくる。本庄の苗字からとられたあだ名は睦深と区別する意味もあり、本人たちを除く社内で共有されていた。

「主役は遅れてやってくるもんでしょ？」

「いいから早く」

はいはい、とストレッチをはじめる侑九へ「雑にやるなよ。ベリー・ウェルダンな筋肉なんてセクシーじゃないからな」デレクが流暢な日本語で注意する。このブラックアフリカンのコーチは、もともとフランスでバレエダンサーをしていたらしい。二十歳そこそこで引退し、各国を渡り歩いたすえ、日本に腰を落ち着けたのが十年前。格闘家、アスリート、アイドルから実業家まで、引く手あまたのパーソナルトレーナーに成り上がった。四十代半ばとのことだが、タンクトップからのぞく肉体に衰えは感じない。

ストレッチを終えた侑九がシャワー室へ向かう。すれちがったその背中が消えるまで、健幹は訳もなく見送った。

「ストレンジだよな」健幹の心を読んだかのようにデレクがいった。「アメージングだし、ワンダーでもある」

「——なんなんでしょうね。踊ってるときはともかく、立ったり座ったり、箸を使う動きですら、ちょっとちがう感じがするのは」

「1/fゆらぎ。それに近いのかもしれない」

尋ねるまでもなくデレクが解説をはじめた。アルファ波ってあるだろ？ 脳みそがリラックスしているときに出る脳波のことだが、これを引き出すのに有名なのが一定の周波数をもつ音や音楽だ。その周波数、1/fゆらぎが半強制的にアルファ波を駆り立てる。人間の脳のつくり上、それから逃れるすべはない。

「アルファ波は脳内麻薬の一種だ。つまり1/fゆらぎは音で構成されたヘロインともいえる。波の音や川のせせらぎ、あるいはアマデウス・モーツァルト」

たとえば——と、デレクは手のひらを広げ、指をゆっくり折ったりのばしたりしはじめる。

「それが視覚でも可能だとしたら？ 大げさなCGやサイケデリックアートじゃなく、人間の佇まいや動きでな」

「……夢物語に聞こえますね」

「おれがやってたバレエにも、そういうヴィジョンはある。能や歌舞伎もおなじだろ？ 古武術には相手の認識を狂わせる歩法や構えがあったというし、あながちファンタジーでもないさ」

もっともあいつの場合は、リラックス効果よりアッパー系のアンフェタミンだがな——。

健幹は返事ができなかった。初めて侑九と会ったときに囚(とら)われた、不思議な感覚を思い出す。

睦深に人生を捧(ささ)げたいとまでいわせた少年がどんなものかと気負っていた健幹は、ダンス教室で待っていた少年にいささか拍子抜けした。たしかに美形だ。だがこの程度なら、街中は無理でも芸能界を捜せば見つかるんじゃないか。睦深に対する態度はチャラく、それも悪印象だった。

レッスンがはじまって、認識がゆらいだ。彼が動いている。それだけで引きつけられた。じっと見守っていただけなのに、終わったころには汗をびっしょりかいていた。となりの睦深が「ね？」と微笑(ほほえ)みかけてきて、うん、としか返せなかった。

1／fゆらぎで動く少年。おそらくはナチュラルに、天然で。

「だからこそ、気をつけなくちゃいけない。モーツァルトは不遇の最期を遂げた。パガニーニは悪魔に魂を売ったとされて埋葬すら許可されなかった。不世出の天才ダンサー、ルドルフ・ヌレエフは国から亡命し、ＡＩＤＳで死んだ。ホワイトクロウ——白いカラスは『飛び抜けた才能の持ち主』であると同時に『はぐれ者』なんだ」

シャワー室から侑九が出てきた。濡(ぬ)れた金髪を乱暴にかき混ぜていたタオルを、ひゅん、とこちらへ投げてくる。真正面に立った笑みは、距離よりも近くに感じる。

「行こうか、ジョーさん」

一限目のダンスと二限目のボイストレーニングを終え、昼飯を食える場所を探す。コロナ禍の外出をたたかれてはかなわないから移動時も侑九はキャップと伊達眼鏡（だてめがね）、マスクも大きめのものを着けている。Tシャツにジャージを穿（は）いた若者の同伴者が背広では不自然だから、健幹もカジュアルな服装で、侑九とはちがってお洒落（しゃれ）と無縁な伊達眼鏡をかけている。こうしてならべば歳（とし）の離れた友人か兄弟に見えなくもないだろう。

睦深と侑九が義理の姉弟（きょうだい）であることを、金原社長以外の社員は知らない。睦深が本庄姓を名乗るのも、それを隠すためだった。

社用車で街を流すがテイクアウトだけの店が目立った。侑九の強い希望もあり、けっきょく駐車場のあるマクドナルドにする。バレたら間違いなくデレクに叱られるから、領収書はあきらめて自腹で奢（おご）ってやることにした。侑九は「かるびマック」なる新商品のセットを頼んだ。バーガーをもうひとつ追加しようとするのを阻止して、コーラもカロリーゼロにさせる。

座席はひとつ空きでしか使えず、テーブルに立つ透明の仕切り板が向かい合うふたりの飛沫（ひまつ）を防いでいた。客は何人かいたが、騒いでいる者はいない。健幹たちは窓際の席に座って黙々と食事に励むことにした。

窓の外、街にはだんだんと人が出歩きはじめている。だからといってコロナ禍が落ち着いたわけではなかった。六月の初め、一日の新規感染者が三十人を超え、都知事は「東京アラート」なるものを発動した。ものものしい響きのわりに具体性はなく、ようするに感染者が増えているから注意してくれという呼びかけにすぎなかった。中旬にいったん解除されたが、その数日後には四十七人の新規感染、翌日も五十人に迫る数字が出た。東京アラートの発動目安は週の一日平均二十人だそうで、解除後にあっさり抜かれた恰好（かっこう）だった。再度発動かと思いきやそんなことにはならず、むしろ十九日には他府県への移動や地域の行事、ライブハウスの営業などが解禁となった。おなじ日にプロ野球が三ヵ月遅れで開幕。史上初の無観客試合による公式戦が行われたその数日後の新規感染者は五十五人。昨日は四十八人。規制の緩和と感染増加は見事に一致していて、こういってはなんだが行き当たりばったりの右往左往に思えてしまう。

　芸能界も対応に苦慮している。撮影現場に感染予防のアドバイザーを配置し、スタジオでもソーシャルディスタンスを確保する。リモート出演もすっかり見慣れた光景となった。これを機にYouTubeをはじめるタレントや芸人も多く、その点はたくましい業界といえるだろう。

　ネットの時代がくる。いままで以上に大きな波が。コロナ禍が何かを決定的に変えるかもしれないと、みなが予感を抱いている。戦略チームの会合で、睦深はいった。だからこそ、リアルがもつ価値の可能性を考えておかなきゃならない——。異を唱える者はいなかった。会議室の末席に座った健幹は、大型モニターに映る百戦錬磨のメンバーたちが睦深に一目置くのを感じ、誇らしさと同時に焦りを覚えたのだった。

　いつこうなってもいいように、ずっと準備していたんだろう。芸能界の常識やビジネスの仕組みを勉強し、備えていたのだ。健幹の知らないところで、この少年のために。

「食いたいの？」

「へ？」

「かるびマック」

侑九がこちらを見て、指についたソースをなめる。我にかえった健幹は首を横にふった。衝立（ついたて）の横から手をのばし、ポテトフライをごっそり奪う。

「ちょっと」

「君をコレステロールから守るのもぼくの仕事だからね」

つまらなそうに唇を尖らせた少年は、これまで盗られちゃかなわないとばかりに残ったかるびマックにかぶりついた。ガサツな食いっぷりなのに、不思議と下品には感じない。

「食い終わったら片付けよう。土岐さんにはサラダを食べたことにしてくれよ」

「ツッチーね」バーガーの包装紙を丸め、侑九はコーラを啜った。「何しにくんの?」

「さあ。でもあの人のことだから、また怪しい話をもってくるんじゃないかな」

戦略メンバーのひとりでもある土岐は四十過ぎの男性。マーケティング大手から独立しイベンターに転身、精力的な営業と型破りなアイディアで頭角を現し、世界的企業の新商品発表の場を仕切るまでになった。反面、いかがわしい噂もささやかれている。いわゆる反社勢力とつながっているだとか、競合他社のプレゼンを盗用しただとか。

とはいえ、その人脈は驚くほど広い。プロジェクトQの拡散に手を貸してくれたインフルエンサーのほとんどが彼の紹介によるものだ。

「おれは嫌いじゃないけどね、ああいう人」

「どういう人?」

「ホラを吹いて、それを実現しちゃう人」

健幹には、もっとも縁のない能力だ。

ほどなく、チャラい中年男が階段から顔を出した。

「おお、悪い悪い、迷っちゃったよ。こういうお店、おれは半世紀ぶりだから」

なははは、と大声で笑いながら近寄ってきて、ずいっと健幹の横に腰を下ろす。ぎょろりとした目、いつもゆるんでいる口もと、茶髪にピアス。派手な柄シャツに包んだ身体は齢の割に引き締まっているはずなのに、全体的にふやけて見える。本人曰く、おれの身体は夢とアルコールで出来ている。どっちも柔らかくて丸いんだ——。

「『スイナイ』って憶えてる?」

雑談もなしに土岐がいった。「スイート・ナイツ・エスコート。数年前までいい感じにハシャいでた五人組正統派アイドルグループ。ところがこの甘い騎士団の実態は下衆の極みボーイズだった。ひとりはドラッグ、ふたりは未成年のファンと乱交をすっぱ抜かれてハイおしまい。もうひとりも酔っ払い運転で事故ってるんだが、これは事務所がもみ消した。一番人気だったヒュウガにも黒い交友がいろいろあって、けっきょく事務所は『スイナイ』とヒュウガをまとめて切った。退所したヒュウガはいまや立派なユーチューバー。バックにはオレオレから表社会にカムロールした美顔器の通販会社。ちなみにおれも使ってっけど効果はふつう。まあ、良心的なほうだよな」

ひと息にしゃべって飲み物をストローで吸う。「表の業界からは完全に干されてるヒュウガだが、根強いファンを抱えてる。チャンネル登録者が六十万、有料会員がざっと一万。ひと月の会費を千円としてもまあまあだろ? 信者ってのは操を立てた偶像に尽くすのが生き甲斐だからな。金も労力も惜しまずにお布施できる素敵なメンタルが実装されてると考えりゃ、たかが一万、されど一万ってわけさ」

侑九が口を挟んだ。「おれに、どうしろっていうの?」

「ヒュウガの信者を、ごっそりいただく」

アップルパイを追加注文する口調で土岐はいった。「数字だけみりゃ踏ん張ってるが、落ち目なのはあきらかだ。それでもヒュウガの野心は消えてない。まだやれると確信してる——という、ふりをしてる。自己暗示に近いんだろうな。本音じゃもう降りたがってんだ。揉めた古巣の影響力と反社崩れの紐付きって考えりゃ、陽の当たる場所は無理。徐々に衰える若さや求心力におびえつつ、『逃げた』とか『負け犬だ』とか思われるのが耐えられなくて、どうにかやり過ごしてるだけ。自尊心と現実のタイトロープダンシングさ。だからQちゃん——」

土岐が、ぐっと前のめりになった。

「おまえが引導、わたしてやれよ」

「待ってください」慌てて健幹は止めた。「いただくって、どうやってですか？　くれといってもらえるもんでもないでしょう」

「これからヒュウガに会いに行く。ようやく口説き落としたんでな。延期も中止もあり得ない。そしてチャンスは一回こっきり」

「いや、だからそんな、会って仲良くなれたって右から左にファンを移動させるなんて——」

「簡単さ。ヒュウガ自身を、Qのファンにしちまえばいい」

いや——と土岐はいい直す。ファンじゃなく、信者にな。

「金魚の糞どもはあとから付いてくる。というか、これで誰も付いてこないようじゃそもそもこのプロジェクトは無理ゲーなんだよ。たかが腐った元アイドル、たかが一万人のファンをものにできないようじゃな」

健幹は唾を飲んだ。土岐からふやけた空気が消えている。刺々しいほど圧力がある。

「ようするに、食いごろってことでしょ?」

侑九は涼しい顔で、顎にずらしたマスクをパチンと着ける。

「いいねツッチー、ちょうど腹ペコだったんだ」


ヒュウガの配信スタジオはマンションの一室だった。バーカウンターを備えた1LDK。高級というほどの構えではないが防音はしっかりしていそうだ。

男女四人のスタッフが、横長の大きなソファを守るように立っていた。そこでくつろぐ長髪の男性がこの部屋の主人なのはあきらかだった。ヒュウガの顔を知らなくても、ひと目でわかったにちがいない。高級ブランドのポスターから脱け出してきたような相貌、長い手足。

「よおよお、元気そうじゃん、ヒュウガくん」

「ご無沙汰ですね、土岐さん。事務所辞めてから、初めてじゃないですか」

ヒュウガが忍ばせた棘を「なはは」と土岐は笑い飛ばし、男前に磨きがかかったんじゃない?と持ち上げる。

「やっぱ男子は一本独鈷、野に放たれてからが勝負だよな」

ヒュウガはノーマスクの口もとに冷笑を浮かべる。歓迎されていないのは、みっつの来客用ソファが荷物でふさがっていることからも察せられた。

「こいつ、おれが世話してる新人で——」

「土岐さん。最近どうなんです？　オリンピックがコケて、ずいぶん厳しいって聞きますけど」

「ん？　ああ、そりゃあまあ、コロナになってからはぜんぜんよ。イベント業なんて不要不急どころか悪の元凶扱いだ。まあ、無茶がきかなくなったのはもっと前からだけどさ」

ヒュウガは土岐しか見ていなかった。ふたりが交わす業界の噂話を、健幹と侑九は突っ立ったまま聞いた。スタッフの誰からも、飲み物を出そうという申し出すらない。

「いいよな、ネットは。ステイホームだ巣籠り（すごもり）だって、バンバン再生回数のばしてんだろ？」

「それなりですよ。けっきょくドカンと弾けなくちゃ頭打ちってのは世の常ですから」

「すっかり君も経営者だな。立派なもんだ」

土岐が、がっと侑九の肩に手を回した。

「で、こいつなんだけど、君のビジネスに燃料投下できると思って連れてきたんだ」

ヒュウガの表情から、あからさまにテンションが消える。

「侑九ってんだ。愛称はQ。アルファベットのQな。先月ぐらいからいくつか動画を――」

「じゃあ、その話はわたしから」バインダーを手にしたスタッフが割り込んだ。クラブでＤＪでもやっていそうな見てくれである。

「土岐さんのご依頼で、ぜひウチのチャンネルとコラボしたいってことなんですが、レギュラー企画にある『相談コーナー』のゲスト回でいいんじゃないかと。これから芸能界でがんばっていきたい若者が憧れのヒュウガさんに悩みを打ち明け、教えを請うといった感じですね。収録が二時間弱、配信は三本分。台本もこっちでつくるんで、そのまま憶えてくれたらオッケーです」

「至れり尽くせりで感激するね」

おどけて肩をすくめる土岐を、スタッフの男性はきれいに無視した。

「収録日は来月上旬のどこか。決まりしだい追って連絡します」

以上ですと、手にしたバインダーから顔を上げる。「何か質問が？」

歯牙にもかけられていない。いや、そういうマウントの取り方か。どちらにせよまともなコミュニケーションさえ拒否されている状態で仲良くなるなんて不可能だ。このままではコラボ自体、メリットがあるようには思えなかった。

「ベースはもう弾かないの？」

え？　と健幹は耳を疑う。侑九が突っかかっていくのは予定どおりだが、こんな吹っかけ方は聞いていない。

当の本人は帽子と眼鏡とマスクを外し、「質問、してもいいんでしょ？」

「おまえな」ＤＪ風のスタッフが露骨に敵意を剝き出しにした。「適当なこといってんじゃねえぞ。ヒュウガさんがやってんのはギターだ。そんなことも調べずに挨拶しにきたのかよ」

「でしたっけ？　そういやライブでちょこっと弾いてたのはギターだったね」

いいながら荷物を勝手に移動して、真ん中のソファへ飛ぶように腰を下ろす。健幹の冷や汗は脂汗に変わりつつある。

「おい、誰が座れっていったよ。ふざけてんのか」

「あのプレイは良かったね。周りはいかにもバンドの真似事って感じだったけど、ヒュウガくんとドラムの子はマシだった」

てめえ！　とＤＪ風の男が侑九の肩をつかむと同時に、

「幾つだっけ？」

初めて、ヒュウガが侑九に話しかけた。

「十九。来年の三月には二十歳になるよ」

ふうん、とヒュウガは瞳を細めた。

「おれはそんぐらいのとき、東京ドームで歌ってたっけな」

「オールスターの前座だよね？　野球って、おれぜんぜん興味ないけど、いちおう価値あるんでしょ？」

ふたりのあいだに、緊張の糸が張る。ヒュウガはソファにゆったりもたれ、侑九は少し前かがみで部屋の主を見つめている。

ヒュウガに関する知識はすべて即席だ。マクドナルドからここへくるまでのおよそ一時間半で土岐からレクチャーを受け、ライブＤＶＤと配信動画を流し観ただけ。

「ああいう仕事って、終わりまでスタジアムに残んなくちゃいけないの？　つまんない試合でも」

「どうだったかな。いろいろ出すぎて憶えてねえよ」

七つ下の少年を、ヒュウガは余裕で見下ろしていた。『スイナイ』の活動が六年、独立から三年ほど。アイドルというよりストイックなロックスターの佇まいだ。落ち目は事実かもしれないが、自信と迫力が漲（みなぎ）っている。健幹は、この男が降りたがっているという土岐の見立てを疑いはじめていた。

「そっか」侑九が、口もとで両手を合わせた。「いろいろ出すぎて、わけわかんなくなったんだね」

くっ、とヒュウガは笑った。「嚙（か）みつく相手、間違えてねえか？」

世間知らずの子どもをあやすようにつづける。

「おれをムカつかせてどうすんだよ。こっちはコラボなんて興味ねえ。土岐さんの紹介だから仕方なく付き合ってるだけって、それぐらいわかんだろ？　気に食わねえならやめちまえよ。ひとりで売れるなり野垂れ死ぬなりすりゃあいい」

「ヒュウガくん。おれたちって、なんにだってなれるんだよ？」

ヒュウガが黙り、奇妙な空気になった。まともに考えて、侑九の態度は異常だ。まだ何者でもない新人の、賢い振る舞いとはいい難い。帰れ――ヒュウガがその一言を発すれば、この場は終わる。ふたりはこれっきりになるだろう。

侑九はじっとしている。口もとで手を合わせたまま、少し前傾姿勢でヒュウガを見据えている。おなじように動きを止めて、ヒュウガがそれを見返している。ふたりを囲う面々は口を挟めない。何か熱量のようなものが、言葉を圧して許さない。

その熱源は、金髪の少年なのだ。

「ちょっと出てろ」

ヒュウガが、目配せもせずに取り巻きのスタッフたちへ命じた。でも……と反論しようとしたDJ風の男が、あきらめて唇を嚙んだ。

出口へ向かうメンバーに土岐も倣った。

「おい、あんたもだ」

「いえ」とヒュウガに、内心の動揺を隠して健幹は返した。「すみません、わたしはこの子から離れないようにきつくいわれているんです。これだけは、守らないとクビになります」

嘘ではなかった。社長の金原、そして睦深からもぜったいにと念押しまでされている。

「べつにいいじゃん。ヒュウガくん、道端のマネキンに遠慮するタイプじゃないでしょ?」

冗談めかしているが、侑九の声から圧力は消えていない。

ふたりが、あらためて向き合った。健幹はたったひとりの観客となって固唾を飲んだ。

「なんでもできると思ってんだろ?」ヒュウガが口火を切った。「ぜんぶ思いどおりになるってさ。アンチなんて関係ねえ。やりたいことを、カッコつけてやってりゃあ、みんなよろこんでくれるって、そう思い込んでんだろ?」

嘲りが、端整な顔つきを歪ませる。

「甘すぎんだよ。世の中、そこまでおまえを好きじゃねえ。ファンもそうだぜ? 少しでも期待とちがったら勝手にがっかりして、ブレてるだの迷走だのって決めつける。オワコンってな、たんに飽きられたコンテンツのことじゃねえ。ゼロ以下のマイナス、好きに殴って、唾を吐きかけてもいい存在になるってことだ。ちやほやされるのは需要を満たしてるあいだだけ。あいつらが求めてるのはおまえが生む快楽と、おまえが生む金で、おまえ自身じゃねえんだよ」

「だからベースを弾かないの?」

ふたたび、ヒュウガは黙る。

「ライブ観て、すぐ気づいたよ。ヒュウガくん、ギターはあんまり興味ないって。メンバーの、下手くそなベースのほう、一回も見なかったでしょ? キレそうだったからだよね? そいつに対してっていうより、目立つからってギターをあてがわれて、楽しんでるふりをしてる自分にさ」

「それが、ショービジネスだ。期待に応えるしかねえんだよ。型どおりの、安っぽい役割でもな」

「じゃあおれは、快楽のほうをあげる」

侑九は迷いなく告げた。

「ヒュウガくんに、ヒュウガくんが求める快楽を」

「おまえが？　おれに？」

ヒュウガの声が上ずった。「なんだそりゃ。挑発にもなってねえ」

「ヒュウガくんは主役じゃない。主役なんかやりたくない。誰かを支える——そっちのほうがいいんだって、自分がいちばんわかってる」

「ふざけてんじゃねえぞ！」

ヒュウガの足がローテーブルを蹴り上げた。ひっくり返ったガラスの天板がカーペットに転がった。

侑九は微動だにしていない。ずっと変わらない姿勢で、まっすぐにヒュウガを見ている。

肩で息をしながら、ヒュウガはソファにもたれた。「おまえがそうだってのか？　おれが仕える王子様？　どこがだよ。ただの勘違い野郎じゃねえか」

「試してやるよ。おまえが、おれにふさわしい相手かどうか」

ヒュウガが舌打ちをする。視線を外し、それが戻ってきたときには余裕を取り戻している。

余裕が、気色悪い光を帯びた。

「脱げ」

いたぶるような響き。

「ここで全裸になってみろ。断らないよな？　本気でおれに、快楽を提供する気なら」

健幹の位置から、侑九の表情は見えない。だが、この少年が狼狽している姿など、まったく想像ができない。

侑九が立ち上がる。迷いなくTシャツを脱ぐ。ジャージを脱ぐ。トランクスを下ろす。逃げたくなる気持ちをこらえ、健幹はその姿を視界におさめる。

素っ裸になって、侑九はヒュウガを見下ろした。その背中と臀部が蛍光灯に照らされて、いっそう白く浮き上がる。

「おまえ、馬鹿か?」

勝ち誇ったように、ヒュウガが嗤う。「この部屋に隠しカメラがあると、どうして考えない? おまえのフルチン、ネットにばら撒いてやるよ」

「うん、大丈夫。そういうの、間に合ってるから」

「……は?」

「たとえばこの指のさ」

いって侑九は、すぅーっと右手を顔の前まで上げた。人差し指が、ヒュウガの身体をなめるようになぞった。

「この指の差す方向を、全員がふり返ったらどう思う? 右だったら右に、左だったら左に。その瞬間、きっとそいつら、気持ちいいと思うんだ。考える必要がないからね。クスリもセックスもそうでしょ? 考えずにいられるってのは、気持ちいい」

指はもう、ヒュウガのその先を向いている。健幹の意識も、その先を追ってしまう。

「でも、ヒュウガくんはちがう。おれもちがう。ちょっとだけ、さみしいね」

侑九が笑いかけたのがわかる。ヒュウガの顔から歪みが消えて、本来の美貌がその笑みを仰ぎ見ている。

侑九が手のひらをこちらへ突き出してきて、我にかえった。健幹はショルダーバッグからQのダンスをおさめたDVDを取って手渡す。

「ヒュウガくんがベースを弾いておれが踊る。ふたりで作品をつくる様子をドキュメントにしたやつを、一ヵ月くらいかけて動画で流す。それでいいなら、連絡してよ」

裸のまま、侑九はDVDをヒュウガの膝に置いた。


土岐と別れ四限目の教室へ向かう。芝居のレッスン。つづく五限目はダンス。午前のヒップホップとちがいコンテンポラリー。曜日ごとにクラシックバレエから日舞まで、一流講師による多様なカリキュラムがこの少年のために組まれている。

本日最後の授業を終えると午後八時を過ぎていた。赤坂の事務所を目指す車窓に夜の街が流れてゆく。

「お疲れさま」

ドタバタの一日を労うと、後部座席の侑九はわざとらしくぐったりとした。

「コーラが飲みたいな。ガムシロップ付きで」

「それは、駄目」

唇を尖らせる侑九の横顔がバックミラーに映り、健幹は小さく笑う。ヒュウガの部屋を出てから、ようやく無駄口をたたく余裕が生まれた。

事務所まで、ふたりきりの時間はあと二十分。

「――どこまで確信してたの？」

何が？　と、表情で訊かれる。

「ヒュウガさんが、ギターじゃなくベースを弾きたがってるってやつ」

土岐のレクチャーに、そんな話はなかった。

「昔のインタビュー記事を読んだとか？」

「んなわけないじゃん。顔も名前も、今日初めて知ったのに」

たぶん嘘ではない。だからこそ健幹は疑問を抱いている。

「あれが外れてたら、だいぶ危なかった。最悪、まったく相手にされなかったかもしれない」

「ライブ観て、なんとなくそうかなあって思っただけだよ。あと、そうじゃないならいいやって。彼、ほかに使える感じでもなかったし」

「――おなじタイプの人間だって、認めてるんだろ？」

「あんなの、ぜんぶ嘘に決まってるじゃん」

両手を後ろ頭に当ててくつろぐ姿に、薄ら寒さを覚えてしまう。驚くほどドライで、そして怖いほど自分の価値を疑っていない。

「ジョーさん、お人好しすぎる」

「道端のマネキンだからね」

気にしてたの？　声をあげ笑う。あまりに楽しそうだから、怒る気にもなれない。

車内が急に静まった。侑九は眠そうに窓の外を眺め、やがてため息のように小さく笑った。

「昔から、誰が何をほしがってるとか、どんな言葉を求めてるとか、なんとなくピンとくるんだ。好かれたい人にはそれをあげるし、嫌いな奴には逆をする。顔色ばっかりうかがってたよ。そうしないと困ったからね。ガキのころって、大人を怒らせたら簡単に殺されちゃうでしょ？」

ただの冗談には聞こえなかった。健幹には頭でしか理解できない感覚だ。なのに斜に構えた物言いが、なぜかすんなり沁み込んでくる。

「君のいうとおりなら、とっても便利な能力だ。とくに好かれたい場合には」

「でも、近いほどわかんなくなる。たとえばロクとか」

ロク――。睦深を指す呼び方を、侑九はふたりきりのときにしか使わない。

「あいつといっしょになるなんて、ジョーさんってお人好しで物好きで、ぜったい損な性格だ」

「それは、怒らせようとしてる？」

「ううん、よろこばせたいと思ってる」

悔しいが当たりだった。腹立たしさはない。むしろ侑九の口ぶりは、睦深と結ばれた自分に対する親しみと、信頼で満ちている。同時に、霧のような重みを感じる。肌がじっとりとする程度の重み。その正体を、健幹はぼんやり考え、すぐにやめた。

「睦深さんは、ぼくにはもったいない女性だよ」

「その結論は、仕事終わりにあいつの足の裏を嗅いでから決めるべきだね」

ふっと気が抜ける。侑九も笑っている。それがうれしい。たしかにお人好しだろうけど、この子がこの先も、笑っていることを望んでしまう。

事務所に着くと侑九は上のレッスン室へ行く。デレク自家製のヘルシーで味気ない晩飯が待っている。肩を落とした後ろ姿に、たまには内緒でマクドナルドを奢ってやろうと健幹は思う。

「どうだった?」

睦深が、会議室から顔を出した。誰も残っていないオフィスで、健幹は部下として部長に一日の報告をする。レッスンは滞りなかった。問題はヒュウガとのやり取りだ。

社用のスマホを取り出す。最新機種を持たされているのは千二百万画素のカメラでレッスンの様子を撮るためで、映像の一部はQの素材としてネットに放流される。侑九から離れないよう厳命されている理由のひとつは、この素材集めのためである。

だがいま、健幹はスマホをデスクに置いた。

「これを」

胸ポケットから、伊達眼鏡を抜いて睦深へ差し出す。一見フレームの分厚い、ただのダサい眼鏡だが、中には小型カメラが仕込んである。本人の視界と変わらない画角で、録音も可能。これを健幹は、侑九が第三者と会うさい、必ずオンにするよう義務付けられている。たとえ相手が土岐でも、許可を求めず、秘密裏に。

「ヒュウガさんのところでは、なんというか、ちょっと刺激的な場面もあるんですが……」

睦深は黙って眼鏡からマイクロSDカードを抜いて、ノートパソコンで映像を再生した。その横で健幹は、危機管理能力のなさを叱られる未来に縮こまった。

訪問の挨拶から全裸でDVDをわたすところまで、睦深は眉ひとつ動かさずに見通した。ヘッドフォンを外し、「どう思う?」と訊いてくる。

「危なっかしすぎます」

健幹は即答した。「ヒュウガさんがっていうんじゃなく。むしろヒュウガさんは、たぶん侑九くんの案にのると思います」

本心は、「たぶん」ではなく確信している。

「でも侑九くんのやり方は、リスクが高すぎます。いくらなんでも服は脱ぐべきじゃなかった。じっさい盗撮されてたって不思議はありません。その可能性に気づいていながら、あの子は、簡単にそっちへ進んでしまう。地雷原のほうへ」

よくいえば豪胆。正直、たんなる無謀だ。

「極力あの子の自由にやらせろ――。その命令がなかったら、ぼくは止めていたと思います」

止めるべきだった。一方でその常識的な対応は、ヒュウガの心をはたして動かしただろうか。何が正解だったのか。ぐらつく物差しの答えを求め、健幹は待った。

睦深の眉間に、小さな皺が寄っていた。彼女も悩んでいるのだと、救われた気持ちになった。

「ちょっと見せたいものがある」

睦深が席を立ち、会議室へ歩いた。会議室には七人ほど座れるU字型の机、ホワイトボード、正面の壁に巨大なディスプレイが備えてある。リモート会議にも使えるそれに、動画再生ソフトの画面が映っていた。

促されるまま、健幹は椅子に座った。

「まだ仮編だけど、いちおう、あなたにも観ておいてもらいたい」

紙一枚の企画書がわたされる。監督、美術、音楽や振り付けの担当などがずらっとならんでいる。

業界に疎い健幹ですら知っている名前もあった。

睦深がノートパソコンを操作し、壁のディスプレイの中で3、2、1のカウントダウンがはじまった。ぱっと映ったファーストカットに記憶がつながる。二週間ほど前に撮影した、Qの四つ目のミュージックビデオだ。全四日間、欠かさず健幹も立ち会った。

廃工場のようなセットである。垂れ下がる不気味なコード、点滅する裸電球、錆びたドラム缶。地面はオイルで濡れている。本物ではなく加工した無味無臭の液体だが、こうして映像で観るとぬめっとした質感がちゃんとある。暗がりを活かしたルックはカラーだがモノクロの雰囲気で、闇は深く、ハイライトは不穏なほど白みがかっている。

中央に、半裸の侑九が寝転んでいた。死体のようだと現場でも思った。音楽が鳴る。のこぎりで鉄を引っかくようなディストーション。ひとつずつ音が重なってゆく。重低音の打ち込み。そのビートに機械の駆動音。蒸気の発する悲鳴が割り込み、暗がりのオーケストラを彩ってゆく。侑九はまだ起き上がらない。身体をくねらせて、まるで二本の足で立つやり方を探すようにもがいている。ここまでで三十秒ほど。ようやく上半身が地面を離れ、黒いオイルがその肉体を流れる。顔はまだ見えない。うつ伏せに這うように、四つん這いの状態で、もがく。それはエネルギーを限界まで凝縮する儀式に見える。臨界点が近づいている。予感が胸を締めつける。

やがて侑九が顔を上げ、同時に空気が破裂する。文字どおりの爆音だ。そこからはビートが、音が、濁流となって駆けめぐる。侑九が跳ねるように立ち上がる。奇怪でぎこちない動き。なのにダンスだとわかる。ぎりぎりのバランスで、破綻と規律が拮抗している。オイルをまき散らしながら、徐々に動きが力強さを増す。刃物じみた鋭さで展開する。見事だ。ここまでの流れの素晴らしさは、素人の健幹でも太鼓判を押せる。素直に痺れる。カッコいい。問答無用に引き込まれ、その暗く暴力的な世界の虜になってしまう。

侑九は踊る。歌はない。だが伝わってくる。衝動。焦燥。そして怒り。肉体が叫んでいる。細胞のひとつひとつを鞭で打って従わせ、酷使して、なおかつ抵抗する細胞の反撃に蝕まれる痛みすら感じさせる圧倒的な表現力、存在感。陳腐な言葉でしか健幹には賞賛できない。

次の瞬間だった。

ディティールまで匂うほど鮮やかなMVに、粒子の粗い薄汚れた映像がインサートされた。

え？　と健幹は目を疑った。裸の少年が布団にぐったり倒れ込んでいる。その後ろから筋肉質の大男が覆いかぶさっている。腰を動かしている。少年は意識のない顔をしている。

MVの侑九がドラム缶を蹴る。音楽がギザギザのメロディを奏で、それ以上の音量で機械の駆動音や蒸気の悲鳴、スパナが何かを破壊する音が隙間を埋め尽くしてゆく。

また粗い映像がインサートされる。裸で仰向けの少年。大男が、少年の胸に向かって身体を震わす。白い液が飛ぶ。

MVの侑九がコードを引きちぎる。歪んだ顔。どんなきついレッスンでも見せたことのない苦悶の貌。

粗い映像がインサートされる。少年の下腹部がアップになる。勃起したペニスが映っている。それを女性の手がこすっている。フラッシュカットで、嗤う唇。飛び出す白い液。

MVの侑九が叫ぶ。天井へ向かって叫ぶ。ふたたびドラム缶を蹴る。捨てられた廃車の窓を鉄パイプで破壊する。また粗い映像がインサートされる。意識を失いセックスの奴隷となっている少年。

ＭＶの侑九は廃車のボンネットに立って、この世界の一粒の酸素すら赦せないという形相で手足をふり回している。

叫ぶ。壊す。耳をつんざく飛行機のエンジン。爆弾。水があふれる。スプリンクラーが嘔吐したように黒い液体の雨を降らせ、その下で侑九の肉体が躍動する。疾走する。ルーフに飛びのり、全身でおのれの存在を叩きつけ、刻みつける。やがてスプリンクラーが止まり、侑九も動きを止める。両手を開いて天を仰ぐ。表情からは怒りも衝動も消えている。黒い水は侑九の肌をすべって流れ、彼のまぶしさを汚せない。

天を見上げていた侑九がこちらを向く。カメラをまっすぐに見る。何かをつぶやく。ささやく。その唇の動きから、目が離せない。そのささやきが、ぼくに届けるための言葉だと、思ってしまう。

最後にタイトルが出た。『RE:BORN』。

動画が終わり、健幹はシャツの胸もとをかきむしった。呼吸を整えねばならなかった。めちゃくちゃに殴られた気分だ。無理やり内臓を鷲づかみにされ、ドラッグの海に突き落とされたらこんな感じなのかもしれない。

すごい。ひとつの作品として、間違いなく水準を越えている。侑九はもちろん、音楽も映像も編集も、見事という以外にない。

だが。

「あの、古い映像は？」

「本物よ」

機械のように、睦深が答えた。信じられない。いや、疑いようがない。あの映像は本物。少年は、あきらかにレイプされていた。いまよりもっと、少年と呼ぶべき面影の侑九は。

「まさか——」口の中が乾いていた。「これを公開する気なの?」

睦深は応じなかった。応じないことで、雄弁にYESと答えていた。

健幹はテーブルに肘を立て、手のひらに頭をのせた。ぐるぐると感情が暴れた。MVの興奮と現実のおぞましさがせめぎ合って、収拾は困難だった。

「——平気なの?」

ようやく、それだけ問いかけた。

社会的責任、コンプライアンス。それをいいたいんじゃない。君は、平気なの? 愛する義弟がもてあそばれ、犯されている映像を世間に広めること。それを使って注目を集めようとしていること。ビジネスにしようとしていること。

「平気なのか」

もう一度問うた。部下ではなく、夫の声で。

「ええ。彼が望んでいることだから」

睦深はこちらを見なかった。黒く沈んだディスプレイを無表情に見つめていた。

健幹は気づく。さっきオフィスで見せた眉間の皺は、ヒュウガや侑九に対する迷いではなかった。このぼくに対するものだ。常識や良識に囚われた、本庄健幹に対する危惧(きぐ)と苛立(いらだ)ちだったのだ。

「『RE:BORN』。素敵なタイトルだと思わない?」

睦深が微笑む。そこに潜んだ痛みさえ、完璧な計算に思え、いまの健幹にはおぞましい。

だが、美しい。抗(あらが)いようがないほどに。

睦深の手が、健幹の頬に触れ、そして彼女はやわらかく、健幹の頭を胸で包んだ。

黒い髪が触れた耳もとで声がする。

「帰って、めちゃくちゃにして。あなたの思いどおりに、激しく」

健幹は睦深にすがった。いまはもう、何も考えたくない。

三枝美来　二〇二〇年　七月

ルカと連絡がつかなくなって二週間になる。三枝美来（さえぐさみくる）はこの数日間、自分が送ったメッセージに既読マークがつかないことをスマホのアプリで確認し、怒りよりも胸騒ぎを覚えた。

昨日、東京都では二百人を超えるコロナの新規感染者が発表された。全国でも七百人以上出ているとのことだった。そして今日、いましがたスマホのＳＮＳに流れてきたニュースによると、東京の新規感染者は三百六十六人。今月に入ってから百人レベルは当たり前になっていたが、三百人超えは初めてだという。

再選されたばかりの都知事はまだ医療体制は保てていると公言したようだが、ＳＮＳでは救急車が遅れたとか、入院を拒否されたとかいう報告が少なくない。死者も増えはじめている。直接コロナが原因でなくとも、間接的な影響は広がっているらしい。

美来にとっても他人事（ひとごと）ではない。勤め先は中国からの留学生をアテンドする会社で、各種手続きや住まいの紹介などが主な業務だ。コロナ禍の打撃は飲食店の比ではなく、渡航自体が制限されている現在、開店休業状態に陥っている。

とはいえ、恵まれたほうだろう。小さな会社ではあるが契約社員にも有給休暇を認めてくれるし、最低限の給料も保証してくれている。微々たるものだが貯金もある。じっと息を殺して暮らすぶんには破産や餓死の心配はしなくていい。

それが油断を生んだ。余裕という名の負い目があった。ルカに請われ、十万という大金を貸してしまったのだ。

ルカとは一年前、ライブハウスで知り合った。V系のセミプロバンドを追っかけていたころだ。きっかけは忘れたが意気投合し、打ち上げの飲み会をした。そこでおなじ山梨の出身だと知って連絡先を交換した。

ルカは二十歳だといっていた。たぶんもっと若いのだろうと、美来はその肌の張りや振る舞いから予想していた。自分が彼女ぐらいの歳のころと比べても、ルカは若さを楽しんでいた。髪を染め、露出の多い服を着て、ライブで弾ける。興味があっても踏み出さないタイプの美来に、家事どころか事務仕事にも向かないであろうデコレーションネイルは呆れと同時にまぶしかった。

歳上にも気安く話しかけてきて、気持ちよく奢られるルカが心地よかった。同世代の友人は家族をつくったり、なんとなく疎遠になったり、バンギャを卒業していたりで年々接点が薄くなっていた。ルカといると自分も若返った気分になれる。ご飯を食べさせてあげられる年長者の楽しみも、正直感じないではない。

相容れないちがいといえば、男関係のルーズさだろう。ルーズというより愚かだと、美来は思っている。とにかく面食いで、ことごとく駄目な男とくっついては捨てられるを繰り返す。あきらかな愛人、セフレ。都合よく扱われているとわかっているのに金を貢ぐ。キャバクラかガールズバーか、夜の接客業でそこそこ稼いでいると本人はいうが、それはべつに好きにすればいいけれど、将来への備えがなさすぎる。ついでに人を見る目も。

半年前、最高の彼に出会ったと報告があった。いままでの男とはちがう、この人のために生まれ変わるとまでいった。ぞっこんというやつだ。だからこそ危惧があった。「たっくん」なる恋人が何者か、いまいち要領を得なかったが、手痛いしっぺ返しを食らう未来しか美来には想像できなかった。

コロナになって、ライブが減って、無くなって、やり取りは日常の愚痴や他愛(たわい)ない軽口になった。そして二月にいったん連絡が途絶え、三月に『会ってほしい』とひさしぶりの誘いがあった。昼のファミレスで、職場がつぶれたのだとルカはいった。家賃が払えないからお金を貸してほしいと頼んできた。男関係じゃないの？　喉もとまで出かかったが、コロナ禍の状況を考えればあり得る話ではあった。品薄でマスクも買えていないという彼女に、手づくりのコットンマスクをあげた。そして十万円を貸した。

その日を境に連絡は減り、この二週間はまったく不通になっている。

覚悟はしていた。あの手の子に金を貸す時点で自分も愚かだ。いい経験、勉強代。とはいえ手切れ金としてあきらめるのは癪(しゃく)だった。泣き寝入りは気に食わない。奥手なくせに、こういうときは攻撃的になる自分の性格を、美来は自覚していた。

しかし問いつめようにも情報がない。住んでいる場所も知らないし、ルカという名が本名かもわからない。ＳＮＳの更新もなくなっている。打つ手なしで仕方なく、催促のメッセージを送ったりしていたが、ついさっき、嫌な想像が頭に芽生えた。

コロナに罹患しているのでは？　病院にも行けず、ワンルームのマンションで倒れているのでは？

あるいは、いよいよ経済的に追い詰められて、最悪の選択をしたのでは？

自殺。

『お金のことはもういいから、とにかく返事だけして』

本心から美来はメッセージを打った。しかし既読がつかないのでは、どんな内容も無意味だ。電話をしてもコールするだけ。すぐに留守電につながって、折り返しはかかってこない。

悶々としたまま、美来は冷凍食品をレンジに入れる。それからふたたびベッドに寝そべりスマホをいじる。四連休の初日、はじまったGO TOトラベルに関連し、各地の様子がニュースの見出しになっていた。無性に、ライブへ行きたくなる。暗がりの匿名性、一体感、夢のような輝きを放つステージと全身を粟立たせる爆音、メロディ、歌。

しかし政府は、来月頭にも緩和する予定だったイベント規制をなんだかんだ理屈をつけて来月末まで延長することに決めた。仕方ないとはわかっていても、腹の底から負の感情がせり上がる。

なのにGO TOトラベル？　わけわかんねえよ。

ピーッというレンジの合図に水を差され、美来は腰を上げる。巣籠り用に通販でまとめ買いした冷凍弁当は美味かった。ひとり飯には慣れている。恋人がいたのは三年以上前。同棲の経験はないし、自分がそれに向いているとも思わない。実家は選択肢の外だ。

野菜炒めの白菜をつまんで、将来か——と思う。ルカを馬鹿にできるだろうか。そりゃあ、あの子よりはちゃんと生きている自信はある。北京(ペキン)語は現地でも通用するレベル、広東(カントン)語もなんとかいける。食いっぱぐれることはないだろう。

そういえば今月の一日に、香港(ホンコン)では国家安全維持法が通ったのだった。政府主導の法案は即日執行。民主化運動の活動家たちは連行され、その後に亡命したり転向したりしているそうだ。

中国はコロナ対策もすさまじいと聞く。ロックダウンが自由な権利の侵害云々(うんぬん)と議論になる日本とは次元がちがう。政府がやると決めたら実現するのがあの国だと、留学生や現地の関係者と接するなかで美来は実感をもっていた。文化規制はごめんだが、この数ヵ月、リーダーシップという言葉に憧れる気持ちが増している。アメリカのトランプもそう。ロシアでは憲法が改正され、プーチンの任期が最大で二〇三六年まで延長になったという。

強いリーダーが力を行使しないかぎり、コロナ禍はおさまらないのではないか？

弁当を片づけた美来はベッドに寝転び、スマホでニュースサイトをめぐった。以前なら好きなバンドのライブ情報や新譜の評判などを漁(あさ)ったものだが、最近はコロナ関連のニュースや世界情勢をチェックする癖がついている。好ましい兆しを探すが、ひとつたりとも見つからない。ＳＮＳをのぞくと過激なやり取りが飛び交っている。『コロナなんてただの風邪』『騒いでる奴は馬鹿』『そういってるおまえが馬鹿w』『デマ乙』『罹(かか)った人や家族を亡くした人の前でおなじことがいえますか？』

あるアカウントの投稿が目に入る。『コロナが人為的に計画された世界規模の人口抑制政策でないと、誰か証明できるならしてくれ』

『陰謀論？　いや、よく考えてみろよ。この世界はもうずっと、悪いほうへ悪いほうへ進んでるじゃないか。格差、差別、異常気象。誰もそれを止めようとしないじゃないか』

『世界が善意の人たちで運営されているなんて、そのほうがはるかに陰謀論だ』

一連の投稿には夥しい数の賛同と批判のリプが連なって、美来は途中で読むのをやめた。何が真実で、何が嘘か。ワンルームに寝転んでいる自分にはわからない。信じられる誰かがほしい。その後ろを付いていけば、問答無用で安心できるような誰かが……。

言葉に胃もたれし、美来はYouTubeにアクセスする。このチャンネルを教えてくれたのはほかでもないルカである。音信不通になる直前のやり取りで、『ぜひ観てください。ミクさん、ぜったい気に入ります』とURLが送られてきた。まだ十代と思しき少年が踊る動画だった。たしかに美男子だ。可愛いといいたくなる気持ちもわかる。甘えているようで突き放した目つき。さりげない鼻の形が美しい。好みのスタイルとはちがったが、なんとなく観つづけるようになった。スーツを羽織って踊る『Chapter 1』、そこから『2』『3』とつづく「ささやきシリーズ」、ソレイユ時代につくられた伝説の『渋谷クリップ』。ファンがアップしているアレンジ動画、with Qアプリの投稿動画……。

だが圧倒的なのは、先ごろ公開された『RE:BORN』だ。映像も音楽もダンスも、これまでのものから数段クオリティを上げている。そして何より、生々しく、痛々しい。絶望のなかから無我夢中で立ち上がる力強さに胸を撃たれ、最後には涙している自分がいる。

驚くことに、途中で挟まるレイプ映像は本物なのだ。公式はコメントしていないが、元『スイナイ』のヒュウガとコラボしている動画の最新作でその一端が示されている。『RE:BORN』について製作意図や苦労話を語る少年の声がだんだん震え、涙で濡れる。彼の肩を、ヒュウガが優しく抱いてやる。ふたりの純粋な友情であふれ、『RE:BORN』に次いで百万再生を突破したこの動画を、美来はもう何度となく観ているが、いつも感極まってしまう。

すごい勇気だ。尊敬に値する意志だ。何もかもをさらけ出し、そして乗り越えようとしているのだ。そこには真実が、疑いようのない真実が映っているのだ。

悪意に蝕まれ、傷つけられているのは、わたしたちも変わらない。彼はわたしだ。

『RE:BORN』でも、ほかのシリーズ動画と同様、彼は何かをささやいていて、その中身は明かされていない。さまざまな解釈でファンは盛り上がっているが、美来は、それが真実に関する言葉な気がしてならなかった。

スマホが震えた。メッセージが届いた。驚いて美来はタップした。

『すみません、連絡できずでしたが元気です』

ルカからだった。

『いま、Qの親衛隊をやってます。ミクさん、興味ありません?』

本庄健幹　二〇二〇年　八月

「たしかに一般商品に比べてアートや創作物に対するネガティブワードの評価は一様ではない。主人公が非業の死を遂げる作品なら『悲しい』『つらい』が賞賛を意味する場合もあるし、愛すべきダメキャラに対する『クソ』というコメントの行間が『ほんとうに不快』なのか『ウケる』なのかは字面どおりに読み解けるものじゃない」

会議室のディスプレイに五つのウインドウが表示されている。フレームが緑色に光っている発言者の彼女は長い黒髪を眉のところでまっすぐに切りそろえ、病的に痩せていた。

「表現に重要なのは究極、主観だけ。理屈は後づけにすぎない。ユーザーはお気持ちで作品を選び、評価し、金を払う。くだらない炎上の大半はたんなる広告戦略上のミス。稚拙にTPOを踏み越えるやり方は端的にいって頭が悪い」

戦略チームでプロモーション全般を担当するMiyanは、仮面のような表情で言葉を重ねる。

「そこで『RE:BORN』の反応だけど、この一週間で笑えるほどネガティブワードが増えている。文脈も加味した解析だから、正真正銘のアンチが急増中だと考えていい」

「違反報告も大量です」緑色の光がべつのフレームへ移動する。「ポルノだと騒いでる人たちに加え、あれをポルノまがいに加工してる奴らもいます」

きっちり背広を着込み、ネクタイに眼鏡、七三分け。いかにも実直そうなのにどこかしら皮肉めいた雰囲気なのは、その唇の端がいつも微妙な角度で吊り上がっているからだろう。法務関係を担当する逢坂と健幹は同世代だが、プライベートで仲良くなれるイメージはない。

「プラットフォーム側の反応は?」健幹の右どなりから、睦深が逢坂に訊いた。

「まだ大丈夫でしょう。原則、アートは無罪です。児ポ認定されてしまうとアウトですが、出演者の年齢を明示しているわけではない。性器にはいちおうモザイクをかけてありますし、こちらとしてはあれがじっさいの記録映像だと認めてもいませんから」

ポルノに加工してる奴らの処分までは知りませんがね――と口角をひくつかせる。

公開から一ヵ月ちょっと、すでに『RE:BORN』は三百万再生を超えている。当初から懸念されていたコンプライアンスの問題が火を噴くのも当然といえる数字だった。

「ミヤさんはどう考えてる？」睦深がＭｉｙａｎに水を戻した。「『RE:BORN』は稚拙な失敗作だった？」

「それはプロジェクトＱの哲学による」

Ｍｉｙａｎは淡々とつづける。「アンチをタダで宣伝してくれる便利屋だと高をくってはいけない。ユーザーは新しい刺激を求めながら、同時に自分の時間とコストを支払わない理由を探す矛盾した存在。アンチの声が、刺激への欲求を敬遠させる場合もある。ハラスメントのたぐいはとくにそう。レイプなんて最たるもの。作品を観て傷つくのを面倒くさいと考えるアイドルファンは少なくない」

「Ｑを、たんなるアイドルとみなすのはどうかしら」アートディレクションを担う茅ヶ崎が首をかしげた。「わたし的にはダークヒーローならぬ、ダークアイドルのつもりなのだけど」

衣装をはじめとするビジュアルイメージ全般から、ＭＶの美術、監督やカメラマンの人選まで仕切っている彼女はＭｉｙａｎと対照的にカラフルな髪、ど派手な服。そしてたぶん、ここに集まっているメンバーでいちばんの歳上だ。

「ダークアイドルは間違っていない」Ｍｉｙａｎの声は茅ヶ崎ではなく全員へ向いている。「同時に狭き門でもある。コアファンは呼べても、ライト層の入り口としては敷居が高い。おまけにＱは新聞、雑誌、テレビ、マスメディアの取材を受けない方針をとっている。当たり前の話、これは本来あり得ない選択だ」

それを提案し、強引に押しとおした張本人である睦深は、ディスプレイのＭｉｙａｎをじっと見つめている。

「百万人の支持がほしいならそれでもいい。だが一千万人を目指すなら、リスクの高い戦略というほかない」

「だから無難を選べというの？」

睦深の質問に、「ちがう」と即答が返ってくる。

「リスクを悪いとは思ってない。不合理はむしろ強みになり得る。上っ面の刺激はすぐ飽きられてしまうだろう。重要なのは、深くコミットさせること。その導線を用意すること。これまで、わたしはＱにストーリーを与えてきた。たとえるなら、ふさわしいメロディ。『RE:BORN』とヒュウガのコラボ動画は一曲目のサビ、アンチが湧くのはふたりが素晴らしい音を奏でたから。見事に演じきったから。アンチの数倍、コアファンは増殖してる。煮えたぎっている。彼らこそタダで宣伝と布教に勤しんでくれる細胞。Ｑを自分の一部にするだけじゃ飽き足らず、Ｑの一部になりたがっている人たち。忠誠心を備えたファンの存在はそのままＱのパワーになる。問題は、規模と持続性を獲得すること。コアファンを惹きつけながら、ライトにも届くストーリーをどうつくるか、どこまで攻めるべきかの見極め。中途半端を嫌うなら、必要なのは哲学だ。Ｑというブランドが抱える思想、メッセージ。ユーザーに何を与えるのか。ダークアイドルの意味するところ。ストーリーを必然にするテーマ。そこさえブレなければコアファンは離れないと確信できる強烈なイデオロギー。弱点もスキャンダルも結束力に変えてくれる、その価値を、もっと明確にしなくちゃいけない」

Ｑ――とＭｉｙａｎが、睦深の右どなりへ呼びかける。

「君は『Chapter 1』からずっと無言のささやきをつづけている。魅力的なアイディアだ。ミステリアスで、参加の楽しみもある。解釈をすればするほど、ファンは迷宮で彷徨うよろこびに囚われ、勝手にQを我が事に感じだす。他愛ない遊びがカルチャーとなり、コミュニティの求心力を生む。理想的だろう。でも君は、それをわたしたちにも明かさない。何をささやいているのか、伝えたいのか。いわば君が奏でる音の、その歌詞を、わたしは知る義務がある。次のストーリー、その次のストーリーを提供するために」

「ミャーさん、そんなこと気にしてたの？」

侑九はU字のテーブルに頬杖をつき、薄い唇をニヤリとさせる。

「ないよ。意味なんてない。腹が減ったとか暑苦しい現場だなとか、適当に文句をいってるだけ」

「なら、見つけろ」

Ｍｉｙａｎの声が尖った。

「歌詞を見つけろ。嫌なら教えろとはいわない。言葉でなくともかまわない。でも、それを見つけていないことを悟られてしまったら、君は踊りが上手なただのイケメンに成り下がってしまうよ」

「そんなに気にすることたあねえ」

ほかのメンバーが消え、ディスプレイを土岐のウインドウが占拠していた。

「Ｍｉｙａｎはさ、ああ見えてくそ真面目な奴なんだ。おれとは水と油揚げ。ま、そんだけQにのめり込んでるってことだろう。羨ましいね、若いってのは」

苦笑を浮かべ、「変に考えすぎておまえの魅力が消えちまったら元も子もないからな。感性で勝負できてるうちはどんと構えてりゃいいんだよ」

それより――と、ふやけた笑みが曇った。「歌えないことのほうがきつい」

土岐の持論だ。ダンスもずいぶん浸透したが、やはりショービジネスの王様は歌。歌のあるなしで集客は天と地ほどちがうとイベンターは譲らない。

「メロディに音に歌詞――。Ｍｉｙａｎのたとえを、たとえのまま終わらせる必要はねえ」

「土岐さん、その件は解決済みでしょう?」

「いや、睦深ちゃん、おれはあんたを買ってんだよ? マジな話、数ヵ月前まで素人だったなんて出来の悪い冗談だと疑ってるくらいにな。オールドメディアを袖にする方針も、いまはなんとも思っちゃない。賛成とまではいえないけどさ」

でも、と身を乗り出す。「歌については可能性を捨てないでくれ。ぶっちゃけ下手くそでいい。パクリもオッケー、ダサくて上等。ただ、みんなが憶えられて、みんなで盛り上がれる武器をもっておきたいんだよ。一発で、これがＱだと胸が躍るアンセムを」

土岐がログアウトして、朝イチからの会議が終わった。大きくのびをする侑九を横目に、健幹は毎度のごとく発言せず、ひたすら置物のように畏まっていただけの自分に対して卑屈な気持ちと、少しばかりの敵愾心を抱いていた。

ノートパソコンを畳む睦深に、「あのう」と話しかける。

「やっぱり駄目ですか、歌は」

睦深の目もとがピクリとした。家では見せないこの反応がたんなる苛立ち以上に攻撃的な表現であることを、職場をともにしてから健幹は知った。

答えの代わりに深いため息が返ってきた。彼女とて、歌の有用性は承知している。反面、それゆえの副作用に気を揉んでいる。歌はイメージを焼きつけてしまう。ユーザーが受けいれるか失望するか、事前に判断することは難しい。

もうひとつ、より深刻なのは、侑九のクオリティが追いついていない点だった。声はいい。下手ではなく、むしろ上手い。だが、魅力がない。ダンスや演技で放つ圧倒的存在感の、足もとにもおよんでいない。

本人の意欲にも問題があった。レッスンは投げやりで、傍目にも嫌々なのがあきらかだ。

「そんなに暗くなるようなこと？」侑九がうんざりとした顔をする。「いざとなったらヒュウガくんに頼んだらいいじゃん」

「もう歌わないだろ、彼は」健幹がいうと、「ボカロに歌わせるって手もあるよ」

悪くないアイディアだった。オリジナルの声を生成し、侑九は踊るだけにする。ボーカロイドのもつ匿名性は、あくまで侑九を主役としたいこちらの都合にも合っている。ようはQを象徴する楽曲がほしいのだから、変によそから歌い手を連れてくるより現実的だ。

しかし睦深は冷たい。

「小細工は、あなたの無能を認めることになる。Qは音痴だとファンに侮られたいの？」

「歌手を名乗ってるわけじゃないし、誰もそんなふうに思わないでしょ」

「『歌わない』と『歌えない』では意味合いがまったくちがう」

「正気？　ロクは考えすぎだ」

「本庄さんと呼びなさい」

その険しさに、侑九が舌を出して肩をすくめた。

「上へ行って。あまり遅れると、わたしがデレクに叱られる」

「オッケー。仰せのまま肉体労働に励んできますね、本庄さん」

わざとらしく健幹にだけ手をふって、侑九が会議室をあとにする。ふたたび睦深が息を吐く。

「少し厳しすぎるのでは？」

こちらを向く睦深を、健幹は見返す。

「あの若さで、ほとんどプライベートもなくやってるんです。三人のときくらい、甘えさせてやったらどうです？」

「それは、業務上の意見？」

「もちろんです」うなずいてからいい直す。「多少、私情もありますけど」

睦深が、天を仰いだ。そこに疲れを感じとってしまう。

「ひとつ許すとふたつ許したくなる。ふたつ目を撥ねつけたら不満をもたれる。良いことは何もない」

これ以上は逆効果だろうと、健幹は話題を変えた。

「歌の件、社長はなんとおっしゃってるんですか」

金原真央とは二ヵ月ほどろくに顔を合わせていない。もともとオフィスにやってくるタイプではなかったが、Qの認知度が高まるのに比例して挨拶の機会すらなくなっていた。

「あなたに必要な情報？」

「いえ、ただの確認です」

荷物をまとめて立ち上がると、睦深が声をかけてきた。

「来週の金曜日、時間をつくってくれる？」

「打ち合わせですか」

「いちおう、半分はプライベートよ」

へえ、と健幹はいぶかしむ。ふたりだけのときも、社内でこうした相談はめずらしかった。

「レッスンの合間に、少しだけ出てきてほしい」

「かまいませんが――」

口調を崩せないことに内心苦笑しつつ、健幹は首をひねった。

「大切な用件ですか」

「いちおう、わたしたちにとってはね」

睦深から妻の親しみが消えたのを察し、出口へ向かう。ノブに手をかけるまぎわ、一言だけ声をかけた。

「ぼくはアリだと思いますよ、ボカロ案」

にらまれる前に退散する。じっさい、睦深は考えすぎているんじゃないか。高い理想に固執しているふうでもある。今回ばかりは侑九のほうが冷静だ。たとえそれが、歌から逃げるための方便であったとしても。

デスクトップでメールをチェックしながら、しかし、と思う。

侑九はなぜ、歌いたがらないのだろう。

リズム感も表現力も申し分ないはずだ。もちろん歌を、ダンスや演技といっしょくたにするのはちがう。気持ちだけでスティービー・ワンダーになれるなら苦労はない。

だからといって、手を抜くのは侑九らしくなかった。この数ヵ月、彼を近くで見てきた健幹には断言できる。レッスンは実技以外に理論・教養の講義もある。国際政治学の授業ですら、つまらなそうにはしながらも、侑九が不真面目だったことはない。鋭い感受性が、怠惰を許さないのだと健幹は信じ、その点は素直に感心していた。

なのに、歌だけは駄目なのだ。全力を尽くすどころか、あからさまに手を抜く。途中でふざけだしたことも一度や二度ではない。

健幹の心中は複雑だった。無理にやらせても仕方ない。ボカロはいいアイディアだと偽りなく思う。一方で、町谷侑九の全力を聴いてみたい気持ちもあるのだ。

ふと、考えてしまう。あの子自身は、いったい何を目指しているんだろう？

ファンの数？　再生回数？　稼げる額？

哲学――。Ｍｉｙａｎが求めるそれを、侑九が明かすとは思えなかった。ヒュウガとの動画ではしおらしい少年を演じていたが、撮影現場に居合わせた健幹はあれが擬態だと知っている。レイプまがいの目に遭った過去を鼻で笑い、それを利用することにわずかな後ろめたさすら覚えないメンタルの持ち主は、尋ねたところでこちらが望む答えをいうだけいって、平気でひっくり返すのだ。ぜんぶ嘘だよ、と。

止まっていた指を動かし、メールの返信を打つ。ヒュウガチームから届いたコラボ継続の打診に対し、前向きに検討中、『like a rolling distance』の完成を楽しみにしているといった内容を送る。ヒュウガチャンネルを利用したコラボ企画は大成功といってよかった。侑九が『RE:BORN』について語った「神回」をのぞいても、楽曲とダンスをふたりで創作していく全六回のドキュメントのそれぞれが、ゆうに百万再生を超えている。来週の最新回では、ついに完成した『like』が配信予定だ。試作版をすでに健幹は観ているが、出来は抜群にいい。侑九のダンスはいうまでもなく、カラフルなエレクトロミュージックにアクセントを入れるヒュウガの生ベースが新鮮で、ふたりのならびは絵面（えづら）としても決まっている。

すべての撮影に立ち会った健幹は、ヒュウガの評価を変えていた。彼がスターであったことをあらためて実感し、いまもスターなのだと見直した。ドキュメント映像に映る喧嘩（けんか）も和解も、創作の高揚も、何もかも作り事だ。Ｍｉｙａｎの書いた台本どおりにふたりはぶつかり、歩み寄り、絆（きずな）を深めた。それでもなお、健幹の感情は揺さぶられた。嘘だとわかっているのに応援せずにいられなくなったのは、ふたりのあいだに「ほんとうの嘘」が存在していたからだろう。それに身をゆだねることは、抗い難いほど気持ち良い、快楽だった。

嘘のなかの真実――そのひとつが、ヒュウガ自身による作曲だ。共作する作品の中身についてＭｉｙａｎの台本は空白で、ふたりは自力で創作に打ち込む必要があった。結果、産み落とされた楽曲は、ヒュウガの重さと侑九の軽さをどちらも活かす、文句のつけようがない傑作だった。

ヒュウガのパフォーマンスは、まさしく水を得た魚だった。兄貴肌でありながら侑九の傍らでじっと控え、献身的にビートを支え、ほどよく前へ出て主張する。緩急が生む力強さは、鳥肌が立つほどカッコよく、酸いも甘いも経験してきた者だけが出せる渋味も併せもっていた。

コラボ企画を通じ、ヒュウガ自身、戸惑うほど充実していたにちがいない。一歩下がったサポートのポジション。侑九が見抜いたとおり、それが天職だったのだ。才ある者は、才ある者にしか仕えない。侑九がそれに値すると、ヒュウガはとっくに決断している。これもまた、嘘のなかの真実だ。

ヒュウガとの関係はつづけられる。いずれライブをするとなったとき、彼ならバンドマスターの仕事を悠々とこなしてくれるだろう。ライブがQの、強力な武器になる可能性は高い。

すると、やはり、歌がほしい。

「ほんとかねえ」という声が、堂々巡りの思考を遮(さえぎ)った。いつの間にか昼休みになっていて、事務の女性がスマホをいじっていた。健幹の視線に気づき、愛想よく教えてくれる。

「分科会の偉い人が、コロナはピークに達したって発表したんですよ」

へえ、と健幹も半信半疑の気持ちになった。事実ならよろこばしいが、つい先日、世界の感染者数が二千万人に達したと聞いたばかりだ。ここから下がっていくイメージはもてない。

自分の業界のことをいうなら、いまだに五千人を超えるイベントが自粛を求められている。名だたる音楽フェスが開催をあきらめ、小さなライブハウスも感染対策と世間の白い目に疲弊している。タレントの感染もあとを絶たない状況だ。

自分の業界、か。すっかり馴染んでいることが、どこか他人事のように思えた。健幹はもう、日々報じられる飲食店の苦境を知っても心が動かなくなっていた。同時に百万再生が当たり前になっている。素人ゆえの鈍感か、忙しさに麻痺(まひ)しているのか。

午後の授業が迫り、侑九を迎えに行くべく所用を済ませた。ショルダーバッグとカメラ付きの伊達眼鏡を身に着けてオフィスを出ようとしたとたん、来客とぶつかりそうになって「あっ」と反射的に腰を引いた。

相手は健幹の粗相を受け止めるように両手を広げ、「大丈夫？」と鷹揚(おうよう)に笑った。そのやわらかな目もとに、思わずドキッとしてしまう。

「すみませんでした。あの……、失礼ですが、ウチの者とお約束でしょうか」

男の上品なスーツと物腰は不審者とかけ離れていたが、かといって手ぶらの営業マンがこの世にいるとも思えない。

「よければ、おつなぎしますが」

「ありがとう。お気遣いなく」

「でも」

入り口の前から動こうとしない健幹に顔をしかめるでもなく、「ああ」と男はよけいに笑みを大きくした。

「あなたが、本庄さんですね。ずいぶん助かってると、マオからよく聞いてます」

「え？」

「初めまして、百瀬(ももせ)です」

差し出された手を、健幹は慌てて握った。

「今度、飯でも行きましょう」

カカシのように立つ健幹の横を軽やかに過ぎてゆく。ドアが閉まると、あとにはさわやかなコロンの香りだけが残った。

百瀬澄人(すみと)。名前しか知らなかった芸能事務所『タッジオ』のオーナーは想像以上に若く、その手のひらはしっとりと優しかった。

先ほどまで思いめぐらせていた疑問が、かたちを変えてよみがえる。

プロジェクトQは、いったい何を目指しているのだろう？

ファンの数？　再生回数？　稼げる額？

百瀬がまとう自信と瑞々しさに後ろ髪を引かれ、閉まったドアへ問いかける。

あなたの哲学はなんですか？

ジョーさん。侑九の呼びかけに自分の仕事を思い出し、健幹は腕時計を見るふりをしてから応じた。急ごう、一限目は思弁的実在論の講義だよ。


炎天下の外堀通りを健幹は走った。脱け出してきたドラム教室から五分。溜池山王にあるそのレストランはテラスだけ営業し、あとはテイクアウトのみの対応だという。まもなくランチのラストオーダーが終わる時刻に、健幹はすべり込みで席に着いた。「お疲れさま」先に待っていた睦深から労いとともにメニューを手渡され、汗をぬぐいながらノンアルのジンジャーハニーレモンを頼んだ。できればビールを飲みたかったが、勤務中ではあきらめるしかない。睦深のグラスも炭酸水のようだった。

食事はコースでなく、軽いものを適当に選んであるという。店は落ち着いた雰囲気だが、せいぜいスマートカジュアルといったふうで、記念日にめかしこんで訪れるタイプではなかった。

つまりそれが睦深にとって、いまからくる彼に対する評価であり、メッセージなのだろう。

料理が出そろう前に、まぶしい日差しの中を待ち人がやってきた。三人目の同席者は、まるで待ち合わせ時刻ちょうどに腰を下ろすことを美徳としているかのように、ゆったりとこちらへ近づいてきた。

健幹は立ち上がり、背筋をのばした。

「本庄健幹です。初めまして」

「町谷重和(しげかず)です」

百瀬とちがい、手を差し出してくることはなかった。挨拶はそれで終わりのようで、町谷重和はやってきた店員にサンペレグリノを頼んだ。睦深とおなじ炭酸水だ。

アルコールをともにしなくて済む展開にほっとしながら、健幹は睦深の義父を緊張気味にうかがった。還暦の中年にふさわしい恰幅(かっぷく)。半袖の開襟シャツとチノパンはどちらもハイブランドには見えない。腕時計はシンプルなデザインのアップルウォッチ。

急に重和がこちらを向いて、健幹はごまかすようにハニーレモンのグラスに口をつけた。黒いサージカルマスクのせいで、笑いかけてきたのか値踏みされているのか判断がつかなかった。

妙な圧力を勝手に感じてしまうのは、睦深から聞かされた人となりのせいだろう。

正式に転職する前に婚姻届を出した。時世が悪すぎたため七月の結婚式はキャンセル。内々で食事会を開く程度にとどめた。

食事会に重和はこなかった。正確には睦深が招待しなかった。重和について打ち明けられたのは先週の木曜日、百瀬と肩をぶつけかけた日の仕事終わりだ。

三人のシングルマザーと代わる代わる結婚し、子どもを取り上げてきた男。有り余る財力をもちながら、異様な性癖に取り憑かれた変態野郎。

さすがに誇張だろうとは思ったが、その静かな口調の端々に確固とした憎しみが滲んでいて、だから初めは、いまさら顔を合わせようという睦深の決断が不可解だった。

親子の会話はまったく弾む様子がない。睦深は義父を見ようともせず、重和は重和で椅子の背もたれに身体をあずけたままマスクを取ろうとすらしない。くつろいだ様子で、健幹と睦深を眺めているだけである。

飲み物とマリネの皿が届いて、健幹は「乾杯しますか?」と切り出した。尋ねてから、こんなおかしな台詞もないような気がしたが、赤面する余裕もなくグラスを掲げた。

いちおうというふうに、睦深と重和もそれに倣ってくれた。かたちだけ口をつける睦深に対し、重和は上から下へグラスを置いてしまう。そばにいて気が休まらない人物だ。健幹はどうにか会話のきっかけを探した。

「ご挨拶が遅れてすみません。ほんとうなら籍を入れる前に伺わなくちゃいけなかったのに」

「かまわんよ。この子がそれを拒んだことはわかっている。昔から、強情なのでね」

聞き取りにくいしゃべり方で、前のめりに耳を傾けなくてはならなかった。

「睦深さんは、どんなお子さんだったんです?」

「やめて」

睦深がぴしゃりと遮った。「聞くだけ無駄。この人に、わたしの記憶なんてない」

「賢い子だった。母親とは似ても似つかないほどに」

「やめてといってるでしょう」

「質問に答えてるだけだよ、睦深。君とわたしだけではない。彼の問題でもある。そうじゃないかね？」

「何も、問題なんてない」

「君の人間性は、伴侶として大いに関心事だと思うがね」

健幹は息苦しさに思わずネクタイをゆるめた。マリネが陽に照って乾いてゆく。

「この人は、あなたに会いたがっていた。ひと目でいいから会わせてくれというから、こうして無理にお願いしたの」

「無理なんて、そんな」

「いや、わかってる。本庄くん――そう呼ばせてもらおう。こう見えて、わたしも内心、緊張している。娘の夫と向かい合うのは初めての経験なのでね。初めてというのは、いつも刺激的だ。不安と興味が尽きない」

「あなたに、娘とは呼ばれたくない」

「では何かね？ 保護者と被保護者か」

「大昔までは。それでいいでしょう、町谷さん」

重和が、サージカルマスクの奥で笑うのがわかった。睦深がそれに気づきながら知らないふりをしているのも。

白レバーのパテが届いたが、誰ひとり見向きもしない。

「これで満足？ 義理は果たした。あとはビジネスの話」

「そういうな。ビジネスというなら、君は礼節を無視しすぎている。損得で測れない人間の感情を侮ってはいけないよ。それはビジネスマンの判断ではなく、肉親の甘えだ」

睦深の目もとがピクリと引きつる。健幹は冷たい汗が流れるのを止められない。

「帰りたければ帰るといい。わたしはむしろ、本庄くんとランチを楽しみたいのでね」

「仕事中なのよ、彼は」

「ビジネスの話だと、いったのは君だ」

睦深の手のひらが拳に変わった。心を鎮めるように目を閉じ、やがて「じゃあ」と立ち上がる。

「レッスン終わりには間に合うように。これは業務命令よ」

健幹にいい捨て、睦深はテラスから去った。残された健幹は縮こまりそうになる気持ちをハニーレモンといっしょに飲み干す。アルコールにしておけばよかった。

「困ったものだ。いつまでも過去に囚われ、悲劇を背負ったつもりでいる。いったい自分が、どれほどの幸運に恵まれているのかを自覚もせずに」

「彼女は、努力の人だと思います。少なくとも、ただ運に恵まれたのではなく、運をつかみ取る志をもっています」

「過分な評価だな。義父としては光栄だが」

すみません、と健幹はうつむく。

「あれは昔から偏屈な娘でね。ほとんど縁も切れていたというのに、わたしに金を送ってきていたんだよ。これまで世話になった生活費を返すといってね。つまらない意固地も、貫けば生き方だ。それも君との結婚を機に終わった。かと思ったら、今度は呼び出しだ。今日の集まりの目的を、君は聞いているかな」

「──投資の、お願いをしたいと」

「お願いというより、強制だがね」

可笑しそうに目を細める。「わたし自身の金だけじゃない。わたしがもつ投資家グループの人脈を利用させてくれというのだ」

「Qは──」健幹は、舌を湿らせてからいい直す。「Qは有望物件です。まだそこまで収益化に力を入れていませんが、すでに動画の再生数は広告収入だけで経費の二〇〇％を超すいきおいになっています。この先はグッズ販売も予定していますし、いずれライブも大きな収入源になります」

「うん、そうだろう。君たちは賢くやっているようだ。エンターテインメントはわたしの守備範囲外だが、興味を示す連中は多い」

「町谷さんご自身は、興味なしですか」

「いや、おもしろい。とてもおもしろいと感じている。侑九にああいった才能があるとは聞いていたが、真に受けてこなかったんだ。睦深のいうとおり、本質を語れるほど長く触れ合ったわけではないのでね」

「では、お力添えを期待してもよいと？」

「じつは一点、気になっている」

「なんです？」

「その前に、眼鏡を外してもらえるかな」

「──え？」

「君がかけている眼鏡だよ。度は入っていないのだろう？　わたしも昔、おなじタイプのものを持っていたことがあってね」

それ以上、重和はいわなかった。観念し、健幹はカメラ付きの伊達眼鏡をテーブルに置いた。無言で見つめられ、録画のスイッチも切る。

満足したように小さくうなずき、「和可菜という女がいてね」と重和が語りだした。

「わたしの三番目の妻だ。侑九の母親でもある」

なんの話をするつもりかと、健幹は身構えた。

「七年前、別れる直前に失踪したんだ。いまだに安否がわかっていない」

地元で祭りがあった夜だよと、重和はつづけた。「家族総出で出かけるのが両親の決め事でね。わたしも子ども時分、毎年連れていかれたものだ。今年はコロナで中止になったらしい。たいしておもしろい集まりでもなかったが、歳をとってみると懐かしく思わなくもない」

過去に話しかけるように、重和は宙を向く。

「わたしはずっと、あれはもう死んでいるのだと思っていた。たんなる直感だが、そういう危うさのある女でね。だが最近、ひょんなことから確信を得た。和可菜は殺されたのだ。睦深にね」

唾を飲むのも憚られた。すぐに健幹は、ここは唾を飲んでいい場面、飲まなくてはおかしいのだと気づいてごくりと喉を鳴らし、それから狼狽の笑みをつくった。

「ご冗談を。さすがに笑えません」

「笑い話のつもりはない。正直なところ、どちらでもよかったんだ。しょせんは済んだこと。ただ、さっきもいったが、睦深の人となりは君にとって関心事だろうと思ってね」

重和の口ぶりは世間話でもするように穏やかで、それが、不気味でならない。

「君たちのビジネスに誘われて、わたしにとっても関心事になった。わたしはね、投資を自己犠牲だと考えているんだ。資本を出すほうも出されるほうも、互いが何かを犠牲にし、おなじ夢を見る。場合によっては、利益よりもそちらが大切なことすらある。なあ、本庄くん。金の対価にふさわしい犠牲とは、人生だと思わないか？」

できるだけ平静を装って、小さく首を横にふる。「凡人には、わかりづらい感性のようです」

重和の表情は判然としない。けれど健幹は、目を逸らそうとは思わなかった。

「よければ、睦深さんを疑う根拠を教えてください」

「かまわないが、それを知る覚悟はあるかね」

「ええ。勘違いだと、確信していますから」

楽しげな相手を、健幹は負けじとにらみつけた。

「彼女たちは上手くやった。幸運があったにせよ、君のいうとおり、つかみ取ったものだろう。重要なのは結果だからね。だが、初めてのことだ。すべてが完璧とはいかない」

「町谷さん――」

「車だよ」

重和が、サージカルマスクをずらしてサンペレグリノを飲んだ。湿り気を帯びた口髭が、にっとした。

「和可菜といっしょに失踪した若者は、赤いオデッセイに乗っていたんだ。その車ともども、ふたりは姿を消した。当時、睦深たちは免許を持っていなかったが、運転だけならやってやれないことはない。肝心なのは、その車も見つかっていないという点だ。車一台、きれいに処分するのは易しくない。女子高生にとっては困難と呼んでも足りないだろう。では、彼女たちはどうしたか。どうやって隠しおおせたのか。山に隠しても海に沈めても安心はできない。レンタルガレージでも借りて寝かせておくか。悪くないアイディアだ。そんな金があればだが」

田舎でも月五千円はかかるだろう。七年間で四十二万。高校生だった睦深には契約自体が簡単じゃないし、警察が見逃すとも思えない。

じゃあ、どうやって？　――と口を挟みかけた健幹を遮るように、表情をほころばす。

「あとは、睦深を質しなさい。まず間違いなく、答えは存在しないがね」

重和がマスクを引き上げる横で、健幹の頭をいくつもの情報と可能性が駆けめぐった。赤いオデッセイ、椎名翼、ポルノ動画、花火の夜、三猿像、そして椎名大地……。

「あの子を糾弾するつもりはないんだ。資金提供は前向きに検討しよう。だが、ひとつだけ考えておいてほしい」重和が、噛んでふくめるようにいう。「侑九は、みずからの過去を軽々と利用してみせた。睦深はどうかな？　和可菜殺しの罪を暴かれそうになったとき、君たちはどうするつもりだ？　わたしが提供する資金と労力に見合う犠牲を、支払ってくれるのか？」

店員が、お会計をお願いしますと伝票を手にやってくる。

金が要る。Qが次のステージへ進むために莫大な額を集めねばならない。金原真央が事務所に現れないのも金策に奔走しているからだ。

睦深からはそのように聞かされた。百瀬と相談したうえで、だから義父に会うのだと。自分が反抗的な態度をとればとるほど、おもしろがって金を出すにちがいないと。

彼女の計算は合っていた。あまりに思いどおりで怖いほどだった。しかし、ここまでの想定はなかったはずだ。カメラに気づかれ、おまけに七年前の義母殺しを、ある種の人質にされるだなんて。

もちろん、睦深が犯人と決まったわけではない。重和の妄想である可能性のほうが高い。ほんとうに？　重和が匂わせた真相は、健幹が漠然と恐れ、考えないよう封じ込めてきた想像と似通っている。

午後は上の空でやり過ごした。やり過ごせる程度の仕事しか任されていないのだと、後ろ向きな気持ちで侑九をアテンドし、最後の授業がはじまった。ミキサー室の壁際に立って、レコーディングブースの中でふざける侑九とそれに手を焼く講師の不毛なやり取りを眺めながら、どうしても事件のことを考えてしまう。

車の処分方法を尋ねても、答えは返ってこない——ではなく、「答えは存在しない」とは、いったいどういう意味だろう。たんなる言葉のあやなのか？

重和はこうもいっていた。彼女たち。睦深たち。睦深とともに犯罪に手を染める相棒を、健幹はふたりしか思いつかない。

ひとりは町谷侑九。

もうひとりは町谷亜八(あや)。名前だけ知る、睦深の義妹。

これを自分は、睦深に質すべきなのか？　あるいは侑九に。

「困ったものだね」

突然耳もとで話しかけられ、健幹は肩を揺らした。

「上手である必要はないが、懸命である必要はある。なぜなら大衆は、音程の正しさに感動するわけじゃないからね。歌い手の発するパッション。訓練を受けたプロが八割でこなす正確な歌唱より、素人が喉をからし、魂を燃やしているシャウトのほうが聴き手に響くことはある。往々にして、歌とはそういうものだと思いませんか？」

健幹をのぞき込む瞳は、溶けたように細まっていた。初対面のときと同様、上品なスーツを着こなした百瀬澄人がマスク越しに苦笑を浮かべる。

「あれではたんなる手抜き、いいところ悪ふざけだ。少なくともQは、そういうタイプの表現者じゃない」

「……お恥ずかしいかぎりです」

マネージャーとして健幹は姿勢を正したが、百瀬はブースの中で講師をからかう侑九にしか興味がないようだった。

「おかしなものだね。あの子が歌えないというのは、ちょっと感覚に合わない。これでも人を見る目には自信をもっているんだが」

「向き不向きはありますから」

「そういう次元にも見えません。まるで、歌うのを拒否しているようです」

いわれて健幹もブースへ目を戻した。講師に命じられるままヘッドフォンをつけ、侑九がカラオケで歌いだす。こちらの部屋には伴奏も流れ、生歌だけより恰好がつく。にもかかわらず、それなりだ。無難にメロディをなぞっているだけ。迫ってくるものはない。

一服しようと誘われ、ミキサー室を出てひと気のない廊下を進んだ。

「先ほど町谷さんから連絡がありました。投資の件、条件を具体的に詰めてほしいというメールです。あなたを、ずいぶんお気に召されたようだ」

「それは……まあ、いちおう戸籍上の親族ですから」

「身びいきでお金を出すほど甘い人でもないでしょう。投資仲間にも声をかけてくださるそうですし、信頼を勝ち得たと誇っても罰はあたりませんよ」

休憩室でカップコーヒーを奢ってもらう。恐縮する健幹を気にもとめず、「これで、ざっと二億は確保できそうです」百瀬はさらりと明かした。

「あなたの手柄といっていい」

「八割は睦——本庄部長の手柄です」

「お父上に頼ることを、彼女は最後まで渋っていましたがね」

愉快げだが、嫌味はなかった。オーナーの地位を笠（かさ）に着るふうでもなく、気がつくと健幹は彼に親しみを覚えはじめていた。

「しかし、このままでは具合が悪い。資金が集まっても成果が腰砕けでは徒労です」

二億のほかに金原真央が集めている金もある。額がでかすぎて実感などもてないが、そもそもそんな大金を何に使うつもりなのか。

「差し出がましいですが、どのようなプランをお考えなんです?」

「目新しい企（たくら）みなどありません。ただ、大きなイベントです。土岐さんの言葉じゃないが、観客の心を奪うアンセムがあるにこしたことはない」

「でないと、採算が合いませんか」

「はは、金儲(もう)けが目的でこんな事業に手は出しませんよ。もっとちゃんと稼ぐ方法はいくらでもあります」

たしかにと思わせる説得力を、この男は備えている。同時に、ではなぜ？　と疑問がわく。

「Qをビリオンダラーアイドルにしたいなら、グループを組むほうが賢明でしょう。歌えるメンバーを入れ、いずれ英語メインで勝負する。『RE:BORN』の再生回数は順調のようですが、それでも三百万規模です。おなじアジア圏でもK-POPのトップならゆうに数千万、億を超すこともある。ソロダンス一本で、その域に達するのは難しい」

　歌を抜きにしても、ダンスという表現は集団のほうがはるかにバリエーションをつくりやすい。ステージ映えもする。現状、Qはそうした強みを放棄している。

「このままでは限界があると？」

「限界は承知のうえです。むしろ賢明さというやつに、喧嘩を売りたくてはじめたプロジェクトですからね」

　それはQのマネジメントと見事に一致していた。マスメディアを利用せず、孤立を保つ。だからこそ『RE:BORN』はあの内容で公開できたともいえるが、効率的かは疑問符がつく。加えてQは、作品以外の発信をほとんどしない。ＳＮＳはもちろん、公式非公式を問わずファンとの交流は皆無。ヒュウガチャンネルに出演するときでさえ、視聴者の質問に答えるだとかは禁止事項として裏で話をつけてある。

　時代に逆行するこの徹底が、Ｑの神秘化に一役買っているのは事実だろう。晒(さら)す部分と隠す部分の塩梅が、運営の腕の見せどころなのは間違いなかった。

「とはいえ――」と、百瀬が弱り顔で微笑んだ。「何もかもを放棄して済むわけじゃない」

「歌は、やはり必須だとお考えなんですね」

「綺麗事に聞こえるかもしれませんが、ぼくは侑九に自分の可能性を狭めてほしくないんです。あきらめや自嘲は、踊りや振る舞いにどうしても滲み出てしまう。Qには不要だ」

健幹はそっと息をのんだ。不要だと吐き捨てる一瞬、覚えた親しみを忘れるほど冷酷な温度があった。

「追い込むようなやり方は本意じゃない。いろいろ試してきた経験上、得るものより失うもののほうが大きいのでね」

「たとえば、どんな方法を？」

「いろいろです。最新のトレーニングから瞑想法、市販されていないプロテインのたぐいまで。外科手術に頼ったこともありました」

「整形ですか」

答える代わりに、百瀬は人差し指で自分の頭を二度叩いた。

「――冗談ですよね？」

「ご想像にお任せします」

まさかと笑い飛ばしたかったが、昔読んだ漫画の、頭蓋骨に穴を穿って未知の能力を引き出す描写を思い出して唇が引きつった。

どちらにせよ、彼が今日、ここを訪れた理由に察しがついた。

「あの子に、手ほどきをする気ですか？」

「手ほどき？」百瀬はカップコーヒーを飲み干した。「そんな大それたことは考えてません。少し話をして、何かのきっかけになってくれたら儲けもの――といった程度です」

その笑みに、説明のつかない怖気が走った。気さくな懐の深さとも、冷酷さともちがう貌だった。あえて言葉にするなら、稚気。善悪に囚われない、無邪気。

「まだ子どもですよ」勝手に語気が荒くなった。

「選ばれた子どもです。彼が選んだ道でもある」

詭弁だ――。手にしたコーヒーを投げつけたい衝動を無理やりなだめた。そんな健幹をおもしろがる視線が、なおいっそう腹立たしい。

「あれえ？　モモさんじゃん」

廊下を侑九がやってきた。肩の力が抜けきった、いかにもだらしない足取りである。

「お説教？　ジョーさんクビになるの？」

「元気そうだね。時間ができたから、たまには君に美味いものを食べてほしいと思ってね」

「マジ？　助かるよ。デレクは料理と栄養成分記号の区別がついてないんだ」

スタジオからタクシーで麻布へ向かう。無理にでも付いていくつもりだったが、助手席に乗り込もうとする健幹を百瀬は止めなかった。道中、侑九は自分がどれほど過酷な生活を強いられているか、冗談まじりに不満をならべた。デレクのボディワークにはじまり、撮影がない日はおよそ五コマの授業。終わりはたいてい八時ごろ。仕上げのエクササイズとストレッチ、完璧な栄養成分で組み立てられた夕飯を済ませて事務所が借りているマンションへ帰る。ハーフの日が週に一回、完オフは月に一度あるかないか。

トップアイドルと比べれば優しいにせよ、健幹からすると充分に気の毒だ。付き添うだけの健幹ですら、そのハードスケジュールに慣れるまでだいぶつらい思いをした。

「たまの休みも、コロナコロナでなんにもできやしない」

「我慢しなよ。君にはマキタ殺しの前科があるんだから」

さらりと不穏な台詞をいって百瀬は笑う。

「推定無罪って、前に授業で習ったよ」

「世間の目は、いつだって適当に有罪さ」

侑九が、うんざりしたように肩をすくめた。「一回罹ったわけだし、もう好きにやっても平気じゃないの？」

「油断は禁物。変異というのもあるそうだしね」

アメリカで認められたイプシロン株については健幹も報道で見聞きしていた。初期のウイルスに対する抗体が通じないという説もあるが、たしかなことはよくわからない。

「人恋しければ友だちと話せばいい。ビデオ通話はできるんだろ？」

「友だちねえ」侑九が皮肉に口角を上げる。「ひとりも思い浮かばないな」

「じゃあ休日は何を？　寝る以外でさ」

「漫画、ゲーム。あと、映画は観てる。配信で、適当に」

「アクションもの？」

「だいたいね」

窓のほうへそっぽを向く侑九に「古典にも挑戦するといい」と百瀬がつづけた。「欧米じゃアスリートだって教養を求められる。無知な人間は尊敬されない」

招かれた店は一見して高級とわかる焼肉店だった。侑九は気持ちよいほどよく食べた。健幹も遠慮気味に箸を動かした。さすがというよりない味だ。

「飲んでもいいですよ、本庄さん」

「いえ、部屋へ送り届けるまでが業務だと、きつくいわれてますので」

「君にはそれくらいでちょうどいい」百瀬がまぜっ返し、マッコリに口をつけた。

「ロクに？」侑九が唇を歪める。「あいつ、金属バットで殺される教育ママの才能がありすぎる」

「何事にも良し悪しはある。ぼくの父親はまったく家に寄りつかない男でね。仕事と愛人。まあ、お決まりのコースだ。ふたりの兄とは歳が離れていて、物心ついたころには全寮制の高校へ行ってしまっていた。家には母親とぼくだけ。ずいぶん世話を焼かれてね。君といっしょで、ぼくもいちいち管理されるのが好きな性格じゃなかった。あまりにも鬱陶しいから、ぼくは少しずつ彼女を変えていくことにした。食卓の会話、ちょっとしたやり取りのなかで、少しずつね。一年ぐらい経って、中学に上がるころかな。彼女は毎日、家中を掃除するようになってたよ。そこそこの邸宅だったけど、お手伝いさんも雇わずに、ぜんぶ自分でやるんだ。そして夕飯の前、ぼくに訊く。今日もわたし、がんばったよね？」

いつの間にか、健幹は箸を置いていた。

「親は選べないというけど、つくり変えることはできる。ただ、それが幸せともかぎらない。いっさいうるさくかまわなくなった彼女との生活は、べつに楽しくもなかったからね。むしろ退屈で、物足りなかったくらいだ」

「ふーん」

と、侑九は薄ら笑いを浮かべていた。焼き上がった肉を付けダレに浸してひっくり返す。また裏返す。心配になるほど、それを繰り返した。

「その話がほんとだとして――」手を止めずに侑九がいう。「母親だからでしょ？　父親なら逆らえなかった。ぶん殴られて終わりだもん」

「かもしれない。昔も今も、腕力のほうはからきしだからね。でもけっきょく、自分の置かれた状況の中で許された手段を使い、望ましい環境に整えていく。それが生きるってことじゃない？」

「なーんか、鼻につくなあ」

いって侑九は肉を口へ放り込む。大げさに咀嚼し、コーラを飲む。網を挟んで、空気が張りつめていくのを健幹は感じた。

しかし、理由がわからない。たしかに百瀬の自分語りは妙に不穏だったが、そのどこが侑九の着火剤になったのか。

「ごちそうさん。また奢ってよ。今度は一杯十万円のチャーシュー麺をさ」

「歌えない理由を知りたくないか？」

侑九の、上げかけた腰が止まった。

「君も気づいているはずだ。このままだと窮屈な場所から脱け出せないって。食い込んでいる足枷、縛りつけてくる鎖。これはなんだ？　どうして外せない？　意識下で自問しながら喘いでる。もっと高く跳べるのに、もっと自由になれるのに――」

「モモさん、不思議ちゃんって呼ばれてなかった?」

からかいながら、侑九は乱暴に座り直す。「おれの何をわかってるつもり? 驚きのエスパー? 夢は行列のできるスピリチュアル・カウンセラー? それともおれを引き止めたいっていう、可愛らしい挑発かな」

「もちろん挑発だよ」百瀬の余裕は微塵も崩れなかった。「こっちはデレクに恨まれる覚悟で連れ出したんだ。ここでお別れじゃあ割に合わない」

百瀬が、身を乗り出した。

「あと二時間、ぼくにくれ。そう、映画のように」

テーブルに頬杖をつき、侑九はじっと百瀬を見つめた。コンロの火は消えかけているのに、個室は汗ばむほど蒸し暑い。

「こうしないか? もし、ぼくのシナリオと演出がお粗末だったら、二度と無用な差し出口はたたかない。そして毎週、デレクに内緒でお望みのスイーツを差し入れしよう」

わずかな逡巡ののち、「いいね」と侑九は受けて立つように身体を起こした。「好きだよ、おれ。そういうの」

タクシーを十分ほど走らせてマンションに着く。エレベーターで二十三階へ。ワンフロア貸し切りの物件は、何部屋あるか想像もつかない。

玄関を入ると自動で明かりが灯った。好きに使っていいといわれて健幹はスリッパを履いたが、侑九はショートソックスのまま廊下を踏んだ。我が物顔で百瀬のあとを付いてゆく。

通されたリビングは、テニスができそうなぐらい広かった。キャビネット、絨毯、ソファセット。

どれもシンプルで素っ気なく、よけいに質の高さが伝わってくる。

百瀬が席を外すと、侑九はカーテンが全開になったガラス張りの壁へ近寄った。つられて健幹も倣った。首都の夜景が、そこら中に値札を貼れそうなほどきらめいている。

侑九の横顔をうかがうが、なんの表情も読みとれなかった。この部屋の調度品とおなじで、だからこそ少年の美貌が際立っていた。研磨したクリスタルを人間にしたら、きっとこんな造形になるのだろう。

「高いね」街を見下ろしながら侑九がいった。

「君が望むなら、いつか住めるよ」

「ここまでは要らないな。二階建てでいい」

本心からの言葉に聞こえた。タワマンもポルシェもパテック・フィリップも、侑九は必要としていない。ならば何を？

「二日で飽きる景色だよ」

百瀬はスーツから紺色の上下に着替えていた。襟のない八分丈は部屋着というより作務衣の雰囲気だった。顎まで届いていた髪を後ろで結わえ、額があらわになると、あらためて彼の相貌もまた侑九とちがう色気をまとっているのがわかる。

健幹が意外に思ったのは、手ぶらだったことだ。部下とはいえ客人を待たせておいて、飲み物すら用意してこないのは百瀬のイメージとずれている。

「見栄でこんな部屋に住んでいるわけでもなくてね」

いって百瀬は踵を返し、健幹たちを先導した。リビングを出て左へ折れ、奥へ進む。ドアをふたつやり過ごし、また右へ曲がる。ぺたぺたと、ホワイトオークの床を踏む。百瀬の足が裸足(はだし)であることに健幹は気づく。

廊下の突き当たりの手前、左側の壁に百瀬が手をかけた。壁だと思っていたその部分に窪(くぼ)みがあって、横に引くとずしりと動いた。

ちらりとこちらを見やってから、百瀬が中へ踏み入る。先に侑九が、次に健幹がつづいた。

そこは、異様な部屋だった。真っ暗な室内を、ぐるりと囲う間接照明だけが、静かにぼうっと照らしていた。スタンドライトでも埋め込み式の照明でもなく、円柱だ。床から天井まで貫いた円柱が十本、壁際に弧を描いて立っている。これは……と健幹は圧倒された。

円柱は、水槽だった。青白い光で満ちた水槽の中で、揺れているのは花だった。十種類の、それぞれに形のちがう、色とりどりの花が浮かんでいるのだ。何より異様なのは、その大きさだった。一本一本が健幹の背丈を超え、花弁は肩幅ほどに広がっている。

「水中花だよ」

百瀬は水槽を背にし、部屋の中央に敷かれた白いラグマットに胡坐(あぐら)をかいた。そばに盆と、小ぶりな陶器があった。盆には酒瓶とショットグラス。火鉢のような陶器は香炉。前の会社で、客に似たような品を自慢されたことがある。

「座って」

声は、侑九だけに向いていた。侑九は緊張したそぶりも見せず、百瀬の正面に腰を下ろした。

「飲むだろ?」

「コンプライアンス違反じゃない?」

「治外法権なんだ、この場所は」

百瀬がショットグラスに酒を注いだ。琥珀色の液体だった。止めるべきだと思いながら、健幹は身動きがとれない。

「ククリラム。ネパールのサトウキビでつくった酒だ」

ふたりはグラスを掲げ合い、一気に空けた。床へ息を吐いてから、侑九は飲み干したショットグラスを百瀬へ突き出し、注がれた二杯目を静かになめた。

百瀬が、慣れた手つきで香を焚きはじめる。やがてなめらかなひと筋の煙が立ち昇り、流れ、拡散し、甘い香りが鼻孔をくすぐる。

しばらくふたりは香りの中で酒をなめ合い、彼らを囲う水中花とともに健幹はそれを見守った。煙の筋がほどけるたび、水中花がさざめいているかに思え、酒を飲んだわけでもないのに、健幹は神経がゆるんでいく錯覚に囚われた。

「水中花には特別な思い入れがあってね。人生で初めて、美しいという言葉を自覚的に当てはめた記憶がある。まだ母親の干渉に晒されていたころの話だ。いまとなっては他愛ない玩具だが、ぼくはよく部屋にこもって気が済むまでそれを眺めた。電気を消して、昼間ならカーテンを閉めきってね。あるとき、いつものようにそれを眺めていると、ふと、奇妙なことに気がついた。水中花がおさまった水槽の表面に、ぼくが映っている。そのぼくは、水中花を眺める前のぼくと、どこかしらちがっているんじゃないか。具体的にここがとはいえない。けれど、たしかに変わっていたんだ。化粧をしたわけでも、運動をしたわけでもなく、ただ、水中花を眺めていただけなのに。衝撃的な発見だったよ。美には、鑑賞者自身を変える力がある。本気でそう、信じてしまった。そしていまも、信じている」

百瀬は背筋をのばし、胡坐をかいた膝の上にゆっくりと両手を置いた。

侑九がつまらなそうにいう。「おれに関係のある話をしてほしいんだけどね」

「しているよ。君は、ぼくが出会ってきたなかで随一の才能をもっている。そこに疑いの余地はない。君はごく自然に人々の注意を引き、耳を傾けさせ、期待を抱かせる。人々は君の振る舞いに嘆息し、感激し、あるいは涙を流すだろう。だが、そこまでだ。その先へは行けていない。虜にするだけでは足りないんだよ。強制的に、有無をいわさず、相手を変化させなくてはね」

「誰かを変えたいなんて、考えたこともないよ」

「ならば君は、鑑賞され、愛でられるレベルで終わる」

「愛でられりゃ充分じゃない？」

侑九は鼻で笑う。「ねえ、けっきょく精神論みたいなことがいいたいの？　気合いを入れろ、大志を抱け？　戦略チームの猫ちゃんもそうだけど、ちょっとメルヘンすぎて付いてけないな」

「ぼくやＭｉｙａｎが求める哲学とは意志のことだよ。君は何を、なぜ、表現したいのか。観客をどう変えたいのか、世界をどう変えたいのか、自分自身をどう変えたいのか。変化のダイナミズム、その連続に身を置きながら駆け抜けるには、逆説的だが、核となる美学が要る」

百瀬が、穏やかに呼吸をする。

「感動とは何か、言葉にできるか？」

「さあ、泣いたり笑ったりでしょ」

「ごまかしはいい。正直な答えを聞かせてくれ」

鋭く返され、侑九は億劫げに金髪をかき上げた。

「――思考停止」

そのつぶやきに、健幹の記憶がよみがえる。ヒュウガに放った台詞。考えずにいられるってのは、気持ちいい――。

「何も考えられない、考えなくていい。快感って、そういうもんでしょ？」

「いかにも」

百瀬が、ふわりと相好を崩した。「美の到達点は、思考の強奪にほかならない。美が極まった瞬間、言葉は退場を余儀なくされる。映画でも芝居でも、小説や詩でさえも、感動の萌芽と同時にそれは起こる。いい換えるなら、言葉に出番が残された感動などまやかしということだ」

笑みは、もう面影すら残っていない。

「言葉を蒸発させる美を前に、理性は痙攣し、窒息する。ぼくらの脳細胞は五分の酸欠で壊死するが、精神も大差ない。強烈な美の窒息は理性に爪痕を残す。いわば後遺症を」

「ああ、なるほど。相手を変えましょうって話と、こうやってつながるわけね」

「水中花の話ともだよ。美を体現する者が花だとして、鑑賞者は外側にいる人間だ。だが、窒息するのは鑑賞者のほうなんだ。水の中と外がひっくり返って、外にいるつもりの者が、いつの間にか水の中にいる。快楽に溺れて思考を溶かす。それを眺める君は？　水槽に映る自分はどうなってる？　きっと、驚くほど変わっているよ」

「やっぱあんた、不思議ちゃんだ」

「当然だろう？　世界をねじ曲げようって人間だからね」

いっさいの衒(てら)いがなかった。皮肉も自嘲も陶酔もない。百瀬は素面(しらふ)で、大真面目に、そして寸分の疑いもなく、自分の思想を語っているのだ。地球は平面であると、教え諭すように。

「なぜ歌わないのか、歌えないのか。君は理由を手に入れなくてはならない」

「なんでもくそも、歌までやらされるのは面倒だから。おなじ給料なら楽なほうがいい。音痴がバレるのも癪だしね」

「お母さまは、とても上手だったそうだね」

「はっ!」と、侑九が大げさにのけ反った。「ごちゃごちゃやって、けっきょく幼少期のトラウマかよ!」

「侑九」

刺すような呼びかけだった。

「そうじゃない。ぼくに、君が歌えない理由はわからないし、興味もない。ほんとうの理由なんて、どうでもいい」

重要なのは——と、百瀬はつづける。

「君が何を、ほんとうの理由に選ぶかだ」

まばたきひとつせずにいう。

「今夜ここで、君が歌えない理由を創る」

意味がわからなかった。理由を創る? 探るでも突きとめるでもなく、創る?

「ああ……」と、侑九が頭を抱えるようにうなだれた。当然だと、健幹は思った。ククリラムに悪酔いしているのでなければ、百瀬の正気を疑わねばならない。

「そういうことか」

侑九の声は笑っていた。

「あんた、相当だな」

「嫌いかい？」

「いや、好きだよ」

ふたりが、まっすぐに向かい合う。

「イメージはある？」と百瀬が訊く。

「そうだね」と侑九が首をひねる。「やっぱり、『RE:BORN』とも響き合うほうがいいんでしよ？」

「リアリティは要るけどね」

「あんたがいってた足枷と鎖は？　みんな好きだろ、虐待とかさ」

「悪くないが、もっと詩的であってほしい」

「だよね。ありきたりすぎる」

「ありきたりはかまわないんだ。共感の導線は必要だからね」

何が起こっているのか、健幹の理解はおよばない。

「閉じ込められる――ってのはどう？」

「どこに？」

「車」

「炎天下の駐車場？」

「いや、海の中だよ。ドライブしてたはずなのに、目覚めたらそこにいるんだ。沈んでいく車の中でカーステが歌ってる。この曲が終わったら、もう助からない深さになる。おれは逃げだそうとするけれど、曲が美しすぎてためらってしまう」

「助かっても、待っているのはあの日常だ」

「そう。この歌より、それは価値があるんだろうか」

でも、その設定では死んでしまうね。うん、脱け出すきっかけが要る。生への執着？　それとも恨み？　希望？　あるいは、愛？

問答を、健幹は呆然(ぼうぜん)と見つめた。ふたりは細部を詰めてゆく。決めてゆく。ときに否定し、修正し、練り上げて、侑九が歌えなくなった、その存在しない過去が出来上がってゆく。

「――こんなところか」

やがて百瀬が、慈しむような笑みを浮かべた。彼の背後で、水中花がかすかな揺らぎを見せている。

「この物語を、君は受けいれるんだね？」

「ああ、いいよ。気に入った」

「オーケー。では、記憶として接着しよう」

百瀬が香炉の底に触れる。引き出しになっている。中へ手をすべらせる。

「しょせん、頭で考えた物語など言葉にすぎない。真実性の獲得は、体験からしか生まれない」

「溺れるのは嫌だな」

「必要なのは痛みだ。この現在の体験と、過去についての物語を接着させる、痛みを植えつければいい。君ならそれで充分だ。充分、創り変えられる」

その右手に、メスが握られている。

「君自身が傷つかずとも、君の感受性は、これを自分の痛みとして取り込める」

百瀬が、左腕を上げた。開いた手のひらをこちらへかざし、そしてメスを走らせた。手のひらの根元から肘まで、すうっと直線を引く。開いた指が震える。その笑みに力が入る。もう一本、百瀬はとなりに、おなじような直線を刻む。どろりと血が流れだし、つつと垂れる。平行にならんだ二本の線の、上部をメスの刃がつなぐ。下部もそうする。皮膚を切り裂く長方形が出来上がる。それから百瀬はメスを横にし、上部の切り傷に当て、ゆっくりと、刃を下降させていった。薄皮が、にゆるっとめくれる。皮膚の下の肉が露になって、瞬く間に赤く染まった。百瀬の額に脂汗が滲む。奥歯を嚙み締めている。それでも彼の唇は笑っている。刃はもどかしいほどゆっくり、ゆっくりと、薄皮を剝いでゆく。絶えることなく血が滴っている。侑九は胡坐をかいたまま、じっとそれに見入っている。

長方形の薄皮が剝離する。赤く濡れたそれを右手にのせて、百瀬は差し出す。

「窒息しなさい」

侑九が受け取る。薄皮を口に当てる。鼻と口が塞がれる。天を仰ぐ。

百瀬は唇を横に広げた。侑九より、少年らしい無邪気さでいった。『RE:BORN』だね――と。

玄関にあるゲストチェアに腰かけて、健幹は固まっていた。顔を覆う両手の湿りが汗なのかなんなのか、考える気力もなかった。

「お待たせ」

顔を上げると、白い包帯が目に入った。「大丈夫かい」と百瀬に訊かれ、洗面所で応急処置を済ませてきたばかりの男にはいわれたくないとため息がもれた。

「病院へ行ってください」

「心療内科に？」

冗談に聞こえなかった。もしかしてこいつは、ほんとうに自分の頭蓋骨に穴をあけているんじゃないかと、健幹は半ば本気で疑う。

「……いつまでも、彼を下に放っておくわけにはいきません。用とはなんです？」

「ぼくのやり方にご不満のようですね」

「理解できないだけです。あなたたちとちがって、ぼくはまともな人間ですから」

百瀬の可笑しそうな口もとが神経に障った。

「こんな馬鹿げた真似で、あの子が歌えるようになると本気で思ってるんですか」

「現段階ではどちらともいえないし、どちらでもいいんです。乗り越えるにせよ抱えるにせよ、退屈な事実より、魅力的な嘘のほうがよほどQを豊かにする」

反論する気も失せた。「用件をお願いします」健幹が重ねると、「まだ侑九には内緒にしておいてほしいんですが」と前置きをして、百瀬は業務の顔になる。

「十二月にイベントをします。関係者メインの集まりですが、ライブパフォーマンスの、まずは試金石になるでしょう。歌うかどうかは置いておくとして、これを成功させるためのサポートを、引きつづきあなたにお願いしたい」

「……もちろん、仕事ですから」

健幹は立ち上がり、「では」とおざなりな一礼をする。玄関へ向かいかけたところで「そうそう」と引き止められた。

「『美』という漢字は『大』の上に『羊』がのって出来ているんですってね。羊は神への供物とされていた動物で、そこには『犠牲』の意味がある。つまり美の体現者とは、『大いなる犠牲』とともにあるといえるのかもしれない」

「だから、なんです?」

「べつに。ただの戯言(ざれごと)です」

機嫌を損ねた様子もなく、

「それ、似合っているね」

意味ありげに健幹の伊達眼鏡を指差してから、百瀬は楽しげに踵を返した。

「お休み、ジョーさん」

ふり切るように部屋を出て、エレベーターに乗る。侑九は一階ロビーの応接セットに身を沈めていた。健幹を見て腹が減ったと不平をもらした。ラーメンが食いたいよ。

正面のソファに腰を落とし、タクシー会社に電話した。到着を待つあいだ、何か尋ねなくてはと思ったが、言葉は見つからなかった。無人のロビーはやけに明るい。

「大丈夫?」逆に訊かれた。

「――君にはいわれたくない」

「そう？　ま、元気出しなよ」

思わず健幹は可笑しくなった。少年はだらしなくくつろぎながら、羽が生えそうな笑みを投げかけてくる。ついさっき、人皮を口に当てていた気色悪さがきれいさっぱり消え去って、むしろそれが怖かった。

とくに考えもなく、健幹は訊いた。「お母さんの、歌が上手だったのはほんとなの？」

「まあね。若いころはピアノをやってて、歌手を目指したこともあったんだって。実の親父もそうだよ。バンド崩れのヒモ野郎で、あいつは母親を殴るとき大声で歌うんだ。近所に悲鳴を聞かせないためにね。それがまた上手くてさ。なんでこんなクズがって不思議に思うぐらい、素敵な歌声だったんだ。だからおれは、そういうとき風呂場に隠れた。ドアを閉めて浴槽に横たわって、そうすればあいつの歌がぼやけるからね」

侑九はソファに両足をのせていた。靴を履いたままだった。だが、咎めようとは思えなかった。

知らぬ間に目頭が熱くなり、健幹は手の甲でぬぐった。

「あいつの十八番がエアロスミスだったかリッキー・マーティンだったかエミネムだったか、もう忘れたな。だってぜんぶ、嘘だから」

健幹は、赤らんだ目を丸くする。

「親父は顔も名前も知らない。死んだって聞いただけ。あの女といっしょに暮らしたのは七歳になるまでで、あとは中学のころの一年間。泣ける思い出なんて一個もないよ」

「――君は、いつか誰かに刺される」

「ジョーさんに？　ロクに殺られるよりいいね」

その横顔に、健幹は見入った。唇は冗談のかたちで、けれど瞳は切実だった。健幹にはそう見えた。鳳プロのレッスン室で、「選ぶんだ」と祈った詩人がそこにいた。

昔話の、ぜんぶが嘘とは思えなかった。侑九が歌を嫌っているのは事実だ。あんなビデオを撮られる暮らしが辛くなかったはずがない。いや、それでもこの子なら、平気で舌を出すのか。

なのに健幹の目からは、涙があふれた。意味不明な、制御のできない涙だった。束の間信じさせられた彼の過去が、痛みが、涙腺を崩壊させた。むせびながら、はっきりと、健幹は悟った。

もう自分は、この少年から離れられない。

次々とこぼれる雫がカメラ付きの伊達眼鏡を濡らしていって、ああ、そうか、と理解した。百瀬が録画を許したのは、このためだ。破滅しかねない証拠を、あえて撮らせて立ち合わせたのは、健幹を変えるためだったのだ。

「心配しないで、ジョーさん。おれはなんにでもなれる。それを必ず、証明するよ」

侑九はこちらを見ていなかった。ずっと遠くを見つめていた。彼はこれまで幾つもの嘘をつき、これからも重ねつづけていくのだろう。

健幹は眼鏡を外し、涙をぬぐった。マイクロＳＤカードを取り出し、それを噛み、折った。

本庄健幹　二〇二〇年　十二月

充満する体温。黒、白、黄色。色とりどりの肌の匂い。誰かがささやく神に捧げる言葉に混じって響くステップの音、肉を叩く音。十二人の男たちは思い思いにその時を待っている。どいつもこいつも一癖もったはみ出し者たち。デレクが集めたBITCH BOYS（くそ野郎ども）。健幹はダンサーたちを横目に動き回る。撮影部隊、録音、音響、照明、衣装、配信クルー。各部署の窓口役をつかまえて最終調整をする。不意打ちのようなミスがある。冗談にならない段取りの齟齬（そご）を怒鳴られ、小突かれしながらひとつずつつぶしてゆく。

品川区、コンテナ埠頭（ふとう）にあるダンスクラブは貸し切りだ。フロアには十台のＨＤカメラと七百人の客がいる。飲み食い自由、入場料なし。百瀬と金原真央が招待したＶＩＰたち。彼らをヒュウガ組のＤＪが踊らせている。

メインステージからのびるランウェイ。フロア中央のサブステージは観客から二メートルも離れていない。カメラのドリーレールがふたつの場所を分けている。警備上は危険極まりない距離を、咎める常識人はすでにひとりも残っていない。Do it anyway（とにかくやっちまえ）！

ペットボトルの水を飲む。照明部の奴がやってきてくだらないことをいう。怒鳴り返して指示を出す。現場レベルで全体像を把握しているのは健幹だけ。遠慮している余裕はない。

たった二十分のパフォーマンス。そのために三ヵ月、準備を重ね、交渉を重ね、無茶と理不尽をとおしてきた。ばら撒くように金を使った。

〈十五分前〉

インカムから睦深の声が耳を打つ。〈首尾は？〉

「オールグリーンですよ、ボス」やけくそで返す。かすかに笑う気配がする。〈大丈夫そうね。では予定どおりに〉

健幹は返事もそこそこに楽屋へ駆けた。

この二十分間は全世界にストリーミング配信される。正午に公式アカウントから告知した、Qの初めてとなるライブパフォーマンス。『RE:BORN』に『like』、そして一発目に新作を発表する。反響はすさまじかった。国内だけでなく海外のユーザーから視聴予約が殺到した。Qのダンスは言語の壁を越えている。ヒュウガとのコラボ動画に英語字幕をつけた効果もあったのだろう。

楽屋に飛び込む。アートディレクターの茅ヶ崎がメイクの調整をしている。「十五分前です」彼女はふり返りもしない。キャンバスに決定的なひと筆を入れるようにアイシャドウを塗ってゆく。こうなったら殴ったって茅ヶ崎に筆を置かせることはできない。

侑九はじっとしている。薄く微笑んでいるようだったが、茅ヶ崎の背中でよく見えない。

「十分前です。予定どおりにお願いします」

もう一度、すべての部署を回る。最終チェックを済ませてからインカムに告げる。「五分前」睦深から応答がある。〈フロア、完了〉

「スタンバイ」

告げて健幹は舞台袖に立つ。配信クルーのそばに寄る。モニターがならんでいる。スイッチングボードがある。百瀬と金原は二階のVIPシートからフロアを見下ろしているはずだった。お偉いさんの接待に付き合わされなかったことを健幹は心から感謝する。せめてこのモニターで、侑九の踊りが見られるのだから。

DJが演奏を終局へ向かわせた。音が消え入った。Let it roll――インカムに睦深の短い号令。照明が落ちた。どよめきのような歓声が起こる。二十一時ちょうど。

ベースの音が鳴る。重く気怠い2ビート。メインステージの左端、暗がりの中で弦を弾く男のシルエットがうっすら見える。胸までのびた黒髪にサングラス、膝まである黒いジャケット。ヒュウガはただビートを刻む。心臓の鼓動のようにシンプルに。何も主張しない。けれど熱量が凝縮されていくのがわかる。繰り返される音とその立ち姿だけで、期待が高まってゆく。

幾筋かのスポットライトが頭上からフロアをめぐり、モニターに客席の異様な光景が映った。客たちはみな正装で決めていた。男なら燕尾服（えんびふく）かタキシード。女はイブニングドレス。仮面舞踏会をコンセプトにしたこのドレスコードはある一点で破綻する。全員がかぶったマスク——顔面を覆うガスマスク。かつてナチスドイツの毒ガス攻撃を恐れたロンドン市民がそうしたように、ふたつのレンズと長く突き出た呼吸口のかぶり物をした人々が令和二年のダンスホールを埋め尽くしている。

ベースが調子を変える。8ビートの密度になって加速する。ストンプが響く。舞台袖、左右から六人ずつ、黒い鎖に縛られたようなタンクトップの男たちが現れて、ステージを踏みつけ地鳴りを起こす。ヒュウガのベースと張り合うように、彼らは上半身を震わせる。手のひらでおのれのたくましい肉を打つ。点から線へ、線から円へ、縦横無尽に陣形が変化する。一糸乱れぬ幾何学運動は流麗でありながら力強い。デレクはいう。表現なんてのは、フィジカルとテクニックの先にしか存在し得ないのさ——。

音が重なる。打ち込みのスナップ、クラップ。シンセ。そこに生音が割り込んでくる。ステージの右端で女が奏でるヴァイオリン。ステージ上が静止する。音がヴァイオリンだけになる。ナイフで金属を切り刻むような束の間の情熱があってから、奏者は弓を引き切った。長く糸を引く余韻が闇の中へ溶けてゆく寸前、すべての音が解放される。密度を増すベース、ダンサーたちのストンプ、ヴァイオリンの金切り声、スナップクラップシンセ。

ステージの奥から光が差す。浮かぶ少年のシルエット。両手を交叉させながら、彼はダンサーらがつくる隊列の中央を進んでくる。見下ろすように顎を上げ、一本の柔軟な剣となって立っている。魔術のようなステップを踏む。音をつかまえ、肩が動く。サスペンダーをした剝き出しの筋肉が波を打つ。関節がうねる。踵を合わせた足が百八十度に開かれ、そこから摩擦を無視してすべる。腰が落ちる。深く沈んで跳ね上がる。ゼロから百へ跳ねるのではない。その始点と終点の狭間にある無数のニュアンスが、おびただしい微細動が、観る者に幻惑を植えつける。終点は次の運動の始点であって、同時に中間地点でもあり、残像と連動し合って展開してゆく。

白い、と健幹は思った。黒いパンツにまぶしいほどの白い肌。それが茅ヶ崎の美学によって不気味さの一歩手前で生々しい質感をもっている。左へ寄せられた金髪の下、額から右目を貫く黒い縦線。目の下を切る横線。翡翠のような色味のカラコン。そしてあざやかに発色する真っ赤な唇。

音楽を導くように侑九は踊る。肩をいからせウェーブして、次の瞬間には何事もなかったように健幹たちを見下ろしている。何気ない腕の動き、指のしなり。一方で足もとは妖しく悶えつづける。肉体のあらゆる部品がそれぞれに叫び、嘆いている錯覚。けれど例外なく、侑九という主を祝福しているという確信。離散と統合。絶え間なくゆるぎない信仰の証明運動。

ダンサーを従え、侑九が花道をやってくる。サブステージに着く。細胞が歓喜するブレイク。スローとファストの交換。永遠に見下ろされていたくなるその表情。

支配してくれ。もっとぼくを支配してくれ。

〈ねえ――〉

睦深の呼びかけが耳に聞こえる。フロアでステージを見守る彼女が、健幹だけに届くチャンネルを使っていう。

〈ここが未来よ〉

ああ、そうだ。そのとおりだ。

音楽が最高潮をむかえる。花道に一本の列をつくったダンサーたちが、ヒュウガが、ヴァイオリン奏者が、ガスマスクの観客たち、そしてあらゆる光が、それぞれに献身と高揚の眼差しを捧げている。Qはサブステージで動きをゆるめ、天を仰ぎ、声を発する。叫びを放つ。翻訳不能な言語、歌詞。そうでありながら、音楽としか呼びようのない咆哮(ほうこう)、歌。

正面のスクリーンにタイトルが大写しになる。

『EXODUS――産声――』

※

父親のサムとはぐれ、クロエ・ジャックマンは途方に暮れた。スマホで連絡を取ろうにもまったく応答がなく、こんな群衆の中、見ず知らずの土地でどうしたらいいのと泣きそうだった。

見ず知らずといっても、ここがどこかはわかっている。どんな場所かも知っている。幼いころから毎日のようにテレビや映画館のスクリーンで目にしてきたからだ。

コロンビア特別区、ペンシルベニア通り一六〇〇番地。ウィスパー・ホワイトに塗られたフェデラル様式の館——ホワイトハウスを正面にしたエリプス広場にクロエはいた。背後にワシントン記念塔がそびえるこの広場は群衆で埋まり、そしていま、大移動がはじまろうとしていた。

「ＵＳＡ！　ＵＳＡ！」

いたるところでかけ声があがった。人々は国旗をはためかせながらペンシルベニア通りを南東へ進んだ。群衆に押されるように、クロエはつづいた。熱気が立ち止まることを許さなかった。

まだ陽が昇っていない時刻にセント・メアリーズの自宅からサムのピックアップトラックで出発し、およそ二百六十マイル、五時間以上もかけて到着したナショナル・モールにはすでに人だかりができていて、群衆の最後尾に控えるかたちとなったサムは不機嫌そうだった。何度も舌打ちをし、赤茶けたオウルズのキャップを取ったりかぶったりを繰り返していた。これはよくない兆候だった。カレッジ・フットボールの不甲斐ない試合を観戦しているときとおなじ仕草だ。そして不本意な結果で試合が終わると彼はひたすら酒を飲み、やがてクロエに説教をはじめる。上手くあしらわないと折檻が待っている。クロエは自分が、地球上で心からテンプル大フットボール部の勝利を願うトップ一パーセントにふくまれている自信があった。

不機嫌なサムは腹を空かせたオークだ。けっしてそばにいたくない。だからって、はぐれたままでいいはずもなかった。ピックアップトラックを停めた場所はよく憶えていないし、あとで叱られるのは目に見えている。

せめて真剣に集会に参加した証拠を残さなくては。クロエはリュックを抱き締め、辺りにサムの姿を捜しながら群衆の行進に付き従った。

「１７７６！　１７７６！」

USAのコールに負けないぐらい多くの人がそう叫んでいた。アメリカが独立した偉大な年号。その宣言がクロエの暮らすペンシルベニア州で為されたことをサムは誇りにしている。一方で嘆き、憤ってもいた。なぜなら現在、聖地フィラデルフィアはピッツバーグとともに民主党支持に染まっているからだ。州の人口の七五パーセントを占める二大都市に、クロエは数えるほどしか足を運んだことがない。セント・メアリーズからフィラデルフィアまで車で四時間以上。ピッツバーグでも二時間半はかかる。地元で技術職に就いているサムは遠出をしたがらないし、教団に入った母親の邪魔をするわけにもいかない。

だからクロエが旅行をするのは、もっぱらオンラインゲームの中だった。

「裏切り者のペンスを吊るせ！」「おれたちの選挙を取り返せ！」

叫びながら人々は、エリプスから連邦議会議事堂を目指した。まもなくそこで上下両院の会議がはじまる。アリゾナ州の選挙人の票に共和党が異議を申し立て、これについて議論されるとのことだったが、トランプ大統領の意に反し、副大統領のペンスは選挙結果を受けいれる考えだという。早ければ夕方にも新大統領が承認されるらしい。

だから正午、トランプ大統領はエリプスの壇上に立った。七十分にもわたってクロエたちに言葉を贈り、鼓舞してくれた。

——我々はあきらめない。敗北宣言はしない。泥棒に敗北宣言などするはずがない。

——強くなれ。強さを見せつけるのだ。

大統領が「これからわたしとともに議事堂まで歩いていこう」と呼びかけて以降、サムを見た記憶がなかった。興奮しっぱなしだったから、我先にと走りだしたにちがいない。議事堂前ではもう行動がはじまっているらしいぞと、周りの人たちが噂し合っていた影響もあったのだろう。

「くたばれ、アンティファ!」

クロエの横でコンバットブーツを履いた白髪の男が拳を空へ突き上げ、周りが同調した。

Fuckin, ANTIFA!

「決闘裁判をするんだ!」

USA! USA!

クロエは国旗柄のマスクをずらしてペットボトルの水を飲んだ。周りにもマスクをしている人はいたが、クロエをふくめ、コロナ対策というよりデモ行進のファッションであり、あるいは匿名性の確保が目的だった。

ペットボトルの蓋を閉め、キャップをかぶり直す。立ち止まることはできない。ふり返ることもできない。それは反逆を意味してしまう気がした。みなといっしょに歩く。シュプレヒコールをあげる。それをセルフィーしてサムに見せねば。

だが議事堂前は、クロエの想像を超えていた。とんでもない有様だった。白い建物に、人々が群がっている。階段に、高い鉄骨の足場に、議事堂のテラスに。まだまだ群衆は増えていた。怒鳴り声、カラースモーク、マイクロフォンから響く歌……。

「Trial by Combat(奴らをぶっ殺せ)!」

雪崩(なだれ)となった人波が、前へ前へとクロエを押した。つまずく余裕もないほど四方を囲まれ、まるでモッシュのように運ばれた。クロエは必死にリュックを守った。息が苦しく、マスクをずらす。倒れないよう、ひたすら足を動かした。

階段は群衆が占拠していた。入り口にスクラムを組んでいた。正面階段をのぼるクロエの足もとに血だまりがあった。足が止まりそうになったが、後ろから押されて通りすぎた。

クロエをのみ込んだ人波は二階に着くと、今度は横の階段へ向かった。議事堂警察のバリケードだったであろう鉄柵が地面に転がっていた。三階へたどり着くとテラスから、宣教師の恰好をした男が広場の民衆に向かって何か壮大な煽り文句を叫んでいた。

クロエは議事堂の中に入った。大理石の床を踏んだ。まともに何かを考えるのは難しく、ただ流れに運ばれていった。議事堂内のあちこちに仲間たちの姿があった。思い思いにスローガンを叫び、国旗を掲げ、セルフィーしていた。選挙の不正をやめろ！　憲法と自由を守り抜くんだ！　おれたちの声を聞け！

やがてホールに出た。高い丸天井の広いホールだった。壁には幾つもの絵画が飾ってあった。その下にくつろぐ男たちがいた。女もいた。マリファナを吹かしている人も。警官は見当たらない。建物のどこかから怒鳴り合う声がする。

ようやくクロエは人口密度から解放された。ホールの中央に立って丸天井を見上げると、いいようのない感情に襲われた。試練の獣道を踏破し、崇高な光に達したような快感だった。

誰かと肩がぶつかって、我にかえると、セルフィーしなくちゃと思い出す。スマホを手にし、下から丸天井と自分をムービーでおさめた。サムは褒めてくれるだろう。いや、もしかしたら嫉妬されるかもしれない。それでもいいかとクロエはムービーを撮りつづけた。こんな経験は、当然だが初めてだ。

「ナンシー、どこだ？　会いにきてやったぜ！」

廊下から、男の怒鳴り声がした。議場を探しているらしかった。下院議長のナンシー・ペロシはアンチ・トランプとして有名だ。

だがクロエの胸は、嫌な感触で濁っていった。ナンシーとファーストネームを呼んだ男の声色に、下卑た響きを感じたのだ。まるで、犯してやるぜ！　とでもいうような。

クロエは壁際に腰を下ろした。急に、どっと疲れが押し寄せてきた。さっきの下品な雄叫び（おたけび）に、気力を削（そ）がれた思いがあった。興奮も高揚も、快感も、ぽんと突き放されて消えてしまった。

サムに連絡をしなくては。気づいてスマホをタップする。午後二時四十分を過ぎていた。

「女が撃たれた！　女が警官に撃たれたぞ！」

駆け込んできた男の情報にホールが色めき立った。なんてこった！　と誰かがいった。反逆者のポリ公が！　人殺しめ！

クロエは呆然と、怒りに駆られホールを出ていく人々を眺めた。そしてふと、自分はどうしてここにいるんだろうと自問した。

サムではなく、GOOに連絡をしたかった。FPSゲームで知り合ったフィラデルフィアの女性。GOOはペンシルベニア大学に通っていて、意気投合したふたりはワッツアップで連絡を取るようになった。地元にゲーム仲間はいなかった。母親が入信した教団の評判のせいもあり、打ち解けられる友だちもいない。GOOはそんなクロエにとって唯一無二、かけがえのない存在だった。時刻を決めてログインし、さまざまな戦場で朝まで敵を撃ちつづけた。音声をつないでおしゃべりをした。ペンシルベニア大に来なよと誘ってくれたことがある。サムの命令で受験はあきらめたけど、誘ってくれただけでもクロエはうれしかったし、無理だと伝えたときも、ま、わたしたちはこうして充分つながれるからね――と明るく励ましてくれた。

GOO。なんでこんなことになってしまったの？

絶交をいいわたされたのは十一月三十日だ。選挙管理当局がバイデンの勝利を認定した夜、クロエは彼女とゲームをしながらこの選挙がいかに不当で不正で不正義か、思いを吐露した。GOOは初め冗談だと思ったようだ。クロエが本気だと知ると態度を変えた。

あなたは人種差別主義者を支持するの？

たしかに、トランプをそうやって批難する工作がされていることは知っていた。「メキシコ人の不法移民は殺人鬼、強姦魔だ」という発言が物議をかもしたのも事実だろう。だが、彼にはきちんと理屈がある。神の教えにもとづいたジャッジがある。正義が。

クロエ――。GOOの、その呼びかけが忘れられない。怒りと哀しみに満ちた響きが。

わたしはチャイニーズよ。トランスでもある。

クロエは何もいえなかった。トランプがコロナを「チャイニーズ・ウイルス」と公言してから中華系に対する攻撃が広まったことは聞いていたし、彼が当初、トランスジェンダーの権利に批判的だったのも承知していた。

パソコンのディスプレイで自分の操作するキャラクターが敵兵に滅多撃ちにされ、くずおれてゆく。ゲームオーバー。

以来、GOOとは音信不通になっている。

クロエはスマホをタップする。サムへのメッセージでも、ワッツアップでもなくYouTubeにつないで、日本のアイドルの動画を選ぶ。GOOから教わった彼の魅力に、クロエもすぐ虜になった。

アイドルというよりアーティストね、ベリークールでウルトラキュート——。少しはにかんだGOOの声を思い返し、クロエは胸が締めつけられた。

耳にイヤホンを入れ『Chapter』シリーズを流す。古い順に『RE:BORN』、『like』とめぐる。そして『EXODUS』。ほんとうにすごい、とクロエはあらためて感じ入る。目が離せない。吸い寄せられる。いつも新鮮に心が震え、何度でも観たくなる。エリプスからの行進や、階段を上がって議事堂に突撃したときの興奮と高揚、ホールに達したときの解放感と達成感。なんだ、ここにあるじゃないか。あれとそっくりな快楽が、この動画の中に。

それ以上かもしれない。だって彼の動画には、下品な男の雄叫びなどないのだし。

名前だけが気に食わないと愚痴ったGOOの言葉が、いまのクロエには理解できる。サムが心酔する告発者《Q》。彼を支持する運動家たち——Qアノン。

ふいに涙があふれた。『EXODUS』がライブストリーミングされたとき、どうしてわたしはGOOといっしょに観ていなかったんだろう。感想をいい合って、繰り返し再生し、おしゃべりをして……。

ここにこうして座っている自分はもう、レイシストでしかあり得ないのだとクロエは悟った。連邦議会議事堂に侵入し、不法占拠をしている連中とおなじ種類の人間。主義主張を変えたとしても、この歴史は変わらない。

ただたんに、サム・ジャックマンの娘だったというだけで、わたしはこうなった。生まれたときから教えをたたき込まれ、それが当たり前の生活を送ってきた。GOOとの出会いは遅すぎた。なぜならわたしはもう四十過ぎの中年で、GOOがチャイニーズでトランスだと知ったとき、腹の底から怖気を感じてしまったのだから。

現実のGOOに会ったとき、微笑むことはできないだろう。ネットを通じたにこやかな会話を再現することは不可能だ。

でも――。

Qが踊っている。骨格も筋肉も充分でないたった十九歳の少年が、いくらでも未来は変えられるよ、とでもいうように、エネルギーを発散させている。極東のモンキーが、わたしを涙させている。

この先、GOOと和解することはない。サムの折檻から逃げることはかなわない。大学どころか、外で働きたいと願っただけで娘を引っぱたく男とともに朽ちてゆく。

たぶんいまが、わたしの最良のときなのだ。崇高なホールに座って、黄色い肌の躍動に涙しているこの瞬間、わたしはいっとき、人種差別主義者を超えた。

Qが叫ぶ。歌っている。さまざまな解釈がされている『EXODUS』の歌詞を、ようやくクロエは理解する。

『あなたが、あなた自身を解き放ちなさい』

近くに人がいないことをたしかめてから、クロエはリュックに手を突っ込んだ。今朝、サムにわたされた物を取り出す。自家製の手榴弾。いいかクロエ、ペンスとペロシを見つけたら、これを奴らに投げつけるんだぞ――。

『EXODUS』をフルボリュームにして、セルフィーで配信をする。

「ここは連邦議会議事堂です。午後三時十三分になったところです」

クロエはキャップとマスクを外し、『EXODUS』に負けないように声を張る。「トランプは偉大です。けれど完璧ではありません。あらゆる人間と同様、不完全なのです。わたしは今日、それを確信しました。彼はわたしの支えになってくれたけど、わたしを変えることはできなかった。人は、人を変えられません。わたしの父や母がそうであるように、人を変えることができるのは、神だけです。そして真の福音は、イングリッシュでもヘブライでもラテンでもなく、アラビアでもチャイニーズでもジャパニーズでもなく、言葉ですらなく、ミュージックとモーションに宿るのです。つまり、信仰と行動に」

クロエはひさしぶりに、ほんとうにひさしぶりに、心から笑みを浮かべた。

「ありがとう、Q。わたし、先にEXODUSするわ」

握り締めた手榴弾のピンにかかった彼女の指は、一秒後、高く宙に浮く。

二〇二一年一月六日、議会警察が連邦議会議事堂の安全が確保されたと発表したのは午後八時ごろだった。議員たちに目立った被害はなかったが、暴徒と警官には多数の負傷者が出た。議長専用ロビーへ侵入をこころみたアシュリー・バビットは警官に撃たれて死亡。

丸天井に「ワシントンの賛歌」が描かれた議事堂ホールで自爆したクロエ・ジャックマンは奇跡的に一命をとりとめた。彼女はのちに自身のYouTubeチャンネルで以下のように語っている。「Qが救ってくれた。わたしを蘇らせ、まだやるべきことがあるのだとおっしゃってくださった。残りの人生は、すべて彼に捧げます」

現場から配信した自爆動画の再生数は三日で三千万回を超え、YouTubeチャンネルの初回放送にも大きな反響があった。同時にそれは、彼女が信奉する「アジアのQ」が全米に、そして世界中に紹介されるきっかけでもあった。

第三部

町谷亜八　二〇二一年　二月

海外に遅れること二ヵ月、医療従事者を対象に新型コロナウイルスのワクチン接種がはじまった。一般人は重症化率の高い高齢者から、春を目途に準備を進めているという。

東京の累計感染者数は約十万人。つい先日、千葉県も二万人を突破した。国内の新規感染者は日々千人ほど増えていて、これまでに四十万人が感染し、七千人以上が死んでいる。

夏のピークが過ぎ、秋にもう一度山がきて、年末から「第三波」が襲ってきている。それでも生活は変わらない。どれだけ店が閉まろうと、マンションやビルが存在するかぎり清掃業は食っていける。もちろん量は減った。週五のシフトが三になり、給料も下がったが、生きていくぶんには困らない。贅沢さえ望まなければやっていける。

「町谷ぁ」

事務所から、帰り支度を終えた恰好の唐木が顔を出した。「おまえに電話だぞ」

用具洗いを止めてふり返ると、わたしの困惑が唐木にも伝わった。

「役所からですか？」

「さあ。女の人だそうだけど」

事務所へ行って、社長の奥さんが指差す受話器を耳に当て、警戒しながら呼びかける。「町谷ですが」

〈あ、町谷亜八さんですか？　わたくし、アンサーズの三枝と申します〉

「アンサーズ？」

〈ご存じないですか？　プロジェクトQのサポーターズクラブです〉

言葉に詰まり、わたしは受話器を握り直した。

Q――。その名称は知っている。

「ファンクラブか」

〈まあ、一般的には、近いといえなくもないです〉

一般的にはといういい回しに、どこか傲慢な響きがあった。

「わたしに関係ある話じゃないみたいだ」

〈待ってください。あなたはQの肉親ではないのですか？〉

小さく深呼吸をする。「なんで、そう思う？」

〈ちがったならすみません。富津（ふっつ）の「町谷さん」にとりあえず連絡をしているので〉

あなたのことは会社のホームページで知りました、と三枝はいった。コロナで減ったぶんの仕事をホームクリーニングの注文で補うために社長がつくったものだ。

〈人ちがいでしたら切ります〉

三枝から敵意は感じなかった。否定すれば、素直に電話を切るだろう。

「番号を教えてくれ」けれど、わたしはいっていた。「かけ直す」


もう関わらない。去年の四月、新宿御苑（ぎょえん）沿いを歩いた夜にそう決めた。キュウもロクも着信拒否にして連絡を絶った。調べることもしなかった。ひたすら床を磨き、埃を拭き取る。コンビニの飯を食い、映画を観る。月に二回、アウディで走る。波風のない生活をわたしは選び、それは充分果たされていた。

突然の連絡から二日後、品川のカフェは半分以上の席が埋まっていた。すべてのテーブルにアクリル板があり、ほとんどの人がマスクでおしゃべりに興じていたが、昨年のことを思えば人流というやつは戻りつつあるらしかった。

白いセーターの人物が三枝美来であることは、白地に黄色い「Q」の刺繍をあしらったマスクでわかった。

「町谷さんですね」

三枝が立ち上がり、軽くお辞儀をしてきた。わたしはダウンジャケットに手を突っ込んだまま席に着いた。三枝のとなりに若い男がいた。座ったまま「どうも」と挨拶してくる。

「佐野といいます」

「佐野さんもアンサーズなんです」と三枝が紹介した。小柄なわりに羽織ったブルゾンが盛り上がっている。重ね着のせいでなく筋肉だろう。ボディーガードにふさわしい目つきをする彼の、黒地のマスクにもQの刺繍がされていた。

かけ直した電話でわたしは執拗に用件を聞き出そうとし、それはキュウの身内であることを暗に認めたも同然だった。会って話をしたいといってきたのは三枝だった。

「観ましたか」

注文もそこそこに、三枝が身を乗り出してきた。

「いいや」とわたしは返した。

Qの作品をぜひ観ておいてほしい――。電話で強く願っていた女が、そうですか、と肩を落とした。マスク越しにも不満げな表情が見てとれた。

「今日の件は内密にしてほしいんです」気を取り直し、三枝が顔を上げる。「Qのプライベートに踏み込むことは本来タブーとされています。運営も、そこは神経質にやっているんです」

「あんたたちは、どういう立場なんだ」

「半公認の非営利組織ということになっていますが、運営と直接やり取りをすることもあります。そこは一般的なファンクラブと変わりません」

「なら、どこがちがう?」

三枝が、気圧されたように身を引いた。世間知らずの暇人というふうではない。年齢もわたしより上だろう。

「一言で説明するのは難しいですが、たんに好きだとか、カッコいいだとかを超えて、志をともにしている――と思っていただければ」

「なんだか、宗教みたいだな」

佐野の目つきが尖った。一方の三枝は、感情をなだめるように軽くうなずく仕草を見せた。

「おっしゃることはわかります。でも、どんなことでも、熱中している人は外から、そのように映るものじゃないですか。わたしは、わたしたちをそこまで熱くさせてくれるQを、心から誇りに思っています」

のびた背筋に、萎縮した様子はもうない。

「まず今回、わたしたちは運営と無関係に動いています。それを知っているのはアンサーズの幹部会――ここにいる佐野さんとわたしと、あと三人ほどです。もちろん、問題が深刻だった場合は運営に相談することもあり得ますが」

「問題って?」

三枝の目が、じっとわたしを捉えた。「Qが人を殺したという噂です。自分の母親とその愛人を殺して処分したと」

「馬鹿馬鹿しい」

笑い飛ばしながら、頬が引きつる。マスクでよかったと、初めて思う。

「噂の出処は?」

「匿名のメールです。たぶん捨てアカで」

「運営じゃなく、あんたたちのところに?」

「はい。運営のほうだとアドレスから身許を調べられると心配したのかもしれません」

「内容は?」

探る眼差しで見つめられ、本心からため息をつく。

「わたしじゃない。そこまで暇人じゃないし、あいつらとは、もう関わらないと決めている」

「あいつら?」

ロクのことは知らないようだ。ファンクラブに広まっていないだけか、結婚して姓が変わったせいか。

「家族のことだよ。わたしは縁を切ってる。だから助ける気もない。話ぐらいは聞いてやってもいいけどな」

三枝が、佐野と目配せをし合った。

「メールの内容は？」

再度尋ねると、覚悟を決めたように三枝がこちらを向いた。

「Qの本名とか出身地とか、プロフィールからはじまって、七年前、彼の母親と愛人が失踪した事件について書かれていました。和可菜さんと椎名翼さん。ふたりがいなくなったのは事実ですか？」

わたしがうなずくと、「そうですか」と三枝は暗く視線を落とした。

「町谷さんは、Qが母親に撮られた動画をご存じですか」

「それも、メールに書いてあったのか？」

「はい。ただ、そのこと自体は周知の事実というか、だからQの作品を観ておいてほしかったんです。『RE:BORN』という作品を」

「なんの関係が？」

「じっさいのレイプ動画が、組み込まれています」

マスクのこちらで、わたしは奥歯を噛んだ。

「最近ヒュウガチャンネルで公開された動画も観てほしいです。そこでも両親について話をしてます。彼、ヒュウガくんにだけは心を開いていて、くだらない話もするし、よく笑うし。反対に、ほんとうにつらい話も、ヒュウガチャンネルではすることがあって」

「要点だけ教えてくれ」

「すみません。最新の動画でも、両親について語っているんです。とても悲惨な目に遭ったことを赤裸々に明かしています。殺されかけたことも」

「殺されかけた？」

「海岸へドライブに出かけて、居眠りをしていたら車ごと水の中に落とされていたそうなんです。両親は消えていて、彼はひとりぼっちで。カーステからジョニー・キャッシュの『サンデー・モーニング・カミング・ダウン』が流れてて。そのトラウマで歌えなくなってしまったんだって。でも、わたしたちアンサーズに声を届けなくちゃと思って、ヒュウガくんの助けもあって、ようやく乗り越えられそうだって」

「幾つのころの話だといってた？」

「正確に幾つとはいってませんでしたが、たぶん小学校に入る前ぐらいの感じでした」

なぜです？　と三枝が無言で訊いてきたが、わたしはなんでもないというふうに目を逸らした。キュウが祖父母宅に預けられたのは七歳のころ。その前は重和や和可菜と練馬のマンションで暮らしていたはずだ。死んだと聞いている実父の仕業だとして五歳以下。あり得なくはないが、鵜呑みにはできない。

「つまり、動機はあるってことだな」

「親をはじめとする、抑圧者への抵抗はQのテーマのひとつだ」

ずっと黙っていた佐野が、乱暴に口を挟んだ。「Qは闘ってる。この世の中の理不尽と」

三枝にたしなめるそぶりはなく、匿名メールに対するこいつらのスタンスがわかった。

「まさか、信じてるのか？」

ふたりは黙った。何か決定的な証拠でも？　と重ねるがうなずかない。

「警察も失踪として処理してるんだぞ。当時のあいつは中学生だ。大人をふたり殺して、処分なんてできるもんか」

「それでもあり得る――と、思わせるのがQの魅力でもあるんです」

三枝の表情が泣き笑いの色になった。「Qはいま、微妙な立場にいます。先月、アメリカで議会が襲撃された事件をご存じですよね？　その現場で自殺しようとしたクロエ・ジャックマンという女性が最近アンサーズになったんです。裁判中にもかかわらず彼女は熱心に布教活動をしていて、すごいいきおいでQの支持者が増えています。Qの魅力に国境なんて関係ないと証明されたわけですが、ただ、クロエは自分が生き残った経験や自分の思想を重ね合わせてQを紹介しています。それが、ちょっと過激すぎるというか、町谷さんの言葉を借りれば宗教的すぎるというか……。ファンの中にも疑問視する声があって、アンチはクロエを引き合いにしてQを攻撃する始末です。ここでもし殺人疑惑までもちあがったら、彼の活動に支障が出ないともかぎりません」

三枝が、切実な眼差しを向けてきた。

「どうか、彼の可能性を奪わないでください。彼は、もっと大きく羽ばたくチャンスをつかみかけているんです。町谷さん。お願いです。週刊誌やマスコミが変な質問をしてきても、そんなことはあり得ないと断言していただけませんか。ぜったいにあり得ないのだと、いい切ってくださいませんか」

「馬鹿らしい」と、わたしは吐き捨てる。「そんなの、当たり前だ」

「ほんとうに、ですか」

「関わりたくないといっただろ？　わざわざ嘘をつく理由がない」

　ほっと、三枝の肩が落ちる。

「根も葉もないデマはともかく、その匿名の奴は気になるな。調べられないのか」

「運営に報せるか相談中です。よけいなことをして、変にぎくしゃくするのも嫌ですし」

　しつこく食い下がっては藪蛇になりかねなかった。三枝とちがい、わたしを見る佐野の目から警戒は消えていない。

　何かあったら自分のスマホに連絡をくれという三枝の願いに適当な相槌を打って立ち上がり、最後に尋ねた。

「仮に、あいつがほんとうに人殺しだったとして、あんたはどうする？」

　わたしを見上げ、三枝はいった。「何も変わりません。彼が踊りつづけるかぎり、アンサーを返していくだけです」

　確信の微笑が、Ｑの刺繍越しに浮かんでいた。


　まっ先に浮かんだのは諸角だった。和可菜と椎名翼の失踪は、ろくに報道もされていない片田舎の出来事だ。当事者でもないかぎり、目的をもって調べなくてはたどり着けない。

芸能記者くずれの強請屋は、ある程度の事情を承知していた。

　しかし証拠がない以上、悪趣味な噂話として消費されるのがオチだろう。諸角自身、ふたりが殺されたと信じている様子はなかった。奴のネタはあくまでポルノ動画だった。

キュウが、それを作品に活かしていると知り、殺人疑惑をでっち上げて投下したのか？ 痛めつけたのが逆効果だったのかもしれない。損得抜きに、わたしたちへの復讐をたくらんでいる可能性もある。

だが、それにしても——と思わずにいられなかった。

アウディのエンジンをかけ、わたしはカフェのパーキングを出た。

ほんとうにキュウが殺人犯の汚名を着せられそうになったとして、救うのは簡単だ。わたしが名乗り出ればいい。自分が殺ったのだと、正直に。その選択肢は常にある。

ロクは、どうするだろう。あいつがキュウにとって不可欠なポジションにいることを、わたしは疑っていない。あいつは保身ではなく、キュウのためにこそ捕まるわけにはいかないと考えるだろう。しらばっくれるか、べつの解決を用意するか。

あるいは匿名のメールは、ロクが仕掛けたものじゃないのか？

首都高湾岸線にのる。帰り道のアクアブリッジを選ばず、環状線のほうへ舵を切る。平日の昼間、道は爽快なほど空いていた。コロナのせいもあるのだろう。アクセルを踏み込む。どん、と車体が揺れて、急激に加速する。前の車を追い抜いて、そこでわたしは速度をゆるめた。

思考がねじれている。冷静に考えて、過去をほじくり返すメリットがロクにはない。黙っていれば失踪で終わる話だし、自分が無事で済む保証もない。だが一方で、ポルノ動画を話題づくりに利用する感性はたやすく常識を超えてしまう。裏のストーリーを想像してしまう。

誰かの妄想でこの世界は出来ている。

マオの言葉を思い出し、もう一度アクセルを吹かす。ミニバンを抜いて速度を落とす。また一台、アウディの後方へ置き去りにする。速度を落とす。踏む、落とす。繰り返す。汐留（しおどめ）を越した。銀座に着いた。交通量が増え、わたしはアクセルの上下運動をつづけた。京橋、宝町、江戸橋。都心環状線を回ってゆく。

落ち着かない感情の正体が、よけいにわたしを苛（いら）つかせていた。キュウを陥れようとする何者かの悪意、それ自体より、わたしはわたしが巻き込まれることに対して揺れている。キュウを救う、簡単なその方法を、いまのわたしは選ばない。選びたくない。その事実に乱れている。穏やかな日常、波風のない生活……。

ホルダーに入れたスマホが光った。有吉（ありよし）からメッセージが届き、わたしはぎりぎりまで速度をゆるめてそれを確認する。『何時に帰る？』『今日はジャンバラヤでいいか？』

片手で『一時間後』とだけ打って返す。いつの間にか祖父母宅で有吉と飯を食うのが習慣になっていた。頼んでもいないのに家賃代わりだといって毎晩つくる。何が楽しいのかじょじょに調味料やスパイスが増えていき、いまではわたしが触れると嫌な顔をする始末だ。

わたしがキュウと切れてすぐ、有吉は動画制作の仕事をはじめた。アマチュアミュージシャンのクリップからYouTube動画の編集、結婚式のお祝いビデオまでそつなくこなしているようだった。フリーだし、数も知れているから収入は小遣い程度だと本人はいう。

いずれもっと大きな仕事をできればいいのにと、わたしは密（ひそ）かに願っている。

神田橋から代官町へ。馬鹿な追い越しはやめ、法定速度を保つ。そのまま下って左に折れると一周が終わる。羽田からトンネルに進入し、海ほたるパーキングエリアで地上に出ると、そこはもう東京湾のど真ん中だ。傾きかけた陽（ひ）が海面を照らすなか、アクアブリッジを木更津（きさらづ）へ走る。

返信から一時間半後に富津に着いた。車庫にアウディを入れて廊下に立つと、香ばしい匂いが流れてきた。わたしは廊下のスイッチを入れて電気を点ける。通りがかった洗面所もおなじようにする。台所へ顔を出すと、有吉がダイニングテーブルで雑誌をめくっていた。皿に盛られたオレンジ色のライスが透明なラップに白い靄をつくり、べつの皿にタンドリーチキンが三本。それらがふたりぶん用意されている。

「温め直すか?」

おかえりもなく、眠たげに有吉がいった。

「先に食っとけばよかったのに」

そう返して椅子に座ると、今度は有吉が立ち上がって鍋から茶碗にスープをよそう。

いただきますもなく、ライスにスプーンを突き刺す。口の中へ放り込む。辛さより甘みが強い。無難な味だ。レシピどおりに仕上げることを有吉は正義だと考えていて、塩ひとつまみが何ミリグラムか真剣に考えるようなところがあった。海老にベーコン、ピーマンにブロッコリー。具材には残りものがふくまれている。生活の都合までレシピには書いていない。

「また、廊下の電気を点けたのか」

もそもそと食べながら、有吉が眉をしかめた。「消すのが面倒なのはまだ理解できるが、わざわざ点けるのは異常だ」

「その説教は聞き飽きたよ」わたしはライスをかき混ぜる。「気分の問題なんだ。消したければあとで消せ」

「一秒だってタダじゃない」

「払ってるのはわたしだ。ガタガタいうな」

有吉が、スプーンを置いた。「大昔、雲南省の村に倹約家と放蕩家がいた。ふたりはなかなかの金持ちで、となり同士に住んでいた。倹約家は道に落ちてる小銭を這ってでも拾う奴、放蕩家はおもしろがって小銭を道に撒くような奴だった。あるとき、黒い空が村を襲った。蝗害ってのを知ってるか？」

知らないよ、とわたしは答える。

「大量の虫がやってきて作物を食い散らかす現象だ。千とか万の単位じゃない。何百億という虫たちがいっせいに空を渡ってくるんだ。作物だけじゃなく、動物や人間だって直接的な被害を受ける。まあ、昆虫版『黒い雨』みたいなもんだ」

『黒い雨』も、わたしは知らない。

「やってきたのはトノサマバッタの群れだった。三時間かけてバッタたちは村を蹂躙し尽くした。できることは何もない。倹約家も放蕩家も、閉めきった家の中でぶるぶる震えながら蝗害が去るのを待ったが、そのさなか、ふたりは同時に腹が痛くなった。便所は家の外にある。我慢できず、ふたりは壺の中に用を足した。用を足し終えてから、それが金庫代わりの壺だということに気づいた。倹約家は平気だったが放蕩家は青ざめた。小銭など見向きもしない彼の壺には札しか入ってなかったからだ。汚物にまみれた紙屑を前に放蕩家は嘆いた。『小銭なら洗えたのに』」

「――飯を食いながらする話か？」

「飯を食ってなきゃ忘れちまう話だ」

チキンの焼き具合からスープの塩加減まで、ことごとく無難な晩飯を平らげる。

「アンサーズって知ってるか」

尋ねると、食後の缶ビールを手にした有吉が小首をかしげた。知ってるのか、知らないのか。再会してから一年近くになるが、いまだにこいつの表情はよくわからない。

わたしが返事を待つと、有吉はため息でもつきそうな調子で我慢比べをやめた。「Qのファンだろ。あいつらは、自分たちをそう呼んでる」

「チェックしてたんだな」

暇つぶしにな、と缶ビールに口をつける。

「どうだった？」

「どう？」

「あいつの作品を観てるんだろ？　良かったか、いまいちだったか、プロの意見を聞かせろよ」

「プロじゃない。素人(しろうと)を騙(だま)して巻き上げてるだけだ」

「いいから」

有吉は缶ビールをテーブルに置いて息をついた。もったいをつけているわけじゃなく、すぐに答えないのがこの男のやり方で、こうなったら辛抱強く待つほかなかった。

「まあ、贔屓目(ひいきめ)なしに――」重たい口が開く。「エグい」

「踊りがか」

「ぜんぶがだ」

有吉はいい切った。「踊りも音楽も美術も演出も、何もかもがな。最初のころは、ほかはともかく、音楽はたいしたもんじゃなかった。悪くないがよくある感じのＥＤＭだ。それが『RE:BORN』

でひと皮剝けて、『like』で完全に脱皮した。センスもオリジナリティも突き抜けた。最近のやつはトラックを聴くだけでも値打ちがある。アクが強いから、大衆受けは微妙だけどな」

　おれにいわせれば、と有吉はつづける。「それでも、もっと人気になるべきだ。だが音楽以上に、売り方はマニアックに徹してる。いまの流行りは近い距離だろ。手の届かないスターより憧れの先輩や後輩ぐらいに錯覚させるほうがいい。Ｑは逆だ。ファンとコミュニケーションを取らないし、ろくに発信もしない」

「ヒュウガって奴のチャンネルじゃ、馬鹿話もしてるんだろ？」

「かろうじてな」

　暇つぶしのわりにくわしいじゃないか――。そんな台詞をのみ込んだ。わたしがいっていい皮肉じゃない。スターをつくってみないかと口車にのせ、そして途中で放り投げた。身勝手で幼稚な、意地と感情にまかせて。

　もうやめだ――。そう告げたとき、有吉は「なぜ？」とも「ふざけるな」ともいわず、無感動に「そうか」ともらした。まるで「わかっていたよ」とでもいうように。

「編集はどうなんだ」

「編集？」

「クリップの編集だ。おまえと比べてどうなんだ」

「編集は――、まあまあだ」

　あり得た未来をどう思っているのか、やはり有吉の本心はわからなかった。

「作曲はヒュウガだが、トラックをつくってるのはＺＡＯって奴だ。憶えてるか？　おれが渋谷クリップでパクった曲を」

憶えている。作曲したアマチュアミュージシャンの才能を、こいつはべた褒めしていた。おなじくらい、わたしは有吉の編集センスに脱帽していた。

あれから一年弱。片や世界中で聴かれる舞台に立ち、片や田舎の古民家で缶ビールを飲んでいる。

「じつは今日、アンサーズの奴らと会ってきたんだ」

湿気（しけ）った思考を追いやって、経緯をかいつまんで伝えた。興味があるのかないのか、有吉はビールをちびちびなめながら黙って聞いた。

「気になるか？」

話し終えたわたしに、ぼそりと尋ねてくる。

「Qのクリップが」

有吉が缶ビールを飲み干しても、わたしは返事ができなかった。

別れぎわまで「とにかく観てくれ」と三枝はいい募っていた。観れば魅力がわかるはず――。そんなもの、観なくたって知っている。だから観ていないのだ。視界に入らないよう注意を払ってきたのだ。

「どうしてもというなら、いっしょに観てやってもいい」

「――わたしがお願いするのか」

「当たり前だろ」

どこか流されるように、わたしたちは居間へ移動する。ちゃぶ台にでかいディスプレイがのっていた。ノートパソコンとつなげてテレビ代わりにしているのだ。

ソファに座った有吉がYouTubeを開く。そのとなりで、わたしはじっとりと汗をかく。

「古いのと新しいやつ、どっちがいい？」

「最初からにしてくれ」

黒い画面の中央に『Chapter 1』と文字が出た。その下に「Q」のロゴが浮かぶ。

突然、キュウの顔が現れて、喉がぎゅっと詰まる。アップにした金髪。透明な肌。じっとこちらを見据える瞳。決別以来の再会に、感情が追いつかない。薄く赤い唇が、音にならない何事かをつぶやいている。

音楽とともにキュウが動きだす。羽織った黒いジャケットがはだけて華奢な上半身が露になる。薄い胸板も腹筋も、なのに頼りなさはまるでない。手足がしなり、うねり、次の瞬間には斬るように加速する。止まる、流れる、加速する。音を捕まえているのがわかる。首が動く。顔が向く。目が合うと期待したコンマ数秒後に視線が飛んでくる。その時差が五感のひだを刺激する。

『Chapter 2』、『Chapter 3』。キュウは音を乗りこなす。自身を楽器に、手足を音符にして跳ね回る。抱き締めてくる。そして必ず、何事かをささやいた。

『RE:BORN』で、わたしの呼吸は止まる。廃工場と思しき舞台に胸を押さえる。錆びたドラム缶に八年前の夏の夜を思い出す。キュウは横たわっている。金属の不協和音にあえいでいる。キュウが顔を上げた瞬間、ぶつかり合っていた音が炸裂し、肉体が一気に弾ける。暴発のようなダンス。音楽は悲鳴。そう形容するのがふさわしい。そして差し挟まるレイプ動画。初めて目にするキュウの痛々しい姿。呼吸が苦しい。彼の姿が自分に重なる。椎名翼や窪塚に蹂躙されていた自分。無抵抗だった自分。踊りと音は渾然一体の炎となって突き進む。悲鳴は絶叫へ。荒れ狂っていたキュウささやくのだ。

の表情が、やがて驚くほど透きとおる。絶望の子宮を突き破って屹立し、そして最後に何事かを

『like a rolling distance』。モノクロの映像。初めてキュウ以外の演者が映る。長髪の男は黙々とベースを弾く。わたしに音楽の斬新性はわからない。だがこれが凡百でないことは粟立つ肌が教えてくれる。キュウはラフなTシャツにタイトパンツ。リーボック。楽しげだ。これまでの無機質な笑みや猛った貌ではなくなっている。踊りが楽しい。のびやかにクールに、けれど激しく、戯れる。乗りこなしていた音を味方に、メロディを野放図に操ることを許された子どものように、その無垢な振る舞いに、いつまでもこの時間が終わらないでほしいと願ってしまう。

『EXODUS——産声——』。一転して舞台は不穏な世界に変わる。ベースを鳴らす長髪の男、十人はいそうな半裸のダンサーたち、そしてドレスにガスマスクをかぶったおびただしい数の観客。ステージに現れたキュウはいままでいちばん白く、いままでいちばん妖しく、いままでいちばん、超越者だった。音も振り付けも演者も観客も、彼の眼中にはない。道端の石、雑草、せいぜい蝶。そしてときたま恵みのような笑みをふりまき、ためらいなく去ってゆく。花道を悠然と渡り切った少年は中央のステージに立ち、とたんにギアを上げる。ローからセカンドをすっ飛ばしてサードへ。筋肉が走りだす。速度と角度を変幻自在に操るムーブ。重力を踏み散らかすステップ。リミッターを外された関節は稼働領域の限界をやすやすと超えて力強さとしなやかさのリズムを織りなし、頭のてっぺんから四肢の先、筋線維の一本一本までがことごとくべつの生き物のようにバラバラに、我がままに、なのにその塊はひとつの連続体となってわたしをかき回してくる。背後の花道で列をつくったダンサーたちが一糸乱れぬ忠誠を全身で表して、ガスマスクの観客が呆然と見上

げる舞台の上で、キュウのダンスはトップギアに入る。さらにブーストをかける。解析不能な動き。涼しい顔でキュウはこなす。剝き出しになった上半身のなめらかな肌がまぶしい汗をまき散らす。細い顎が上がる。吐息が聞こえそうな深紅の唇。碧の瞳。遠くを見ているのだと、わたしは悟る。この会場の奥の奥のその先の、空間や時間を超越した何かを見ている。手をのばしている。届いてほしい――と切に願う。どこまでも進め。わたしの視界から消えてもいいから、わたしの目を焼いてもいいから、そのまま真っ直ぐに進んでいけ。羽ばたいていけ。自由だ。おまえの自由のためならば、わたしは支配されたってかまわない。

キュウが叫ぶ。日本語でも英語でもない何かを叫ぶ。それは歌となってこだまする。

叫べ！　言葉にならない言葉を叫べ！　おまえがその声を届けたい人間が、たとえこの世界に存在していなくても。

「大丈夫か？」

有吉に訊かれても、わたしは身動きができなかった。とっくにディスプレイは真っ黒な静寂に沈んでいる。

有吉が、ティッシュペーパーを二枚抜いて寄越してきた。

「おまえでも、泣くんだな」

わたしはそれを受け取って、けれど涙をぬぐうことはできなかった。嗚咽がもれないように、精いっぱい歯を食いしばった。握った拳の中で、ティッシュペーパーがぐしゃぐしゃに潰れた。

キュウは、キュウじゃなく、Qだった。わたしの情緒をずたずたに切り裂いて、踏みつけて、打ちのめした少年は、手をのばしても届かない場所で踊っていた。

「後悔してるのか？」

有吉の眠たげな声が、そっと触れるように響いた。

クリップを観てしまったことをじゃない。キュウから離れたこと。あいつとちがう道を選んだこと。

「わからないよ」

わたしは答えた。心のとおりに口にした。するとまた涙があふれた。泣かないと決めた中学三年生の誓いを破って、ぼろぼろと雫（しずく）がつたっていった。

ティッシュペーパーが頬に触れた。有吉はぎこちなくわたしの涙をぬぐった。それからソファにもたれかかり、わたしたちは祭りが終わったディスプレイをただただ眺めつづけた。

やがて、寝るといって有吉が腰を上げた。もっと観たいなら好きにしろ。そう残して居間を出た。ひとり残されたわたしは弛緩（しかん）し、呆（ほう）けた。見慣れた日常の風景はいつもどおりに味気なく、けれどこのたった数十分間で、何かが決定的に変わってしまっていた。Qが発したエネルギー、その抗（あらが）えない引力の余韻が、夢の世界から放り出された魂をソファに縛りつけ、身動きを許さなかった。

できない、という確信が水位を上げて、静かな窒息に包まれる。わたしにはできない。たとえ有吉といっしょに全力を尽くしても、キュウをQにすることはできなかった。きっと鳳（ほう）プロにも無理だった。技術とか、資金とかと関係なく、百瀬（ももせ）だから、ロクだから、あいつらだから、このミュージッククリップは出来上がり、少年は唯一無二の光を放っているのだ。

強烈な肌寒さに襲われた。身体（からだ）の芯に氷柱（つらら）を突っ込まれ、真っ二つに裂かれるような痛みが走った。

そうか。わたしは失ったのだ。

キュウのささやき。言葉にならない叫び、歌。

その中に、わたしはあいつの声をたしかに聞いた。

裏切りやがって——と。

本庄健幹　二〇二一年　二月

赤毛のインタビュアーはいささか挑発的だった。

「興味深いのは、あなたのダンスがルーツを感じさせない点です。ヒップホップにポピュラー、ジャズなんかもごちゃ混ぜにして、バレエや舞踊のニュアンスも強い。自分の背骨はどこにあると考えていますか?」

「これっていうのはとくにないよ。昔からやりたいようにしかやれない性格なんだ。ただ、ヴィジョンは大事にしてる。やってみたいことがあるのに実現できないのは悔しいからね。だから必要なテクニックを手に入れる。武器をそろえてる感じかな。たくさん種類があれば、どんな敵とも闘えるでしょ?」

すべて英語のやり取りだ。健幹(たてき)は学生時代の記憶と最近学び直した知識を総動員してなんとか会話についてゆく。

「でも現実的には、終わりのない筋トレとむやみにハードなエクササイズが支えだね。あと、健康的というラベルにしか価値がない不味い飯」

青山のレッスンスタジオは採光の意匠に富んでいて、ほどよく明るかった。リラックスした様子で椅子に座る侑九と対照的に、向かい合うナージ・ハーシェミーの背筋は一本芯が通ったようにのびていた。アラブ系の彫りの深さに知的な瞳が強気に光っている。この場にいる者で、彼女と侑九だけがノーマスクだ。

「過去を切り売りするやり方に危うさは感じなかった?」

「『RE:BORN』のこと? あれは、まあ、パーソナルな作品かもしれない。だけど自己セラピーのつもりはないよ。発表に値する作品ができるなっていう直感を信じただけで」

まずまず無難な答えだと、健幹は胸をなでおろす。

アメリカの大手動画配信会社からオリジナルドキュメンタリーの打診があったのは議事堂襲撃事件から二週間が経ったころ。マスメディアを敬遠するプロジェクトQだが、睦深は検討のうえ、条件付きで受ける意思を先方に伝えた。

主な条件はみっつ。二月半ばから三月末までの密着取材にすること。オンラインでないこと。そして映像素材の共有だ。とくに素材共有は異例といえる。編集権を寄越せという話ではなく、こちらにも使わせてくれというもので、いわば変則的な共同制作のかたちだ。その代わりギャラは不要。日本での面倒もみる。

先方は了承した。このご時世では来日からして楽じゃない。即決に近いGOサインは時間が限られていたからというだけでなく、Qに対する注目度の高さを物語っていた。

「『like a rolling distance』というタイトル、『EXODUS』のガスマスク。コロナ禍の世相を反映したコンセプトも多く採用していますね。ちりばめられたメッセージを評価する声がある一方、充分に消化できていないんじゃないかという意見もあります」

「たとえばどんな?」

「チープで中途半端だと」

ひゅうっと侑九は楽しそうに口笛を鳴らす。

「アーティストが文化人的アリバイづくりに社会問題を利用するのは常套(じょうとう)手段ですから」

「ぼくはRATM(レイジ)じゃないし、エメル・マトルティでもない。なりたいとも思わないよ」

「では、何になりたいと?」

侑九は、うーん、と首をひねって天井を仰いだ。

「まさに、こういう質問を乗り越えたいな。作品に何を込めましたか? あの振り付けの意味は?

――あなたへの皮肉じゃなく、解説ってやつが嫌なんだ。したり顔の分析とかがね。そんなの、観客ひとりひとりが勝手に自分で決めればいい」

「評論家は廃業しますね」

「スイカの模様に四分音符を見つけたって仕方ない。古代の地図を探してどうするの? 重要なのは味だけだ。それを食べた瞬間の感動だ。ぼくはスイカを木の棒でぶっ壊す存在でいたい。たとえ目隠しをされようとね」

初日のインタビューが終わり、ふたりはにこやかに握手を交わした。

同行の撮影クルーたちが機材の撤収をはじめるなか、「そういえば――」とハーシェミーが雑談めかして侑九にいった。「クロエ・ジャックマンと、こっちのアンサーズはあまり仲がよろしくないそうね」

　カメラはまだ回っている。

「そういう事情は教えてもらえないんだ」侑九は大げさに肩をすくめた。「上司が過保護なもんでね」

「アンサーズの日本支部と決裂したと、自身のチャンネルで暴露してる。クロエは独自の組織をつくると宣言してアメリカ版のファンクラブを立ち上げた。名称はGlory Deep Q。頭文字のQを中央に置いて、GとDが左右を支えるロゴマークが支持者のあいだで広まっている」

　GQD——と健幹は頭の中で描いた。

「How do you feel becoming the GOD（神様になった感想は）？」

「Just a bee calling a bat（蜜蜂が蝙蝠を呼んでるだけでしょ）」

　悪戯めいた笑み。ハーシェミーの唇も、おなじかたちにゆるむ。

「グッズを売るとなったら権利の問題が発生しそうね」

「資本主義も守備範囲外なんだ。お金儲けの相談ならミスター・ジョーにしてくれる？」

　急にふられ、健幹は苦笑する。昔ならあたふたしただろうが、こんな扱いにもだいぶ慣れた。

「現在確認中です。我々としてはQをオープンにシェアすることを推奨してます。これは当初からのゆるぎない方針です。営利目的は例外なので、そこは法務と相談になりますが、基本的には黙認したいと思っています」

「ビジネスとしては脆弱に思えますが？」

「神様に小銭は似合いません」

はっ！　と侑九が腹を抱えた。「馬が念仏を唱えたね」

それよりハーシェミー、アメリカにもスイカ割りって文化はあるの？　ナージでけっこうよQ、残念ながらポピュラーではないかもね、股に挟んで割るパフォーマンスはあるけれど――。

「ところであなた、Qアノンと関係はないのよね？」

口調は軽いが、ジャーナリストの目つきは隠せていない。数年前、《Q》のハンドルネームでアメリカの匿名掲示板に投稿をはじめた謎の人物はトランプ支持者を中心に巨大な影響力をもち、議事堂襲撃事件の扇動にも重要な役割を果たしたといわれている。

「クロエとその支持者はむしろそれを望んでいる節すらある。本家の《Q》が日本に住んでいるという報道もあるし」

「どっちだと思う？」

すぐに侑九はいい直す。「どっちのほうがいい？」

誘いに、赤毛の頭が小さくふられた。「直接の関係はないんでしょ？　向こうの知名度を上手く利用した可能性は捨てきれないけど」

「ナージは、アディショナルタイムに活躍するタイプだね」

「時間だ」健幹は割って入った。「ミズ・ハーシェミー。ご承知と思いますがプロジェクトQは彼自身の愛称から採った名です。それ以外の意味はありません。Qアノンにあやかって得をするとも思えない。だいいち、あなたがおっしゃったんですよ。我々の政治性はチープで中途半端だと」

「稚拙さについては、本家も負けてないと思うけど？」

相手を挑発するとき、この女性はキュートさが増す。

健幹は受け流すことにした。いい合っても自分の英語力では敵わないし、勝負が任務というわけでもない。

「これからダンスのレッスンです。ルーティンとはちがう専用の、専門の……えーっと、スペシャルなレッスンです」

「新作の準備ね？」

「イエス。お好きに撮影してください。ただし終わるまで質問はなしです。時間がないので。あと、内容については答えられない場合があります」

「オープンにシェアされる方針は行方不明かしら」

「焦らすのもファンサービスですよ、ミズ。ご安心ください。本番当日、あなたもその完成品をご覧いただけるはずですから」


深夜に秘密の会合が開かれた。ハーシェミーには内緒の、オフレコードな集まりだ。ホテルには監視役が常在し、彼女たちの動向をチェックしている。無用な外出を禁じるのもコロナ禍ではごく自然な措置だった。

事務所の会議室に、ふだんはオンラインのディスプレイでしか顔を合わせないメンバーたちが次々にやってくる。土岐、Ｍｉｙａｎ、茅ヶ崎、逢坂ら戦略チームに加え、今夜はデレクやヒュウガも呼ばれていた。Ｕ字の会議テーブルは端から端まで埋まり、「密」というならこれがそうだろうという有様だった。

「ヒュウガくんもインタビュー受けなよ」中央の席で頬杖をついたまま、侑九が話しかけた。「楽しいよ。ナージ、ぶっ込んでくるから」

「FUCKを何回いったら退場だ？」サングラスを押し上げ、ヒュウガが鼻で笑う。「おれの英語は『パルプ・フィクション』と『スカー・フェイス』仕込みだぞ」

「オーケー。ヒュウガくんには今後も東洋の神秘を体現してもらうことにしよう」

「もう少し協力的でもいいんじゃないですか？」

侑九の横から若い女性が刺々しい声をあげた。「ヒュウガさん、いつも面倒をたっくんに押しつけてばっかりじゃないですか。あなただってプロジェクトQのフロントマンなんですよ？　もっと貢献すべきです」

「うるさいよ、ルカ」

呆れ気味に侑九が叱って、ルカは唇を噛む。ヒュウガは慣れっこという顔で長い脚を組んでいる。ルカはアンサーズの代表だ。プロジェクトQがはじまった直後から独自にファンクラブを組織し、瞬く間に拡大させた。その手腕と情熱を買われ、戦略チームの五番目の席に座っている。アンサーズの会合に健幹も出たことがあるが、ルカの仕切りは的確で、二重人格を疑うほど人当たりは朗らかだった。

もともと侑九の知り合いらしいが、その姿勢は献身より狂信に近いと健幹は感じている。

「それよりルカちゃんさ」正面の土岐が気安く訊いた。「なんでアメリカ支部を断ったの？」

「イカれたおばさんの同類と思われたくなかったからです。いけませんか？」

「同意。変な色をつける必要はない」と能面のMiyan。

「そうね」おっとりと茅ヶ崎もうなずく。「ほっといても惹かれる者はどうせ惹かれる運命だもの。オフィシャルに加えるかなんてどっちでもいいわ」

「海外のパイプは、貴重なビジネスチャンスだと思うがね」

「はあ？　土岐さん、まだそんなこといってるんですか。ほんっと、汚らしい人間ですね」

ルカが、両手の拳をテーブルに打ちつける。「Qは、Qらしくなきゃ駄目なんです。たっくんの望むまま、そうしていればいいんです。そうしていれば、必ず人は集まるし、お金だって儲かります。わたしたちの邪魔をせず、そっちは勝手にやっててください」

土岐は楽しげだ。わざと怒らせたのだろう。

扉が開いて、睦深が入室した。後ろに金原真央がいた。そして百瀬澄人がつづく。

テーブルの右翼に腰を下ろす首脳陣のなかで、百瀬だけは座らず、ディスプレイがある壁の前に立った。「こんな時刻に、ご足労感謝します」

「かまわないよ、モモちゃん。愉快な余興があったしな」

ルカが土岐をにらみつけ、そんな茶番に百瀬はにこりと目を細めた。

彼が一同を見回すと、健幹をふくめた十一人の視線が引き寄せられた。

「単刀直入に申し上げます。生誕祭の日程が決まりました」

力みもなく、耳に馴染む声でいう。

「三月二十五日、木曜日。開演は二十一時です」

静かな波紋が起こった。ほぼ一ヵ月後。おおよそは聞いていたが、じっさいに期限が告げられるとさまざまなスケジュールが脳内をめぐる。一秒後、むちゃだ、と結論が出る。

「デレク。踊りのほうは間に合うかな」

「間に合わせろというんだろ？　ボス」

百瀬が満足げに唇を広げる。

「茅ヶ崎さん。あなたにも命を削ってもらいます」

「いいけど、お金がかかるわよ。あの構想を実現しようと思ったら」

「その構想に、茅ヶ崎さんの欲望もたっぷりのせていただきたい。五億まで、自由裁量で使っていただいてけっこうです」

あら素敵、と手を叩く可憐さは彼女の年齢を忘れさせる。

「Ｍｉｙａｎさん、至急ストーリーを練ってくれ。土岐さん、各方面の根回しをよろしく。逢坂さんは訴訟対策の準備を」

七三分けの逢坂が口角を歪ませる。「保釈請求書を束で用意しておきましょう」

会議室に、異様な熱が充満しつつあった。

「ルカさん、動員はそちらにもお願いすることになる。秘密厳守で動ける者を見繕ってほしい」

ルカが畏まっていう。「おおせのままに」

「ヒュウガくん、覚悟はいいか？　キャリアだけでなく、この先の人生を台無しにするかもしれないよ」

「このガキに会った日から、とっくにあきらめてるよ」

スカした返事は、しかし少しも冷めていない。

「Ｑ――いや、町谷侑九。君はどうだ？　その日が町谷侑九をやめる日になっても後悔しないか」

「おれの誕生日でしょ?」

二日早いけどさ、と肩をすくめ、

「ま、派手にやろうよ」

侑九は、いつもと変わらなかった。そのことに、言葉にならない頼もしさを覚える。

「ジョーさん、本庄部長、金原社長。抜けるならここしかないぞ。わたしも人生を懸けているのでね。この先は、不安の種を笑顔で見逃せるほど優しくはなれない」

誰も返事をしない。答えるまでもないから。

「いいだろう。では企画の全容を伝える。総予算十二億。演者十六名。大型トレーラー四台、一般車両五十台。カメラ三十、ドローン八、ヘリ一機。以上の布陣で三月二十五日木曜日、二十一時より約四・七キロの移動型無許可野外配信ライブを決行する」

無許可――。健幹は唾を飲む。太腿にのせた拳が熱を帯びている。それが恐れの温度なのか、武者震いなのか、にわかには判断できない。

だが、この船を降りるつもりはない。頭はもう、むちゃなスケジュールを乗りきる算段をはじめている。

無言で決意を伝える健幹たちに、百瀬が満面の笑みになる。

「イベント名は、Qの新作と同様です」

『Over there――暗夜行路』

散会後、し損なっていたルーティンエクササイズをするぞと肩をつかまれた侑九は「噓でしょ?」と目を丸くしたが、デレクの筋肉によってトレーニングフロアへ連行されていった。

面々は時間をずらして事務所を出てゆく。健幹は出口に立って順番に送り出したが、能面のＭｉｙａｎにさえ隠しきれない高揚を感じることができた。

「イカれてるよな」

土岐がそばにやってきた。「ゲリラライブに十二億。電卓がなくたって採算が合ってないのは明白だ」

Ｑの配信コンテンツに、広告は最低限しか入っていない。それだけで採算をとるのは不可能だろう。

「今回のストリーミングは有料版もありますよ」

「そのためにかかった費用を忘れたかい?」

ゲリラライブという性格上、YouTubeをはじめとした既存サービスでは放送中のＢＡＮもあり得る。そこでＱ専用の配信プラットフォームをイチからつくった。開発費用にサーバーのレンタル料、諸々で軽く数千万が飛んだ。

有料チケットは三千円から。購入者には優先的なデータ容量の割り当て、アーカイブ後のマルチカメラ視聴やダウンロードサービスなどを提供するが、投げ銭機能と合わせてもペイできる保証はない。

「よくてトントン。赤字覚悟のプロモーションだとしても、やってることは迷惑系ユーチューバーの超豪華版にすぎない。前科のおまけ付きじゃあ費用対効果は怪しいし、この先がやりにくくなったら本末転倒もいいとこだ」

「土岐さんたちには害がおよばないよう、そこは万全の準備をしてます」

「そんなことはわかってる。見合う報酬はもらってるしな。だから、文句をいいたいわけじゃねえ。ただ、イカれてるよなって、確認したかったんだよ」

共犯者めいた目配せに、健幹は強く笑みを返した。健幹の肩を揉むように叩いてから、土岐は外へ歩いていった。

会議室には『タッジオ』のメンバーと、あとひとり、ルカだけが残っていた。侑九がいない場に彼女が残るのはめずらしかった。

「何かあったんですか」

難しい顔をする睦深や金原真央の輪の中に健幹は加わった。

「嫌がらせメールが届いたんです」

ルカが、文面を印刷したペーパーを寄越してきた。ざっと目をとおしていくと、嫌な汗が背中をつたった。

八年前に起きた和可菜たちの失踪――それが町谷侑九による母親殺しであるという告発。

「これ、知ってるのは?」

「アンサーズのホームページに送られてきたんで、運営スタッフの何人かは見ています」

もちろん緘口令は敷いている、けれど動揺は広がっている――。ルカは厳しい表情でいう。生年月日、血液型、本籍地に本名。オフィシャルには公表されていない個人情報が明記されているのだ。まったくのデマと一笑に付せるものではない。

「この人物を特定するか相談していたの」睦深が話を引き取った。「IPアドレスをたどる場合、内容を隠したまま開示請求はできない。どこから情報が洩れるかわからないし、下手に刺激をして犯人が調子にのる恐れもある」

たしかに、と健幹はうなずく。告発者はファンクラブのホームページにメールを送ってきている。広めるつもりならマスコミやSNSを使えばいい。ファン心理がこじれた《かまってちゃん》なら、様子を見ているうちにフェードアウトしてくれるかもしれない。

一方で、もっと攻撃的な思惑があった場合は火消しを急ぐ必要がある。注目度に比例してアンチは急増している。炎上マーケティングに尻込みするプロジェクトQではないが、殺人の容疑をかけられて無視しつづけるのはリスクをともなう。

「警察が動くことはあり得ますか？」ルカに感情的な兆しはなかった。目的達成に邁進する冷徹な人格のほうである。

「疑ってるの？」ボブカットの金原が試すように訊く。「あの子が人殺しだと」

「それはどっちでも」ルカは即答する。「どっちであっても、Qの邪魔をする奴はつぶします」

くくっと喉を鳴らす金原の横で、睦深の目もとがピクリと痙攣していた。

「とりあえず、しばらくは様子をみましょう」金原が結論を告げる。「個人情報については気になるけど、あの子の知り合いをぜんぶ調べる余裕はないし。ルカちゃん、スタッフの引き締めをお願いね。くれぐれも変な行動をさせないように」

はい、とルカが神妙にうなずく。

「モモちゃんもそれでいい？」

ひとりだけ椅子に腰かけた百瀬が唇を横に広げた。「マオさんに任せるよ。まあ、たとえ噂が火を噴いたところでいまさらという気もするしね。一ヵ月後には、どうせぼくらは犯罪者扱いだ」

百瀬の言葉に納得の気配が漂う。けれど健幹の笑みは作り物だった。和可菜と椎名翼の失踪。それがほんとうに殺人事件かもしれないと、健幹は疑いをもっている。いや、町谷重和に植えつけられたといっていい。

睦深の様子を横目でうかがう。目もとの痙攣はなくなって、いつもの表情になっている。だがそれも、自分と同様に作り物であることを、健幹はどうしても否定できなかった。

百瀬は？　和可菜の歌が上手だったことまで調べていた男は、はたして失踪事件にどのような結論をつけているのか。あるいはそんなもの、プロジェクトQの前では些末なことと見切っているのか。

イカれてる。たかが殺人事件と思いはじめている自分も。

ふと、疑問がわいた。侑九は、母親の失踪をどう考えているのだろう。殺された可能性を疑ったことはないのだろうか。それとも、すべてを承知のうえで、お芝居をしているのか。

解散の空気のなかで、

「あっ」

とルカが声をあげた。手にしたスマホに食い入っている。

「これを」

掲げられた液晶画面にＳＮＳのタイムラインが映っていた。新着投稿のアカウントを、ルカが読みあげる。

「@foxcatcher——嫌がらせメールのアドレスとおなじです」

今回はアンサーズではなく、公式アカウントに返信するかたちの投稿だ。そこには、広く世間へ知らしめたいという意思がある。

視線が画面に集まった。ルカの緊張した指が投稿を開いた。画像が四枚、添付されている。頭から血を流して倒れたキツネの、全身をおさめた一枚。刃物で傷つけられたと思しきお腹(なか)のアップ。三枚目はテーブルに置かれた九つの銃弾。そして最後に拳銃。

文面はシンプルだった。『Just you wait and see, Q boy.』——首を洗って待っていろ、Q少年。

これ……というルカのつぶやきに、感情の震えがあった。

「——殺害予告です」

今夜、初めて百瀬の顔から笑みが消えた。

町谷亜八　二〇二一年　二月

キツネを狩る者——。同名の映画があることをわたしは知っていた。鬱屈とした空気に疲れて、途中でやめた憶えがある。
キュウの殺害予告とされるSNSの投稿は、いっとき「Q少年」がトレンド入りするほど話題になった。ファンは怒り、心配し、野次馬の一部はおもしろがって、アンチは「自業自得だ」と囃(はや)し立てた。白けた声も少なくなかった。どうせ自作自演でしょ？

有名人にはありがちな話かもしれない。Qがスキャンダラスな売り方をしているのも事実だ。九分九厘、悪戯だろう。だが投稿されたキツネの死体はどう見ても本物で、ご丁寧に投稿日の日付を腹に切り刻む念の入れようだった。

運営は法的措置も辞さないとコメントし、同時に、三月中に大きな配信イベントを催すことを堂々と告知した。それがまた挑発的だと議論を呼んだ。

自作自演を疑いたい気持ちもあった。そのほうがマシだと思うほど、わたしはフォックスキャッチャーの投稿に気色悪さを嗅ぎとっていた。

祖父母宅に見知らぬ連中がうろつきだしたと有吉から聞いたのは、殺害予告から一週間ほど経ったころだ。

「住所が洩れてるようだな」

「どこから？」

「どこでもあり得るだろ」

小中の同級生、あいつにのぼせ上がっていた近所のおばさん連中。容疑者は腐るほどいる。アンサーズに届いた告発メールには個人情報がのっていた。どこが火元でも不思議はない。

「防犯カメラもある。ファンだろうが暇人だろうが、うろつくぐらいは問題ない」

「おまえは平気なのか」

「インターホンを押す馬鹿が増えないうちはな」

長ネギとパプリカを買ってこいと命じられた仕事帰りの夜、わたしは実物に出くわした。祖父母宅の門柱へスマホを向ける、若いふたり組だった。

自転車を降りたわたしにトートバッグの男が気づき、スマホを掲げるPコートの相方に慌てて教えた。にらみつけるわたしに対し、ふたりは逃げるでもなく突っ立ってもじもじとした。

「なんの用だ」

「いや、べつに……」Pコートが早口に弁解した。「用というか、ちょっと通りがかったんで」

「画像を消せ」

あ、はい、とスマホをいじる。嘘くさい仕草だったが、無理やり消そうとまでは思わなかった。どうせすでに何人も撮っている。

「警察を呼ばれる前に消えろ」

門柱をくぐろうとしたわたしに、「あのう」とトートバッグが話しかけてきた。

「町谷さんですか？」

「ちがう」即答した。「有吉だ」

怪訝そうに「町谷」の表札を見やる男たちにわたしは迫った。「文句があるのか」

「いや、そんなんじゃなく……」

「どこでこの住所を知った？」

「それは、SNSで。せっかくだから、聖地巡礼みたいなというか……」

焦るPコートの横で「あのう」と、トートバッグがふたたび訊いてきた。「Qが不良だったって、ほんとうですか？」

「――は？」

「いや、噂なんですけど、この一帯を締めてたとか、報復で喧嘩相手の指を潰したり、その、あれを切り取って食わせたとか」

「金玉をか」

トートバッグが、びくつきながらうなずく。笑いそうになった。すべて椎名大地（だいち）の武勇伝だ。

「知らないよ」

「でも――」

「Qって奴の、おまえらはなんなんだ」

「ファンです」おびえていたPコートが、急に力強くいい切った。「おれもこいつも、アンサーズです。おれにとって、Qは生きるための問いなんです。Qの問いかけに、答えることが、おれを生かしてくれているんです。生きる意味が、見つかる気がするんです」

「そうか。勝手にやってろ」

玄関へ行きかけたとき、「あっ」とトートバッグに呼び止められた。

「よければ、オネーさんのお写真も――」

彼の細い肩を、抱くように引き寄せる。「身分証を置いてくか？　盗撮と痴漢で一生後悔させてやる」

彼らの血相が変わり、わたしは気の毒にすらなった。

「二度とくるな」

自転車を置いて引き戸を開けて、暗い玄関の電気を点ける。台所の有吉は何やら下ごしらえをしていたが、その価値はわたしにはわからない。スーパーの袋から長ネギとパプリカを取り出してわたすと「ん」という返事ともいえない返事があった。

ダイニングテーブルに座ったわたしは買ってきたアップルソーダの蓋を開けかけて思いとどまり、冷蔵庫へ向かった。

「めずらしいな」有吉がいった。「家で飲む柄じゃないだろ」

「気分だよ」

有吉のぶんもビールを取って台所に置く。プルトップを引いてひと口飲んだ。べつに美味くもなかった。

「外で、Qのファンに会った」

「蹴散らしたのか？」

「まあな」

「にしては、うれしそうだ」

そうだろうか。わたしはもうひと口ビールをなめる。たしかに妙な気分だ。簡単に「生きる意味」などと口にする薄っぺらさに興味はない。けれどあのPコートの男が、たとえ気の迷いで、明日には平熱に戻るのだとしても、いまこの瞬間、キュウに何かを捧げているのは間違いなかった。

Qのクリップが、ビールといっしょに腹の底でくすぶっている。

「意地を張る意味がわからないな」

有吉が具材をフライパンに放り込み、油が弾ける音がした。「あいつに会いたいなら会えばいい。応援したいならしろ」

「――事情があるんだ」

「ならあきらめろ。ぐずぐずしてるおまえを見てるとムカついてくる」

調味料をふりかける。ニンニクの匂いがする。

「ひどい言い草だな。気に入らないならそっちが出てけよ」

「それは無理だ。とっくに部屋は解約してる」

勝手なことを。なのに腹が立たないのは慣れだろうか。穏やかな日常の、惰性だろうか。

有吉がフライパンに料理用ワインを注いだ。炎が上がる。何をつくってるんだ？　豚肉のガーリック炒めだ。ワインが要るのか？　気分的にな。

食事の途中で呼び鈴が鳴った。わたしは有吉と顔を見合わせ、それから時刻を確認した。午後七時過ぎ。遊び半分の野次馬が訪ねてくるには遅い。

二度目が鳴って、わたしは腰を上げた。「暴れるなよ」有吉の忠告に、ならおまえが行けと思いつつ玄関へ向かった。

引き戸のガラスに、黒い人影が透けていた。コートを着ている。大人の男だ。

戸を開け、わたしは虚をつかれた。

「ああ、悪いな町谷、突然」

白い息を吐きながら、窪塚が立っていた。


「へえ」

有吉とわたしを見比べ、窪塚は物珍しげにニヤついた。

「くそみたいな想像はやめろ」

「わかった、わかった。いちいち怒らないでくれ」

高そうなコートを脱ぎもせず、ダイニングテーブルの空いた椅子に勝手に座る。以前のようなおびえはまるでなかった。念書と、市議という立場のせいか。

「連れは？」

「いないよ。お忍びってやつだ。どうしても話したいことがあってな」

「ダイチに、何かあったのか」

「ん？」と、窪塚はわざとらしい反応をした。「ああ、そっちもあったな。ここんとこ忙しくて、ほったらかしになってたよ」

「ふざけるなよ。約束したはずだ。おまえが破るなら、こっちも考えなきゃならない」

「早とちりするなって。町谷の希望どおり、ダイチくんの面倒はちゃんとみてる。親族とも連絡がつかないし、まあ、いちおう犯罪被害者だ。そういうボランティアも仕事のうちだからな」

去年の夏前、意識が戻ったことは聞いていた。怪我の後遺症でまともに歩くことも、しゃべることもできずにいると報されてから音沙汰はなくなっていた。

「最近は？」

「相変わらずだよ。すっかりしょぼくれて、リハビリも進んでない。おれが気を回さなくても、町谷に変なちょっかいをかける心配はないと思うけどな」

「駄目だ。あいつが死ぬまで監視しろ」

窪塚は苦笑して肩をすくめた。

「ダイチじゃないならなんだ？　それ以外でおまえに用なんてない」

「あんまり嫌わないでくれ。これでも誠意はみせてるはずだ」

腕を組み、わたしは待った。飲み物も出してくれないのか？　軽口を無視すると、窪塚はようやく真面目な顔をした。

「侑九くんのことで、折り入って頼みがある」

ことさらへりくだるわけでもなく、窪塚はつづけた。「顔をつないでほしいんだ。歳が離れてるから、おれは面識がなくてな。だからあのQが、まさか町谷の義弟とは考えてもいなかった。すごいよな。Qの動画はおれもよく観る。心の底から尊敬してる」

本音にも、適当なお世辞にも聞こえた。

「町谷は、おれが所属してる政党を知ってるか？」

「創国党」黙っていた有吉がぼそりと口を開いた。「参院にふたりいるだけの泡沫政党だ。ネットじゃ《おもしろ枠》扱いされてる」

「極右とかカルトとかって？」むしろ楽しげに、窪塚は相槌を打った。「あとは与党のコバンザメとかか？　傷つくが、まあ仕方ない。党首もふくめ、幹部連中にはたしかにそういう部分がある。派手に目立って注目を集めようって打算がな。でも、おれたちはちがう。若手党員のグループは、真剣にこの国の未来について考えてるんだ。勉強会に誘われて、おれもＷＯＫＥした。大いなる目覚めってやつだ。政治家が、政治にできること、すべきことを本気でしなくちゃ駄目なんだ。既得権益の守護とか、つまらない権力闘争とは次元のちがうレベルでな」

「もういい。小難しい話はよそでやれ」

「うん、わかるよ町谷」

妙に馴れ馴れしく、窪塚はうなずいた。「格差と貧困、それを固定化する社会機構、地方の空洞化に止まらない出生率の低下。それがなんだ？　おれになんの関係がある？　どうせ何もできやしない。知ったことか」

「税金なら払ってる」

だろ？　と芝居がかった笑みを浮かべ、「投票に行ったことは？」

「酒税と煙草税？　おれも似たようなもんだった」

冗談ともつかない仕草で自分の胸に手を当てる。「家の都合で政治家にさせられたけど、最初は割のいい就職先ぐらいに思ってた。三権分立さえピンときてないぼんくらさ。でも変わった。このままでいいはずがないと気づいたんだ。すべきことをすべきだと。――人間が利己を克服するために、何が必要だと思う？」

返事を待たずにいう。

「使命感だよ」

使命感だ、と窪塚は繰り返した。

「この国で思想を語ると、とたんにドン引きされるよな。社会運動とか奉仕とか、嘘くさいって空気が蔓延してる。善意を信じるより、どうせ裏があるんだろって疑うほうが落ち着くみたいなマインドだ。そもそも、みんな忙しすぎるのさ。調べたり知ったり、考えたりする時間を得るにも金が要る。その日暮らしの人たちが、なんとなく多数派につこうって心理になるのは仕方ない。つまりこういうことだ。大衆を貧しくすればするだけ、権力者は安泰になる。好きなように搾取しつづけられる。こいつは、なかなか手強いシステム・バグだと思わないか？」

語りがいきおいを増してゆく。「じっさい政治家も、理想や公正さより損得勘定を打ち出すほうが支持される風潮だ。でも、考えてみろ。損得だけで権力者が動くなら、世の中はどうしたって良くなりようがないじゃないか。なぜなら現状維持のルールに沿って立ち回るほうが、はるかに利益率がいいんだからな。十年後の理想を捨て、明日の予算と人事ゲームに精を出す。そんな奴らが国を動かし、金と見栄のために善き事は損なわれてゆく。けっきょく、変革に必要なのは情熱なんだよ。傍目には正気を疑われるぐらいの情熱だけが、損得ゲームを打破し得る。そして情熱は、使命感によって純粋さを許される」

いつの間にか、その瞳が潤んだ熱を帯びている。

「純粋な使命感をもつ者にしか、狂った世界を是正することはできない。それができるのは、日本人だけだ」

「――なんだって？」

「日本人だよ。皮肉だが、コロナがそれをあきらかにしてくれた。欧米やアフリカ、アラブ、ラテン。ほかのどの地域の民族と比べても、日本人の死亡率は群を抜いて低い。なぜ？　――簡単だ。我ら大和民族が、世界でいちばん優れているからに決まってる」

これは統計学的事実なんだと、剝き出しの唇に力がこもる。

「にもかかわらず、いま日本はおかしなことになっている。経済で韓国に抜かれ、東南アジア諸国に抜かれ、同胞が国外へ出稼ぎに行く時代もそう遠くないだろう。本来、そんなことはあり得ないんだ。日本人が日本人らしくあるかぎり、起こりようのない事態が起こってるんだ。コロナ以上の病気だよ。病は治療しなくちゃいけない。手遅れになる前に、使命感と情熱をもった者たちが、手術をしなくちゃ駄目なんだ」

ひと息ついて、窪塚は座り直した。

「創国党は、侑九くん――Qを、おれたちの同志として迎え入れたいと思ってる」

「あいつを、客寄せパンダにしようってのか？」

「町谷。これはおれ個人の話じゃない。おまえ個人の話でも、Q個人の話でもなく、もっと大きな、世界と未来の話なんだ。わかるか？　未来に希望を残すために、大和国家のＷＯＫＥを実現するために、手段を選ぶことはできないんだ」

「帰れ」できるだけ冷静に、わたしはいった。「おまえの話を聞いてると耳が腐りそうだ」

「人見(ひとみ)クリーンの首を絞めることが、おれにはできる」

瞬間、組んだ腕に爪がめり込んだ。

「銀行に圧力をかけることも、鉄鋼会社の発注を止めることもな。あそこのＯＢがウチの党員には多い。このご時世、コロナ陽性者を隠してたって噂がたつだけで大手は過敏に反応するよ」

「――そうなったら、必ずおまえを道づれにする」

「かまわない。いっただろ？　おれには使命感がある。自分の利益を超える情熱がな」

いじめの暴露に対する恐れは見事に消え失(う)せていた。念書のせいだけじゃない。当選した余裕でもない。ほんとうに、こいつは酔っ払っているのだ。使命感や情熱という、自分の言葉にキマっているのだ。

「おれたちがQと親しくなったら、おまえらを守ってやることもできる。ダイチくんはもちろん、おかしな連中が寄りつかないようにしてやれる。変なメールが出回ってるんだろ？　この辺りを警(けい)

邏の巡回路にしてやってもいい」

たかが市議、それも一年生議員が警察まで動かせるとは思えなかった。だが、嫌がらせならできる。一般人より行動力と信憑性をもって、たやすく。

「市民は、もっと政治家を利用すべきだよ、町谷」

わたしは目を閉じた。答えは決まっている。たとえこいつが気の合う友人だったとしても、それは変えようがない。

悪いが無理だ。わたしはもう、あいつと無関係だから——。

「少し考えさせろ」

先に、有吉がいっていた。「相手は数千万ＰＶのモンスターだ。いくら肉親でも、それなりの段取りが要る」

「時間があればできるのか」

「話をもっていくくらいはな」

有吉の提案を吟味するように、窪塚は顎をさすった。

やがて、「そういえば——」と小首をかしげた。

「翼と和可菜さんが消えた日の前の晩、町谷、おれたちの呼び出しを断ったよな」

今度は有吉へ顔をやる。「おまえが呼びに行って、ずいぶん経ってからひとりで戻ってきて。町谷の爺さんが警察を呼ぶとか騒ぎだしたんだって言い訳したら、翼がキレておまえを殴って……」

記憶を探る様子があった。

「あんなの、初めてだったな」

わたしは席を立ち、窪塚を見下ろした。「帰れ」

玄関まで追いやり、靴を履くまでにらみつけた。

「誤解しないでほしいんだ。おれはけっして敵じゃない。昔いろいろあったぶん、町谷とは仲良くやりたいと心から思ってる」

「利用できるうちはか」

「お互いな。それが大人の付き合いってやつだろう?」

立派な役者になったじゃないか――。

皮肉より、訊きたいことがほかにあった。

「ダイチは、誰に襲われたといってるんだ?」

「ん? さあ。憶えてないってさ」

興味もないというふうに窪塚は答え、「なあ、町谷」とつづける。

「『EXODUS』の歌詞がわかるか? Qが最後のほうで叫ぶだろ? キリル語だとか架空の言葉だとか、プログラミング言語の羅列だとかいっている奴らもいるが、ちがう。あれは間違いなく古語――上代日本語をアレンジしたものだ。Qはこう歌ってる。『奪われた、我らの祖国を取り戻せ』」

やってきてから帰るまで、窪塚にマスクを着けるそぶりはなかった。

「どういうつもりだ?」

台所で、有吉は洗い物をはじめていた。

「どうして窪塚の依頼を受けた？」

「どうもこうもない」有吉はふり向きもしなかった。「そのままだ」

「金か？」

仲介手数料といえば窪塚は払うだろう。取り入って次の仕事を得る道もある。たとえばＰＲビデオの編集。有吉の腕前なら即採用でもおかしくない。

「まあ――」と、有吉は洗い物の手を止めた。「そういう展開もあるかもな。とりあえず、関係をつないでおいて損はない」

「わたしがあいつに何をされたか、忘れたんじゃないだろうな」

「気にしてるのか？　なら、おれも同罪だ」

「おまえは、ただの使いっ走りだった」

「だからなんだ？　べつに助けたこともない」

有吉は洗い物を再開する。その背中に滲む苛立ちの正体がわからず、言葉が喉でつっかえた。

「どのみちおまえは、一度連絡を取るべきだ」

キュウや、ロクと。

「手頃な口実だと思えばいい」

「――よけいなことを」

「嫌ならほっておけ。断られたといえば窪塚もあきらめる。無意味な嫌がらせをするほど暇じゃないだろうしな」

「ふつうはな。だが、奴の頭はイッてる」

「みんなそうだろ。大差はない」

みんな、か。わたしも有吉も、窪塚やアンサーズの連中、百瀬にマオ、ロクもキュウも、どいつもこいつも。

有吉が水道の蛇口を閉めると、うるさい音はなくなった。

「わたしは、もう関わらない」

「クリップは観た」

「あの一回きりだ」

だが、ＳＮＳを漁るようにはなった。フォックスキャッチャーの殺害予告があってから、毎日。

まあ――と有吉は、気怠げにタオルで手を拭く。

「おまえが決めて好きにしろ。必要なら、手伝いぐらいはしてやる」

静まったキッチンで、ぽたりと蛇口から水滴が落ちた。

本庄健幹　二〇二一年　三月

殺害予告から一週間ほど経ったころ、事務所に届いた小包から出てきたのは注射器だった。高級時計を守るような赤い布の緩衝材におさまったそれの中には、液体が入っていた。

メッセージカードにはこうあった。

『this is Vaccine！（これはワクチンだ！）』

そして『to Q boy　from FC』の署名。

三月八日月曜日、警察から報告された液体の成分はアンモニア。おそらく動物の尿から採ったもの。それがキツネであってもまったく不思議はないという。

小包の送付元はアメリカだった。差出人は『アラン・スミシー』。ハリウッドで意に沿わぬ駄作を撮らされた監督が、抗議を込めてクレジットする有名な名である。

悪質な嫌がらせとして被害届を出したが期待は薄い。真面目に捜査するかも怪しく、殺害予告の犯人も特定にはいたっていない。法務担当の逢坂が開示請求を行っているが、かなりの時間がかかるだろうとのことだった。

少なくとも生誕祭までに解決すると、健幹には思えなかった。

生誕祭――『Over there――暗夜行路』はすでに反響を呼んでいる。日時以外その中身をほとんど秘匿したにもかかわらず、新しく導入した自社製配信プラットフォームの会員数はのびつづけ、有料視聴の予約も想定人数を軽々と超えた。

殺害予告があった直後だ。「事件」を目撃したくて木戸銭を払う輩も多いのだろう。それゆえ自作自演を疑う声も根強い。

もはや、健幹にはどうでもいいことだった。世間の評判を気にしているあいだにも『暗夜行路』は迫ってくる。いつも以上に気を配って侑九の送り迎えをし、諸々の準備を手伝い、その合間にナージ・ハーシェミーが撮るドキュメンタリーのフォローをする。はっきりいって給料に見合う仕事量ではない。休日など夢のまた夢。エナジードリンクをストローで吸って脳みそをぶっ叩く日々が、あと十七日間つづく。

〈いや、それは無理です。十日で二十台もそろえるなんてむちゃですよ〉

「無理は承知で頼んでるんです」

〈ウチは十五台ですっからかんです。あとはほかを当たってください〉

「幾らならいけます？」

〈いや、お金の問題じゃ――〉

「二割増しでどうですか。もし三十台なら、もう少し色をつけます」

　中古車屋の社長がついに黙る。

「半額前金にしてもいい」

　彼が頭の中で弾くソロバンの音が健幹には聞こえた。

「車種は問いませんが、なるべく一般的なやつをお願いします。目立ちすぎるのはＮＧです。購入は現金一括の即日払い。ただし、事は内密に進めてください。これを守れない場合、契約解除もあり得ます」

〈――おたく、暴力団関係とかじゃないよね？〉

「だったらなんです？」

　いや、と社長は言葉を濁す。

「ご安心を。一流企業がバックについたベンチャーですから」

ではよろしくと健幹は通話を終わらせた。購入元のプロダクションはペーパーカンパニーで、形式上、社長には井口（いぐち）という若者がついている。配信プラットフォーム開発のおり、ＩＴ業者に口利きをしてくれたイグチ電子の御曹司とのことだが、健幹は会ったこともない。

一般車両五十台。開催一週間前にそろえたいのはダンスチームに負けないくらい、こちらもレッスンが必要だからだ。

スマホで睦深に報告をする。十台多く、予算どおりに発注できそうだと告げる。

〈色をつけてあげてもいいのに〉

笑みをふくんだ睦深の声に返す。「この先何がどうなるかわからないんです。値切れるところは値切りますよ」

そちらはどうです？　と健幹は訊いた。もっか睦深が当たっているのは人員確保だ。車両が五十台あったって無人では話にならない。そしてドライバーの人選は、ただ運転技術があればいいというわけではない。何より、覚悟が求められる。

〈ルカのおかげで目途は立ちそう。あの子の人心掌握術はたいしたものね〉

「Aチームは？」

〈それは大丈夫。何度か面談をしてるけど、アンサーズの忠誠心には毎回頭が下がってる〉

リーダーは佐野勇志（ゆうし）だろう。古参の幹部で、Qを支持する言動には鬼気迫るものがある。免取（めんとり）になっているせいで最初は除外していたが、自腹で再取得してきた強者（つわもの）だ。

Aチームは約三十人。その多くが、おそらく逮捕されることになる。取り戻した免許証は一瞬で消えるだろう。それを承知で、佐野は最前線を望んでいるのだ。

「ほかに急ぎの案件はありますか」

気がかりはいくらでもあった。撮影チームの本格的な打ち合わせが明日からはじまる。一発勝負の配信ライブを成功させるには全体のイメージはもちろん、細部にいたるまでみなが共有していなくてはならない。リモートカメラの設置場所はどこか、ドローンの動線は？　照明の当て方、各場面の演出。クルーが映り込むなんて間抜けを百瀬も茅ヶ崎も許さない。完璧なシミュレーションのため、百瀬は長野県某所に広大な土地を借り、ほぼ原寸大のセットを組んだ。そこで一週間のリハーサル合宿を行うのだが、海外組の幾人かがコロナによる渡航制限のため合流が遅れそうなのだ。

航空会社や保健所との交渉を健幹は覚悟していたが、睦深は予想外のことをいった。

〈窪塚という議員を知ってる？〉

憶えがあった。たしか、そう、去年の春、睦深から侑九のために人生を懸けたいと打ち明けられた夜に見た名だ。

〈千葉県の市議なんだけど〉

睦深は曖昧にしたが、あの時期、健幹が地方ニュースをチェックしていたのは椎名大地の情報がほしかったから。つまり、富津以外にない。

〈創国党という新興勢力に所属している。彼に会ってきてほしい〉

「どういった用件で？」

すぐに返事はなかった。ためらいの吐息が聞こえ、おそらく――と睦深はいう。

〈和可菜さんに関しての話だと思う〉

社用車の中で、健幹はカメラ付きの伊達眼鏡（だてめがね）をかけた。万一にもバレたら面倒だとハーシェミーたちの前では着けずにいたからひさしぶりの出番である。

「この辺ですね」

運転席の佐野勇志がいった。目印の東京タワーがフロントガラスの向こうにそびえている。

佐野を連れて行けと命じたのは睦深だ。そこに、窪塚なる市議に対する不信がはっきりと表れていた。

「創国党って、佐野くんは知ってる?」

「おれは政治はまったくです。三枝ならくわしいかもしれませんけど」

愛想はないが、受け答えはしっかりしている。三十手前。噂ではろくでもない就職をしてしまい、そこを辞めてからネットカフェ難民のような生活をしていたらしい。

現在、ルカはアンサーズの代表であると同時に人材派遣会社の経営者でもあって、アンサーズの幹部のほとんどがそこに派遣労働者として登録し給料を得ている。実態は百瀬の子飼い、『タッジオ』の別動隊だ。

佐野もそうで、だからこんな昼間にいい大人が運転手をつとめられるのだ。

「ヤバい奴らなんですか」

「さあ。いちおう国政政党だし、いきなり乱暴ってことはないだろうけど」

「おれは、どっちでもいいっすけどね」

この一年間で、佐野は見違えるほどたくましくなった。殺害予告以降は侑九のボディーガードとしても重宝している。

「トレーニングと実践じゃだいぶちがうんじゃないの?」

「たぶんいけます。デレクは容赦ないから」

デレクが軍隊にいたことを、健幹は最近知った。それも正規軍ではなく傭兵だったという。元バレエダンサーがどんな道をたどってそうなり、日本に流れ着いたのかまでは訊けていないが。

「Qとも、たまにやります」

「組み手を?」

「実戦形式で。あの人は、強いとはちがうけど、すごいです」

健幹は複雑な気分になった。エクササイズと称してデレクが護身術をたたき込んでいたことも、最近になって明かされた。除け者にされていたようでおもしろくない。

「あれですね」

路地の先に見映えのしない商業ビルが建っていた。その三階が目的地だ。

「ようこそ」

窪塚は健幹だけでなく、佐野もおなじように歓待した。わざとらしい握手を終えると応接間に招かれる。事務所は『タッジオ』と似たり寄ったりの簡素さで、事務員と思しき男がふたりいるだけだった。

「ここは支部なのでね。本部はもう少しマシです」

手慣れた応対だった。見た目も物腰も、作りものめいた印象を健幹は抱く。

「まずは我が党の紹介をさせてください」

設立は二〇一七年。おととしの参院選で議員をふたり生んだ。党費は特定の企業や団体に頼ることなく、サポーターの好意によって賄っている。

ここへくるまでにネットで調べていたとおりの理念を窪塚は語った。日本の自主独立、そのための既得権益打破。古き良き価値観とグローバリズムの調和を目指し、百年後も世界の中心で輝く国家の礎を築く云々。

じっさいは怪しげな噂が絶えない。いわゆる極右勢力と親しくつながっているだとか、じつは宗教がバックにいるだとか。

「我々は、この国にぽっかり抜け落ちている中道保守の受け皿でありたいと思っています」

「なるほど。ちなみにですが、あなた方の考える保守とは、未知のウイルスなど怖くないという精神もふくまれるのですか」

ノーマスクの口もとがうっすら笑う。事務員と思しきふたりもノーマスクだったのを健幹は確認済みだった。

「いかに生きるかの問題です。事故を恐れて車を捨てますか？　怪我を恐れてスポーツを禁止に？　リスクに背を向けて部屋に引きこもるのも生き方ですが、わたしからすると、それは生きながら死んでいるに等しい。人生を謳歌しない命ほど虚しいものはないと、そう思いませんか？」

「感染症と車やスポーツは別物ですし、それだって安全性を高めようとするのがふつうです」

「ですが過激なほど、心は躍る」

窪塚が、にこりと微笑む。

「Qもそうじゃないですか？　安穏とした世界に電撃を食らわせる存在だ。つまらない常識を揺さぶるパワーが彼にはある」

「――病気と同列にされては、さすがに愛想笑いもできません」

「ウイルスが生物を進化させる例もあります」

「本題を」

窪塚は笑みを崩さない。こいつがまともじゃないのは充分わかった。

「殺害予告以外に、よくない噂が出回っているそうですね。Qが、母親を殺したとかなんとか」

世間話の気安さが、よけいに不気味だった。

「もちろん馬鹿げたことですが、醜聞に目がない輩が多いのも事実です。老婆心ながら憂慮していましてね。じつはわたし、Qと同郷なんです。彼のお義姉さんたちとも仲良くさせてもらってました」

マスクが、健幹の動揺を隠してくれた。

「つい先日、義妹さんのほう――亜八さんと話す機会がありましてね。そこでお義姉さんのことを思い出したんです。睦深さんというんですが、彼女、Qの母親といっしょに消えた椎名翼って男と付き合ってましてね。少しややこしいんですが、翼は彼女の母親――和可菜さんとも付き合っていた時期があったんです。わたしは翼と、まあ知らない仲ではなくて、和可菜さんや睦深さんとも、何度か顔を合わせたことがあるんです」

だから睦深は、健幹を寄越したのか。自分が出向けば、苗字を変え、表に出ないようにしてきた努力が台無しになってしまうから。

「本庄さんでしたね？　あなた、このことはご存じでしたか」

「何がです？」

「何がって、あなたの奥様がQのお義姉さんだってことですよ」

健幹は窪塚から目を逸らさなかった。となりで驚く佐野の視線は無視する。

「いえね、わたしたちはQに、ぜひ我が党に協力していただきたい一心で、失礼ながらあなたたちについて調べたことがあるんです。従業員数、出資元……ところが『タッジオ』の情報はほとんど出回っていませんでした。何もかもが巧妙に隠されていた。ウチの事務員はついにこういいだす始末です。信じ難いが、あなたたちは会社ですらないんじゃないかと。会社のふりをした、個人事業なんじゃないかと」

正解だった。『タッジオ』は表看板にすぎず、実務のすべては金原真央個人の活動となっている。健幹たち、あるいは侑九にしても、制度上は漫画家のアシスタントに似た臨時雇いの身分で、在籍者を突きとめようと思ったら、確定申告表を調べるくらいしか方法はない。

社会的信用や税優遇を無視できるのは、百瀬の資金力があるからだ。そしてこうした形態を用いる理由を、彼は自由と防衛のためだと説明していた。

「税務署や銀行に問い合わせるわけにもいきませんし、行き詰まってしまってね。それで亜八さんのところへ出向いたわけです。彼女も学生時代に地元を飛び出したクチで、駄目もとのつもりだったんですが、思わぬヒントをくれました。もう何年も経っていて、すっかり忘れていたんです。ふたりが失踪する前日、ちょっとおかしな出来事があったのをね。翼たちと遊び友だちだった亜八さんが、その日にかぎって誘いにのってこなかった。そんなことは初めてでした。翌日に翼と和可菜さんが消えた——これは偶然なんでしょうか」

窪塚が、わずかに身を乗り出してきた。

「もしも偶然じゃないとしたら。遊びにこれなかった事情があったなら。それはどんな事情だったんでしょうか。わたしはこんなふうに思うんです。あの夜、祭りの前日の夜、亜八さんは和可菜さんと会う約束をしていたんじゃないかって」

　本心から「は？」という声が出た。

「亜八さんと和可菜さんのあいだに確執があったのを、わたしは承知しています。和可菜さんがよけいな真似をしたせいで、翼と亜八さんはぎくしゃくしてしまっていた。もっとはっきりいえば、翼はあの時期、亜八さんをいじめていたんです」

　わたしは止めていたんですが、と窪塚は心苦しそうに頭をふった。

「当時わたしは大学生で、そこまで頻繁に地元へ戻れたわけでもないですからね。翼は悪い奴じゃなかったが、裏切りには異様な怒りを見せるところがありました。たぶん和可菜さんは、翼を睦深さんに盗られたのが亜八さんのせいだと思い込んでいたんでしょう。そこで亜八さんが裏で翼の悪口をいっていると、逆恨みで吹き込んだ。ともかく、これらはすべて事実です。亜八さんには、和可菜さんを殺害する動機があったんです」

　和可菜と椎名翼を殺害する動機。たしかにその材料を、健幹はほとんど手にしていなかった。睦深を犯人だと名指しした重和ですら、言及していた記憶はない。

「初めから殺意があったかはわかりません。殺してしまったのはものの弾みかもしれない。ですが、その事態になって、亜八さんは保身に走った。遺体の隠蔽。そして翼のことを巻き添えにした。ふたりの駆け落ちと見せかけるためにね」

　窪塚は嬉々として語る。「問題は、この事実を睦深さんとＱ——侑九くんが知っていたかどうかです。亜八さんは祖父母と暮らしていました。和可菜さんと揉めたとしたら、睦深さん、侑九くんがいっしょに暮らしていた君津のマンションしかあり得ない。翼たちが亜八さんを呼び出したのは夜ですから、その時刻に睦深さんと侑九くんが部屋にいなかったとは考えにくい。ふたりは亜八さんの犯行を知っていた——と、そう考えるよりないんです。義妹を守るため、翼の殺害と遺体遺棄に協力した可能性すらある」

「冗談じゃない」健幹は唾を吐くようにいう。「そんなものは推理でもなんでもない、ただの妄想だ。だいいち、和可菜さんたちといっしょに消えた赤のオデッセイはどうしたんです？　たかが高校生に、車を一台処分するなんてできっこない」

「へえ」窪塚の笑みに、罠(わな)にかかった獲物に対する残忍さがあった。「よくご存じだ。翼がオデッセイに乗っていたことを」

健幹は口を閉じたが、この動揺はマスクがあろうと筒抜けにちがいなかった。

「市議という立場は、あんがい調べ物に便利です。町谷亜八が二〇一九年に傷害事件で執行猶予を食らっているのはすぐにわかりました。ついでに富津署の刑事は、ちゃんと憶えてくれていた。去年のいまごろ、八年前の事件についてしつこく訊いてきた東京在住の男のことを」

本庄健幹。

「あなたは都内の飲食チェーンで働いていたそうですね？　そちらに問い合わせたところ、結婚を機に退職したと教えてもらいました。お相手の名前は、睦深さん」

仕事を通じて知り合った仲だから、職場に隠す理由などなかった。

「あなたは椎名翼の兄、大地とともに上町の森で暴漢に襲われている。当時のあなたにあの失踪事件を調べる必要などなかったはずだ。なのに、どうして大地といっしょにいたのか。答えはひとつしかない。あなたもまた、調べていたんだ。疑っていたからでしょう？　町谷睦深が、ふたりの失踪に関わっているんじゃないかって」

健幹はうなだれ、ついに彼から目を逸らした。

「――祭りの当日、町谷のお祖母さんが和可菜さんに電話をしてます。その時刻まで、彼女が無事だったのは確実です」

「睦深さんが代わりに出てごまかしたのでは？　相手は老婆だ。なんとでも言いくるめることはできる」

「車の処分方法にも、まだ答えをもらっていません」

「海に沈めたで充分でしょう。ねえ、本庄さん。わたしは何も、Qを貶めたいわけじゃない。それどころか、救って差しあげたいとすら思っているんです」

健幹は察する。こいつは気づいていない。輸入雑貨のバイヤーだった睦深が、プロジェクトの中心人物になっていることをまだ突きとめておらず、ただ伴侶というつながりで、健幹が転職したきっかけぐらいに考えているのだ。

健幹は顔を上げた。

「脅しになっていませんね。どれだけ力説されようと、あなたの説はやっぱり妄想の域を出ていない。仮におかしな噂が流れて、わたしの行動がQの足を引っ張るのなら、わたしが切られておしまいです。あなたとおなじ妄想に囚われた、残念なマネージャーとしてあっさり放り出されるでしょう。それがあなたの望みなら、止めることもできませんのでお好きにどうぞ」

一気呵成に捲し立てた健幹を見つめ、「ふうん」と窪塚は吟味するように顎をさすった。「聞いていた話とちがうな。もっと貧弱なイメージだったんですが」

「……ずいぶん頼りないアドバイザーをお抱えのようですね」

「いえいえ。何かと使える切り札ですよ。何かとね」

　ふくみのある、嫌らしい言い方だった。

「ま、いいです。ここで決まる話でないのはわかっていますし、今日のところはわたしのラブコールを受け取っていただけただけで良しとします」

「上に話しても、結論は変わらないと思いますよ」

「可能性の追求は政治家の責務だと、信じるタチなのでね」

　しゃあしゃあと、窪塚は微笑む。

「繰り返しになりますが、我々はプロジェクトQと敵対したいんじゃない。ともにこの国の進化を目指す事業に取り組んでほしいと願っています。いきなり党員になってくれとはいいません。手はじめに、たとえばわたしと侑九くんを対談させてもらうとか――」

「わかりました。必要になれば、こちらからお声がけします」

　健幹は腰を上げた。

「必要になれば、ね」と窪塚が不敵に見上げてくる。

　健幹はかたちだけ礼をする。佐野とともにソファを離れるまぎわ、「あ、そうそう」とふり返り、目いっぱい窪塚に顔を近づけた。「二度と気安く侑九と呼ぶな。あんたがおれの敵になりたくないならな」

「感激しました」興奮気味に、佐野は社用車のハンドルを操った。「おれがいいたかったこと、最後にたたきつけてくれて。本庄さん、カッコよかったです」

「ジョーでいいよ」

はいとうなずき、それから遠慮気味に訊いてくる。「部長とQの件ですが――」

「その話はなしだ。今後いっさい」

了解です、と生真面目な声がこの話題を終わらせた。

健幹はネクタイをゆるめ、流れる車窓へ目をやった。佐野を疑うわけではないが、睦深と侑九の関係は遠からず広まると覚悟すべきだろう。窪塚の耳にも入る。義理の姉というだけでなく、プロデュースに関わっていたとなれば、Qに対する影響も強まるにちがいない。

なんの影響？　――決まってる。人殺しの影響だ。

それを見越して、睦深は自分と結婚したのだろうか。少しでも特定されにくくするために姓を変え、父親の籍から抜けた。

考えすぎだ。いや、あり得る。Qにはそれだけの価値がある。

「あと、これも伝えておかなくちゃなんですが」

佐野の声で我にかえった。

「じつは告発メールが届いた数日後、おれ、町谷亜八に会ってるんです」

目を丸くする健幹に、佐野は申し訳なさそうに頬を掻いた。「メールを見つけた三枝に頼まれて。あいつは、なんていうか、いろいろ抱え込むところがあって。変な行動力もありますし。それで町谷亜八の職場を見つけて電話したそうなんです。直接会うことになって、ボディーガードを頼まれて」

「ルカさんにも内緒で？」

「あとから報告して、めちゃキレられました」

目を吊り上げてふたりに迫るルカの姿が簡単に想像できた。

たぶんルカは、そこでストップしている。睦深や金原に報告がいっているとは思えない。部下を守るため、あるいはアンサーズの信頼を守るため、いったん様子見と決めたのだろう。

「亜八さんって、どんな人だった？」

「どうでしょう……男みたいなカッコして、口調もそんな感じで。気難しそうな人でした。ただ、フォックスキャッチャーではないんじゃないかって、それはおれも三枝とおなじ意見です」

けど、と佐野は首をひねる。「ちょっと危ない雰囲気はありました。その気になったら犯罪くらいやっちまいそうな。変なたとえですけど、デレクと似た感じというか。だからおれ、窪塚の説を否定しきれないところもあります」

町谷亜八が和可菜たちを殺し、睦深と侑九がそれを容認したというストーリー。この推理の肝は、犯行を侑九が知っていたという点だ。間違いなく窪塚の狙いもそこにある。たんに侑九が和可菜を殺したとするだけでは信憑性が薄い。そこに町谷亜八を絡めることで、侑九は手をくだしていないが義姉のために殺人を見逃したというもっともらしさを付与できる。

真実など関係ない。イメージ戦略上の効果だけが問題なのだ。

なおも健幹は思考の電卓を叩く。窪塚説が広まったとして、Qの損失はどのくらいか。レイプ動画をMVに使っている時点で行儀のいいアーティストではない。『暗夜行路』でそれは決定的になるだろう。じっさい証拠が見つかり、警察が動く展開にでもならないかぎり、恐れる必要はない気がする。怪しげな泡沫政党とつるむほうがマイナスだ。

プロジェクトQとしてはそれでいい。

では、睦深の夫としてはどうなのだ？

ふいに健幹は寒気を覚えた。睦深が殺人犯でなければいいという、その気持ちに嘘はない。だが意識の表面にこびりついて離れないのは、それによってQが被る打撃のほうだ。いつの間にか、睦深と離れ離れになる恐怖より、Qという夢が潰えてしまう恐怖が勝っていないか。

健幹は額をこすった。混乱している。窪塚の毒に当てられている。

瞼の裏に、不敵な顔がちらついた。自分の勝利を確信するサディスティックな笑みを、窪塚は最後の最後まで崩さなかった。

「おれ、やりますよ」佐野が口を開いた。「ジョーさんが命令してくれるなら、今夜にでもあの野郎を総入れ歯にしてやります」

「おいおい、なんでそうなるんだよ」

「だって、あいつがフォックスキャッチャーかもしれないでしょう？」

充分あり得た。健幹たちはフォックスキャッチャーを日本人だと考えている。海外にいて富津のローカルニュースを調べるのは難しいし、殺害予告等で使われている英文は中学生がつくれる程度。アメリカから届いた注射器の小包も、いったん国内から発送し送り返してもらえばいい。ネットで探せば安く請け負ってくれる人間は見つかるだろう。

小包に関しては模倣犯の可能性も捨てきれないが、どちらにしても窪塚は条件を満たしている。

侑九の個人情報と八年前の失踪事件について知る機会があり、身許を隠す工作の必要と能力をもち、その手間を厭わない動機がある。

もちろん、だからといって痛めつけていいわけではない。

「物騒なこといわないでくれ。仮に奴が犯人でも、政治家に手を出すのはさすがにまずいよ。いくら田舎の市議でもさ」

冗談めかして流しつつ、ならば、と自問した。政治家じゃなけりゃいいのか？ なんの力もない一般人なら。たとえば執行猶予中の前科持ちなら。——意味のない思考だ。イカれてる。だが、イカれた奴を相手にするとき、こっちだけまともでいられるだろうか。勝てるだろうか。

「Aチームに志願して、佐野くんは怖くない？」

「逮捕がですか？」

「とか、いろいろさ。事故や怪我の可能性もあるし」

「これ、何かの試験じゃないですよね」

まさか、と健幹は笑う。ぼくにそんな権限ないよ、と。

ちょうど信号が赤に変わった。「まったく怖くないとは、いえないかもしれません」ブレーキを踏みながら、佐野は一言ずつ言葉を選んだ。「おれは、もともと臆病で、怠惰な人間です。だから落ちこぼれたし、くそみたいな会社を辞める勇気ももてなかった。人生がどん詰まってたところで世の中がコロナになって、もうほんとに駄目だってなって。それでもおれは、叫ぶことすらできなかったんです。路上に座り込んだだけだったんです」

自分に語りかけるように、佐野はつづけた。

「そんなとき、Qの動画に出会いました。おれのコメントにルカさんから返信があって、アンサーズになって。三枝やジョーさんたちと知り合って、役に立ちたくて身体を鍛えて……。上手くいえないですけど、この一年間、おれはおれ以上だった気がします」

佐野は口を閉じた。それで充分だった。生まれも育ちもぜんぜんちがう青年の声が、たしかに伝わってきた。

ルカも三枝も、きっとおなじなのだろう。茅ヶ崎やMiyan、ヒュウガにデレク、土岐でさえ、似たような想いを抱いているにちがいない。

おれたちは、おなじ夢を見ている。Qという夢で結びつき、それぞれに人生を懸けている。捧げている。だから、自分以上でいられる。

投資は自己犠牲だと、重和はいっていた。資本を出すほうと出されるほう、互いが何かを犠牲にしておなじ夢を見る。そして金の対価にふさわしい犠牲とは、人生なのだと。

いまなら理解できなくもない。だが、ちがう。金じゃない。人生を支払うに値するのは、夢の対価としてだけだ。

百瀬ならこういうだろう。

美は、大いなる犠牲とともに成り立っている。

「なあ、佐野くん」

健幹は伊達眼鏡を外し、録画を止めた。

「ちょっと内緒で、頼まれてくれないか?」

ふたりきりで話すのは意外に手間だった。お互いにやることは山のようにあり、とくに睦深は昼も夜もなく働き詰めだ。ハーシェミーたちの目を盗み、スタッフの誰にも気づかれないように会いたいなら自宅へ帰るのが手っ取り早いが、ここ最近の睦深は『タッジオ』の事務所で暮らしていた。殺害予告の投稿があってすぐ、侑九をビルのレッスン室に匿うことが決まったのだ。運び込んだベッドを使い、睦深と侑九は用心棒役のデレクとともに三人で寝起きしている。暴漢に対して睦深が戦力になるはずもなかったが、健幹が代わると申し出てもけっして首を縦にせず、こっちにいるほうが作業効率がいいのだと押しきられた。

深夜二時、健幹は無人の会議室で睦深を待ちながら、束の間のまどろみに身をゆだねていた。

考えてみれば、男ふたりと何日もおなじ場所で過ごしているなんてまともじゃない。だが健幹自身、侑九のそばを離れたくないという妻の決断を驚きもなく受けいれている。

それも今夜までだ。明日から、侑九とデレクは長野県の合宿場へ移動する。

「お待たせ」

パンツスーツの睦深がやってきた。彼女のふだん着姿を最後に見たのはいつだったか。

「それで?」

事務的な問いかけに健幹は一瞬、自分はどこに居て、誰と向き合っているのか、つかみ損ねる感覚に襲われた。

「窪塚の件です」

「昼間の報告で足りないの? 録画も観たけど、彼らと協力するメリットは――」

「ちがうんです」健幹は睦深を見つめた。「そんなわかりきったことじゃない」

思わず乱暴な口調になった。睦深の気配が変わる。部下の泣き言をいなす態勢から、警戒へと色が変わる。

「――そろそろ、はっきりしたいんです」

「なんのこと?」

「君の、過去についてだ」

睦深は、じっと健幹を見返してきた。テーブルに肘を置き、唇の前で手のひらを合わせた。何時間でも、健幹がしゃべりだすのを待つ気でいるのが伝わってくる。

「初めは去年、パソコンの検索履歴だったんだ」

すべて話す。打ち明ける。自分が支払う犠牲として。

隠れて調査していたことを、睦深は責めてこなかった。内面がうかがえない無表情で聞きつづけた。椎名大地とのやり取りで、ようやくその顔に不快の皺が刻まれた。それでも健幹は立ち止まらずに、自分が知ったこと、聞かされた話を包み隠さず伝えた。

「重和さんは、君が和可菜さんを殺したのだと断言していた。椎名大地の車、赤のオデッセイが根拠だといっていたけど、理由は教えてくれなかったし、ぼくにはまだわかっていない」

「寝言ね」吐き捨てる声に、刺すような冷笑と侮蔑があった。「耄碌したんでしょう。ようやくあの男も」

「睦深。ぼくは真実が知りたいんだ」

言葉にすると、どうしようもない白々しさがまとわりついた。いくらでもチャンスはあったのだ。

疑いをもった時点で問い質(ただ)すべきことだった。それを、環境の変化を言い訳に、忙しさを隠れ蓑(みの)に、さんざん逃げてきた男が口にする「真実」など鼻歌ぐらいの重さしかない。

　同時に、答えを欲する気持ちに嘘はなかった。

「君は、殺したのか？　和可菜さんと椎名翼を」

　睦深は身じろぎもしなかった。瞳のわずかな揺れさえなかった。ぴったりとくっつく五本の指が、ふたりを隔てる透明なアクリル板となっていた。

「それとも、町谷亜八が殺ったのか」

　健幹はまっすぐに問いかけた。睦深と出会ってから、これほど明確に、切実に、彼女を問いつめたことはなかった。要求を、突きつけるのは初めてだった。

　どうせ君は、信じない。本庄健幹という人間を心の底から信用することはしない。言葉を尽くそうと、財産を貢ごうと、そんなささいな献身は、しょせん安全地帯に身を置いた、痛みと無縁の犠牲だと、君は一顧だにしないのだ。

　なら、ちゃんと騙してくれ。疑う余地もなく徹底的に。ぼくはその全力を、信じることができるから。

「町谷亜八なんだな？」

　心が加速する。後戻りできない速度になって、理性が踊る。

「でも前日じゃない。窪塚は間違ってる。いくら年寄りでも、女子高生と和可菜さんの声を聞き間違えたというのは無理がある。嘘をついて庇(かば)うほど、君とお祖母さんの仲が良かったとも思えない。だから犯行は、やっぱり祭りの夜なんだ。三猿像の森なんだ。君は椎名翼と落ち合い、別れ話をしたと警察に証言しているね？　そのあとで、そこに和可菜さんがきた。駆け落ちするふたりが別れ話を終えてから合流するのは自然だろ？　そして、椎名翼に会うために家族のもとを離れた君を、町谷亜八が密かに追いかけていたとしても不思議じゃない」

健幹の脳内でいくつもの破裂音が鳴る。爆ぜる花火の光がきらめく。

「町谷亜八はふたりを殺し、処分した。動機は窪塚のいっていたとおりだ」

和可菜のせいで椎名翼にいじめられるようになった。和可菜にそそのかされた椎名翼のことも恨んでいた。ちょうどふたりが目の前にいる。ひと気のない森の中。花火の音が悲鳴をかき消してくれる。

「町谷亜八の犯行なんだ。だから、君と侑九は、それを知らない」

睦深が目を閉じた。引き結ばれた唇の両端が、奈落のような窪みをつくっていた。

今度は健幹が待つ番だった。窪塚の妄想に、自分の妄想を塗り重ねて、正否を決めろと迫っているのだ。どう考えてもイカれてる。

でも、わかるだろ、睦深。ぼくが求めているのは真実じゃない。真実と名付けられた何かでいい。たとえ幻だろうと、君といっしょに見られればいい。

長い沈黙を遮るものは何もなかった。急用を報せるノックも、無粋なスマホの着信音も。

「そうね」

唇の窪みが消えて、吐息を文字にしたようなつぶやきがもれた。

「そうかもしれない」

薄く開かれた睦深の瞳は、こちらを見ていなかった。ぴったりと合わさっていた指がほどけ、折り畳まれて、ひとつの塊になった。なんらかの決意の証(あかし)であるかのように。

「わかった」健幹はいった。「それで、どうする？」

「どうする？」

　虚を突かれたような反応に、健幹はもどかしい苛立ちを覚えた。

「ぼくらは警察じゃない。君と侑九が無関係である以上、失踪だろうが殺人だろうが、真相が暴かれようが見過ごされようが、どっちでもいい。重要なのは、それがプロジェクトQの邪魔になるかどうかだけだ。差し当たり『暗夜行路』の完遂に、一ミリでも障害になり得る要素は摘んでおく必要がある」

　ぼくは――と、健幹は睦深をにらみつけた。

「町谷亜八が、そうだと思う」

「……どういう意味？」

「町谷亜八がしゃべりだしてしまったら。ＳＮＳに煽(あお)られて、よけいな真似をしてしまったら。殺人の告白でもヒステリックな抗弁でも、野次馬はおもしろがって囃し立てるに決まってる。それは『暗夜行路』にとって、不純物以外の何ものでもない」

　健幹は腹の下で、自分も両手を塊にした。

「彼女を黙らせるべきだ。はっきりと、確約をもらわなくちゃいけない」

「待って。先走りすぎてる」

「先走る？　遅れをとるぐらいなら、追い越してしまうほうが百倍マシだ」

「けど亜八は――」

「勘弁しろよっ。ぜんぶ捧げるんじゃなかったのか？　侑九に、プロジェクトQに、人生を差し出すんだろ？　ここまできて、いまさら家族の情なんて持ち出すな。それなら、おれだってそうじゃないか」

睦深の顔が強張った。それを狼狽だと、健幹は認めたくなかった。

「君が無理なら、この件はぼくが引き受ける」

ふたたび睦深が目を閉じる。うつむきかげんに顎を引き、髪の毛が肩からすべった。

「——そうね。わたしが出て行かないほうがいい。たぶん逆効果だから」

健幹はうなずく。じゃあ、といって立ち上がり、口調をあらためる。

「みんなにも内緒にしておきましょう。社長や百瀬さんに話すかは、部長に任せます」

睦深は固まっていた。うなだれているようにも見えた。ふと、肩に手を置きたくなった。抱き締めてあげたくなった。

だがそれは、Qとは無関係なことだった。

「お休みなさい、部長」

会議室を出た。スマホをつかみ電話をする。呼び出し音を聞きながら、もしかして、と健幹は思った。町谷亜八の怒りが爆発し、殺人という暴挙に突き進んだ最大のきっかけは、椎名翼が睦深を捨てる、その裏切りの場面を目の当たりにしたからじゃないか。勝ち誇った和可菜の顔を見たせいではないか。

ああ、ちがう。町谷亜八がふたりを殺したというのはあくまで窪塚の妄想で、おれはそれを利用しようとしているだけで……。

はい、と佐野が応答し、夢見心地は遠ざかる。

町谷亜八　二〇二一年　三月

祖父母宅と変わらない二階建ての和風民家は築年数も似たようなもので、ちがいは車庫でなく庭に駐車場があることぐらいだった。

独り暮らしの老婆はコロナに罹り、入院中の検査で癌が見つかったという。千葉市からやってきた息子夫婦は鍵だけわたすと車に乗ってどこかへ消えた。茶碗だろうが花瓶だろうが、盗みたければどうぞとでもいうように、あっさりとしたものだった。

一ヵ月ぶんの埃を払うのに三時間。料金は二万五千円。おそらくはもう帰ってこないであろう家主のために支払う額としてはそこそこだ。愛情の証明に足りるかはわからないけれど。

走り去る車に背を向け、辰岡が舌を打った。手ぶらでずかずかと家の中へ入ってしまう。用具の運び込みにハイエースと玄関を、わたしは三往復しなくてはならなかった。

台所の換気扇を回し、辰岡は煙草を吹かしていた。ゴミ袋から拝借したと思しき空き缶に灰を落とすその姿に懐かしさすら覚えた。辰岡とのふたり仕事は数ヵ月ぶりである。

ひとりで家中の窓を開けて回り、間取りを把握する。段取りを頭に浮かべる。どうせ辰岡は戦力外だ。邪魔さえしないでくれればいい。

二階の寝室の窓を開け、いつもの癖で天井を見上げた。茶色の天井板には傷も汚れも見当たらない。年月がしっとりと染みついている。大切に住まれてきたらしいと、わたしは思う。ふだん手を触れない場所にこそ家と住人の親しみが表れる。もちろん、たんなる思い込みだ。ささやかな遊びは繰り返しの日常の、ちょっとしたスパイスだった。

棚の上から拭いてゆく。上から下への基本どおりに。だんだん思考が遠のいて、自分が作業に打ち込むマシーンになっていくのがわかる。どんな煩わしい問題も、この時間だけは忘れていられる。

背後から辰岡の声がした。

「おい、オトコ女」

「煙草くれよ」

無視してもよかったし、怒鳴りつけることもできた。職場の評価は逆転し、揉めても社長はわたしの味方をしてくれるだろう。

そんな計算と作業を中断させられた苛立ちは、ふり返った瞬間に引っ込んだ。寝室の、襖(ふすま)のところに辰岡は立っていた。立っていたが、浮かんでいるようだった。地面を踏んでいる確かさも、体格に見合う重量も感じさせない立ち方だった。マスクを外した口もとに無精髭(ぶしょうひげ)がのびている。反対に髪はない。今年になって突然丸坊主にした頭は、自分で剃(そ)っているのか痛々しい傷跡が目立っていた。

作業着はカビが生えたように黒ずんで、おなじぐらい表情もくすんで見えた。ただ胡乱(うろん)な目が、こちらを見ている。

ポケットから封を開けたばかりのマルボロを取り出して、わたしは投げた。辰岡はそれをつかまなかった。手をのばしもせず、拾うこともしなかった。辰岡の腹に当たって落下したマルボロの箱は襖と畳のあいだに着地し、あとはすっと息をひそめた。

「辰岡さん、大丈夫ですか？」

「大丈夫？　何が？」

去年のいまごろ、こいつの頬はこんなにもこけていただろうか。

「なあ、町谷。金貸してくれよ」

「――幾らです？」

「百万でいいや」

笑うでもなく、辰岡はつづけた。「いつだったか、おまえに十万やったよな？　あれ、返してくれよ」

わたしは背を向け、掃除を再開した。

「なあ、聞けって。嫁がよ、いよいよおかしくなっちまってんだ。こないだ家に帰ったらそこら中にケチャップとソースでお化けみてえな絵を描いててよ。なんだこりゃって訊いたら神様だっていうんだよ。叱ってもケラケラ笑うだけなんだ。親父は親父で、わけわかんねえサイトで糖尿病に効くキノコだとかを大量に買っててな。くそみてえな値段のやつを何箱も何箱も買っててよ。ぜんぶおれのカードで買ってやがるんだ。ネット通販で、勝手に登録して、病院にガンガン届いて、おまけに返品もできませんってなってるわけよ。笑えるだろ？　さっさとくたばってくれりゃあいいのによ、ああいう奴らにかぎってなかなか死なねえのはなんでだろうな」

「親父さん、癌だったんじゃないですか」

「あん？　糖尿もだよ。文句あんのか？」

聞き飽きたいい回しは、けれどいつもより軽やかで、それが気色悪かった。

「いいよな、金持ちは。ほったらかしの家に二万も三万も払えてよ。自分たちは買い物にお出かけで。こっちは汗水たらして梅干しみたいな給料もらって、自分ちの掃除もろくにできやしねえのに」

陰になった辰岡の顔に、歪んだ笑みが浮かんだ。

「だから、金が要るんだよ」

「……何に使うんですか」

「まあ、とりあえず競馬だな。パチンコは最近辛くなったし、雀荘もやめてるとこが多い。ぜんぶコロナのせいだ。ほんと、頭が変になりそうだぜ」

あとオンラインカジノってあんだろ？　あれと相性がいいんだよ。けっこう簡単に勝てるんだ。楽勝よ。もうちょっと資金があれば、余裕で倍にできるんだ――。

オンラインカジノの自慢話は終わらなかった。ひと晩でウン十万勝った。冴えてる日が月に何度かあって、それが重なるとウン百万だって夢じゃない。上手く立ち回れば一年でひと財産になるだろう。だけど嫁と親父が邪魔をする。時間をとられて、よけいな出費がかさみ、するとツキも離れてしまう。負のバイオリズムに嵌まってしまう。いまが底。あとは上がっていくだけ。

だから十万円、返せよ。

「クリックひとつで大金にできるんだ。そしたらこんな仕事、いつでも辞めてやんのによ」

「辞めたらいいじゃないですか」

窓枠の埃を拭きながら、わたしはいう。

「いますぐ辞めて、ついでに奥さんも親父さんも殺しちまえよ」

雑巾をバケツへ投げ捨てる。そのいきおいで蹴り飛ばしたくなるのをどうにかこらえた。

「何、熱くなってんだよ」

意外なほど、辰岡は平気そうだった。わたしをムカつかせる新しいやり方だとするなら殴りかかられるよりよっぽど効果的だったし、そもそもなぜこんなに腹が立つのか、自分でもわからなかった。

「もういいです。消えてください」

辰岡が小さく息を吐いた。消えろって、そんなことしたらまた社長に叱られるだろ？　クビになっちまうじゃねえか。ぶつぶつとつぶやきながら踵(きびす)を返し、思い出したように足もとのマルボロを拾った。

「そういや、あのガキはどうしてんだ？」

こちらを向く唇が、ニヤけていた。

「おれが辞めたら、後釜にする気なんだろ？」

「あいつに、そんな時間ないですよ」

「はっ。羨ましいな、お盛んで」

あと一言、馬鹿げた勘違いを口にしたらバケツの代わりに蹴りつけただろう。けれど辰岡は、のっそりと寝室を出ていった。そんな簡単にはいかねえんだよ――。そう残して暗がりへ吸い込まれていった。その後ろ姿には、覇気もなければ重みもなかった。

様子がおかしいとは聞いていた。ふさぎ込んでいるかと思ったら急に明るくなったり、ぴたりと動きをやめてしまったり。気味が悪いとクレームもあるという。欠勤も増えている。ハイエースにいっしょに乗って実感した。作業着は異様なほど汗臭く、口臭もひどかった。ずぼらの域を越え、末期の麻薬常習者のように、辰岡は壊れかけている。

その理由がオンラインカジノ？　呆れるより嗤(わら)うより、なぜか無性に悔しかった。クズがクズとして沈んでいくのは自業自得だ。あいつを気にかける好意の欠片(かけら)すら、わたしは持ち合わせていない。本心から、消えてくれと願っている。

なのに、なぜ、こんなにも赦(ゆる)せないのか。

Qの動画が観たい。腹の底から、強烈な衝動が込み上げてきた。Qの動画が観たい。ずっと蓋をしてきた欲望が、穴の底から手をのばし、足首をつかんでいる。

ひたすら気持ちいい時間が、そこにはある。何もかも忘れ、幸福に浸ることが約束された時間。違反切符も赤信号も、ガソリン代も気にせずに、ドラッグの副作用もなく、端末とネットとわずかな電気代だけで得られる快楽。くそみたいな先輩や、とち狂った市議会議員や、平気で他人の家を撮影していく暇人どもや、ふざけた殺害予告、それらと無関係に輝く音楽、ダンス、そして美しい少年。

このまま真面目に働けば、四月から正社員になれる。

だが、Qが観たい。観たい。

開け放たれた窓の外に辰岡の背中があった。小雨が降るなか、ぶらりと道を歩いていった。たぶん、もう帰ってこないのだろう。

バケツの雑巾をつかむ。もう一度窓の外を見て、この雑巾を投げ捨てる未来を束の間夢想する。RE:BORN。EXODUS。ぐるぐるとQの断片がめぐるなか、わたしは拭き損ねていたサッシを磨く。

片づけが済んだところでハイエースのキーを辰岡が持ったままだと気づいた。電話で事情を話すと、社長がスペアを届けてくれることになった。

「あの野郎、手間かけさせやがって」

乗ってきた自転車をハイエースに積み、社長は仏頂面でハンドルを握った。

「会社にも連絡はないんですか?」

「ない。電話かけてもつながりゃしねえ」

「すみません」

「なんで町谷が謝るんだよ。あいつが勝手にいなくなったんだろ? ガキじゃねえんだから、そこまで面倒みなくていいよ」

いなくなった時点で教えてほしかったけどなといわれ、すみません、とわたしは返す。

「欲をいえばさ、ああいう奴でも上手く扱ってくれりゃあとは思う。町谷も、いずれは後輩ができるんだ。歳上のおっさんが新人で入ってくることもあるし、若い奴だっていろんなのがいる。怒鳴って教える時代でもないしな」

社長が、ちらりと視線を寄越してくる。「苦手か、そういうの」

「――たぶん、経験ないです。誰かに教えたりとかは」

いつも教わる側だった。学生時代も東京時代も、わたしは教わり、命令される側で、それを疑問に感じたこともなかった。

「まあ、若いもんな」

軽い口ぶりに、気遣いが伝わってくる。

「若いといやあ、あの子、ずいぶんがんばってるみたいだな」

「え？」

「おまえが連れてきた弟くん。ウチのがこないだ見つけてよ。なんか踊ってるんだろ？　可愛い、カッコいいってはしゃぎやがって。ったく、いつまで女のつもりでいるんだか」

世間話の装いに、探るような不自然さが透けていた。

気づいているのだ。町谷家のこと、和可菜のこと、失踪事件のこと。当然といえば当然だった。社長は長くこの土地で清掃業をしている。噂のひとつやふたつ、耳に入らないはずがない。

「社長は」と、自然に口が動いていた。「なんでわたしを雇ったんですか？」

「なんでって……」笑みの端に、隠せない動揺。「前にもいったろ？　年末で、猫の手も借りたかったって」

それだけの理由で、町の変わり者として有名だった町谷の娘を雇うだろうか。執行猶予中のオトコ女を引き受けるだろうか。

こんなにつづくとは期待してなかった、真面目に働くとは思ってなかった。正社員にならないか？

「なんだよ、辰岡のことは気にしなくていいって――」

「重和ですか」

社長は黙った。重和？　と訊き返してもこなかった。

それが答えになっていた。弁護士の紹介で、わたしは人見クリーンのアルバイトに応募した。弁護士を雇ったのは重和だ。

奴が、根回しをしていたのだ。おそらくは、法外な融資だとかと引き換えに。

「町谷――」

「いや、いいんです。ぜんぜん、かまいません」

「ちがうんだ」

「ほんとに気にしないでください。そうでもなきゃわたしなんか――」

「いいから聞けって！」

社長は乱暴にハイエースを路肩に停めた。それから荒くなった息をなだめるように深呼吸をした。窓の外には鉄塔がいくつもならんでいた。

「――初めは、そうだった。義娘を働かせてくれないかと頼まれたんだ。でもな、町谷。おれが頼まれたのはそこまでだ。アルバイトまでで、社員にしようって決めたのはおまえの働きっぷりを見てからだ。重和さんは関係ない。まったく関係ない。それだけは信じてくれ」

社長の顔を見られなかった。もし、ごまかしの気配があったら。それを見つけてしまうのが億劫で、わたしは前を向いたまま訊くべきことだけを訊く。

「あいつは、ほかに何を？　働かせろってだけじゃないんでしょ」

「何をって、べつに――」

「文句がいいたいんじゃない。知りたいだけです」

社長が、あきらめたように息をついた。「ほんとに、たいしたことは何もない。月に何回か、様子を報告してほしいっていわれたぐらいで。勤務態度とか、交友関係だとか」

たぶん心配していたんだよ、と社長はいう。義娘がちゃんと働けているか、更生しているか、悪い友だちとつるんでいないか。

「東京で悪さしてたんだろ？　だから重和さんは」

鼻で笑いたくなった。それ以上に背筋を悪寒が走った。わたしの人生は、あの男に監視されていたのだ。もちろん親心なんかじゃない。問題を恐れた保身でもない。奴にとっては、たんなる暇つぶし。町谷亜八という所有物、放し飼いのペットを自分の箱庭に囲って眺める。いつでも気分しだいで酸素を止め、水を流し込み、窒息死させられる絶対的な立場から見下ろす。そこに重和の、愉悦があるのだ。

「――侑九が、職場にきたことも報告したんですね？」

視界の隅で、社長が小さくうなずいた。

「どんなふうに？」

「どんなって、そのままだ。おまえが、怒って連れ出したって」

「わたしがいないあいだ、侑九とはどんな話を？」

「勘弁してくれ。ここまで責められる憶えはないぞ」

「お願いします。重和に伝えた内容だけでも教えてください」

迫るわたしのいきおいに、社長の身体がのけ反った。「たいした話はしてないよ。じっさいあの子はウチの奴とどうでもいいおしゃべりをして、あとは事務所を掃除してくれただけだ。まあ、適当なことも、少しはいっちまったかもしれないが」

「なんと?」

「――町谷とあの子は、家族というより恋人っぽかったって」

深呼吸をし、顔をフロントガラスのほうへ戻す。

「辰岡がそういってたんだ。おまえらがイチャついてたって。おれは信じなかったけど、重和さんがくわしく聞きたがるから、それで、つい」

言い訳は耳に入ってこない。当然引っ越しの件も、わたしが家を売りたいと相談をもちかける前から承知していたのだろう。奴と半年ぶりに顔を合わせたおなじ日に、わたしの新居を諸角が訪ねている。てっきり重和を追ってきたのだと思っていたが、ほんとうだろうか。重和が連れてきたと考えることはできないか? 自分に張り付いた芸能記者を手懐(てなず)けて、上手く操ったとしたら? 百瀬に切られていた諸角には、そちらになびく動機もあった。

「あの子の動画を教えてくれたのも重和さんだよ。自分も投資してるんだって」

「――それを、わたしに伝えろといわれたんですか?」

不貞腐(ふてくさ)れたように、社長は頭をかきむしった。「ああ。父親が金を出してるらしいって、噂話のふりで耳に入れてくれないかって」

辰岡のおかげでちょうどその機会がおとずれ、社長はわざわざ自転車を漕(こ)いで現場まで出向いてきたのだ。

「ずいぶん回りくどいことをするなとは思ったけど、おまえと重和さんがどんな仲かもおれはよくわからんし、照れ隠しなんだろうって」

「それで、またわたしの反応を報告するんですか」

「こそこそしてたのは謝るよ。でも男親ってのは、そういうところがあるんだ。陰から見守って、そのくせちょっとは尊敬してほしいみたいなさ」

社長は、どこまでも重和の善意を疑っていなかった。わたしの詰問も、勝手な干渉に腹を立てているせいぐらいに考えている。

だが、ちがう。これはメッセージだ。重和から、わたしに対する明確なメッセージ。告発メール、殺害予告、『暗夜行路』。このタイミングで、自分がプロジェクトQに関わっている事実を明かすことに、奴は意味を見いだしている。

「社長」

「なんだよ」

「今日のことは、適当に報告しといてください。わたしが気づいたことは内緒にして」

「……そうだな。お互い、そうしたほうがいいかもな」

いったい幾ら、重和からもらっているのか。それを知りたいとは思わない。ただあの平屋の事務所が、少し色あせた気がするだけだ。

「取り乱してすみませんでした。これからも、よろしくお願いします」

「え？　ああ、もちろんだ。当たり前だよ、町谷」

社長がハイエースを発進させる。隠しててすまなかったなとあらためて謝って、それでぜんぶが解決したかのように、辰岡の奴、何してんのかなと話題を変える。おしゃべりを聞き流しながら、わたしは胸の内に突き刺さった確信を噛み締める。

殺害予告は、本物だ。

重和は電話に出なかった。練馬のタワーマンションまで足を運んでもオートロックが開錠されることはないだろう。

重和がフォックスキャッチャーと関わっていることに、疑いはほとんどなかった。

わたしとロクの母親たち、そして和可菜から得ていた愉しみを、今度はわたしたちに求めているのだ。庇護の対価として、彼女たちから自由と我が子を取り上げたように、奴は必ず、わたしたちからも何かを奪う。

奪われるのは、わたしとロク。奪うものはキュウ。

とはいえプロジェクトQの関係者に、おたくのタレントをおたくのタレントに金を出してる男が狙ってるから気をつけろと伝えたところで相手にされるはずがない。理解できるとしたらロクぐらいだろう。

自転車を漕ぎながら、もう一度重和に電話をする。もし、ほんとうにキュウが凶弾に倒れたとき、自分がどうなってしまうのか、想像したくもなかった。重和はそんな義娘にいうだろう。ヒントは与えたのだがね——。わたしが気づくか気づかないか、気づいたとしてどうするか、試して悦に浸っている姿が浮かぶ。選択とは闘いなのだと、したり顔の声がする。

うるさいだけのコールを切って、横断歩道を渡る。道の途中で決心がついた。ロクに報せよう。それしかない。それがベターだ。

コンビニの前で自転車を降り、ダウンジャケットにしまったスマホをふたたび取り出したとき、背後からまぶしいライトに直射された。ゆっくりと車が近づいてくる。明かりのせいでよく見えなかったが、ありふれた乗用車のようだった。駐車スペースへ向かうでもなく、わたしを正面にしてヘッドライトをパッシングさせる。

車が停まり、ライトが消えた。後部座席から男が降りた。黒いコートに紺色の背広。中肉中背、歳は三十過ぎぐらい。身構えるわたしのそばまでやってきて、「町谷亜八さんですね」と確認してから男は名乗った。

「初めまして。本庄健幹といいます」

憶えはなかった。それが伝わったのか、本庄は納得したようにうなずいてから、「Qのマネージャーをしています」と告げた。

白いマスクにQの刺繍があったから、それは予想の範囲だった。

けれど本庄がつづけた言葉は、わたしを充分に驚かせた。

「睦深さんとは夫婦です。なのであなたとも、いちおう親戚関係になります」

動揺を、ポケットに手を突っ込んでごまかした。

「やっぱり、ご存じじゃなかったんですね」

「……知る必要がないからな」

本庄が、弱ったような笑みを浮かべた。ぱっと目を引く特徴はない。明日、町ですれちがっても気づけない見てくれだ。

「少し話せませんか？」

「わたしに、必要はない」

「冷たいですね。やっとこうして会えたのに」

「ふざけるなよ」

　一歩迫ると本庄は身を引いた。脅せばうろたえ、殴れば泣きだしそうなこの男を、どうしてロクは選んだのか。

「事務所を張ってたんだろ？　こそこそあとを尾(つ)けやがって」

　バタンとドアの音がした。運転席から男が出てきた。つい最近、会っている。アンサーズの、名前はたしか、佐野。

　本庄はわたしを見たまま、後ろ手で佐野を制した。「すみません、そのとおりです。佐野にあなたを見張らせていました。失礼は謝ります」

　でも――と優男(やさおとこ)風の顔が、急にぎらりと迫ってきた。

「どうしても話したいことがあるんです。Ｑ――侑九くんと睦深さんのために」


『天津飯(テンシンハン)でいいか？』

　有吉から届いたメッセージに『先に食ってろ』と返してスマホをしまう。時刻は午後六時半過ぎ。陽はすっかり落ちている。

　車は県道１５７号を南下した。車窓に消防署と市役所が流れていった。ほとんど交通量のない道を、佐野は馬鹿正直に法定速度で走った。助手席の本庄はそれを咎(とが)めるでもなく、かといってわたしに話しかけてくることもなく、黙って前を見ている。

「話があるんじゃないのか」

「ええ。ですが、せっかくなので着いてからにさせてください」

「ならこいつに、アクセルの踏み方を教えておけ」

「すみません。大事な時期なので、万一にも捕まるわけにはいかないんです」

「——『暗夜行路』か」

「調べてくださってるんですね」

うれしそうな響きが癪(しゃく)にさわった。

「動画もご覧になってますか？　いまやQは、世界でもトップクラスにホットなアーティストです。正直に告白すると、ぼくはこの仕事をするまでアイドルに興味なんてありませんでした。誰かの熱烈なファンになったことはなかったですし、ドラマも音楽も流行のものをなんとなく知っている程度です。カルチャー全般、好きでも嫌いでもない日常のパーツにすぎなかった。なのに、Qにのめり込んでいる」

「仕事だからだろ」

「初めはそうです。いえ、初めというなら睦深さんです。彼女といっしょにいたくて、ぼくはこの業界に飛び込んだんです」

照れるそぶりもなくいって、本庄はフロントガラスの先へ視線をやった。

「彼は不思議です。アイドルってふつう、余所(よそ)ゆきの仮面を外した素の生活を見てしまったら、がっかりすることも多いだろうって思うんです。近くにいれば情けない姿を目にすることもあるし、慣れてしまいますしね。でも、侑九くんはちがう。呆れたり困らせられたりはしょっちゅうですが、幻滅したことはありません。近くにいればいるほど、むしろ日増しに、ぜんぶがぼくを惹きつける。ぼくだけじゃない。プロジェクトQに関わる全員が、このプロジェクトを仕事だなんて思っちゃいない。ビジネスじゃないんです。もう、そんな段階じゃないんです」

視線が、バックミラーに映るわたしへ戻る。

「それだけに、あの子の邪魔になるものは全力で排除します」

「酔っ払いの戯言(たわごと)を聞かせるために千葉まできたのか？」

本庄が、また「すみません」と口にする。

「本題は着いてからにさせてください」

「どこへ連れていくつもりだ」

「あなたにも、きっと馴染みのある場所です」

窓の外に建物はほとんど見えない。鬱蒼(うっそう)とした雑木林と荒地のような畑が広がるばかりだ。車は内房なぎさラインに合流し、なお南へ下ってゆく。目的地がどこか、見当はついたが妙に心は落ち着いていた。

ビニールハウスの一帯を抜け、景色が町のそれに変わる。橋を渡る。警察署を過ぎる。車は左折し、坂を登って、やがてゆっくりと停まる。

「歩きながら話しましょう」

「ふたりでか」

「ふたりでです」

断るべきだ。本庄には準備の時間があり、わたしは万能ナイフすら持っていない。佐野がおとなしく待っている保証もない。

「侑九くんが、ふだんあなたのことをどう話しているか、聞きたくはないですか?」

わたしは目をつむり、奥歯を嚙んだ。それから、後部座席を降りた。

本庄に先導され、道路の脇にある坂を行く。月明かりで道は把握できた。坂の先には森が待ちかまえている。

「話せよ」

真っ暗な森の入り口で、わたしはいった。「わたしのことを、あいつはなんといってるんだ」

いいながら本庄はペンライトを点け、獣道に踏み入ってゆく。「亜八さん」こちらをふり向きもせず、「あなた、執行猶予中なんですってね」

「気になりますか?」

地面を踏みしめた拍子に、小枝が折れた。

「ぼくは八年前の事件についても、たぶん当事者の次にくわしい自信があります」

「……睦深から聞いたのか」

「自分で調べたんです。ぼくは重和さんとも会っています。彼は彼で、事件に独自の考えをおもちでした」

奥へ奥へ、ライトの明かりと本庄の背中を追った。彼の足取りに迷いはなかった。記憶の底から、どん、と花火が弾ける音がする。

「人を殺したい――という感覚を、ぼくは抱いたことがありません。運よく、そんな物騒とは無縁の人生を送ってきました」

本庄が立ち止まる。それが儀式の手順であるかのように、マスクを外す。ライトが革靴の足もとを照らしていた。暗闇を駆逐する光によって、三猿像がグロテスクに浮かび上がった。

「『暗夜行路』は素晴らしいイベントです。エンターテインメントの歴史に刻まれるイベントなんです。中にいるぼくですら、心から完成品を観たいと待ち望んでいます。三月二十五日、二十一時から、およそ二十分間、Qが世界を覆う。四・七キロの移動型ライブが行われるその時間、みんながおなじ夢を見るんです。性別も年齢も、国も貧富も思想も宗教も関係なく、おなじ夢を」

ペンライトを握る指が力んでいるのがわかった。

「ぜったいに、失敗できない。一点の曇りもなく、成功させなくてはならないんです。だって夢とは、そういうものだから」

こちらをふり返った顔は、陰に塗られてよく見えない。

「ぼくの望みはそれだけです」

込められたメッセージは明快だった。

「騒ぐな、ってことか」

本庄の静けさが雄弁に語っていた。警察も法律も、良識も、どうでもいい。用はない。ただ、おれたちの邪魔をするな——。

「ぼくは、あなたをプロジェクトに引き入れるつもりでここにきました」本庄は、じっと三猿像を見つめていた。「スキャンダルの種を身内に囲ってコントロールする——。叶(かな)うなら、それがいちばん手っ取り早いと思ったからです」

笑い飛ばすのは簡単だった。犯人扱いにキレてもいい。

けれど闇を背負った三猿像が、わたしを金縛りにする。

「あなたの望みはなんですか？」

ライトを当てられ、わたしは視線を外した。

安定した食い扶持（ぶち）。平穏な日々。本庄の問いかけは、もっと卑近な、金だとか物だとかを指しているのかもしれなかった。キュウの肉親が捕まることを、こいつらは歓迎していない。いざとなれば、わたしを守ろうとすらするだろう。ここまで付き合った対価に辰岡がほしがっていた百万と、ヒビの入っていない液晶テレビを求めても損はなかった。

あるいはこいつの誘いにのることが、もっとも賢い選択なのか。

「無理だな」わたしは返した。

「なぜです？」責めるように訊かれた。

「仕事がある」

「ウチでやってる派遣会社があります。そこを通して報酬を差し上げます。守秘義務契約を結んでもらえれば、こちらとしても安心です。一年ぶんの一括払いで一千万。適当に雑費を計上してくれてもいい。なんなら住まいも――」

いや、とわたしは首を横にふる。

「仕事があるんだ」

ここが、一線だった。日常にしがみつく、たったひとつの言い訳だった。

けれど、しがみつく価値が、あの日常にあるのか？　重和にあてがわれた職場、家、暮らし。

アウディでぶっ飛ばすのと何がちがう？　退屈と息苦しさを置き去りにして、ひりつく高揚の只中へ身を投じて何が悪い？　突っ切った先にはロクがいる。キュウがいる。

わたしが立ちすくむ一線を、踏み越えたであろう男がいう。

「どちらも、おなじ仕事です」

「いや、ちがう。ちがうんだよ」

にらみつけられた。ひ弱な優男というイメージは消えていた。ロクは見抜いていたのか。それともロクやキュウによって、変えられたのか。

「何を恐れているんです？」

恐れている？　わたしは、恐れているのか。

「そうでしょう？　じゃなかったら、引き受けない理由がない」

「そうかもな」

だが――と、頭の中で少年が、無邪気なエネルギーをまき散らす。あれを恐れないほうがどうかしている、という快楽を引き連れて。

「あなたにとって、町谷侑九はその程度の存在ですか？」

拳が動いた。本庄の頰を殴りつけた。足が脇腹を刺した。倒れ込んだ相手にふり上げた二発目の拳を、わたしは止めた。

地べたに四つん這いになって、本庄は激しくむせた。地面に落ちたペンライトが三猿像の台座を照らしていた。

「殴る相手を間違ってる」

本庄が絞り出した声は震えていた。おびえではなく、怒りがこもっていた。殴られたことにではなく、殴るしかできない臆病者に向けられた刃だった。

ぽっかりとした空白に包まれて、全身の力が抜けた。無防備になった心がささやく。

Qの動画が観たい。

「わたしが殺した。わたしとロクが」

大きく開いた本庄の瞳がこちらを見上げた。わたしの告白を正しく理解している目だった。驚きよりも、納得が勝った目だった。疑っていた痛みが、悪性の腫瘍だと告げられたような。

「ちがう」地面へ向かって、本庄が唾を飛ばした。「あなたが殺したんだ。あなたがひとりで」

「本人に訊いてみろ。あんたの嫁さんから」

「睦深だってそういってる！」

そうか、とだけわたしは思う。

「あいつを信じるのか？　椎名翼と関係をもっていた女を」

本庄は答えなかった。歯を食いしばって、地面とのにらめっこに耐えていた。いい気味だとは思わなかった。痛みに似た共感があった。下僕だ。こいつは、ロクとキュウの下僕なのだ。わたしが、そうだったのとおなじく。

「まともじゃないんだ。それでも、あいつに付いていくのか」

「当たり前だろっ」指が、腐った落ち葉を握り潰した。「――どうせろくでなしの親とチンピラじゃないか」

ろくでなしの親とチンピラだって人間だと、歪んだ口もとが認めていた。それともバットから伝わる頭蓋の壊れる感触や、肉が溶けていく臭いすら、キュウが見せる夢は覆い尽くせるというのだろうか。

『暗夜行路』を、わたしは観ないつもりで、けっきょく観てしまうだろう。心の片隅で成功を祈るだろう。遠く離れた、富津の片田舎から。

そのために、わたしができることはもう、殺害予告のあり得る真相をこいつに伝えることだけだった。

「侑九は――」本庄のほうが早かった。「あんたの話なんか、一度もしたことがない。名前を口にしたこともない。睦深さんだってそうだ。誰も、相手にしちゃいないんだ。犠牲を支払わない人間なんて」

フォックスキャッチャーは重和で、少なくとも実行犯を操っている。プロジェクトに金を出しているのは内情を知るため。キュウを奪う権利を買ったまでのこと。奴は本気で狙うだろう。おまえらにはキュウを守る義務がある。守れ。守ってくれ。あの輝きを。

そのぜんぶが、言葉にならずに溶けてゆく。

わたしは天を仰いだ。木々がつくる天蓋に邪魔されて、月はどこにも見当たらない。花火が上がることもない。

「木曜日に、プレライブをします」よろけながら立ち上がり、本庄は殴られた口もとを乱暴にこすった。「無料のオンラインライブです。返事は、それを観てから決めてください」

わたしは踵を返した。「二度と面を見せるな」

森を抜け、車の横を通り過ぎる。佐野が運転席から出てきたが、無視して警察署のほうへ歩いた。

ポケットに突っ込んだ拳がじんと痛んだ。有吉に電話をすると迎えに行くという。どうやって？　おまえ免許持ってないだろ。原付なら運転できると返事があった。初耳だ。それに原付のふたり乗りは違法じゃないか。だが今夜、その程度の逸脱はあまりにもささやかだった。なぎさラインを北上して二十分もせず、有吉の原付がわたしを見つけた。ビッグスクーターとはいかないが後ろに乗れなくもない。堂々としていればバレやしないと無責任なことをいって有吉はメットを寄越してきた。おまえ、上手いのか？　心配なら、ちゃんとつかまっておけ――。

昼からの雨で道は黒く湿っていた。幸い車はほとんどなく、有吉の運転は笑えるほど無難だった。わたしは分厚いその両肩をつかんで、ぐったりと背中に頬をあずけた。風は冷たかったが、このまま眠ってしまえそうだった。疲れたよ、とわたしはこぼす。疲れた、と繰り返す。アクアブリッジまで行かないか？　それから首都高にのってレインボーブリッジを眺めて……。つぶやきは声にならず、声にしたところできっとエンジンの唸(うな)りにまぎれてしまったにちがいなかった。

飯はなんだったっけ？　ようやく返事があった。天津飯だ、と。

三月十八日、木曜日。Qのプレライブは二十一時からだった。それがはじまる直前、社長から電話があった。辰岡が死んだと、彼はいった。

本庄健幹　二〇二一年　三月

合宿場はみっつのエリアに分かれていた。居住エリアには百個のプレハブ小屋が建ちならび、すぐとなりにある巨大コンテナがスタジオだ。全長十六メートル、高さ三・八メートル、幅二・五メートルの大型トレーラーが四台、楽に出入りできる広さがある。

いま、そのトレーラー群は外へ移動していた。実物大のセットが組まれたリハーサルエリアに。

セットといっても複雑なものではない。高さ一メートルほどのプラスティックフェンスに挟まれた道がずっと延び、ゆるくカーブしている。始点から終点まで四・七キロ。ところどころに細長いポールが立っていて、いくつかはL字だったりアーチ状になっている。距離はもちろん、ポールの高さや間隔、道の微妙な傾斜すら実物と寸分たがわないという。唯一の妥協がカーブによる距離の圧縮だと聞かされれば、僻地（へきち）と呼べる場所とはいえこの広大な土地を借り、これだけの設備を用意した百瀬の財力と執念に圧倒される思いがあった。

夕方に合流してから三時間後の空に、鮮やかな星々がきらめいていた。地上で光を放っているのはプレハブ小屋とコンテナだけだ。

「ジョー、そろそろ閉めるぞ」

デレクに呼ばれ、「オーケー」と健幹は返す。

コンテナの入り口をくぐると左右から暗幕が引かれた。すでに準備は整い、カメラを担いだクルーと技術スタッフが最終チェックに勤（いそ）しんでいた。白塗りの衝立（ついたて）に囲まれたステージの中央で、侑九とヒュウガが談笑している。リラックスした様子に安心する一方、その親密さに胸がちくりと痛んだ。

今夜のプレライブは『暗夜行路』の宣伝と、配信プラットフォームのテストを兼ねたものだった。本番とおなじ二十分間。完全無料だから多くの視聴者が同時接続するだろう。高品質を求めれば求めるほどデータ量は増える。どの程度の画質、音質ならばサーバーが耐え得るか。中継車を経由した通信強度は信頼できるか。『暗夜行路』はライブであると同時に作品だ。途中で画面がフリーズするなんて赤っ恥は許されない。

あくまでテストだから内容は凝ったものでなく、音楽を流してフリースタイルで踊るだけ。侑九はジャージとトレーナーでメイクもほぼナチュラルだ。

健幹はステージを正面にした後方、配信モニターの後ろからその姿を見守った。自分にできることはない。それがひどくもどかしい。

「緊張してる?」

ナージ・ハーシェミーのしゃきっとした英語に、健幹は曖昧な笑みで応じた。侑九にくっついて、彼女たちも合宿場に詰めている。

「主役を見習って気楽に構えていればいいんじゃない? 少なくともわたしはそう。この配信に、車五十台の使い道と表のクレージーなオープンセットのヒントがあるとは思えないし」

ふたたび曖昧な笑みをつくらねばならなかった。殺害予告だけでなく、告発メールも注射器の小包も隠さずに伝えている。リハーサルもすべて撮影を許可している。それでも『暗夜行路』の全貌は秘密のままだ。とくにAチームの役割と、どこで演じるのかという点については。

「当人より周りが気を揉むものですよ、ミズ」

「フォックスキャッチャーの妨害を恐れて？」

「まさか。ここでそれはあり得ません」

当然、合宿場がどこにあるのかは非公開。車両が通れる道には守衛まで配置している。通信妨害はあり得るが、それはそれでテストの趣旨に合っていた。

「緑の要塞だものね。でも、これでもし何かあったら、フォックスキャッチャーは内部犯の確率が跳ね上がる」

健幹は肩をすくめて余裕を演じる。頰が引きつらないように気をつけながら。

「三分前」

睦深が声を張った。その後ろ姿を見つめ、心の汗が冷えていく感覚を味わった。

町谷亜八から告げられた事実。睦深とふたりで殺したのだという告白。覚悟はしていた。半ば確信さえもっていた。なのに健幹は衝撃を受け、嚙み砕けないカプセルを飲まされた気分になった。いつ溶けだすかわからないカプセルを。

「一分前」

カナダ人のディレクターがカウントダウンを引き取る。クルーが配置に着く。ステージの侑九はだらりと両肩を下げている。健幹の横でそれを見つめるハーシェミーの眼差しが、最初のころより温度を上げていることに本人は気づいているのか。

「三十秒」

ヒュウガがベースを一度鳴らした。彼にも緊張は見られない。殺害予告のあとも動じるそぶりは皆無で、それがスタッフに安心感をもたらしてくれていた。

「十、九、八……」

三からは指になる。二本、一本、そしてGO。

健幹は配信モニターへ目をやった。画面の中央に立つ侑九が、顎を上げてこちらを見ている。カミテ奥、ヒュウガはうつむきかげんにベースを構える。ふたりをバックにでかでかと、白いフーツラ体の文字が出る。『DIAL 9』。黒電話のもっとも離れた数字は、弾いて戻るまでの長さからホームランボールがスタンドへ届くまでの滞空時間のたとえに使われていたという。スタンドを『暗夜行路』に、そしてキュウにコールする意味とも重ねたタイトルだった。

MCもなくベースが鳴りはじめる。侑九が肩でリズムをとる。ゆったりと、やわらかな腕の動き。重心が下がる。膝を折り、自然なステップ。口もとの気取らない笑み。ほとんど揺れているだけ、のっているだけのダンスだ。なのに引きつけられる。何気ない仕草のひとつひとつを微細なニュアンスが彩って、グルーヴとしか呼べない空気を醸す。音符と散歩でもするように、侑九は気ままに戯れる。

ベースと打ち込みドラムのストイックなリズムにギターの音色が挨拶をする。やがてヴァイオリンが取って代わる。チェロにサックスに和太鼓にと、様々な種類の音が入れ替わってゆく。メロディも定かでないテスト用トラックが、侑九のダンスで実験的アートに変わる。身体を開いて閉じる。力みなくターンする。関節から動いているのだと、スローなダンスゆえにはっきりわかる。そのニュアンスと遊び心が、素っ気ない振り付けに自由を与える。

二十分は長い。現代のファスト世代は半分でも耐えられないかもしれない。せめて歌があればと、健幹も懸念していた。

平気だ。この陶酔感。最高のマッサージを受けながら時間を気にする奴がどこにいる?

バラバラだった音が重なりはじめる。テンポが上がる。午睡の大らかさを保ったまま、侑九の動きがキレを増す。音が音楽になり、真っ白いだけの空間がカラフルにはしゃぎだす。見学をしていたダンサーたちがクラップをはじめ、足踏みをし、方々からかけ声があがる。侑九が微笑む。ダンスブレイクのさなかにも、ミクロのニュアンスは消えない。激しさでごまかさない。

左右にふれる首。金髪がなびき、誘う視線が飛んでくる。

その表情が、はっと固まる。

侑九の異変に反応し、健幹は自分の背後から迫ってくる気配に気づいた。ふり返ると同時に、身体がとなりに立つハーシェミーへ反射的に飛びついた。

入り口の暗幕を、塊が突き破った。地面に転げた健幹とハーシェミーの横を走り抜けた。遅れてスタッフが悲鳴をあげる。塊は乗用車だった。ヘッドライトも点けず、まっすぐ侑九へ向かっていった。侑九は動きを止めていた。突っ込んでくる車と対峙していた。呆然としているわけでも、パニックに陥っているわけでもない。挑むような目つき。そして薄笑い。

「Get away!」

ハーシェミーが怒鳴った先で、睦深が立ちはだかっていた。侑九に迫る車を受け止めるように両手を広げて。

衝突の寸前、黒い人影が睦深の身体をさらった。

「Q!」

それが自分の叫びだと認識はできなかった。ほとんどぜんぶが一瞬の出来事だった。ゆうに六〇キロは超える速度で車は侑九を目指し、なのに彼は微動だにしない。

薄笑みに、ふっと白い歯がのぞく。

侑九は身体を浮かせた。背中から車のボンネットへ乗り上げて回転させた。ルーフを転がりリアに尻をつく。車は白い衝立のセットを破壊しコンテナの壁に激突する。その手前で、侑九はすらりと立っていた。両足をそろえ、両手を開き、そばの固定カメラを見つめた。

「『Over there——暗夜行路』で待ってるよ、狐くん」

ディレクターが慌てて配信終了の合図を出した。スタッフがタイヤを回転させつづける車のもとへ走った。侑九が崩れるように膝をつき、健幹の足が、ようやく動いた。全力で駆けた。「救急車を！」誰にともなく命じた。

「侑九！」

侑九は地面に横たわっていた。だらだらと汗が流れ、荒い息で呼吸をしていた。

「おい、大丈夫か？」

「大声出すなって、ジョーさん」苦しげに目もとをすがめ、「めっちゃ背骨に響くし、唾がかかる」

馬鹿野郎！　叱る前に訊かれた。

「ロクは？」

いわれて健幹は思い出した。ふり返ると睦深はこちらをにらんでいた。すぐにでも飛んでいこうとしているのを、間一髪で彼女を助けたデレクがしっかりと押さえつけていた。

「無人です」

車を停めたスタッフがいった。誰も乗っていません、と。

「配信は？」

侑九の問いに、カナダ人ディレクターが呆れと畏怖のこもった顔で答えた。「――パーフェクトだよ、Q。最高のショーだった。七分ほど、早く終わることにはなったがね」

「トレビアン」親指を立て、安心したように侑九は目をつむった。


最寄りの病院まで一時間以上かかった。救急車には侑九と、念のため睦深が乗って、残った健幹は現場で情報を集めてから社用車を走らせた。

突入してきた黒のセダンはAチームのために用意した中古車の一台だった。犯人はアクセルに細工をしてコンテナの入り口へ走らせ、途中で飛び降りるかしたのだろう。キーはAチームが寝泊まりする区画の一室に保管してあり、その気になれば盗むのは誰にでも簡単だった。

〈おれたちは見学禁止でしたけど、何人かはおなじ部屋に集まって配信を観ていました〉

電話で佐野勇志の報告を聞く。配信は二十一時からはじまり、セダンが突っ込んだのは十三分後。居住エリアから駐車場まで距離はないし、キーさえ事前に持っておけば十分以内に車を走らせて戻ることは可能だろう。Aチームは三十三人。

〈完璧なアリバイがあったのは十三人です。あとの二十人はシロともクロともいえません〉

「佐野くんは？」

〈残念ながらひとりでした〉

ほかのスタッフに犯行ができないわけではない。デレクによると、ダンサーチームの多くがコンテナで配信を見学しており、アリバイが証明されなかった者はわずか四名。技術スタッフは一名だけが体調不良で大事をとっていたという。

〈状況的にAチームが疑われるのは仕方ないです。ほかのスタッフに比べると、おれたちは有象無象（うぞうむぞう）の集まりですから〉

「犯人を、特定できないかな」

〈警察に任せるなら、できるでしょうけど〉

事態は百瀬にも報せてあった。演出だったことにしよう——。彼の決断は早かった。病院関係者に根回しをし、緘口令を敷く。アップする動画のキャプションに「過激な演出がふくまれます」と注意書きを入れ、公式は無言を貫く。警察の介入は『暗夜行路』の障害になりかねず、この選択はやむを得ないものだった。

〈確実なのは、アリバイのない奴らの総取っ替えだと思いますが〉

「……無理だよ。佐野くんたちのような人材は、そう簡単に集まらない」

Qに忠誠を誓い、逮捕も辞さずに行動できるメンバーは、ある意味でダンサーチームや技術スタッフよりも貴重だった。

「とにかく内々で捜査を進めてみてほしい。事を荒立てないように、チームの輪を乱さずに」

難題ですね、というぼやきを耳に通話を終える。

暗い廊下を病室へ向かう。個室から明かりが漏れていた。話し声がする。

「やあ、ジョーさん」

ベッドに横たわる侑九のそばにハーシェミーとそのスタッフがいて、健幹は彼女を叱りつけた。

「面談は許可してない」

「ドクターの許可はもらった。文句でも?」

「ミズ、常識を考えてください」

「あなたたちよりはもち合わせてるつもりよ」

「外へ」

健幹が無言で見下ろすと、ハーシェミーは苦笑を浮かべて立ち上がり、スタッフとともに個室を出た。「またね、ナージ」手をふる侑九とのあいだに身体を入れて、健幹は自分も外へ出て扉を閉めた。

「何もかもオープンの契約だったんじゃなかったかしら?」

「だからといってトイレを覗く奴はいない」

「ジョー、報道は仲良しごっこじゃないのよ」

「そっくりそのままお返しします。我々の善意を無制限に期待するのはやめてくれ。あなたが一線を越えるなら、こちらは防衛するまでです。屁理屈も挑発もお呼びじゃない。契約を盾にするなら、つづきは裁判で争いましょう」

「脅しのつもり?」

「提案です。子どもでも理解できるイングリッシュだ」

健幹は個室へ戻った。椅子とベッドをチェックして盗聴器を探す。

「べつにいいじゃん。ナージ抜きじゃ花がない」

「何を話してたんだ」

「いろいろ。ありがちな質問に、行儀よく答えてただけ」

ほんとかよと眉間に皺が寄ったが、おどけた表情に緊張は長つづきしなかった。

ハーシェミーが使っていた椅子に腰を下ろすと、全身から力が抜けた。よかった。無事で、ほんとうによかった。

「身体は？」

「平気。打ち身ですんだってセンセイがいってた。たぶん、もう帰れるよ」

「明日は精密検査だ」

「嘘でしょ？」

天を仰ぐ少年へ、健幹は真剣な目を向けた。

「なぜ逃げなかった？　どうして、あんな危ない真似を？」

記憶が恐怖を呼び寄せて、拳を握り締めていた。

「なんで、フォックスキャッチャーを挑発したんだ」

完全に不用意な発言。せめてアーカイブ動画からはカットしたいが、それをするとリアルタイムの視聴者が黙っていない。演出という建前も崩れてしまう。いや、多くの人間が、あれを演出だと信じてはいないだろう。すでにネットでは噂と考察が飛び交っている。

「じゃあ、やめる？」

鼻歌のように、侑九はいった。「殺害予告をされたうえ、こんな目に遭ったんだ。ビビってケツを捲くっても怒られないんじゃない？　っていうか、むしろこのまま『暗夜行路』をやって何かあったら、ジョーさんやモモさんの責任問題になっちゃわない？」

無言でにらみつける健幹に、ははっと乾いた笑いが返ってくる。

「嘘、嘘。じょーだん。わかってるって。こんなに労力とお金をかけて、いまさら引けない。当然だよね」

「おまえの心配をしてるんだ！」

拳が、自分の太腿を打った。「金なんかどうでもいい。おれたちのこともだ。おまえが無事でいられることが、それがいちばん大事に決まってるだろ」

「おれが踊れなくても？」

その意味が、すんなりと頭に入ってこない。

「おれが不細工だったら？　おれが踊れて、この顔だから心配しているんでしょ？」

握った拳の感覚がなくなった。冷たい水底に沈んだように、息が止まった。

ごめん、と侑九がうなだれる。「怖かったんだ。殺害予告があってからずっと。平気なふりをしてたけど、ほんとはマジでビビってた。少しくらい意地悪させてよ」

「……おれの前で、演技はやめろ」

すると侑九は口角を上げる。小癪な瞳をニヤリとさせる。

怒る気力もなくしてしまう。息を吐き、今度は健幹がうなだれた。

「怖くても、怖くなくても、逃げればよかった。逃げるべきだったんだ」

「ヒュウガくんだって逃げなかったよ。それどころか演奏をつづけてた。もしかしたら、おなじものを感じてたのかもしれないね。おれさ、あのとき、見えたんだ。車が突っ込んでくるぞって気づいた瞬間、ボンネットを転がって着地する、あのストーリーがさ。最後の決め台詞までぜんぶ。そうなったら、もう駄目だ。見てみたくなる。それを達成したあとの世界を」

侑九の顎が上がる。顔が、窓のほうへ向く。

「ダンスもおなじ。踊ってると、次の音が聴こえてくる。そうしたら次の振り付けが見える。見えてるのに、それをやらないのは耐えられない。追いつきたくて手をのばす。そしたらまた、次の音と振り付けが現れて、うれしくてまた手をのばす」

「——そのたびに、君はどんどん遠くなる」

「追い付いてきてよ。おれたちが立っているのは、そういうステージなんだから」

侑九はこちらを見なかった。君がいう「おれたち」に、はたして自分はいるのだろうかと答えを探すが、その横顔は、ただ美しくあるだけだった。


部屋を出ると、ちょうど睦深と出くわした。左手に巻かれた包帯へ目をやる健幹に「デレクのせい」とはにかんだ。「あの筋肉で押し倒されたらね」

「お礼はいったの？」

「なぜ？　もし侑九が大きな怪我をしていたら、わたしは彼を一生恨んだ」

たじろぐほど、本心だと伝わってきた。

「——いま、君がいなくなるのも困る」

「ええ、わかってる」

「犯人探しは手間取りそうだ」

「明日相談しましょう。情報収集はお願いする」

これ以上必要な会話がないことに、健幹は不意打ちのようないたたまれなさを覚えた。

「亜八さんの件は、どうする？」

捻（ひね）り出した問いかけに、睦深は少しだけ考えて、「どうする、って？」と訊き返してきた。町谷亜八とのやり取りはおおよそ伝えていた。睦深といっしょに殺したという、彼女の主張以外は。

「ぼくは、彼女がフォックスキャッチャーかもしれないと疑ってる」

睦深の目もとが、ピクリと痙攣した。

「ぼくが会いに行ってすぐ、今夜の件が起こった。タイミングがよすぎる」

「あの子に、合宿場の場所を突きとめることはできない」

「仲間がいたら？」

少なくとも彼女は、佐野と三枝に会っている。

「侑九と、内緒で連絡を取り合っているのかもしれない」

「それは、あり得ない」

「なぜいい切れる？」

睦深は目を逸らし、ささくれ立った息を吐く。「明日にしましょう」

「睦深」

「やめて。あなたに、わたしたちのことはわからない」

いって睦深は、侑九が待つ個室へ消えた。

暗い廊下に取り残された健幹は、彼女の拒絶に棒立ちになっていた。本心から町谷亜八を疑っているわけではない。ただもう少し、話をしたかっただけなのに。

たしかに、自分は部外者だ。立ち入れない領域はあるだろう。

おなじような歯がゆさを、最近も味わった。わたしが殺した、わたしとロクが——。三猿像の森で町谷亜八にそういわれたときも、健幹は自分が部外者にすぎない事実を突きつけられた。それはもしかすると、妻が人殺しかもしれない恐れより、健幹に痛みを与えたのだった。

襲撃車の前に立ちはだかる睦深の姿が思い出された。いっさいの迷いなく両手を広げるさまは切実で、滑稽ですらあったが、後方から眺めていただけの自分に比べると、胃の底で不甲斐(ふがい)なさが反吐(へど)といっしょにぐるりと回った。

あの病室で、侑九と睦深が交わす言葉は、自分とのそれよりも豊かなのだろうか。

雑念をふりきるように歩きだす。外の駐車場に着いたところでスマホをチェックして、不在着信にかけ直す。

〈お疲れさまでした〉

百瀬はすぐに応答した。車に乗り込みながら新たに得た情報を伝え、睦深に告げたのとおなじ台詞で締めくくる。「犯人探しは手間取りそうです」

〈上手くやられましたね〉百瀬に落胆のトーンはなかった。〈片っ端から怪しきを排除できるほどの余裕はないと、見切ったうえでの犯行にも思えます〉

「やはりAチームの人間だと？」

〈おそらくは。しかし狐が一匹ともかぎりません。一週間で尻尾(しっぽ)をつかめるかどうか〉

「一週間以内、ですか」

〈襲撃車の速度は六〇キロ程度。その意味はおわかりでしょう?〉

殺す気なら九〇でも一〇〇でもいい。アクセルに細工をしていたのだから調節はできただろう。

フォックスキャッチャーの目的は威嚇。もっといえば——、

「注目度を高めるためですね?」

うなずく気配があった。〈具体的な利益を求めているとは思えません。動機は異様な妄念、妄執のたぐい。そんな人物が、本気で仕掛ける舞台にどこを選ぶかは自明です〉

『暗夜行路』以外にない。

町谷亜八　二〇二一年　三月

刑事は火曜日にやってきた。現場を唐木たちに任せ、わたしは近くの喫茶店へ連れて行かれた。

形式的なものですと三十ぐらいの刑事はいった。変死の場合はひと通り捜査が必要なのだと。

「死因は聞いてますか」

「酒と、睡眠薬を飲んだとだけ」

「じっさいは、あまり出処のよくない眠剤です。酒は日本酒とウイスキーをちゃんぽんで、一晩でよく飲み干せたと感心してしまう量でした」

「自殺なんですか」

「いちおう、それに近い行動があったとわたしどもはみています」

腕を組み、わたしは唇を結んだ。この物騒な会話に、コーヒーの香りは不釣り合いだった。

「辰岡さんと最後にお仕事をされたのが町谷さんです。気づいたことなどはありませんでしたか」

正直に話した。いつも以上に様子がおかしかったこと。オンラインカジノで遊ぶ金をせびられたこと。途中で勝手に帰ってしまったこと。

なるほど、と刑事は納得したふりをして、けれど眼光の鋭さは消えなかった。

「不審な点でもあるんですか」

「いえ、そういうわけじゃないんです。ただ、眠剤というのがね」

体温のない声で刑事はつづけた。「あなた、東京でそういう品を扱っていたことがあるんでしょ？　たとえば辰岡さんに、売人を紹介したりはしませんでしたか」

「してません。そっちは完全に足を洗ってます」

「一昨年（おととし）の調書を拝見しましたが、薬物売買については立件されなかったようですね。まあ、そもそも犯罪かどうか、グレーではありますし」

ちりちりと神経がささくれ立つ。嫌でも警戒が身を固くする。

「すみませんね。失礼とは思うのですが、痛くない腹を探るのが仕事なんです。辰岡さんがあなたに金を返せと迫っていたという証言もありました」

「二千円」

「はい？」

「二千円貸せと、ずっといわれていました」

「どうして？」

「知りませんよ。二千円あれば、あいつは死なずに済んだとでも？」

「いえいえ。大きな声ではいえませんが、借金の額は公務員の年収を差し出しても足が出ます。二千円じゃ、ウイスキーの瓶が少し増えただけでしょう」

いって刑事は「ふうん」と顎をさすった。

「ま、わかりました。しかし辰岡さんも気の毒といえば気の毒です。不安定な奥さんと末期癌のお父さんを、たったひとりで養っていたんですから」

「――え？」

「ご存じなかったですか？　自宅に三人で暮らしていたんです。お父さんは病院で問題を起こすからと、年末に引き取ったらしくてね。本来は奥さんもしかるべき施設に入れるべきだった。ふたりとも、辰岡さんの遺体のそばにいたのに通報すらしてくれなかったわけですし」

辰岡の遺体が見つかったのは死後二日経ってから、通報は近所の人間だと刑事はいった。

「去年の春頃、三人で旅行に行ったようなんです。伊豆の、けっこういい旅館に二泊三日で泊まっています。なんだかんだで二、三十万はかかったんじゃないですかね。彼は彼なりに、家族を想っていたのかもしれません」

失礼、余談でしたといって刑事は伝票を手に立ち上がる。また何かあればご協力をと聞こえるが、わたしはうなずくこともできずにコーヒーの水面を眺めた。

仕事の現場は大堀（おおほり）中央交差点にある馴染みのコンビニだった。唐木やほかの先輩に混じって無心で作業に没頭した。商品棚を移動する。埃を除去して磨き、ワックスをかける。それを繰り返す。

ドリンクの冷蔵庫を拭く。バックヤードを磨く。天井に埋め込まれたエアコンフィルター、調理台のグリストラップ、窓ガラス。立ち合いの店員がわたしにいう。外もお願いできますよね？　自動ドアのそば、地面にガムがこびりついている。完全に固まって黒ずんでいる。ヘラでこするがびくともしない。何度もこするがびくともしない。洗剤をかけてこすってもへばりついて離れない。やがて中の清掃が終わる。唐木たちが引き上げてくる。まだガムは地面にこびりついている。おい、大丈夫か？　唐木が訊いてくる。しゃがみ込み、ヘラをガムにぶつけながら大丈夫ですとわたしは答える。先に帰っててください、これだけやっつけてしまうんで。唐木は何かいいたそうにする。わたしはヘラを止めない。あきらめたように唐木がいう。わかったよ、ほどほどにな。店が営業をはじめる。客が横を過ぎてゆく。しゃがんだわたしに奇異な視線を投げてゆく。まだですか？　店員が不機嫌そうにいう。お客さんの邪魔になってるんですけど？　わたしはもう少しですと答える。もう少しです。

　風が冷たい。なのに汗が次から次に流れた。それが乾いて体温を奪った。ガムを引っぺがしたころ、陽は傾きだしていた。作業が終わったことを店員に告げる。もっと手際よくできないんですか？　すみませんとわたしは頭を下げる。

　社長に連絡するとそのまま直帰でいいといわれた。そのとおりにした。身体が震えて仕方がなかった。シャワーを浴びなくてはいけない。アパートのほうへ歩く。作業着のポケットに上手くおさまらないヘラを右手に握って歩く。

　浴室を出て身体を拭いてもシャワーの熱が引かなかった。熱が引かないのに寒気は残った。晩飯を食うのが億劫で、今日は要らないと有吉にメッセージを送る。敷きっぱなしの万年床に寝転がり、布団をかぶっても寒気は消えず毛布を重ねる。暖房を全開にする。汗がとめどなかった。全身が熱を発しはじめていた。身体が重たい。意識が重たい。食欲がまるでない。関節が痛くて眠れない。関節だけじゃない。全身のあちこちがじくじくとした。頬が、喉が、腹が、腕が、そして薬指。これまで自分が受けてきた暴力の記憶が痛みを招いているのだ。椎名翼に、窪塚に、手袋をしたランニングシャツの男、強姦趣味の変態野郎。おなじぐらい拳が痛んだ。これまでわたしが与えてきた暴力に復讐されるかのように。布団の中で丸くなってわたしは震える。辰岡のしかめっ面が浮かぶ。煙草の煙、耳障りなクラクション、舌打ち。彼の奥さんが小便を垂らしながら煮込む味噌汁の湯気。糖尿病に効くキノコが詰まった段ボール箱が高い壁をつくっている。

どこで間違えた？　どこからやり直せばもっとマシな未来にたどり着けた？　──知ったことかよ。自業自得じゃねえか。辰岡はクズだった。ぐうの音も出ないほどクズだった。

Qの動画が観たい。ここに大麻があったってコカインがあったって、わたしは幸せになれなくて、それを叶えてくれるのはあの少年の躍動する肉体とエネルギーだけなんだ。

這うように手をのばす。スマホをつかみタップする。Qのサイトにアクセスし、アーカイブの動画を再生。金髪の少年が映る。何かをささやく。踊る。音楽。カットバック。熱が上がる。視界が朦朧とする。なのに目が離せない。『Chapter 1・2・3』、『RE:BORN』、『like a rolling distance』、『EXODUS』、『DIAL 9』。時間の感覚が失われてゆく。動画はランダムに入れ替わってゆく。ヒュウガチャンネルの動画も混ざる。少年が笑っている。しゃべっている。ふざけている。泣きそうにしている。ヒュウガの肩にもたれかかる。肩を抱かれる。抱き締め合う。わたしはそれがお芝居だと知っている。だからなんだ？　何が問題だ？　どうせ世界はくそじゃないか。

Over there——向こう側へ。もっと遠くへ。それが夢であろうといい。妄想だろうとかまわない。連れて行ってくれ。ここから連れ出してくれ。『暗夜行路』で待ってるよ、狐くん。四・七キロの移動型ライブ。ああ、待っててくれ。行くから。いまから行くから。
　着信がクリップの邪魔をする。思わず通話にしてしまう。元気か？　重和の声がする。『暗夜行路』をいっしょに観ないかと思ってね。反吐が出るような誘い。特等席とまではいえないが、おまえを招待するには悪くない場所をとってある。亜八、聞いているのか？　うるさい。黙れ。通話を切る。フォックスキャッチャー。キュウを奪おうとしている変態野郎。わたしのキュウ、わたしのQ。

　いつの間にか意識は奈落に沈んでいた。目を覚ますと薄いカーテンが陽に照っていた。カーテンの隙間から差し込む光がわたしの瞼を焼いて、今日は休みだったなと虚ろな理性がつまらない安堵をする。明日はどうだ？　辰岡が死んだせいでシフトは変わった。あの野郎、勝手にくたばりやがって。最後まで迷惑をかけやがって。涙が流れている。なんでだよ。あんな奴がどうなったって関係ないだろ。嗚咽がもれる。ふざけんなよ。ふざけるんじゃねえよ。『暗夜行路』で待ってるよ、狐くん。スマホの充電がきれていた。貪るように充電器を差し込んだ。冷蔵庫に倒れ込んで中から洋ナシサイダーを引っつかむ。乾いた喉が炭酸にむせた。気の抜けたジュースが飛び散った床に頬が落ちた。とめどない汗の理由が暖房のせいか発熱のせいなのかわからない。コロナか。はっ！　これがOver thereか！
　陽が暮れている。時間が飛んだ。けれど苦しみも倦怠感も、しつこくまとわりついている。立ち上がる。便所へ向かう。自動機械だ。習慣づけられた本能だ。用を足す。血が出る。どろりとこぼれて吐き気がする。わたしは女だ。くそったれ。

ドアを開け、床に卒倒した。衝撃があった。痛みは感じなかった。このまま死ぬのか。Over there。ならば音楽をかけなくてはならない。Qの動画を観なくちゃいけない。『暗夜行路』で待ってるよ。こんなに近くに感じているのに、おまえはずっと遠くにいる。新宿御苑でおまえを手放した夜に映画は終わった。腐ったエンドロールが流れつづけているだけだ。嘔吐する。洋ナシの臭いがする。目が開けられない。指がピクリとも動かない。タップもスワイプも許されないんじゃおまえに届くすべはない。手を握りたかったんだ。ほんとはあの花火の夜みたく、しっかりと。そしてぶらぶら歩きたかった。それだけでよかった。

額が冷たい。明かりが消えている。いつも点けっぱなしの電気が暗闇をつくっている。起きるな、と声がする。太い指が額のタオルを取り上げて、バケツの水できつく絞った。便所の前の廊下で、有吉はあぐらをかいていた。わたしは仰向けになっていて、頭の下には枕があって、毛布が身体にかけてあった。

有吉の手のひらが額に触れた。おれがきたときよりはだいぶマシになったと、絞ったタオルをのせた。

いつからいるんだ?

さあな、忘れた。

いまは?

朝の六時だと答えて、有吉は退屈そうに雑誌を読みはじめる。

マスクをしろとわたしはいう。コロナかもしれない。

だとしたら手遅れだ。眠そうに有吉が答える。

そうだな、とわたしは目をつむる。タオルの冷たさが思考を透明にしていった。熱は残っているのに、心は静かに落ち着いている。

「初めから気づいてたんだろ？」かすれた声が、他人のもののように響いた。「わたしが椎名翼を殺したって」

有吉の返事はなかった。

「去年コンビニで再会したとき、てっきり脅されるんだと思ってた」

だから誘いを断れなかった。飲みに行ってもずっと警戒していた。百瀬の使いっ走りだと知って安心したぐらいだ。

窪塚がいうとおり、祭りの前日に有吉は祖父母宅を訪ねてきた。自分で髪を切って坊主頭になったわたしに驚いた顔をした。呼び出しを断ったときも同様だった。翌日に椎名翼と和可菜が失踪したのだ。怪しむのは当然だ。

「そんな奴といっしょにいて、平気なのか？」

やはり有吉は応じなかった。

「正直に答えてくれ。おまえも、重和から金をもらっているのか？」

最初は百瀬の仕事でも、いまはちがう。なのにこいつは料理をつくり、わたしの世話をしている。家賃が浮く程度じゃ割に合わない。諸角のようにアルバイト先を変えたと考えでもしないかぎり、こんな人殺しのそばにいつく理由はない。

なんで、わざわざ訊くのだろう、と自分に問う。わたしは、どんな答えを求めているのか。

「ダイチを襲ったのは、おまえなんだろ?」

熱の余韻に誘われて、わたしは尋ねた。渋谷のイベントがあった夜、ダイチがいたことを伝えてすぐに有吉を着信拒否にした。当日も翌日もネカフェに泊まった。わたしを監視するのが仕事だったこいつが、祖父母宅を張り込んでいても不思議はない。そこへダイチが現れた。家に侵入し、荒らしていった。三猿像の森へ移動する奴を追う。わたしを乗せたあの原付で。

たんなる想像、妄想。合っていようが外れていようが、何かが変わるわけではない。有吉は危険を排除しただけ。仕事だからそうしたまで。金が要る。誰だってそうだ。責めるつもりは微塵もない。

だから、たぶん、わたしはただ、こいつとしゃべりたいだけなんだ。

「何かいえ。笑えるジョークを」

「好きなんだよ」

雑誌を、床に置く音がする。

「おまえのことが、ずっと」

曇った日の「おはよう」みたいに有吉はいった。意味なんか少しもないというふうに。月が出た夜に「月が出てる」というように。

「重和なんて奴は知らない。おれは、おれがそうしたいからおまえのそばにいた。これからも、おまえが嫌だというまでそうする」

「――つまらない話だ」

「ああ。センスがない」

わたしはじっと瞼の裏を見つめる。呼び出しを断った夜、あきらめさせるために有吉を家へ上げた。部屋でふたりになった。唇を重ね、服を脱いだ。三十分にも満たない交わい。取り引きだった。女であることを利用して有吉をたぶらかし、いうことを聞かせた。椎名翼に取り入ったロクの真似をするように。ロクが支払った犠牲に、対抗するかのように。

わたしたちは心底くだらない生き物で、憐れなほど愚かしい。

「ぜんぶ勘違いだ。あんな思い出を美化して、勝手に夢を見てるんだ」

「勘違いじゃないことなんてどこにある？　おれはタンパク質のプラモデルじゃない。血を流しても、見たい夢だってある」

手を握られた。「ここにいろ。どこへも行くな」

痛いほど、有吉は力強かった。ふだん本音をわからせない男の意思が伝わってくる。顔をしかめながら、そっと背中を押すように、いま、こいつは嘘をついている。

わたしは身体を起こした。暗い廊下が、妙にくっきりと見えた。

「会いに行くよ」

そうか、と有吉はいった。握っていた手を放し、遅すぎるんだとでもいうように、そうか、と繰り返した。

資格は失われている。本庄にフォックスキャッチャーの正体を伝えそびれたとき、わたしの献身は嘘になった。重和を問いつめなかったとき、ロクに頼らないと決めたとき、あるいは新宿御苑の夜に。

けれど、選ばねばならない。

飯を食え。フレンチトーストをつくってやる。有吉がのっそりと立ち上がる。濡れたタオルに顔をうずめ、その冷たさと微熱の中で発した「ありがとう」というつぶやきは、わたし自身にだけ届いて消えた。

会いに行く。そのために、しなくちゃいけない。重和を止め、キュウを守る。たとえ、どんな犠牲を支払ってでも。

まもなく『暗夜行路』の朝がくる。

『暗夜行路』前　二〇二一年　三月二十五日(木曜日)

午前七時、気象庁のホームページで最新の予報に目をとおす。西の高気圧と東の低気圧に挟まれて全国的に曇り空。東京は午後から雨模様だが夕方にはあがる。

雨とおなじくらい重要なのが風だった。日中の風速は五メートルほど。『暗夜行路』開始時刻の二十一時にはだいぶおさまる見込みらしいが、地上をふくめた平均値の話をされても仕方ない。健幹はピンポイント予報のサイトで現場の数値を確認した。雨も風も似たような推移を示していたが、予報は予報。自然の気まぐれがすべてをひっくり返すこともある。これぱかりは、そのときになるまで安心できない。

合宿場を発つのは正午の予定だった。準備の時間を考えてもまだ寝られる。寝ておいたほうがいい。そう思うほど一度去った睡魔は戻ってこない。住居用のプレハブ小屋はビジネスホテルからトイレとバスを取っ払った狭さだが、空調と防音はしっかりしていて物思いには困らなかった。

『DIAL 9』から一週間、犯人探しは失敗に終わった。Aチームをふくめたスタッフに有力な容疑者は見つけられなかった。大事にしない方針だから軽めのヒアリングをした程度だが、それでも牽制の効果はあったのか、今日まで波風なく準備を進めることができた。

ネットの世界は騒がしい。フォックスキャッチャーを批難する声、侑九を心配する声、応援する声。加えて、あきらかな襲撃を演出といい張ってやり過ごそうとする運営への不審が飛び交っている。『DIAL 9』以降、有料視聴の申し込みは倍増し、サーバーを強化して予約枠の大幅拡大に踏みきった。無料視聴は抽選制に、倍率はルーレット並みに。それにともない自作自演の疑いがピークに達した。月曜日にはワイドショーがプロジェクトQを取り上げた。襲撃事件や殺害予告もまじえ、多分に批判的なトーンだったが、わずかな時間とはいえ地上波で侑九のダンスが流れた効果はすさまじかった。

予想される同時接続視聴者数は五百万人超。ある意味、フォックスキャッチャーが用意した展開だった。注目を集めるだけ集め、みずからの行動を顕示する。見事にその環境は整った。

これで何も起こらなければ、いよいよ自作自演と決めつける者が増えるだろう。それでいいと健幹は思う。理由がなんであろうと、実行犯が尻込みし、おとなしくしてくれるならすべてを許せる。どうせライブを観た人間はQの魅力に感染するのだ。

二度寝をあきらめて背広に着替える。プレハブ小屋を出て、健幹は巨大コンテナへ向かった。陽は出かかっていたが風は冷たく、澄んだ小鳥のさえずり以外は自分の足音しか聞こえない。

入り口をくぐろうとして、健幹は足を止めた。

「何か仕掛けても、最終チェックで見つかりますよ」

トレーラーの前に立つナージ・ハーシェミーがふり返って唇をゆるめた。

「それに、ここは禁煙です」

ハーシェミーは手にした紙煙草をこれみよがしに掲げて見せる。「寝れなかった？　キャンプ前夜のボーイスカウトみたいに」

「あなたこそ、マリッジブルーの花嫁ですか」

「セクハラね。カメラを持っておくべきだった」

肩をすくめ、ハーシェミーのそばへ行く。彼女は健幹に背を向け、煙を吐きながら整然とならぶ四台のトレーラーを見回した。

「戦争でもはじめそうな雰囲気ね。それも無謀な玉砕戦を」

「ずいぶん棘がありますね。我々は仲直りしたはずですよ、ミズ」

「昨日、撮影済みの映像をぜんぶ取り上げられた」

「ご冗談を」健幹は軽く笑い飛ばした。「念のためコピーを取らせてもらっただけです。映像素材の共有は契約事項です。オリジナルは返却しているでしょう？」

「体感的には強奪だった。まるでトラブルが起きる前に、さっさと回収しておこうっていうふうな」

正解、と健幹は胸の内でうなずく。回収を急いだのは『暗夜行路』の違法性を口実に映像を独占されたくなかったからだ。

「これでもあなたたちには感謝してる。正直なところ、殺害予告の時点で企画はストップだと覚悟してた。わたしにとって、この仕事はキャリアの転換点になるでしょう。たとえ『暗夜行路』がどんなもので、どんな結末をむかえるにしても」

挑発的な瞳がこちらを探ってくる。プライバシーを盾にAチームとは接触させていない。それでもハーシェミーは気づいている。『暗夜行路』がただの配信ライブではないことに。

「ひとつだけ教えてほしい。これだけの設備、人員、異様なお金と時間をかけて、あなたたち、ようするに何がしたいの？」

通り一遍の質問とは思えなかった。彼女はビジネスについてじゃなく、パッションの話をしている。

健幹はコンテナを見上げた。入り口から差し込む早朝の光に、高い天井はうっすらとその輪郭をあらわにしていた。水槽の中か――と日本語で小さくつぶやく。

「ハーシェミー。わたしは去年までふつうのビジネスマンでした。ありふれたオフィスワーカーです。安定した収入、家族にも恵まれ、仕事も楽しかった。とくに不満のない生活です。それがガラリと変わってしまった。きっかけは、不信です」

睦深のノートパソコンを勝手に開いて、見つけた探偵事務所の検索履歴。

「信じたい人を信じるために、わたしはそれまで過ごしてきた日常の、少し外へ出てしまった。少しのつもりが道に迷って、それでもやっぱり信じたくて、気がついたら泥沼に腰まで浸かっていたんです」

町谷の家で壊したテレビを思い出す。椎名大地の刺青、傘で突かれた肩の痛み。三猿像の森で奴が語った八年前の事件。そして、突如現れた焦げ茶色のパーカの男。明日にでも亜八の奴にはきっちり罰をくれてやる、生まれてきたことを後悔するような罰をな――そんな台詞を吐いた椎名の後頭部を男は木の棒で殴り、止めに入った健幹を肘で打ち返した。倒れ込んだ椎名に何度も何度も殴打を浴びせた。やがてその手が止まると、尻もちをついて呆然としている健幹を見下ろし、パーカの男はいった。黒いマスク越しに、荒い息で、けれどどこか眠たげに、忘れろ、と。とどめのように椎名の頭を殴りつけ、男は木の棒を持ったまま走り去った。健幹はしばらくその場で腰を抜かしていた。すべてが幻のようだった。これまでの人生では考えられない出来事のオンパレード。見ざる、聞かざる、言わざる。


けれど、肘で殴られた唇の痛みは本物だった。間違いなく本物だった。

いまならわかる。あのとき生じた感情は、恐怖より、興奮だった。本庄健幹が初めて覚える種類の、高揚だった。


「道のりと速さと時間を絡めた数学の問題を、日本では《ミハジ問題》と呼んだりします。甥っ子がいうんです。時間も速さもちがうふたりが、追いつく距離でイコールに結べるんだって。わたしにとって、Qとはそういう存在かもしれない」

幻と現実は、痛みによってイコールで結ばれた。おなじように、Qはイコールに結ぶ。わたしと、あなたを。


「イコールで結ばれる。それは、とても気持ちいい」

人生を懸けるに値するほど。

「意味不明ですか?」

「わたしの両親は敬虔で古くさいムスリムよ。親戚も全員ね」

ハーシェミーが、携帯灰皿に煙草を潰す。「しきたりの押しつけに耐えられなくて縁を切ったけど、モスクは嫌いじゃなかった。みんなでいっしょに祈る時間も」

彼女はそれ以上語ろうとしなかった。必要ないと健幹も思った。自分たちが共有すべきは過去ではない。未来だ。

「わたしからも質問させてください。あなたはQのささやきが、あの子の歌がどんなメッセージを秘めていると解釈しますか?」

返事まで数秒、彼女は長いまばたきをした。

「『我を誦め、そして伝えよ』」

いいえ、忘れて。首をふり携帯灰皿の蓋を閉じる直前、その表情はひどく無防備だった。

出口へ歩きかけたハーシェミーが、ふと足を止める。

「イコールで結ばれたがってるのかもね」

彫りの深い顔が、勝気なジャーナリストのそれに戻っている。

「フォックスキャッチャーも、Qと」

挑発と好奇心と、わずかな畏れを残し、ハーシェミーは去ってゆく。

集合時刻の九時より前にひとり、またひとりとスタッフが現れはじめる。カナダ人のディレクターをつかまえて天気予報を伝える。雨がやむなら問題ないと彼はいう。むしろ湿気はサーチライトの柱を美しく引き立てるキャンバスになってくれるだろう。風は? ドローンに問題はないか? ヘイ、ジョー、おれたちはその程度のイレギュラーにびくつかなくていいように鍛えあげてきたんじゃないのか?

ほどなくスタッフが顔をそろえる。うるさく指示を出さずとも各々がすべきことをこなしてゆく。

撮影部三十人、配信部十人。なかには若くキャリアの浅い者もいた。彼らもこの一週間にわたる合宿で顔つきを変えている。健幹にもわかるほど、動きがプロフェッショナルになっている。

ディレクターもふくめた全クルーは、許可は取ったと騙されている体裁で、だがじっさいはみな、事情を承知でプロジェクトに参加している。相場の十倍に当たる報酬を天秤（てんびん）にかけてもリスクに見合う保証はない。ほんとうに騙されているハーシェミーとちがい、将来のキャリアを傷つける可能性は充分ある。にもかかわらず脱落者は出なかった。それはデレクが率いるBITCH BOYSも同様だ。アンサーズからかき集めた車両部も、その中でより過激な役割を担うAチームも。

トレーラーの荷台コンテナにそれぞれ機材が運び込まれる。二台はジェネレーター。一台はリモートカメラとドローンカメラのオペレーション車。残りの一台が配信機能を集約した指揮車となる。配線をここで組むことはできないが、現場での作業を一分でも短縮できるよう、定められた工程表に従ってプロペラの一枚からリモートヘッドまで、あらゆる部品がチェックとテストに晒（さら）される。

荷台コンテナの全長は十五メートルほど。けれどオペレーション車も指揮車も、機材を詰めると汗の臭いが嗅げるほどの人口密度となる。空調はない。本番の二十分間、最後は体力と気力の勝負だった。

正午に車両部のBチームが合宿場を出る。三十分ほど間を置いて第二陣のAチーム、最後に本隊が神奈川を目指す。全部隊の集結時刻は午後五時過ぎ。小休止をとってから現場へ向かえば、あとはノンストップだ。予定では十九時に現着、二時間でステージを完成させねばならない。

侑九にヒュウガ、BITCH BOYSら演者たちは車両部の第二陣とともに出る。茅ヶ崎と合流しメイクや衣装を整えるためで、これに同行するよう健幹は命じられていた。

「予定変更よ、ジョー」

金原真央の笑みに嫌な予感がした。

「演者はデレクに任せて、あなたは百瀬と合流して」

「なぜです？」

「脅迫者対応」

この女、非常事態になるほど喜色が増す。

「まさかフォックスキャッチャーが？」

「さあ。それを見極めるのもあなたの仕事よ」


諸角京助（きょうすけ）の仕事は終わった。ボストンバッグには札束が詰まっている。一千万。現金支給とは古風だが、町谷重和からするとこれが記録に残らない、唯一気の利いた方法といったところだろう。百瀬澄人からの報酬も合わせると、この一年で二千万近くを稼ぐことができた。まったく、町谷侑九さまさまだ。

皮肉に口角を上げながら、諸角はコンコースを歩いた。羽田発、新千歳（しんちとせ）行きＪＡＬ５１７便の出発は十三時半。一時間ほど余裕があったが、一杯ひっかける気にはならなかった。間違って置き引きにでも遭ったら泣くに泣けない。さっさと搭乗口をくぐるべきだろう。

考えてみると、いつも自分は小さな誘惑に負けてきた。酒にギャンブル。そして性欲。小金のためにあくせくし、悪知恵を働かせ、結果、信用を失った。ついでに仕事も失って、気がつけば未来を失っていた。ゴミ溜(た)めのような部屋で日々をしのいでも穴倉の先は見通せない。三十八歳。目減りする残り時間を意識して、動悸(どうき)に襲われる夜もあった。

一発逆転。ショートカット。ついにめぐり合った。人生をやり直すチャンス。二千万という金は異世界へ転生するチケットに等しい。

スマホが鳴った。電話をかけてきた相手の名前を見て、諸角の足は止まった。

町谷亜八。

脂汗が全身に滲んだ。膀胱(ぼうこう)がビクンとし、笑みとはちがう形に口角が歪む。

一年前、忘れもしない三月二十九日。関東一円に季節外れの雪が舞った日、自宅に帰ったところを襲われた。顎をつかまれ、鳩尾(みぞおち)を殴られ、顔面を蹴り飛ばされた。背中を踏まれ、顔面を何度も床に叩きつけられた。金玉を握られて失禁した。「赦してくだひゃい」。情けない自分の声が耳に残っている。

騒ぐな、とあの女はささやいた。機械音声のように。

スマホは鳴りつづけた。諸角は呼吸を整える。おれは小さな誘惑に負けてきた。おなじぐらい、小さな恐怖にも負けてきた。生まれ変われ。不甲斐ない自分から脱出せよ。手にしたボストンバッグが頼もしい。

「なんです?」

満足の行く応答ができた。小馬鹿にした口ぶり。おびえは完璧に押し殺せた。

〈重和はどこだ〉

見事な機械音声。けれど、わずかに焦燥が聞きとれて、胸に自尊心が満ちてゆく。

「なんのことですか、お嬢ちゃん」

〈重和に使われているのはわかってる。奴の居場所をいえ〉

ははっと諸角は嗤う。いい気味だと肩を震わす。おれと仲良くしときゃ良かったな？　後悔しても遅いんだ。おれがおまえを助けることはない。たとえ半泣きで「赦してくだひゃい」と請われたってな。

「変な言いがかりはよしてください。わたしは何も知りません。ただの一般人、侑九くん――いや、イツキくんのたんなるファンです」

〈フォックスキャッチャーを捜したのはあんただろ？〉

からかう気持ちが消えた。「なぜ、そう思うんです？」

〈あんたが適任だからだ。百瀬に雇われて、侑九の知り合いを当たってた。有吉ってのを憶えてるか？　そいつがぜんぶ教えてくれたよ〉

はったりだ。有吉は憶えているが、奴とは二度会ったきり。重和の仕事とは関係ない。

だが、半分は正解だ。百瀬に切られ、重和から誘われた。町谷侑九に恨みをもつ者を探してくれないかと頼まれた。地元の奴、東京で仲良くしていた女、『鳳プロ』の同期生や先輩。何人か見繕って報告した。その後は知らない。アンサーズに告発メールを送り、ＳＮＳで殺害予告をする。海外を経由して小便入り注射器を小包で送る。自分の仕事はそこまでで、『暗夜行路』が行われる今日、晴れてお役御免となった。

〈重和がフォックスキャッチャーに選んだ、実行犯は誰だ？〉

「必死だなあ。やっぱり侑九くんの身が心配ですか」

搭乗口へ歩きだす。あの日とはちがう。何を吠えたところで、おまえはおれの背中に触れることすらできやしない。余裕を取り戻し、愉快にすらなってくる。

「愛する人が目の前で殺されるって、どんな気分でしょうね。まあでも、世界中にありふれた出来事だ。スマホの画面に食い入って、せいぜい楽しむといい」

〈諸角――〉

「脅しても無駄ですよ。あの部屋は引き払ってます。わたしはいません。ぜんぶ整理して、これから新天地へテイクオフです。浪漫飛行ってやつですね」

一秒もないぐらいの沈黙。〈空港にいるのか〉

「あ、本気にしました？　戯言ですよ」

〈羽田か〉

思わず舌打ちがもれる。「だからなんです？　間に合うのか？　何時にどこへ向かうかもわからないのに」

町谷亜八は黙った。もう一言ぐらい嫌味を投げつけてやろうかと思ったところで、ふと背筋が寒くなった。

なんで羽田とわかったんだ？　成田だってある。たんなる偶然？　それとも――。

いや、どちらでもいい。おれは安全だ。だがこれ以上、こいつをよろこばせたくもない。

「悪いがこれでお別れだ、お嬢ちゃん」

〈ああ、二度と会わないように願ってるよ〉

あっさりと電話は切れた。泣き声も、すがるそぶりもなし。最後まで生意気で、いけ好かない小娘だった。

搭乗口が迫ってくる。北海道でやり直す。頭の中には情報発信事業の青写真が出来上がっている。世界にはびこる嘘や綺麗事を暴き、大衆の覚醒を促す仕事。きっとおれに向いた仕事だ。敵は小さな誘惑じゃない。もっと大きな誘惑。まるで侑九が、イツキが、Qがそうであるように。

おまえらの正体、おれがぜんぶ晒してやるよ。

差し当たり芸能界のスキャンダルでも暴露して注目を集めるとしようか。

ボストンバッグを握り締め、胸を躍らせながら諸角はゲートへ歩を進める。


羽田空港に着いたのは午後三時過ぎ。第三ターミナルと直結したホテルのロビーで、わたしは重和を待っている。

諸角との通話を終え、空港周辺のホテルに電話をかけた。町谷重和の娘だと告げると一軒目で当たりを引いた。これから訪ねる、サプライズなのでまだ伝えないでほしい。ロビーは閑散としていた。第三ターミナルは国際線の発着場で、緊急事態宣言は解除されたが海外旅行のハードルは高い。フロントマンに名乗り、ロビーで待っていることを伝えてもらう。作った笑顔で伝言を頼む。「狸寝入りするんじゃないぞ」。映画か何かで知った。英語で狸寝入りは「fox sleep」というのだと。

じりじりと時間は過ぎた。重和が素直に応じるかは定かでなかった。誘いの電話をしてきたくせに、朝にかけ直したときは電源が切られていた。べつの出入り口を使って逃げ出されたら、この広い空港の中で追いつくのは不可能だ。わたしには待つことしか許されていなかった。午後五時になり、焦りが貧乏ゆすりになった。フォックスキャッチャーの名を特定し、ロクに報せて拘束する。タイムリミットは『暗夜行路』がはじまる二十一時。

「逃げたのかと思ってた」

手ぶらでやってきた男に皮肉を込めていったのは、安堵を見透かされないための強がりだった。

「わたしがおまえから逃げる必要など、露ほども存在しないよ」

チノパンにジャケットを羽織った重和はこちらを見下ろし、喉仏まで隠れそうなマスク越しにくぐもった声で訊く。「どうして、ここがわかった？」

「あんたが、町谷重和だからだ」

考えてみれば当然だった。侑九に危害を加えたフォックスキャッチャーが逃げおおせる保証はない。その場で捕まる確率のほうが高いだろう。名前や素性を馬鹿正直に明かしているとは思えないが、そいつの証言しだいでは捜査の手がのびてくる恐れはある。同時にこいつは、自分が仕掛けた祭りを遠くから眺めて満足する輩じゃない。スマホの画面に食い入って楽しむだけでは飽き足らず、できるだけ近くにいようとする。それが当たり前の権利だと勘違いして。

『暗夜行路』の顚末を見届け、すぐに海外へ身を隠す。欲望と安全に折り合いをつけた結果、ここが最適と判断した。だから、成田ではなく羽田空港なのだ。

本庄がいっていた四・七キロの移動型ライブ。その場所が、わたしにはわかっている。

「いったい何様なのかと呆れるよ」

「こんなところで親子喧嘩をはじめる気かね？　いっしょに観劇する気になったんだろう？」

「その前に――」とソファから立ち上がる。「ドライブに付き合えよ、パパ」

わたしの手には万能ナイフが握られている。

合宿場の仕切りを金原に託し、健幹は社用車を走らせた。長野自動車道を南下し、諏訪湖を望む岡谷JCTから中央自動車道へ。山梨県を抜け首都高4号新宿線にのる。神奈川へ向かう部隊とはちがい、そのまま東京を横断する。湾岸線で荒川を渡ると、右手に東京湾が小雨でけぶっていた。旧江戸川を越えた先は住所が千葉県に変わる。東関東自動車道。浦安市から千葉市へ。目的地はJR千葉みなと駅のそば、ケーズハーバーやポートタワーとほど近い場所に建つホテルだった。

その部屋に足を踏み入れ、健幹は唾を飲む。スイートルームにふさわしいソファセットで脚を組む百瀬澄人を正面に、前のめりで迫っているのは創国党の窪塚だった。

座るよう百瀬に促され、健幹は両者のあいだの席に着く。時刻は十七時前。侑九たちの衣装合わせがはじまったころである。

「彼の到着を待たされていたんですか？」健幹を見る窪塚の目つきに、あからさまな侮蔑があった。「ずいぶんな扱いですね。失礼だが百瀬さん、わたしのことを軽くみてらっしゃるのでは？」

「とんでもない」百瀬は鷹揚に受け止める。「わたしたちの企みを看破してここまでいらしたんです。最大限の敬意を払っていますよ」

健幹が金原から聞いているのは、『暗夜行路』の黙認を条件に窪塚が取り引きを求めているというところまでだ。

「窪塚さんはね、Bチームにスパイを送り込むことに成功したそうなんだ。ぼくの素性まで調べ上げ、そのうえで商談を望んでおられるんだよ」

健幹は合点した。最前線のAチームに比べ、一段後方にあたるBチームは人数も多く完璧な選別はできていない。合宿場に集まったのも今日が最初で、現場がどこかは出発直前まで秘密にしていた。

手駒のスパイから連絡を受け、窪塚は乗り出してきたのだろう。

「あらためてうかがいます。窪塚さんがわたしたちに求めるものはなんですか？」

「いつでも警察を動かせます。あなたたちの暴挙を未然に防ぐのは、駅前のゴミ拾いより簡単だ」

政治家の恫喝にも、百瀬の余裕は消えなかった。

「業務提携です。あなたがやろうとしていることは社会的な大問題になる。強烈なバッシングを浴びるでしょう。だが、おなじぐらいの強度で、その蛮勇を称える者が必ず生まれる。それをわたしたちと共有してほしい。もちろんギブ・アンド・テイクです。『暗夜行路』後、わたしはいち早くQの支持を表明します。全肯定とはいかないが、それがコロナ禍のもとで過剰な節制を強いられた社会的抑圧に対するカウンターであること、国民の本来的な権利の行使、集会結社、表現の自由の発露であると宣言します。あなたたちは、それに呼応してくれるだけでいい」

「具体的には？」

「わたしとQの対談をお願いしたい。以前にも、こっちの彼に伝えてあるはずですがね」

健幹はポーカーフェイスで困惑を押し殺す。健幹の到着まで話し合いは中断していたようだが、なぜ百瀬はそうしたのか。金原でも睦深でもなく、なぜ自分を呼んだのかがわからない。

「引き換えに『暗夜行路』を見逃すと。なるほど、悪くない条件だ」

百瀬はゆったりと微笑んだ。「ちなみに、これは党の総意と受け取ってもよいのですか？」

「青年部有志一同の意思です。ですが事が起こってしまえば、幹部も乗っかってくるでしょう」

「およしなさい」

百瀬の言葉に、窪塚が眉を寄せる。

「老人たちのご機嫌をうかがうなんて馬鹿らしいじゃないですか。ねえ、窪塚さん。わたしはあなたのこと、嫌いじゃないんです。日本国の独立、屹立、対米従属からの完全離脱。大和国家の樹立。たいへんけっこう。おもしろい」

今度は健幹が、眉を寄せる番だった。

「ですが、手綱を握られているあなたに魅力は感じない。参院の二議席？　そんな程度で満足しているようじゃ、しょせんは利益団体と変わらない」

「国政の二議席がどれほど困難で尊いか、もっと勉強なさるべきだ」

「ナンセンスです。政治なんてものは、八割がた現状維持の方便にすぎません。Qの力を得たいなら、小賢しい風呂敷は早急に畳んでもらわねば困ります。窪塚さん、党を割るお覚悟は？」

「……どうやら百瀬さんは、政治にあまりお詳しくないようだ。国政政党を維持する資金や人員を甘くみすぎです」

「すべて支援しますよ。あなたさえその気なら」

窪塚が、唾を飲むのがわかった。

「十年以内に三百人の候補を立てられますか？　ご自分の支配下に置けますか？　そのための協力なら惜しみません。わたしには夢がある。それはエンターテインメントの力、Qの力でこの国を変えること。Qの虜（とりこ）にすること。その副産物として、十年以内に投票率を二〇パーセント以下にしてみせましょう」

「なんですって？」

「投票なんてつまらないことは、金輪際させないんですよ。いままで以上に無関心へ導くんです。根こそぎ奪ってやるんです。もっと楽しいこと、もっと楽なこと、もっと熱くなれることを用意して、みずから手放させてやるんです。二〇パーセント以下となったら、もはや一般意思なんてものは死ぬ。カルトがしのぎを削る時代になるでしょう。異様な情熱を土台にした、より先鋭的で、より狂信的で、より快楽的な集団が国家権力を握るのです」

百瀬の唇が大きく広がる。

「この方法なら、十年後、あなたが大和国初代大統領になっている未来だってあり得ると思いませんか？」

魔だ。気がつくと魔の空気がスイートルームの隅から隅まで充満している。

百瀬が背もたれに身体をあずける。まるで見下ろすように窪塚へ命じる。「Qの支持表明のさい、新党結成を宣言しなさい。そうすれば、十億の融資を約束します」

「……むちゃだ。党名すら決まっていないのに」

「窪塚さん。ほんとうの夢を見たいなら、惜しみなく現実を捧げなくちゃ駄目なんです。それができないのなら、小金稼ぎに勤（いそ）しむといい」

スパイの名は？　百瀬が訊いて、窪塚は顔を逸らした。姑息（こそく）な焦らし戦術とはかけ離れた逡巡（しゅんじゅん）に見えた。余裕を演じる仮面が剝がれかけ、ひ弱な素顔がじっとりと汗をかいている。

「しかし――」

顔を上げた窪塚に、

「スパイの名を」

最後通牒が突きつけられた。

ぬくもりの欠片すらない眼差しに射すくめられ、窪塚は肩を落とした。「ヤマダと名乗っています」そう告げて、どこか気まずそうに健幹のほうをちらりと見やった。「ですが、あの人を止めるのは……」

「けっこう。対処はこちらでします」

百瀬の右手が出口へ向く。

操り人形のように窪塚が去り、健幹には困惑だけが残った。

「正気ですか？」

百瀬は涼しい顔でスマホにメッセージを打ち込んでいる。「窪塚に任せて安心とはなりませんからね。自称ヤマダくんはマオに捕まえてもらいます」

「ではなく、あなたが窪塚に語ったことです」

口もとが、ああ、と大きくゆるむ。「誇大妄想がすぎますか？　だが、ゆえにおもしろい」

「Qを巻き込まないでください」刺すような声になった。「あの子に安っぽいペテン師の広告塔をさせる気ですか？　馬鹿げてる。愚の骨頂だ。あなたやMiyanに何をいわれても、彼は政治どころか社会について、人生や恋愛についてさえ、具体的には何も語ってこなかったんです。その効果はあきらかでしょう？　Qが空だからこそ、観客は彼のメッセージを自分の言葉で語り直さずにいられない。自分の望みや欲望を晒さずにいられない。Qはすべてを飲み込み、すべてを吐き出させる穴なんです。それがあの子のやり方で、あの子の魅力だ」

「なるほど。ウイルスとも似てますね。それ自体は目的をもたず、生命であるかすら定かでなく、ただ拡散し、侵食する。その存在が何者か、何を意味しているのか、こちら側が勝手に受け取り、解釈し、勝手に変わる」

「あの子は、そんなことを望んでない」

「そう、あなたがおっしゃったとおりです。彼はただ、観客の欲望を引きずり出すだけ。その結果、たとえ世の中が壊れても、それは大衆がみずから望み、選んだ未来にほかならない」

百瀬の顎が、宙へ向く。「理想の世界、理想の自分。変化には痛みがつきものです。コロナが高熱をともなうように、Qというウイルスにも強烈な作用がある。安定をかき乱し、ときに破滅すら招きかねない痛みを受けいれるのは、まともな神経じゃないのでしょう。でもぼくは、半ば本気で思ってるんです。異様な情熱をもたない者は、けっきょく何もしないのだと。平熱のまま、日々に消費されていくだけなのだと。そんな奴らは、美と快楽にひざまずくほうがいい。でないなら、いっそ滅んでしまえばいい」

「――やっぱり、あなたは不思議ちゃんだ」

鼻で笑われた。けれど嘲りは感じなかった。むしろ共感のようなものがある。

「まあ今後のことは、いずれご自身で決めてください」

「わたしに、そんな権限はありません」

「『暗夜行路』終了時点で、ぼくは捕まる」

明日の曜日を確認するように百瀬はいった。

「当然でしょう。誰かが責任をとらねばならない。あなたはしょせん雇われの身、しかも立場は派遣会社からのアルバイトです。騙されていた――で済む」

ディレクターやダンサーたちのように。

「あらためて会社化した『タッジオ』に、ぼくの全資産は移してあります。そして新生『タッジオ』の、次期社長はあなただ、ジョーさん」

は？　と健幹は言葉をなくした。

「断らないでください。計画を練り直す余裕はないので」

「ご冗談でしょう？」

「あなたならできる。それはマオも睦深さんも納得してます」

「無理です。わたしはまだ二年目のペーペーだ」

「だが、Qのそばにいた。いちばん近くで感染し、そして変わった」

何も、いい返せなかった。

「捕まるからといって、ここでリタイアというわけじゃない。身がきれいになったら戻ってきます。そのとき、あなたがどうしてもというなら席を替わってあげてもいい」

でも、と百瀬は笑う。「そんな心配は不要だと、ぼくは確信していますが」

やはり、健幹は何もいえない。

「窪塚のことは好きにしてください。利用できないと思えば切ってしまってかまいません。融資は口約束にすぎないし、約束をしたのはぼく個人。破産状態にある百瀬澄人だ」

百瀬のスマホが鳴った。届いたメッセージを確認し、小さくうなずく。

「ヤマダくんを、無事に拘束したそうです」

無理やりなら訴えられる恐れもある。

「それもすべて、百瀬さんが引き受けるというんですか？」

「ぼくだけで済むならそうしたいが、さすがにそれで終わりとはならないでしょう。申し訳ないが、おふたりには道づれになってもらいます」

金原真央と――。

「睦深が？」

百瀬がこちらを見た。笑みはなかった。慈しむような、澄んだ瞳が健幹を見ていた。

なぜ、自分なのか。金原でもなく、睦深でもなく、自分が後継だった理由。その答え。

ほんとうの夢を見たいなら、惜しみなく現実を捧げなくちゃ駄目なんです――。

「ジョーさん、そろそろ出てください。ぼくもスタンバイします」

百瀬が腰を上げる。「まずは現在（いま）を楽しみましょう」

時刻は十八時過ぎ。『暗夜行路』まで三時間。


羽田インターチェンジから首都高速1号を北上した。夕刻だが道は空いていた。十分少々で湾岸線に合流する。

助手席の重和はリラックスしていた。両手を腹のところで組んで、車窓を眺めていた。音楽はないのかと訊かれ、念仏ならあるとわたしは答えた。親父の趣味は黴臭くてかなわないと重和は鼻で笑った。

「物心ついたとき、あの家で一生を費やす未来を想像して身悶えしたよ。工場と空き地と東京湾の臭いしかない場所だ。昔から汚い便所が嫌いでね。遠くから眺めるだけで吐き気を覚える性分だった。まだ小さいころ、地域で幅を利かせていた裕福な友人の家へ遊びに行ってね。そこの便所が汲み取り式だったことに絶望したよ。古い屋敷なら、まだそれがめずらしくない時代だったが、当時のわたしは衝撃を受け、ある重要な気づきを得た。自分は生まれ損なったのだと。生まれてくる場所をしくじったのだと」

　中央環状へ入る。

「それからは学業に励んだ。スポーツ選手は無理だろうし、芸能人になれるとも思えなかった。学業はわかりやすい。問題があり解答があり、正誤がある。数字は公平で公正だった。天才的な閃きなど要らない。ひたすら反復すればいい。それで未来が拓けるなら安いものだ。微笑ましいエピソードや甘酸っぱい思い出は犠牲にしたがね」

「つまりあんたの自己実現は、水洗便所だったわけだ」

　陽が暮れはじめる。街灯の明かりが灯る。

「間違いではないよ、亜八。わたしは快適を求めた。手段を見つけ、努力を重ね、それを得たのだ。なんら恥じるところはない」

「ウォシュレットを愛する便所虫がいるとはな」

　くっと重和が喉を鳴らした。「大丈夫なのか？　わたしの機嫌を損ねて、訊きたいことが聞けなくなっても」

「どうせまともに頼んでも、あんたはおもしろがるだけだ」

アウディは池袋方面へ上がってゆく。やはり交通量は多くない。

「フォックスキャッチャーは誰だ？」前をみたまま、わたしは訊いた。「あんたが手駒にして操っている実行犯は」

重和の返事はない。

「そんなに、わたしと睦深が憎いのか？」

「憎い？　それはちがう。わたしはおまえらを愛している。血のつながりなど関係なく、親子だと思ってる。そういう感情が、自分にも存在することに驚いたくらいだ」

「ふざけるな。だったらこんな手間とリスクをかけて、侑九を狙う必要はない」

「愛ゆえだよ、亜八」

重和はあっさりと、自分が首謀者であることを認めた。

「わたしは長年、それが何かわからなかった。愛する感覚も愛される感覚もね。義務だと理解していた。本能が課してくる義務。社会に要請された義務。すると、愛の対価とはなんだろうか。本能や社会による一方的な搾取でないなら、義務を果たした見返りは？　――まあ、つまらない話だが、わたしにとっては重要だった。金を得て、快適を獲得したにもかかわらず、わたしは渇いていたからね。それだけでは不充分だったのだ」

重和は語りつづける。「シングルマザーと関係し、子を取り上げる。変態的な支配欲だとおまえはいったね。半分は合っているのかもしれないが、もう半分は切実な問いだった。彼女たちが一度でも、贅沢で安楽な生活を捨て、我が子を選ぶなら、愛を選ぶなら、わたしには祝福の用意があった。だが、そんなことは起こらなかった。彼女たちは一様に、わたしと別れる時点になっても子どもの心配はしなかったよ。わたしが子どもを差し出すなら手切れ金を増やすというと、密かに顔を輝かせたものだ。睦深の母親にいたっては、金に関係なく引き取れと求めてきた。わたしには必要ないから、あなたが勝手に育ててくれとね」

池袋の景色が揺れる。わたしは吐き気を無理やり飲み込む。

「おまえの母親も似たようなものだった。つまり、快適なのだよ。ひとりのほうが快適なんだ。無償の愛などという得体の知れないものよりも、おのれの快適さを彼女たちは選んだわけだ。わたしはそのたび、ほっとした。わたしは間違っていないのだと。真実の側にいるのだと」

池袋を過ぎ、アウディは新宿方面へ走る。

「母性などまやかしだった。本能と社会が仕掛けた幻想にすぎず、放り出せるなら放り出したい程度のもので、じつは誰も望んでいない。だがそこに、例外が現れた。和可菜だ」

「――なんだって?」

「和可菜だよ。彼女は、侑九を愛していたんだ」

がくん、と思考が縁石に乗り上げる。

「だからあいつは侑九のもとへ戻った。我が子といっしょに暮らすため、一方的に別れ話をもちかけてきた」

「嘘をつくな」拳がハンドルを打った。「あいつこそ金目当てだった。鳳プロと金で揉めて、邪魔をした張本人じゃないか」

「子どもが得たチャンスを最良のかたちで実現させるため、大人が交渉に当たるのはごくふつうのことだ」

「ちがう。ただの自分勝手なくそ女だ」

「おまえは和可菜の、何を知っているんだ?」

何度か会った。数回だけ。あとはぜんぶ、ロクから聞いた。

「あれは愚かな女だ。それは間違いないだろう。頭が悪く、簡単に騙される。優しい言葉をかけてきたクズに引っかかって侑九を産んだ。ろくな稼ぎもなく、途方に暮れていたところにわたしが声をかけたのだ。あいつはわたしを、少しも好いていなかった。まさしく金だけが目的だった。だがそれが、侑九を守るための選択だったとして、何か矛盾が生じるかね?」

頭がぐるぐるする。目をつむりたくなる。

「和可菜はわたしを利用していたのだ。自分を犠牲に、人並みの生活を息子に与えようとして」

「……嘘だ。侑九は、いまでもあいつを嫌ってる」

「子どもが母親を邪険にするのはめずらしいことじゃない。本音だとしても、照れ隠しなのだとしても」

「椎名とポルノビデオを撮ったのはどう説明する? あれも親心だというのか」

「動画に和可菜は出てくるか? カメラを回している誰かと、せいぜい女性のものらしい手が映っているだけだろう? それが和可菜だと、どうやって判断できる? 椎名翼が連れてきた協力者じゃないと、どうして確信できるんだ? そもそも彼女があの動画に関わっていたと、おまえは本人から聞いたのか?」

新宿の夜、キュウはどういっていた？ ——和可菜の奴、マジで金なかったからね。翼くんも持ってくだけで一銭もくれないし。靴下ぐらい、新しいのが欲しいじゃん？ だから翼くんに、小遣い稼ぎしようっておれから提案したんだよ——。

「椎名翼に、侑九は懐いていたそうだ。おそらく表面的なお芝居だったのだろうが、和可菜は勘違いした。この人なら、侑九の父親代わりになってくれるかもしれないと」

売春の真似事をしていたのも、侑九のためだと？

「和可菜は愚かだ。だが、愛はもっていた」

「……それだって証明できない」わたしはハンドルをきつく握る。「あんたの御託は、あいつに悪意がなかったことの証明になっていない」

「当たり前だよ、亜八。白か黒か、ゼロか百かで測れる人間などいないんだ。事実はひとつだとしても、解釈は無限にあり得る。ようは何を信じるか、信じきることができるかだ」

もうひとつ、と重和が指を立てる。

「もうひとつ教えておこう。八年前にあった事実を」

「やめろ。黙れ」

「そんな和可菜を、なぜ睦深は殺そう、と決めたのか」

耳を塞ぐための両手はハンドルにひっついている。

「やり方に問題はあろうと、和可菜は侑九のことを考えていた。成功と幸せを望んでいた。疎ましく思っても、殺そうとなるのは行きすぎだ。脅威というなら、むしろ椎名翼のほうだろう。だいぶタチの悪い兄がいたそうだからな」

「――諸角に聞いたのか？」

「なかなか優秀な男だったよ。おまえに痛めつけられた教訓のおかげか、おかしなスケベ心を見せてくることもなかったしな」

重和は前を見たままマスクの顎をさする。「和可菜は、椎名翼の殺害を失踪に見せかけるための道づれにすぎなかったのか。あり得なくはない。だが、それにしても殺してしまおうと考えるには、もっとふさわしい理由が要ると思わないかね？　並々ならぬ、情念が」

たとえば、と息をつく。

「たとえば侑九が、母親を心から愛していたというような」

「……あり得ない」

「ほんとうに？　おまえはしょせん、睦深にアレコレ吹き込まれていただけだろう？　いちばん近くで和可菜と侑九を見つめていたあいつが、そこにある愛情を嗅ぎとったとしても不思議はない。自分には縁のなかった肉親の情、無償の愛」

つまり――。

「嫉妬だ」

アウディは五反田(ごたんだ)を越え、中央環状の二周目へ向かう。

「そう考えると、もうひとつの謎が解けるのだ。車の謎だよ。あれを睦深はどうやって処分したのか」

椎名大地の愛車、赤いオデッセイ。

「車はいまだ見つかっていない。よほど上手い隠し場所があったのか、完璧に隠滅したのか。――

どちらも、そうとう難しい。女子高生がやってのけたと考えるのは無理がある。だからわたしは、こう思うのだ。端（はな）っから睦深に、あれを本気で隠す気はなかったんだろうとね」

「……もういい」

「車は八年間、たまたま見つからなかった。山奥に乗り捨てたか、東京湾に沈めたか。ともかく睦深の予想を超えて、上手くいってしまったのだ。車が見つかれば、ふたりの失踪は事件化されたにちがいない。そのとき、いちばんの容疑者になるのは誰だ？」

「もういいといってるだろ！」

「おまえは不思議に思わなかったか？　それまでまったく付き合いのなかった和可菜が、なぜ睦深とはいっしょに暮らし、自分だけをこんなにも嫌うのかと」

遊びに行っただけで怒鳴られた。殴られた。男の恰好をした女に対する嫌悪だとばかり思っていた。思い込んでいた。

「たとえば睦深が、和可菜にこう吹き込んでいたとしたらどうだろう。亜八は侑九にぞっこんで、いつも隠れてよからぬ遊びに耽（ふけ）っている――と」

まともな母親が、必死に息子から遠ざけようとする正当な理由。

「椎名翼に目をつけられた理由は？　和可菜の差し金だとまだ信じるか？　だが忘れてはいけない。睦深にはあったのだ。いずれ罪を押しつける共犯者に、ふたりを殺す動機をもたせる必要が」

機会もあった。いっしょに住んでいたロクには、和可菜と付き合っていた椎名翼にいじめをけしかけるチャンスがいくらでも。

「オデッセイが見つかって失踪が殺人事件になったとき、共犯者が富津にいなかったら？　事件の直後に家出していたら？　ふたりを殺す充分な動機があったら？　犯人の汚名を着せるのは容易いだろう。では、もし、富津にとどまっていた場合は？　共犯者が自分たちのそばにいつづけたなら、睦深はどうするつもりだったんだろう」

いや、と重和はいい直す。「共犯者が取り調べで何を暴露するか不確かである以上、どちらにしてもその人物が捕まることは避けねばならない」

わたしはもう、息ができない。

「共犯者はみずから東京へ出て行き、オデッセイは見つからなかった。みなが失踪を疑わなかった。だから放っておくしかできなかったが、あの子はきっと、後者のストーリーを想定していた。むしろ失踪が、殺人事件としてきちんと解決するほうが、侑九の未来にも後腐れがないとすら考えていたはずだ。もっといえば、犯人と思しき容疑者が観念して自殺する――そんな結末を望んでいたにちがいない」

わかるだろう？　と重和がマスクをずらし、口髭がのぞいた。

「睦深がほんとうに殺したかったのは、おまえなんだよ、亜八」


一階にある大型車両用の駐車場は空いていた。人目につきにくい、奥まった指定の位置には夕方からAチームのメンバーがダンプを駐め、やってくる本隊のトレーラーと入れ替わりで場所を譲る手はずであった。

健幹が到着したとき、すでに作業ははじまっていた。四台のトレーラーの荷台コンテナからシートが剝がされ、銀色のメタリックな素肌にクルーが化粧を施してゆく。いくつもの配線、リモートカメラ、カメラの移動レール。

腕時計が示す時刻は十九時五十分。変に目立って施設の職員に止められるわけにはいかないから、クルーたちは静かに、そして確実に作業を進めていった。

ディレクターを見つけて、健幹は首尾を尋ねた。問題ない、中継車は屋上駐車場に、ドローンの発射部隊は展望デッキでお茶をしているよ――。周辺はドローン禁止区域だが、そんな遵法精神の持ち主は端っからここにいない。

雨はあがっている。心配なのは風だが、それも許容範囲だという。

「本庄部長は？」

「まだだ。Qといっしょにくるんだろ？」

急用かと訊かれ、曖昧に首をふって健幹はその場を離れた。

侑九とダンサーチームの合流は二十時の予定。そこから車両チームが動きだす。まずはBチームが川崎で。つづくAチームは三階の一般駐車場で。

いまを逃せば、睦深と話す時間はとれないだろう。

けれどいったい、何を話せばいいのか。何を話したいのか。

首にぶら下げたスマホへのびかけた手を止める。電話で済ませられるわけがない。逮捕を覚悟している彼女に伝える言葉がなんであれ、直接会わなくてはならない。

落ち着けと、健幹は自分にいい聞かせた。捕まるといったって、刑務所に入れられる罪になるかはわからない。道交法違反、不法占拠、各種条例違反、騒乱罪……まさか内乱罪は適用されまい。

睦深の立場なら、よほどイレギュラーがないかぎり最悪でも執行猶予がつくだろう。何も人を殺そうってんじゃない。

睦深は殺している。和可菜と椎名翼を。

無関係だ。それは失踪で片がついている。ほんとうに？　警察は告発メールを無視するだろうか。この件をきっかけに再捜査に踏みきる可能性は？　どこかから証拠が見つかり、あらためて彼女が裁かれる恐れはゼロか？

いや、そもそも――。

ぼくは、人殺しの妻を愛せるのか。

目を逸らしてきた疑問が鋭く突き刺さった。吹き抜けの立体駐車場にコンクリートを踏む足音が響くなか、健幹は自問自答する。

――愛せる。Qがあるなら、できる。たとえ彼女が何者だろうと、いっしょにやっていく自信がある。

では、Qのない睦深は？

プロジェクトQが、町谷侑九という夢が潰えてしまったとき、覚めてしまったとき、ぼくらは以前のように互いを必要とするのだろうか。

出入り口のそばで立ち止まり、そして健幹はうずくまった。この期におよんで『暗夜行路』の中止だけはあり得ないと思っている自分自身に、初めて恐れを抱いた。睦深が了承しなくても、無理やりにでも、この異様なイベントを止めてしまえば日常は戻ってくるのだ。なのにそれは、遠い国の童話のように現実感をともなわない。睦深が捕まろうが誰かが死のうが、それだけはあり得ない。

常軌を逸した確信が、ずしりと脳を支配する。額に手を当てると、火傷しそうなほど熱かった。出会ったころの睦深。付き合いだしたときのはにかんだ笑顔。身体を重ねた夜。おなじ部屋で暮らしたささやかな日々が、なぜこうも色あせているのか。

ステージに立つ少年。きらめきを踊る美の化身。音楽、観客、一千万再生。十億という金を、関わる人間の時間と労力と才能を、ただの踏み台にしても許される輝きは身を焼くほどの自由と傲慢に満ち、同時に痛々しい献身の周波を放っている。美であることへ、Qでありつづけることへ。自由と傲慢と献身の混沌のその疾走と高揚の只中で、踊り狂わないすべなどあるのか？　捨て去ることができるのか？

おれは、Qとともにいたい。侑九がつくる世界を観たい。

けれどぼくは、何を犠牲に、その未来を選ぶのか。

まぶしいライトが直射する。二台の配送用大型トラックが迫ってくる。うずくまる健幹を歯牙にもかけず通り過ぎ、奥へと向かう。腰を上げ、健幹はそれを追った。荷室に乗っているであろう侑九を、デレクを、茅ヶ崎を、そして睦深を。

トレーラーのそばに駐まったトラックへ駆け寄ると、ちょうどロックが外され、荷室の扉が開かれた。考えはまとまっていなかったが、睦深を連れ出して意思を確認し、そのうえで自分が身代わりになると申し出るしかないように思われた。君が残るほうがQのためになる——。その口説き文句はどんな甘言や懇願よりも響くだろう。

開いた扉から転げるように飛び出してきた人影が、待ちかまえる健幹の胸にぶつかった。思わず受け止めたその人物は茅ヶ崎だった。青ざめた顔で縮こまり、うげっと健幹の背広へ彼女は吐いた。

唖然（あぜん）とする健幹の目の前で、荷室の縁に立った睦深がこちらを見下ろしていた。嘔吐する茅ヶ崎を気遣うでもなく、その眼差しは人間らしいいっさいの感情を排していた。

睦深が無言のまま扉を閉ざした。すがるように飛びつこうとした健幹を「よしなさい」と茅ヶ崎が止めた。

「あなたの出る幕じゃない」

「――何があったんです?」

「何も。何もない。Qもデレクもダンサーたちも、誰も何もしゃべらない。動かない。ただ延々と呼吸だけを繰り返してる。すごい集中力。怖いぐらい」

ハンカチで口もとをぬぐいながら、

「邪魔をしちゃ駄目。誰も、あの世界には入れない」

いって無線機を健幹に押しつけてきた。本番十五分前に状況を報告すること。それまで連絡は無用。睦深の命令を伝え、よろけながら茅ヶ崎は離れてゆく。

残された健幹は背広の吐物にかまうこともなく配送車の扉を見つめた。ついさっきまでそこに立っていた睦深の冷徹な、厳然と、悲壮感すら漂う眼差しを思い返し、ぞっとした。

君は――、もしかして君は、いちばん最初の初めから、ぼくを必要としていなかったんじゃないか? 扱いやすい性格と、安定した経済力。それだけを目当てに、ぼくを選んだんじゃないのか?

ただ、侑九のために。

「ジョー、まずいぞ」ディレクターが張りつめた様子で寄ってくる。「風が吹きだした」

「去年、富津の家でおまえに会って気づいたよ」

重和は淡々とつづけた。「練馬のマンションにやってきたときのおまえは、痛めつけられて死にかけた野良犬だった。それが半年後にはどうだ。人間の顔をしてるじゃないか。人間どころか、あれは女の顔だった。あとから知ったよ。その間、おまえが侑九と再会していたことを」

口髭が、ふくみ笑いのかたちに歪む。

「もともと和可菜が殺された予感はあった。ならば犯人は睦深だろう。だが、あの子の計画にしては運を天に任せすぎている。それも、初めからおまえを犯人として処分するつもりだったとするなら腑に落ちる。睦深が、和可菜や椎名翼とおなじぐらい、おまえを邪魔に思っていたのだと考えればね」

わたしは強引に家出を決めた。それを打ち明けたとき、たしかにロクはもう少し待てと引き止めてきた。あれが犯人としてわたしを処分する――自殺に見せかけて殺すための時間稼ぎでなかったと、わたしに証明する手段はない。

「あの子にとって、侑九は偶像だったのだ。遊びで女と通じるのは平気でも、愛は許せなかった。人が人を愛するのは、神ならぬ人間の所業だからな」

アウディが臨海副都心を過ぎる。外はもう夜を受けいれている。

「娘ふたりが息子をめぐって憎み合い、挙句に母親を殺したわけだ。保護者として、責任を感じて然るべきだろう？　もっとおまえらと時間を過ごし、もっと与えておくべきだったと反省したよ。この事態を終わらせるのは、父たるわたしの義務であり、愛なのだ」

「狂ってる」吐き捨てた自分の声が、苛立ちにささくれている。「愛？　保護者だと？　ふざけるな。ぜんぶ、てめえが原因じゃねえか」

「そのとおりだ、亜八。わたしが原因なのだ。わかるかね？　原因からは逃げられない。これまでもこれからも、おまえらは真の意味でわたしから自由になることは叶わないのだ。だからこそ、わたしはおまえらを裁き、導かなくてはならない。多大な犠牲を払ってでもね」

「だから、侑九を襲うのか」

「あれは突然変異の妖狐だよ。無邪気な嘘で人を惑わす、良くない子どもだ」

重和がホルダーにスマホを差す。画面にプロジェクトQのサイトが映る。

「さあ、いっしょに悪霊祓いの儀式を見守るとしようじゃないか。おまえも睦深も、正気に戻るときがきたんだ。いかなる偶像もピストルで撃てば死ぬ人間であるという現実と、それを止めようがないおのれの無力を直視して、ようやく人は夢から覚める。『暗夜行路』とは、なかなか示唆的なネーミングだな。その旅路の果てに、わたしたちはもう一度、親子の関係を結び直すことになるだろう」

「あんたの玩具としてか」

「ふさわしい従属こそ幸福なのだと知りなさい。こちらも、ふさわしい慈悲をやろう」

「なら、いますぐ実行犯に連絡して馬鹿な真似をやめさせろ。そしたらケツの穴だってなめてやる」

「残念だが、それはできない相談だ。おまえらは侑九の毒にやられすぎてる。対症療法では間に合わない。根本治療が必要なのだよ」

「――Qの動画を観たのか？」

重和が、いぶかしげにこちらを見やった。

「どうなんだ？　観たんだろ」

「だったら、問題でもあるのか？」

「なるほどな」

わたしはアクセルを踏む。

「ようするに怖いんだ、あんたは侑九が」

右車線へハンドルを切る。

「自分より力をもとうとしている小僧が、怖くて仕方がないんだ。睦深のこともそうなんだろ？あいつはあんたの予想を超えた。それが気に食わなくて、おしおきをせずにいられなくなったんだ」

「教育という意味では否定しないよ。知る者の知恵を、知らない者は耳うるさいお節介にしか受け取らない」

「あんたのは、たんなる独占欲だ」

「独占欲と愛は常に共犯関係にある――亜八、スピードを落としなさい」

「ちがう。愛の共犯は、狂気だ」

「亜八――」

ギアをトップに。アクセルを踏み抜く。どうん、と車体が跳ねる。加速する。景色が飛ぶ。前を走るステップワゴンを抜き去り左車線へ侵入し、もう一台セダンを抜いて右車線へ戻る。

「和可菜が愛情をもっていただと？　だからなんだ。あいつは侑九の未来に邪魔だった。消すにはそれで充分じゃねえか。わたしに罪をなすりつけようとしていた？　だったらあいつはオデッセイにわたしを乗せたはずだ。たった一言、椎名翼の遺体を積み込めと命じればいいだけだったんだからな」

ロクは、それを自分でやった。オデッセイが見つかったところで、わたしが殺したという証拠は出ない。

――しかし、服は？　椎名翼の返り血で染まったわたしの服を、あいつは死体といっしょに持ち去り、そして廃工場のドラム缶にそれはなかった。着衣のままの死体の処分を、わたしに任せておきながら。

「――あとから殺すつもりだっただと？　馬鹿にするなよ。あいつは、もっと上手くやる。わたしたちが想像もつかないような方法を考える。それでこそ、ロクだ」

考えてはいけない。これ以上、考えては。

「亜八」と、ふたたび助手席からうめき声がする。わたしはアクセルをゆるめない。ひたすら前へと突き進む。荒川を渡るとすぐに隅田川が現れる。のろまな先行車たちをぶち抜いてゆく。ジグザグにかわして置き去りにする。速度が生む圧力が胸と腹を締めつけてくる。小石でも踏んだのか、ぐわんと滑る車体をハンドリングとアクセルでねじ伏せる。

「よせ」重和は助手席のシートに背中をくっつけ、身を固くしていた。「死にたいのか」

「フォックスキャッチャーの名前をいえ」

「捕まるぞ。こんな暴走はすぐに」

「かまわない。その前に終わる」

道の先にカーブが口を開いている。わたしはアクセルをゆるめない。

「やめろといってる！」

前だけを見る。心臓の音がする。喉からせり上がってくるものを噛み殺す。

左右の車線、前後にならぶ二台の車。彼らも法定速度を超えているはずだが、アウディは瞬く間にそのテールに迫る。速度を落としてカーブにふくらむ二台の隙間へわたしは突っ込む。ギャン、と金属がこすれる音が後方へ遠ざかる。目の前にガードレールが立ちふさがる。ハンドルを切る。タイヤが悲鳴をあげる。重和の真横のガードレールに車体がこすれる。こすりつづける。窓の外で火花が飛び、引きつった重和の脂汗が街灯に照らされる。ガードレールにぶつけながら、わたしは車体を無理やりに立て直す。カーブの先のストレートは交通量を増し、いくつものテールランプがひしめいていた。その中央を全速力で突破する。方々から怒鳴るようなクラクション。金属音。すべて無視してわたしは進む。重和側のサイドミラーが弾け飛ぶ。

「頼むからやめてくれ」

重和の声から、威厳が剝がれかけていた。

「名前をいえ」

「冷静になれ。どうせ間に合わない」

「冷静なんて、くそ食らえだ」

テールランプのあいだを突っ切る。次のカーブは板橋ＪＣＴの向こう。出口で五号池袋線と合流する。無事で済みたければ奇跡を祈らなくてはならない。

わたしはハンドルを潰れるほど握り締める。身体が前のめりになる。眼球を支える筋肉がねじ切れるほど張りつめて、血が集結する。

時間を圧縮したような一瞬、音楽が聴こえた。メロディにならないメロディ。歌詞を超えた叫び。あの子のささやき。

「日山歩(ひやまあゆむ)だ！」

重和の悲鳴が車内に響いた。

「日山歩。嘘じゃない。誓ってもいい。だからスピードを落とせっ」

カーブの入り口がわたしを誘う。この男を殺してしまえ。いまが復讐のときだ。

「――何者だ？」

わたしはアクセルをゆるめ、ブレーキを利かせながらカーブへ進入させた。

重和が、大きく息を吐いた。肌の皺から、どっと汗が噴き出る。何者だという催促に、何歳も歳をとったような嗄(か)れた声が答えた。「何者でもない。ただの若い男だ。たぶん、おまえも知ってる」

記憶を探っても憶えはなかった。だが、誰であろうと変わらない。

遠くからパトカーのサイレンが聞こえ、わたしは北池袋インターチェンジから下道へ降りた。スマホを取り出しロクにかけるが、コールもしない。

「もういいだろ。降ろしてくれ」重和の泣き言を無視し、その場を離れる。ここは逃げきれてもオービスは許してくれない。数日以内に捕まるだろう。それでもいい。凶行を止められるなら。

もう一度ロクにかけるが電源は切られたままだ。

「何を与えた？　どうやって侑九を狙う？」

「――拳銃だ。アシのつかないやつだよ」

有効射程距離は数十メートル。遠くから狙って致命傷を与えられる代物ではないという。

「どこにいる?」

「どこって、現場だ。現場にいる」

まだ発表されていないその場所を、重和に教えられずともわたしは確信していた。成田でなく羽田。少しでも現場の近くにいたかったから、重和は選んだのだ。

『暗夜行路』が催される場所――東京湾アクアブリッジまで、ここから下道で一時間ほど。時刻は午後八時過ぎ。


浮島インターチェンジ直結とも呼べる青空駐車場から続々と車が発進した。事前に多額の利用料を払い、昼からほぼ貸し切り状態だったその場所を、三十台におよぶ乗用車がヌーの大移動のごとく動きだしたのである。目的地へつながる入り口はひとつだが、そばには首都高速湾岸線や神奈川6号川崎線が合流する川崎浮島JCTがあり、複数のルートから一般車両が入り込んでくる恐れがあった。車両部Bチームと名付けられたアンサーズたちに与えられた使命は、こうした一般車両を排し、一時的に川崎から海ほたるまでの道を占有することだった。

そのためには規律に沿った行動が必要だった。まずは出発のタイミング。早すぎても遅すぎても『暗夜行路』の妨げになりかねない。いったん発進してからの後戻りは難しい。

駐車場を出た一団はぎりぎりまで車間を詰め、余所者が紛れ込む隙を与えないまま料金所を無事通過した。高速道路に入ったのちも指揮官の腕は問われた。側道からやってくる一般車両に追い越させるか、置き去りにするかを決めねばならない。先頭を行く白いプレリュードに乗った金原真央の指示で、彼らは首尾よく塊となって海底トンネルへもぐり込んだ。二車線の道をそれぞれ十五台ずつで完全に埋める。金原の指示でじょじょに速度を落とす。やがて約九キロのトンネルの真ん中で完全に停止する。最後尾の後ろにつける一般車両の運転手は何があったのかと首をひねり、舌打ちをするかもしれないが、せいぜい事故かと推測するぐらいだろう。十五台先の道はじつはきれいに開けているが、それはおよそ七十メートルも離れた真実なのだ。

　こうして人為的な渋滞が出来上がる。

　トンネル内の異常に気づき、交通警察が現れるまで十五分ほどは猶予があると金原たちは見積っていた。出発から料金所を越えるまでが二十分、トンネル内で徐行に切り替え、完全停止まで二十分。そこに十五分を足して二十時五十五分。早めに警察がきたところで道を塞ぐ障害物を排除するのは簡単ではない。じっさい先頭の二台は嘘偽りなく走行不能状態となるからだ。エンジンを眠らせる細工はシンプルで、間違いが起こる可能性はゼロだった。

　この封鎖作戦において、法的責任を免れないのは先頭の二台のみ。残りの二十八台は巻き込まれただけ。たとえそれで押しきれず、なんらかの罪に問われたところで、アンサーズのメンバーが後悔を口にすることはないだろう。多くの者がQに捧げた勲章だと胸を張りさえするだろう。

　彼らのイカれた信仰心に思いを馳(は)せると、金原は強烈な性的興奮に襲われる。誰かの妄信や崇拝を眺めるのが好きなのだ。両親は風水に嵌まって資産を溶かした。イデオロギーに殉じた兄は本国へ帰り投獄された。悲惨な末路と他人はいう。おかげで苦しい時期もあったが、けれど金原は家族の生き方を愛していた。安心安全を堅守し、波風から距離を置く小賢しい人間などつまらない。萌(も)えない。異様な信仰にこそ快楽はひそんでいて、その想いが真摯であればあるだけ、純粋であればあるだけ、そして費やされる犠牲が大きければ大きいほど、脳が痺れ、肌が粟立つ。自分は捕まる。下手をすれば百瀬よりも重い罪を背負わされるかもしれない。だが金原に不満はなかった。町谷侑九という少年は、プロジェクトQは、あるいは百瀬澄人という狂信的浪漫主義者は、外から眺めていただけの自分が、初めて犠牲を払う側になってもいいと思える対象だった。裁判所か刑務所で、きっとあたしは人生最高のオーガズムを味わうことになる。

愉悦のときを妄想しながら、「減速」と無線機に命じる。

外からの侵入を防ぐのがBチームの仕事なら、内側の邪魔者を閉じ込めるのが佐野勇志率いるAチームの最重要任務だった。海ほたるパーキングエリアには一階、二階、三階に駐車場がある。一階は大型車用。一般車両はそれぞれ、二階が木更津側から上ってくる車用、三階が川崎側からトンネルを下ってくる用と住み分けがされているが、Uターンもできる構造のため出入りは単純ではない。

車両チームに課せられたミッションは『暗夜行路』がはじまる二十一時からの二十分間、アクアブリッジ川崎－木更津間の下り側道路を、無人の海上ステージとすることである。

当然、海ほたるから木更津へ向かう車を素通しにはできない。橋のたもとに車両をならべ壁をつくることは簡単だった。けれど『暗夜行路』は一階駐車場からスタートする。これは演出上の都合だが、演出の都合以上に重要なものなどないと勇志たちは確信していた。

結論からいうと、海ほたるの二階、三階両駐車場の木更津側出口のすべてに壁をつくることとなった。横向きに三台もならべればバリケードは出来上がる。おなじように周回道路から合流する外の出入り口も封鎖する。海ほたるには本隊スタッフの助けも借りて、計三十五台の一般車両が待機しており、うち二十三台がバリケードに費やされる。

一階駐車場にもバリケードを敷きたいが、Qが出発する扉は要る。そのうえで、ぜったいに横やりを許さない方法をとらねばならない。この解決策は勇志が提案し採用された。そこに誇らしさを感じずにいられない。

もうひとつ、Aチームには重大な使命があった。海ほたるとアクアブリッジの異変に気づいた警察の介入を防ぐという任務だ。川崎側はトンネル内のBチームが引き受けてくれる。Qが出発後、海ほたるの最後の出入り口も封鎖する。警備員のひとりも通さない覚悟で精鋭が目を光らせる。そして当然、木更津金田(かねだ)料金所からやってくるパトカーも止めねばならない。上り方面は木更津で待機していたチームがつぶす。下り側十二ゲートが勇志たちの受け持ちだ。

海ほたるに残る者が八人、料金所へ特攻する者が十二人。警備員との揉み合いを覚悟しなくてはならない海ほたると、道交法違反が確定し、まっ先に警察と衝突するであろう料金所のどちらが危険かは微妙なところだったが、勇志は特攻組を選んだ。海ほたるにはプロジェクトQの人間も残るが、料金所はそうじゃない。リーダーとして、チームを指揮する者が必要だ。そして適任者は自分以外にいない。

――建前だと、勇志は気づいている。料金所にいたいのは、そこへQが向かってくるからだ。『暗夜行路』の結末だからだ。海ほたる一階駐車場から料金所の手前まで。それが『暗夜行路』の道程である。アクアブリッジ自体は四・四キロとされているが、ここに前後ののりしろを足した四・七キロ。移動型無許可野外配信ライブ。自分の立つ場所へ近づいてくるQの姿を仰ぎ見ることができたなら、こんな栄誉はほかにない。たとえ懲役と引き換えにしたってお釣りがくる。

無線機から金原真央の艶っぽい声がした。〈Bチーム、配置完了〉

「Aチーム、了解」勇志は返して腕時計を見る。二十時四十分。「行動開始」

三階駐車場で息を殺していたアンサーズたちが目を覚ます。出入り口封鎖用の車がいっせいに動きだす。バリケードを築いたあとは車を乗り捨てて一階へ走る。みなナイフを持って、そこに駐まっている大型車のタイヤをパンクさせてゆく。こうすれば誰もQの出発を邪魔できない。

バリケード設置まで十分。合宿場で何度もシミュレーションをした。本番では誤差が出る。それでも勇志はアンサーズの仲間たちを信じた。


「Bチーム、配置完了」

無線機にそう伝えたとき、金原真央はバックミラーにその人影を認めた。彼女が乗る先頭車両の後方、整然と二列にならぶ二十八台の乗用車の隙間を男が歩いてきたのである。初め、金原は警備員だろうかと疑った。けれど彼が近づくにつれ、そうではないとわかった。男はニット帽をかぶり、黒いボア付きのコートを着ていた。足を引きずっていた。警備員でも警官でもない。男はアクアトンネルを、たどたどしい足取りではあるものの、迷いなくこちらへ進んでくる。

金原はプレリュードを降りた。男のことも気になったが、まずは計画どおり、車両を走行不能にする必要がある。プレリュードと並走してきたアンサーズの工作係が、さっそく自分が乗ってきた車の処置に取りかかろうとしていた。

その横で、金原の目は足を引きずる男に吸い寄せられた。壁に埋め込まれたいくつものライトに照らされながら、男は停止した車列を追い越し、まもなく金原の目前にたどり着いた。

「あなた、アンサーズ?」

「あ、はい」男はうなずき、「く、窪塚の、す、スパイに逃げられあした」と、ひどく乱れた呂律でいった。

「あ、あの野郎、あ、暴れやがって。みんなやられあした。めちゃくちゃれす」

百瀬から伝えられた名前をもとに、腕の立つ男を三人選んで排除を命じた。すぐに確保の連絡をもらったが、やらねばならない雑事があって、現場に立ち会う余裕はなかった。Bチームの全員をくわしく知っているわけでもないから、その顔もよくわからない。

「た、たぶん、あいつは、う、海ほたるを、目指してあす」男が、金原のプレリュードを一瞥した。

「おれが、追っかけても、いいれすか?」

「ほっときなさい」

金原は即断する。「窪塚とは話がついてる。邪魔を心配する必要はない」

「そう、れすか」男が答えた。「ざ、残念れす」

そこで金原は、男のコートに返り血が飛んでいることに気づいた。それから男の顔を見た。ニット帽にマフラーを巻いて、マスクもしているから人相はほとんど隠れていたが、怪我をしている様子はなかった。

スパイを排除しろとは命じた。だが、窪塚の名は教えていない。

「あなた――」呼びかけながら、金原はスーツのポケットに忍ばせた催涙スプレーを握り締める。

「ヤマダくん?」

　空気が裂け、男の拳が金原の側頭部を打った。視界が揺れた。足もとがふらつき、スプレーの噴射より早く胸を蹴られる。トンネルの壁に背中が衝突して息が詰まった。ずるりと尻もちをつく金原の前で、つづけざまに男はプレリュードの細工に取りかかろうとしていたアンサーズの工作係を殴った。地面に頭を踏みつけた。ためらいも手加減も、いっさいない手際だった。

「窪塚の、ここ、腰抜けが」吐き捨てて、男が近寄ってくる。

「……いまさら、通報しても間に合わない」

「つ、通報?」男がしゃがみ、マスクを取ると、その下から野獣の飢えた歯茎がのぞいた。「誰が、そんなこと、するかよ」

　手のひらが喉をかち上げてくる。血流が圧迫される。

「ほ、本庄は向こうか? 町谷の、野郎もいるんだろ?」

　必死に呼吸をしながら、金原は男をにらんだ。自然に、唇が嘲りのかたちをつくった。「可悪的家伙(クァウーダァジャフォ)(くそ野郎)」

　拳が鼻にめり込んだ。男が白いプレリュードに乗り込み、エンジンをかける。殴られる寸前、そのはだけたマフラーの隙間から見えた青い刺青を瞼に浮かべながら、金原は意識を失う。


海ほたる一階、立体駐車場の所定の位置に四台の大型トレーラーが着く。後方に一台、中央に二台、そして先頭の一台という陣形である。発進と同時に、四台はほぼ車間なく寄り添って、全長約五十メートル、最大幅五メートルの縦長なステージとなる。高さ四メートルに迫る荷台コンテナの天井は、すでにセッティングを終えていた。屈強な男たちの過激なステップにも耐えられる床材を一面に敷き、両サイドにはいくつもの照明、スピーカー、カメラ用レールが配されている。レールはカメラマンを乗せて移動する仕様ではなく、リモートカメラ専用だった。演者以外をステージに上がらせずに済むよう、撮影は三十台のリモートカメラと展望デッキから離陸するドローン、そしてヘリコプターによる空撮で行われ、照明も遠隔操作になっている。開演時、発進するトレーラーをおさめるオープニング映像は例外で、これだけはカメラマンが直接カメラを構える段取りだった。

車間を詰めるといっても、前後車両のあいだに挟まる運転席部分――トラクターは埋められない。演者はステージ移動のさい、これを自力で飛び越えることになる。二メートル弱。難しい距離ではないが、屋外の、それも海風が吹きつけるアクアブリッジでこなすには、身体能力に増して度胸が要る。何よりこのステージは、常に前進しつづけるのだ。

スタート地点から木更津料金所の手前まで四・七キロ。平均時速十四キロで二十分間の道のりである。

中央二台の腹の中からジェネレーターが電力を供給する。後方トレーラーの荷台コンテナにはディレクターと配信部隊。先頭トレーラーにリモートカメラと照明の操作部隊。ドローンの操縦者たちは三階駐車場に駐めた配送トラックの中にいる。ここには電波をつなぐ中継車もある。

準備万全といってよかった。合宿で腐るほどリハーサルを繰り返したクルーたちは目をつむっても最高の配信ができるレベルに仕上がっている。

〈Bチーム、配置完了〉無線機から聞こえる金原真央の声には妖しげな艶がある。

〈Aチーム、了解、行動開始〉佐野は興奮を隠せていない。

健幹は睦深たちがこもっている配送トラックへ駆け、その閉ざされた扉を開け放った。

風が吹く。熱風だ。男たちの汗で湿った空気に肺の奥まで侵される。

目の前に立つのは男ではなく睦深だった。スーツを着こなし、いつもどおりに黒髪を後ろで結わえた妻は能面のような表情で、けれどそこに研がれた刃の鋭さを感じ、健幹は腰が引けるのをこらえねばならなかった。

睦深が荷室から降りた。健幹のほうは見もしなかった。無線機から矢継ぎ早にいくつもの声が「完了」、「完了」と囃し立ててくる。

睦深がふり返る。荷室の奥におさまった男たちは壁際にしつらえられた左右のベンチに座って身じろぎもしていない。完了、完了。睦深が手を上げると男たちは立ち上がり、各々ウォーミングアップをはじめる。健幹の視界の隅に、ナイフを片手に走るAチームのメンバーが映った。駐まっている大型車のタイヤにそれを突き刺し、次のタイヤにそれを突き刺し、そして取り憑かれたように次の車へ走ってゆく。

〈Aチーム、完了〉

佐野の声はひときわ力んで聞こえた。

「了解。開幕まで五分」

睦深が冷静に告げた。その傍らで健幹は、彼女に伝える言葉を探す。

にわかに駐車場内は騒がしさを増していた。動きだしたトラックの天井に鉄パイプを持ったAチームのメンバーが張り付いて、『暗夜行路』のルート上にある蛍光灯をひとつひとつ割ってゆく。異変に気づいた職員や一般人と揉め事になるのは時間の問題だろう。

睦深――。その呼びかけは本人によって遮られた。「ハーシェミーのところへ行って」

「――なぜ？」

健幹は先頭車両の荷台コンテナに乗る予定だった。後方車に陣取る睦深やディレクターの指示をクルーに伝える役割だ。

「通報されないように、彼女を説得しなくちゃいけない」

通報？　たしかにその恐れはある。だから健幹たちはゴネるハーシェミーを説き伏せ、一階ではなく三階の中継車へ追いやったのだ。

「急いで！」

健幹は決心がつかないまま後ずさった。三階までの道順は頭に入っている。とてもじゃないが、五分で往復できるとは思えない。

「大丈夫。待っているから」

睦深の笑みが、人間らしい体温を取り戻し、そのことに背を押されて足が動いた。全速力で三階の中継車へ駆ける。あちこちで怒鳴り声がした。警備員とAチームの乱闘をやり過ごし、三階駐車場にたどり着く。中継車は屋根のないエリアに駐まっていた。東京湾がよく見える場所だった。となりにドローンチームを乗せた車があって、そこに立つスタッフが健幹を誘導した。中継車でもドローンチームのものでもない配送トラックの荷室へ急ぐように手招きされて、健幹は飛び込み、次の瞬間、扉がいきおいよく閉められた。

えっ？　とふり返る。開けようとするがロックがかかっている。扉を叩いても反応はない。

「無駄よ」荷室の中で座り込んでいるナージ・ハーシェミーがいった。「わたしたちも閉じ込められた。無理やりね」

荷室にはハーシェミーたちと、そして金属のスタンドに固定された大きなディスプレイが一台あった。Qのサイトにつながっていて、『暗夜行路』の待機画面が映っている。

無線機が、ジジっと接続のノイズを鳴らした。〈健幹〉睦深の声のやわらかさに、これがふたりのホットラインでつながっていることがわかった。〈そこでおとなしくしておいて〉

「どういうつもりだ？」

〈あなたは騙されていた。百瀬と金原と、わたしに〉

そういう、ストーリー。初めから遠ざけるつもりだったのか。『タッジオ』の次期社長はあなただ、ジョーさん――。

「君の独断か？」

〈もちろん、総意よ〉

「嘘をつくなっ」

でなければ、百瀬が簡単にホテルから解放してくれるはずがない。

〈プロジェクトのために、あなたにはあなたにしかできない仕事がある。わかるでしょ？〉

それは、すでに下された決断の確認だった。生半可ではびくともしない意志が発する命令だった。

「――無理だ。ぼくには務まらない」

〈泣き言はやめて。ほかに選択肢はない〉

おれが捕まる役をすればいい。おまえの身代わりになれば。

「ひとつだけ、教えてくれ」

けれど口から出たのは、ちがう台詞だった。

「君がぼくと付き合ったのは、愛情があったからなのか？」

返事まで、雨粒が落ちるほどの隙間があった。

〈いいえ〉

迷いのない、澄んだ声。

〈わたしが愛しているのは、KYUだけよ〉

Q？　それともキュウ？

ホットラインが切れ、〈グッドニュースだ〉とディレクターの声が割り込んだ。

〈風が静まった（wind goes down）よ〉

次に流れてきたのは業務用の口ぶりだった。睦深が全員に向かって告げる。〈Let it roll〉

健幹は両手で荷室の扉を叩いた。拳をつくって何度も叩いた。背後で配信がはじまる気配があったが、かまわず扉を殴りつづけた。

拳を打つ拍子に首からぶら下げていたスマホが揺れて、マナーモードのそれが光っていることに気づいた。睦深？　慌てて通話にする。

〈本庄さん！〉耳をつんざく声が、三枝美来のものだと気づくのにワンテンポ遅れた。

〈佐野くんが、佐野くんが〉

「なんだ、どうした」

〈銃声がした！　佐野くんのスマホからバンて。呼びかけてもぜんぜん返事をしてくれない〉

取り乱しながら早口にまくし立てる。日山くんがフォックスキャッチャーだって町谷亜八から電話があって、どうしていいかわからなくて、金原さんにも電話がつながらなくて……。

〈日山くんはAチームだったから、だからわたし佐野くんに電話して……〉

拳銃を持っている——町谷亜八はそういったという。それで侑九を狙っていると。

佐野がいるのは、木更津料金所だ。

健幹は無線機に怒鳴った。「睦深！　フォックスキャッチャーがいる。拳銃を持って料金所で待ちかまえてる！」

応答はなかった。馬鹿な、とふたたび怒鳴るが誰ひとり応答する者はいない。扉を殴った。自分だけ連絡網から外されたのだ。しつこい抗議を避けるため、そして騙されていたという状況に説得力をもたせるため。

電話をかけても無駄だろう。間に合わない。この密室にいるかぎり。

「何がどうしたっていうの？」

日本語を解さないハーシェミーがぽかんとしている。

ふと、健幹は荷室の中を見回した。ツイてる。これは保冷車だ。レストランのオープンに立ち会ったとき何度も見ているし、乗ったこともある。

「ハーシェミー。少し騒がしくするぞ」

健幹は彼女を追い越して荷室の奥へ向かう。邪魔なディスプレイをスタンドごと引き倒して壁を探すと、記憶のとおり、それは照明用スイッチの横にあった。閉じ込め防止用の非常ブザー。健幹は迷わず押した。近くに一般人がいることを祈りながら親指をねじ込んだ。馬鹿でかく、神経に障る機械音声が鳴りはじめる。閉じ込められています、閉じ込められています。

無線機にバリケード設置完了の報告が次々に飛んでくる。佐野勇志は三階駐車場の最後に残した出入り口から海ほたるを出た。すでにトンネルが封鎖されているからアクアブリッジはガラガラだった。一般車両は一台も見当たらない。封鎖と無関係な上り側道路も、ほとんど車両が走っていない。

勇志のセダンを先頭に、十二台が弾丸となって橋を渡ってゆく。このまま全台が各ゲートに突っ込んでエンジンを止める。車の中に籠城する。もしも外へ出る場合はキーを遠くへ放り投げることになっている。

無線機から流れてくる報告は予想以上に順調で、すべての声が熱を帯び、仲間たちの充実と高揚がこそばゆいほど伝わってきた。合宿をともにしたAチームの三十三人には初対面の者も多かったが、おなじ時間を過ごし、おなじ訓練を積みながら通じ合うことができた気がする。

かつて自問したことがある。なぜおれたちは、暴動をしないのだろうと。答えは出た。その値打ちが、この社会になかったからだ。守る価値も、変える価値もないからだ。Qはちがう。そばにいて、より深く理解した。Qは価値を主張しない。強要しないし、与えもしない。ただおれたちに、見いだすきっかけを用意する。おれは見つけた。Qという、おれの価値を。

おれはこの瞬間も、おれ以上だ。

勇志はマスクの奥で微笑みながら料金所のゲートへ突っ込んだ。急ブレーキをかけ、エンジンを切ると料金所の職員が怪訝そうに眉をひそめた。つづけざまに十一台がおなじようにゲートに侵入し、ピタリと動きを止めて、職員の顔が呆然とする。

反対車線でも動きがある。十箇所の上り側ゲートを車が次々と通過して、その先の道路に完璧なバリケードを築く。上り車線がゲートを埋めるだけで済まないのは、そばに道路管理会社の事務所が建っているからで、直接道路を封鎖したのはここを経由してアクアブリッジへ進入されないためだった。

異常事態に色をなくした職員が何か声をかけてきたが、無視して無線機に告げた。「Aチーム、完了」

応答があった。〈了解。開幕まで五分〉凛とした、本庄部長の声だった。

職員にサイドウインドウを乱暴に叩かれても勇志は相手にしなかった。積んであったタブレットを取り出してネットにつなぐ。Qのサイトを開く。ログインし、画面をフルスクリーンにして配信開始を待った。

そのとき、電話がかかってきた。無線ではなくスマホだ。なんだと思いながら通話にすると、Bチームの三枝美来が挨拶もなく切り出した。

〈さっき町谷亜八から電話があった。日山くんがフォックスキャッチャーだって〉

一瞬、意味がわからなかった。Aチームにスパイがいるという疑惑はもちろん知っている。だが勇志は、ひそかにそれを疑っていた。いや、信じたくなかった。

〈拳銃を持ってるって〉

戸惑いが三枝をヒステリックな早口にし、その混乱は勇志にも伝染した。情報の真偽も、どう対処すべきかも、まったく頭が働かない。

少し遅れて、デマだ——と断じる。拳銃なんてどうやって手に入れたってんだ。日山歩？　あいつこそQの信奉者だと、寝起きをともにした自分は確信している。

三枝に「くだらないことは気にするな」と伝える前に、その姿がバックミラーに映った。キーを遠くへ投げ捨てる、日山歩の背中である。

思わず勇志は車を降りた。職員が喚いてきたがかまわずドアをロックした。肩をつかまれたので腹に拳をぶち込んでやる。それから「おい」と日山に話しかけた。「勝手に外へ出るな」

我ながら間抜けな注意は、どこか現実感がないまま、とっさに出た台詞だった。

日山がふり返った。マスクをずらした唇が、「いい景色ですよ」と笑った。この状況で、こいつ男前だなと、勇志は場違いな感想を抱いた。

「佐野さん」おもむろに、日山がパーカのジップを引き下ろした。「おれのこと、知ってます？」

「は？　知ってるも何も——」

「ああ、やっぱりか。佐野さんでも駄目か。みんなそうなんです。ルカさんもほかの奴らも。ジョーさんとか部長さんたちも。みんな侑九にはめちゃくちゃくわしいくせにね。あんだけ拡散したのになあ」

日山が見つめる先に東京湾の夜が広がっていた。ずっと向こうの対岸で都市が光の粒になり、美しい凹凸をつくっていた。まるで祝福のようだった。

「いいから戻れ。もうはじまるぞ」

「ソレイユって、憶えてます？」

ソレイユ。当然知っている。かつてQが所属していたダンスグループ。渋谷クリップなら数えきれないほど観ている。

「おれ、あれやってたんですよ。これでもリーダーだったんです」

日山がジップアップパーカを脱いだ。ジャージのズボンも脱いだ。中から現れたのはぴったりと身体にフィットしたそろいの上下だった。銀色の光沢をもって、袖がヒラヒラした衣装。あの渋谷クリップで、Qが着ていたのとそっくりな。

勇志はまだ、現実感を失っている。

「誰も、おれのことを憶えちゃいない」

日山が、こちらへ右手を突き出す。乾いた破裂音がして、視界が空だけになった。ソレイユ――って、フランス語で太陽だっけ？　けれど目に映るのはくすんだ星空。それを横切るヘリコプター。握ったスマホから三枝の悲鳴が聞こえる。近いはずなのに遠くに感じる。痛みはなかった。どこに被弾したのかも勇志にはわからない。ただ道の向こうからQが現れるのを待っている。

腰にぶら下げた無線機から、本庄部長の号令。Let it roll――はじめましょう。

※

静かだ。周りではクルーやダンサーたちが最終チェックに騒然としているのにもかかわらず、まるで水の中にいるみたい。

「ねえ、ロク」

何？

「ここが、ロクの望んだ未来？」

ええ、そうよ。

「じゃあ、お別れだ」

……。

「楽しかったよ。でも、叶った場所にはいられない。次へ行かなくちゃね」

次って、どこへ？

「もっと大きくて、もっと素敵な嘘へ、だよ」

そっと抱き締められた。

「バイバイ、ロク」

耳もとにそう残し、体温は離れる。少年はふり返らない。ステージの上へと遠ざかり、扉が閉まる。

わかっている。あなたが『暗夜行路』の舞台にアクアブリッジを望んだときから。いいえ、もっとずっと前から、わかっていた。

ここが望んだ場所、選んだ現在（いま）。後悔はない。たとえさみしさに窒息しても。

〈グッドニュースだ。風が静まったよ〉

無線機に、わたしは告げる。Let it roll——。

『暗夜行路』

気温一一・六度、湿度九〇パーセント、東南東の風、風速一・六メートル。二〇二一年三月二十五日木曜日、二十一時ちょうど。

海ほたる一階の立体駐車場は暗闇に沈んでいる。虫も鳴かない静寂のなか、通路の奥からヘッドライトが差す。うっすらと張ったスモークの幕を破って、大きな影がゆっくりと前進しだす。両サイドからふたつ、さらに光が放たれる。地面に散らばる蛍光灯のガラス片がそれを受け止めきらめいて、太いタイヤに踏み潰される。鉄の塊は全貌を明らかにしないまま迫ってくる。音楽はまだ鳴っていない。

隊列は出口のカーブを目指した。木更津行きと川崎行き、ふたつある出口の川崎行きは宙へのびる側道になって、半円の高架道路は逆サイドまで弧を描いている。

ヘッドライトは木更津行きのカーブを曲がる。

金属を裂くような音色が響いた。ヴァイオリンのイントロダクション。そしてベースがリズムを打ちはじめる。

カーブを曲がった先の道は傾斜になって、じょじょに高度を上げてゆく。重く情熱を秘めたベースがじっくりと、一音一音を、時速十四キロメートルのタイヤの回転に合わせて震わせる。

常夜灯が、武骨なトラクターとそれが背負うメタリックシルバーの荷台コンテナを照らす。ヘッドライトを灯した三台と、最後尾に四台目を従えた大型トレーラーの軍団は一糸乱れぬ隊列を組み、立体駐車場をあとにする。

カメラがドローンに切り替わる。トレーラーと並走するドローンの映像は川崎行きの側道と東京湾しか映していない。少しだけ風を感じる。

次の瞬間、画面に少年の横顔が入り込む。金髪をなびかせて、頬杖をつきながら、遠くを眺めている。青く塗られた唇はささやかな笑みをつくり、右頬に赤黒い炎のような、あるいは半身をもがれた蝶に似たタトゥーを刻みつけている。

ひときわ大きく、打音が鳴る。和太鼓の野太い一撃。一拍置いて男たちのかけ声がする。「SAY」とも「PHY」とも「VAY」とも聞き取れるその唱和はひどく野蛮で力強い。

少年は、宝石をちりばめた玉座に腰かけていた。眉ひとつ動かさず、前方へ微笑を投げている。やがて、何気なくこちらへ視線を寄越し、その青い唇で、誰にも届かない何事かをささやく。

画面を埋める『Over there――暗夜行路』の文字。タイトル・イン。

ヘリが天頂から夜に煌々（こうこう）と映える海ほたるを捉え、打音が重なる。高密度なビートが走る。ダダッドゥダダッドゥン。ライトアップされたトレーラーの一団が海ほたるを背に行軍してゆく。打音のビートは叫びだす一歩手前の情動をひたすら維持して繰り返す。荷台コンテナの連なりが成す全長五十メートルにおよぶ巨大ステージの中央、トレーラーが二台ならぶメインステージでは十四人のダンサーたちが輪をつくり、足を踏み鳴らしている。ひとりひとりがその顔に奇妙な紋様を携え、黒革のベストとショートパンツから剝き出しになったさまざまな色の肌をみずから楽器とし、鍛え抜かれた肉体の輪を回転させる。くるべき人の到来を待ち望む儀式のように。

後方四台目のトレーラーの上では、黒ずくめのヒュウガが胸までのびた長髪を揺らしながら玉座の傍らで一心にベースの弦を弾いている。ダダッドゥダダッドゥン。

リモートカメラが正面に浮かぶリング状の高架道路を仰ぎ見る。それを越えればアクアブリッジである。

ヒュウガの背後、ステージの最後尾で悠然と、少年はまだ玉座に座っている。


町谷亜八はアクセルを踏みきっていた。南池袋から川崎インターチェンジまでおよそ一時間という見積もりは、重和が明かしたアクアトンネル封鎖計画によってご破算となった。トンネルを抜けられなくてはアクアブリッジどころか海ほたるにすらたどり着けない。木更津側へ向かうには東京湾沿いを全速力でぎりぎり終演に間に合うかどうか。三枝美来が頼りになるとも思えなかった。たとえ彼女がその気になっても、責任者を説得し、日山歩を排除するのに二十分ではあまりに時間が足りなすぎた。

何より睦深が、確信もなくライブの邪魔を許すはずがない。

赤信号を素通りするたび、助手席の重和が身体をびくつかせた。かまわず亜八は五感を研ぎ澄ます。あらゆる障害物を最短ルートでかわしてゆく。パトカーに追いかけられることもなく二十一時を過ぎたとき、アウディは千葉市に入ったところだった。


保冷庫の扉を開けてくれたのは海ほたるの職員でも一般人でもなく、健幹たちを閉じ込めたスタッフの男だった。「閉じ込められています」の非常ブザーに急病人でも出たのかと慌てる彼の心配顔を、健幹は全力で蹴り飛ばした。保冷庫から飛び降りると、次の決断をくださなくてはならなかった。使える車はある。この保冷車が動かせる。だが海ほたるを脱出するにはAチームが築いたバリケードを突破しなくてはならない。まともに相手をしていたら、残り二十分の持ち時間は簡単になくなってしまうだろう。健幹は運転席に駆け込んだ。幸いキーは差さっていた。発進させると扉が開けっ放しになっている保冷庫からハーシェミーたちの悲鳴が聞こえた。かまわず出口へハンドルを切る。車二台が横づけにされたバリケードの前にAチームの立ち番がふたりいた。一般人と思しき客と揉めている。健幹はヘッドライトをハイビームにしクラクションを鳴らした。アクセルを踏み抜いた。蜂の巣をつついたように飛びのく男たちのすぐ向こうにバリケードが迫る。まっすぐに突っ込んだ。鈍い音と衝撃で身体が揺れた。アクセルが空回りする。もう進めそうにない。だから健幹は運転席から転がり出た。ぶつかり合った車と車のあいだを縫って車道へと躍り出た。夜空をヘリコプターが旋回している。遠くから腹に響くビートが聴こえる。そちらを目指して走る。

海ほたる一階出入口で白いプレリュードがバリケードを突破しつつあることに、当然、健幹は気づかない。

アクアブリッジを六百メートルほど進むと風速情報を映す電光掲示板が立っている。その角が玉座に座る少年の頭をかすめて過ぎるタイミングで、ドウン、と和太鼓の一撃が鳴る。いったんすべての音が消え去る。ほどなく、シャン、と甲高い、錫杖(しゃくじょう)をふったような音がする。ドローンが空中から輪をつくるダンサーたちの頭上へ滑降し、通り越し、ベースを抱えるヒュウガの傍らも抜けて少年のもとへ飛ぶ。少年は目をつむっている。シャン。彼の真正面で、ぴたりとドローンは停止する。ドウン。シャン。ドウンシャンシャン、ドウンシャンドウンシャン。少年の瞼が上がる。すべての視聴者と瞳を合わす。その薄笑み。

巨大な岩が内部から爆ぜるようなインパクトとともに、少年がゆらりと立つ。静寂の底から細密な打音が耳に届きはじめる。ガムラン、ジェゴグ。ベースの音。ダンサーたちの足踏みの音。錫杖の音。互いに反発しながら混じってゆくその混沌を、少年は歩きだす。両手を広げ、地上を睥睨しながら歩を進める。陶器でもシルクでもなく、人間の、生き物のそれでしかあり得ない肌に極彩色の羽織をまとい、ほかは宝石をあしらった分厚いネックレス、金の腕輪にシルバーの指輪を身に着けているだけだ。細くしなやかな太腿を露に、ステップとも呼べないゆるいステップを踏む。洗練と緩慢を行き来する摩訶不思議な関節の駆動、重心移動。聴衆の平衡感覚を狂わせ、酔わせる、王たる者にのみ許された歩法。おなじように両腕が、変幻自在な軌道を描く。ときに雄々しい羽ばたきを、ときに毒蛇の誘惑を。正邪が境をなくして溶けだす香りが肉体から放たれる。確固とした法則と、理不尽な崩壊が、コンマ何秒にも満たない時のなかでせめぎ合う。総じて、それは呪術であった。夜を愛で、光を従える折伏の舞いなのだった。

一キロ地点——白い鉄のアーチが待つ。トレーラーの天井を進みだした少年の、歩みがいきおいを増す。アーチは二段になっていて、胸の位置にある一本目と二本目のバーのあいだには人ひとりぶんほどの隙間があった。少年の舞いが躍動しだす。幻惑のステップが直線にのびはじめる。ハオ！　と口もとが叫び、その表情を歓喜が覆う。ステージを駆けだして地面を蹴る。跳ねる。身体を水平に回転させながらアーチの隙間に飛び込んで、ライトに照った羽織をきらびやかにはためかす。アーチの隙間を抜けた二本の足は中央のメインステージに着地する。同時に十四人のダンサーたちが雄叫びで王をむかえ、とたんに音が加速する。ガムランやジェゴグに電子の音色が加わり弾ける。ドゥララドゥダダドゥ。細胞を煽り立てるビートが走る。メインステージを取り囲むサーチライトがいっせいに空へ光の柱を立て、呪術はカーニバルへ様変わる。

ダンサーの輪から四人ずつが前後のステージへ縦にのび、十六×五メートルのメインステージには六人と少年だけが残った。

少年は容赦なく重力を蹴散らす。大気を切り裂く。肉を縦横無尽に、骨を規律に。呼吸のひとつひとつや内臓の鼓動さえ、ここではあるべきムーブであった。彼のダンスにはいっさいの無駄がなく、一方で驚くほど予定調和とはかけ離れていた。おなじ楽譜のおなじ一音をおなじ演者が鳴らしても、百万回鳴らしても、けっしておなじ一音にはならないように、この日この場所この時の条件は無数の偶然の集合体で、美の必然はそれらを飲み込んだ先にある。少年は技術で偶と対話し、オによって戯れる。

二・六キロ地点、木更津金田まで二キロの看板を少年はのけ反ってかわす。沈めた腰の深さ、反らした上体の角度。歪(いびつ)な体重のバランスを軽やかに支える爪先。不敵な笑みでこちらを見ながら、ナイフで彫ったような腹筋がじっくりと起き上がってくるまるでゼロGの遊泳が、次の瞬間には直立し、高速の全身運動へと移行するその間断なさが、観る者を陶酔の湖底へと引きずり込む。柔と剛、静と動、緩と急。相反する現象の絶え間ない交換を少年は自在に操る。統制されたダンサーたちの群舞が、シェイクする色とりどりのライトが、東京湾の夜、そして止まらない音楽が、彼の自由を彩っている。

踊れ！　踊り狂え！

少年のダンスに、およそそれ以外のメッセージなどなかった。ただ汗と快楽をまき散らす。ゆえに聴衆の想いはひとつになった。ある者は強烈なエロチシズムに欲情し、ある者は卓越したダンススキルに瞠目し、ある者はショーとしての完成度を、ある者はスキャンダラスな危うさを求めて画面に食い入っている。てんでばらばらな欲望のベクトルは、けれどひとつの方向へ収斂してゆく。

もっと。

もっと、もっと、もっともっともっと。

少年に、聴衆は見えていない。反応も、その数が運営の予想をはるかに超えてふくらんでいる現状も、把握するすべはない。けれど少年は受け止める。世界中から向けられる数多の視線を飲み込み、おびただしい欲望を満たしつづける。八千九百六十キロメートル彼方の国の、名も知らぬ誰か。言葉も解せず、永遠に抱き合わないであろう誰か。自宅の光回線で、路上の無料Wi-Fiで。富者貧者、賢者愚者、一切衆生。愛する者、憎む者、通りすがりの野次馬ども。

そのぜんぶが、快楽の名のもとに、等しくここに集っているのだ。

悲鳴をあげはじめる筋肉を黙らせ、パンクしそうな肺をねじ伏せ、少年は快楽に足る自分を演じる。素知らぬふりで完璧な動きを、完璧な表情を。それが真っ赤な嘘だと、少年は知っている。すべてが嘘だと知っている。幼いころから嘘をつくたび胸が躍った。誰かと嘘を信じ合うとき、いつも心が安らいだ。事実を信じ合ったところでなんの証明にもなりはしない。嘘だからこそ、価値がある。嘘でなきゃ駄目だ。

彼は知っている。この世界に自由などないことを。

けれど嘘だけは、いつも自由だ。おれたちは、なんにだってなれる。ほんとうの花よりも美しい、砂漠に咲く水中花にだって。

三・六キロ地点の看板が近づいてくる。

先頭車両の荷台コンテナは熱気であふれていた。カメラオペレーションのカイル・ボーデンは噴き出す汗に目もくれず25インチモニターにへばりつき、コントロールパネルのジョイスティックを操作した。バンクーバー出身の三十六歳。馴染みのディレクターからこの仕事に誘われるまで、彼はQを知らなかった。『RE:BORN』、『like a rolling distance』、『EXODUS』――素晴らしい出来映えだったが、この仕事を引き受けた決め手は単純にギャラだった。

提示された報酬はなんらかの覚悟を強いてくる額だったが、カイルは二つ返事で了承した。養育費の支払いが滞り、息子と会わせてもらえなくなっていたからだ。コロナ禍のご時世、クルーの大半を国外から呼び寄せた運営側の意図は明白だった。外国人スタッフなら当局の追及も甘くなる。騙されたで押しとおし、母国に帰れば悪い評判を引きずる心配もしなくていい。

どのみち、いまさら失うものなどない。息子に会えるなら悪魔の手先にだってなる。

ジョイスティックを操作する。カイルの担当は後方車の一台とメインステージの正面からQを映す計二台のアリフレックス製リモートカメラ。一〇八〇Pフル HD。データ量を考えると同時配信に耐え得るぎりぎりの画質だろう。オペレーションは完全に分業化され、秒単位でプランニングされていた。カイルたちは手順のとおりにカメラの向きを変え、ズームする。人によっては同時にレーン移動も行う。一見複雑で瞬発的な操作に見えるが、合宿で飽きるほど繰り返してきたカイルたちにはチェスの初歩的な定跡をなぞる程度の作業であった。とはいえ、相手はマス目に支配された情報ではない。生き物なのだ。わずかな立ち位置のちがい、速度のずれに合わせて逐一微調整を加えねばならない。

　何より、Qに意識を支配される誘惑に耐えねばならない。

　幾度となく、カイルはトップアーティストのステージを映像におさめてきた。初めこそスターを目の当たりにする興奮に酔ったが、数年も経てばすべてが日常になった。見慣れた光景、やり慣れた仕事。

　Qは無名の、それも東洋人の少年だ。なのに平静でいられないのはなぜなのか。とっくにカイルの頭から、ドルマークは消えていた。野心ともちがう。ただ、最高の彼を撮りたい。彼が演じる最高のショーに加担したい。それはビジネスを超えた、純粋な応援だった。息子の面影があるからか？　まだ六歳のあの子とは似ても似つかないはずなのに、カイルにはそう思えてならない。

　Qが上体をのけ反った。二・六キロ地点の看板をやり過ごすと、ダンスはいっそう激しさを増す。六人のダンサーたちが目まぐるしくフォーメーションを変えはじめる。黒子に徹しながら高度なパフォーマンスで主役を際立たせる見事な振り付け。デレクという男にはいろいろ曰くがあるそうだが、この群舞を練り、まとめ上げた力量は、そんじょそこらの振付師では敵うまい。日陰にも天才はいる。

　彼らの熱量に当てられて、カイルの指も最高のムーブをする。コンピューターには真似できないわずかなニュアンスを惚れ惚れする手際で撮りきったとき、脳内をアドレナリンが跳ね回る。自分は芸術家でなく職人だとカイルは自覚しているが、だからこそ表現の領域に足を踏み入れた瞬間の快感は筆舌に尽くし難いものだった。Qを最高に映せるのはおれなんだという全能感に襲われる。Qがこちらを向く。見つめてくる。綺麗に撮ってね、と語りかけてくる。頼りにしてるよ、ダディ――。

音と光を八方に放射しながら四台のトレーラーはゆっくりと、しかし確実に終幕へと進んだ。まもなく三・六キロ地点に達する。開演から十五分。残り五分。

ふと、カイルは我にかえった。任された二台のうち、前半以降お役御免になっている最後尾のカメラ。そのモニターが、目の端に引っかかる。レンズは無人の玉座を捉えていた。奥には通ってきたばかりの道がのびている。

最初、何かの見間違いだとカイルは思った。ジョイスティックの操作がおろそかになりかけ、慌てて作業に集中し直そうとして、けれどどうしても、それが気になって仕方がなかった。

「ボス――」

開演以来、初めてカイルは声を発した。身体にたたき込んだ記憶を頼りにジョイスティックを操りながら、視線は玉座を映すモニターから離れない。道の奥で蠢（うごめ）いているその影にズームしたとき、背後から突如、車のヘッドライトが直射して、影の輪郭を鮮明にした。啞然と目を凝らしながら、自分の後ろに立っているはずのムツミ・ホンジョーへ「ボス」ともう一度呼びかけた。

「ブリッジを、あなたのハズバンドが走ってきます」


時速十四キロは分速二百三十五メートル。百メートルを十秒で走るとして、こちらは分速四百メートル。スタートの時間差が十分だとして、追いつくのは何分後？

そんな計算は無意味だった。百メートルを十秒で走る脚力も、走りつづける体力も健幹にはない。もしほんとうに十分の差があったなら絶望的だし、遅れが七分でも五分でも、二十一時二十分の終演までに追いつけるとは思えない。

　けれど、間に合わない保証もない。

　二・六キロ地点の看板を越えてからどのくらい走ったか、見当がつかないほど全身が重たく、脳は酸素を渇望していた。汗と涎と鼻水をいっしょくたに飛び散らせ、ひと蹴りごとにつまずきそうになりながら全力疾走をつづけると、ようやく視界に光と音を放つトレーラーの一団が見えてきた。

　ふいに空中から飛行体がいきおいよく迫ってくる。それが撮影用ドローンだと気づいたとき、すでに二機は健幹の正面で通せんぼするようにホバリングしていた。睦深の指示だと瞬時に悟った。フォックスキャッチャーが料金所にいる――叫んだところでこいつらは音声を拾わない。いまならトランシーバーがつながるだろうか？　スマホは？　つながったとして、説得できるか？　ぐだぐだ話している時間はあるのか？

　足を止めれば倒れ込んでしまう自覚があった。倒れ込めば立ち上がれない。そんな体力は残っていない。

　ドローンの重量はカメラ込みで五百グラム強。最大時速百キロ超。本気で突っ込んでこられたらひとたまりもないだろう。

　しかしいま、こいつらは空中に静止し、威嚇で満足している。

　だから健幹はまっすぐ走った。速度をゆるめず、なけなしの全力で行く手を遮るドローンへ向かっていった。宙に浮かぶ静止の挙動にわずかなためらいを感じとり、その隙をついて一機目を拳の裏でぶん殴る。重たい痛みを響かせたまま、無心で二機目を両手でつかみ、地面に叩きつける。崩れた体勢を踏ん張って立て直す。何も考えてはいけない。ズタボロの現実を思い出してはいけない。

健幹は雄叫びをあげ、そしてふたたび走りだす。ドローンは残り六台。これ以上は撮影プランが壊れてしまう。睦深はもう、手が出せない。

頼む、と健幹は祈る。この馬鹿げた暴走の意味を汲みとってくれ。ぼくの気持ちを読みきってくれ。ぼくのすべてを利用した、君なら難しいことじゃないだろう?

ドローンを殴った拳が熱い。骨が折れたか、ひびが入ったか。

それでも走れ。太腿がぶっ壊れても足の裏が剝がれても、それでも駆けろ。歯を食いしばり、腕をふって、心臓が爆発したって立ち止まることは許されない。この現実と、あり得る未来をイコールで結びたければ、つべこべいわず、駆け抜けろ。

そして健幹は、背後から撥(は)ねられる。

看板がぶら下がったアーチの手前、ふたり組のダンサーが台座となって、そこに飛び乗った少年を高く宙へ発射した。ほとんど完全に脱力し、ぐるりと彼は夜空を舞った。その様子は、ありのままに表すなら身投げであった。ひと足先にアーチを越えた四人のダンサーたちが、彼の落下を受け止めるべく輪をつくる。その一部となったデレク・ミアノは、うたた寝のような空中遊泳に束の間意識を奪われた。高さは三メートル以上あるだろう。地面は衝撃を吸収してくれるマットとは正反対の、蹴っても斬りつけてもびくともしない床材だ。東京湾の風が吹く中、しかも移動しているのだ。どれだけ練習を重ねても、緊張を隠しきれるものではない。なのに少年は、幸福なまどろみに淫したまま重力に身を任せている。

もし自分が、差し出したこの両手を引っ込めたらどうなるだろう。

デレクにとって、人体の美と破壊は等しく結びつくものだった。そもそもダンスとは不自然な肉体の駆動であり、つまるところ自傷行為なのである。アフリカ系移民の末裔(まつえい)でありながら伝統保守が幅を利かせるバレエの門戸を叩いたのも、それが当時、もっとも歪な人体操作によって成し得る表現に思えたからだ。その後、傭兵として戦場へ赴いた理由もおなじといっていい。徹底的な肉体の破壊、蹂躙。創造と対置する美の本質を見極めるため、デレクは迷彩服に身を包み、ＵＭＰサブマシンガンを手に取ったのだ。

あの経験が無駄だったとは思わないが、答えにたどり着くほどのものでもなかった。戦場の人体破壊はひたすら効率に支配され、呆れるほど散文的で、せいぜい感傷がポエジーと誤読できるぐらいであった。美とは、創造と破壊の絶え間ない連鎖だ。創造はビルドアップでありトレーニングであり反復である。破壊はそれらを一瞬で粉微塵にする。組み立ててきたものを、積み上げてきたものを、ぶっ壊す。破壊が創造を裏切れば裏切るほど、カタルシスは強度を増す。そして爆心地から、ふたたび創造のターンがはじまる。この無限運動のダイナミズムこそ芸術だとデレクは直観していたが、破壊の神髄はたやすくなかった。壊すだけでは駄目なのだ。砂の城をはちゃめちゃに踏みつけたって子どもの癇癪(かんしゃく)でしかない。

いま、落下する少年を受け止めようとしているこの瞬間、デレクは何かをつかみかけていた。手を引っ込める。少年が床材に激突する。皮膚が裂け、骨が折れ、内臓が弾ける。命が潰える瀬戸際がおとずれる。そして、そのあとに何かが生まれる。これまでになかった世界が立ち上がってくる。その予感は、甘く危うい哲学をデレクに与えた。芸術における破壊とは、世界の更新にほかならない。次の世界が現れる場合にかぎって、暴力は肯定される。

少年が宙で舞っている。デレクが両手を引っ込めようとする刹那、彼と目が合う。錯覚だ。時間にすれば二秒にも満たない浮遊。だがデレクは、たしかに、彼の微笑みが自分に向けられているのを感じた。ささやきが聞こえる。楽しそうに、悪戯に、「まだだよ」――と。

四人のダンサーがその落下を受け止める。反動を利用して少年はステージの上へ飛び降りる。ひと呼吸さえ許さずに踊りつづける彼の後ろで、デレクは自分も振り付けをなぞりながら、ああ、新しい世界が生まれる、と今度は確信を得た。これ以前とこの先では、もうおなじではいられない極点を、おれは芸術と呼んできたのだ。

少年のエネルギーは尽きない。それはビルドとトレーニングの賜物(たまもの)だ。少年の動きは奔放でありながら、すべてが効果をもっている。才能と創造の結晶だ。その絶え間ない連続運動の谷間から、無数の意味が、快楽が、火を噴くようにせり上がってくる。フィジカルとテクニックで踏破したその頂に、表現があるとするなら、間違いなく、ここはひとつの果てだった。創造と破壊が接続する極点だった。

四・三キロ地点が近づく。信号機が付いた最後のアーチへ少年は進む。メインステージを渡り切り、先頭車両へ飛び移る。刻一刻と、フィナーレへ迫ってゆく。

と、ここでデレクはふたたび意識を奪われた。先頭車両の、トラクター部分に飛びつく人影が目に入ったのである。

ゆっくりと、人影はトラクターを這い上がっていた。まるで二十世紀からタイムスリップしてきたような、さわやかで下品な衣装を身にまとっていた。そして真っ白なマスク。

これはサプライズ演出なのか? プロフェッショナルの習性で完璧なダンスをこなしながら、デレクは悪寒に襲われた。即物的な、破壊の予感。

交差点を木更津金田料金所へ向かう側道に折れると、まもなく車列にぶち当たり、亜八はブレーキを踏まねばならなかった。二車線の道を十台ほどの乗用車が埋めていた。進む気配はまったくなかった。

「ここまでだ」助手席の重和がいった。「どうせ警察がきてる。行っても無駄だ」

方法ならあった。アウディを乗り捨て、料金所まで走る。警官の制止をふりきり、この渋滞をつくっている鉄の壁を乗り越えてアクアブリッジへ進入する。そしてまた走る。日山歩を見つけ、ふざけた真似をやめさせる。

残り何分で？

「よく考えろ。スピード違反はわたしが急病だったことにしてもいい。だが、警官と揉めたらどうしようもない。おまえは刑務所行きだ」

執行猶予は吹っ飛ぶ。損と得の天秤はあきらかに傾いている。ここまでだ、とささやいている。

「賢くなりなさい、亜八」

重和は威厳を取り戻していた。有無をいわせない正しさで満ちていた。

ホルダーに差さったスマホの中で、侑九が天高く舞う。

宙を泳ぐ少年と、目が合った――気がした。青く塗られた唇が、悪戯っ子のように、語りかけてくる。

――待ってるよ。

シートベルトを、亜八は外した。

「よせ」飛び出すより先に左手首をつかまれた。「行くな」

にらみつけようとして、亜八は言葉をなくした。

重和の、こちらを見る目に鞭のような殺気があった。

「動けない。おまえのせいだ」

足が小刻みに痙攣していた。腰を抜かしている。腰を抜かしながら、けれど手首に絡みつく指はがっちりと固まって、ふりほどくことを許さない。

「置いていくんじゃない。責任をとれ」

口髭が命じた。これまでずっとそうしてきたように。

「いうことを聞け。悪いようにはしない」

思考を奪う圧力。

「亜八。育ててやった恩を忘れたのか？」

支配の言葉、呪いのシステム。

亜八はポケットに右手を突っ込んだ。「――ここにいろ」万能ナイフを取り出した。「ここで、わたしたちを眺めていろ。勝手に支配している気分で」

立てた刃を太腿に突き刺すと、重和から壊れた冷蔵庫のようなうめき声がして、手首の拘束が解けた。

「あんたには、もう届かない」

アウディを降り、立ち往生する車列とガードレールの隙間を亜八は走った。料金所にはパトカーが集まっていた。警官が怒鳴っている。マスコミや野次馬の姿もある。川崎からの下り車線は十箇所以上のゲートのすべてに車が駐まって進入を防いでいた。亜八がいる上り車線のゲートは空いたままだったが、こちらは警官が通行規制を敷いていた。

ガードレールを跨いで草むらを走った。身をかがめ、料金所の横にある二階建ての建物に沿って進んだ。その先で十台ほどの車が、みっちりとならんで道を塞いでいた。ここでも警官が怒鳴っていたが、相手はなんの反応も示していないようだった。

車壁の先から音楽が聴こえる。蠢くサーチライトが近づいてくる。旋回するヘリコプター。

亜八は草むらをなおも進んだ。建物が途切れると緑に覆われた崖になった。進める道幅はか細く、足を踏み外せば地上へ転げ落ちてしまう。慎重に、だが急げ。

車壁は、道が二車線に狭まったところにつくられ、そこに警官が殺到していた。責任者を呼びなさい！　横道を駆けたところで見過ごされるとは思えなかった。亜八はガードレールの内側に戻って速度を上げた。警官は説得に必死で後ろなど気にしていない。走る。心拍数を上げる。血流のギアを全開にする。五台ずつ二列になった車。それを囲う警官たちの隙間を見定め、亜八は一気に飛び込んだ。ボンネットに足をかけ、跳ねる。ルーフを踏んで跳ねる。トランクを踏みきって二列目のボンネットへ。ルーフを蹴って、トランクを蹴って、そして地上に着地して、駆ける。ふり返ることなく駆ける。風速情報の電光掲示板の下を抜け、音と光のほうへ、ひたすら速度をぶち込んだ。筋肉と酸素を弾丸にして突っ走る。反対車線からやってくるトレーラー、その天井で踊る少年の姿が小さく見えはじめたとき、彼の行く手にはアーチ状の鉄骨が待ちかまえていた。ここから五百メートルもない。亜八は走り、彼を乗せたトレーラーは近づいてくる。四百メートル、三百メートル。

ふたりは出会うために汗を飛ばしている。息を切らしている。

そのとき、異変が起こった。少年がダンスをやめたのだ。振り付けの要請とは一線を画すその急停止に、亜八の意識は沸騰する。


アスファルトに転がる。顔面を打つ。鼻血があふれた。

何が起こったのか、健幹はまったくわからなかった。走っていたところを後ろから吹っ飛ばされて、地面に倒れ込んでいる。猛烈に背中が痛い。わかるのはそれぐらいだった。

足音がして、頭を動かすと、近づいてくる靴の奥に乗用車が停まっていた。白いプレリュード。あれに撥ねられたのか。

靴の主に肩をつかまれる。仰向けにひっくり返される。ニット帽をかぶった男がこちらを見下ろしていた。

「会いたかった、ぜ」

拳が降ってくる。頬が陥没しそうな衝撃だった。もう一発、もう一発と雨のように降ってくる。歪んだ視界がかろうじて男の首もとの刺青をとらえた。椎名大地？　なぜ？　わけがわからないまま拳を受けた。

「よくも、やって、くれたな」聞き取りにくい活舌で、「生まれてきたことを、ここ後悔しろ」

太い指が喉仏に食い込んだ。体重がかかっていた。指を外そうともがくがびくともしない。椎名の目は血走っている。異様な執念が燃えている。殺す気だ。疑いようのない意志が、理屈では説き伏せられない欲望が、快楽が、全身からあふれ出ている。全速力で撥ねられたなら、この程度の痛みで済んでいるはずがない。致命傷にならないようスピードを加減した。こうして自分の両手で、息の根を止めるために。

ちがう、と健幹は伝えようとした。勘違いだ。おれじゃない。あんたを襲ったのはぼくじゃないんだ。だが歯を食いしばり、ありったけの力を胸鎖乳突筋に込めねば気道を押し潰されてしまう。なんで、おれはこんなことになってる？　なんでぼくはこんなにも無力なんだ？　おれは、ぼくは……。

「死ね」

のしかかる圧力が増した。決壊する。耐えられない。それが現実。ジ・エンド。

暗くかすみだした視界の奥に夜空が広がっている。飛行体がある。鉄の塊は急旋回して飛んでくる。いきおいよく降下してくる。明確な、意志がそこに宿っている。睦深、君が――。

ドローンが椎名大地の後頭部を直撃した。身体が前のめりに倒れた。健幹は無我夢中で彼の上に乗った。自分がされていたように、喉仏を両手で押さえ、ありったけの力と全体重を注いだ。扉が開く。ぼくが、おれ以上になる扉が。

「おおおおお！」

腹の底から叫んだ。まるで産声のように。

「侑九ぅ！」

トラクターからステージによじ登ってきた男が拳銃を突き出したとき、町谷侑九との距離はおよそ五メートルだった。先頭車両で控えていた四人のダンサーはさらに数メートル後方に立ち、デレクをはじめとするほかのメンバーはまだ中央のステージにいた。

前へ前へと踊っていた町谷侑九は立ち止まった。正面に立つ銀色の衣装の男に、きょとんとした表情で小首をかしげた。

オンラインの視聴者は、これが演出なのかわからなかった。SNSの情報でこのライブが大がかりなゲリラ配信であることを知っている者たちも、計算されたショーなのかトラブルなのか判断できず、画面に釘付けになっていた。

本庄睦深は判断を迫られていた。道の先には信号機を備えたアーチがある。トレーラーの速度を上げれば、背後から暴漢の虚をつけるかもしれない。だが間違えば暴発を生むかもしれない。無線機からディレクターの切迫した声がする。配信をつづけるのか？

デレク・ミアノは動けなかった。戦場で培った直感がそれを許さなかった。あの男は撃つ。誰かひとりでも、動けば撃つ。

本庄健幹は自分を撥ねた白いプレリュードを駆って後方のトレーラーに追いついていた。だが中央にならんだ二台が道を塞ぎ、脇をすり抜けることはできそうになかった。侑九を呼ぶ叫び声が聞こえ、彼は車を乗り捨てた。

同時に町谷亜八がガードレールを飛び越える。上り車線から下り車線へ。音楽に負けない日山歩の叫び声が耳に入ってきたが、彼が誰かは思い出せない。

「ああ、アユムか」

町谷侑九は微笑んだ。なんの力みもない笑みだった。昔の知り合いに、ひょんな場所で出くわして、心から懐かしんでいる顔だった。「マスクで誰だかわかんなかったよ」

日山歩はつられて笑いそうになった。町谷侑九が心から懐かしんでいることがわかったからだ。それがたまらなくうれしくて、たまらなく惨めだった。

マスクを外し、放り捨て、この顔を世界に晒す。子どものころからもてはやされてきた顔。褒められ、羨まれてきた顔。

こいつが現れるまでは。

「おれは立ってるぞ、おまえとおなじステージに」

「じゃあ踊ろう。そんなもん捨てて」

ははっと日山は嗤う。「町谷侑九も、命乞いは下手糞(へたくそ)なんだな」

「踊らないの？　こんなサイコーの舞台にいるのに」

「もういい。死ねよ」

引き金に指をかけると、侑九から笑みが消えた。期待していた恐怖はなかった。懇願でもない。あきらめでもなく、ただ、がっかりした顔だった。心底呆れ、醜悪な汚物にため息をつくように、

「だからつまらないんだ、おまえらは」

銃声が響くその直前、

本庄睦深は先頭車両の速度を上げるよう無線機へ叫んだ。

デレク・ミアノは少年を凶弾から助けるべく駆けだした。

車を飛び降りた本庄健幹は中央分離帯の幅三十センチもないガードレールの上を走って中央のトラクターに飛びついた。

先頭車両の運転手は無線機の指示に従い速度を上げたが、同時に正面から猛然と迫ってくる人影

を認め啞然とした。
トレーラーの一団へ向かって町谷亜八は走った。先頭車両が突如として速度を上げても迷わず走った。考えは何もなかった。だが足は止めない。目は逸らさない。挑むように念じた。轢き殺せ。轢き殺してみろ。

日山歩が引き金を絞った瞬間、先頭車両の運転手は町谷亜八との衝突を避けて急ブレーキを踏み、揺れる荷台コンテナの中でよろけた本庄睦深は、つづけざまに後方から襲ってきた衝撃によって機材の中へ倒れ込んだ。先頭車両の急ブレーキによって後続車が追突したのはちょうどデレク・ミアノが飛ぼうとしたタイミングだった。中央のトラクターを越えるべく準備された彼のジャンプは衝撃に殺され、つまずいたその目前で本庄健幹が前方へ弾き出された。つんのめったいきおいのまま先頭車両のステージに降り立った健幹は遮二無二足を回転させて四人のダンサーを追い越して、手をのばせば町谷侑九に触れられる距離まできたが、そこでついに膝が崩れた。

健幹の数メートル奥で日山歩は自分が放った銃弾の行方を見失っていた。車両の揺れにこらえきれず、気づけば床に倒れ込んでいた。二本の足が見え、そちらを見上げた。

町谷侑九は、急ブレーキにも、その後の衝撃にも、わずかに足もとをぐらつかせただけで、悠然とその場に立っていた。どこかを見ていた。床に這いつくばる日山より、もっと高いところ。もっと遠く。彼の佇まいに、多くの視聴者がそう思った。

日山歩も同様だった。こいつはもう、おれに興味を失っている。色鮮やかな羽織をはためかせ、ずっと遠くを見つめている。やがて少年は、ゆっくりと右腕を上げた。指を一本のばした。はるか彼方を指差した。なめらかな太腿から下腹部、腹筋、胸、鎖骨、首、顎、そして唇。美しいと、日山は思ってしまった。美しい。

彼方を見上げていた少年の瞳が、日山へ向いた。微笑みがあった。虫けらを、虫けらとして愛でるような瞳であった。赦すような眼差しだった。涙があふれた。嗚咽にまみれながら、日山は銃口を向ける。引き金に指をかける。

狙いを定めた視界の端から突如人影が躍り出てきて、銃口の先に立つ少年に飛びついた。とっさに願う。ああ、行かないでくれ——。日山は撃つ。

少年に抱きついた町谷亜八は飛ぶ。銃声とともに宙へ駆け、投げ出した身体はガードレールをかすめて東京湾へ落下する。風を切り、音楽が遠のいてゆく。着水の衝撃が激しくふたりを引き裂こうとしたが、亜八はそれに抗った。意識を失いかけながら、華奢でしなやかな彼の肉体を放さなかった。水中で頬と頬が触れ合った。身体と身体をぴったりとくっつけて、ふたりは真っ逆さまに水の底へ沈んでいった。


信号機が付いたアーチの真ん前で停止した先頭車両のステージで、本庄健幹は日山歩を組み伏せていた。遅れてやってきたデレクが拳銃を奪った。泣きながら言葉にならないうわ言を繰り返す日山に銃口を向けたが、「やめなさい」と本庄睦深が止めた。日山を床に押しつけたまま、健幹は近づいてくる睦深と向き合い、血が出てる、と彼女の左腕を見ていった。あなたこそひどい顔、と睦深が返した。健幹はようやく自分の状況と、そして肩がえぐれていることに気がついた。二発目の銃弾がかすめていたのだと理解したとたん、頭からつま先まで、全身が痛みを発した。もう立ち上がれそうにない。

料金所のほうから大声がする。まだ息があるぞ！　救急車を！

佐野勇志のことであってくれと健幹は願う。一方で、椎名大地の生死は不思議なほどどうでもよかった。ただ太い首の手ざわりだけが残っている。

「侑九は？」と睦深に訊いた。

「大丈夫」睦深の視線が、少年が飛び込んだ水面へ移った。「百瀬がいる」

それに、と彼女は空を見上げた。「ハチがついてる」

音楽は鳴りやんでいた。ヘリコプターの飛行音と、日山のうめき声だけが聞こえた。祭りは終わった。何を得て、何を失ったのか、睦深の横顔からはうかがえない。

たった独りで、彼女は夜に立っていた。疑念や怒りは残っているのに、健幹は痛みを忘れ、その姿に心を奪われている自分に気づき、同時に、抗い難い欲望をはっきりと自覚した。

たとえ君の夢がここで潰えたのだとしても、きっと自分が用意する。次の夢を用意する。君の目に映るその風景を、ならんでいっしょに観るために。

バリケードを突破したパトカーの群れが、赤色灯を回しながら押し寄せてくる。

※

静かだ。そして暖かい。身体の重みが消え、思考が散り散りにほどけだす。溺れている。沈んでいる。けれど少しも怖くない。煩いも、後悔も、憎しみも、すべてが曖昧に溶けてゆく。

磨りガラスの引き戸。わたしはここを知っている。祖父母の家だ。戸のガラスは包むような光を湛え、廊下に座ってわたしは訪ね人を待っている。やがて人影が現れる。チャイムが押される。引き戸の外に、小さな男の子が独りきりで立っている。町谷侑九です――。その笑みがあまりにもまぶしくて、出迎えたわたしはこの新しい家族に戸惑った。未来になんの疑問も抱いていない、少年の佇まいに気圧された。だから最初の夜、わたしはいった。あんたは捨てられたんだよ、と。わたしたちは、もう終わっているんだ、と。きょとんとする少年の美しい顔が、醜く崩れるのをわたしは心から期待した。

でも、少年は笑った。そうじゃなきゃ、間違っていると思ったから。

そしてふたりは口づけをする。光にあふれた優しい場所で。

ほんとに、そんなことがあったんだっけ？　だとしたら、とんでもないマセガキだ。まあ、でも、泣かなくていいんだよ、ぼくがいるから。受け止めるようにわたしを抱き寄せて、そっと耳もとにささやいた。

あり得なくはないんだし、いいか。こんなに心地いいんだし、いいか。

――……てる？

うるさいなあ。邪魔しないでよ。もう眠たいの。

――生きてる？

よく知る声。わたしがいちばん信頼し、いちばん憎らしく思う声。

――返事をして、ハチ。

ぼんやりとした断片が去り、唇をいっぱいに広げた笑みへと像を結んだ。「おはよう」と男はいった。それが百瀬だとわかるのに一拍が必要で、なぜこいつが糸のように細まった目でわたしをのぞき込んでいるのかは考えてもわからなかった。

百瀬の背後には真っ暗な空が広がっていた。わたしは仰向けに横たわっているらしかった。百瀬が腰かけた手すりの様子に、ここが甲板であることを知る。明かりを落としたクルーザーは、ゆっくりと港へ進んでいるようだった。

「……キュウは？」

「無事だよ」百瀬が答える。「君といっしょに意識を失っていたから、救護班が病院へ連れて行った。予定どおりにね」

おっと勘違いしないでくれ、と肩をすくめる。「フォックスキャッチャーの動きを予測してたわけじゃない。もともと最後のアーチの、信号機の上からダイブするまでがスケジュールだったんだ。警察に取り押さえられてフィナーレじゃ、あまりに無粋すぎるからね」

わざとらしいほど、百瀬は明るい。

「ぼくには選択肢があった。君たちを助けるか、侑九だけを助けるか。こっちからすれば、君は勝手に海へ飛び込んだ命知らずの闖入者（ちんにゅうしゃ）だ。救出に失敗したところで責任を負わされるいわれはないし、たとえここでもう一度、海の中へ放り投げても、事故か故意かの証明は難しいだろう」

気の利いたジョークみたいな口調に、すっと冷酷な影が差す。

「これは直感だが、君の存在は侑九をよくないほうへ導きそうだ。ぼくの望みの反対側、退屈な現実という檻（おり）の中へ」

でも、と半身だけふり返る。東京湾の向こうに街の灯がきらめいている。

「まあ、いい。どうせ、何もかもが夢だ」

さみしげなつぶやきが潮風にさらわれてゆく。この結末が、彼の中であり得た未来の、何番目に美しいものだったのか、わたしにはわからない。

立ち上がった百瀬の顔は、作りものの笑みで覆われていた。

「君も病院へ行くかい？　警察に突き出すような真似はしないと誓おう。場合によっては、侑九と会わせてあげてもいい」

「――いや、帰る」

端整な顔が、意外そうに眉を上げる。「用事でも？」

「明日は仕事だ」

それに、とつづける。「友だちが、飯をつくって待ってる」

そうか、と百瀬はいった。少年のような男の笑みに、ささやかな年輪が宿った。

「退屈で、平穏な日常か。それはたぶん、もっとも困難な、嘘だよ」

彼はもう、わたしのほうを見なかった。わたしも黙り、目をつむる。クルーザーのエンジン音と振動が伝わってくる。吹きさらしの甲板に、びしょ濡れの身体は冷たい。頬に残るキュウの肌の感触だけが熱かった。

二〇二一年　三月二十六日(金曜日)

深い眠りから覚めて、身体を起こす。ベッドの下で有吉が毛布にくるまっていた。ヒーターが後頭部を焼きそうになっていて、わたしは少しだけ角度を変える。

スマホに新しい着信は何もなかった。ネットをのぞくと昨晩の記事がすぐに見つかる。「非常識」とか「暴走」だとかいう単語が見出しに躍っている。中には「テロ」や「暴動」だと煽っているものもある。SNSを開けば、もっと過激な言葉がいくらでも見つかるのだろう。批難も、あるいは賞賛も。国内のコロナ新規感染者は千九百人にのぼり、死者二十七人のうち七人が千葉から出ていた。ついでに今日の天気と、東京五輪の聖火リレーが福島県ではじまったことを知る。

二階の便所で用を足し、キッチンへ下りる。いつもどおりの風景がそこにある。晩飯の残りが鍋の中で眠っている。ハヤシライスを希望したのはわたしだが、味は驚くほどふつうで、これならカレーのほうが美味いとふたりで結論を出した。

シャワーを浴び、作業着に着替え、買い置きのコロッケパンをレンジで温める。すもものソーダで喉を潤す。温まったパンをつかんで、有吉に書き置きでもしておこうかと思いついたが、まあいいかとマスクを着けて家を出る。

祖父母宅に、まだ警察はやってこない。それも時間の問題だろう。こんな状況で出勤もくそもなかったが、わたしの足は止まらない。

自転車はアパートのほうにある。だから歩いて人見クリーンの事務所を目指す。昨晩は百瀬の部下に祖父母宅まで送ってもらい、アウディは任せた。置き去りにした重和がどうなったのかは興味もない。

ネットを調べれば、もっといろいろわかるのだろう。日山歩がどうなったのか、百瀬やマオがどうなったのか。ロクとキュウがどうしているのか。

けれどわたしは職場へ向かう。出勤時刻に間に合うように。

大堀中央交差点を越え、ふれあい通りを進んで小糸川沿いへ出る。建ちならぶ民家のあいだを縫ってゆく。見慣れた町、ありふれた朝。わたしがみずから選んだ日常。一発の銃弾、一瞬の快楽で壊れる水槽。

そろそろ事務所が見えてくる手前の小道で、足が止まった。

古びた電信柱の下に、金髪の少年がいる。ダサいジャージにブルゾンを着込んで、うつむきかげんに立っている。病院を脱け出してきたのか？　会いにきたよとわたしを驚かせたくて、待ち伏せを――。くすぐったさが胸に広がりかけたとき、少年の唇がかすかに蠢く。鼻歌でも歌うように肩がリズムを刻みだし、リーボックが動きはじめる。じょじょに強く地面を打つ。身体が揺れる。わたしは声も出せずに彼を見つめた。朝陽が差し込みかけた路地、夜と夜明けのあいだの時刻。見惚れるわたしに気づくことなく、少年はどこかを見つめ、何かを口ずさんでいる。音楽が聴こえだし、腹の底が不気味にざわめく。まるで夢のつづきのような、そのステップ。

本書は書き下ろしです

作中の台詞は以下の文献、映像作品から引用しています。

・『太陽と月に背いて』(徳間文庫) クリストファー・ハンプトン=著/黒田邦雄=訳
・『ジャッキー・コーガン』© 2012 Cogans Film Holdings, LLC./日本語字幕=川又勝利/発売・販売元=ハピネット/2014年(Blu-lay)

また、以下の映像作品を参考にしました。

・『連邦議会襲撃事件 緊迫の4時間』ジェイミー・ロバーツ=監督/HBOドキュメンタリー・フィルムズ=製作/U-NEXT/2021年

本作品はフィクションであり、実在の事件・人物・
団体などには一切関係ありません

装画　ＰＯＯＬ
ブックデザイン　鈴木成一デザイン室

呉 勝浩（ご・かつひろ）
1981年青森県八戸市生まれ。大阪芸術大学映像学科卒業。2015年『道徳の時間』で第61回江戸川乱歩賞を受賞しデビュー。18年『白い衝動』で第20回大藪春彦賞受賞、20年『スワン』で第41回吉川英治文学新人賞、第73回日本推理作家協会賞（長編および連作短編集部門）受賞、第162回直木賞候補。21年『おれたちの歌をうたえ』で第165回直木賞候補。22年『爆弾』で第167回直木賞候補。

Q

二〇二三年十一月十三日　初版第一刷発行

著者　呉 勝浩
発行者　庄野 樹
発行所　株式会社 小学館
〒一〇一-八〇〇一 東京都千代田区一ツ橋二-三-一
電話 編集〇三-三二三〇-五九五九
販売〇三-五二八一-三五五五
DTP　株式会社昭和ブライト
印刷所　大日本印刷株式会社
製本所　株式会社若林製本工場

 ISBN 978-4-09-386699-6

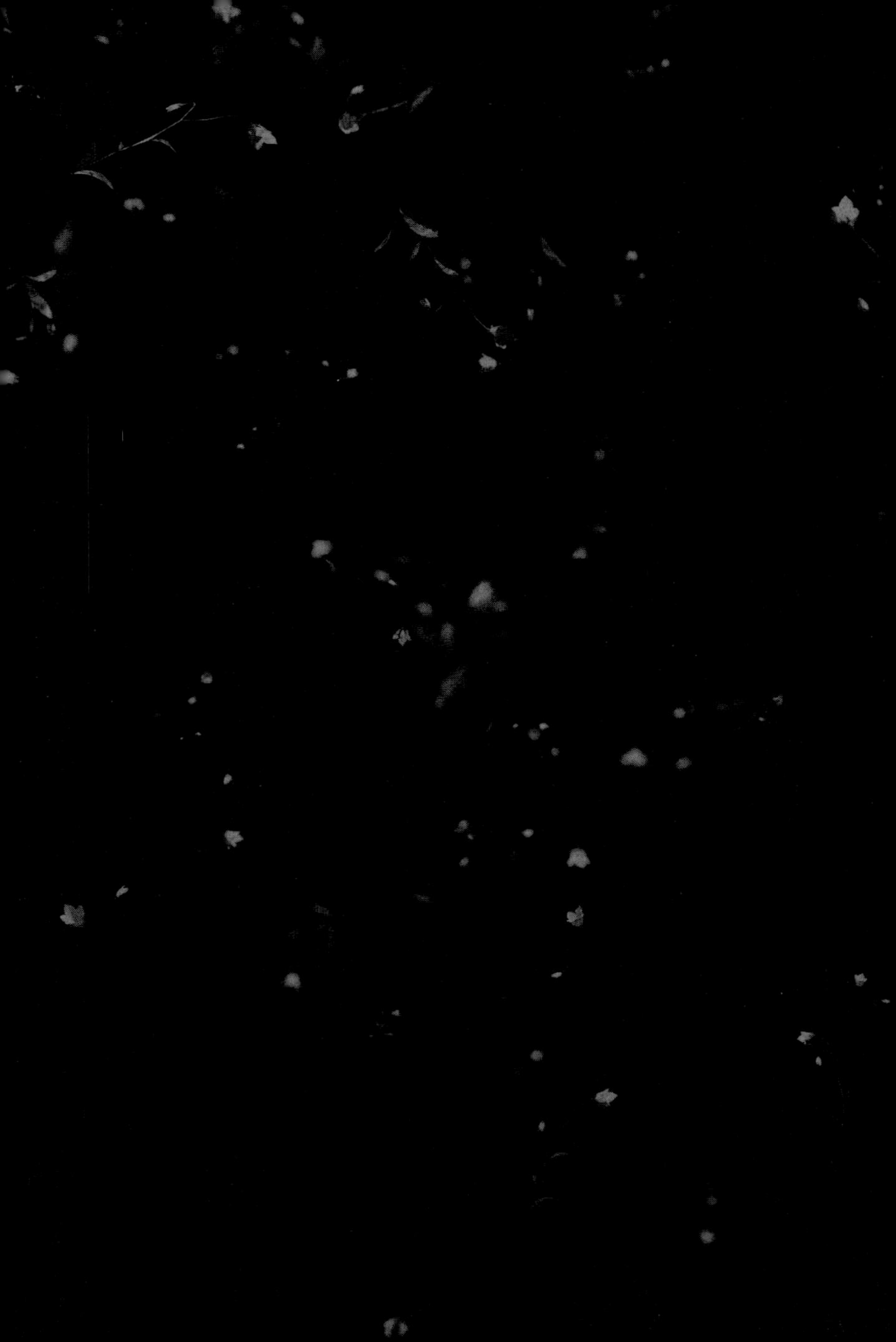